# 오디세이아

ή είναι [illegible], περιέχει το άφθονο [illegible] πηγή, το πνεύμα:
σπαρμένος παντού στο χαρτί, διασκορπισμένο κι ασυγκράτητο, τόσο που αυτό
[illegible] να [illegible]. « Σαν ένα κρανίο που σπάει κρα- τώντας στη νε
πύρα, γυρίζω μέσα στη γαλήνη της νηφάλιας νόμος όχι τη Γης να
ραΐζει. » Ταλήμια [illegible] που έγραψα κάποτε για το Βύδα, τα νιό
[illegible] μετ αυτό. Εγώ είμαι η Γη κι η φωτιά η νεκρική μονο
ο γαλήνιος. Δεν έχω καμιά επιθυμία, καμιά χαρά, καμιά χίμαιρα
Ξέρω, όλο τούτο το θαμπό [illegible] που πάντα η [illegible] για το [illegible]
[illegible] στα χρώματα, όλες εκείνες οι θέρμες apparitions: — άνθ
γυναίκες, θάλασσα, έντομα, ιδέες, είναι καπνοί εφήμεροι που
ανεβαίνουν μέσα από το σταβροδρόμι των αέρων — μας αισθησ
Κι όμως χαίρομαι, αγαπώ [illegible] όλα εκείνα της γενιάς, δι
ο αίματός μου για να [illegible] για να ζήσουν μέσα μου αιώνια
[illegible] μια στιγμή, για να σωθούν από την αθλιότητα, τον ξεπεσμό
το θάνατο. Κάπου το σωστό τούτο κατακρημνισμένο κρανίο μου, το ξ
θα συντρίβει για τα έξτα κόμματα των συγκινήσεων θα περάσουν
[illegible] να το αδειάσουν. Μάχομαι να ζω την ματαιότητα
κάθε προσώπου, συνάμα την αιωνιότητα κάθε στιγμής.
Ah, Jenassin [illegible] πόσες λέξεις είναι οι ώρες στο Λεύκα! Αχ πότε
[illegible] να [illegible] όχι μελίδας — για να μη σε ενοχλήσει
[illegible] πότε για τη σιωπή ή για τα λόγια μου, για να [illegible]
[illegible] τις αγωνίες ή να για τις χαρές μου κρατώντας [illegible]
μέσα στα ρίζες, σαν μια σχίζα [illegible], σαν ένα κα- θρέφτη
Ξέρω, όλο τούτο το θαμπό [illegible] που πάντα η [illegible] για το [illegible]
[illegible] στα χρώματα, όλες εκείνες οι θέρμες apparitions: — άνθ

# 오디세이아

③

니코스 카잔차키스 서사시 | 안정효 옮김

열린책들

## 일러두기

1. 번역은 모두 영어판을 대본으로 했다. 번역 대본의 서지 사항은 각 권의 〈옮긴이의 말〉에 밝혀 두었다.

2. 그리스 여성의 성(姓)은 남성과 어미가 다르다. 엘레니가 결혼 후 취득한 성 〈카잔차키〉는 〈카잔차키스〉 집안의 여인임을 뜻한다. 〈알렉시우〉나 〈사미우〉도 마찬가지로, 〈알렉시오스〉와 〈사미오스〉 집안에 속함을 뜻하는 것이다. 외국 독자들을 배려하여 여성의 성을 남성과 일치시키는 관례는 영어판에서 흔히 찾아볼 수 있으나 여기서는 그리스식에 따랐다.

3. 그리스어의 로마자 표기와 우리말 표기는 그리스어 발음대로 적되 관용적으로 굳어진 일부 용어는 예외를 두었다. 고대 그리스, 신화상의 인명 및 지명 표기는 열린책들의 『그리스·로마 신화 사전』을 따랐다.

이 책은 실로 꿰매어 제본하는 정통적인 사철 방식으로 만들어졌습니다. 사철 양장본은 오래 보관해도 손상되지 않습니다.

# 제19편

안개가 산을 기어 내려와 들판을 뒤덮어 삼키자
들판의 토끼들이 떨었고, 독수리들이 하늘 높이 모여들어
오랜 여행을 한 날개를 치며 거센 목소리로 외쳤다.
「거대한 어둠이 내려 허공에 뜬 지구를 삼키는구나.」
「형제들이여, 이것은 폭우도 아니요 관을 덮는 헝겊도 아니며,
하늘에서 꼬리를 휘두르며 용 한 마리가
태양과 모든 것을 삼키려고 입을 벌린 채로 덮쳐 내린다!」
「그것은 용도 아니요 격렬한 폭풍도 아니며, 친구들이여,
검은 말을 탄 〈죽음〉이 들판을 가로질러 달려오는구나!」
공중의 시끄러운 봉우리에서 독수리들이 이렇게 따지는 사이에
밑에서는 벌레가 먹은 대지의 얄팍한 껍질 위에서
오디세우스가 시원한 새벽에 우뚝 서서 둘러보았다.
천천히 돌아선 그는 왼쪽과 오른쪽, 앞과 뒤를 보았고
그의 그림자가 꽃잎이 검은 장미처럼 펼쳐진다고 깨달았으며
그의 이성은 새로운 길을 순식간에 모두 파악했다.
그에게는 신이나 주인이 없었고, 네 가지 바람이 부니
그의 가슴속에서는 마음의 나침반이 죽음을 가리켰다.

고독한 자는 이성이 넓어져 새로운 길을 택했고,
귀에다 카네이션을 꽂고 입술을 깨물었으며,
삶이 그의 소금 묻은 지느러미에서 활짝 피었다가 사라지니
죽음이 베짱이처럼 그의 어깻죽지에 올라앉았다.
활짝 핀 장미 꽃잎이 하나씩 땅으로 떨어지다가,
기름진 씨앗이 가득한 수술만 힘차게 일어서서
기뻐하며 심연으로 뻗어 내려갔다.
오디세우스가 서늘한 새벽에 차분히 손을 내밀고는
동냥을 바라는 거지처럼 가만히 서서 기다리려니까
갑자기 큼직하고 뜨거운 빗물 두 방울이
커다란 진주처럼 그의 목마른 손바닥으로 떨어졌다.
온몸이 식는 동안 그는 주먹을 쥐고 미소를 지었으며,
이제는 속죄를 한 두 개의 이성이 담긴 머리를 숙였다.
「내 주먹은 자비심으로 만족하여 더 바랄 바가 없도다.」
햇볕에 탄 흙 위에 커다란 방울들이 떨어지기 시작하여
잎사귀들이 반짝이고 화초들이 대기를 향기로 가득 채웠으며,
태양이 안개 속으로 항해하고 돌멩이들은 미소를 지었으며,
북풍이 일어나서 폭풍이 흩어질 때까지 불어 대었다.
나무꾼들이 두려워하며 축축한 숲속으로 들어가서는,
나무들 속에 모여 뼈만 남은 팔다리를 흔들거나
사나운 바람 속에서 머리를 부딪치며 하나가 되어
힘찬 기둥처럼 곧게 서서 신을 떠받드는 정령들이
겁을 내지 말라고, 가볍게 발돋움을 하고 걸었다.
작은 개미처럼 나무꾼들은 허리에 도끼를 차고
뿌리 주변에 모여들어 나무의 정령들,
무서운 조상들을 위로하려고 손바닥에 꿀을 받들었다.

전나무와 소나무 숲을 지나 그들은 참나무들에 이르러
거대한 조상들을 우러러보며 무언의 감격에 빠졌고,
겁이 나서 등 뒤로 도끼를 감추고는
발돋움을 하고 가까이 가서 꿀 묻은 손을 내밀었다.
「우리들을 용서하고, 원한을 갖지 말라, 참나무 할아버지여,
우리들은 이곳에서 아이들을 키우고 흙에다 뿌리를 심겠으며,
우리 영혼이 대지로부터 사라지거나
씨앗이 바람에 날려 가지 않게 하려면, 집을 짓는 나무가 필요하다.
어서 우리들에게로 와서 집이 되어 훌륭한 지붕을 주고,
씨를 뿌리고 식량을 얻도록 우리들을 위해 쟁기가 되고,
우리 아들의 튼튼한 요람과 아내의 묵직한 베틀이 되고,
그대의 마지막 꽃, 진홍빛 불길의 봉오리가 되어
아궁이 속에서 활활 타올라 우리들을 따뜻하게 하라!」
이렇게 그들은 위대한 늙은 참나무에게 간청한 다음
두려워하며 그늘에서 천천히 도끼를 들었다.
소나기로 빛이 숨 막히고 축축한 숲에서 김이 났으며
부글거리는 흙은 새로 판 무덤처럼 들큼한 냄새가 풍겨
대지의 냄새가 궁수의 두뇌 속으로 올라가
독한 술처럼 그의 이마를 어지럽게 만들어
숲속에서 부서지는 바위처럼, 거대한 부싯돌처럼
그의 두개골이 우르릉거리며 불타는 대기 속에서 불꽃을 튀겼다.
파란 독사처럼 번갯불 섬광이 그의 머리카락 속에서 도사렸고
대지가 환한 별처럼 번쩍이고 춤추며 씨앗처럼 뿌리를 내렸고
나무가 솟아올라 굵어지고, 꽃과 열매가 잔뜩 매달렸으며
갑자기 야생의 숲에서 〈불이야!〉 외치는 소리가 나더니
모든 것이 엷은 담청색 연기가 되어 사라졌다.

거센 불에서 공허한 소리를 내며 터지는 알처럼 궁수는
머릿속의 아궁이에서 대지가 깊이 갈라지는 소리를 들었지만,
노래를 부르며 위대한 이성의 내면에 담긴 활을 당기니까
튀겨 놓은 현이 이마 한가운데서 두 토막으로 끊긴 듯
그는 눈이 갑자기 어두워지고 귀가 윙윙거렸다.
그는 얼굴이 파랗게 질렸고 날카로운 눈이 번득였으며,
소리를 지르려고 했지만 입이 뒤틀려 숨이 막혔고,
악마의 채찍질을 피하다가 넘어지지 않으려고 두 팔을 벌렸지만
갑자기 사납게 땅이 흔들려 그를 쓰러뜨렸다.
그러자 깊은 숲이 울리고 들짐승들만 두려워 꼬리를 들었고
여우들은 귀를 빳빳하게 세웠으며, 다시 땅이 흔들리자
폭풍이 휘몰아치고 검은 벼랑과 신전들이 갈라졌으나,
천천히 산들은 조용해지고 영혼이 머리를 들었다.
그래서 오디세우스가 심호흡을 하고 둘러보니, 참으로 기쁘도다!
활활 타오르는 인적 드문 숲에서 창피하게 쓰러진 운동선수의 모습을
어느 인간이나 짐승의 영혼도 보지 못했다.
그는 나무에 몸을 기대고 햇빛을 받으며 천천히 일어났지만
그의 어깨에서는 〈죽음〉의 손가락들이 여전히 느껴졌다.
햇살이 하얀 불길처럼 내려와 땅으로 쏟아졌고
하얀 뭉게구름 위에서 독수리들이 날개를 펼쳤으며
그의 두뇌는 눈부신 빛을 받아 왕뱀처럼 벌떡 일어나
햇볕을 쬐려고 출렁거리는 머리를 흔들었다.
「죽음이 내 어깨에다 가볍게 손가락을 얹은 모양이구나!
마음속 깊은 곳에서 나는 그가 부르는 소리를 들었도다.
오호! 드디어 내 종말이 가까워지고 땅이 벌어지는구나!」
그는 두뇌가 부글부글 끓고 놋좆들이 뜯겨 나갔지만,

그가 한 슬픈 말을 생각하려니까 이성이 활짝 만발했고
이마가 천천히 갈라지더니 햇빛을 받으며 부드럽게
두 눈썹 사이에서 보이지 않던 위대한 세 번째 눈이 솟아 나왔다.
깊은 기쁨이 그의 영혼과 육체를 속속들이 적시자
그는 이것이 그의 육신에서 피어나는 마지막 꽃이라고 느꼈으며,
마치 맑은 에메랄드를 통해서 보는 듯 날카로운 눈이 멀리 떨어진
사물들을 식별했고, 형언할 수 없는 감미로움이 세상을 더듬었으며,
태양이 독을 모두 잃고 대기에서도 독침이 사라지며,
맑은 세 번째 에메랄드 눈이 세상 위로 우뚝 섰다.
그는 모든 새로운 것들을 처음으로 보고 환희했으며
모든 것을 마지막으로 보고 작별 인사를 외쳤다.*
모든 순간에 시간이 태엽처럼 감겼다가 맹호처럼 튀어 오르고,
호랑이의 이성 속에서 과거와 현재와 미래가 타올라 죽고,
끝과 시작은 운명이 엮는 순환을 마무리 짓는데,
지극히 감미로운 이러한 결합 속에서 세 번째 눈이
순수한 보석처럼 신을 죽인 자의 이마에서 솟아 나왔다.
눈을 돌려 보니 유쾌한 그의 친구인 늙은 〈죽음〉이
무화과나무의 그늘에 가느다란 칼을 들고 섰으며
눈이 푸른 일곱 마리의 진홍빛 개가 미친 듯 짖어 대었다.
그러나 두뇌를 자랑하는 궁수가 죽음을 쳐다보고 미소 지었다.
「아, 친구여, 그대는 그늘에서 말을 타고 나를 기다리며
한 손으로는 내 회색 말의 고삐를 잡고
다른 손은 이마를 짚고 길을 찾는구나. 오, 살인자여,
어서 푸른 바다로 나아가면 내가 그곳에서 그대를 맞으리라!」
바다가 그의 사타구니를 타고 올라와 이성을 삼키자
유황을 뿜는 콧구멍에서 소금물이 분수처럼 뿜어 나왔다.

그는 허연 머리를 들고 찝찔한 공기의 냄새를 맡았으며,
죽음의 냄새를 가까이서 맡은 코끼리처럼
늙은 머리를 침착하게 가벼운 흙으로 숙였고
그와 비슷한 옛 유령들과, 그가 돌아다닌 어두운 숲들과,
그가 처음 목욕을 한 개울들을 어렴풋이 회상했으며
낯설고 사방이 막힌 골짜기에서 그가 태어난 까마득한 요람으로,
그곳에서 죽기 위해 곧장 요람을 향해 갔으며,
이렇듯 오디세우스는 그의 어머니인 검은 바다를 향해 나아갔다.
그는 세상의 끝에서 시원한 바다의 물보라 냄새를 맡으며
계속 남쪽으로 내려가려고 영혼이 잔뜩 부푼 돛을 펼쳤고,
말과 개와 사냥꾼이 공허한 빛 속으로 달려가자
죽음도 역시 돌아서서 땅이 울릴 정도로 휘파람을 불었다.
궁수는 죽음을 입에 물고, 협죽도꽃을 손에 들고
바싹 뒤쫓아 골짜기를 지나 나아갔으며,
그의 이성 속에서는 탁 트인 길의 험한 노래가 울려 나왔고
말과 개와 죽음, 앞장선 그의 모든 일행은 충실한 사냥개처럼
울려 나오는 음악 소리를 듣고 달려갔다.
하얀 코끼리의 동그랗고 늙은 눈*처럼 그는
화초와 풀 사이를 천천히 지나가며 세상에게 작별을 고했고,
그의 이성은 삶의 구부러진 가시를 떨쳐 버리고 홀가분하게
죽음의 차갑고 사나운 소금물을 깊이 들이마셨다.

한껏 만족하여 그는 음식이나 술도 없이 하루 종일 걸었다.
「죽음의 두려움이 없는 높고 조용한 산들이여, 잘 있거라.
오, 어린 나무들아, 나의 형제 짐승들이여, 잘 있거라.
우리들은 멋진 놀이를 했지만 모든 것은 끝이 있도다.」

그러자 힘찬 가을이 불어와서 갖가지 빛깔의 새처럼
축축한 땅에는 잎사귀들이 떨어져 죽었고,
오디세우스는 바스락거리는 낙엽을 밟으며 부르르 떨었다.
모든 것이 거울로 변해 거기에서 영혼은 자신의 얼굴을 보았고,
고독한 자는 나무들 가운데 나무요 돌멩이들 가운데 돌멩이였고
새들과 함께 잠이 깨면 내면의 모든 날개가 퍼덕였으며,
한때 그의 영혼을 빚었던 공기와 물과 흙과 불,
그를 형성한 요소들이 두 팔을 활짝 벌렸으며
그는 세상의 원소들과 하나가 되었다.
담청색 빛깔이며 눈에 보이지 않는 그의 신비한 몸이
그의 육신 주변에서 번득이며 빛의 촉수들을 뻗어
대지의 강인한 뼈를 감고 단단히 죄었다.
이제는 육신이 영혼으로, 모든 영혼이 육신으로 변했으며
이성이 이끄는 빠른 춤과 대무(對舞)에 맞춰서 그는
머리 위에 날개가 돋지 않았으면서도
죽은 성자의 생령(生靈)처럼 더 이상 땅을 밟지 않고 춤을 추었다.
인간이 만든 경계선들이 무너지고 흙벽들이 쓰러졌으며,
어스름에 컴컴한 숲에서 줄무늬 진 호랑이가 튀어나와
그의 앞에 서서 가느다란 꼬리로 땅을 두드렸는데,
호랑이의 가슴은 음흉한 도둑의 등불처럼 배고픔으로 빛났다.
해방된 이성이 꼼짝도 않고 침착하게 그의 형제를 쳐다보는 동안
그의 뱃속에서는 깊고도 인내하는 사랑이 넘쳐흘러
인간의 육체가 녹아 천천히 굶주린 호랑이의 먹이로 변하고
야수가 육체 대신에 사랑을 받아들일 때까지
둘이서 서로 상대방의 눈을 빤히 응시했다.
그들의 신비한 결합은 여러 시간 동안 계속되다가

탁한 공기 속에서 이성은 연약한 육신이 되었고
유순해진 호랑이가 얌전히 으르렁거리며 꼬리를 높이 들고
기쁨에 흐뭇하여 뒤로 물러나 숲에서 뛰놀았다.
지극히 파란 허공에 가느다란 배처럼 달이 떠올라
별들이 불꽃처럼 깜박이는 하늘의 어두운 서쪽으로
태양이 없는 둥근 선체를 끌고 천천히 내려갔으며,
죽음에 동의하는 자 언젠가 죽은 왕들의 화물을 싣고
천천히 배를 타고 나일 강의 비옥한 물을 따라
천천히 항해하며 즐겁게 구경했던 황금빛 배들이 생각났다.
밤의 어둠이 내리자 국경을 지키는 훌륭한 자는
날개가 휘몰아치는 대추야자의 뿌리 위에 반듯이 누워
날카로운 잎사귀들 사이에서 한가한 별들을 구경했고,
거대한 바퀴처럼 천천히 돌아가는 하늘을 구경했는데,
그 바퀴에 법으로 묶인 인간의 초라한 이성도 함께 돌아갔다.
아, 무자비한 침묵을 지키며 별들이 하늘에서 항해하고,
깊고 어두운 우물 속에서 파선한 우리들은 무섭게 비명을 질렀고,
영혼을 구하기 위해 땅으로 내려온 별이 하나도 없었기에
아무리 질러도 소용이 없는데도 도와 달라고 비명을 질렀다.
모든 만물이 눈 깜짝할 사이에 살다가 죽기 때문에
세 번째 눈만이 절망에 빠져 하늘을 쳐다보고는
감히 안식처를 요구하거나 울지도 못했으며,
해방된 인간의 무자비한 두 눈썹 사이에서 세상을 천천히
빙글빙글 돌리면서, 차분하게 황금 날알처럼 빻았다.
오디세우스는 허리를 숙이고 이성의 힘을 느끼며 떨었는데,
그의 두뇌 주름진 이랑 속에 떨어진 지구가 씨앗처럼 피어났고,
밤의 자궁 속에서 싹트고 열매 맺고 꽃으로 피어나려고 투쟁하며

까마득한 세월 동안 이루어진 과정이 이제는 거룩하고 고독한 자의
두뇌 속에서 순식간에 열매와 꽃으로 피어났다가 연기처럼 사라졌다.
그러나 그의 두뇌가 세상을 엮다가 풀어놓는 사이에 갑자기
그는 검은 손가락들이 다시 어깨를 건드린다고 느꼈으며
혼몽한 상태가 상처처럼 악화되자 그는 쓰러지지 않으려고
대추야자나무를 붙잡았고, 어둠을 꿰뚫어 보던 그는
이글거리며 숨을 헐떡이는 일곱 마리의 사냥개를 거느리고
대추야자나무의 왼쪽에 서서 기다리는 죽음을 보았다.
그래서 늙은 운동선수가 창백한 미소를 짓고 손을 흔들었다.
「왜 그렇게 서두르는가? 왜 나에게는 물어보지 않는가?
나는 아직도 뼈가 튼튼하니 마른 혀로 먹이를 핥지 말고,
육체가 썩을 때까지 영혼이 단단히 붙잡고 버티어서 지금은 내가
그것을 필요로 하지만, 언젠가는 내 뼈를 그대에게 주리라.
사냥꾼과 사냥감이 의견을 모아야 하니, 가까이 오라.
나는 머나먼 파도를 향해 천천히 내려가 다시 한 번
커다란 나무들을 잘라 가장 매끈하고 화살 같은 배를,
매끄럽고 좁다란 마지막 배를 만들어
언젠가 어머니의 자궁 속에서 잔뜩 웅크리고 있었을 때처럼
힘찬 턱을 내 두 무릎 사이에다 단단히 집어넣고
세상을 두루 돌아다녀 지친 발바닥을 단단한 손으로 움켜잡고는
다시금 바다로, 넓은 자궁으로 돌아가고 싶도다.
그때까지는, 죽음이여, 좋건 싫건 참고 기다려야 한다!」
그가 말하고는 귀족처럼 천천히 걸어가서
두려움에 사로잡힌 사나운 그림자에게 왼쪽 손을 내밀었다.
「필요하면 내가 부를 테니 일곱 발자국 떨어져서 따라오거라.」
죽음이 천천히 걸어 일곱 발자국 뒤로 처지는 동안

그의 붉은 개들이 격렬한 분노에 젖어 초록빛 눈을 굴렸고
위대한 운동선수는 이렇게 요란한 일행을 꽁무니에 달고
밤의 동굴이 우레처럼 울릴 정도로 마구 웃었다.
「축축한 땅속에 내 육신이 흩어져 묻히고 나면
내 목소리는 붉은 수탉*이 되어 일어나 울 터이고,
구더기들이 내 코로 들어가면 힘센 뱀들이 일어나
우물을 감고 기다리다가 요정의 공주를 집어삼키겠으며,*
내 이성은 검은 인간이 되어 하데스로 내려가
그곳에 쌓인 황금을 둘러보고, 향기로운 항구 도시들과
꿈과 유령과 제신들의 재산을 지키리라!」*
그가 말하자 덩굴에 매달린 단단한 포도송이처럼
눈부신 별 무리들이 떠올라 그의 빛나는 두뇌에 매달렸다.

그의 이성은 깨끗한 수정처럼 밤을 횡단했고
동틀 녘에 빛이 활기찬 새끼 염소처럼 춤추며 돌아와
그의 어깨로 뛰어오르고는 힘찬 무릎 위에 엎드렸다.
목이 단단하고 발가벗은 여자처럼 그의 앞에 선
장밋빛 빰의 대지에게서, 잠이 깬 그는 기쁨을 느꼈다.
「죽음이 내 입맛을 돋우었으니 나는 일어나 식사를 하겠다.」
고독한 자가 웃으며 소리쳤고, 그의 코와 귀와 눈은
배고픔을 물리칠 먹을거리가 없는지 여기저기 찾아보았다.
커다란 참나무 안에서 부스럭거리며 싸우는 소리가 나기에
배고픈 운동선수가 발돋움을 하고 살금살금 다가가 보니
나뭇가지들 사이에서 빛나는 황금빛 벌집을 향해
어린 곰 새끼가 털이 잔뜩 난 앞발을 내밀었다.
곰은 끈끈한 꿀이 묻은 뾰족한 주둥이를 핥고는

벌집을 쳐서 떨어뜨려 황금의 액체를 약탈했고,
신을 죽인 자는 땅바닥에 앉아 군주처럼
그의 노예가 바치는 진한 넥타르를 받았다.
「오, 다정한 새끼 곰이여, 그대의 건강을 빌겠노라!
나무의 뿌리가 애써 꽃을 먹여 살리는 일이 당연하듯이,
자유의 열매인 구원자가 무르익도록
사람들과 짐승들이 나를 위해 일한다면 그것 또한 당연하다.
무슨 자유 말인가? 고향 땅을 보듯이 기쁨과 당당함을 느끼며
심연의 검은 눈을 응시한다면 그것이 곧 자유다!」
그가 말하고는 날이 밝아 오자 남쪽을 향해 길을 떠났다.
그의 영혼이 감미롭게 뻗어 나가, 그의 눈과 귀와 손은
만족을 모르고 세상을 어루만져 부드럽게 쓰다듬었으며,
그의 뒤틀린 마음은 천천히 무르익은 열매가 되었다.
그는 머리가 공작고사리 빛깔인 어린 나무 님프들이
나긋나긋한 나뭇가지 높이 그네 뛰는 모습을 지켜보았고,
그들의 무서운 할아버지인 늙고 조용한 나무들에게 인사하고는,
나무들의 구부러진 뿌리에 다리를 꼬고 앉아
이끼가 덮인 고목들, 푸른 정령들과 얘기를 나누었다.
한낮에 그는 보이지 않는 세계의 유령들을 보았고,
밤에는 한가하게 지나가는 부드러운 그림자들을 보았으며
그는 유령들과 어울려 또 하나의 유령처럼 함께 거닐었다.
해 질 녘이 되어 그는 진홍빛 해가 지면서 어둠의 서쪽에서
도살장으로 끌려가는 젊은 황소처럼 신음하는 소리를 들었다.
그는 갑충이 암놈의 비옥한 자궁에다 거룩한 씨앗을 넣었고,
자식들이 먹도록 깊은 구덩이에다 쇠똥을 비축했고,
이제는 온순한 성자처럼 죽으려고 다리를 뻗어

할 바를 다했기 때문에 기쁨을 느끼며
땅바닥에 누워 마지막 숨을 거두는 소리를 들었다.
어느 날 눈이 셋인 자는 태양이 내리쬐는 대지의 길에서
왕의 아들처럼 줄기가 기다란 노란 꽃을 높이 들고 흔들며
산책을 하던 한낮을 보았는데,
머리카락에서 굵고 둥근 진주처럼 땀방울을 흘리던 한낮은
멀리서 고독한 자가 눈에 띄자 하얀 바위로 기어 올라갔다.
천천히 지나가며 위를 올려다본 고독한 방랑자는
지나가는 나그네를 구경하느라고 무거운 머리를 떨군
커다란 해바라기뿐이었고, 왕의 아들은 없었다.
또 어느 날은 절벽의 가장자리에서 은빛 꼬리를 펼치고
아무 보상도 없이 황야에서 아름다움을 낭비하던
백설처럼 새하얀 공작새도 보았다.
「아, 풍요한 아름다움이여, 나는 내가 만들려고 하는
마지막 배의 노로 쓰려고 깃털을 두 개만 뽑겠노라.」
그가 미소를 짓고 은빛 보물을 향해 손을 내밀었지만
하얀 공작은 분노하여 눈부신 폭포를 거두더니
창백한 달처럼 나무들 사이로 재빨리 사라졌다.
바람이 안 부는 바닷가에 곱고 하얀 밀가루처럼 흩어진 모래와
이글거리는 햇빛을 받으며 김이 피어오르는 하얀 장미 —
고독한 자는 불꽃처럼 눈을 번득이며 그의 어두운 마음을
항상 밝혀 주고 가라앉히는 것 두 가지를 기억했는데,
이제는 세 번째 하얀 형제가 꼬리를 펼치고 한가하게 지나갔다.

빨리 죽어 가던 사람은 걸음을 서두르며
그의 늙은 눈에 비친 단단한 세계와 신비한 눈에 비친

에메랄드 빛 보이지 않는 세계를 흐뭇하게 즐겼다.
불타는 어느 날 저녁에 그는 깊은 골짜기에서
나무들과 강둑 사이로 반짝이는 도시를 보았고,
방 안에서 나누는 얘기와, 북이 울리고 개 짖는 소리를 들었는데,
해가 지고 불타는 집들이 시원해지는 동안
총각들은 수탉처럼 떠들고 처녀들은 어린 병아리처럼 재잘거렸으며
젖가슴이 산더미 같은 어머니들은 아기들에게 젖을 먹였다.
요람과 무덤과 신혼 침실의 노래들이
탁한 공기와 뒤엉킨 타래의 도시에서 들려왔으며,
현령양이 귀 기울여 들어 보니 그의 이성으로 쏟아져 들어가는
노래들은 축제에서 부르는 슬픈 불멸의 가락 같았다.
그는 바위들을 향해 돌아서서 잠을 잘 자리를 찾다가
바위들 틈에서 뱀처럼 가느다란 오솔길을 보았으며
석양의 수증기 같은 장밋빛 속에서 좌우로 희미하게 나타나는
커다란 나무들이 눈에 띄었는데, 저마다의 나무에는 기둥 줄기에다
새로운 얼굴을 하나씩 훌륭한 솜씨로 조각해 놓아서,
차분하고, 슬프고, 야만적인 가면들이 어둠 속에서 빛났다.
오디세우스는 오솔길을 걸어가며 영혼의 정열들을,
버림받은 제신들의 조각을 다정하게 쓰다듬었는데,
한 나무에서는 앙상한 〈굶주림〉이 희미한 빛 속에서 딸각거렸고
다른 나무에는 눈이 푹 꺼진 금발의 〈목마름〉이 새겨졌고
더 내려가니까 검은 〈색욕〉이 이빨을 잔뜩 드러내며 히죽거렸고
음흉한 〈질병〉은 빰이 살진 개구리처럼 불룩했고
늙은 대추야자나무에서는 〈광증〉이 허리가 부러져라 웃었다.
나무들은 저마다 인간의 오래된 갖가지 욕망을 형상화했고,
차분히 지나가며 나무들을 하나씩 쓰다듬던 궁수는

인간의 어두운 영혼 속으로 뛰어들기라도 한 듯 심하게 떨었다.
「나는 고행자에게로 가는 야생 짐승의 길을 거쳤으며,
나의 내면에서 자라던 모든 나무를 저렇게 내 손으로 새겨 놓았으므로
나는 이런 욕망들을 옛 친구처럼 잘 알고,
그들은 지금 꿈처럼 내 곁에서 함께 걸어간다.」
그러나 인간의 이성을 잡아먹는 굶주린 야수들을 둘러보다가
그는 거대한 바위를 자르고 들어간 무덤을 어렴풋이 보았다.
「이것은 사나운 은둔자의 단단한 거북 껍질인 모양이니,
나는 어떤 짐승이 그의 찢긴 마음을 괴롭히고
어떤 신이 그의 광포한 이성을 무너뜨렸는지 알고 싶구나.」
그가 놀리듯 중얼거리고는 그늘진 문턱을 넘어섰다.
속이 빈 나무 속 동굴의 한가운데서는
입을 딱 벌린 해골의 흉측한 뼈들이 광채를 뿜었으며,
적의 이빨로 엮어 목에 건 목걸이가 한쪽에서
세월에 녹슨 매끈한 칼처럼 푸르스름하게 빛났다.
신을 죽인 자는 침침한 동굴 안에서 더듬거리다가 한쪽 구석에서
시원한 물이 담긴 항아리와, 송곳과 끌과 도래송곳 따위의 온갖 도구,
단으로 묶은 약초들과 신선한 과일,
엉성한 아궁이 안에서 말라 버린 검은 빵과
동굴 바닥에 흩어진 나무로 조각한 작은 신상들을 찾아냈다.
고독한 자는 그것들을 발로 걷어차고는 웃었다.
「오호, 얼굴이 쥐 같은 신들을 거느린 늙은 고양이로구나!」
자기 집에서처럼 그는 마음대로 빵과 과일을 먹었고
시원한 항아리에서 갈증이 나는 목에 물을 부었고
수염을 씻은 다음 동굴을 둘러보았다.
「죽은 자가 무덤 속에서 살아 있는 사람처럼 사는구나!

아, 만일 그가 밤에 일어나 나를 반겨 맞고,
불을 지피고 지하 세계의 짐승을 사냥해다가 구워서
살진 자고와 죽은 영양을 갖가지로 요리하고
바람으로 만든 내 잔에 유령 포도주를 가득 채운다면,
나는 그림자 잔치를 한껏 맛보고 즐거워할 텐데!」
그가 말하고는 죽은 자의 뼈에 만족하여 기지개를 켜고,
늙은 노예 잠에게 부드러운 날개처럼,
아니면 두툼한 누비이불처럼,
나지막이 종을 울리고 맨발로 서둘러 오라고 불렀으며,
그랬더니 잠이 그의 이마 한가운데서 벌집처럼 퍼져 나가
두뇌에다 밤새도록 짙은 꿀을 흘렸다.

동틀 녘에 오디세우스는 윙윙거리는 소리를 듣고 잠이 깨었는데,
무덤은 킴메리오이 나라*의 입구처럼 아직도 침침한 어둠에 파묻혔고,
무덤의 둥근 천장에다 아름다움을 거침없이 펼쳐 나가던
돌돌 말린 꽃의 주변에서 작은 꿀벌 한 마리가 붕붕거려서
무덤 전체가 꿀에 흠뻑 젖은 벌집처럼 시끄러웠다.
무덤이 장밋빛으로 될 때까지 빛이 천천히 흘러 들어왔고,
매끄러운 벽들이 깨어나 동굴 바위에 그린 그림들이 출렁이며
세상에 태어난 첫 인간이 크나큰 관심을 가졌던 세 가지 —
사냥할 짐승과, 여인의 비옥하고 묵직한 엉덩이와
한쪽 구석에서 도끼를 손에 들고 서서 버티는 신을 얘기했다.
「그대의 훌륭한 솜씨에 기쁨과 건강을 비노라, 고행자여.
배고픔과 사랑과 신,* 인간의 세 가지 괴물을 잘 알겠지만
그대는 〈초청하지 않은 손님〉인 내 얼굴은 잊었구나!」
그는 가볍게 일어나 동굴의 입구에 우뚝 서서,

산꼭대기들이 장밋빛으로 변하고 뱀 같은 길들이 반짝이며,
저 아래 어둑어둑한 마을에서 열리는 문들을 보았다.
희미하게 나타나던 늙은 참나무에 빛나는 검은새 일곱 마리가 앉았고
무덤의 입구에 버티고 선 가지가 많고 거대한 할아버지*에서
유쾌한 정령들처럼 일곱 마리가 노래를 불러 대었고
늙은 참나무가 그들의 노래에 맞춰 몸을 흔들었다.
그러자 궁수는 자신의 조상인 참나무가 생각났는데,
그가 거룩한 무덤들 사이에서 춤추며 유령들에게 청동 항아리에 담긴
피를 마시라고 주었던 때가 얼마나 오래전이었던가.
살해된 괴물의 유령, 공기로 이루어진 관념처럼
강둑 위에서 늙은 오디세우스가 걸어가자
정화된 그의 이성과 감미로운 평온함이
바위 같은 그의 두개골 산기슭으로 내려앉았다.
그의 평온함은 소리 없는 허공이나 깊은 정적이 아니라
이성의 궁정에서 시끄럽게 짤랑거리는 대상*이어서,
과거의 것들과 미래의 것들은 심장이 고동칠 때마다 서로 엉켰고
순간들이 방패처럼 부딪치고 성(城)처럼 무너지거나
검은새처럼 그의 이성에 앉아 노래를 불렀다.
오랫동안 그는 동굴 안에서 헤매거나, 침착한 손으로
나무 가면들을 어루만지고, 휘파람을 불며 숲을 지나가다가,
갑자기 배가 고프면 다시 한 번 돌아서서
오래전에 죽은 무덤의 주인과 평화롭게 식사를 같이 했다.
하지만 동굴 입구에 다다르자 그의 마음은 활짝 열렸고,
백 살 난 노인이 뼈 무더기처럼 그곳에 웅크리고 있었는데,
눈이 멀고 머리카락이나 눈썹도 없는 노인은 앙상한 손으로
올리브나무를 가지고 재빨리 늙은 남자의 머리를 조각했다.

「건강을 위하여! 잘 만났구나, 솜씨 좋은 장인이여, 어서 오라!
그대가 마른 통나무를 집어 늙은 입김을 불어넣으면
그대의 온갖 기분에 따라 나무들이 밀랍처럼 녹아내려
악마와 신과 발가벗은 여자들이 원하는 대로 튀어나온다.
전에는 나도 세상이라는 통나무를 손에 쥐고 있었노라.」
놀란 늙은이가 털이 잔뜩 난 팔을 들고 소리쳤다.
「그대가 이곳으로 온다고 전령들이 소리쳐 알렸을 때
희망이라는 거짓된 꼬리를 쫓느라고 사흘 밤 동안 나는
은둔자의 지팡이를 집어 들고 숲속을 돌아다녔으니,
아, 만일 그대가 위대한 고행자라면, 날개를 접어라!」
얼룩진 빛이 그의 얼굴에 뛰놀았고, 고독한 자가 웃었다.
「나는 날개요 아니어서, 그림자를 떨쳐 버리고 가며,
나는 목구멍이요 아니어서, 노래를 떨쳐 버리고 떠나며,
내가 보는 유령들은 살이 되며, 보이지 않는 유령들은 사라지고
나는 구원이 존재하지 않는 세계의 위대한 구원자다.」
늙은 은둔자의 커다란 이마가 그늘 속에서 일어나
컴컴한 문턱이 번득이고 동굴 전체가 밝아졌다.
「나는 평생토록 무서운 새를 숲에서 찾아다녔고,
잠이나 빵이나 여인의 육체를 전혀 즐기지 않았으며,
정신력으로만 무장하고 냄새의 인도를 받으면서 홀로
어두운 숲에서 구원이라는 무서운 새를 사냥했고
지금 나는 그대의 머리카락에서 유황 냄새를 맡는데,
그것을 보고 구세주의 체취라고 모든 옛 전설이 전하더라!
앙상한 나뭇가지처럼 말라 버린 내 불쌍한 손을 뻗어
그대의 얼굴을 더듬고 머리카락을 만져 꽃과 열매를 맺도록
그대의 머리를 숙여 달라, 나의 군주여.」

당당하고 강건한 자가 말없이 노인 앞에서 머리를 숙였고
노인은 두려움을 느끼며 더듬거리는 손을 내밀어
주름이 깊게 패인 고독한 자의 검게 탄 얼굴을 만졌고,
그의 메마른 손가락들은 절벽을 타고 오르듯,
가시나무 숲을 파헤치듯 거칠고 험한 얼굴을 훑었지만,
실컷 더듬고 난 손가락들을 펼쳐 보았더니
연약한 달처럼 눈에 보이지 않는 거룩한 두개골뿐이었다.
「지금 손에 잡은 이 머리를 가장 단단한 나무로 조각하려고
나는 결이 훌륭하고 촘촘한 참나무를 찾아낼 터이고,
일을 끝낸 다음 가장 큰 희망을 손으로 만지고 나면
더 이상 바랄 바가 없으므로 두 손을 가슴에 얹으리라!」*
그가 말하고는 동굴로 뛰어 들어가 죽은 자의 썩은 두개골에다
그의 입을 밀어 넣고는 기뻐하며 소리 질렀다.
「아버지시여, 그가 왔으니, 구원자가 왔으니 어서 일어나소서!」
세 차례 두개골에다 소리치고 세 차례 심호흡을 한 그는
짐을 벗어 버리고 다시 가벼워지자 낮게 웅크리고 앉았으며,
앞이 보이지 않아 어둠으로 질식된 움푹한 눈에서
천천히 눈물이 강물처럼 흘러내리기 시작하여
뺨과 입술을 타고 턱으로 줄줄 떨어져 내려갔고,
그러다가 결국 오래된 상아 같은 그의 얼굴이 기쁨으로 빛나고
비가 걷힌 다음 햇빛을 받아 반짝이는 바위처럼 웃었다.

몇 시간 동안이나 신을 조각하는 이성은 말없이 웃기만 했고,
삶 전체가 모두 눈물이 되어 그의 영혼을 삼켰으며,
마음이 몽땅 부글거리는 소리를 내며 땅으로 쏟아졌다.
몇 시간이 지나도 황야의 늙은 두 사내는 말을 하지 않았고

그들 주변의 위협적인 숲에서는 삶이
허연 손과 늘어진 발을 피와 늪 속에 담갔다.
한낮의 짐승들도 사자의 그림자를 본 듯
겁이 나서 앞발로 땅을 차며 달아났고,
거대한 뱀이 물속에서 몸을 꼬고 비틀더니
시원한 강물에서 한가하게 햇볕을 쬐던
악어를 말없이 세 바퀴 친친 감았다.
가엾은 악어가 날카로운 고통 때문에 시끄럽게 비명을 지르고
꼬리로 첨벙거리며 물을 치자 거품이 일었고,
부스러진 뼈가 소용돌이를 쳤지만 뱀은 미끈거리는 기쁨을 느끼며
여인의 팔처럼 악어를 단단히 감고 쥐었다.
힘찬 포옹에서 빠져나가려고 초라한 짐승이 발버둥을 쳤지만
욕정의 팔다리가 다시금 물결쳐 밀려오듯 휘감아서
햇빛이 쏟아지는 고요한 물속에서 하얀 한낮에
기둥이 부러지듯 절망적이고 삭막한 소리가 울렸다.
숲에서 나는 소음에 귀를 기울이는 늙은 은둔자의
마음속에서는 술렁거리는 강물과 사나운 야수들이 포효했고,
그는 상처받은 그들의 삶이 절규하는 외침을 느꼈다.
그러자 그는 뻣뻣한 손을 내밀어 천천히 더듬거려
말 없는 안내자의 바위 같은 무릎을 단단히 움켜잡았다.
「오, 평생 동안 내가 숲에서 찾아다닌 훌륭한 새여,
나는 온갖 기술을 다 익혔으며, 내 두뇌는 외로운 길을 떠나
머나먼 언저리까지 이성의 터전을 두루 돌아다녔지만
모든 길이 깎아지른 절벽으로 끝날 때마다 나는 돌아서야 했다.
나는 새들과 짐승들이 대화를 나누는 언어를 알아서,
때로는 귀뚜라미처럼 찌르륵거리고 때로는 사자처럼 으르렁거리며,

올리브나무 가지에 앉아 무화과나무들에게 노래를 부르기도 하고
밤이면 물가로 가서 졸졸거리는 얘기에 끼어들기도 하며
요정들이 한낮의 가장 거룩하고 우뚝한 시간에 춤을 추면
나는 방울이 달린 리라를 늙은 무릎에 놓고,
꿈에 사로잡힌 인간의 근심 걱정과 한을 연주한다.
모든 유령과 운명이 내 눈알 구멍 속에 깃들고,
내 은총을 구하러 올라오는 절망적인 순례자들을
어떻게 치료해야 하는지 나는 모든 약초의 비밀을 알며,
내가 소리쳐 부르면 유령들은 새잡이가 교활하게 유혹하는 소리를 듣고
열심히 날개를 치는 욕심 많은 새들처럼 달려온다.
나는 그들의 모든 고통이 날개가 돋아 새처럼 날아갈 때까지
내 풍요한 환상의 창조물로 달려와 매달리는
초라한 사람들을 위로하기 위해 신들을 조각하여 높이 쌓는다.
나 혼자만이 황야에서 몸부림치고 고뇌하며 소리친다.
우리들은 왜 태어났는가? 인간과 짐승은 어디로 가는가?
눈물과 섞여 내 두 눈이 땅으로 쏟아질 때까지 여러 해 동안
나는 비가 오나 태양이 무자비하게 타오르거나 신음했다.
모든 정령들이 내 노예가 되었고 모든 인간이 나를 두려워했지만
여전히 빈손을 내밀고 나는 동냥을 구걸해야 했는데,
그러다가 어제 동굴 입구에 앉아, 꽃은 만발했는데도
열매는 하나도 맺지 못한 내 나무 때문에 통곡하려니까,
작은 새 한 마리가 내 머리를 지나 남쪽으로 날아가며
환희로 벅찬 정령처럼 노래를 불렀다.
〈노인이여, 구원자가 왔으니 머리를 높이 들어라!〉
그래서 나는 떨며 일어나 작은 영혼에게 소리쳤다.
〈새야, 낟알을 줄 테니 어서 내려와 그 얘기를 다시 해다오!〉

그러나 새는 그토록 불타는 좋은 소식을 부리에 물고
세계 각처로 노래하여 전하기 위해 서둘러 가버렸다.
그래서 숲으로 달려 들어간 내가 들어 보니, 땅이 흔들리고,
동물들이 강물처럼 쏟아지고, 곤충들이 마구 모여들고,
깊은 물이 수로에서 휘어져 모래밭에서 갈리고,
작고 성스러운 뱀이 내 사타구니를 휘감고는 식식거렸다.
〈어서 가라, 노인이여! 동화가 신화로 바뀌어 구원자가 왔으니
우리들도 바다로 흘러가야 할 때이다!〉」
그러더니 노인이 잠잠해졌고, 햇빛을 받아 화려하게 꾸민
무지개처럼 미소를 짓는 그의 얼굴로 눈물이 흘러내렸으며,
그는 배고픈 촉각처럼 두 손을 잔뜩 내밀었다.
「오, 영혼의 피투성이 가슴과 목을 지닌 무서운 새여,
열매를 맺지 못하고 죽는 내 한심한 삶을 불쌍히 여겨
눈부신 날개를 접고 말라 버린 내 나무에 앉는다면
가지가 부러지는 한이 있더라도 천 번 만 번 환영하겠노라!」
그러자 강건한 자유인이 웃고는 노인에게 미소를 지었다.
「반갑도다, 삭막한 황야의 길들지 않은 무거운 마음이여!
그대는 알록달록 작살로 무장하여 치장하고는, 내가 지나가는
이곳 험난한 땅에 서서 앞길을 가로막더니, 수다스러운 거지처럼
질문하는 손을 내밀고, 숨을 몰아쉬고 떨며 묻는구나.
〈그런데 왜? 그리고 어디서? 그리고 어디로 가는가?〉
추구하는 혀를 자루에 잔뜩 담아 구원자에게 가져다주거라!」
그러더니 굶주리고 강인한 자가 웃고 뚜벅뚜벅 동굴로 들어가
빵을 자르고 돌 선반에서 가장 좋은 사과를 골라 들고
시원한 물을 마셔 갈증을 푼 다음 수염을 문질러 닦고는
다시금 고행자의 옆에 얌전히 앉았지만,

노인이 텅 빈 손을 탐욕스럽게 내밀고 소리쳤다.
「그대가 구원자라면, 그러고 싶지는 않겠지만, 대답하라.」
이성이 네 방향으로 부는 자 이 무례한 반박을 좋아했다.
「노인이여, 그대의 말이 내 귀에는 진실로 울려 마음에 들고,
그 말은 굴러 내려와 내 크나큰 마음을 때리지만, 그래도 여전히
그대의 이성은 잎사귀와 흙과 털로 가득 차 땅바닥에서 나뒹굴고,
그대는 아직 내 말을 이해하기가 너무 어렵다고 느끼겠지만
혹시 이해하더라도 기억에 담아 두기는 더욱 어렵겠고
기억하더라도 그 무게 때문에 그대의 이성이 터지고 말 터이다.
이제는 구걸하는 손과 고통의 입을 다물고
귀를 땅에다 갖다 대고 잘 들어 보라. 땅에다 귀를 대기 전에는
나도 역시 의문이 많아 흐느껴 울었도다.」

햇빛이 내리쬐는 개활지 앙상한 나무에서
잎사귀 몇 개가 천천히 춤을 추고 빛에게 작별을 고했고,
노란 꽃 두 송이가 축 늘어져 태양이 곧 사라지면
그들이 홀로 남을까 봐 걱정이 되어 한탄했으며,
대지의 다른 모든 영혼도 역시 노란 꽃들처럼
태양을 향하고 그 빛을 따라가다가,
태양과 더불어 영혼들도 꽃처럼 피었다가 지기 때문에
초라한 죽음과 끔찍한 흙을 기억하면서
갑작스러운 슬픔이 어둠처럼 덮치자, 그들 모두 떨며 시들었다.
이 가지에서 저 가지로 원숭이들이 뛰어다니는
깊은 숲속에서 날카로운 외침 소리들이 들려왔고,
멀리 떨어진 곳에서는 하이에나 울부짖는 소리가 울렸다.
노인이 무거운 머리를 떨구었지만 마음은 춤을 추었다.

「인내가 발견하는 바를 어떤 미덕도 능가하지 못한다.
나의 칼이여, 나는 인내의 숫돌에다 그대를 한참 동안 갈아
잡히지 않던 날렵한 승리의 새를 지금은 손에 잡았다.」
비록 자랑은 하면서도 노인의 마음은 아직도 무거웠다.
「우리 두 사람이 얼굴을 대하고 할 얘기가 너무 많아서,
구원자여, 내 이성이 생각으로 넘치니 귀를 기울여라.」
죽은 사람의 해골 무더기처럼 보이는, 먼지구름 속에서
들판 한가운데 창문들이 열리고 문들도 열리는 마을 너머,
둥근 오두막들 너머로 해가 졌다.
어느 흑인 소년이 돌투성이 길을 따라 올라와서
빵과, 말린 무화과 꾸러미와, 물 한 항아리를
벌벌 떨며 은둔자의 발치에 놓고는
한 마디 말이나 소리도 없이 서둘러 마을로 돌아갔다.
노인은 불평하는 듯 씁쓸하게 한숨을 지었다.
「아, 삶의 길을 다시 떠날 수만 있다면 얼마나 좋을까!」
집에 다다른 흑인 소년은 어머니를 꽉 껴안았다.
「어머니, 우리 옛 동굴 앞에 불의 사자가 앉아 있습니다!
노인이 그 사자의 발치에 웅크리고 앉아 흐느껴 웁니다!」
소식이 퍼져 나가자 마을의 문들이 시끄럽게 여닫혔고
집집마다 사자처럼 해 질 녘 어둠 속에서 서성거리던 소식은
밤에 가난한 벽돌장이의 집 앞으로 와서 멈추었다.
주인은 며칠 전 침침한 방 높다란 받침대에서 떨어져
지금은 자리에 누워 사경을 헤매는데, 그가 아들을 불렀다.
「마지막 암흑의 시간에 내가 쓰던 몇 가지 정직한 도구를
너에게 물려주고 싶으니 어서 이리 오너라, 내 외아들아,
이 무기들은 할아버지에게서 아버지에게로, 아버지에게서 나에게로

대대로 전해 내려온 것이란다. 어서 무장하거라, 아들아!
먼저 흙손을 집어 진흙을 빚고, 먹줄을 써서
수직선을 바로잡고는, 믿음직한 수평기*와
네모나 직각 측정기와 이빨이 난 끌, 쇠지레와 송곳,
거룩하고 강한 무기들을 내가 너에게 맡기겠으니, 아들아,
네 차례가 되면 그것들을 네 아들에게 전하거라.
어떤 사람들에게는 사람을 살육하라고 창과 칼이 주어졌고,
어떤 사람들에게는 세계를 다스릴 훌륭한 사상이 주어졌지만
우리들에게는 운명이 벽돌장이의 연장들을 맡겼단다.
저마다의 사람은 나름대로의 은총을 받는다. 나는 세상에서
나까지도 밥벌이를 하도록 도와 준 충성스럽고 참된 동료들인
낡고 오래된 연장들 앞에 엎드려 절하고 경배하며
이제는 내 아들의 손에서 새로운 하루의 일과 보람이 시작된다.
오, 흙손이여, 내 아들을 돕고, 먹줄은 수직으로 매달리고,
사랑하는 수평이여, 그의 서투른 손을 용서해 준다면
그 손은 성숙하여 머지않아 나까지도 능가할 터이니,
내 축복과 더불어 아들의 손으로 가거라, 거룩한 연장들이여.」
아버지가 이렇게 말하고 고통을 가라앉히고는
옛 조상들이 그랬던 것처럼 꿋꿋하게 서서 연장을 물려주었고,
사랑하는 아버지의 떨리는 손에서 아들이 받아 들자
낡은 무기들은 젊은 손에 의해 젊어졌다.
그는 허리를 숙여 정직한 연장들에게 입맞춤으로 인사했다.
「나도 조상의 축복을 받을 만한 자격을 얻게 되기 바란다!」
이렇듯 아버지가 그의 재능이 따라야 할 새로운 운명을
아들의 손에 맡기고 나자, 갑자기 목소리가 들려왔다.
「무기를 들어라! 동굴의 입구에서 사자가 우리 성자를 위협한다!」

아들이 마당으로 달려 나가 바깥문을 활짝 열었더니
깊은 밤에 펄럭이는 등불들이 뜰에서 흔들렸고
개들은 겁이 나서 캥캥거리며 주인의 다리 사이로 파고들었고
늙은 여자들은 동굴에서 서성거리는 것이 사나운 신인지
아니면 사자인지 알아보려고 체에다 말린 콩을 넣고 흔들었다.
두건을 머리에 바싹 죄어 두른 촌로 두 사람이 나섰다.
「몽둥이를 주면 우리들이 동굴로 올라가겠다, 손자들아.
그런 어두운 소식을 들으면 우리 마음은 피를 흘린단다.」
모든 젊은이가 창피해서 무기를 들었고
벽돌장이의 젊은 아들이 누이에게 소리쳤다.
「우리 은둔자의 동굴에 사자가 나타난 모양이야!
노인들을 위험에 빠지게 내버려 두면 부끄러운 일이니,
울지 말고 내가 무기를 잘 챙기도록 도와 다오.」
한편 늙은 은둔자는 다시 한 번 한숨을 짓고 신음했다.
「아, 삶의 길을 다시 떠날 수 있다면 얼마나 좋으랴!」
그러나 세계를 방랑하는 자 말없이 꼼짝도 않고
어둠 속에서 시퍼렇게 번득이는 눈을 크게 떴고
허망한 한숨 소리를 듣고는 마음이 천천히 찢어졌으며,
그의 이성이 까마득히 안개처럼 흘러 바다로 들어가자
입맛이 너무나 쓰다고 느껴져 입을 꽉 다물었지만,
고통을 느끼면서도 노인을 위해서라면 입을 열었다.
「할아버지시여, 모든 나무가 순종하는 그대의 손에게 건강을 빈다!
연장을 들어 신을 조각하면 그 신이 그대에게 젊음을 주고
그대는 다시 태어나 대지에서 뛰쳐 일어나 새 길을 간다.」
그러나 노인은 뒤틀린 입술로 씁쓸한 미소를 지었다.
「내가 쪼그라들고 났더니 신들이 기적을 하나도 행하지 못해서,

내가 힘센 남자였을 때 나무로 조각을 하고 나면 사람들은
신들이 힘센 인간이 되어 차례로 세상을 때려 부순다고 했지만,
이제는 내 허리가 결리고 사타구니도 쪼그라들어서
제신들의 사타구니도 역시 썩고 옆구리는 통증으로 지끈거리니,
구원자여, 나는 이제 나 자신의 구원을 찾을 힘이 없도다.」
그가 말을 중단하고 갑자기 가느다란 열 손가락을 높이 들었다.
「이것이 내가 다스리는 열 개의 전능한 신이다.」
그가 다시 깊은 한숨을 쉬는 소리가 무덤에서 되울렸다.
「아, 젊었다면 나는 허리에 칼을 차고 모든 삶이 마치
우리들의 뜻대로 된다는 듯 친구들과 함께 떠났으리라.
나는 천국을 향해 다시는 손을 내밀어 애원하지 않겠고,
차라리 막강한 왕이 되어 모든 포도주와 고기를 맛보고,
피를 흘린 다음 전쟁이 끝나면 착한 아내에게로 돌아가리라.
나는 미남인 데다 의롭고 선해질 터이며,
위대한 궁정에서는 나의 너그러움이 멋진 암소처럼 우뚝 서서
모든 가난한 사람이 찾아와 젖을 짜가라고 다정하게 음매 울리라.
그러면 나는 아무 의문도 품지 않고, 모든 인간과 더불어
웃고 사랑하고 흐느껴 울며, 세상의 비밀을 측량하리라.
이제 그대의 사자 냄새를 알고, 내 삶은 달라졌도다!」
마치 마음을 유혹하는 자가 그에게 젊음의 약초를 먹인 듯
노인의 사타구니가 튼튼해졌고 관절들이 다시금 단단해졌으며,
모자를 비스듬히 쓰고는 보다 큼직한 날개를 추구하러
사냥하는 이성이 낯선 땅으로 날아가는 기분을 느꼈고,
그는 시원한 바람을 이마에 느끼며 이 절벽 저 절벽으로 뛰어다녔고
새까만 머리 다발이 출렁이는 힘찬 머리 둘레에는
피 묻은 끈이 진홍빛 왕관처럼 감겼다.

그러더니 청동 갑옷을 입은 젊은 무사처럼 노인은
부드럽게 빛나며 천천히, 천천히 잠으로 빠져들었다.

「믿는 자 모두 칼을 들고, 두려워하지 말라, 형제들이여!」
태양의 불길 속에서 황동(黃銅) 산들이 끓어올라 연기를 뿜었고
바다는 씨근거리는 혀로 바닷가를 핥았다.
거인들의 군대가 달리고 그들의 청동 갑옷이 번쩍였으며,
청년들은 높다란 진홍 양초와 초록빛 등불*을 밝혔고
어머니들은 대지가 갈라질 정도로 비명을 질렀다.
죽음의 어머니가 아들을 껴안고 눈물을 흘리며 빌었다.
「아들아, 불쌍한 어머니와 젊은 처녀들을 가엾게 여기고,
아들아, 너는 그들이 흐느끼고 마구 통곡하는 소리와,
어린아이들이 웃고, 한밤중에 젊은 부부들이 남몰래 속삭이는
달콤하고 나지막한 얘기가 들리지 않느냐?
잠시 고통을 가라앉히고 환한 태양이 웃게 하라.」*
죽음이 장미꽃을 귀에 꽂고 콧수염을 비틀어 꼬았다.
「어머니, 저는 결혼 잔치에 가는 길이 아닙니다!
강철 심장의 왕이 그의 사신들인 탐욕스러운 까마귀와,
검은 자칼과 눈먼 벌레를 이곳으로 보내 모든 도시를 공격하고
모든 문들을 때려 부수라고 저한테 명령을 내렸으니,
귀를 밀랍으로 막고 그들의 신음 소리를 듣지 마세요.」
그가 말하고는 박차를 가해 먼지 속으로 사라졌다.
같은 시간에 청동 갑옷 차림의 왕이 뛰쳐나와
하얀 암말을 타고 달려갔으며, 산들이 뒤흔들리고
나무들이 순식간에 뒤로 달려가고 돌멩이에서 불꽃이 튀었으며
그 힘찬 돌진 앞에서 모든 사람이 개미처럼 줄어들었다.

마침내 해 질 녘에 젊은 왕이 멈추고는 황금빛 손수건으로
붉게 상기된 얼굴에서 땀을 씻고 허리를 굽히고는
버드나무가 가장자리에 늘어선 반짝이는 강물 속에서
그의 존귀한 얼굴이 웃어 빛나는 이빨과,
입맞춤으로 그의 머리카락을 둘러싼 붉은 띠를 보았고,
그는 자신이 불태운 성과 파괴한 도시, 그가 고아로 만든
어린아이들과 그가 박탈해 버린 영혼들을 물끄러미 쳐다보았고,
귀에다 장미를 꽂고 그의 곁에 선 죽음도 보았다.
그의 마음이 갑자기 설레었고 이성이 감미롭게 밝아 왔다.
「나는 인간을 불쌍히 여겨 무서운 전쟁이 끝나기를 바라니
네 늙은 어머니에게로 어서 돌아가라, 오, 못된 백정, 죽음아.
나는 모든 방에서 노래와 베틀의 소리가 나고
저녁 문간에서 어머니들이 아기를 어르는 소리를 듣고 싶다.
죽음아, 나도 갓 결혼하여 이성에서는 꿀이 흐르고,
나는 청동 갑옷을 벗어 버리고 비단 옷을 입겠으며,
황금으로 수놓은 부드러운 외투를 걸치고 풀밭에서 거닐며,
꽃 핀 월계수로 만든 활을 들고 나의 여인과 싸우겠고,
창끝에는 빨간 장미를 달아 우리들의 침대에 얼룩을 내고,
모두들 와서 행복의 방패를 부딪치게 되기 바란다.
죽음이여, 그대의 일은 끝났으니, 황금 손잡이가 달린 내 칼과
진주로 수를 놓은 내 조끼를 추억거리로 갖고 가거라.
악의 세월은 영원히 가버렸으니, 그대 또한 어서 가거라.」
그가 말하자 음산한 죽음이 물의 광채로부터 사라졌고
연약한 장미 꽃잎만이 꽃핀 강물을 타고 떠내려갔다.

들판에서는 나뭇가지들의 첫 빨간 움이 돋았고,

대리석 궁전 마당에서는 호리호리한 왕비가 한숨을 지었으며,
두 마리 새끼 사슴이 얌전히 그녀의 기다란 벨벳 자락을 쫓아갔다.
허리를 숙이고 그녀는 우물가의 대리석 사자들에게 물었다.
「사자들아, 내 사랑하는 임금님을 초원에서 보지 못했느냐?
푸른 눈이 독수리처럼 번득거리며 그는 하얀 암말을 타고,
기다란 머리는 내 손으로 직접 땋아 내리고
내 피로 물들여 빨갛게 꼬아 내렸단다.
사자들아, 혹시 그를 만나면 돌아오라고 얘기해 다오.」
마치 정교한 황금 대문으로 말을 탄 사람이 달려 들어와
고삐를 당긴 듯, 물이 뿜어 올라 사자들의 갈기로 쏟아졌다.
어두운 정원에서는 석류나무 꽃들이 만발했고
그림을 그린 벽에서는 모든 조각이 깨어나
제신들은 대지에 축복을 내리려는 듯 두 손을 내밀었고
조상들은 줄지어 서서 싸늘한 대리석 입술로 미소를 지었고
말들은 주인의 냄새를 맡고 여러 돌에서 힝힝거렸으며
왕이 밤새도록 연인을 품에 안고 있었기 때문에
작은 벌레 한 마리가 궁정으로 기어 들어와 날개를 펼쳤다.
이튿날 아침 그녀의 창가에서 잠을 이루지 못해
새까만 눈이 졸음에 젖어, 황금빛 격자 창살을 통해 내다보며
왕비는 저 아래 길에서 걸어 다니는 사람들을 부러워했다.
그러더니 씨앗을 몸속에 받은 신부처럼 그녀의 마음은
이상한 음식과 묘한 욕망을 갈망했다.
「오, 나그네여, 나는 너무나 가슴이 두근거리고,
잠시나마 그대의 흙길로 찾아가 그곳을 걷고 싶어서,
더 이상 못 견디겠기에 나는 흐느껴 울겠노라!」
그녀는 맨발로 진흙 속에서 뒤뚱거리며 걷는 노파를 보고는

자신도 흙 속에 발을 담고 싶은 욕구를 느꼈다.
그러자 왕은 발이 하얀 왕비가 동틀 녘에 내려와
향기로운 수렁 위로 걸어갈 수 있도록 덩어리를 빚으려고
생강 뿌리를 백 근이나 궁정에다 쌓아 놓고 절구에다 빻아
장미꽃 기름에다 푹 담가 내오고,
정향과 향료도 백 근, 그리고 박하와 계피,
육두구도 백 근을 내오라고 명령했다.
넘치는 힘을 그의 마음이 한껏 맛보게 될 때까지,
어떤 기쁨이나 욕망의 달콤한 열매도 남김없이
하나씩하나씩 대지의 나무로부터 모두 따먹었기 때문에
왕의 마음에서는 환희하며 솟아오르려는 듯 날개가 돋았지만,
그가 심연에 이르렀음을 왕은 아직 인식하지 못했다.
그는 감탄하고 기뻐하며 도시와 거리들을 두루 거쳤고,
정의의 저울을 높이 치켜들었으며,
땅과 바다의 재산과 마음의 은총을 백성과 함께 나누었다.
그는 날씬한 처녀의 베틀과 어머니의 자장가 소리를 들었고,
해 질 녘에 궁중 앞마당에서 즐거운 여자들이 무리를 지어
아이들과 어울려 노는 모습을 보았다.
세계 각처의 머나먼 곳에서 돈 많은 사신들이
무거운 황금과 줄줄이 엮은 노예들과 눈부신 산호나무들과
값진 타조 깃털을 잔뜩 실은 꼽추 낙타를 끌고 왔으며,
대리석 사자들이 입을 벌리고 크게 웃었고,
왕은 새까만 콧수염을 꼬면서 그의 황금빛 주랑들을,
널찍한 대리석 궁정들을 호랑이처럼 의젓하게 돌아다녔다.
그러나 어느 캄캄한 밤 꽃이 만발한 나무들 속에서 홀로
그는 날개가 돋아나는 독한 술을 마시고 마음이 부풀었으며,

그의 삶이 기억의 웅덩이에서 연꽃처럼 피어올랐고
깊은 한숨을 짓는 그의 눈에는 눈물이 가득 고였다.
세상이 몽땅 그의 발치에 엎드렸고 재물이 몰려들었으며,
그의 육체는 해 질 녘에 여자들이 개똥지빠귀처럼 날개를 퍼덕이며
노래를 부르려고 모여드는 상아탑이었지만,
그의 마음만은 슬픔에 젖어 갑자기 한숨을 지었고,
자랑스러운 두 손을 그는 어둠 속에서 거지처럼 내밀었다.
그는 궁전이 흔들릴 정도로 소리를 지르며 울음을 터뜨렸고,
현명한 해몽가들이 모여들고, 무당들이 주문을 읊고,
마음을 치료하는 자들이 부적을, 노인들이 마력의 약초를 가져왔고,
질병을 환히 아는 궁중의 돌팔이들이 기다란 수염을 휘날리고
교활한 눈에 혀를 차며 서둘러 몰려들었다.
그들은 온갖 교활함을 보이며 특효약에 관해서 떠들었고,
악귀를 쫓아 버리려고 열심히 불어 대고 마력의 연고를 발랐으며,
특효가 뛰어난 뱀의 향유와 꿀을 넣은 감초 죽을 가져왔지만
왕은 위안을 얻지 못하고 마음이 답답하여 울기만 했고,
붙잡히지 않는 웃음의 새는 결코 돌아오지 않았다.
난쟁이 광대가 방울이 달린 모자를 비뚜로 쓰고 나타났다.
「저리 비켜요. 웃을 줄 모르는 임금님을 내가 웃길 테니까!」
그가 고양이 소리를 내며 기어 다니고, 수탉처럼 울었고,
자고처럼 꼬르륵거리고, 독수리처럼 울부짖기도 했으며,
방울새의 노래를 부르다가 결국 다재다능한 목구멍이 터지고 말았다.
그러자 웃음을 잃은 왕이 역겨워서 귀를 막았다.
「모든 인간을 저토록 부끄럽게 만드는 광대의 소리는 듣고 싶지 않구나!
저놈을 원숭이 족속과 함께 철창 우리 속에 집어넣어라!」
태양조차 무색할 정도로 아름다운 처녀가 침대에서 일어났다.

「임금님이 즐거워 웃게 만들 사람은 나밖에 아무도 없으리라!」
그녀는 가슴에다 천국과 태양과 달을 매달아 장식하고,*
머리에는 황금 전갈을, 귀에는 패랭이꽃들을 꽂고는
엉덩이를 흔들며 궁전 문을 향해 당당하게 걸어갔다.
노인도 염치없이 그녀를 쳐다보고 어린아이도 입이 벌어졌으며
그녀와 마주친 두 마을 사람의 지갑 끈이 끊겨
금화가 짤랑거리며 땅바닥으로 굴러 떨어졌고
궁전의 젊은 파수병들은 상기한 얼굴이 빛났다.
「궁전의 기둥들이 타오르는 것을 보니 날이 밝은 모양이로다!」
「낙조가 든 저녁의 공기가 향기로 가득하구나!」
그러자 세 번째 파수가 〈불이야!〉 소리를 지르고
불처럼 새빨간 신호의 깃발을 치켜들었고, 도시 전체가 들끓었다.
왕의 옆에 꼼짝 않고 섰던 흑인 사형 집행자가
빛나는 칼을 뽑아 들더니 큰 소리로 외쳤다. 「위대한 왕이시여,
그대의 넓은 성문으로 날씬한 처녀가 힘차게 들어옵니다!」
그녀의 단단한 젖가슴에서는 해와 달이 반짝이며 가까워졌고,
그녀가 발가벗으니까 황금 전갈들이 떨고 패랭이꽃들이 떨어졌으며,
그러더니 가만히 그녀는 왕의 무릎에다 머리를 얹었다.
그러나 여인의 깊은 눈에서 왕은
그를 꼭 잡으려고 통통한 손을 내미는 아기를 보았고,
절망하여 벌떡 일어난 그는 노예를 불렀다.
「그녀의 가슴은 아기를 원한다! 나는 그것을 혐오한다!
저 여자를 데려다 같이 자고 배 속을 가득 채워 주거라!」
그러자 늙은 현인이 의젓하게 새하얀 머리카락을 쓰다듬었다.
「웃을 줄 모르는 왕을 내가 큰 소리로 웃게 만들어 보리라.」
그는 왕의 발치에서 나지막한 의자에 웅크리고 앉아

세상의 음울한 역사를 일곱 날 일곱 밤 동안 엮어 냈고,
일곱 날 일곱 밤 동안 그의 박식한 이성은
전쟁과 재난과 욕정과 인간의 모든 계략을 풀어냈지만,
일곱째 날 새벽에 왕이 참다못해 소리쳤다.
「인간의 역사는 전쟁과 눈물의 벅찬 부끄러움이요,
세상은 피로 물든 도살장이어서 아무런 진리도 없고,
기쁨이나 미덕이나 보람이나 구원의 희망도 없다.」
그는 왕좌에 웅크리고 앉아 흑인 노예에게 명령했다.
「온 세상을 독으로 물들인 저 현인의 혀를 잘라 버려라!」
마침내 자정이 다 되어 눈먼 음유 시인이 나오더니
무정한 하늘로 어둠의 눈을 높이 들어 쳐다보고는
고통스러운 통곡, 자랑스러운 탄식을 시작했고, 허리를 수그린
왕은 확실한 얘기를 하나도 듣지 못했지만 이성이 번득여서
그의 손을 잡고 소리쳤다. 「그것이 진리니라!」
그러더니 그는 진홍빛 신발과 높다란 왕관,
머리가 두 개인 황금 독수리와 황금빛 옥쇄를 던져 버리고는
한꺼번에 두 개씩 궁전의 계단을 달려 내려갔다.
궁정에서 아버지가 그를 말리려고 두 손을 내밀었다.
「아들아, 나는 네 늙은 아비란다!」「전 태어난 적이 없습니다!」
그의 아들이 문간에서 가로막고 나섰다. 「저는 아들입니다.
저를 버리지 마세요!」「나에게는 자식이 하나도 없다!」
아내가 큰길에서 가로막고 그를 끌어안았다. 「당신의 아내인
저를 불쌍히 여기소서!」「나는 자식을 낳고 싶지 않다!」
왕이 길을 건너 도시의 성문을 지나서
들판과 포도밭을 가로질러 낮은 언덕으로 올라갔고
잠시 걸음을 멈춰 귀를 기울인 다음 다시 발걸음을 서둘렀으니,

나무들 뒤에서 머나먼 바다의 쓰라린 울부짖음이 들려왔고,
바위들 뒤에서 머나먼 바다의 쓰라린 울부짖음이 들려왔고,
총명한 그의 이마 뒤에서는 우레 같은 파도가 무너졌다.
「내 왕국은 섬이요, 바다는 섬의 목을 죄는 올가미로다!」
배가 고파진 그는 영혼의 기운을 돋우려고 빵 조각을 집었지만
빵의 뒤에서도 여전히 바다가 비웃는 소리가 들려와서,
그는 돌멩이로 빵을 집어 던지고는 다시 먹으려고 하지 않았다.
왕은 다시 일어나 길을 건너고 또 건넜는데, 보라!
높다란 두 개의 산봉우리 사이로 아홉 쌍의 머리가 달린
용이 와락 튀어나오더니 그가 가는 길을 막았다.
「나를 정복할 이성은 아직 태어나지 않았도다, 위대한 왕이여!
나는 희망이나 신이 없는 사막이 그 뒤로 펼쳐진
거룩한 경계선이요, 인간의 질서 정연한 삶을 보호하는
가시덤불 울타리요, 미덕의 아버지인 〈법〉이로다!」
그러나 웃을 줄 모르는 왕은 피로 얼룩진 법의 머리 뒤에서도
여전히 머나먼 바다가 우레처럼 울부짖는 소리를 들었고,
땅이 갈라지며 그의 이성이 갑자기 용을 삼켜 버렸다.
젊은 왕이 길을 건너고 또 건넜으며, 산들이 흔들렸고,
번쩍거리는 번갯불을 손에 든 용감한 신이
동굴의 적막한 어둠 속에서 높이 뛰어오르며 소리쳤다.
「나는 세상의 마지막 경계선인 신인데, 그대는 어디로 가는가?
나는 하늘과 땅, 그리고 인간 영혼의 끝이므로
그대가 지나갈 길이나 건널 해협은 더 이상 없도다!」
그러나 신의 등 뒤에서도 왕은 여전히 바다의 울부짖음을 들었고,
신은 갑자기 갈라진 인간의 이성 속으로 떨어졌으며
이성은 웃을 줄 모르는 왕의 머리 위로 뛰어올라 소리쳤다.

「인간의 위대한 이성인 나만이 하늘과 땅에 존재한다!」
그러나 그 말의 뒤에서도 여전히 거품 위에서 바다가 조롱했고
이성은 창피해서 입을 꽉 다물고 벌벌 떨었다.
다시금 길로 나선 그는 산의 협곡들을 지나 달려갔고,
나무들이 만났다 갈라지고 바위들이 쪼개졌다가 다시 뭉쳤으며
그의 주변에서는 돌멩이들이 사방에서 정신없이 춤을 추었다.
어느 날 아침 그의 지친 코가 찝찔한 소금 공기를 냄새 맡았고,
기진맥진한 왕의 발치에서는 끝없고 텅 빈 바다가 포효하며
거품의 입을 벌리고는 어머니 대지가 겁에 질려 위축될 정도로
못된 암캐처럼 바닷가 모래밭을 와삭와삭 씹어 먹었다.
가엾은 왕이 고뇌하는 마음을 건지려고 부둥켜 잡았으며,
통나무 하나를 집어 〈웃지 않는 인간〉을 새로 깎아
거품이 이는 파도 위에다 부표처럼 박아 놓은 다음
말없이 바닷가를 한 바퀴 돌며 그의 땅을 모두 돌아볼 때까지
절대로 멈춰 서지 않겠노라고 맹세했다.
그가 초라한 왕국의 이 바닷가 저 바닷가를 돌아다니는 사이에
낮이 가고 밤이 흘러가 없어졌으며, 보름달도 이울었지만,
그래도 웃지 않는 왕은 여전히 바닷가를 돌아다니며 탄식했다.
「나는 빙빙 도는 함정에 빠진 채 섬을 다스렸구나!」
추운 겨울이 왔다가 가고, 여름이 느릿느릿 흘러갔으며,
다시 눈이 내린 다음 어느 날 밤에 왕은
물에 젖은 통나무에 발이 걸려 엎어졌으며,
아침에 보니 그는 뿌리가 뽑힌 부표를 붙들고 있었으니,
그는 한 바퀴를 다 돌아 올가미를 단단히 죈 셈이었다.
바다가 올라타서 나무토막을 통째로 먹어 치우기 시작했는데,
통나무는 무릎이 썩었고 발은 해초가 친친 감았으며

미끈거리는 하얀 바다 벌레들이 촉촉한 허벅지를 핥았다.

그러자 웃지 않는 왕은 그의 나무 가면을 멀리 바다로 던져 버리고는
차분한 절망을 느끼며 다시 내륙으로 들어갔다.
그는 죽은 사람들의 해골이 산더미처럼 쌓인 곳에 이르러
깊은 망각의 바다에서 그의 이성이 자주 항해했던
깊고 낡은 배, 영혼의 깊고 낡은 집을,
자신의 옛 가면들을 만났다는 생각에 전율했다.
그의 삶 전체가 뼈의 무더기였고, 죽음의 청소부가
모든 입에서 킬킬거리고, 모든 눈에서 통곡했다.
신음하며 그가 무더기 위로 엉금엉금 기어 올라가자
입이 벌어진 새하얀 해골들이 덜그럭거리며 굴러 내렸고,
해 질 녘이 되어 소금물에 표백된 뼈들이 붉어질 무렵에
숨을 헐떡이는 왕이 마침내 조용한 꼭대기로 올라가
다리를 꼬고 앉아 무척 두려워하며 주위를 둘러보았는데,
바다가 사방에서 아우성치며 그의 왕국을 집어삼키려고 했다!
그는 창백한 이성이 떨렸고, 머리에서는 연기가 피어오르더니,
번갯불 같은 기억이 머리를 스치는데, 그는 깊은 망각의 바다,
평온한 담청색 바다로 뛰어들었고, 다시 솟구쳐 오른 그의 손아귀에서는
시원한 바닷물이 흘러내리는 홍옥과, 청록옥과, 산호 가지들이
그의 옛 삶들을 머금은 소금과 해초와 뒤엉켰다.
그는 바위틈에 박힌 거대하고 철갑을 두른 바닷가재였고,
하늘로 솟아오르기를 갈망하는 가벼운 날치였고,
구름을 뚫는 독수리와 대지의 뿌리를 파고드는 두더지여서
수많은 새와 짐승들의 해골이 그의 영혼을 둘러쌌다.
그는 천 년 동안 으르렁거렸고 천 년 동안 말을 했으며,

때로는 피투성이 사냥꾼이요 시골의 무례한 총각이기도 했고,
일 년 내내 씨를 뿌리고 거두어들이는 건장한 시골뜨기였으며,
도끼를 손에 들고 뱃전에 우뚝 서서 바닷가들을 약탈하던
사나운 해적이었고 교활하고도 부유한 상인이었으며,
결국 많은 방랑을 하던 그의 피가 마지막으로 진정되어
웃지 않는 왕의 투명한 영혼이 되었다.
그러나 보라, 그가 한때 걸쳤던 갖가지 해골들 속에 잘 파묻혀
용사가 이제는 그의 옛 방패들 위에 올라앉았고,
그의 이성은 석양의 마지막 광채를 던졌다.
〈마침내 나는 비밀을 알아냈으니 마음이 가벼워지고,
이성의 등잔은 기름이 별로 없어 불기만 하면 꺼질 터이니,
그와 더불어 하늘과 땅과 푸른 바다가 모두 사라지리라.〉
갑자기 이런 생각이 떠오르자 왕이 웃기 시작했고,
그가 웃으니 산들이 흔들리고, 그가 웃으니 세상이 떨고,
그가 웃으니 해골들이 벌어져 캑캑거리며 소리를 질렀다.
그러나 어느새 날카로운 칼이 그의 목을 후려갈겼고,
신이여, 그는 서늘한 산들바람처럼 죽음이 다가옴을 느끼고는
웃음을 멈추고 두 팔로 땅을 끌어안았다.「어머니시여,
나로 하여금 한 시간만, 한 순간이라도 더 살게 해달라!
아직 두 손을 벌리고 있는 나를 지금 죽이지는 말라!」

축축한 새벽이 천천히 장밋빛으로 바뀌며 땅으로 기어 올라왔고,
홀가분한 궁수는 바위에 마련한 잠자리에 누운 채로
술렁이는 잠의 광풍 속에서 몰아치는 파도와 더불어 불끈거리는
은둔자의 이마를 몇 시간이나 말없이 지켜보았다.
〈위대한 마술의 잠이 불어오면 검은 육식이

검은 껍질처럼 벗겨지고, 영혼은 꿋꿋한 날개가 뻗어 나와
마음대로 날아다니며 하나 하나의 욕망을 꿀처럼 빨아먹으니,
그는 욕망을 깊이 꿈꾸고 그리하여 다시 태어난다.〉
꿈에 빠진 초라한 인간을 보고 오디세우스는 이렇게 생각했지만
어느새 노인은 눈에 눈물이 가득 고여 〈어머니!〉 소리치며
밤새도록 두 손을 마구 휘둘러 대었다. 「어머니!」
그의 절규가 아기의 울음처럼 밝게 울려 퍼졌지만
마음과 투쟁하는 자 말없이 노인을 물끄러미 지켜보기만 할 뿐
못된 꿈을 몰아내려고 손을 내밀지는 않았다.
「꿈은 깨어 있는 동안의 가장 깊은 상처들을 아물게 하니
노인은 지금 그가 살고 싶었던 삶을 살고 있으므로
삶 전체가 상실되지 않도록, 그가 꿈을 꾸게 내버려 두자.」
한편 마을 촌로 두 사람이 숨을 헐떡이며 바위를 기어오르고
그들의 뒤에서는 무장한 젊은이들이 은밀하게 뒤따랐는데,
동틀 녘이 되자 노인들은 모든 동굴을 밝히는
기다란 불길이 날름거리는 혓바닥을 보고 무서워 떨었고,
마치 두 군대가 싸우듯 청동 방패들이 부딪히는 소리가 들려왔다.
그러나 날이 환히 밝은 다음에는 거대한 동굴 바위가 빛나며
하얀 불길 속에서 흔들렸고, 산처럼 출렁이며 반짝이는 알들과
눈부신 날개를 보고 그들의 마음은 기쁨으로 두근거렸고
그래서 첫 번째 촌로가 앙상하게 야윈 두 팔을 높이 들었다.
「수많은 날개로 날아오르려는 듯 바위가 빛나고
훌륭한 고행자들은 동틀 녘에 신을 얘기하는구나!」 그가 말하자
두 사람은 가벼운 발걸음으로 앞서거니 뒤서거니 올라갔고,
이제는 장미처럼 붉은 빛깔이 된 무덤을 향해 천천히 다가갔으며,
그들은 희미한 담청색 광채를 받아 맑은 강물처럼 흐르는

낯선 고행자의 수정 같은 수염을 보았다.
그는 벌린 손바닥 안에서 인간의 운명을 읽기라도 했는지
고행자가 벌어진 손을 높이 치켜든 다음
창백한 사람들에게 용기를 주려고 독수리처럼 이글거리는 눈을 들어
부드럽게 미소를 지으며 그들더러 가까이 오라고 손짓했다.
그들은 떨리는 무릎으로 한 발자국씩 기어 올라갔지만
죽음의 평화를 찾은 은둔자의 모습을 보자 그들은 모두
머리카락을 잡아 뜯으며 울었다.「훌륭한 할아버지가
하데스로 깊이 떨어졌으니, 우리들의 빛이 사라졌구나!」
그러자 아는 바가 많은 운동선수가 눈을 반짝이며 일어섰다.
「위대한 고행자는 그의 첫 고향으로 돌아가기를 원했지만
그의 손에는 영혼이 아직도 거지처럼 매달려
그대들의 도시로 손바닥을 내밀고 구걸하니,
잡아먹히지 않으려면 그 손에게 푸짐한 선물을 쥐어 주어라!」
젊은이들은 방패를, 노인들은 지팡이를 서로 부딪쳤으며,
두 사람은 거룩한 시체를 높이 들고 천천히 비탈을 내려가
도시의 거대한 참나무 밑에다 안치했다.
모든 선량한 영혼이 거룩한 시체에 입 맞추려고 서둘러 왔지만
아직도 따스한 시체의 손은 벌어진 채로 내밀고 있기만 했다.
오디세우스가 사람들의 위로 나타나 그들의 두려움을 진정시켰다.
「죽은 자는 눈물을 원하지 않고, 아직 만족하지 못한
그의 손은 그대들이 소유한 가장 귀한 것을 쥐고 싶어 한다.」
당황한 군중이 떨며 벌어진 손으로 몰려들어
도시의 원로들은 금화를, 젊은이들은 무기를 주었고,
족장들은 유명한 성의 묵직한 청동 열쇠를 주었고,
어머니들은 찝찔한 눈물로 손을 가득 채웠고,

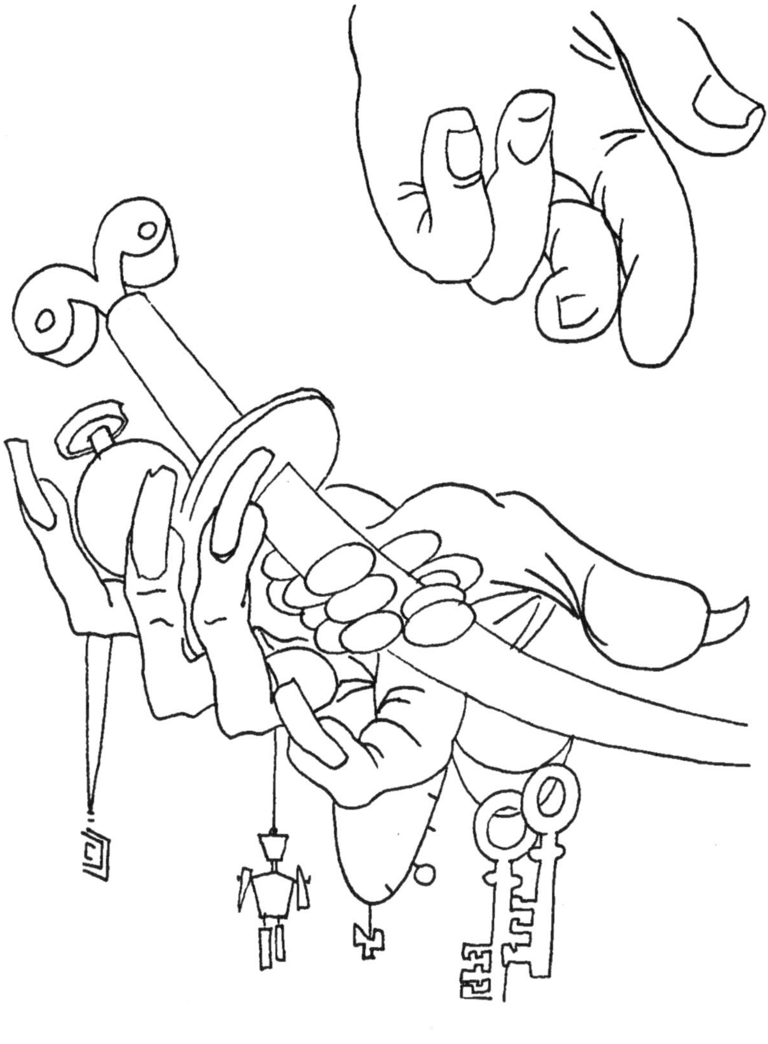

젊은 처녀는 입맞춤과 육욕의 체취로 가득 채웠으며
어린아이는 모든 장난감을 손가락에다 걸어 놓았지만
손은 아직도 굶주린 채로 벌어져 그들 모두를 저주했다.
탐욕스러운 손이 뻗어 나와 도시와 그곳에 사는 모든 영혼을
땅속으로 끌고 들어가려 하자 비명 소리가 터져 나왔다!
아, 저 무서운 굶주림의 탐욕을 무슨 선물로 만족시키겠는가?
오디세우스는 사람들의 고통을 느끼고 그들의 영혼을 불쌍히 여겨
허리를 숙이고 손톱으로 땅을 파고는 탐욕스러운 손으로 가서
한없이 깊은 손바닥을 흙으로 채웠고,
그러자 쪼글쪼글한 손가락들이 만족하여 오므라졌다.
원로들이 구원자의 발치에 엎드려 경배했고
젊은 처녀들이 그의 무릎을, 과부들이 그의 손을 잡고는
이곳에 남아 양치기처럼 도시를 수호해 달라고 빌었지만
부유함과 기쁨과 소득을 거부할 때마다 더욱 자부심을 느끼며
고독한 자는 사람들 사이를 헤치고 그의 길을 갔다.
그는 도시의 반달문을 지나 풍요한 들판을 건넜다.
「때로는 나를 웃게 만들고 때로는 한숨짓게 만드는
불만스러운 우리 삶을 나는 어떻게 해야 하는가?
나는 육체와 이성에서 다 같이 월계수 잎사귀 냄새가 날 때까지
손가락으로 월계수 잎사귀처럼 문질러 대리라.」
이렇듯 마침내 인간으로부터 해방되어 구원을 받은 주인의 영혼은
달콤한 황야에서 외로운 양치기의 노래를 휘파람으로 불었다.

다시금 홀로 그는 대지의 초라한 먼지를 일으켰고,
다시금 숲은 털이 잔뜩 난 야수처럼 일어나
털북숭이 꼬리를 달고 고행자의 뒤에서 따라갔다.

그의 새로운 동반자들은 이성의 파도 속에서
날치처럼 높이 날며 머나먼 바다를 향해 그를 따라갔고,
눈이 크고 죽음에 질식당한 젊은 왕자는
희망도 없이 가장 용감하고 절망적인 길을 택했으며,
입맞춤도 많이 하고 목욕도 많이 한 마르가로의 달콤한 육신은
공작새 불꽃에 휩싸여 사랑의 길을 따랐고, 그래서 이 노인,
만족하지 못한 이 두뇌가 물었다. 「우리들의 삶은 무엇이고,
어디에서 왔고 어디에 있는가?」 한 마디 말을 구걸하고,
하늘과 땅에서 해답을 추구하던 이 자유분방한 손에게
응답하려고 일어선 것은 오직 한 줌의 흙뿐이었다.
「타작마당 한가운데서 곡식 부스러기를 끌고 가려 애쓰는
개미들을 나그네가 허리를 굽히고 구경하다가 갑자기
발뒤꿈치를 들어 그들을 흔적도 안 남기고 뭉개어 버리듯,
인간의 개미탑도 가련한 대지 위에서 투쟁을 벌이지만,
어떤 위대한 이성도 우리들을 거들떠보지 않고
우리들 머리 위에서는 짓밟으려는 발이 기다릴 따름이다!
우리들의 위대한 고뇌와 용감한 노래와 더불어
서로 껴안고 심연으로 뛰어내리도록 하자!」
고독한 자는 하루 종일 걸어가며, 허공을 공격하겠다고
희망에 차서 덤벼들던 젊은이들을 바람이 가볍게 불어
모래밭에 내동댕이치던 일을 생각하고는 슬픔에 젖었다.
「그러나 우리들이 아무 희망도 없이 모두 말에 올라타
바람과 싸운다는 비밀을 우리들은 잘 안다, 동지들이여!」
그가 이렇게 혼잣말을 하자 대지의 장미꽃이 수그러졌고,
해 질 녘에는 시원한 노래를 부르는 강의 작은 지류가
수양버들과 만병초의 속으로 흘러갔다.

바다를 향해 같이 걸어갈 친구를 찾아내어 기뻐하며
고독한 자는 동지를 반겨 맞으려고 신발을 벗었지만,
강물 위로 몸을 수그린 그는 바다로 헤엄쳐 가는
수많은 뱀장어 신랑 신부의 무리를 보고 흥분감을 느꼈는데,
욕정에 활활 타올라 사랑의 불꽃으로 은빛이 된 뱀장어들은
깊은 소금물 속에서 어서 짝을 지으려고 모두 서둘러 달려갔고
햇빛과 그늘 속에서 반짝이며 즐겁게 뛰놀고 희롱하면서
불모의 대지에서 뱀장어들까지 사라져서는 안 되겠다고
그들의 씨앗을 심으러 뒤엉킨 뱀들처럼 몰려갔다.
결혼식 행렬과 더불어 둑을 따라 걸어가며 그는 생각에 잠겼다.
〈우리 이성으로 따뜻하게 품은 무수한 새알을 우리들도
죽음의 바닷물 속에서 부화시킬 수만 있다면 얼마나 좋으랴!〉
사흘이 흘러간 다음 그는 적들이 그곳을 지나가면서
모든 건장한 남자들과 어린 사내아이들과 젊은이들에게
칼을 휘둘러 대어, 성숙하지 못하고 꽃피지 못한 소녀들과
시들어 버린 과부들, 젖이 축 늘어진 죽어 가는 노파들만 남겨서,
남자의 정액이 도시에서 파괴되고 없어졌기 때문에
썰렁한 마당에 모여 모두들 슬퍼하고 통곡하며,
어느 집에서도 굴뚝에서는 연기가 피어오르지 않고
온통 고통으로 뒤틀려 버린 도시에 이르렀다.
항아리로 기어 들어갔던 어린 사내아이 하나만이 살육을 피해
살아남아서, 어머니들은 서로 돌려 가며 그를 무릎에 앉히고는
젖을 먹이고 다정하게 돌보아 주었는데, 그들에게는 이 아이만이
거룩한 종족의 깜박이는 불꽃이요 유일한 희망이었고,
그들 조상의 추억과 그들 집안의 오랜 뿌리는
머리털도 나지 않은 이 어린 벌레에게 모두 매달렸다.

창백하고 나약한 소년은 여인들의 품에 안겨 울었고
그의 황금빛 모자에서는 무수한 은방울이 반짝였다.
영혼이 여럿인 자가 빠른 걸음으로 서둘러 나가던 길에서는
가련한 여자들이 방에서 통곡하고 흐느껴 울었으며,
텅 빈 마당의 피로 얼룩진 깊은 잡초 속에서는
해방된 암염소들이 활기찬 새끼들에게 젖을 먹이며
터질 듯 젖이 넘치는 기분을 느끼고는 기뻐 숨을 몰아쉬었다.
고뇌하는 자가 도시의 언저리 어느 언덕 위에 서서
저 아래 펼쳐진 과부들의 집과, 여자들의 무리 속에서
황금빛으로 빛나는 모자를 찾아보았으며,
손을 높이 들어 어린 사내의 싹에게 축복을 내렸다.
「인간의 위대한 씨앗은 땅에 쏟아져 없어지지 말 것이며,
때가 되면 대지로부터 새로운 인간들이 태어나고
따스한 하늘에서 날개를 치며 솟아올라, 마음이 기뻐하게 하라!
대지는 그림자일 뿐이지만, 기쁜 마음은 그것을 꼭 끌어안는다.」

고독한 자는 이제 더 이상 낮과 밤을 헤아리지 않았고,
모든 순간이 불멸의 젊음이 샘솟는 어머니였으므로
모든 길이 틀림없이 바다로 내려가리라는 것을 알았으므로
그는 방향을 가리키는 그의 마음을 즐겁게 쫓아갔다.
어느 날 새벽에 그는 위대한 조상들, 가장 높은 나무 위에서
모든 질병을 치료하는 혼령들에게 남몰래 기원하느라고
나뭇가지에다 매놓은 알록달록한 헝겊들을 몇 개 보았으며,
더 내려갔더니 태양들을 새겨 넣은 높다랗고 거대한 바위들이
찰흙 접시와 꿀과 우유와 김이 무럭무럭 나는 대추야자 따위의 제물이
잔뜩 쌓인 널찍한 공터에서 빛났다.

「모든 신의 위대한 부모 〈두려움〉과 〈희망〉이 여기 모였으니
틀림없이 가까운 곳에 큰 마을이 하나 나타나리라.」
고독한 자는 걸음을 서두르지도 않고 늦추지도 않으며 말했다.
그러고는 머지않아 어느 날 그는 깊고 어두운 숲에서 북이 울리고
사방에서 응답하는 북 소리가 마주 울리는 소리를 들었는데,
마치 나무 속에 숨은 유령들이 그가 온다고 알리는 것 같았다.
울창한 숲, 위험한 사냥, 여자들, 몰려오는 짐승들 —
그 소리들은 피 속에서 오래된 신비한 공포를 불러일으켰고,
이성은 시커먼 구덩이를 굽어보며 부들부들 떨었다.
무쇠 같은 손에 피투성이 돌도끼를 단단히 잡고
어느 천 살 난 야만적인 삶이 이 숲을 지나갔을까?
기억 또한 그 속에 야수들이 웅크린 깊은 동굴이요,
그 동굴이 움직이면 머리가 뚜껑문처럼 삐걱거렸다.
태양이 그림자 쪽으로 기울고 새들이 나뭇가지에 앉자
방랑을 많이 한 순례자는 희망과 갈망을 간직하고
아이들이 우글거리는 도시의 시끄러운 성문을 지나갔다.
그러자 여자들의 겨드랑이와 무르익은 과일의 향기가 짙은
밤의 바닷바람이 햇빛에 그을고 먼지로 뒤덮인 온몸을
시원한 파도로 씻어 주자 그의 검은 눈이 차분해졌다.
푸른 그늘의 길거리에 많은 사람이 몰렸고,
멍석을 깔고 다리를 꼬고 앉은 쪼글쪼글한 늙은이들은
초록빛 터번이나 하얗고 높다란 모자를 머리에 썼고,
방금 머리를 감고 빗은 젊은 처녀가 지나갔는데
가늘게 땋아 내린 그녀의 머리에는 콩알처럼 굵은 진주가 달렸고
벌거숭이로 드러난 젖가슴에서는 청동 부적들이 짤랑거렸다.
그녀는 방울뱀처럼 소리를 내며 흔들리는 걸음걸이로 지나갔고,

향기로운 짐승 냄새를 내면서 아주 달콤하게 엉덩이를 흔들었고
어린애처럼 화장한 눈으로 어찌나 뚫어져라 쳐다보았는지
위대한 늙은 고행자가 눈을 떨구고 얼굴을 붉혔다.
그는 가냘픈 소년들이 허리를 숙이고 돌절구에다
향료와 약초를 빻고, 노인들이 마력의 물감과 연지를 말없이 갈아서
어둠 속의 애타는 처녀들에게 남몰래 파는,
차양을 드리운 기다란 장 거리의 냄새를 맡아 보았다.
소매가 치렁치렁한 옷에 도장을 찍는 금반지를 낀 추장들이
검은 눈에 잔등의 혹이 물결치는 낙타를 타고 지나갔으며,
그들의 비단 장식띠에서는 새로 꺾은 장미꽃이 빛났다.
황금빛 신발을 신은 젊은 여자들이 향수를 뚝뚝 흘리며
숲에서 날아온 야생의 새처럼 한가하게 거닐었고,
늙은 나이에 삶을 부끄럽게 하지 않으려고
나이 든 시민들은 욕정이 마음을 꿰뚫자 눈을 감아 버렸다.
광란에 빠진 은둔자 한 사람이 묵직한 향로를 들고
집집마다 문을 두드려 악마를 쫓으려고 연기를 뿌렸으며,
어두운 무덤 속에서도 여전히 빵을 굽고 빨래를 하고
죽은 추장을 잘 섬기게 하려고 베어 죽인 노예들의 목을 이끌고,
화려한 장례 행렬이 천천히 지나갔다.
모든 구경꾼이 소리치고 외쳤으며, 긴 지팡이를 들고
늙은 상인들이 죽은 자를 놀리면서 쫓아갔다.*
곡을 하라고 고용된 사람들과 울부짖는 노파들 사이에서
발정한 사향 암호랑이 같은 처녀가 지나가자
장례 행렬은 결혼 행렬로 바뀌어 죽은 자들의 아들은
아버지의 운명을 잊고는 걸음을 멈추고 한숨을 지었다.
그러자 방랑하던 자는 황홀해진 눈을 감미롭게 감았다.

어느 날 큰 강가에서 그는 발가벗고 둑에 엎드려
물결을 구경하던 검은 피부의 여인을 보았는데,
그녀는 왼쪽 손에 사과를 들었고, 오른쪽 손에는
노란 날개가 짤막하고 눈부신 작은 카나리아를 들었는데,
그녀의 검은 손바닥에서 새는 목을 들고 달콤하게 노래했으며,
마을은 그 여인처럼 강둑을 따라 길게 뻗어 나갔다.
그러나 맑아지는 눈으로 아직 환상을 보고 있는 동안
그는 발치에서 은방울이 울리는 리라 소리를 들었고,
눈이 맑아진 다음에는 무릎을 꿇고 앉아 그늘에서
커다란 리라를 연주하던 훌륭한 음유 시인을 보았는데,
일곱 개의 현 위에서 뛰노는 손가락들을 타고
불꽃이 치렁치렁하고 곱슬거리는 머리카락으로 올라갔다.
모두들 주위로 몰려들어 그의 입술에 매달렸고,
노인들은 물건을 거두어 가지고 그들의 가게를 나섰으며,
총각들이 절굿공이를 놓았고 젊은 처녀들이 가까이 모여들었으며,
추장들은 수놓은 융단을 펴고 그 위에 다리를 꼬고 앉았다.
흐뭇한 그리움에 젖어 저녁의 그늘에서 김이 무럭무럭 피어오르던
도시 전체가 최근 노래를 들어 보려고 귀를 기울였으며,
올리브나무 위에서 교활한 검은새 두 마리가 노래를 훔쳐
봄이 오면 나무들에게 불러 주려고 몸을 잔뜩 수그렸다.
그러자 흑인 음유 시인이 늙고 반짝이는 머리를 들고는
가슴과 목을 부풀리고 입을 크게 벌렸으며,
새로운 노래가 솟아올라 독수리처럼 창공에서 선회했다.

「오호, 여러분, 어지러운 마음을 바로잡고 귀를 기울이라.
우리들은 한 줌의 검은 흙에 불과하지만 목구멍은 노래를 부르고,

혹시 어떤 사람이 쓰러져 구더기의 밥이 되더라도, 그는 황야에서
목청을 돋울 시간이 있었으니 비록 육신은 검은 흙이 되어도
그의 노래는 남았으므로 그를 불쌍히 여기지 말 것이며,
나도 목구멍이 썩기 전에 내 노래를 불러야 하겠다!
머나먼 바닷가에서, 세상의 마지막 끝에서,
피로 얼룩진 침대에서, 곰가죽을 깔고 두 달 동안
늙은 왕이 죽음과 싸우며 영혼을 포기하려고 하지 않았다.
왕의 아들이 황금 베개 앞에 서서 죽음에게 애원했다.
〈죽음이여, 내 부탁은 하나뿐이니,
우리 아버지의 머리를 잡고 칼을 들어, 왕관을 나에게 넘겨 다오!
나는 자식과 손자도 키우고 늙었지만
노왕(老王)이 아직도 세상의 황금 열쇠를 내놓으려 하지 않는다.
오, 저주여, 앉아 있으면 일어나고, 일어났으면 달려오라!〉*
늙은 왕이 아들의 잔인한 말을 듣고 깊은 한숨을 지었다.
〈엘리아스 왕자야, 수탉이 인간의 말을 하는 날이 오기 전에는
너는 내 왕관을 쓰지 못할 터이니 서두르지 마라.〉
이 말을 듣고 왕자의 번득이던 눈이 어두워졌고
벌떡 일어난 그는 칼을 차고, 두뇌를 잘 간직하기 위해
진홍빛 두건을 머리에 세 바퀴 단단히 감았으며,
검은 독사가 불타는 세 가지 독으로 그의 심장을 쏘아
그는 뜨거운 두 주먹을 번쩍 들어 허공을 두드렸다.
〈신이여, 지쳐 빠진 손으로 자신의 아버지를 죽이지 않도록
전쟁을 보내 착잡한 내 이성이 다른 곳으로 쏠리게 하라!〉
신이 그의 고통을 듣고 전쟁을 일으켰으며,
왕자가 당장 뛰어들어 한없이 목을 베고 또 베었으며,
마지막에는 허리 굽힌 노예들을 길게 목을 줄줄이 묶어서 끌고 왔고,

해 질 녘이 되어 그는 두 손이 가득하고 분노가 가라앉았지만
그의 검은 영혼은 만족하지 못해서 부글부글 끓었다.
그의 친구들은 앞마당에서 술과 음식으로 흥을 돋우었지만
산의 외로운 나무는 모든 바람에게 시달렸고
왕자는 길거리들을 지나 숲까지 이르렀다. 오호, 여러분,
아직은 썩지 않았을 테니 그대들의 귀를 기울여 잘 들어라.
작은 새가, 작고도 작은 새 한 마리가 노래를 부를 것이다.
그러자 수꿩이 왕자를 보고는 날개를 치더니
검고 높다란 실편백나무에 앉아 인간의 언어로 말했다.
〈엘리아스 왕자여, 그대는 절대로 왕관이나 진홍빛 신발,
황금 장식이 달린 새하얀 코끼리는 차지하지 못할 터이니
상심하지도 말고 슬퍼하지도 말라.〉
왕자가 가만히 서서 알록달록한 날개의 말을 듣고 있으려니까
해가 지고 어두운 하늘에는 별들이 넘쳐흘렀으며, 꼬리가 없고
가느다란 독사가 그의 불타는 마음속에서 벌떡 일어섰다.
〈수꿩이여, 우리 아버지는 쓰러져 흙이 되고,
수꿩이여, 비록 내 땅이 까마귀의 차지가 되더라도
내 영혼은 가슴속에서 꺼질 줄 모르고 타오르니,
운명은 아랑곳하지 않고 나는 왕관을 쓰리라!〉
가다듬은 깃털이 펄럭이고 실편백나무가 흔들렸다.
〈마음이 무거운 엘리아스 왕자여, 자랑은 잘 하지만,
진홍빛 두건을 풀고, 잘 가라며 세상을 걷어차고,
귀에다 카네이션을 꽂고는 리라를 집어 들어라.
모두가 바다를 향해 흘러가 검은 물살 속으로 빠져들고,
큰 도시들과 그곳의 모든 영혼이 가라앉고 여자들이 모두 썩고
금관도 모두 썩고 심지어는 제신들도 나무처럼 썩을 터이고,

불멸의 불길은 오직 인간 자신의 용감한 노래뿐이니
회오리 연기처럼 사라지는 그런 것들에게 매달리지 말라!
엘리아스 왕자여, 만일 그대가 진실로 용감한 남자라면
그대의 허연 머리에 쓸 가장 숭고한 관을 선택하라.〉
왕의 아들이 웃고는 속으로 투덜거리며 도시를 향해 돌아섰고,
무엇에 매달리고 어디로 가야 할지 몰랐던 그는
마을에서 이 집 저 집 기웃거리며 돌아다니다가 마침내
솜씨 좋은 장인(匠人)의 집을 골라 문을 두드렸다.
〈훌륭한 장인이여, 내 고통을 일곱 줄에 담은
뛰어나고도 훌륭한 리라를 나에게 만들어 달라.〉
훌륭한 장인이 나무를 골라 리라를 팠는데,
몸통은 보리수로 깎고 뚜껑은 참피나무로 만들었으며,
받침은 상아로 대고 머리에는 향목 자단 장식을 달았으며,
줄받침은 처녀의 머리카락을 얹어 황금으로 엮었다.
그래서 엘리아스 왕자는 리라를 들고 숲으로 들어갔다.
〈나는 황야의 높다란 나무들 사이에 웅크리고 앉아
리라를 타서 야수 같은 내 마음을 진정시키겠노라.〉
일곱 번 그는 거룩한 리라의 줄을 손으로 튕겼지만
일곱 번 줄은 침묵을 지키고 노래가 사라졌으며
무거운 마음은 안식을 찾지 못해 고통이 수그러지지 않았다.
왕의 아들은 분노하여 이성이 떨리고 땅에다 발을 굴렀다.
〈소리가 나는 훌륭한 현을 잊어버리고 달아 놓지 않았으니
나는 분노하여 일어나 당장 그 장인을 죽여 없애리라!〉
그러나 여러 빛깔의 날개 두 개가 그의 머리 위로 날아갔다.
〈엘리아스 왕자여, 노래는 비싼 대가를 치러야 하는 것이니,
리라는 피를 마시지 않고는 말이나 노래를 하려 하지 않고,

그대의 리라는 일곱 줄이 뛰놀며 힘차게 노래하기 위해
일곱 머리로부터 피를 마시고 싶어 갈증을 느끼는도다.〉
왕의 아들이 비웃고는 검은 콧수염을 쓰다듬었다.
〈수꿩아, 그것은 쉬운 일이다! 대지에는 육체가 넘치고
내 활통은 가득 찼으니, 나는 활을 들어 내 리라를
일곱이 아니라 열일곱 머리의 피로 흠뻑 적시리라!〉
그러나 날개들은 실편백나무가 늘어질 정도로 무겁게 늘어졌다.
〈리라가 맛보고 싶어 하는 것은 그대 일곱 아들의 피이니,
엘리아스 왕자여, 수염이나 쓰다듬으며 뽐내지 말라!〉
그래서 엘리아스 왕자가 투덜거리고는 무성한 수염을 잡아당겼고,
미친 듯 칼을 집어 그의 종아리에다 꽂고는
천천히 걸어가 문을 두드리고 궁정으로 들어가 서서
큰 소리로 일곱 아들을 앞에 불러 모았다. 〈얘들아,
참혹한 전쟁이 머리를 들었구나! 내가 무기를 들겠으니,
맏아들아, 어서 일어나라! 아버지와 아들 둘이서 어떻게
2천의 적을 무찔렀는지 훗날 손자들과 증손자들이
모두 모여 얘기하도록, 아버지와 아들 우리 단둘이서만
적들의 피를 헤치며 나아갈 것이다.〉
아들이 벌떡 일어나 날카로운 칼을 허리춤에 꽂았고,
두 사람은 말을 타고 박차를 가해 곧장 싸움터로 달려 나가
아들은 왼쪽을 맡아서 싸웠고 아버지는 오른쪽에서
널찍한 등에 침묵의 리라를 짊어지고 싸웠다.
동이 터서 한낮이 되고 태양이 기울었으며
해 질 녘에 아들은 온통 피를 뒤집어쓰고 소리쳤다. 〈아버지,
저는 죽습니다! 제 자식들에게 얘기를 전해 주세요!〉
엘리아스 왕자가 고함을 질러 앞에 있는 적들을 쫓아 버리고는

죽은 아들을, 그의 첫아들을 힘찬 잔등에 업었으며,
그의 눈물은 싸움터로부터 도시까지의 땅을 질퍽하게 적셨다.
그러자 그의 리라가 아들의 사자 피에 잠겨 그 피를 마셨고,
피를 마시며 그의 잔등에서 삐걱거리고 부풀어 오르더니
현 하나가 천천히 늘어나 그의 마음속에서 심현이 되었다.
그가 아들을 궁정에다 무겁게 내려놓자 노예들이 몰려들어
주인을 씻고 또 씻었지만, 아무리 씻어도 소용이 없었다.
그는 피에 젖은 리라를 들고 숲으로 들어갔으며,
그의 부끄러운 모습을 아무도 못 보리라고 확인한 다음
땅에서 뒹굴며 나무들이 갈라질 정도로 자신을 때렸고,
그러자 수꿩이 지나가며 알록달록한 날개를 퍼덕였다.
〈모든 것이 땅에 떨어져 썩게 마련이니, 울지 말라.
버즘나무의 잎사귀처럼 쓰러지는 자도 있고, 왕국들도 쓰러지고,
내 화려한 날개까지도 떨어지고 내 목구멍도 썩어 없어지겠지만
노래는, 노래는 절대로 사라지지 않습니다, 엘리아스 왕자여!
아직 여섯 아들이 남았고 할 일이 있으니 어서 일어나시오!〉
그래서 엘리아스 왕자가 일어나 비틀거리며 길을 내려갔고,
아들을 땅에 묻고는 차가운 무덤에 빗장을 질렀으며,
자리에 앉아 리라를 들고는 허리를 숙여
무거운 손으로 마음이 신음하는 대로 튕겼지만
리라는 병든 암소처럼 울기만 하고 노래는 부르지 않았으며
멍한 왕의 무거운 마음은 가벼워질 기미가 보이지 않았다.
그러자 그는 궁정에서 여섯 아들을 소리쳐 부르고는
신음하며 손을 내밀어 두 번째 아이를 선택했다.
〈일어나 칼을 잡고 전쟁터로 나가자, 나의 아들아!
내 뜨거운 주먹이 불타는 투쟁 때문에 식을 줄 모르는구나.〉

아버지와 아들이 전쟁의 시뻘건 도살장에서 목들을 베었고,
동이 터서 한낮이 되고 태양이 기울었으며 해 질 녘에
위대한 아들이 쓰러져 목이 잘린 황소처럼 신음했다. 〈아버지,
저는 죽습니다! 사랑하는 제 아내에게 말을 전해 주세요!〉
또다시 달빛 속에서 그는 아들을 등에 업었으며,
다시 리라가 부풀었고 피에 젖은 두 번째 현이 한껏 마셔
비틀린 줄받침에 감겼다. 오호, 여러분,
귀를 기울이고 이 가슴 아픈 얘기를 들어 보라!
일곱 날 동안 동틀 녘마다 두 사람이 말을 타고 성문을 달려 나가
아버지와 아들이 일곱 번 모두 돌아오기는 했지만
목이 잘린 아들을 아버지가 등에 업고 돌아와야만 했다.
그러자 고뇌에 빠진 왕자가 돌멩이에 발이 걸려 비틀거렸고
골목들은 피가 넘치고 초라한 궁정은 무덤으로 가득 찼으며
고귀한 피로 배가 부른 리라가 입맛을 다시고는 결국
일곱 줄의 일곱 목소리가 그의 마음속에서 힘차게 울렸다.
노인들이 비탄에 빠져 통곡하고 여자들이 슬피 울었으며
영혼의 크나큰 고통 속에서 늙은 왕이 그들의 탄식을 듣고는
방석 위에 일어나 앉아 손을 내밀고 소리쳤다.
〈엘리아스 왕자야, 너는 아버지의 저주를 받아 마땅하다!〉
그러나 엘리아스 왕자는 늙어 빠진 아버지를 말없이 쳐다보고
초라한 궁정의 무덤들과 온 세상을 둘러보았으며
가슴속에서 수탉처럼 울부짖는 저주의 소리를 들었다.
〈아버지도 저주를 받고, 당신이 뿌린 씨앗들도 저주를 받으며
모든 아들과 감미로운 삶과 금관도 모두 저주를 받을지어다!〉
그는 창자가 걸레처럼 찢기는 기분을 느끼며 기뻐했다.
일곱 줄의 리라를 구부정한 잔등에 짊어지고 그는

허리를 골풀로 묶은 다음, 일곱 날 일곱 밤 사이에
새하얘진 머리를 치렁치렁 늘어뜨렸으며, 신음도 하지 않고
한숨도 짓지 않고 그냥 궁전의 성문을 활짝 열고는
성큼성큼 걸어 그의 오래된 조상의 도시를 지나,
성들과 마을들과 강들을 지나 계속해서 나아갔으며,
그의 피는 발밑의 흙이 끈끈해질 때까지 흘렀고, 일곱 개의 칼이
그의 심장을 찔렀고 그는 일곱 개의 그림자를 모두 버렸다.
그는 들판과 산들을 지나 바다를 건너 계속해서 나아갔으며,
어느 날 새벽에 나는 높은 절벽에 올라앉은 그를 보았다.
일곱 개의 장미나무가 횃불처럼 그의 주변에서 타올랐고,
일곱 마리의 제비가 햇빛을 받으며 지저귀고 놀았으며,
수꿩들이 소리 없이 흘러가고 구름들이 떠갔으며,
표범이 기뻐서 뛰어오르고, 아이가 없는 늙은 은둔자의
피로 얼룩진 허연 머리에는 베짱이 한 마리가 매달렸다.
천천히 그는 다리를 꼬고 앉아 꽃 한 송이를 어루만졌고,
털이 나고 피가 엉긴 귀에다 그 꽃을 꽂은 다음
웃어 대는 빛 속에서 날아가기를 갈망하는 두 날개처럼
재빨리 어깨를 흔들고는 엉겨 붙은 리라를 벗어 무릎에 놓았고,
깊은 골짜기에서 광채가 뿜어 나왔다.
그의 손가락이 닿았더니, 손으로 튀기기도 전에,
리라는 살아 있는 심장처럼 그의 무릎에서 불끈거렸고,
웃기도 하고 울기도 하는 인간의 마음처럼 일곱 개의 현이
흐뭇하게 뛰놀고 나무가 개똥지빠귀처럼 노래를 불렀으며
노래가 맑은 하늘로 불멸의 물*처럼 솟아올랐다.
그는 노래를 하자 마음이 가벼워지고 어두운 이성이 평화로워졌으며
자손들이 제비처럼 날아 지나가면서 노래하는 불꽃처럼 만발했고,

늙은 아버지가 지는 해처럼 낮게 가라앉았다.
자유의 가장 높은 가지에는 추억이 올라앉아
아무 걱정도 없이 즐겁게 노래를 불렀으며,
어미 방울새는 담청색 하늘에서 반짝이는 작은 알들을 살펴보았다.
리라가 그치고 대지가 조용해진 다음에 그는 자리에서 일어나
충성스러운 세상을 이끌고 남쪽으로 떠났으며,
그는 왕들과 얘기를 나눈 다음 떠나고, 여자들하고도 얘기했으며
강물처럼 달콤한 그들의 잡담에 귀를 기울였고,
유령들과 짐승들하고도 얘기를 나누고, 잠의 나라에 빠져
시원하고 검은 망각의 강에서 밤새도록 헤엄쳤고,
그러고는 대지의 두 젖통 삶과 죽음을 움켜잡고 빨아먹었다.
엘리아스 왕자여, 신을 죽인 자여, 거북을 유인하는 비둘기여,
새하얀 머리에 불타는 입술과 야수처럼 사나운 눈으로
그대는 얼룩덜룩한 누더기를 걸치고 고행자처럼 활보했다.
그대의 머리 위로 갈매기들이 날아가고 발치에는 구더기들이 기어가고
높고도 높이 바다로 모두들 재빨리 날아가며, 오, 왕자여,
나는 더 이상 그대를 필요로 하지 않으니, 잘 가거라!
어느 어두운 밤에 나는 털가시나무 숲에 웅크리고 앉아
그대가 입을 벌려 노래하고 손가락으로 튕기는 모습을 지켜보며
그대가 노래하는 모든 재주를 훔치고 그대의 두뇌를 튕겼으니,
물고기가 그대를 잡아먹고 그대의 후두가 썩는다고 해도
우리들까지도 노래를 부르는 목구멍이 없다고는 생각하지 말라!」
그러자 음유 시인이 입술을 깨물고 노래를 갑자기 멈췄으며,
땀을 씻고 웃은 다음 양털 자루를 열었다.
「목구멍이 노래는 잘 불렀지만 이제는 배고픔으로 숨 막히는구나.
노래가 영원하다고는 해도 큰 고생이며, 힘을 내기 위해

살코기를 먹어야 하고, 함성을 지르려면 술도 마셔야 한다.
모두가 밥통의 씨줄이요, 빵은 날줄이며
육신은 쉴 줄 모르고 돌아가는 베틀이요,
이제 내 노래가 끝났으니 비밀을 알려 주겠는데 —
나는 굶주렸으니 내 자루에다 빵을 가득 채워 달라!」
그러더니 그는 빈 자루를 들고 돌아다녔으며, 모두들 몰려들어
그에게 선물을 주었는데, 빵을 주는 사람도 있었고,
대추야자나 술이 담긴 병, 고기를 주는 사람도 있었으며,
귀부인들은 계피꽃을, 과부들은 그에게 장미꽃을 던져 주었고,
처녀들은 모과와 사과, 총각들은 꿀을 바른 과자를 주었으며,
그는 자루가 무겁게 느껴지기 시작하자 웃으며 말했다.
「내 자루의 배가 불룩해지고 내 마음도 부풀었으니
그대들은 내 배와 마음이 뚱뚱보 형제라고 생각하겠구나!
그 이외에 노래를 위해서 또 무엇이 필요하다고 생각하는가?
노래를 위해서는 오래된 술과 염소의 살코기도 필요하다!」
그의 말에 처녀들이 놀라서 쳐다보고, 남자들이 웃었는데,
비록 우둔해 보이기는 해도 그의 눈에는 독수리들이 가득했고
처녀들에게 손을 대지는 않았어도 그는 그들 모두를 즐겼고
한밤중 들판에서 그들 모두와 함께 잤다.
그러나 이제는 네 가지 바람과 결혼했으므로 그는 리라를
불룩한 자루와 함께 짊어지고는 아직도 배가 부르지 않은
짐승처럼 다른 도시들로 터벅거리며 갔다.
사람들이 흩어진 다음에 위대한 고행자는 유령처럼
그늘에서 몸을 일으켜 차분한 손을 음유 시인에게로 내밀었다.
「환상의 멋진 새여, 나는 자루 속에 귀중한 말 한 마디를
넣어 주고 싶으니, 그대의 퍼덕이는 날개를 접도록 하라.」

노래하는 시인이 어둠 속에서 얼굴을 찡그리고는
갑자기 말을 한 이 당당한 사람을 보고 눈썹을 치켜 올렸으며,
네 개의 눈이 달린 이성은 번득이는 바실리스크*처럼 다가왔고
교활한 어휘들이 그의 불타는 입술에서 날름거렸다.
「공작새 두뇌의 깃털이여, 머리가 가벼운 형제여,
이 먼 길에 이제 해 질 녘에 우리 단둘뿐이어서
아무도 우리 얘기를 듣지 못하니, 나에게 참된 진실을 얘기해 달라.
나는 그대가 절벽 언저리에서 보았던 고행자인데,
나는 무릎에 우렁찬 리라를 가지고 있지도 않았고, 내 머리
주위에서는 불길이 타오르지도 않았으며, 노래도 부르지 않았다.
내 운명의 물레에서 나는 또 다른 삶을 하나 엮었다!」
그러나 목쉰 노래의 수탉은 천천히 머리를 저었다.
「그대의 삶에 내가 왜 관심을 가져야 하는가, 고행자 궁수여?
무엇이 거짓이고 진실인지, 왜 내가 신경을 써야 하는가?
나는 차라리 나 자신의 노래만 부르면 좋겠구나!」
그러나 신을 죽인 자는 거센 말을 차분하게 받아들였다.
「날개를 퍼덕이며 잘 가거라! 나는 그대를 좋아한다!
삶의 길은 일곱인데, 노래를 통해서 그대는 가장 차분한 길을
선택했으니 이제 영원히 나에게서 멀리 날아가도록 하라.
바람들의 지도가 내 마음속에서 펼쳐지지만 않았더라면
나도 울리는 리라를 들고 그대와 같이 길을 갔으리라.」
그러나 오만하고 고집 센 음유 시인이 자랑스럽게 응답했다.
「나는 그대를 필요로 하지 않으니, 그대의 길을 찾아가라.
오른쪽에서 죽음이 야유하고 왼쪽에서 마음이 흐느껴 우니
어머니 대지를 걷는 나에게는 훌륭한 동지들이 동행한다.」
힘센 운동선수가 입을 다물었지만 가슴은 두근거렸고,

그는 리라를 타는 오만한 자를 사랑하는 친구로서
손을 뻗어 꽉 움켜잡고 싶은 생각이 잠깐 치밀었지만
밤길에 꼼짝도 않고 서서, 담청색 어둠 속으로
깊은 별의 무더기 속으로 희미하게 사라지는 음유 시인의 모습을
고요한 존경심을 느끼며 지켜보았다.

# 제20편

발바닥 대장의 무기들이 심한 비탄에 빠져 통곡했고
그의 찌그러진 방패가 몸을 뒤척여 무딘 칼에게 울부짖었다.
「내가 언제 싸움터로 가거나 창과 맞서게 되겠는가?
빈대가 나를 갉아먹고 파리똥이 나를 수치스럽게 했으며
생쥐도 두려워하지 않는 내 몸의 배에는 구멍이 숭숭 뚫렸지.
나를 일으켜 세우거나, 나를 눕혀 놓고, 아, 사랑하는 칼아,
네 날카로운 날을 보면 나는 기절할 터이니
나한테 기대지 말고 어디론가 멀리 가도록 하라!」
칼이 벽에 기대고 앉아 한숨을 짓고, 옆구리가 갈라졌다.
「나는 녹이 슬고 목소리도 쉬었구나, 형제들이여.
내 날에서는 이가 잔뜩 빠져 날카로운 쪽이 무디어졌고,
나는 분노를 일으키려 해도 되지 않고, 사타구니가 시들었으며,
녹슨 못들이 떨어져 나오고 나는 가냘픈 갈대처럼 떨리는구나.
신이여, 나는 전쟁을 꺼리고, 어떤 인간의 악도 원하지 않으며
그냥 부드러운 우단 칼집 속에 들어가 누워 밤낮으로
우리들이 모두 좋은 친구라는 꿈을 꾸고 싶을 따름이다.」
날카로운 창이 그들 한가운데서 벌떡 일어나 소리쳤다.

「아, 울지 말고 용기를 내어 나아가라, 찌든 형제여!
너는 나를, 나는 너를, 우리 서로 단단히 움켜잡기로 하세!
어젯밤 나는 무서운 꿈을 꾸었는데, 어찌나 두려운 꿈이었는지
너무나 떨어 하나밖에 안 남은 이가 당장 빠질 지경이 되었네!
나는 전쟁을, 번득이는 창들을 꿈에서 보았고, 오호,
우리 주인님이 검은 콧수염을 쓰다듬는 꿈을 꾸었지!」
그러자 구멍이 천 개나 뚫린 투구가 입을 딱 벌리고 외쳤다.
「나는 우리 주인님의 텅 빈 두개골 속을 잘 살펴보았는데,
씨앗이 한 알도 없는 껍질뿐인 박처럼 울리기만 하지.
만일 머리가 돌아 버려 그가 전쟁터에 나가고 싶은 충동이 들어
먼지가 덮인 못에 걸린 우리들을 꺼내러 오면,
우리 멍청이 대장은 어떤 인간도 피할 길이 없으니
빈대와 한가한 안락함과 흙바닥에게는 작별을 고하게 되겠지!」
찌그러진 방패는 모두들 영주를 참아 줘야 한다고 타이르기 위해
한마디 하려고 겁먹은 머리를 다시 한 번 내밀었지만
아직 잠이 덜 깬 주인이 문간에 불쑥 나타나자 겁이 나서
거북이 머리처럼 갑자기 다시 움츠렸다.
빵처럼 머리가 납작한 그는 야위고, 후리후리하고, 멍청했으며
머리카락이 헝클어지고 오래된 상처들은 빛이 바랬으며,
물이 배고 누르스름한 가슴팍에는 들끓는 전투의 함성을
표시한 그림 주변에서 혓바닥을 날름거리며
활활 타오르는 불길을 뿜는 심장을 그려 놓았다.
그는 갈대처럼 가느다란 팔을 들고 무기들에게 외쳤다.
「용감한 너희들이 기뻐할 때가 되었도다. 지극히 용감하게
밤낮으로 너희들은 흐느껴 울고 통곡하지 않았던가.
〈아, 대장이시여, 당신은 우리들과 전쟁을 망각했습니다!

야만적이고 요란한 싸움과 살육의 소음이 바깥에서 들려오는데
둔탁한 벽에 걸려 썩다니 얼마나 수치스러운 일인가요!
한심한 나태함으로 인해 낭비되는 우리 젊음을 불쌍히 여기고,
다시금 세상이 빛나게 하고, 우리들도 춤을 춥시다!〉
동지들이여, 나는 너희들의 고통을 들었으니, 무장하라!
찌르고 비켜나기를 갈망하는 칼이여, 오, 깊이 찌르고,
방패여, 그대 쇠로 엮은 강한 탑 같은 방패여, 그대 앞에서는
용들이 쓰러지고 어떤 군대도 그대를 찌르지 못하며,
항상 깃털이 꼿꼿한 청동 투구, 그대여, 나아가자,
노예가 된 자유가 소리쳐 부르니, 우리 전쟁터로 가자!
대지가 썩어 폐허가 되니, 우리 새롭고 멋진 세계를 이룩하자!
감방에서 기어 다니는 노예들과 과부들이 애원하고 울부짖는 소리가
내 귓전에 들려오니 나는 더 이상 잠을 잘 수가 없구나.
〈그들이 남자들을 감옥에 잡아넣고 아비 없는 자식들을 죽이며,
그대는 세상의 유일한 위안이요 하나뿐인 희망이니,
우리들을 불쌍히 여겨 칼을 들고 드높이 휘둘러 주세요!〉
하루 종일 일하면서 아무런 확실한 보상도 없이 굶주리는
바다의 선원들과 땅에서 손으로 일하는 노동자들이
한밤중에 남몰래 부르는 소리를 듣고 나는 벌떡 일어나지.
〈발바닥 대장, 우리들이 죽어 가니 어서 결심하고 일어나시오!〉
대지의 가장 튼튼한 아들로서 꿋꿋하게 행동해야 하니
나는 세상의 모든 고통을 스스로 떠맡겠노라. 나아가자,
방패와 창이여! 불을 뿜어라! 천둥 치고 함성을 질러라!」
그가 말하고는 천 개의 상처가 난 칼을 꺼내고,
하얀 방패가 부스러지지 않게 끈으로 단단히 묶고는,
갈라지고 못이 빠진 틈바구니들 사이로 바람이 씽씽거리는

높다란 청동 투구 속으로 그의 텅 빈 머리를 밀어 넣었고,
갈대처럼 떨리고 구부러진 창을 잡고는
모두들 무너진 외양간으로 함께 갔더니
뼈가 앙상한 낙타가 양지 쪽에서 숨이 찬지 씨근거렸다.
「번갯불아, 전쟁터로 나아가야 하니 어서 일어나라!
위대한 고행자를 내가 안전한 곳으로 데리고 올 때까지
힘을 저축하고, 젊음을 함부로 낭비하지 말라!
얘기를 들으니 고행자도 언젠가 세상을 구하러 떠났었지만,
그는 이제 무기를 알지 못하고 칼도 휘두르지 않으니,
아, 개 같은 우리들의 적이 그를 잡아먹으면 얼마나 창피한가!
번갯불아, 불쌍한 그를 네 등에 싣고 돌아와야 하느니라!」
그러나 늙은 낙타는 얼굴이 파랗게 질리고 다리가 후들거렸다.
「주인이시여, 그대는 죽으러 떠나고, 나도 역시 죽겠군요!」
그러자 가엾은 어머니가 와서 문간에 섰다.
「아들아, 너는 어디로, 이제 어떤 전쟁으로 가려고 하느냐?
머리와 수염이 허옇고, 군사도 거느리지 않고,
주머니에는 황금도 없이, 낡은 무기를 들고, 병든 낙타를 타고
어디로 가겠다는 말이냐? 우리들은 모두 웃음거리가 되겠다!
세상은 워낙 더러워서 네 이름도 더럽힐 터이니, 돌아오너라!」
「어머니, 사랑하고 절규하기만 하는 마음을 의심하지 마세요!
어머니, 저는 인간을 불쌍히 여기고 불의를 증오하며,
모든 사람들에게 빵과 사랑과 자유를 주기 위해 떠납니다.」
그가 깡총거리며 뛰어가 낙타의 잔등으로 뛰어올라
거들먹거리고 뽐내면서 폐허가 된 마당을 지나갔고,
불타는 그의 머리 위에서는 불길이 펄럭거렸다.
그가 마을 골목길을 지나가자 문들이 활짝 열리더니

총각들이 휘파람을 불고, 처녀들이 웃고, 노인들이 놀렸으며,
아이들이 야유를 퍼붓고 마구 돌멩이를 던졌지만
당당한 그는 창을 꼿꼿이 들고 우뚝 앉아서
굶주린 과부들을 둘러보고, 초라한 오두막들을 둘러보고,
비쩍 마른 아기들을 둘러보고는 자유가 빛나고 모든 사람이
제자리를 찾게 될 때까지 용감히 싸우겠노라고 맹세했다.
천천히 몸을 돌려 뼈들이 우두둑거리자 그는 두 손을 들고
자기를 그렇게 놀려 대는 뻔뻔스러운 도시를 굽어보았다.
「그대들의 슬픈 고민은 나도 잘 아니, 통곡하지 말라.
나는 최선을 다할 터이니, 울며 나를 쫓아오지는 말라.」
만발한 성탄꽃과 검고 뾰족한 돌멩이들과,
가시나무 덤불 속에서 튀어나온 독을 머금은 양귀비들 사이로
앙상한 낙타가 떨며 한 발자국씩 비틀거리면서 나아갔다.
돌멩이들 사이에서 가느다란 뱀들이 날름거리자
늙은 낙타는 겁이 나서 혀가 목구멍에 막히고 파랗게 질려 울부짖었다.
「주인이시여, 그대는 죽으러 떠나고, 나도 역시 죽겠군요!」
그러나 그는 황야에서 여전히 녹슨 칼을 휘둘러 대었고,
산비탈에서 반짝이는 상대가 적인지 하얀 양인지 알아보려고
손을 이마에 대고 햇빛을 가리고는 자세히 살폈고,
그는 귀를 쫑긋 세웠지만 들려오는 소리가 양 떼의 울음인지
칼들이 부딪히는 소리인지 구별이 잘 되지 않았다.
산봉우리에서 굴러 내려오는 검은 구름들을 보자 그는
광기가 별똥별처럼 터져 낙타에게 박차를 질렀다.
「나를 따르라! 저놈들을 공격하여 갈기갈기 찢어 놓아라!
번갯불아, 저 씩씩한 터전을 향해서 어서 달려가자꾸나!」
그러나 늙은 낙타는 비틀거리다가 털썩 엎어졌고,

용감한 기사가 굴러 떨어져서 발목이 삐었고
통증을 느껴 입술을 깨물고 절름거리면서 소리쳤다.
「이 얼마나 큰 기쁨인가! 나는 자유를 위해 싸우다 다쳤도다!
어머니, 어디 계십니까? 자랑스러운 제 모습을 보세요!
어머니, 기뻐서 커다란 날개가 돋아나지 않습니까?」
그는 꼬부라진 콧수염을 비튼 다음 절름거리며 뛰어가
숨을 몰아쉬고 신음하며 낙타 잔등으로 기어 올라갔고,
불쌍한 짐승이 돌아서더니 또다시 씨근거리며 울부짖었다.
「주인이시여, 그대는 죽으러 떠나고, 나도 역시 죽겠군요!」
그러나 이제 이성의 가련한 걱정이나 대지의 하찮은 목소리를 들으면
코웃음을 치게 된 그는 시커먼 구름들을 향해 돌진하려고,
좌우로 칼을 휘두르며, 초라한 번갯불에게 박차를 가했다.
배가 고프면 험한 황야에서는 돌멩이들이 빵처럼 김이 났고
목이 마르면 아지랑이 속에서 뱀들이 강물처럼 흘렀으며,
뒤틀린 창자를 아픔이 찢어 놓았지만, 우뚝 솟은 그의 깃털은
찌그러진 투구에서 깃발처럼, 수호의 불길처럼 펄럭였다.

같은 시간에 위대한 고행자는 암표범에게서처럼
황야에서 환희를 느끼며 바위들을 기어 올라갔고,
해 질 녘에 콧노래를 부르던 도시들과 높다란 풀,
개울과 정원을 회상하며 기쁨을 느꼈지만,
벌거벗은 이성이 거니는 참된 정원이라고는 헐벗은 바위산뿐이었다.
그가 허리를 숙여 돌을 하나 잡았더니, 날아가려고 발버둥 치는
새처럼 그의 주먹 안에서 돌멩이가 퍼덕이고 몸부림쳤으며,
원반을 던지는 운동선수가 웃고 돌멩이를 던지니
날개가 돋아 자유롭게 절벽을 달려 내려갔다.

해방된 마음은 자유분방한 아이처럼 조약돌을 가지고 놀며,
진짜 말처럼 발길질을 하는 갈대를 타고,
온갖 유령과 귀신들과 웃고, 혼령들과 희롱하며 농담하고,
밤이 되자 곡식과 밀가루에다 손을 찔러 넣는 방앗간 주인처럼
진주 같은 별을 가득 담은 통 속에다 조그만 손을 들이민다.
그는 위대한 사상들을 가느다란 갈대처럼 가지고 놀며,
부러질 때까지 흔들어 대다가는 다른 갈대를 꺾어
피리로 엮어서 그가 원하는 곡을 불고,
황야 전체에 사납고 우렁찬 외침이 넘쳐흐를 때까지 불었다.
주위를 둘러본 그의 이성 속에서는 힘찬 기쁨이 치솟았고,
온통 폐허 속에서 그의 기쁜 마음이 두근거리며 소리쳤다.
「대지가 인간이라는 이〔蝨〕들을 살갗에서 마침내 털어 버리자
모든 돌멩이가 뜨거운 햇빛을 받으며 발가벗은 모습으로 빛나고
내 뱃속은 벌써 웃으며 번득이는 듯하구나.」
그러나 고적하게 햇볕을 쬐던 그는 갑자기
발자국과 웃음과 사람들의 목소리를 깊은 골짜기에서 듣고
땅에 엎드려 절벽에 매달려서 아래를 굽어보았다.
뜨거운 바위들 위에서 무장한 흑인들이 여기저기 흩어져
소리치고 웃는 사이에 청동 쇠사슬로 묶인 노예들은
꼬챙이에 꿴 고기를 구우려고 불을 지필 나무를 주워 모았다.
그들 한가운데 손발이 묶여 어느 노인이 우뚝 섰는데,
자랑스럽고 좁다란 두개골 위에는 불쏘시개가 관처럼 얹힌 채로
이빨이 없는 잇몸으로 신음하며 황야에다 대고 소리쳤다.
「자유여, 나는 그대를 위해 죽는다! 후손들이 떼를 지어
내 뒤를 따라와서 그대를 해방시켜 주리라!
죽음의 세계에서 내가 돌아와 구해 주겠으니, 울지 마라!」

오디세우스는 처량한 노인을 불쌍하게 생각했다.
「황야에서 새로운 친구를 만나다니, 정말로 반갑구나!
꼬챙이가 준비되고 불길이 날뛰는데도 그는 꿋꿋하게 서서
죽음을 부정하고 자유를 외치며 죽는구나! 그렇다,
비쩍 마른 노인이여, 그대의 광증은 내 광증과 맞먹으니
우리들처럼 희귀한 족속은 세상에서 사라지면 안 되기 때문에
내가 일어나 소리쳐 그대를 죽음의 입으로부터 구하리라.」
그러자 흑인들은 절벽을 뒤흔드는 힘찬 고함과, 바위들이 서로
부딪히고 겁에 질린 말들이 힝힝거리며 우는 소리를 들었지만,
머리를 든 그들은 누더기를 펄럭이며 굴러 내리듯 뛰어 내려오는
머리가 허옇고 당당하고 늙은 고행자를 보았다.
겁이 난 그들은 모두 불 뒤로 몸을 감추었다.
「아, 그는 위대한 고행자, 벌벌 떠는 모든 인간을
물어뜯으려고 돌아다니는 굶주리고 사나운 사자다.
무서운 벼락을 휘두르는 그를 흥분시키지 않도록 조심하라!」
이렇게 중얼거리며 그들은 불의 뒤에 웅크렸다.
괴팍한 늙은이는 고행자를 보고 팔을 풀어 그를 껴안고 싶어서
밧줄을 풀기 위해 손에다 힘을 주었다. 「어서 오라,
동등한 친구여, 그대는 때맞춰 나를 찾아왔도다!
이제 우리 두 사람은 전 세계를 구하기 위해 나아가리라!
내가 앞에서 칼을 들고 나아가며 새로운 길을 쳐내겠고,
노예의 쇠사슬을 끊고 성벽들을 무너뜨리겠으니
그대는 뒤에서 따라오며 만물의 질서를 잡아야 한다.
번득이는 칼로 무장한 나는 자유의 참된 오른손이고,
그대는 온 세상을 위해 고뇌하는 자유의 왼쪽 마음이요 손이다.
때가 되었으니 지도자를 뒤따라 나아가라! 전진하라!」

두 손이 묶인 채로 그를 포옹하려고 애쓰는 노인을
오디세우스는 미소를 짓고 자랑스러운 마음으로 쳐다보았다.
「그대는 코앞의 일을 부정하고 불길 속에서 노래를 부르는구나!
비록 손과 발이 묶인 노예이지만, 친구여,
그대의 이성은 환상의 날개, 마음의 분노를 타고 솟구치며,
그대는 노예들이 무기를 갖지 못한 모든 곳에서 칼을 뽑는다!
그러나 눈을 들고 보라. 흑인들이 그대를 꿸 꼬챙이를 깎았고,
그대는 세계의 구원자를 구원할 시간이 없도다!」
그러나 발바닥 대장이 교활하게 웃고는 친구를 위로했다.
「이리 와서 내 마음에, 내가 있는 곳에 손을 얹으라!
두려움이란 우리들이 죽여야 하는 야수다, 나의 형제여.
그대 눈에 보이는 대상은 불길이나 뾰족한 꼬챙이가 아니고,
귀족의 지팡이요 붉은 날개일 따름이니 울지 말고,
잠깐 참으면 그대의 이성이 실을 잣기 시작하리라!
나는 일단 재가 된 다음에, 삼켜 버리는 불길이
노처럼 기다란 날개가 되어 신을 향해 올라가려고
환희하며 잿더미로부터 뛰쳐 일어나는 불사조다!」
흑인 추장은 마음이 대담해지자 코를 내밀더니 꼬챙이를
높이 들고 웃고는 발바닥 대장에게로 시선을 돌렸다.
「용감한 노인이여, 나도 옛날 우화를 안다!
얘기를 하나 하겠으니 나를 용서해 달라, 위대한 고행자여.
오랜 옛날, 암놈 유인원 한 마리가 사람들의 손재주와
모든 미묘한 꾀를 배우기 위해 인간의 세상으로 내려왔는데,
유인원은 똑바로 서서 걷는 방법과 아궁이에서 요리하는 방법,
부끄러운 부분들을 알록달록한 헝겊으로 가리는 방법,
칠을 한 통나무를 신으로 섬기며 절하는 법을 배웠다.

어느 날 유인원은 벌거숭이 야수처럼 엉금엉금 기어 다니고
신도 모시지 않는 불우한 동족이 불쌍해서 한숨을 지었고,
그래서 고뇌하던 나머지 짐승들을 인간으로 만들겠다고 생각했다.
그러고는 강과 숲과 동굴을 돌아다니며 유인원이 소리쳤다.
〈짐승 형제들이여, 이리 와서 내 말을 들으라! 오래전부터
나는 집에서 살고 똑바로 서서 다니는 돼지들과 같이 살았는데
이제는 그들의 비밀스러운 재주를 그대들에게 가르쳐 주겠노라.
코끼리와 호랑이와 사자와 늑대들이여, 이리 와서 들어라!
자식들을 인간으로 만들어 줄 테니 내 학교로 데리고 오라!〉
이튿날 유인원 선생의 동굴은 서투른 선생이 인간으로 가꿔 놓아
시끄럽게 소리를 지르는 학생들로 가득 넘쳤으며,
유인원은 그들에게 서서 걷고 날고기를 요리해서 먹고,
털이 난 부끄러운 곳들을 질경이 잎사귀로 가리고, 모자를 쓰고
점잖게 인사를 할 때는 얼른 모자를 벗으라고 가르쳐 주었다.
선생은 회초리를 들었고, 때릴 때마다 점점 대담해졌다.
어느 날 아침 사자 새끼가 잊어버리고 바지를 입고 오지 않아서
유인원 선생은 화가 나서 그의 코를 회초리로 때렸지만
사자 새끼는 장난을 치듯 입을 짝 벌리더니
어리석은 선생을 단숨에 꿀꺽 삼켜 버리고 말았지!
귀가 달린 자는 모두 듣고, 이성이 있는 자는 모두 생각해 보라!
노인이여, 내 얘기는 끝났으니 이제 그대의 얘기를 들어 보자!」
그러자 발바닥 대장이 자랑스럽게 머리를 젖히고 비웃었다.
「제 분수를 모르던 유인원은 죽어서 마땅하지!
사자가 짐승들을 노예로 삼고 싶은 생각이 조금이라도 있다면
그의 턱보다 힘센 입은 또 없으니 걱정할 필요도 없지!」
그가 말하자 흑인들이 웃었고, 심한 배고픔을 느껴 꼬챙이를 들고는

발바닥 대장을 꿰려고 달려가 그의 주변으로 몰려들었지만
위대한 궁수가 불타는 눈초리로 흑인들의 노란 눈을 노려보았다.
그들은 천천히 뒷걸음질을 쳤으며,
그러자 그는 두뇌 없는 친구에게로 가까이 가서 머리를 어루만졌고,
그의 거룩한 손과 창백하고 앙상한 발을 풀어 주었으며,
불에다 밧줄을 던지고는 목의 올가미를 벗겼다.
「곱슬머리 흑인들아, 내가 하는 얘기를 들어라!
신이 주지 못한 눈부신 깃털을 나에게 줄 만한,
세계적으로 유명한 상상력의 추장을 만나기 위하여
나는 땅과 바다를 두루 돌아다니며 만지지 않은 돌이 없도다.
같은 유모가 젖을 주어 같은 젖으로 우리들은 튼튼해졌지만
나는 코웃음 치는 바다를 한껏 누렸으며 그는 높이 솟아
텅 빈 허공을 왕국이라고 상상하여 차지하였으므로
세상에서 우리들의 길이 갈려 다시는 만나지 못했지만
이제 젖먹이 두 친구가 만나 왕관들이 하나로 뭉친다.」
그는 작은 빙어를 미끼로 던졌고, 물고기를 잔뜩 잡았다.
흑인들은 고기를 빼앗긴 개처럼 으르렁거렸지만
교활하고 꾀 많은 자가 웃으며 노인의 팔다리를 붙잡고 말했다.
「뼈만 앙상한 이 팔다리를 보라! 너무 생각을 많이 해서
그는 한 입 제대로 먹을 만한 살점도 남지 않았도다!
그는 머지않아 정신을 차리고, 그의 성으로 돌아가 먹고 마시며,
이성이 희미해질 때까지 낯모르는 사람들 때문에
쓸데없는 걱정은 하지 않겠고, 욕심꾸러기 돼지처럼 비계가
잔뜩 붙을 터이나, 추장이여, 그를 보내 주도록 하라.
꼬챙이를 잠깐 멈추라 — 불쌍한 돼지가 어디로 가겠는가?」
그러자 흑인 추장이 일그러진 얼굴로 혀를 깨물었다.

「이웃집 마당의 암탉들보다는 내 입 속의 달걀 하나가 낫지만,
그대의 저주가 두렵기 때문에 나는 꼬챙이를 물리겠노라.
흙이 우리들을 더 살찌게 한다니 그나마 다행이로다.
그대의 축복을 받고 우리들은 다른 곳에다 거처를 마련하겠다.」
그가 말하고 소라 나팔을 불어 흑인 군대에게 노예들을 몰고 가서
다른 곳에다 아궁이를 만들게 하라고 명령했다.
그러자 발바닥 대장이 신중한 그의 친구에게 소리쳤다.
「보게나! 그들이 노예들을 끌고 가는구나!
일어나라, 친구여, 자유가 부르니 그대의 이성을 드높이 올려라!」
그러나 궁수가 그를 붙잡아 강제로 주저앉혔다. 「잠깐만!
그런 힘이, 그런 어지러운 분노가 자네는 어디서 생기나?
그대는 군대도 없는 주제에 도대체 어떻게 하겠다는 말인가?」
그러나 꿈꾸는 눈이 활활 타오르던 괴팍한 늙은이가 분노했다.
「정의가 나를 보호하는 방패인데, 어째서 군대가 없는가?
세상은 신의 손에 의해 빚어진 불완전하고 더러운 곳이니
그것을 혼자 힘으로 완전하게 만드는 일이 내 의무다!
노예 생활과 두려움과 불의가 세상을 괴롭히는 한
나는 날카로운 칼을 절대로 놓지 않겠노라고 맹세했다.
두려워하지 말고 모두들 용감하게 나를 따르라!」
그가 말하고는 칼을 들고 홀로 노예들이 터벅터벅 걸어가는
골짜기의 깊은 협곡을 향해 달려 나갔다.
맑은 밤에 은테를 두른 하늘에서는 사향 냄새가 났고
도마뱀들이 굴속에서 기어 다니고, 머나먼 곳에서는
굶주린 이리가 돌아다니며 우는 소리가 들려왔다.
궁수는 육신의 사나운 유령에게 경의의 찬사를 보냈다.
「머리가 텅 빈 자의 반항하는 마음이여, 힘차게 자라거라!

그대는 꿈으로 자신을 감쌌으며, 다시는 땅 위를 걷거나
꿈의 성을 떠나려고 하지 않는구나, 날개를 펼친 독수리여.
두려움과 지각에 질식된 이성은 욕구의 멍에를 썼지만,
그대 마음은 문이 둘이어서, 슬픔이 밀어닥치면
상상력의 황금빛 문을 활짝 열고
자유더러 공작새처럼 길거리에서 활보하도록 내보내는구나.
미덕이여, 그대는 기만하는 꿈속에서 허공에다 농사를 짓는
외롭고 굴복할 줄 모르는 이곳 마음으로 먼저 내려오라.
그대는 언젠가 불타서 사라져 버리리라는 사실을 알겠지만,
불길을 날개로 만들고 깊은 심연을 공격한다!
그대는 대지의 진홍빛 날개요, 그대의 이성은 다른 것은 알지 못하니,
그대의 공격에 행운이 깃들기 바란다!」

동트는 빛 속에서 산과 바위가 장밋빛으로 붉어졌고
햇빛에 취하고 이성을 아름답게 장식한 종달새는, 마음은,
빛에게 상처를 입고 두뇌가 없이 허공으로 치솟는 새처럼
빛을 너무 많이 마시고 혼란을 일으켜 노래를 불렀다!
노래를 부를수록 새는 더욱 분노했고, 태양이 꽃과 열매로
축 늘어진 석류나무처럼 보일 때까지 노래를 부르며
이 가지에서 저 가지로 돌아다니면서 쪼아 대었다.
노래와 날개로 뒤엉킨 덩어리처럼 새는 빛을 뚫고 사라졌지만
선율은 가벼운 보슬비 속에서 아직도 내려
불타는 대기의 타오르는 목구멍을 시원하게 식혀 주었다.
신이여, 새의 노래를 통해서 대지는 음산한 죽음을 잊었고,
죽음까지도 그의 큰 낫을 잊고는 마법의 꿈에 젖어
높은 바위에 올라앉아 종달새의 고통에 귀를 기울였다.

눈썹이 없고 불타는 눈을 닦으며 그는 신음하고 한숨을 지었다.
「내 초라한 운명이 저주를 받았도다! 나도 언젠가는
푸른 풀밭에 누워 새들의 노랫소리를 듣고 싶도다!」
그러나 죽음이 미처 말을 끝내기도 전에 그의 웅츠린 발치에서
노래하는 광인이 흙덩이처럼 고꾸라져 넘어졌고
검은 피 한 방울이 그의 붉은 부리에 매달렸다.
고독한 자는 이 절벽에서 저 절벽으로 아침 내내 터벅거렸고
골짜기에 이르러 보니 쇠똥으로 지은 마을에서
돼지들과 아이들이 흙길에서 즐거워하며 함께 뒹굴었고
마을에서는 오물과 구정물의 짙은 악취가 풍겼다.
몽롱한 마당에서는 노인들과 젊은이들이 입을 벌린 채로 누워
신비한 비밀의 약초를 피우며 연기를 마셨는데,
푹 꺼진 잿빛 뺨과 말라붙어 갈라진 입술로 그들은
천천히 움직이는 어두운 행복의 꿈을 빨아먹었으며,
이것이 비참한 삶에서 도피하는 그들의 유일한 기쁨이었다.
굶주림과 오물, 사람을 잡아먹는 흉악한 하이에나들이
그들의 집 주변에서 서성거렸고, 죽음은 전갈처럼 꼬리를 치켜들었고
고독한 자가 지나가려니까 초록빛 독이 사방에서 펄럭거렸다.
〈삶이란 이성이 빠지는 함정이요, 모든 문은
우리들의 꿈이나 힘찬 생각들과 더불어 활짝 열리는 함정의 입구여서
자유가 자랄수록 우리들은 그만큼 더 깊이 빠진다.
모든 위대한 필연성에 대한 인간의 전적인 순종이
자유가 베풀어 주는 유일한 돌파구인 모양이로다.〉
이렇게 생각하며 오디세우스는 악취와 오물을 지나
인간의 숨결을 말끔히 씻어 낸 수정 같은 초원의 대기에 이르렀지만
이마에 하얀 점이 찍힌 검고 매끈한 송아지 한 마리가

도살장 근처에 밧줄로 묶인 모습을 보고, 신을 죽인
잔인한 자는 걸음을 멈추고 말없이 그것을 지켜보았다.
송아지는 처음으로 어미에게서 해방되었기 때문에 기뻐서
춤추고 날뛰며 넓은 세계를 냄새 맡고 두리번거렸는데,
깡총거리는 발굽에서 부드러운 흙이 기분 좋게 흩어졌고
축축한 콧구멍에서는 아직도 달콤한 건초와 젖 냄새가 났다!
그러나 곧 붉은 문이 열리고 즐거운 송아지가 사라졌다.

마침내 바위만 썰렁한 산이 끝나고 저 멀리 검푸른 꽃이 피고
습기가 가득 찬 늪지대의 평원이 펼쳐졌는데,
한가운데서는 외딴 섬처럼 푸른 호수가 빛났고
호수 한가운데는 담쟁이가 뒤덮은 낡은 성이 나타났다.
햇빛을 보거나 바람이 스치는 일이 별로 없었던 성은
미지근한 수렁, 더럽고 흐르지 않는 물에 잠겼다.
「저렇게 더러운 소택지에서 어떻게 인간이 살까?」
고독한 자가 생각하고는 꽃핀 수렁에서 인간의 영혼이
어떻게 되는지 알아보려고 탑의 영주를 만나고 싶어졌다.
뒤엉킨 잡초 사이로 그가 천천히 호수로 다가가려니까 섬에서
배 한 척이 미끄러져 나오고 날카로운 목소리들이 외쳤다.
「이름난 고행자시여, 우리 성주께서 경의를 표합니다!
그는 함께 식사를 하며 거룩한 밤에 평화롭게
잠깐 얘기를 나눌 수 없겠느냐고 당신께 청하십니다.」
오디세우스가 우단을 깐 배로 뛰어 올라가 앉았고
사공들은 탁한 물을 천천히 저어 나갔으며
개구리 같은 사람들이 질퍽한 늪에 무릎까지 빠져 개굴거렸고
저쪽 갈대밭에서는 게으른 하마 한 마리가

시커먼 입을 쩍 벌리고는 한가하게 하품했다.
얼룩진 물뱀 두 마리가 뒤엉킨 머리를 높이 들고는
잿빛 시커먼 매가 음산하게 주변에서 선회하는데도
아직 교미를 끝내지 않은 채 하늘을 쳐다보며 식식거렸다.
흑인 사공들이 노를 젓자 배가 갈대밭을 가르며 나아갔고,
천천히 흐르는 물에서 묵직한 거북들 사이로 느릿느릿 지나,
선정적이고 커다란 백조처럼 목이 길고 새하얀 꽃들이 매달려
혼탁한 물에 비친 그들의 얼굴을 보고 감탄하던,
잎사귀가 살진 연꽃들 틈으로 파고 들어갔다.
일 년 내내 암꽃들이 호수의 수면에서 떠다니는 동안
움직이지 않는 깊은 물속에서는 수꽃들이 잠을 자며
길고 하얀 뿌리로 진흙을 느릿느릿 빨아먹었다.
그러다가 한여름에 갑자기 미지근하고 탁한 물이 움직이고,
열렬한 사랑의 남풍이 그들의 비밀스러운 길을 모두 휩쓸고 지나가
진흙이 가라앉은 깊은 물에 위대한 명령을 전하게 되면,
교만한 수꽃들이 굵은 줄기에서 피어나
삶으로부터 해방되어 태양을 향해 치솟아 올라가서
암꽃과 만나 씨앗을 흩뿌리며 달콤한 죽음을 맞는다.
위대한 나그네가 거대한 꽃을 만져 보려고 손을 뻗으니
기억의 웅덩이에서 헬레네가 연꽃처럼 일어나고
흙탕물 호수에서는 피에 물든 성벽들이 빛났으며,
옛 친구들이 말라붙은 가랑잎처럼 굴러다니고,
모든 나라와 포옹과 근심 걱정이 흘러가는 사랑의 파도에 떠갔다.
「삶은 결혼식이요 죽음은 장례식이며, 우리들은 신랑이다.」
영혼의 지도자는 이렇게 생각하고 웃으며 땅으로 뛰어올랐다.
가슴이 불룩하고 황금빛 옷을 걸치고 풍채가 당당한

탑의 위대한 영주가 손님을 맞으려고 앉아 기다렸으며,
노예 두 명이 꼿꼿하게 서서 기다란 공작 부채를 부쳐 주는 동안
통통한 손가락으로 그는 자신의 영혼을 즐겼던
연약한 호박 염주의 알들을 한가하게 매만졌지만,*
갈대밭을 가르고 오는 국경을 지키는 자를 보고
그를 맞으려고 힘들여 느릿느릿 몸을 일으켰다.
「환상의 눈부신 새여, 오, 위대한 고행자여, 어서 오시오!
시커멓고 정체된 우리 늪지대를 하얀 백조처럼 그대가 지나가면
그대를 보느라고 우리 눈은 빛나고 손은 그대를 만지고 싶어 하며
그대의 말을 들으면 우리들의 이성도 분명히 빛날 것입니다.」
그가 말하고는 교활하게 웃으며 인사를 끝냈고
여행을 많이 한 자가 통통한 두 팔을 만졌다.
「반갑소, 오, 여자로 기름지고 살진 연꽃이여!
그대는 쾌락에 깊은 뿌리를 박고 탁한 호수에 앉아
씨앗이 없는 차분한 이성이 햇빛을 받아 꽃피게 하니,
나는 진흙과 수렁에서 영혼이 어떻게 자라는지 알고 싶군요.」
뚱뚱한 영주는 위대한 마음의 약탈자를 곁눈질해 보더니
아무 말도 없이 노예들에게 손짓하여
털이 푹신한 사자 가죽을 가져오게 하여 고독한 자를 앉게 했다.
밤이 되자 장밋빛 안개가 진주 빛깔의 호수에 내렸고
어디에선가 담청색 물고기가 석양 속에서 희롱하느라고
갈망하는 눈으로 은빛 날개를 번득이며 허공으로 뛰어올랐지만
아가미를 헐떡이며 다시 진흙 속으로 빠지고 말았다.
낚시에 걸린 고기처럼 개밥바라기가 안개 속에서 퍼덕였고,
인간의 나약한 영혼은 밤의 그물 속에서 탄식했다.
그러자 방금 목욕한 영주의 부드러운 목소리가 들려왔다.

「어디에서 새로운 막강한 왕이 출현하고, 어디에서 오리들이
한 무리 나타나 사냥꾼들이 활을 들고 몰려가며,
어디에서 처녀가 뿔과 꼬리가 달린 아기를 낳고,
어디에서 심한 우박이 만발한 나무들을 짓밟았는지
깃털 같은 구름처럼 세상의 소식이 내 탑 위로 흘러옵니다.
그대가 찾아온다는 크나큰 소식도 그렇게 내 탑에 전해졌습니다.
〈위대한 고행자가 땅을 밟으니 산들은 광채로 빛나는도다!
그의 얼굴을 보는 자의 눈은 보람과 기쁨을 느낄 터이고
그의 위대한 이성과 나란히 서는 이성의 기쁨은 더욱 크리라!〉
내 탑의 지붕에서 착한 새들이 그렇게 지저귀었고,
그대를 보고 들으니 내 이성이 차분해지고,
그대의 방문은 나에게 어찌나 큰 기쁨을 주는지 내 탑에
기다란 담청색 뱀을 그린 노란 깃발을 드높이 올리겠습니다.」
그가 말하고는 노란 국기를 게양하라고 지시했으며,
잔칫상을 차리거나 대화를 시작하기 전에
지친 이성과 마음을 기쁘게 해주기 위해
당장 투계 두 마리를 가져오라고 명령했다.
「용서하시오, 위대한 고행자여, 나는 해 질 녘이 되면
싸우다가 숨을 몰아쉬며 죽는 닭을 구경하기 좋아하는데,
닭이 내 눈에는 위대한 신이나 인간과 같아 보입니다.」
여러 이성을 지닌 자는, 무감각하게 만드는 입술과 찬란한 두뇌로
온갖 신들과 사상을 황금 새장에다 교활하게 단단히 가두고는
그것들을 모두 조롱하는 위대한 영주를 살펴보며
고요한 마음속으로 깊이 슬퍼했다.
〈그의 두뇌에서는 모두가 어둠이 되어 푸른 그늘을 던지고
마음속에서 삶이 말라 죽어 기쁨에도 도취되지 못하니,

슬픔에도 영혼이 짓눌리지 않는 그에게 저주가 내리기를!〉
한편, 벼슬을 높다랗고 가늘게 다듬었으며 눈이 이글거리는
닭 두 마리가 가슴을 맞대고 서로 대결하여
짤막한 날개를 치고 앙상한 목을 길게 뽑은 채로
투계장을 빙빙 돌며 날카로운 발톱으로 흙을 파헤쳤다.
그들은 잽싸게 발톱을 놀리고 교활하게 접근해서 서로 노렸으며
갑자기 번개처럼 뛰어올라 허공을 할퀴고 찔러 대어
땅바닥에 깃털이 잔뜩 흩어졌고, 부리와 부리를 맞대고 조용히,
꼼짝도 하지 않고, 분노를 침착하게 억누르며, 표독스럽게,
또다시 재빨리 뛰어올라 날개와 발톱으로 공격을 가했다.
둘 다 가느다란 목에서 피가 줄줄 흐르고
작은 닭의 눈알이 땅바닥으로 쏟아지고 날개가 부러져 뒹굴었지만
또다시 격노하여 용감하게 뛰어올라 적을 움켜잡았으며
적은 뇌를 빨아 마시려는 듯 그의 머리를 피투성이 주둥이로
망치로 치는 듯 재빠르고도 날카롭게 쪼아 대었다.
작은 닭의 다른 눈이 빠지고 골통이 벌어져 드러났지만
그래도 그는 목을 꼿꼿이 세우고 싸우며 앞을 못 보고 쪼아 대다가
결국 비명을 지르더니 땅으로 떨어져 죽었다.
마당을 향해서 승리자는 자랑스럽게 가슴을 부풀리더니
이겼음을 알리려고 세 차례 억세고 날카롭게 소리쳤으며
욕정에 젖은 그는 암탉들이 꼬꼬댁거리며 응답하는 소리를 듣고는
절름거리며 활개 치며 닭장을 향해 갔다.
위대한 탑의 영주가 웃고는 손뼉 쳤다.
「강한 자가 죽이고 약한 자가 죽으면 당연한 일이며,

싸우는 두 생명을 갈라놓으려고 그대가 손을 들지 않고
가만히 구경만 했다는 사실이 나는 기쁩니다, 위대한 손님이여.
나는 낯선 이들이 찾아오면 항상 닭에게 싸움을 붙이고는
손님의 영혼을 살펴보기 위해 슬그머니 관찰하는데,
즐거워 박수를 치거나 눈물을 흘리는 사람도 있고,
화가 나서 무적의 닭들을 떼어 놓으려고 뛰어들기도 하지만,
그대는 기쁨이나 분노나 눈물을 보이지 않고 그냥 구경만 했습니다.」
자유로운 이성을 지닌 자가 빙그레 웃고 그의 비밀을 얘기했다.
「내 이마에서는 두 눈 사이에 세 번째 눈이 나타나서
성(城)과 인간과 신과 새들을 모두 갈아서 가루로 만듭니다.
사나운 닭들을 보는 동안 나는 모든 인간을 보았고,
삶과 죽음의 대지에서 벌이는 참혹한 투쟁을 보았으며,
내 세 번째 눈은 흔들리지 않았지만 다른 두 눈은
분노와 기쁨과 눈물 속에서 닭들과 함께 싸웠는데, 영주시여,
그대의 굵은 연꽃 이성이 어떻게 그것을 이해하겠습니까?」
탑의 영주는 무척 불안해하며 낯선 이를 물끄러미 쳐다보았지만
평온한 그의 입술에는 다시금 미소가 빛났다.
「닭처럼 싸우라고 인간의 아기를 세상에 풀어 놓는
불멸의 신들이나 마찬가지로 우리들도 편안히 기대고 누워
잔칫상에서 입맛을 돋워야 할 때도 되었으며,
잘 먹고 마신 다음에는 지혜의 대화가 빵과 술과 이 밤에
마지막 향료 노릇을 하게 될 것입니다.」
그가 말하고는 하인들에게 식사를 내오라고 손짓했다.
인동덩굴 한가운데서 식탁이 빛났고
두 주인은 의젓한 손을 천천히 뻗어
한참 동안 마음이 흐뭇할 정도로 먹었는데,

자고의 가슴살도 맛있었고 구운 토끼 고기도 맛있었으며,
숨어서 기다리는 야수처럼 오래된 술이 그들의 두뇌를 뒤쫓았다.
한껏 먹어 눈이 번들거릴 때쯤 탑의 영주는 가득 채운 잔을 들어
존귀한 낯선 이의 건강을 빌며 축배를 들었다.
「모든 꽃에서 꿀을 거두어들인 다음 다른 곳으로 날아가는 벌처럼,
가장 훌륭하게 여겨지는 초연하고도 위대한 이성이나 마찬가지로,
나는 가벼운 날개로 여자와 술과 음식과 무기를 거치면서
그 독으로부터 한 방울의 꿀을 거두어들였습니다.
높이 앉아 마음을 지배하는 이성에게 기쁨이 있기를!
위대한 영혼이 내 성을 지나가면 나는 그들을 모두 초청하여,
그들이 알록달록한 새처럼 날개를 펼치고 나면
나는 기어 다니며 그들의 가장 소중한 깃털을 몰래 뽑기 좋아합니다.
오, 화려한 이성의 공작새여, 그대의 꼬리를 활짝 펼치고
황금빛 깃털이 무수한 눈으로 빛나게 하시오.」
야수 같은 나그네가 잠깐 그의 이성을 살펴보았더니,
탁한 대기 속에서 향기나 뿌리나 씨앗도 없는
두 겹 세 겹의 찬란한 꽃이 그의 앞에서 미소 지었고,
사랑이나 증오를 하지 않았으므로 어떤 큰 정열이 지나가더라도
그의 삭막한 마음속에는 아무것도 남지 않고,
그는 대지의 마지막 시든 꽃이요, 불모의 껍질일 따름이었다.
오디세우스가 술잔을 가득 채우고 엄숙하게 말했다.
「내가 이리저리 항해하는 동안 많은 새를 만났고,
많은 날개가 털갈이를 하고 많은 영혼이 내 영혼을 즐겼으며
땅과 바다에서 나는 수백 수천의 죽은 자를 보았고,
죽음을 너무 오래 봤기 때문에 내 눈은 생기를 잃었지만,
서서히 내 마음속에서는 두려움과 기쁨과 신의 욕망이

용맹한 절규와 불의 날개가 되었습니다.
이성의 파수꾼이 〈불이야!〉 소리치면 신들이 떨고
심성의 파수꾼이 〈불이야!〉 소리치면 모든 희망이 떨어지고,
절망의 파수꾼이 마지막으로 소리쳤습니다. 〈영혼이여,
그대만이 황야를 걷고 모든 것을 불태우니, 두려워하지 말라.〉」
살진 탑의 영주가 웃고는 교활하게 눈을 깜박였다.
「내 눈이 그대의 오묘한 이성을 잘 꿰뚫어 보지 못했거나
지각없는 갈망이나 위대한 신들이 그대를 속이지 못한 모양이니,
삶은 장난이요, 잠과 깨어 있음이 다 같이 수치스러우며,
삶에게 풍요함과 기대를 부여하는
우리들의 자유롭고 오만한 이성은 더욱 수치스럽습니다.
나도 역시 바다 이성이 늙어 쓸모없어진 바다 늑대고,
나는 높은 돛대 위에 올라앉아 세상의 끝을 살펴보는데,
어느 날 밤, 오, 영혼이여, 그대 역시 커다란 소용돌이 속으로,
그대와 온 세상이 죽음의 웅장한 폭포로 가라앉을 것입니다.」
탑의 영주는 말을 멈추었지만 통통한 입술이 번득였고,
그는 대지를 둘러보고는 저주받은 유령처럼
미지근한 호수로 가라앉는 하얀 태양에게 미소를 지었다.
꽃이 핀 정원 가까이서 그의 목소리가 다시금 씨근거렸다.
「왜 우리들은 울고, 이성은 절망해야만 하나요?
삶은 두뇌 속에서 잠깐 터졌다가 사라져 버리게 마련이니
벌레들이 그의 육신을 삼켜 버릴 때까지 이 꽃 저 꽃을 찾아
온 세상을 헤매고 돌아다닌 자에게는 큰 기쁨이 있을 것입니다.
그대 또한 비밀을 알아내어 나에게 눈짓을 한 듯싶으니,
그대 손을 이리 주고 이제 나에게 미소를 지으시오, 형제여!」
그러나 근엄한 이성이 개구리처럼 불룩한 자에게 대답했다.

「어느 날 골짜기에서 줄무늬 진 커다란 호랑이를 만난 나는
기뻐서 마음이 두근거려 〈형제여!〉 소리쳐 불렀답니다.
나는 그들과 함께 웃거나 울고 싶어서, 이 세상
웃거나 사랑하거나 우는 모든 것의 품으로 뛰어들었지만,
수령의 영주여, 그대는 내 이성이 완전히 거부합니다!
우리 둘 다 비밀을 알지만, 나태하고 조롱하는 마음으로
그대는 삶과 죽음을 가지고 희롱하며,
나는 작은 벌레를 끌어안고 달려가며 소리칩니다.
〈형제여, 나는 삶과 죽음에서 다 같이 그대의 반려자다!〉」
그러자 울부짖는 기억에 위대한 사랑의 인간이 귀를 기울이고는
잠수부처럼 물이 줄줄 흐르는 산호의 어휘들을 건져 내었다.
「어느 날 머나먼 섬에서 바람도 없이 고요할 때 나는
힘들고 지친 듯 풍차의 날개가 삐걱거리는 소리를 들었는데,
갈아야 할 곡식도 없이 맷돌이 비벼 대니까
너덜너덜한 풍차가 마치 섬의 심장인 듯, 섬 전체가 한숨을 짓고
죽음의 고통 속에서 숨을 몰아쉬었습니다.
나는 분노하여 숨이 막힐 것 같아 내 이리 떼*에게 소리쳤어요.
〈사랑하는 대지가 숨을 거두는 소리를 더 이상 못 듣겠으니,
어서 돛을 올리고 삶을 힘차게 밀어내어 떠나자!〉
그대의 이성이 그러하니 나는 이제 떠나야 되겠소, 탑의 유령이여!」
살진 내시가 빙그레 웃었고, 알들이 부딪쳐 딸각거리는
염주의 소리만이 축축한 대기 속에서 들려왔고,
향기로운 호박(琥珀)의 부드러운 울림 소리만이
느긋한 영주의 느릿느릿한 마음과 박자를 맞출 따름이었다.
그러자 약간 비웃는 듯 따분한 목소리로 그가 말했다.
「지금 그대의 마음이 갈망하는 바가 무엇인가요?

무희들이나 잘 익은 술인가요, 전쟁이나 감미로운 노래인가요?
날개가 튼튼한 독수리여, 그대는 지금 떠나면 안 됩니다.」
자랑스럽고 당당한 독수리가 검게 맥박 치는 가슴을 진정시켰고,
밤이 찾아와 젖가슴을 펼치고 달을 벗겨 내어,
재스민 향기가 시원했으며, 별들이 낮게 매달려 부풀어 올랐다.
오디세우스가 떠나려고 일어나자 그의 허연 머리가 반짝였다.
「나는 무희와 전투와 오래된 술을 무척 좋아하지만,
그대가 곁에 있다면 나는 활짝 피어났다가 사라지는
이런 모든 거룩한 불멸의 풍요함을 즐기고 싶지 않습니다.
세월은 내 영혼을 감싸고 매달리는 불꽃의 저고리인데,
그대에게는 그것이 모든 기쁨이 더럽혀질 때까지 돼지 같은
쾌락과 더불어 천천히 가라앉는 시원한 오물에 불과할 따름이니
내 연약한 불길은 작별을 고하겠습니다, 흙탕물의 영주여.」
그랬더니 씨앗이 없는 자가 탐욕스러운 입을 삐죽 내밀었다.
「잘 가시오! 그대는 내 거룩한 자유를 독으로 바꿔 놓았소!
삶으로부터 껍질을 벗겨 버리고 벌거벗은 모습을 볼 줄 알며
비웃어 가면서 모든 사물을 달리 맛볼 줄 아는 그런 이성만이
완전히 자유로운 이성이리라고 나는 지금까지 생각해 왔는데,
그대의 얘기를 들으니 새로운 소용돌이가 내 마음속에서 일고
백조 같은 내 이성이 헤엄치던 고요한 물은 풍랑을 일으킵니다.
노예들아, 어서 달려가 배를 끌어다 네 개의 노를 빨리 저어
낯선 이를 멀리 건너편 땅에다 얼른 데려다 내려놓아라!
오, 세상을 잡아먹으려고 아직도 두근거리는 무서운 마음이여,
잘 가시오! 곧 죽음이 찾아와 그대의 입에 흙을 채우리라.」
그가 말하자 태양의 춤을 추는 자가 두 발을 날개처럼 퍼덕이며
향기로운 화원을 지나 성큼성큼 갈대밭 호숫가에 이르자

짐을 덜어 다시금 마음이 진정된 살진 내시*가 뒤에서
호박 염주를 딸그락거리며 입술을 움직였다.
「오, 눈부시게 빛나며 하늘에서 날개를 치는 새여!
때로는 그대의 머리 주변에서 모든 날개가 빛나는 듯하고
때로는 그대 모습이 털이 뽑힌 암탉 같기도 합니다.
내 이성이 잠시 그대에게 전해져 기쁘지만, 이제는 역겨우니,
나는 그대가 떠나서 돌아오지 않으리라는 것이 기쁘오.」
모든 불길을 길들여 빛처럼 순수하게 만들었던 이성은
빛을 다시 불로 만들어 빛과 불길을 가지고 희롱하면서
기쁨이나 슬픔을 느끼지 않으며 위대한 영주를 향해 말했다.
「어느 날 새벽에 죽음이 내 어깨를 가볍게 건드려
순식간에 내 몸이 줄어들고 이성은 우뚝 일어섰는데,
그대는 대지의 어깨를 건드리는 죽음의 손가락이라오.」
그러고는 영혼을 약탈하는 자가 얘기를 그쳤고,
그는 대지가 병들어 기운이 연기처럼 흩어지고
야위고 찌든 영혼들이 천천히 흙 속에서 무너지는
세상의 마지막 쓰레기를 보고 근심 걱정에 둘러싸인 듯
가슴속 깊이 흔들려 고동치는 심장을 느꼈다.
「언젠가 멀리 에우로타스 강가에서, 푸른 갈대밭 옆에서,
죽음 자신조차 꼼짝 못하게 되어 자신의 참담한 운명 때문에
분노하여 욕설을 퍼부을 때까지, 발가벗고 번쩍이며 싸우던
위 세상의 새로운 기쁨들, 새로운 육신들에 행운이 깃들기 빈다.*
튼튼하고 빛나는 청동처럼, 좁다랗고 가느다란 정강이로,
매끈한 옆구리와 엉덩이와 널찍한 가슴으로,
멋진 대지에다 기둥처럼 우리들의 모든 희망을 일으켜 세우는
인간의 단단한 몸이여, 오, 우리들의 숭고한 미덕이여,

그대는 신이 가득 채워 주기를 갈망하는 칼집이 아니다!
인간의 육신이여, 그대는 양쪽 날이 날카로운 칼이며,
살과 두뇌와 온 세상은 그대의 크나큰 칼집이니라.
그대가 눈 덮인 산봉우리에 서서 반짝이는 한
모든 유령은 그대의 하인이요, 모든 신은 그대의 광대이며,
나는 그런 꽃들이 자라는 대지에 내 모든 희망을 걸겠노라!」
방랑하는 자가 자신에게 이런 말을 하며, 이성 속에서는
옛 희망과 미래의 희망을 엮고는 아기와 씨앗으로 가득 찬
인간의 거룩한 석류*를 단단히 잡았다.
이렇듯 소중한 보물을 가지고 태양의 이성을 지닌 자는
진흙으로 빚어진 연꽃들이 자라는 늪지대를 성큼성큼 지나
잡초가 무성한 탑을 마지막으로 돌아다보았는데,
시커먼 빛깔이 담쟁이 속에 잠긴 탑은 날개가 모두 떨어져 나간
낡은 풍차처럼, 날개와 영혼을 떼어 버리면 곧 썩어 버릴
시체처럼 안개 속에서 시커멓게 빛났다.
그러자 신을 죽인 자가 구슬픈 미소를 짓고 분노하여 말했다.
「썩은 연꽃이여, 그대는 스스로 씨앗으로부터 해방되었고,
이제는 흙이 없는 뿌리가 허공에 매달렸도다.
그대의 살진 사타구니가 곪고, 이성은 썩고, 심성은 개구리와 같지만
흙과 피로 가득 찬 나는 시원한 이슬을 뚝뚝 흘리면서
아직도 어머니 대지를 사랑하고 괴로워하며 죽음과 싸운다.
나는 남자의 배 속과 여자의 젖가슴을 깊이 들여다보고,
그것들이 기쁨과 꿈과 씨앗으로 넘쳐흘러 불길처럼 터져 나와
혼돈 속에서 불멸의 장작더미처럼 타오르기를 갈망한다!
나는 늙은이들을 짓밟고, 젊은 총각들과 처녀들은 사랑으로 맺어
밤새도록 대지의 모습을 새롭게 가꾸도록 해준다.

나는 불꽃을 조롱하며 사라지는 영혼, 씨앗 없는 영혼을 지켜보다가
뒤로 달려가 사라지려고 하는 모든 것에 다시 불을 붙여 주고,
나는 샘터에 앉아 기다리다가, 두려워서 도망쳤던 멋진 총각 처녀들이
다시 지나갈 때 그들을 낚아채어 숲으로 끌고 가
어둠 속에서 그들이 다정하게 결합하게끔 해준다.
나는 닫힌 집들의 문을 열고, 문간을 아이들로 가득 차게 하고,
아궁이에서 다시금 불이 활활 타올라 가녀린 처녀들이 즐거워하며
꿰뚫는 화살 같은 마음으로 대지의 베틀 앞에 앉게 한다.
나는 건장한 남자들이 일을 하고 어머니들이 젖을 먹이는
그런 나라들과 도시들을 돌아다니기 좋아하는데,
아이들이 그렇게 태어나고, 세상은 그렇게 경작해야 하며
내가 사랑하는 영혼은 그렇게 기뻐하며 대지에서 뛰논다.
여름과 겨울 내내 내 마음속에서 흙의 냄새가 풍기고,
뻐꾸기가 나의 가장 높은 가지에 앉아 노래를 부른다.
성주여, 그대는 모든 독을 맛보고 세상을 비웃지만, 그렇다,
동틀 때마다 대지와 인간의 용감한 마음이 새롭게 태어나고
내 이성에 새로운 바람이 부니, 나는 그대가 두렵지 않다!」

이렇듯 고동치는 달빛을 받으며 거닐던 오디세우스는
들짐승들이 덤불을 뚫고 나오는 소리를 듣고 기뻐했는데,
그들의 푸른 그림자는 오솔길 사이로 살금살금 미끄러졌다.
달빛 속에서 산토끼들이 춤추고 야생 당나귀들이 힝힝거렸으며
한밤중에 잠든 물이 쏟아졌지만 인간의 이성은
어두운 대지를 배회하는 사자처럼 잠들 줄을 몰랐다.
살그머니 붉은 암여우 한 마리가 가시나무 덤불로부터 나와
축축한 코로 좌우를 킁킁거리며 냄새 맡더니

고독의 소리들을 분간해 들으려고 귀를 쫑긋 세웠고,
한쪽 발을 내딛기 전에 높이 구부려 들어 올리고는 했는데,
밤의 온갖 냄새와 소리를 잘 분간할 줄 알았던 암여우는
털 난 꼬리를 치켜들고 소리 없이 숲으로 들어갔다.
짙은 계곡이 어둡게 빛나는 속에서 치솟은 나무들과
깎아지른 그림자들 사이로 이성이 불타는 자가 사라졌고,
그의 마음은 어두운 혼란을 움켜잡고 부글부글 끓었다.
그의 이성은 아직도 어머니 대지의 기절하는 얼굴에 매달렸고,
거머리가 가득 찬 탑의 영주에 관한 생각들이 유령처럼,
인간의 마지막 운명을 정확히 예언하는 그림처럼 지나갔다.
「그의 영혼은 한 방울의 피도 없고, 기쁨과 슬픔과 인내
그리고 비옥한 젖가슴이 풍성한 희망, 그 거룩한 어머니들을
빨아 마실 뿌리를 대지에 하나도 내리지 못한 빛의 유령이요,
그의 신경은 실새삼 덩굴처럼 텅 빈 허공에서 퍼덕인다.」
유령을 쫓아 버리고 야수의 눈을 지닌 밤으로부터
위안을 얻으려고 애쓰며 궁수는 계속해서 나아갔고,
주변의 어둠 속에서 말없이 서성거리며 모든 사타구니들을 흥분시키던
굶주림과 욕정을 그는 보고, 듣고, 냄새 맡았으며
고독한 자의 마음은 마침내 밤의 진흙 뿌리에서 환희를 느꼈다.
목이 굵은 늑대가 바람이 안 부는 숲을 지나가다가
양의 똥이나 토끼의 발자취를 어디에선가 찾아보려고
빈 배에 충혈된 눈으로 몸을 수그려 땅바닥을 킁킁거렸다.
나무들이 갑자기 흔들리고, 떨리는 숲을 함성이 휩쓸었으며
원숭이들은 비명을 지르고 꼭대기 나뭇가지로 기어 올라가
털을 곤두세운 채 눈을 말똥거리며 살펴보았다.
오디세우스가 땅바닥에 납작 엎드려 잎사귀들 속에 몸을 숨겼고,

그의 관자놀이는 경첩들이 떨어져 나간 듯, 갑작스러운 술기운이
불붙은 그의 두뇌를 때리기라도 한 듯 지끈거렸다. 뜨거운 밤은
몸뚱어리로 가득 차고 시커먼 겨드랑이에서 냄새를 풍겼으며,
밤의 모든 숲은 사향과 강한 땀 냄새로 김이 무럭무럭 났으며
고독한 자는 탐욕스럽게 잎사귀들 사이를 살펴보았고,
놀란 토끼처럼 귀를 쫑긋 세우고는
못된 악몽이 그를 괴롭히는지 아니면 달빛이 너무 많아
밤의 환상을 보는 두뇌가 묽은 죽처럼 되었는지를 따져 보았다.
사타구니를 잎사귀로 가리고 발가벗은 흑인 여자들이 달려갔고
키가 후리후리하고 늙은 추장이 그들을 이끌고
날카로운 도끼와 허연 수염에서 피를 뚝뚝 흘리며 앞장서서 달려갔다.
그들의 목에는 피 묻은 귀로 엮은 기다란 목걸이가 덜렁거렸고
숨을 헐떡이며 여자들이 개활지에 이르러 엎어지자
그들의 늙은 지도자는 충혈된 눈을 사납게 굴리고는
바람도 없는 고요한 밤에 거친 목소리로 외쳤다.
「신이여, 내가 발을 구르고 소리쳐도 그대는 듣지 못하는구나!
땅에서 일어나 도끼를 잡고 내 옆에 서라!
내가 늙었음을 모르겠는가, 어리석은 신이여?
못된 아들이 내 계집들을 빼앗으려고 도끼를 들고 덤벼들기에
나는 있는 힘을 다해 두 번 쳐서 결국 그를 죽였도다!
여인들아, 종마들이 힝힝거리는 소리를 듣고 발정한 암말들처럼
그대들의 사타구니가 부글부글 끓어서는 안 된다!
목구멍이 부을 때까지 나처럼 신에게 소리를 질러라!
오호, 야수여, 땅에서 일어나라! 그대의 목에다
열두 개의 머리로 목걸이를 엮어 걸어 줄 터이니, 어서 일어나라!
올라와서 내 열두 아들을 흙 속에 묻고 잡아먹어라.

그대의 이성이 솟아오르도록 내가 붉은 날개를 달아 주겠으며,
살진 처녀 세 명을 바쳐 그대에게 보답을 잘 하겠노라!
늙은 추장인 내가 부른다! 일어나라! 땅에서 일어나라!
이제는 허벅지와 사타구니가 튼튼해진 내 탐욕스러운 아들들이
내 계집 노예들을 차지하려고 나를 사냥하는구나!
아, 우리 성숙한 남성 신의 앞잡이들아, 두 팔을 활짝 벌리고
커다란 호랑이가 올 때까지 발정한 암호랑이처럼 울부짖고,
그의 두뇌가 깨지도록 그대의 검은 젖가슴을 미끼로 내놓아라!
오호, 겨드랑이여, 독한 향기를 뿜어 신의 숨통을 막아라!」

오디세우스는 잎사귀와 덤불들 사이로 머리를 들고
젊은 처녀들이 소리를 지르며 흩어져 빠른 춤을 추며
빛나는 검은 젖가슴을 높이 들어 신을 부르는 광경을 보았고,
힘센 남자처럼 신이 달빛 속에 모습을 드러내었다.
그러자 늙은 추장이 고함치고 앙상한 손으로 손뼉 쳤다.
「오호, 대지의 깊고 어두운 곳으로부터 피와 비계로
온통 몸을 바른 무서운 군주가 올라와 세상을 뒤흔드는구나!
나는 그대를 좋아한다! 이렇게 나도 그대처럼 젊음으로 빛난다!
아, 나는 다시 젊어져 두 송곳니가 사나워지니,
어서 달려와 소매를 걷고 그대를 필요로 하는 나를 도와 달라.
하지만 노략질에 관해서는 다투지 않겠다고 우선 합의를 보고
다시 한 번 결전을 벌이자꾸나. 그대가 원하는 보상은 무엇인가?
그렇게 발만 구르지 말고 어서 가까이 오라!」
검은 신이 캑캑 웃고는 늙은 추장한테 용감하게 말했다.
「그대의 검은 짐승*들이 마음에 드니 계집종들을 모두 달라.」
「나도 그들을 좋아한다! 나를 잘 보고, 손은 내밀지 말라!

어머니들은 아직도 검은 젖가슴으로 내 아이들에게 젖을 주고,
내 손은 그대를 때려눕힐 만큼 아직도 섬광으로 번쩍이니,
내 신경을 건드리지 말고, 자제할 줄 알아야 한다.
앞장선 숫양인 나는 훌륭한 암양 세 마리를 그대에게 주겠는데,
늙은 노예는 그대의 아궁이에 불을 지피겠고,
집안일을 보는 중년의 노예는 솜씨가 좋은 손으로
그대의 더러운 머리를 빗고 그대 몸에 기름을 발라 줄 터이며
잠자리에서 훌륭한 젊은 노예는 욕정으로 그대를 만족시키리라.」
「입 닥치고 저리 비켜라! 나는 내 마음대로 선택하겠다!」
「그렇다면 그대가 선택하여 동굴처럼 텅 빈 배를 가득 채우되
이 젊은 처녀에게는 감히 탐욕스러운 손을 대려고 하지 말라.
날카로운 도끼를 걸고 맹세컨대, 그녀는 절대로 못 주겠다!」
「닥쳐라, 멍청한 늙은이야! 네 입에 흙을 가득 넣어 주리라!
네 양 떼로 손을 내밀어서 나는 이 처녀를 선택하노라.」
「못 주겠다! 나는 그대가 두렵지 않으니 으르렁거리지 말라.」
「오호, 늙은이가 도끼를 흔들어 대며 점점 배짱을 부리는구나!
내가 두 손가락을 구부려 그대의 골통을 부숴 놓겠노라.」
「이런, 그대가 내 두개골을 짓눌러 관자놀이가 벌어졌구나!」
「나는 그대가 소유한 가장 아름다운 처녀를 원한다!」
「그대를 땅에서 일으켜 도끼를 주고, 음경과 두뇌와 사타구니로
무장을 시킨, 내가 받는 보상이 겨우 이것이더냐?」
「모슨 보상 말이냐? 나는 신이므로 가장 위대한 도둑이다!
나는 지나가며 닥치는 대로 낚아채어 죽음의 자루에 넣고
벌레와 흙을 꺼내 그 값을 푸짐하게 치른다. 나를 저주하지 말고
그대는 귀를 땅에다 대고 잘 들어 보도록 하라.」
「내 귀에는 열한 명의 남은 아들이 쫓아오는 소리가 들리고

토끼 사냥개 같은 죽음이 앞장서서 내 발자국 냄새를 맡으니,
내 곁으로 와서 도와 달라. 보답은 잘 하겠노라.」
「그러나 나는 보답을 먼저 받고 싶다. 처녀를 어서 죽여라!」
「그대는 수치심이나 연민은 전혀 없고 악착같기만 해서,
궁지에 몰린 나를 붙잡고 늙은 인간의 영혼을 비웃지만
바퀴가 한 바퀴 다 돌고 나면 나에게도 운이 닿을 터이고
그러면 그대는 내가 잔뜩 먹인 모든 것을 토해 내고 말리라.
그대의 발치에서 나는 신음하며 그녀를 내 도끼로 치겠지만
우선 내 반항하는 자식들을 죽이게 도와주겠다고 약속하라.」
「내가 철석같이 약속하겠으니, 울지 말라, 늙은이야.」
눈물을 글썽거리며 늙은 추장이 처녀의 기다란 머리카락을
단단히 틀어잡고는 내동댕이쳤다.

잎사귀들 사이에 몸을 숨기고 땅바닥에 납작 엎드린 궁수는
두 야수가 다투는 소리를 숨죽이며 듣다가
담청색 눈부신 달빛 속에서 처녀의 목 위로 드높이
날카롭게 번득이는 도끼를 보았다.
그러더니 추장이 허공에서 두 손을 저었다.
「위대한 신이여, 그대가 머리끝부터 발끝까지 웃고 빛나도록
나는 그대의 무릎과 가슴과 사타구니에 피를 바르겠도다!
내 약속은 지켰으니 이제는 그대가 보답할 차례이므로, 군주여,
와서 입을 벌리고 내 아들들을 모조리 잡아먹어라!
왜 그대는 웃고 놀리며 두 손을 휘젓기만 하는가?」
「내가 웃는 까닭은 그대가 신의 말을 믿었기 때문인데,
나는 신이어서 맹세를 어겨도 그대는 어쩔 도리가 없도다!」
「이럴 수가! 약속을 어기고 그것을 자랑으로 삼다니!」

「늙어서 마음에 껍질만 남은 그대를 나는 원치 않는다.
그대는 나를 위해 처녀를 죽이고 울음을 터뜨리지만,
나는 그대를 돌로 치며 웃는다, 쓸모없는 멍청이야!
나는 그대의 오만하고 대담한 자식들과 함께 먹고 마시리라.」
「내가 땅으로 되돌려 보낼 터이니, 그대는 이제 끝장이다!」
늙은 추장이 고함치고는 피투성이 양날 도끼를 두 손으로
단단히 잡고는 나무꾼처럼 미친 듯 후려치고 또 후려쳐서
그의 신이 갈기갈기 찢겨 땅바닥에 흩어졌고
거대한 악마가 여러 무더기로 쏟아져 물감과, 가죽과,
진홍빛 깃털과, 방울과, 밀짚이 땅을 뒤덮었다.
그러더니 추장이 캑캑 웃으며 손뼉을 쳤다.
「저런 악마들을 내가 죽이기는 지금이 처음은 아니다!
감각이 없는 통나무를 들고, 칼로 파내어 머리를 만들고,
두 손과 두 발을 깎은 다음 사프란*과 피와 석회를 발라,
내 뒤를 쫓아다니며 사냥할 동물을 몰아내는 사냥개 노릇을 할
신을 깎아 만드느라고 못이 박인 내 손에 축복이 내려라.
신이 돕지 않겠다고 코웃음을 칠 때마다 나는 그의 발을 잡아
뾰족한 돌에다 새처럼 골통을 박살 내고는 했노라.」
그가 고함치는 동안 그의 발은 정신없이 춤추느라고 빛났으며
신이 머리 위에서 요란하게 호령했기 때문에
그는 입이 저절로 벌어지고 춤추던 발이 갑자기 멈추었다.
「어리석은 것아, 죽음 안에서 잘 만났구나!
나는 거대하고 힘찬 심장의 고동이요 위대한 목소리여서
나무나 물감이나 맹세에 얽매이는 존재가 아니며,
늙은이들은 차버리고 젊은이들을 찾아 달려간다!」
늙은 추장이 머리를 들더니 주먹을 불끈 쥐고 흔들었다.

「내가 그대를 육신으로 단단히 묶어 두뇌라는 가장 위대한
마술로 못을 박겠으니, 그대는 과연 어디에 숨겠는가?」
한 처녀가 겁이 나서 비명을 지르며 추장의 팔을 잡았다.
「남쪽으로 날아가는 독수리를 보았는데
날카로운 발톱으로 그대의 허연 머리를 움켜쥐었더군요!」
늙은 무당이 그의 두 무릎을 부둥켜안고 소리쳤다.
「주인이시여, 신의 무서운 불길이 사라지고 재만 남아서
그대의 늙은 무릎이 떨리고 눈은 진흙이 되었나이다.」
그러나 늙은 용이 주먹을 들어 노인을 후려갈겼다.
「입 닥쳐라! 나는 사나운 사냥개고 내 주먹도 단단하다!
내 자식들이 와서 보호를 받지 않는 우리들을 보면
모조리 죽여 버릴 테니, 커다란 바위 덩어리와 무거운 도끼를
나에게 갖다 주고, 어서 빨리 흩어지도록 하라.
산을 깎아 신을 만들 시간만 나에게 충분하다면 얼마나 좋으랴!
가라, 여인들아, 머리카락을 자르고 붉은 물감을 빻아라!」
그가 말하고는 돌을 집어 들고 양쪽 가슴을 깎았으며,
신이 놀라 튀어나오라고 고함치며 힘껏 때렸지만
신은 돌 속에서 굴레를 벗은 말처럼 힝힝거리기만 했다.
그러자 중년이 넘은 여자가 불쌍해하며 그의 두 손을 잡았다.
「주인이시여, 그대는 목적을 상실하고 악령에게 사로잡혔으니
오히려 얻어맞기 전에 검은 돌은 그만 때리소서.」
슬픔과 분노에 휘말린 늙은 추장이 소리쳤다.
「내 눈에서 불꽃이 날아가고 두 팔이 이제는 말을 듣지 않으며
양날 도끼를 휘두를 힘도 더 이상 나에게 없어서
왼쪽을 치면 더러운 도랑으로 내가 굴러 떨어지고
오른쪽을 치면 야수처럼 내 어깨를 때리기만 하고,

나에게는 힘이나 인내심도 남지 않았으며, 사타구니도 나약하여
돌과 싸울 기운이 없어진 나에게, 나무토막이나 가져다 달라.」
세 처녀가 통나무를 자르고 다른 세 사람이 가까이 가져왔으며
늙은 무당은 여러 가지 비밀의 약초를 빻았고
가장 나이 어린 처녀가 노인의 힘없는 무릎을 잡았다.
「목소리들이 들려오니 떨지 말고 정신을 바짝 차리세요.」
발정한 처녀가 야생 참나무로 기어 올라가 소리쳤다.
「어서 와요, 용감한 젊은이들이여! 개를 데리고 달려왔군요!」
그러나 추장은 미친 듯 화가 나서 옹이 박인 나무를 팠고,
나무 조각들이 수염에 달라붙고 사나운 눈에서는 불이 펄럭였으며
도끼의 푸른 불꽃들이 털투성이 가슴속으로 사라졌다.
「내 불타는 손에서 신이 솟구치니, 여인들아, 동요하지 말라!
내 입술을 그대 입술에 맞대겠으니, 내 숨결을 마시고,
내 가슴을 그대 가슴에 맞대겠으니, 내 힘을 빼앗아 가고,
그대의 큰 입에 내 마력을 불어넣겠으니, 어서 살아 일어나라!
오, 불꽃이여, 그의 무정한 마음을 독사처럼 친친 감아라!
오, 도끼여, 그의 손에 잡혀 주먹에 힘과 기운을 주어라!
극악무도한 살인자여, 무덤에서 뛰쳐 일어나거라!」
그러나 처녀들이 그를 껴안고 큰 소리로 탄식하기 시작했다.
「주인이시여, 그대의 손에서 무슨 신이 뛰쳐나오겠습니까?
보세요. 그것은 눈과 이빨과 머리카락도 없는 해골입니다!」
늙은 추장이 나무토막을 땅으로 내동댕이치며 저주를 퍼부었다.
「신을 불렀는데 죽음이 응답하다니! 둘 다 저주를 받으라!
죽음이여, 위대한 양치기가 씨근덕거리며 내 발을 지팡이로 걸어
그의 양 떼 속으로 나를 끌어넣으려고 하지만,
나는 위대한 추장이다! 나는 내 영혼을 포기하지 않겠다!

여인들아, 피가 짙게 엉긴 수염과 붉은 깃털이 달린
죽음의 거룩한 해골을 내가 쓰고 싶으니 그것을 가져다 다오.
무거운 도끼를 들고, 뜨거운 숨결을 호흡하는 내가,
내가 바로 죽음처럼 바위에 올라앉은 위대한 신이로다!」

늙은 추장이 신음하고 죽음의 멋진 옷을 걸친 다음
높다란 바위에 다리를 포개고 음산하게 앉았으며,
갑자기 잎사귀들 사이로 이리 떼의 눈과 이빨이 빛나더니
열한 명의 젊은이가 한꺼번에 개활지로 튀어나왔다.
여자들이 부끄러운 줄도 모르고 발정하여 잎사귀를 벗어 버렸고,
달빛을 받으며 덤불 속에 웅크린 그들을 궁수가 보았고,
움츠린 아들들은 그의 육신을 죽일 때 아버지의 혼령이
그들을 볼까 봐 두려워 사나운 가면을 쓰고 말소리를 낮추었다.
오디세우스가 귀를 쫑긋하고 조심스럽게 몰래 살펴보니
흑인 청년들이 중얼거리며 천천히 가까이 기어와서는
나지막하고 떨리는 목소리로 얘기를 주고받았다.
「검게 불타는 죽음의 갑옷을 걸치고 앉아 있는 늙은 추장과
그의 허리에 매달린 여자들의 꼴을 보라고.」
「우리들을 보고 그가 손짓해 부르는구나! 곧 올가미를 던져서
그는 우리들을 단단히 옭아 소처럼 도살장으로 끌고 가겠지.」
「〈늙은 추장을 당장 죽여라!〉 하고 내 뱃속이 외치는구나.」
언청이 청년 하나가 달빛이 비춘 공터로 살그머니 나와서는
떨리고 기어드는 목소리로 날름거리며 밤의 어둠을 핥았다.
「일어나소서, 아버지시여, 여자를 하나 골라 도망치세요!
아버지의 눈은 욕정으로 충혈되고, 이제는 늙어 버렸으니
무딘 날로는 더 이상 밭을 갈지 못하기 때문에 떠날 때가 되었고,

우리들도 종족을 새롭게 만들 자손들을 두고 싶습니다.」
눈이 흐리고 호리호리한 젊은이가 무서워 손톱을 깨물며
야수 같은 자들에게 거센 목소리로 속삭였다.「형제들이여,
우리들을 태어나게 한 육신을, 그 훌륭한 신을 공경하라.」
그러나 코가 뭉툭하고 건장한 아들이 탐욕스럽게 으르렁거렸다.
「아버지, 나는 강해지기 위해 아버지의 피를 마시고 싶은데,
돌멩이와 마술로 가득 찬 아버지는 땅에 묻힐 때가 되었고,
우리들을 가로막지 못하게 아버지의 두 손을 뒤로 묶어 놓겠습니다.」
그러자 아들들이 모두 용기를 내어 그에게 덮치려고 했지만
노인이 펄쩍 뛰며 깩깩거렸고, 묵직한 허벅지와 앙상한 목에서
짤랑거리는 방울들이 제멋대로 울렸고,
날카롭게 비웃는 목소리가 그의 아들들을 찔러 댔다.
「내가 고함치면 발정한 숫양들이 토끼처럼 도망치리라!
용기를 내고 가까이 와서 튼튼한 암양을 하나 선택하라!
수염이 무성한 아들아, 와서 가장 어린 처녀를 골라
시원하고 훌륭한 그녀의 살을 깨물어 보아라.」
아들들이 부름을 받은 자를 붙잡고 나지막이 충고했다.
「형제여, 그녀는 미끼로 함정 안에 넣은 고기니, 가지 말라.
그의 등 뒤에서 도끼를 교활하게 치켜든 그녀를 보라.」
그러나 욕정에 빠진 털이 무성한 아들이 사나운 목을 내밀었다.
「나를 죽이려고 덤벼들지 않겠다고 신의 이름으로 맹세하세요.」
「머리카락 하나 건드리지 않겠다고 신의 이름으로 맹세하마!
여자가 정신없이 발정하여 암말처럼 힝힝거리고 허벅지가 번득이니
너에게 찾아온 행운을 바보처럼 밀쳐 버리지 말고
손을 내밀어 건강과 기쁨을 지닌 그녀를 움켜잡아라!」
아, 젊은 신랑의 골통이 돌멩이에 부딪혀 산산조각이 났다!

늙은 추장이 웃고, 피와 골로 범벅이 된 도끼를 들어
이글거리는 관자놀이와 늙어 빠진 팔에다 씻었고,
아들들은 격분하여 뒤틀린 입술에 거품을 물고 아우성쳤다.
「아버지는 약속을 어겼으니 독사들에게 물릴 것입니다!」
그러나 추장이 요란하게 조롱하고 웃었으며,
주먹에 묻은 아들의 으깨진 골 두어 덩어리를 핥아먹었다.
「나는 약속을 어기는 법을 신에게서 배웠도다! 나도 이제는
모든 미덕으로부터 해방되어 무슨 일이나 마음대로 하리라!
여인들아, 붉은 풀밭에 내가 검은 짐승 열 마리를 더
흩어 놓을 터이니, 늘어진 내 옷자락에 단단히 매달려라.」
움츠러든 남자들을 격려하려고 허벅지가 긴 처녀가 달려갔다.
「그대들의 젊음이 부끄럽군요! 그를 두려워하지 말고 죽여요!
그에게는 할퀼 손톱도 없으니, 때리기만 하면 쓰러질 겁니다.」
말 같은 여장부가 빳빳한 젖가슴을 치켜들고 소리 질렀다.
「그를 먼저 쓰러뜨리는 형제에게 내가 욕정을 배불리 먹여
그의 집에 아들이 가득 차도록 줄줄이 쌍둥이를 낳아 주겠어요!」
그 말을 듣고 눈이 이글거리던, 가장 우람한 자가 소리쳤다.
「오, 처녀여, 내가 올가미를 던져 그의 목을 부러뜨릴 테니
그대가 가까이 기어가서 그의 두 무릎을 잡아라!」

오디세우스는 검고 날카로운 눈을 들고는
달려 나가고 싶은 마음을 억제하려고 바위를 꽉 붙잡고 매달렸으며
아들이 있는 힘을 다해서 밧줄 올가미를 던졌더니
휘익 소리와 함께 밧줄이 노인의 목에 걸리고
참나무가 쓰러지듯 고함소리가 대지를 뒤흔들었다.
사나운 가면을 쓰고 아들들이 달려 나가 아버지를 죽이려고

떨리는 손으로 눈부신 도끼를 번쩍 치켜들었으며
여자들은 부끄러운 줄도 모르고 엉덩이를 흔들며 춤추었다.
「우리 마음이 빛나고 새로운 밤이 시작되니, 어서 이리 와요!
우리들은 푸른 풀밭에서 젊은 남자를 끌어안고 싶답니다!」
그러자 힘센 아들들이 아버지 위로 칼을 겨누고는
여자들을 모두 밀쳐 내고, 무서운 살인이 벌어지는 광경을
보지 않게 멀리 물러서라고 분노하여 소리쳤다.
가시나무 덤불 깊이 숨은 머리가 허연 궁수는
두근거리는 가슴으로 튀어나온 바위에 매달렸으며
늙은 아버지를 죽이고 어머니의 품에서 편히 잠들려는
인간의 어두운 갈망과 욕구를 깊이 의식했다.
가슴속에서 그의 심성이 일어나 연민하며 소리쳤다.
「오, 이성이여, 내 모든 욕망이 그렇다와 아니다로부터 되튀어
때때로 나는 온통 음경이 되기도 하고 그 탑의 영주도 되니,
이제는 와서 거대한 두 날개처럼 인간의 모습을 갖추어라.」
그러고는 오디세우스가 눈을 반쯤 뜨고 보니 달빛이 가득 차고
음탕하게 춤추는 모습과 헉헉거리는 입만이 사방에 흩어져,
다시 얼굴을 가시나무 덤불 속에 처박고 살펴보았다.
아들들이 아버지를 커다란 바위에다 단단히 묶더니
서로 어깨를 붙잡고 야만적인 춤을 추었으며
그들이 지르는 싸움터의 함성이 사방으로 흩어졌고
사나운 노래를 부르며 그들은 아버지의 힘을 분배했다.
「아, 여자를 범하던 위대하고 막강한 추장이여, 아버지시여,
그대는 힘찬 사타구니의 기운으로 인간 종족을 퍼뜨렸으며
들판에는 여자를, 동굴 속에는 남자들을 가득 채웠고
그대는 먹고 마시며 수없이 자식을 낳고 모든 땅을 지배했지만

이제는 우리들도 여인의 품을 알고 신의 얼굴을 봐야 하겠으니
무수한 죽은 자들과 그대가 나란히 누울 때가 되었도다.
아버지시여, 땅속에 묻히기 전에 우리들에게 그대의 힘을 주고,
그 힘을 뱀들이 먹거나 나무뿌리들이 모두 마시게 하는 대신
그대의 눈과 사타구니와 두뇌를 우리들에게 유물로 내리소서.
형제들이여, 어서 이 늙은 멧돼지를 나눠 갖기로 하자.」
용의 시체 주변에서 젊은이들은 마구 춤을 추었고
저마다 힘찬 아버지의 몸에서
검은 주먹을 휘둘러 가장 원하는 부분을 쳤다.
언청이 아들이 먼저 허리를 숙이고는 무거운 머리를 쳤다.
「나는 그의 골통을 부숴 꾀 많은 두뇌를 마셔
적들이 나를 포위하면 아버지가 그랬던 것처럼
두뇌의 도끼로 재빨리 도망칠 안전한 길을 뚫으리라.
나는 짐승을 잡는 덫을 놓고 혼령들을 참피나무 가지로 얽어 잡으며,
적들이 쫓아올 때는 초록빛이 되어 나뭇잎들 속에 숨고,
허공의 연기나 험악한 바위들 한가운데서는 잿빛 바위가 되리라.
나는 아버지의 두툼하게 살진 두뇌를 독차지하고 싶다!」
「나는 그의 가늘고 불끈거리는 후두를 독차지하여
저녁에 매끄러운 바위에 올라앉아 지극히 감미로운 노래를 불러
갈망하는 처녀들이 듣고 흥분한 암탉처럼 캑캑거리고,
젊은이들은 이성을 식히기 위해 무기를 놓고,
검은 죽음이 어느 문을 두드려야 할지 잊게 만들리라.」
「나는 그의 팔과 날카로운 도끼를 독차지하여
사람의 목이나 나무 위로 내가 손을 치켜들면
깊고 검은 나무가 떨고 무릎이 떨릴 것이며, 내가 가까이 가면
〈늙은 추장이다!〉라고 사람들과 나무들이 소리치리라.」

「나는 그의 날쌘 발과 날렵한 부분을 차지하겠는데,
노추장은 타작마당에서 돌아다니며 춤을 출 때
머리를 휘날리고 여자들을 노려보며 얼마나 큰 소리로 외쳤던가!
흙이 그의 발을 먹으면 안 되고, 용감한 춤이 열 발가락에서
물처럼 쏟아져 영원히 땅속으로 사라져서도 안 되리라.」
「아, 나는 독수리 같은 그의 눈만을 차지하고 싶다!
오, 독수리 눈이여, 그대는 양치 풀숲의 토끼를 꿰뚫었구나!
높은 바위에서 그대가 굽어볼 때는 그녀의 아름다움을 보여 주려고
발가벗는 젊은 여자처럼 물과 산과 짐승과 인간과
모든 것을 드러내며 대지가 그대의 발치에 눕는도다.
나는 그런 눈을 절대로 땅에 흘려 버릴 수가 없다.」
「나는 내 관자놀이에다 아버지의 귀를 갖다 붙이고 싶도다!
그 귀를 땅에다 대면 말벌의 벌집처럼 붕붕거리는 소리가 들려
적의 비밀 숫자와, 토끼 심장의 고동과,
새끼 사슴이나 사자의 발자국 소리도 알 수가 있고,
동굴 안에서 흘러내리는 물소리까지도 들을 수가 있으니
종족을 이끌고 가 물을 마시고 사타구니를 식히게 하리라.
아버지의 귀를 땅속에 묻지 말고 나에게 달라.」
「나는 황소처럼 정력적인 그의 사타구니를 독차지하겠다!
아버지는 모든 여자의 머리채를 휘어잡고 동굴로 끌고 가서
암말처럼 세상의 여자들을 올라탔다!
비록 죽음이 거두어 가더라도 그대가 씨를 뿌리면 죽은 자들이
곱절로 솟아 나와 세상은 다시금 꽃이 만발하고는 했다.
나는 그의 뾰족한 쟁기의 날에 녹이 슬지 않기 바란다!」
「형제들이여, 나는 온 세상을 미친 듯 분노하여 두들겨 부수는
단단한 청동 망치 같은 그의 심장을 원한다.

내 심장은 나약하고 여자 같아서 엉뚱한 대상들만 추구하고,
사람들이 서로 죽이는 꼴을 보면 이성이 멀리 도망치고
여자들이 산고로 몸부림치는 꼴을 보면 울음을 터뜨린다.
아, 나는 야수의 심장을 얻기 위해 그의 심장을 먹고 싶다!」
「형제들이여, 그의 풍채는 어디에서 왔을까?
도끼처럼 엄숙한 말투였나, 사자 같은 그의 숨결에서였나 —
그의 가슴이나 마구 먹어 치우는 혀나 튼튼한 사타구니였나,
아니면 허공에서 맡아야 하는 바람에서 왔을까?」
「아버지가 거대한 나무들을 베어 배를 만들고
그 배에 뛰어올라 파도가 거품을 일으킬 정도로 노를 저을 때면
아버지가 언젠가는 죽어서 그의 두 손을 내가 차지하여
나도 역시 거대한 나무를 잘라 파도를 타고 싶은
욕망으로, 갈망으로 얼마나 내 가슴이 탔던가!
어서 아버지를 죽이고 토막 내어 저마다 몫을 차지하자!」

춤이 끝나고 열 아들이 도끼를 높이 치켜들자
빛의 궁수가 두 손을 앞으로 내밀어 손뼉을 쳤지만
거센 함성과 웃음소리가 들리고 칼들이 솟았다가 내리쳤으며
뼈들이 으스러지고 야수의 무시무시한 절규가 울렸고
뜨겁고도 끈끈한 피가 그의 떨리는 팔로 튀었다.
세상의 이런 비밀을 견디기 힘들어 그는
수치심을 느껴 두려움으로 떨리는 눈을 들었다.
내리 덮쳐 시체를 찢어 놓는 독수리들처럼 소리를 지르며
한 사람은 높이 치솟아 발을 단단한 발톱으로 움켜잡았고
하나는 창자를 목에다 친친 감고 묵직하게 앉았으며,
가장 용감한 자는 피투성이 머리를 발톱으로 움켜잡았으며,

이렇듯 아들들은 아버지를 먹으려고 몰려들었다.
감미로운 순간이어서 향기로운 대지에 밤의 꽃이 펼쳐졌고
야수들의 목마른 콧구멍 속에서는 물이 출렁였고
달이 죽은 소년처럼 들판에 누웠으며, 이슬에 머리가 젖은
젊은이들이 이제는 머나먼 도시에서 방황했고,
사랑하는 이의 체취가 아직도 그들의 가슴에서 풍겼으며
갓 결혼한 여자들은 걱정이 되어 한밤중에 깨어나
요람에서 아들이 놀고 있는 소리를 듣고서야 미소를 지었다.
열 명의 후계자가 즐거워 충혈된 눈을 굴리며 소리치고는
거친 혀로 피 묻은 입술을 천천히 핥았으며
머리가 어지러울 때까지 다시금 난폭한 춤을 추어
투구에 달린 깃털이 휘날리고 눈에서는 불길이 펄럭였으며
그들의 뱃속에서는 도끼를 든 아버지가 날뛰었다.
아들들은 저마다 사나운 아버지가 되어 춤추고 노래했다.
「형제들이여, 이제 기억을 떨쳐 버리고 손을 씻기로 하자.
그는 모든 아들의 만족한 창자 안에서 살며 철저히 다스리니,
아, 우리들은 아버지를 죽인 것이 아니다!」
「오호, 나는 목이 굵고 튼튼해졌으며, 머리가 백발이 되었고,
천 년을 살았기 때문에 나는 시작도 없고 끝도 없도다!」
「내 눈이 거대하게 커지고 세상은 작아져서,
노추장의 눈을 차지한 나는 눈에 보이는 모든 것을 차지했노라!」
「그의 귀를 차지한 나는 말하는 모든 짐승과 새를 차지했다!」
「묵직한 그의 음경을 차지한 나는 모든 여자를 차지했다!」
「나는 추장의 용맹한 심장을 차지했으니 두려울 자가 없도다!」
「나는 노추장 자신이니, 그의 팔과 머리카락을 보라!
우리 궁정 한가운데에다 가축과 짐승의 가죽과 무기와 아이들

그리고 여자들을 모두 모아 놓고 도끼를 높이 치켜들어
다른 사람들을 다 죽이는 가장 강한 자를 추장으로 삼자!
내 눈은 피로 넘치고, 뱃속에서는 아버지가 고함친다.」
히번덕거리는 눈으로 오디세우스는 무릎을 꿇고 일어났으며,
형제들이 아우성치는 싸움을 벌이자 여자들은 비명을 지르며
젊은이들의 살육을 막기 위해 붙잡고 매달렸다.
한 여자가 머리를 잡아 뜯으며 정신없이 소리쳤다.
「노추장이 흡혈귀가 되어 돌아왔다! 거품을 뿜는 그의 유령이
아들들을 미치게 해서 분출하는 피를 핥아 먹게 하는구나!
오, 백발의 마녀여, 마술을 써서 유령을 쫓아 버려라!」

축 늘어진 젖 위에 노란 혼령의 가면을 늘어뜨린
늙은 무녀가 달려 나와 손뼉을 치고,
말뚝을 박듯이 천천히 발로 땅을 구르더니
빙글빙글 돌며 마술의 춤을 추니 젊은이들은 겁이 나서
도끼를 머리 위로 치켜든 채로 얼어붙었다.
손뼉을 치며 노파가 거북처럼 식식거렸다.
「악귀는 물러가라! 내가 오른쪽 왼쪽으로 입김을 불겠다!
그대가 작은 불꽃이면 사라지고, 작은 개라면 죽어라!
머릿속에 숨겨진 생각이라면 발끝으로 흘러 내려가
혼몽한 춤이 되어 땅속으로 빠져 들어가라!
춤을 추어서 늙은 추장을 돌멩이 속으로 깊이 밟아 넣어라!
용감한 청년들아, 무기를 놓고 흉악한 저주로부터 깨어나라.
나는 검고 떨리는 내 허벅지를 두 손으로 잡고,
검은 젖이 두 줄기 흐르는 내 젖통을 잡았으며,
내 사타구니와 자궁 속에서 명령을 내리는 소리가 들린다.

내 마음속에서 신이 나타나 소리친다. 〈살인하지 말라!〉」
마녀의 부글거리는 창자 속에서 울려 나오는 이 새로운 법은
아버지를 죽이는 아들들의 얼을 빼놓았지만,
황소처럼 힘세고 흥분한 젊은이 하나가 노파를 비웃었다.
「그러면 그의 여자들은 누가 차지하는가? 내 뱃속 깊은 곳에서
늙은 추장이 살아 분노하여 날뛰며 외치는 소리가 들린다.
〈너는 도끼를 높이 들어 최후로 남는 아들이 되어라!〉」
여자들의 가슴이 들먹거렸고 젊은이들이 으르렁거렸으며
두려움의 노란 가면이 노파의 가슴에서 뛰놀았고,
거품을 문 그녀의 입에서 두 번째 법이 부글부글 끓어올랐다.
「형제들이여, 〈그의 깊은 동굴 안에서 성숙한
아버지의 아내들에게 손대지 말라!〉고 위대한 신이 소리치는구나.
모든 아내의 사타구니에서 그대들의 늙고 곰팡내 나는 아버지가
도끼를 손에 들고 고함치며 분노하여 살펴보고, 그대들의 씨앗이
자궁으로 쏟아져 들어오기만 하면 그가 모조리 죽여 버린다!
어서 그대들의 모든 어머니와 누이와 처녀들을
낯설고 먼 다른 땅으로 뿔뿔이 흩어 보내고, 형제들이여,
그 대신 여러 다정한 타향의 아내들을 맞아들이도록 하라.
발돋움을 하고 아득히 떨어진 먼 도시들을 살펴보니
수정 같은 물이나 밀빵만큼 싱싱한 여자들이 눈에 띄고,
배 속 깊이 알을 잔뜩 품고 햇볕에 그을은 여자들도 있는데,
그들 모두를 그대의 씨앗을 심기 위해 데려올 수가 있도다.
어머니 달님에게 맹세컨대, 낯선 여자가 무엇을 먹는 모습을
구경하는 것보다 더 큰 기쁨과 즐거움은 없으니,
그녀의 춤은 지극히 신기하고 체취와 미소도 신기하며,
입술을 주거나 받는 그녀의 태도 또한 신기하기만 하도다.」

늙은 무녀가 손뼉을 치고 발로 땅을 구르자
귀뚜라미의 울음소리처럼 울부짖는 그녀의 영혼은
아들들을 욕정의 거대한 불길로 유혹하여 이끌었다.
보라, 기름진 비계가 잔뜩 끼고 가죽이 질긴 두뇌가
낯선 곳으로 날아가 타향의 도시들을 지나서
신기한 땅을 살펴보려고 높다란 산봉우리에 말없이 앉았다.

신이여, 샘물은 시원하고, 대화는 한없이 감미로우며,
짙은 빛깔의 물 항아리는 반짝이며, 하얗거나 노랗거나 갈색인
검은 여자들의 잔등은 햇볕에 청동빛으로 아름답게 탔다!
숲속의 빈터에서는 여인들이 거닐고 새처럼 지저귀며
땅이 흔들릴 정도로 엉덩이를 흔들고, 청년들은 미쳐 버려서
황금빛 깃털의 수탉처럼 공중으로 높이 뛰어올라
그들의 이성 속에서 알을 품는 암탉 같은 처녀들을 올라타고는
교만한 자부심으로 가슴을 펴고 의기양양하게 운다.
생각 속에서 뛰놀며 이 머나먼 형상들, 아들들은 시간의 궤적을
잃었고, 그들의 두툼한 손과 입술과 넓적다리는
머나먼 낯선 땅에서, 향기롭고 낯선 젖가슴 위에서 길을 잃어
그들은 더 이상 잔인한 아버지의 여인들을 갈망하지 않았다.
나무 꼭대기에서 앵무새들은 잠이 깨었고,
신부의 첫 꿈처럼 대기는 깃털을 빳빳하게 세우고 빛나며 울렸고,
사자의 갈기에서는 이른 아침의 이슬이 반짝였고
가지가 많고 거대한 인동덩굴은 사향의 향기로 흠뻑 젖어
발정한 수사슴의 힘찬 두 뿔에 친친 감겼다.
흑인 아들들은 마음이 차분히 가라앉고 이성이 온화해져서
가면을 벗어 던지고는 그들의 얼굴을 비춘 새벽의

첫 하얀 빛 속에서 이제는 평화로워졌으며
그들은 모두 형제애를 의식했고, 흐릿한 빛을 받으면서
다시 한 번 팔짱을 끼고 빠른 춤을 추기 시작했다.
「바람이 불고 낯선 혼령이 내려와 우리 팔을 돛대로 만들고
머나먼 땅이 우리들을 소리쳐 부르니, 잘 있거라.
우리들은 마음에 드는 여자를 보았고, 물통 같은 손에
머리카락이 밧줄 같은 처녀들을 상품처럼 가지고 가서는
엉덩이가 커지는 누이들과 어머니들과 함께 팔아 버릴 것이다!
우리들의 굶주린 입맞춤은 염소처럼 이 바위에서 저 바위로 뛰고
타향 땅으로 달려 내려가 여자들이 사는 집의 문을 두드리리라.
오호, 우리들은 좋은 씨앗이 담긴 육체를 사고 팔 것이다!」
그들 주변에서 나무들이 삐걱거리자 유인원들이 달려 나와
무성한 콧수염에서 피를 뚝뚝 흐리며 동틀 녘에 춤추는 형제들,
두 발로 서서 걸어가는 형제들을 구경했다.
그들의 뒤에서는 숲다람쥐와 표범과 담비와 아기 사슴과
사향고양이들이 반들거리고 두툼한 꼬리를
꼿꼿하게 세우고는 줄줄이 모여들었으며,
더 뒤쪽에서는 검은 전나무의 꼭대기에
굶주린 시체의 위대한 귀족인 까마귀가 내려앉았다.
털이 잔뜩 난 짐승들과 밀림의 눈부신 날개들 한가운데서
신음하던 아들들은 위대하고 새로운 법칙들을 이해하려고
광란하는 육체와 영혼으로 춤을 엮어 보려고 애썼으며
그들의 시뻘건 눈은 미래의 날개로 가득 찼다.

나무들과 날개들과 들짐승들 한가운데 숨어서 오디세우스는
추장의 살육으로부터 그에게로 튄 뜨거운 피가

그의 손가락에서 뚝뚝 떨어지는 것을 보고는 떨었다.
그의 관자놀이들이 약탈을 당해 부서진 성문처럼 벌어졌는데,
그의 내면에 담긴 감옥들이 부서져 시간의 빗장으로부터
옛날의 야만적인 포로들이 탈출했다면 어떻게 될 것인가?
「꿈속에서였는지 살육자의 현기증 속에서였는지
어디에서인가 나는 어두운 숲속에 숨어 용 같은 아들들을 보았으며
그들과 더불어 우리 아버지를 죽이고 춤추기 시작했다.
시간이 벌어지고 내 이성이 더럽혀지고 나는 뒤로 돌아섰다!
내가 일어서면 그들이 흩어져 사라지니, 견딜 수가 없구나!」
그는 두 걸음 성큼성큼 걸어 나가 피로 얼룩진 터전에 우뚝 섰고
무자비한 눈으로 야만적인 춤을 추는 자들을 꿰뚫어 보았고
그래서 그들은 발이 허공에 뜬 채로 갑자기 멈추었다.
「혼령이다!」 그들은 겁에 질려 말을 더듬었고 무릎이 떨렸으며
그들의 힘찬 사타구니가 육체를 잡아먹는 눈 앞에서 무너졌고
단단한 옆구리는 엷은 안개처럼 흔들리기 시작했다.
그러자 빛의 궁수는 화살 같은 눈초리로 그들을 찢었으며
어두운 두뇌와 목과 가슴도 꿰뚫어 결국 오만하고 대담한
그들의 육신은 이성의 높다란 봉우리 위로 홀가분하게 올라가
가을철 구름처럼 공중으로 치솟았다.
그리고 첫 번째 태어난 아들은 두려움을 얘기하려고 입을 벌리고는
무서운 혼령에게로 가까이 기어가려고 애썼지만
비틀거리는 발밑에서 대지가 이리저리 흔들려
묵직한 턱뼈가 옆으로 일그러져 숨을 몰아쉬며 멈추었다.
남자들과 여자들이 다 같이 소리 지르며 돌바닥에 엎드렸고
빙빙 도는 나무들처럼 유인원 조상들이 소리치고 몰려들어
더러운 손톱으로 불알을 긁었다.

꼼짝도 않고 우뚝 선 위대한 고행자는 붉고 담청색 불을 뿜는
별똥별처럼 그의 두뇌가 빙글빙글 돌아가는 기분을 느꼈고,
어머니 대지가 깊고 고요한 비명을 지르는 소리를 들었으며,
대지는 고귀한 황금으로 그의 성숙한 머리를 어루만졌다.
「첫아들아, 내 자궁은 독사와 야수와 신으로 가득 차서
아무리 먹고 또 먹어도 용수철처럼 다시 토해 내어 소용이 없으니
무거운 짐으로 고생하는 나를 불쌍히 여겨 도와주기 바란다!
욕정을 못 이긴 흰 황소처럼 혼령이 밤낮으로 나를 올라타니,
어서 일어나 모든 것이 죽도록 힘껏 입으로 불어 버리거라!」
대지가 아들에게, 이성에게 구원해 달라고 소리쳤으며,
어머니를 불쌍히 여긴 그는 힘을 억제해 두었다가
동트는 새벽빛 속에서 피가 엉겨 붙은 수염과,
여자의 거룩한 살을 전혀 깨물어 본 적이 없는 파란 입술과,
더러운 오물과 젖 속에서 한 삽의 질긴 고기 같은 아들을 껴안고
젖을 먹여 주고 싶어 하는 두 팔을 보았다.
그는 서두르지 않고 진짜 팔다리와 살을 더듬어 잡았으며
어떤 꿈도 땅으로 쏟아져 환상을 번식시키지 않았으니,
그것들은 가슴의 청동 빗장을 쳐부수는 악마들이 아니라
음경과 자궁과 두뇌로 만들어진 자신의 친족이었다.
그러자 영혼이 불평하는 목소리가 어머니 대지로부터 터져 나왔다.
「그들도 역시 인간이니까 불쌍히 여기기는 해야겠지만
야수로부터 방금 갈라져 나온 그들의 두뇌는
아직도 우둔하고 진흙과 자갈과 탁한 피로 가득하여 거칠기만 하다.
그들은 체중을 정복하고 뒷발로만 일어서려고 애쓰며,
흙을 보면 그들은 날카로운 돌멩이를 집어
내 자궁을 찢고 그들의 씨앗을 심으려고 하며,

여자들을 보면 머리채를 휘어잡아 딱딱한 땅에 쓰러뜨리고
새로운 남자들과 여자들을 빚으려고 하며,
모든 악마가 그 광경을 지켜보며 식은땀을 흘린다.
창백한 혼령이여, 그대가 웃어도 그들은 그대를 두려워하지 않고
그대가 바삐 몰아대지만 않는다면 그들은 땅과 여자에게
씨앗을 심을 시간을 마련하여 아들과 딸과 씨앗을 낳는다!
시간을 조금만 주면 그들은 더 이상 요구하지도 않는다.」
그러나 외롭고 바쁜 운동선수는 낭비가 심한 그의 이성이,
무엇이나 다 허락하더라도 만물 가운데 가장 위대한 재산인
시간만큼은 주지 않을 터였으므로, 머리를 설레설레 흔들었다.
시간은 산봉우리나 천 년 묵은 참나무가 아니었고,
머리는 눈부신 물방울, 바람이 가득 찬 눈물방울이었으며
그 위에서 하늘과 땅, 빛과 그림자가 희롱했고,
산들바람이 불자 머리가 흩어지고 사라졌다.
궁수의 발치에 넙죽 엎드린 아들들은
대지의 녹슨 열쇠를 잡은 무서운 현인의 힘찬 손으로부터
위대한 시간의 선물이 내리기를 기다렸지만
고독한 자가 웃고는 단단히 움켜쥔 주먹을 내밀자
놀라고 겁에 질린 흑인들이 몸을 일으키고 도끼를 치켜들었다.
「형제들아, 저것은 인간을 잡아먹는 혼령이요 늙은 추장이며
우리들이 드린 모든 기도는 하나도 소용이 없었던 모양이니
그가 우리들을 모두 잡아먹기 전에 어서 그를 묶고 쳐라!」
그러나 가장 어린 아들이 높다란 바위를 붙잡고 신음했다.
「형제들이여, 땅이 갈라지고 우리들은 발이 빠질 터이니
모두들 다 같이 이 바위 음경을 함께 붙잡고 매달리자.」
여자들은 썩어 가는 그들의 젖가슴을 보고 비명을 질렀다.

「두 손을 가슴에 엇갈려 얹고 우리들이 거꾸로 떨어지는
우물이 보이니, 우리들을 꼭 붙잡아 다오, 형제들이여!
나뭇가지들아, 떨어지지 않게 우리들을 들어 올려 다오!」
「누이들이여, 이것은 우물이 아니니, 저주를 받아야 한다!
혼령이 여기 꼼짝 않고 말없이 서서 우리들을 모두 잡아먹는다!」
손과 발이 담청색 공기로 단단히 묶여 그들은 공허한 빛을
때리고 싸웠으며, 그들의 이성은 꿈속에서 타작을 했고,
손톱이 빠지고 살은 시퍼렇게 부어올랐으며
땅에서 벌레들이 기어 나와 곰팡이가 핀 그들의 두뇌를 파먹었다.
그들은 땅바닥에서 굴러다니며 숨을 돌리려고 애썼지만
옥수수 알처럼 하얀 이빨이 땅으로 쏟아졌고
동틀 녘에 태양이 풀잎에서 안개를 빨아먹듯이
고독한 자의 이글거리는 눈은 그의 영혼을 괴롭히려고
축축한 땅에서 솟아오르는 거대하고 검은 유령들을 집어삼켰다.
그러더니 대지가 걷히고 이성이 평화로워졌으며,
창자의 새까만 입구들이 다시 한 번 닫혔고, 무서운 악마들은
해가 뜨지 않는 이성의 지하실에 웅크리고 으르렁거렸으며,
즐거운 궁수는 달콤한 안도감을 느끼며 가슴에서 땀을 닦았다.

어두운 동굴의 옛 추억들, 기억의 거센 절규들,
옛날의 괴물들, 이성의 유령들, 세월의 끔찍한 공포들 —
여러 야만적인 머리들이 이성 속에서 반항하려 일어나서
그를 때려눕히려고 했기 때문에 싸움은 격렬했다.
그러나 황소와 싸우는 그의 이성이 불타는 채찍을 치켜들었고
그래서 모든 괴물이 그들의 주인을 알아보고 머리를 숙였으며
기다란 꼬리를 다리 사이로 감추고는 울부짖다가

비옥한 어둠을 경작하려고 태양의 눈부신 멍에 밑으로 몸을 수그렸다.
고독한 자가 뒤엉킨 고삐를 당겨 세상을 다시 한 번
올바른 궤도로 끌어넣고 비틀거리는 시간의 바퀴를 고쳐 놓았다.
그러자 밤의 방랑자가 허리를 숙이고 웅덩이의 수정 같은 물로
눈과 귀, 불이 붙은 두뇌를 식혔으며,
대지도 그와 더불어 시원해졌으며, 태양이 웃었다.
머리가 빨갛고 가슴이 노란, 작고도 작은 새 한 마리가
맑은 하늘로 목을 잔뜩 치켜 올리고는 노래를 부르기 시작했고,
따스한 햇빛을 가득 받은 살진 다람쥐들이 나뭇가지에서
잎사귀가 새로 돋은 잔가지를 찬찬히 뜯어 먹으며 즐거워했고,
두 눈은 물방울처럼 푸른 나무들과 작은 둥지들,
주변의 모든 세계를 거울처럼 비췄다.
부드럽게 미소를 지으며 궁수는 야만적인 기억의 푸짐한 잔치,
그 늙은 노파에게서 몸을 일으키고는 활을 사랑하는 두 손을
따뜻하게 하려고 해를 향해 얼얼한 손가락을 내밀었으며,
방금 짙어진 핏방울들이 그의 손톱에서 천천히,
슬그머니 이슬방울들로 바뀌는 것을 지켜보며 기뻐했다.

# 제21편

시간의 바퀴가 돌아가 달이 떴다가 졌으며
궁수의 발치에 대지가 아기 사슴처럼 엎드리자
그가 허리를 수그리고 말없이 어루만져 주었다.
가끔 그는 한가한 길거리나, 꽃이 만발한 들판이나,
빛을 받아 호랑이처럼 번득거리는 노란 모래밭을 지나갔다.
갖가지 향기와 새와 낯선 사람들의 혀가 바뀌었고,
피리와 춤과 길거리가 바뀌었고, 온갖 종류의 가면이
옛날 신들의 얼굴을 가리고 영원한 두려움을 불러일으켰다.
이글거리는 낮에 바위가 귀뚜라미처럼 삑삑거리다가 밤이 되자
불쑥 나타난 칼처럼 내리쳐 세상을 둘로 갈라놓았고,
그러자 불길의 궁수 태양의 멍에로부터 해방된 야수들이
배가 고파 비밀의 동굴에서 소리 없이 기어 나왔고
하늘의 장식 촛대는 빛이 눈부시게 타올랐다.
머리가 허연 오디세우스는 세상에 작별을 고하며 걸었지만
아직도 대지를 사랑했기 때문에 발걸음을 서두르지 않고
손과 눈과 귀를 내밀고는 천천히 작별 인사를 했다.
잔등에 줄무늬가 진 표범 새끼가 그의 이성 속에 나타났으며

그는 표범이 엎드린 깊은 풀밭 어디에 그 표범이 누워
얼룩무늬 새끼들을 데리고 놀까 궁금했으며,
궁수는 바람 없는 안개처럼 사라져 버린 옛 친구의 마음속에서
자신이 사라졌으리라고 생각하고는 한숨이 나왔다.
그는 맹렬한 땡볕을 받으며 걸었고 힘없는 달빛 속에서 멈췄으며
그의 그림자는 풍차의 날개처럼 빙글빙글 돌았고
마음속에 그는 모든 소중한 친구들과, 기억의 날개들과,
말 없는 그림자들과, 지하 세계의 개들을 담고 다녔다.
높은 산봉우리에서 쏟아져 산비탈을 휩쓸고 내려오며
새로운 눈을 거두어들여 어마어마하게 커진
산더미 같은 눈덩이가 신음하며 무너지는 눈사태나 마찬가지로
숭고한 자의 이성은 굴러 내리며 눈앞의 모든 대상을 휩쓸었다.
그의 목구멍은 죽은 자를 집어삼켰고, 재로 가득 채운
음산한 죽음의 석류를 맛본 듯 그의 이빨은 가루가 잔뜩 묻었고,
마음속 깊은 곳 내면의 무덤이 다정한 친구들을
아직도 온전히 담고 있었기 때문에 그는 기뻐했다.
「내가 살아 있는 한 아무도 죽지 않을 테니 걱정하지 말라.
물이 불어 집이 가라앉고 벌레들이 빠져 죽게 되면
내 어깨로 올라와 목에 매달리고, 동지들이여,
함께 헤엄쳐 우리들은 피안에 다다르리라. 피안이라니?
그곳은 거미줄이 잔뜩 낀 바닷가, 닻을 내리는 모래톱,
향기가 넘치는 우리들의 비밀스러운 고향, 죽음이 아니겠느냐!」
친구들과 얘기를 나누며 그는 흐릿한 그림자*들과 거닐었는데,
하나는 뼈만 남았고 피리를 들었으며, 하나는 발이 편평족이었고
둘은 유연한 창(槍) 같았으며 둘은 야수인 늑대 같았고,
황금빛 신발을 신고 키가 큰 세이렌들 몇 명은 발돋움을 하고

깡마른 사냥개들처럼 그들의 지도자를 뒤따라 달려갔다.
하데스에서는 발그레한 뺨이 창백해지고 흰 빛깔은 검어졌지만
살아 숨 쉬는 심장들은 마술의 약초로 사랑하는 모든 이를 부활시키고,
그래서 자유의 이성이 걸어가면 그의 뒤에서는
잎사귀 하나 시들지 않고 날개 하나 떨어지지 않았으며
황금 방울을 단 기억의 결혼식 행렬이 따라갔다.

시간이 흐르고 비가 왔으며, 또 시간이 흐르고 아주 뜨거운 밀빵처럼
고독한 자의 손으로 해가 떨어졌고,
그러다가 어느 눈부신 새벽에 그는 눈을 감고 울었다.
아, 그의 이성을 갑자기 적신 이 훌륭한 것은 무엇이었을까?
그의 곱슬머리가 배부른 촉수들처럼 되살아났고
피가 시원해지며 발가락까지 춤추고 내려가는 사이에
그의 이성은 우뚝 솟아 담청색 나래를 쳤다.
그러자 가슴이 큰 자는 동쪽을 향해 두 손을 뻗었다.
「정말로 반갑구나, 오, 시원하고 사랑스러운 소금물이여!」
그는 허리를 숙이고 흐르는 개울 속에 손을 깊이 담근 다음
머리도 안 빗고 더러운 몸으로는 사랑하는 이에게 가지 않겠다고
얼굴이 빛날 때까지 신랑처럼 세수를 했다.
그는 높은 바위에서 땅을 살펴보고 찝찔한 공기를 느꼈으며,
근처에서 늙은 선원들이 모여들고 그의 배가 삐걱거렸으며,
그의 마음은 파도에 잠기고 세상이 오르락내리락거렸으며
그의 이성은 가슴을 내민 갈매기처럼 바닷물을 갈랐다.
그러자 세상을 방랑하는 자가 피투성이 발로 성큼성큼 나아갔고
기쁨 속에서 피곤함을 잊고, 평화로운 마음으로 한참 내려가려니까
오래된 그림자들이 그의 주변에서 춤추었고, 그는 달려가서

이제 소금 냄새를 풍기며 땅에서 뛰쳐나온 선원들을 이끌었다.
배가 고픈 그는 몇 사람이 포도주를 마시고 불을 지피고는
저녁 바람이 만병초 꽃의 냄새로 젖었을 때
후미진 곳에서 그들이 먹었던 생선찌개를 생각했는데,
그들은 배가 고파 잘 먹은 다음 물고기처럼 잠이 들어
밤새도록 꼬리를 빳빳하게 들고 떠돌아다녔다.
그리고 그들이 바닷가 바람을 쐬며 눈을 떴을 때는
그들의 배가 아침 이슬처럼 눈썹에 매달렸는데,
배도 역시 잠이 들어 선체가 부풀어 오르고 뱃머리가 돌고래로,
기다란 노들은 지느러미로, 선원들은 배의 둥그런 잔등에 탄
아기 고래가 되어 재빠른 갈매기들과 경쟁하며
모두들 넓은 바다로 달려 나가는 꿈을 꾸었고,
잠이 깨어 보니 선원들이 바닷가에 늘어서서 기다렸다.
그러자 바위*가 헤엄쳐 와서 배로 올라왔다.
꿈속에서 그가 찾아와 그들의 자궁을 아들로 채워 주기 바라며
어머니가 될 여자들이 어둠 속에서 간절한 마음으로 쓰다듬던
늠름한 청동의 몸을 푸른 나뭇가지처럼 꼿꼿하게 우뚝 세웠다.
철석이 가느다란 황새치처럼 물을 헤치고 달려왔는데,
그도 역시 사랑과 분방한 젊음의 신이었지만
오르페우스는 거품과 바람 이외에는 아무런 뼈나 살을
아들에게 물려주지 못하는 늙은 아버지의 마지막 씨앗처럼
병든 모습에 창백한 바람개비*처럼 보였다.
켄타우로스가 팔다리를 펼치고 파도 위에 엎드려
하얘지는 물을 입으로 불고 휘저어 거품으로 만드는 모습은
엄청난 몸집으로 바닷가의 세이렌들과 파도를
내리 덮쳐 올라타는 바다의 괴물 같기만 했다.

무섭고 고독한 자는 거대한 문어처럼 바위에 높다랗게 홀로 앉아
영혼과 육신의 여러 형태를 취한 그의 친구들을 통해서,
파도와 모래밭에서 희롱하고 덤비고 널브러진 그들을
흡반이 잔뜩 달린 팔다리로 삼아, 삶을 빨아먹었다.
그들의 배는 한참 동안 그들을 쳐다보고, 부드러운 미소를 짓고는
아첨하고 흔들리면서 그들에게 반갑다고 인사했다.
배가 지나간 자리에서 일어나는 에메랄드 빛 물을 지켜보려니까
궁수의 이성 속에서 거룩한 항해가 다시 거품을 일으켰고
사라져 버린 그의 항해들이 다시 한 번 파도 위에서 빛났다.
「오, 리라처럼 퉁기는 마음이여, 어서 일어나 노래하라.
그대의 현은 튼튼한 호랑이 창자로 만들어졌고,
구부러진 줄받침은 팽팽하고, 그대는 이상과 육신의 삶을
찬양하는 눈부신 향연에서 한껏 마시고 흥청거렸도다.
모든 욕망이 훈련받은 원숭이처럼 그대 주변에서 춤추었고,
술에서는 유혹의 노래가 흘러나오고, 그대를 위해서
창조는 붉은 카네이션을 귀에다 꽂았으며, 오, 마음이여,
이제는 이글거리는 사막의 아궁이 속에서 찝찔한 산들바람이 불고
눈이 파란 마녀처럼 바다가 날뛰는구나!」
그가 말하고는 땅을 둘러보려고 높은 바위로 기어 올라갔고,
파도가 웃으며 뛰노는 동안 그의 눈에 물이 가득했으며,
굴곡진 해안선이 어디에서나 행복하게 미소를 지었고
새까만 고기잡이배들이 파도 위에서 출렁거렸다.
머리가 허연 운동선수가 웃고 다시금 길로 나섰으며,
어머니의 젖가슴인 바다를 향해서 달려 내려가는 동안
그는 피부가 노랗고 눈이 째진 여인을 보았는데
그녀는 바닷물에 시달린 기다란 노를 어깨에 메고 있었다.

「여인이여, 커다란 노를 가지고 어디로 가는가?」
억센 손으로 누가 간지럼이라도 태우는 듯 그녀가 킬킬거렸다.
「오호, 당신은 헤엄도 쳐보지 못했고 바다도 못 본 모양이며,
모든 배를 젓는 노를 만지거나 본 적도 없는 것 같군요!」
교활한 자가 손을 내밀어 노의 날을 쓰다듬었다.
「오, 바다의 긴 팔이여, 이성의 날카로운 칼이여,
나는 자유로운 인간의 재빠른 날개 앞에 엎드려 경배한다!」
그가 말하고는 소금기로 표백된 나무에다 입을 맞추었고
여인은 깜짝 놀라 겁이 나서 긴 바닷가를 달려 내려갔다.

오디세우스는 꽃 핀 들판을 빠른 걸음으로 걸어가면서
마지막으로 남은 인류의 흙 묻은 씨앗들을
휘둥그레진 눈으로 둘러보며 남모르는 혐오감을 느꼈다.
눈이 불꽃처럼 째진 그들은 유인원처럼 소리를 지르며 뛰어다녔고
수염이 안 난 입술에서는 얇고 날카로운 미소가 빛났다.
「그들은 다른 반죽으로 빚어 다른 빵가마에서 구운 빵이로다!
아, 낭비할 세월만 많다면 나는 편히 앉아
황색 여인의 젖가슴 옆에서 희롱하고 울겠으며,
그리하여 이 종족의 모든 깊은 비밀을 터득하리라.
여기서는 인간의 영혼이 풍요한 초원에서 풀을 뜯는 듯싶구나.」
그가 말하고는 꽃 핀 나무들이 둥근 천장을 이룬 길로 들어섰고,
뒤엉킨 나뭇가지들 사이로 따스한 봄비가 부드럽게 내렸으며
태양과 비가 뒤섞인 속에서 꽃들이 떨며 흔들렸다.
하얀 나막신을 신고 수놓은 목도리를 두른 여자들이
행복의 오솔길을 웃고 떠들며 달려 내려가
만발한 꽃 속에서 미소 짓는 뚱뚱한 신에게 경배를 드렸다.

신방처럼 꾸민 나뭇가지들에 둘러싸여 다리를 꼬고 앉아
불룩한 배에 턱은 세 겹으로 치렁치렁 늘어졌고
반쯤 감은 게으른 눈을 깜빡이며, 세상의 머나먼 곳으로부터
절망에 대한 희망과, 고통에 대한 안식을 찾으려고 와서
경배하는 모든 사람을 그는 물끄러미 굽어보았으며,
큰 소리로 웃음을 터뜨리자 그의 배가 출렁거렸고
두 손은 인간의 해골로 만든 염주를 만지작대었다.
그의 앞에서는 세계의 방랑자가 말없이 서서 쳐다보았는데,
물처럼 깨끗한 바위는 투명한 초록빛이었고,
햇살이 몸을 통과하여 맥박 치는 심장을 비추었으며,
깊은 목을 타고 올라오는 웃음이 보였다.
에메랄드 빛 신비가 세상을 헤매는 방랑자를 보고 웃었으며
하얀빛과 그림자들이 펄럭이고, 땀이나 눈물처럼
더럽고 탁한 방울들이 그의 높다란 이마에서 흘러내려
눈썹이 길고 검은 눈으로 천천히 흘러 들어가자
그것이 빗방울임을 깨닫고 그는 웃음을 터뜨렸다.
〈이 신은 자유로다.〉 갑자기 기뻐하며 오디세우스가 생각했다.
〈웃음의 드높은 봉우리에서 잘 만났도다, 고독한 자여.〉
궁수가 물끄러미 쳐다보고는 신의 깊은 마음속으로 뛰어들었고,
달빛이 비추는 밤중에 푸른 물에서 헤엄치는 사람처럼
억센 몸이 깨끗하게 씻겨 빛나고 이성이 자유롭다고 느끼며
거대한 물고기처럼 비존재의 파도 위에 둥둥 떴고,
연약한 꿈과 담청색 대기가 파도를 이루어 출렁였다.
오랫동안 그는 광활한 에메랄드 빛 광채 속에서 춤추었고
어둡고 끝없는 옥색 바다의 찝찔한 물에서
소금 덩이처럼 녹아 홀가분해져서 크나큰 기쁨을 느꼈으며,

실컷 즐긴 다음에 그는 다시 길로 나섰다.
더 걸어갔더니 대기가 시원해지고 소금기가 코를 찔렀으며
큰 파도가 시끄럽게 깨지고 철썩거리는 소리를 냈으며,
바다의 위대한 신랑은 빨리 달려 나가기 시작했다.
잠시 후에 모래밭에서 찢긴 그물을 손질하는 어부들을 본 그는
〈고기가 잘 잡히는가!〉 큰 소리로 인사했지만
큰 바람이 휩쓸고 올라와 그의 목소리를 끌고 내려갔다.
조약돌 사이에서 바닷물이 꾸르륵거리고, 가죽 끈에 목이 묶여
주인의 냄새를 맡고 짖어 대는 개처럼 철벅이고 장난을 치자,
바다의 위대한 귀족이 지극히 다정한 친구를 소리쳐 불렀다.
「오, 늙고 충성스러운 개여, 내 집으로 잘 찾아왔구나.
오, 바다여, 아직도 기억하여 반갑다고 짖어 대는구나!」
그는 바닷가로 달려 내려가 거품의 갈기를 어루만졌고,
까마득히 먼 옛날, 더럽혀진 그의 궁정에서 구혼자들이 싫어
그에게로 쫓아와서 털도 없는 꼬리를 흔들어 대었던
또 다른 충성스러운 개가 머리에 떠올랐다. 「아르고스!」*
그가 마음속으로 소리치자 아득한 무덤에서
흙투성이인 채로 개가 뛰어나와 그에게 꼬리를 흔들었다.
기쁨에 젖어 파도와 장난을 치고, 납작한 물제비 돌을 던져
일곱 번 재빨리 물을 스치며 튀고는 가라앉게 하던
고독한 자의 주변으로 추억의 그림자들이
꼬부라진 꽃잎들처럼 겹겹이 바닷가로 모여들었다.
그는 한참 동안 파도와 희롱하며 소리를 질렀는데,
아무도 구경하는 사람 없는 낯선 땅에서 뒹굴다가
해초와 소금버캐에 덮여 조가비들 위에 길게 누우니
바다의 풀이 친친 감겨 출렁거리던 그의 허연 머리는

제멋대로 털이 난 바위처럼 바닷가에서 빛났다.
그는 눈을 감고 자갈밭에 길게 누웠으며,
이성은 기다란 바다 회향(茴香)처럼 바닷가로 펼쳐져 내려가서,
혹시 유령이나 갈매기 떼가 보았다면 그를 통째로 집어삼켰겠고,
파도가 덮쳐 그의 몸을 소금으로 가득 채웠으리라.
「거품처럼 사라지는 인간의 고뇌, 그것은 무엇인가?
이 발이 피로 얼룩져서 쓰라린 대지의 무수한 길을 걸었고,
이 눈이 울고, 이 귀가 슬픈 탄식의 소리를 들었던가?
나는 전혀 울지도 않고 고통도 느끼지 않으며
배낙지처럼 여러 바다를 항해하고, 거품처럼 웃었도다!
오, 바다여, 절망하는 자의 기쁨이여, 야성적인 마음이여,
내 살과 뼈는 모두 그대의 것이니, 인어들처럼 뼈와 살을 핥아
매끄러운 돌로, 매끈하고 부드러운 호박(琥珀)으로 바꿔 놓고,
하얀 해골은 상아로 만들어 그 속으로 물고기들이 돌아다니고
암놈들이 알을 낳으면 수놈들이 어백(魚白)을 싸게 하라.」
그는 눈을 꼭 감았고, 그러자 침묵하는 바다의 시간들이
평온하고 흐뭇한 갈매기처럼 날개를 접었는데,
그는 여러 시간 동안 바다의 거품 옆에서 잠자는 듯싶기도 했고
잠을 못 이루는 그의 생각들이 오락가락하는 화살처럼
이리저리 날아다니며 그가 원하는 수를 놓는 듯싶기도 했고
푸른 바닷가에 그가 잠깐 동안만 섰던 듯싶기도 했으며,
그러더니 국경 수호자가 시끄러운 항구를 향해 서둘러 갔다.
도시는 고르곤처럼 대지 위에서 머리*를 들었고
짙은 화장을 하고 가슴이 우뚝했으며, 항구의 창녀처럼
커다란 욕정의 눈으로 바다 위에서 굽어보았다.
밤이 되어 부두를 따라 여러 빛깔의 등불이 줄줄이 켜졌고

감미로움을 머금고 불어 대는 알록달록한 바람에서는
꽃과 향료와 남자들의 땀 냄새가 났다.
사방에서 길이 강물처럼 갈라져 나갔고, 나막신들이 딸그락거렸고,
치터들이 한숨을 지었고, 웃음소리가 창문에서 흘러나왔으며,
궁수는 걸음을 멈추고 사랑의 한숨 소리에 귀를 기울였다.
「아, 신이여, 힘센 수꿩의 길고도 화려한 꼬리,
기다란 꼬리가 달린 밤, 그런 밤에 어떻게 나는 다시
홀로 잠을 자겠습니까? 나를 불쌍히 여기소서.」
고독한 자가 놀라서 여인의 욕정에 귀를 기울였는데,
몸이 천 개라면 그는 그 몸들을 마구 풀어 놓아
여인들이 저마다 꿈속에서 갈망하던 얼굴을 씌워
혼자 자는 여자들의 침대로 뛰어들게 했으리라.
고독한 여인에 대한 자비심이 그의 마음을 가득 채웠고,
그날 밤 잠자리에서 그녀가 홀로 흐느껴 울지 않도록
마당을 살그머니 지나가 그녀의 문을 두드리려고 했지만
그는 문턱 위에 높이 쌓인 남자들의 신발을 보았는데,
젊거나 늙은 남자, 가난하거나 부유한 남자들이
넓은 강을 건너기라도 하는 듯 맨발로 그 문을 지나
깊은 황홀경에 빠져 여자의 몸 위에서 항해를 하고 있었다.
고독한 자가 웃고는 다시금 평온한 마음으로 길에 나섰다.
크나큰 기쁨을 느낀 오디세우스는 휘파람을 불었는데,
바람이 불어 장터와 사람들과 웃음이 사라지기 전에
도시를 즐길 시간만 넉넉하다면 얼마나 좋으랴!
불을 켠 등을 머리에 달고 어둠 속으로 치솟는
상자연(箱子鳶)처럼 궁수가 그 안에서 기쁨을 발견한
여러 빛깔의 구조를 갖춘 허공은 참으로 좋았다.

하나씩 길을 지나갈 때마다 그의 이성이 약탈을 계속했고,
그러다가 지친 그는 마침내 항구의 시끄러운 바닷가에 다다랐다.
뜨거운 어둠 속에서 타르와 바다의 소금물 냄새가
땀에 젖은 일꾼들 겨드랑이의 숨 막히는 체취와 뒤섞였고
뱃사람들에게 위안을 주는 항구의 아가씨들은
육체를 유혹하는 향기와, 상큼하고 곱슬거리는 머리카락과,
나른한 담청색 눈과 물감을 칠한 손톱과,
드러낸 젖가슴으로 남자들을 유혹하며 선창가를 거닐었고,
건널목에 서서 모양을 내고 몸을 흔들며 손짓을 보냈다.
깜짝 놀란 고독한 자가 새로운 이성의 곡식을 거두어들였다.
〈이들은 사람이 아니다.〉 그가 경멸을 느끼며 생각했다.
〈생쥐처럼 쓰레기를 갉아 먹고, 머리를 길게 딴 그들의
미끈거리는 배에 내 손이 닿기라도 한 듯 구역질이 나는구나.〉
그러나 머릿속에서 이런 잔인하고 역겨운 말이 치솟으려다가,
그는 부두에 다리를 꼬고 앉아 저 멀리 바다에서
거품을 일으키는 파도를 물끄러미 쳐다보며 사나운 바람에게
애통한 자장가를 불러 주던, 허리가 굽은 노인을 보았다.
무슨 말인지 들리지도 않았지만 들을 필요도 없었으니,
모든 인간의 쓰라린 고통이 그의 목구멍에서 솟아올라
절망 속으로 흩어진다는 사실을 고독한 자는 잘 알았다.
〈이 기적은 무엇인가? 누가 흙과 날개와 공기를 가지고
인간의 뜨거운 마음을, 그 눈부신 방울새를 감히 창조했을까?
우리는 모두가 하나, 모든 바닷가에서 외치거나 울기도 하며,
가장 깊은 우리들의 절규는 빵과 여자와 신과 죽음이고,
이것은 나와 더불어 같은 가마 속에서 타오른다!〉
오디세우스는 그의 황색 품으로 몸을 던지고,

한껏 울고 웃으며 그 낯선 사람을 형제라 부르고 싶었지만
늙은 나이에 어린애처럼 행동하기가 창피하다는 생각이 들었다.
그는 그곳에 황색의 옛 형제를 남겨 두고 천천히
바닷가를 걸어 내려가며, 뱃머리에 청동 용들이 웅크리고 앉아
방금 빠져 죽은 젊은 선장들을 잡아먹고,
돗자리와 짐승 가죽 돛을 달고 말없이 사냥하는 박쥐들처럼
미끄러져 들어오고 나가는 배들의 냄새를 깊이 들이마셨다.
「건강을 빈다, 형제들이여.」 뱃머리에 죽음을 부적으로 단
영혼들을 소리쳐 부르며 궁수가 중얼거렸다.
값진 상품을 싣고 정박한 호화로운 배들을 향해서
절대로 되돌아오지 않을 방랑하는 신랑에게 인사하려고
찢어진 신발을 신고 앙상하게 야윈 노처녀들이 찾아갔다.
해마다 이 초라한 노파들은 선원을 만날 때마다 물었다.
「오, 낯선 나라에서 혹시 내 사랑을 보지 못했나요?
그는 내가 뜬 모자를 쓰고, 금반지를 꼈으며, 내 소중한
처녀의 상징인 머리카락을 행운의 징표로 가지고 다닌답니다.」
뱃사람들이 거짓말을 늘어놓고 등 뒤에서 그들을 놀려 대자,
노파들은 이웃 사람들이 알아내고 조롱의 웃음을 터뜨릴까 봐
집으로 돌아가 이중으로 문에다 빗장을 지른다.

시끄러운 웃음과 요란한 소음과 더불어 바닷가가 불타며 술렁이고
허연 궁수는 그날 만난 두 명의 억센 바다 늑대들 사이에 앉아
친구처럼 다정하게 술을 같이 마셨다.
꼼짝도 않고, 말없이 슬퍼하며, 하얀 수염은 술로 얼룩져서
그는 대지와 그곳의 깊은 기쁨들에게 천천히 작별을 고했으며,
낙지의 알과 성게와 연한 게를 안주로 삼아

불가에 둘러앉아 천천히 술을 마시는 선원들을 둘러보았고,
바닷가 술집에서 술을 마시는 선장들도 보았는데,
웃통을 벌거벗고, 머리가 헝클어지고, 술에 취해
그들의 여행은 과장된 전설이 되어 술집 안으로 밀려 들어왔다.
어부들의 술집에서 선장들이 눈나라 고향의 모든 것을
수정과 눈꽃으로 바꿔 버린다는 백합의 기적에 대해서 늘어놓는
얘기에 귀를 기울이는 사이에 그의 이성이 부풀어 올랐다.
한 선장은 악취가 풍기는 가죽 끈으로 참나무 같은 종아리를 묶었고
그의 째진 눈에서는 불꽃이 번득였으며 목에는
행운을 기구하는 신으로 삼아 은곰을 걸고 다녔다.
그가 얘기를 계속하니까 반짝이는 물고기 떼가 마구 쏟아졌고,
바닷새들이 산더미처럼 솟아오르고는 갈라진 새알 껍질들이
새하얀 연꽃처럼 바닷가 거품 옆에서 굴러다녔고,
얼어붙은 들판의 은빛 안개 속에서 진주를 씌운 듯
뿔이 반짝거리는 순록들이 숨차게 달려갔으며,
무지개의 구부러진 일곱 목걸이가 하늘에 다리를 놓았고,
흰 눈이 천 가지 빛깔로 반짝이고 손톱과 손에서는
초록과 빨강과 담청색 보석들이 줄줄 흘러내렸다.
얘기를 듣던 세계 방랑자의 이성이 활활 타올랐다.
「이런 무지개들이 살아 숨 쉬는 내 몸을 뒤덮기 전에는
나는 파도 속에 빠지거나 땅 밑에 묻히지 않겠으며,
공작의 담청색, 초록, 황금빛 깃털을 보았기 때문에 나는
대지의 백설처럼 새하얗게 빛나는 꼬리도 보아야 한다!」
눈나라 선장이 얘기를 하자 조용해진 술집 안에서는
두툼하게 기름을 바르고 곰가죽을 걸친 신이 거닐었으며,
모두들 그를 따뜻하게 해주려고 불에다 굵은 장작을 던져 넣었고

더러운 목에다 훈제 물고기를 걸거나 물개 고기를 먹여 주었으며
그는 흰곰 냄새를 풍기며 비계를 탐욕스럽게 씹어 먹었다.
그러자 세상을 방랑하는 자가 웃었는데, 애기란 빠른 배와 같아서
짐칸은 터질 듯 가득 찼으며, 뱃머리에는 늙고도 늙은 노파가 앉아
털이 뽑힌 암탉처럼 소리를 지르고 혀를 찼고,
갑판에는 고독한 자가 앉아서 세상을 방랑했다.
피부가 붉고 갸름한 두 번째 선장이 웃고는 청동 잔에다
술을 가득 채웠는데, 기다랗고 칠을 한 그의 손톱들은
반짝이는 잔에다 장밋빛 감미로운 영상을 던졌다.
「정말이지 때로는 온 세상이 무슨 이상한 신화처럼 여겨져서,
이성은 귀신에게 홀려 창백해진 군주처럼
으스스한 궁전의 수많은 황금 문을, 저마다 다른 상징과
갖가지 문 두드리개로 장식한 모든 문을 활짝 열고,
열쇠 뭉치를 움켜잡은 이성이 열린 문으로 걸어 들어간다.
선장이여, 그대는 온갖 찬란한 눈송이와 곰, 순록으로 장식하고
새하얗게 눈으로 덮인 문을 활짝 열었으며,
그토록 영원불멸한 백합들은 전혀 꿈조차 꾸지 못해서
황홀해진 군주가, 이성이 기뻐 소리치며 들어갔다!
그러나 나는 태양이 이글거리는 바닷가, 불타는 땅에서 태어나
진홍빛 문을 열고는 불꽃들이 장미꽃이요,
모든 바닷가에서 진홍빛으로 칠한 배들이 빛나며,
석류나무들이 꽃 피는 수많은 화원을 지나 걸어 들어갔도다.
우리들의 신은 약삭빠른 장사꾼이어서 모든 바닷가를 돌아다니며
벌거숭이 젖가슴이 주렁주렁 매달린 여신들과 신들을 팔고
마술의 부적과 유혹하는 화장품과 병을 고치는 약을 판다.
그는 아주 부자고 곱슬거리는 수염에서 짙은 향기를 풍기며,

손가락과 귀와 콧구멍은 화려한 황금으로 번쩍거리고
그의 배들은 모든 바닷가를 돌아다니며,
우리들은 그의 멋진 선원이요, 선실 급사요, 상인이어서,
죽은 다음에 우리들은 그의 앞에다 우리 기억을 펼쳐 놓는다.
〈주인이시여, 이것이 우리들의 매상과 이익과 손실이니,
계산을 해보시고 우리들에게 빚진 것을 돌려 달라.〉
우리들은 애원하거나 빌지 않고,
〈일했으니 보상하라〉거나 〈받은 대로 주겠다!〉라는 말만 한다.
하데스는 거대한 선창이어서 우리들은 그곳에서 배를 만들고,
밧줄을 다듬고, 벌어진 틈을 메우고, 찢긴 돛을 깁고,
날씨를 알아본 다음 삶의 세계를 향해 출발한다.」
피부가 붉고 교활한 선장이 아직도 얘기를 계속하는데,
가볍고 경쾌하게 청동 문고리가 짤그랑 울렸고
바다 늑대들이 시선을 돌려 쳐다보니 연기가 자욱한 어둠 속에서
둥글고 살진 흑인의 두 젖가슴이 청동 방패처럼 빛났으며
여자의 웃음소리가 그들의 무례한 대화와 뒤섞였다.
그러자 눈나라 선장이 얼른 몸을 일으켜 여자를 붙잡았고
여자가 웃고는 가까이 가서 그가 걸친 가죽 속으로 파고들었으며
모두들 신을 잊어버리고 다시금 대지로 관심이 쏠렸고
잠깐 동안 궁수도 어둠 속으로 손을 뻗어
따스하고 검은 젖가슴을 말없이 감탄하며 천천히 어루만졌고,
그리고 흐뭇해진 손을 차분하게 말없이 거두었다.
검은 피부의 상인이 웃고는 교활하게 눈을 찡긋했다.
「할 말이 있으면 하게나! 저런 항구의 노리개들을 좋아한다면
오직 남자의 위안만을 위해서 몸을 바치기로 맹세한
검은 피부의 바람둥이 여자들을 무더기로 데려다 주겠네.」

그러나 자부심이 강한 오디세우스는 이성이 멀리 솟아올랐다.
「여인의 육체를 내가 어루만지는 건 이것이 마지막이리라!
평생 동안 내가 즐겼던 모든 하얀 젖가슴들을 덮어 버리는
검은 젖가슴으로 손바닥이 가득하니, 얼마나 기분이 좋은가.
내 손은 대지의 흑 젖가슴을 단단히 움켜쥘 때가 되었다!」
그는 조용히 미소 짓고 이성 속에서 흙을 어루만졌다.
눈나라 선장은 여자의 포옹을 한껏 맛보고 난 다음
감사하는 뜻으로 그녀의 발목에 청동 고리를 걸어 주었고
여자는 웃고 짤랑거리며 방파제를 내려가 사라졌다.
그는 다시금 잔을 가득 채우고 간사한 자에게로 돌아섰다.
「모두들 저마다 그의 나라와 신을 이 탁자로 가져다 놓았고
이곳에서 생시의 내 꿈속에서는, 바다의 이름으로 맹세컨대,
술과 입맞춤이 둘 다 새로운 맛을 얻은 듯싶지만,
그대의 높은 모자가 어디에서 왔고 그대가 무슨 춤을 추는지
지금까지 알고 싶어 기다렸지만 그대는 아직 아무 얘기가 없구나.」
한참 동안 오디세우스는 포도주 속에서 유령처럼 흐느적거리고
바닷가를 달려 내려가는 그의 얼굴을 지켜보았는데,
그 얼굴은 꿀꺽꿀꺽 목마른 그의 목구멍을 타고 내려갔으며
입을 연 그는 갈고리가 혓바닥을 끌어당기는 기분을 느꼈다.
「내 고향 밭에서 곡식을 거두어 저장하고 난 다음,
자줏빛 포도를 포도액이 넘칠 정도로 밟은 다음,
치즈를 만드는 사람들이 그 해 가장 좋은 치즈를 가지고 오면
나는 널찍한 궁정의 네 마당에다 잔칫상을 차려 놓고
모든 당당한 영주들더러 와서 먹으라고 초청한다네.
손님들이 모두 말을 타고 올라와 내 발치에 엎드려 절하며
〈그대의 부를 누리기 위해 장수하시기를 빕니다!〉라고

공손히 인사를 하는 동안 나는 문간에 똑바로 서서 기다리지.
커다란 짐칸에 값진 노예와 청동과 황금을 잔뜩 쌓은
배를 끌고 전쟁터에서 내가 고향으로 돌아가면
모든 백성이 바닷가로 몰려나와 큰 소리로 함성을 지른다네.
〈많은 전리품을 가지고 돌아온 위대한 왕을 환영합니다!〉
그러나 내가 기분이 나빠 말없이 다리를 꼬고 앉아서
음식이나 고기나 술에는 더 이상 손을 대려고도 하지 않으면,
아, 내 육신이 영혼과 지글거리는 불꽃으로 변하고
그때는 땅과 바다와 하늘의 모든 당당한 왕들이 두려워
내 발치에 몸을 던지고 더듬거리는 혀로 소리친다네.
〈오, 무서운 고행자여, 이제는 온화한 표정을 지으소서!〉
신들까지도 두려워하며 내 발치에 엎드려 소리친다네.
〈우리들을 안개처럼 입김으로 불어 흩어 버리지 말라!〉
그러나 내가 땅에 홀로 앉아 머리를 수그리고 내 손과 무릎을
물끄러미 쳐다보며 양쪽 관자놀이가 지끈거리는 소리를 들으면서
흙 한 덩어리를 깨뜨려 땅의 강렬한 냄새를 맡으면
내 심장의 속에서 작은 목소리 하나가 떠올라 오지.
〈땅 위에서 기어 다니며 자주 날개를 바꾸는 벌레여,
내가 발을 들어 그대를 짓밟아 버릴 테니 어서 꺼져라!〉」
영혼이 일곱인 자가 말을 멈추었고, 그의 두 눈이 어둠 속에서
고행자처럼, 위대한 왕처럼, 거대한 벌레의 눈처럼 빛났다.
그가 그들을 머나먼 바닷가와, 넓은 궁정과, 돌아온다는 확신을
가질 수 없는 으스스한 탑으로 휩쓸어 끌고 갔기 때문에
바다의 두 선장은 무척 놀라서 그들의 친구를 쳐다보았고,
하늘에서 반짝이다가 청록 빛, 에메랄드 빛, 청옥 빛 그리고
홍옥 빛 광채로 바뀌는 천랑성(天狼星)처럼

술집의 어둠 속에서 고독한 자는 여러 빛깔로 변했다.
얼굴이 붉은 해적이 얘기를 하려고 입을 크게 벌렸지만
항구 전체가 웅성거리고 횃불들이 눈부시게 활활 타오르는 바람에
그의 목소리가 갑자기 목구멍에 걸려 나오지 않았다.
오디세우스가 황급히 달려가 문 밖을 내다보았지만
시커먼 해적이 웃으며 그의 손목을 잡았다.
「미치광이 군중이 최근에 섬기는 그들의 신을 경배하는 중이니
독한 술을 버리고 우리 잔치를 망쳐 놓지는 말게나, 친구여.
2년 전에 크레테의 배 한 척이 이곳 바위들에 부딪혔고
무사히 상륙한 다음에 선원들은 땅에다 입을 맞추고는
그들을 구해 주었다고 생각하는 신을 위해 제단을 세웠으며,
나는 마침 방파제에서 그들 곁에 정박했었는데,
배움이란 값진 상품이어서 비싸게 팔린다는 것을 알기 때문에
나는 여러 가지 알아보고 싶어 하던 터였으므로
크레테 사람들에게 어떤 위대한 신을 배에다 실었느냐고 물었지.
모두들 황급히 허둥거리고 손을 흔들며, 꽃이 만발한 어느 밤에
그들의 바닷가로 휘몰아 닥쳐 부유한 크레테를
모조리 때려 부순 거대한 바다의 악마 얘기를 했는데,
지금 그들은 짐칸에다 그를 싣고는 그의 축복을 받아
새로운 도시 국가를 세우려고 머나먼 바닷가로 간다더구먼.
그들은 높다란 선원 모자를 쓴 신을 이곳으로 모시고 왔으며
광란에 빠진 흑인들은 교활한 선원들의 얘기를 듣고
기적이 쏟아지라고 그의 은총을 빌기 위해 양을 죽이는데,
그를 위한 축제가 오늘 이 오래된 방제에서 벌어진다네.
영혼의 풍향계는 육신의 지붕 위에서 수많은 바람을 맞아
아무 방향으로나 바람이 시키는 대로 돌아가지.」

그러자 태양의 궁수가 심오하고도 서글픈
미소를 지었고, 해적이 천천히 말했다.
「나도 어디선가 여행을 하다가 그를 본 것 같지만
이제는 그의 얼굴이나 이름조차도 기억이 나지 않는데,
신들은 우리 머리 위로 지나가는 무수한 새와 마찬가지여서
이성은 그들의 거센 외침과 날개를 곧 혼동하고는 하지.」
피부가 붉은 선장이 웃으며 고독한 자의 잔등을 손으로 쳤다.
「이 해안선에서 다른 상품과 함께 나도 신들을 팔아서,
상아와 황금 가루를 받으며 허황된 혼령들을 팔고,
그래서 갖가지 신들을 구별하는 방법을 터득했다네.
나는 눈에 보이는 속성들과 비밀스러운 이름을 지닌
크레테 바다의 악마를 잘 기억하는데,
선원의 모자는 뱃머리처럼 우뚝하고, 수염이 불타오르며,
무릎을 꿇는 그의 큼직한 손은 구부러진 활을 움켜잡았고,
사람들은 그를 〈구원자〉나 〈살인자〉라고 부르지만 사제들이
남몰래 기도를 드릴 때는 〈오디세우스!〉라고 소리친다네.」
궁수는 야수처럼 비웃는 웃음이 마구 터져 나올까 봐
얼굴을 찡그리고는 입술을 깨물었지만, 그러면서도 그는
자기를 때리는 손에 매달려 아양 떨고 꼬리 치는
비굴한 개 같은 초라한 인간에 대해서 연민을 느꼈다.
한편 송가(頌歌)가 커지고 활활 타는 횃불들이 가까워졌으며,
행렬이 넘쳐흐르는 강물처럼 흘러왔는데,
발가벗은 흑인들이 소리치고 뛰어오르면서 구부러진 칼로
피가 흐를 때까지 그들의 팔다리와 얼굴을 마구 쳤으며,
해초로 꽃다발을 엮어 쓰고 발가벗은 아이들이 기도를 선창했고
그들의 작고 부드러운 손에서는 하얀 갈매기들이 빛났다.

새로운 신의 갖가지 영혼이 천천히 행진하며 지나갔는데,
첫 번째 영혼은 향기로운 계피와 향내가 나는 기름을 뿌려
일곱 처녀가 불꽃을 살리고, 일곱 청년이 들고 가는
청동 그릇 속에 담긴 〈불〉의 모습을 갖추고 지나갔으며,
두 번째 영혼은 수사슴의 뿔로 만들었으며 양쪽 끝에서는
두 개의 눈부신 홍옥이 눈처럼 반짝이고, 은방울이 달린
튼튼한 〈활〉의 모습으로 억센 청년의 손에서 반짝였으며,
세 번째 영혼은 뱃머리가 황금빛이고 세 개의 돛대가
날개처럼 활짝 펼쳐지고 꼭대기 돛대에 높다란 바다 선장이 웅크린
〈배〉의 모습을 갖추고 어른들의 품에 안겨 지나갔으며,
늙은 귀족들의 손에 들려 네 번째 영혼이 지나가며
가느다랗고 가볍고 새하얀 공작새의 〈깃털〉처럼
부드럽게 깜박이면서 따스한 밤바람 속에서 펄럭였고,
그러고는 움직이지 않는 별 〈북극성〉이 하얀 해골에 박혀
전지전능한 악마의 모습을 하고 마지막 영혼이 지나갔다.
새파란 옷에 불타는 두건을 두른 흑인 사제들이
향료를 크게 휘둘러 높다란 배들과,
바다의 소금물과 더불어 미친 듯 춤추는 선원들에게 뿌려 대면서
이상하고 신비한 송가를 천천히 읊었다.
「오, 불꽃이여, 우리들의 새까만 마음속으로 내려와
날카로운 이성의 묵직한 활을 쏘아 우리 두뇌를 부숴 놓고,
배여, 우리들을 태우고는 낯설고 머나먼 땅으로 데려가고,
깃털이여, 불멸한 영혼이여, 우리들을 하늘 높이 들어 올리고,
어두운 절벽을 가리키며 움직이지 않는 북극성을 보라!」
구원을 받은 위대한 운동선수가 검은 피부의 군중을,
신음하는 입들과 얻어맞아 부어오른 가슴을 둘러보려니까

형언할 수 없는 분노와 슬픔이 치밀어 목구멍이 메이기는 했지만
그래도 그는 흰 수염을 반짝이며 서글픈 미소를 지었다.
「나는 신으로 몰락하여 신화가 되고 땅을 밟고 걷는구나!
오, 초라한 인간의 영혼아, 너는 두려움이나 희망 없이는
대지 위에 자유롭게 서지도 못하고 똑바로 걷지도 못하는구나!
아, 나 같은 동지 영혼들이 언제나 이 땅으로 내려오려나?」
그러자 이성이 둘인 자의 마음이 갈라져 둘로 깨어졌지만
순식간에 다시 회복되고 상처가 아물었다.

동틀 녘에 바다는 축축한 바닷가에서 잠든 그를 발견하고
다시 거품을 몰고 달려가 그에게 물었다.
「어머니시여, 돌밭에서 잠든 이 괴물은 무엇인가요?
내가 부드럽게 핥고 낮게 찰랑이며 거품을 뒤집어씌우지만
그것은 죽은 황새치나 썩은 선체(船體)도 아니고
깊은 동굴에서 꽃피고 허연 수염이 난 바위도 아니며,
내 바닷가에서 파선을 당한 늙은 바다 늑대가 분명합니다.」
오디세우스는 눈을 활짝 떴고, 바다가 헬레네처럼
아양을 떠는 눈초리로 솟아올라 바위들 위에서 발가벗고
햇볕을 쬐거나 모래밭에서 구르며 작은 손으로
모래밭에다 깊은 이랑을 파놓는 것을 보고 웃었다.
그녀*는 길게 엎드리더니 언젠가 그녀를 기억했으며,
암퇘지처럼 따분한 마누라 같은 땅으로부터 멀리 떠나
그녀에게 성게 같은 이성과, 단단해진 뼈와 물고기들을 선물로
가지고 온 그녀의 옛사랑을 갈망하는 눈으로 쳐다보았다.
그녀는 다정하게 그를 쳐다보았고, 털이 수북하게 난 허벅지와
발뒤꿈치와 허연 머리와 뒤엉켜 비밀의 얘기를 중얼거리며,

매끄러운 조약돌이 바닷가 자갈밭으로 시끄럽게 굴러 내릴 때까지
거품을 일으키는 부드러운 입술로 그를 핥고 어루만졌다.
오디세우스는 시원한 파도 속에서 천천히 발을 끌어당겨
무릎을 올리고는 배처럼 자신의 몸을 밀고 나갔으며
뱃머리와 갑판과 선미가 함께 재빨리 길게 뛰어들어
오랫동안 잃었던 사랑하는 이의 시원한 무릎에 파묻혔고,
세상을 방랑한 그의 사타구니가 서늘하고 가벼워졌다.
그는 두 손을 활짝 벌리고 누워서 둥둥 떴는데 —
이런 소금물의 포옹을 얼마나 오랫동안 갈망했던가!
이제 그는 해면처럼 목마른 살을 펼쳤다 오므렸다 하면서
소금물을 깊이 들이마셨지만 갈증을 몰아낼 수가 없었다.
시들어 향기를 잃었지만 물에다 담그면 다시금 활짝
피어오르는 그 장미꽃은 무엇이었을까?
고독한 자의 육신이 푸른 파도 위에서 장미꽃처럼 엮였다!
산들바람이 땅으로부터 숨을 헐떡이며 몰려와 파도가 새파래졌고
펼쳐져 나가는 바다 속에서 국경을 지키는 자의 허연 머리가
아침 햇살을 받으며 바가지 부표처럼 얌전히 오르락내리락했다.
해가 솟아 웃고는 단단하고 갈색인 몸뚱어리를 비추었고
그의 황금빛 머리에서는 시간이 꿀처럼 줄줄 흘러내렸다.
마침내 한낮에 밖으로 나와 바닷가에서 뒹굴던 그는
수염에 모래가 잔뜩 묻고 입술에는 소금버캐가 앉았으며
찝찔한 손으로 조가비와 조약돌을 가지고 놀았다.
「나는 목이 마르다! 마음을 진정시킬 물을 마시고 싶구나!」
이렇듯 그가 나지막이 한숨을 짓자 꿀빛의 송아지 두 마리가
꽃이 만발한 산비탈을 고꾸라지듯 곧장 바닷가를 향해 내려와
음매 울고는 코로 모래밭을 파헤쳤고,

달콤한 물이 얕은 구덩이에 가득 괸 다음에 송아지들은
빛나는 목을 길게 뽑고 천천히 물을 마셨다.
오디세우스가 벌떡 일어나 손으로 모래밭을 팠고,
맑고도 달콤한 물이 바위들 주변에서 방울져 천천히 올라오자
그는 역시 갈망하며 송아지들 앞에 엎드려
뼈가 가득 차도록 혀를 재빨리 날름거리며 핥아 마셨다.
「세상이 얼마나 아름다운가!」 눈물을 글썽이며 그가 소리쳤다.
「아, 즐거운 영혼이 어찌 이곳을 떠날 결심을 하겠는가?」

그러더니 그는 배고픔을 느껴 항구 쪽으로 머리를 돌렸고
이 집 저 집에서 구걸을 하여 빵을 구하려고 떠났으며,
그는 자신이 손을 내밀기만 해도 성이 흔들리고
성벽이 무너지는 위대한 왕이었던 때가 생각났고,
그는 거친 손으로 여신의 긴 금발 머리를 휘어잡아
말없이 그녀를 땅바닥에다 눕혔던 눈부신 바닷가,
에메랄드 빛 동굴이 생각났고,
그는 어느 날 새벽에 손을 내밀어 그의 배를 물에 띄워
모든 조상의 무덤이 있는 고향 땅을 영원히 떠나
파도를 타고 내려가 사라졌던 때가 생각났다.
그의 움켜쥔 주먹은 많이 즐겼고 흐뭇함으로 흘러넘쳤지만
이 순간처럼 크나큰 기쁨을 느꼈던 적은 없었으니,
자랑스럽게 말없이, 노동하는 인간의 나지막한 문 앞에 서서
가난한 거지가 되어 손을 내미는 기쁨은 얼마나 컸던가!
질그릇을 손으로 움켜쥐고 세상을 방랑하는 자가
새와 용으로 장식한 마을의 문들을 두드리며 돌아다니니
집집마다 마당에서 낯이 빛나며 무희처럼 짤랑거렸다.

근처의 꽃이 만발한 과수원에서는 늙은 정원사가 허리를 굽히고
구부러진 소나무의 갈기를 부드러운 손길로 쓰다듬어
커다란 공작새의 에메랄드 빛 꼬리처럼 늘어져
우아하게 땅바닥을 장식하도록 찬찬히 끌어 내렸으며,
부드러운 집념으로, 연민을 모르는 사랑으로
몸을 놀리며 억센 소나무의 운명을 빚으려는
노인의 신비한 투쟁을 보고 오디세우스가 감탄했다.
「저렇게 쓰다듬어 죽음의 길을 돌려놓을 수만 있다면!」
무서운 힘들에 맞서 말 없는 기쁨과 인내심으로 싸우는
노인을 지켜보며 고독한 자는 이렇게 생각했다. 저토록 재주가 많고,
무자비하고, 선정적인 손이 우리 마음과 싸우는데,
어떤 사람들은 그것을 신이라 부르고 운명이라고도
부르며 공손히 경배하지만, 나는 그것을 이제는 스스로 자유가 되어
마음대로 형상을 갖추는 인간의 영혼이라고 부르리라.
그가 이성에게 이렇게 말하고는 꽃이 만발한 밭에서 짙은 향기를
깊이 들이마시고는 여러 지역의 성벽들을 지나갔으며,
그러다가 결국 조롱하는 운명은 날카로운 눈으로 쫓아가다가
그를 사악하고 비싼 욕정의 골목으로 몰아넣었다.
해가 지고 욕정을 느끼는 수컷들이 가슴에서 깃털을 반짝이고
힘센 수탉처럼 헉헉거리며 떼 지어 내려왔고
벌거숭이 계집들이 킬킬거리며 줄지어 기다렸다.
눈부시고 짙은 페인트로 뒤덮인 뱃머리의 고르곤들처럼
저마다 단단한 젖가슴을 자랑하며 문간에 서서 웃던 여자들은
화장을 짙게 한 뺨을 적시며 땀이 흘러내렸다.
「화장한 누이들이여, 반갑구나! 건강과 기쁨을 빌겠노라!」
활짝 웃으며 오디세우스가 좌우로 소리쳤지만

젊은 암탉들은 그의 허연 머리를 가지고 멋대로 장난쳤으며
놀리고 웃는 소리로 온 동네가 시끄러웠다.
「어서 와요, 할아버지! 텅 빈 자루를 위해 만세를 부르자!」
굴러 내리는 돌멩이처럼 웃음소리가 골목을 따라 쏟아졌고
혼자였던 오디세우스는 창피해서 수많은 방울새의 무리가 쪼아 대는
코뿔소처럼 도망칠 곳이 없는지 보려고 두리번거렸다.
젖이 축 늘어진 늙은 노파가 문간에 서서
벌어진 두 개의 석류를 손에 들었는데,
그녀는 낡아 빠진 잠자리에서 아직도 용맹하게 싸우는
늙고도 늙은 사랑의 투사 〈착한 마님〉이었으며,
이제 그녀는 궁수가 비웃음에서 벗어나도록 도와주려고 달려갔다.
「아직 젊은 년들이라 자비심이 없으니 그들을 용서하시고,
그대의 영혼을 신선하게 할 석류를 받도록 하세요.」
오디세우스는 젖가슴이라도 되는 듯 석류를 움켜잡고는
욕정이 거룩한 지역에서 웃음소리를 얼른 지나갔다.

그는 선량한 자들의 동네를 지나가며 머릿속을 가득 채우던
나비들을 쫓아 버리려고 머리를 저었고,
그릇을 들고는 거지의 길을 따라 느릿느릿 걸어갔다.
지나가는 그를 본 젊은 처녀가 황급히 문에 빗장을 질렀고
흑인 여자 세 명은 그가 지나가도록 벽으로 물러나 붙어 섰으며
흉측한 거지였던 그는 좌우를 두리번거리다가
인방돌 위에 싱싱한 결혼식 꽃다발이 아직도 피어 있는,
진홍 물감으로 신부의 주물(呪物)들을 장식한 집의
나지막하고 회칠을 새로 한 문을 골랐다.
그가 문설주에 기대고 두드리니 나막신 소리가 들렸고,

청동 팔찌의 경쾌한 짤랑거림이 마당을 가득 채웠으며,
초라한 문이 약간 열리고 쾌활한 목소리가 울려 나오더니,
그녀의 집을 움켜잡고는 튼튼한 지붕을 핥아 대는
높다란 불길을 보고 새색시가 겁이 나서 뒷걸음질을 쳤는데,
그녀는 다시 소리를 지르고 싶었지만 불길이 수그러지더니
침착한 사자가 온화하게 그녀의 집을 지켜보는 기분을 느꼈다.
그러나 초라한 여인의 두뇌가 놀라서 비틀거리는 사이에
위대한 야수는 빛 속으로 사라지고 그 대신
노인이 문간에 서서 거지처럼 손을 내밀었다.
그러자 젊은 여인이 서글프게 두 팔을 벌리고 말했다.
「용서하세요. 우린 가난한 농부여서 오늘 밥을 짓지 못했으니
거지들의 선량한 신이 그대에게 자비를 베풀기만 바랍니다.」
그러나 그는 미소를 지으며 온화한 말로 그녀를 위로했다.
「어린 자매여, 세 가지 자비가 대지 위에서 꽃피나니,
가장 초라하고 겸손한 자비는 별로 주는 것이 없는 행동인데,
이런 자비는 육체와 영혼에게 잠깐 동안만 자양분을 주어서,
한두 시간 지나면 기억으로부터 사라지게 마련이니라.
보다 힘들고 숭고한 것은 우리들의 집 마당에 찾아온 거지가
손을 내밀고, 우리들 내면의 깊은 목소리가 〈우리 집 문 앞에
서서 구걸하는 사람은 바로 나고, 신이 문 밖에 서서
자비를 베풀라고 소리치는구나!〉라고 소리칠 때
우리들이 주게 되는 바로 그 거룩한 자비이다.
그러면 그대가 빵 한 조각 안 주고 손을 움직이지 않더라도
거지는 배가 부르고 마음이 든든해져 그대의 친절한 손에
절하여 경배하고는 다른 집으로 찾아가서 문을 두드린다.」
두려움을 느껴 땅에 머리를 조아려 절하던 새색시는

새로 샘솟은 젖이 불어 둥근 젖가슴에 감미로운 아픔을 느꼈고,
입맞춤을 만끽한 그녀의 입술은 어둠 속에서 떨렸다.
「아버지시여, 제가 당신께 해드릴 말씀은 한 마디뿐이니,
〈우리 집 문 밖에 신이 서서 자비를 베풀라고 외치는도다.〉」
「아, 내 딸이여, 나는 아직도 배가 고프다. 눈을 들고 보면
병든 내 손은 여전히 비었고 두 뺨은 움푹 꺼졌으니,
오직 세 번째 위대한 자비만이 내 배고픔을 몰아내리라.
그것은 삶을 움켜잡아 가득 채우고, 죽음까지도 초월하고,
육체를 불쌍히 여겨 모두 먹이고 영혼도 먹여 살리며,
목마름과 굶주림, 빵과 물은 〈하나〉 속에서 결합하므로
그것은 악마들을 불쌍히 여겨 먹이고 제신들까지도 먹인다.」
새색시가 겁이 나서 두 손을 높이 들고 소리쳤다.
「할아버지시여, 나는 무릎이 떨리니 어서 이곳을 떠나
어느 부유한 집을 찾아가 그곳에서 축복을 내리시고,
갓 결혼하여 오직 남편만을 사랑하며, 젖가슴은 첫아들의
입술이 닿기만을 갈망하는 저를 불쌍히 여기소서.」
불타는 오디세우스가 나지막이 한숨을 짓고는 손을 저었다.
「그대를 불쌍히 여겼기 때문에 나는 그대의 신혼집을 골라
나지막한 문에 몸을 기대고 이 집을 무너뜨리려고 했으니,
나는 두 손에 불타는 숯덩이처럼 세 번째 위대한 자비를 들어
그대의 집 마당으로 집어 던지려고 하는 바이다!」
여자가 무서워 비명을 지르며 젖가슴을 드러냈고
그녀의 말은 날카로운 칼처럼 그녀의 여자다운 마음을 도려냈다.
「저를 가지세요, 고행자여! 집이나 행동으로는 안 되고,
제가 기다리는 아들이나 말로도 이제는 충분하지 못하니,
저는 이글거리는 땡볕에 꼿꼿하게 서서 검고 긴 내 머리를 잡고

부채질을 하여 그대를 시원하게 해주겠나이다, 내 사랑이여.」
빵을 추구하는 위대한 자가 땅에 쪼그리고 앉아
새색시를 자비로운 눈으로 쳐다보며 깊은 생각에 잠겼다.
「내 말이 너무 심했던 모양이니 그 말을 취소해야 되겠구나.」
그러자 그는 거룩한 불꽃을 감춘 차분한 눈으로
고요한 평온함을 느끼며 신부를 쳐다보고는 부드럽게 웃었고,
그래서 그녀는 마음이 꽃과 열매로 가득 차는 기분을 느꼈으며
그녀도 입술이 다시 부드러워지고 째진 눈이 반짝이며 빛났다.
「할아버지시여, 저는 일사병에 걸린 듯 정신이 나갔습니다!
저는 품에 꼭 껴안을 아들이나 남편도 없이,
험악한 땅을 남자나 물도 없이 지나왔는데,
그대의 은총을 받아 이제는 낯선 땅으로부터 돌아와서
남편의 체취와 자신의 가정을 다시 발견했나이다.
그대는 가장 쓰라린 두려움으로부터 저를 구해 주셨으니
그대의 영혼이 기운을 차리도록 제가 어머니의 집에서
동냥 대신 음식을 가져오겠으니, 계단에 잠깐 앉아 계세요.」
그녀가 말하자 신을 죽인 자는 눈을 감았고, 그녀의 나막신이
돌을 깐 길바닥에서 울리고, 웃고 희롱하는 바다의 자갈밭처럼,
사라져 가는 생각들처럼 그의 귓전에서
다시금 짤랑거리며 울리는 소리를 그는 들었다.

배불리 먹은 그는 해 질 녘이 되자 컴컴한 골짜기를 향했고,
뱀처럼 기다란 덩굴들이 가지와 밑동을 친친 감은
야생 실편백나무와 소나무들이 자라는 숲을 지나갔다.
어느 덤불 속에서는 발가벗은 한 여자가 세쌍둥이를 낳았는데,
이제 그녀는 수목들이 기름을 받아 수없이 열매를 맺으라고

머리카락을 풀어헤치고는 나무에다 몸뚱어리를 비비며
숲속에서 춤을 추고 돌아다녔다.
갓 낳은 송아지를 누가 빼앗아 갔기 때문에
개아카시아나무에 묶인 암소 한 마리가 처량하게 울었으며
어미의 고통스러운 울음으로 들판 전체가 탄식했고,
암소를 쓰다듬는 노인을 보자 오디세우스도
소를 부드럽게 쓰다듬어 주고는 젊은 신부가 그에게 주었던
소금 덩어리를 꺼냈으며, 암소는 소금을 핥아먹는 사이에
마음이 진정되어 곧 아들을 잊어버렸다.
노인이 웃으며 낯선 이에게 비웃는 투로 말했다.
「좋은 소금을 낭비하다니 한심하구나! 암소가 울면 어떤가!
신이 아들을 빼앗아 갔을 때는 나도 통곡해 울었지만
다른 걱정거리가 많아 곧 잊어버리고 말았지.」
「노인이여, 우리 모두가 하나여서 그대도 소금을 받았으리라.」
고독한 자가 중얼거리고는 바닷가를 향해서 갔다.
날씨가 서늘해지고 눈물을 머금은 먹구름이 몰려들었으며
신을 죽인 자의 살에서 번갯불 섬광이 번득였고,
멀리 지붕 위에서는 수탉이, 늪에서는 개구리들이 울고,
자그마한 참새들이 놀라 집으로 달아나
흔들거리는 나뭇가지에 앉는 소리를 그는 들었으며,
모든 사물에서 곧 비가 쏟아질 듯한 냄새가 났다.
오디세우스는 걸음을 멈추고는 축축한 식물의 향기가 나는 공기,
잎사귀를 뜯어 나무들을 헐벗게 하는 가을바람을 숨 쉬었고,
처음 떨어지는 빗방울이 창으로 찌르는 듯 세찼다.
대지의 몸이 시원해졌고, 푸른 안개가 들판을 가득 채웠고,
흙과 비의 냄새가 그의 주름진 머리로 스며들었으며,

높다란 나무 같은 그의 몸이 구름을 불러 모아
곧 수염과 머리카락이 말라비틀어진 잎사귀들과 뒤엉키고
그의 눈은 눈물처럼 흘러내리는 빗물을 처음 느끼며
소용돌이 같은 기쁨을 마지막으로 맛보았다.
그러나 갑자기 심장이 뛰며 그가 큰 소리로 외쳤다.
「향기 나는 흙 위에 서서 너는 무엇을 기다리느냐?
그대를 위해서는 가을이나 첫 비가 또다시 내리지 않으리라!」
놀리는 목소리를 듣고 그는 부끄러움을 느꼈으며,
동틀 녘에 나무를 베어 마지막으로 새 배를 만들겠다고 결심한 다음
늙은 문어처럼 바닷가의 동굴로 기어 들어가서
저녁도 안 먹고 조용히 웅크리고는, 사나운 마음을 진정시키려고
거짓을 얘기하는 꿈을 꾸지 않으며 밤을 보냈다.
동틀 녘에 그는 배를 만들 나무, 소나무와 참나무와
야생 실편백나무를 고르기 위해 숲속으로 들어갔다.
높다란 나무들이 세찬 바람에 신음하는 돛대처럼 삐걱거렸고,
구름이 돛처럼 매달려 모든 삭구가 비명을 질렀으며,
북풍이 불어 대지가 출렁이는 범선이 되었고,
뱃전의 갑판에 우뚝 선 궁수는 바위투성이 산에서 불어오듯
그의 높다란 관자놀이에서 불어오는 바람을 느꼈다.
오디세우스는 온 세상의 비탈진 갑판 위에서 서성거렸고
그의 머릿속에서는 낯선 상품들과 머나먼 땅이 떠올랐으며 —
대지는 죽은 사람의 입술에 바르는 꿀벌의 부드러운 밀랍*과,
여자와 포도주와 물고기가 가득 넘치는 3층짜리 갤리선이고,
뱃머리에서는 까마귀가 퍼덕이고 앉아 갈 길을 안내했다.
빨간 눈의 흰 고니들이 천천히 그의 머릿속에서 떠올랐고
따스한 털이 난 순록과, 드높이 쌓인 백설과, 작고 다정하고도

처량한 눈으로 인간을 유혹하며 추운 밤에 돌아다니는
하얀 코끼리 같은 죽음의 노인도 머릿속에 떠올랐다.
차가운 물과 함께 기어오다 솟구치는 슬픈 절규처럼,
죽음이 유혹하는 노래처럼, 다시금 목소리가 울렸다.
「향기 나는 흙 위에 서서 너는 무엇을 기다리느냐?
그대를 위해서는 또다시 가을이나 첫 비가 내리지 않으리라!」
눈에 갇힌 운동선수는 얼른 날카로운 도끼를 어깨에 메고
이 나무 저 나무 살피며 찾아보았고,
너도나도 언젠가는 도망쳐 돛대가 되고 싶어 했기 때문에
모든 나무가 맨 꼭대기 가지를 손으로 가리키며 소리쳤다.
「바람의 선장이여, 우리들을 데려다 깎아서 돛대를 만들어요.
우리들은 이제 인내와 행복과 믿음에는 따분해졌으므로
바닷가를 향해 쓰러져 우리 운명을 바꿔 놓고 싶습니다!」
선장은 그 말을 들었지만 그의 무자비한 이성을 가지고
육욕의 침대가 아니라 튼튼하고 힘센 관을 만들고 싶어
조금도 편견을 보이지 않고 가장 힘찬 나무를 골랐다.
흠뻑 젖은 잎사귀에서는 빗방울이 울기도 하고 웃기도 했으며
하나하나의 빗방울에서는 태양도 역시 웃기도 하고 울기도 했다.
고독한 자는 커다란 소나무의 밑동 앞에 서서
빛나는 도끼를 치켜든 외로운 나무꾼을 쫓아 버리려는 듯
맨 꼭대기 가지에 앉아 소리를 질러 대는
굶주리고 야윈 까마귀를 보았다.
「나는 검은 까마귀 열매가 달린 이 소나무가 마음에 든다.」
고독한 자가 중얼거리고는 힘찬 두 팔을 치켜들었지만
거대한 소나무 떠는 소리가 숲 전체에 울렸으며
높다란 가지에서 검은 열매가 분노하여 소리 질렀다.

「흉악한 물귀신아, 도끼로 쳐서 내 둥지를 무너뜨리지 말라!
만일 그대가 요람을 만들겠다면 그대의 아들이 저주를 받고,
쟁기를 만든다면 그대가 뿌리는 씨앗이 저주를 받을 터이며,
만일 배를 만든다면 그 배는 바람이 안 불더라도 침몰하여
그대를 날카로운 산호초로 던져 죽게 하리라!
모든 나무에게는 영혼이 있고, 까마귀도 아픔을 느낀다!」
까마귀가 울부짖었지만 도끼가 고함쳐 그의 비명을 죽였고,
첫 번째 상처를 입힌 고독한 자는 경건하게 꿇어앉아
나무의 선량한 유령과 피로 맺은 형제가 되기 위해
늙은 소나무의 향기로운 피를 천천히 마셨다.

그는 배를 만들 나무를 사흘 동안 잘라서 쌓았고
푸른 바다가 들락날락하며 그의 이성을 씻어 삼켰다.
신이여, 자신의 관을 만들기 위해 통나무들을 높이 쌓고,
도끼를 휘두를 때마다 그대의 무덤으로 어느새 가까이 가고,
태양과 더불어 가라앉아 시원한 바다에서 헤엄치고,
신랑처럼 즐거워하며 노래를 부르는 기쁨!
그는 머리카락이 태양 같은 칼립소의 머나먼 섬에서
언젠가 고향으로 가려고 배를 만들었던 때를 생각했는데,
그때 여신이 그녀의 그물 속에, 신의 영원한 찬란함 속에
그를 잡아 두려고 감미로운 노래를 불렀지만 소용이 없었듯이,
지금도 그는 푸른 대지를 떠나려고 결심이 굳은 터였다.
해 질 녘에 그는 성게를 잡고 낚시도 했으며,
끝이 갈라진 나무로 살진 굴을 시커먼 해초 속에서 파내었고,
바다의 식량을 찾아 해안선을 따라 돌아다니고
웅덩이에 괸 바다의 소금에다 생선을 늘어놓아 햇빛으로 굽고

싱싱한 바다 회향을 뽑아 마른 모래밭에 앉았고,
늙고 흰 코끼리처럼 약초를 씹어 먹었다.
「성게여, 굴이여, 섭조개여, 나를 도와 다오, 동지들이여.」
고독한 자가 소리치며 갈대 작살을 던졌다.
배가 불러 드디어 해 질 녘에 그가 다리를 꼬고 앉은 다음에
불의 영혼은, 시뻘건 불길이 가슴에서 타오르는 불새처럼,
깊은 하늘의 푸른빛 속에서 빛나는 작은 알들을 보는
봄철의 방울새처럼, 그의 머리에 올라앉아 소리치고 노래했으며,
자꾸만 소리를 지르고 정신없이 노래를 불렀다.
그의 노래를 들으려고 대지의 모든 새와 이성의 정열들이
황홀해서 목을 꼿꼿이 세우고 가만히 귀를 기울였으며,
어둠의 시간에 말을 타고 나온 죽음은
야생의 새빨간 새가 노래하는 소리를 듣고 고삐를 당겼으며,
그의 영혼은 잠깐 동안 노래로 빠져 들어갔다.
하루의 일을 다 끝내고 기름진 생선국이
모닥불에 부글부글 끓는 다른 날 저녁이면
고독한 자는 풀밭에 누워, 장터에서 춤을 추게 하려고
떠돌이 집시가 원숭이를 유혹하기 위해 부르는
가짜 피리 소리 같은 가락을 나지막이 콧노래로 불렀다.
그의 기억이 삑삑거리는 선율을 듣고 벌떡 일어나더니
방울이 짤랑거리는 빨간 모자를 쓴 장난꾸러기 원숭이처럼
노래를 듣는 신들을 놀리며 뒷발로 서서 춤추었고,
흐뭇한 주인은 자랑스럽게 구경하며 손뼉 쳤다.
「발톱을 새빨갛게 칠한 미치광이 노파여, 빙글빙글 춤추고,
공중에서 터지는 파랗고, 하얗고, 빨간 방울들처럼
그대가 보고 행한 모든 것, 모든 기억을 풀어 놓아라!

오, 마음이여, 나는 어제 태어나 오늘 죽으리라!」

일하고, 회고하고, 비웃고, 웃으며 노래하고
하얀 바다 독수리는 높다란 둥지에서 나날을 보냈고
짐승들이 와서 그의 발자취를 킁킁거리며 냄새 맡았고,
축축한 잎사귀들 속에서 눈을 반짝이며 가까이 모여 와
원숭이들이 깩깩거리고 뛰어다니며 그의 행동을 흉내 내었고,
그가 몸을 숙이고 힘껏 도끼로 내리치면
그들도 역시 몸을 숙이고 노인의 일을 도왔다.
어느 날 머리가 가벼운 흑인 나그네가 그쪽으로 지나가다가
겁이 나서 잎사귀들 사이로 몰래 얼굴을 내밀고는
원숭이와 표범과 코끼리와 족제비들이 일손을 돕는 아들처럼
부지런히 돌아다니며 노인에게 물과 연장을 가져다주고
길을 터서 무거운 통나무를 끌고 내려오는 광경을 보았는데,
심지어는 진홍빛 날개의 새까지도 번갯불을, 신의 불을
발톱으로 움켜잡고 하늘을 날아 가져다주었다.
얼이 빠져 버린 나그네가 정신없이 서둘러 도시로 가서
위대한 기적을 얘기하자 모든 사람의 이성이 흔들렸다.
바닷가는 유령과 악마로 가득 찼고, 지나가던 모든 사람은
웃음과 숨을 죽인 통곡과 피리 소리 같은 노래와
틀을 짜느라고 즐겁게 내려치는 도끼 소리를 들었기 때문에
날카로운 음향을 씹게 될까 봐 두려워 창백한 입을 다물었다.
밤중에 지나가던 모든 사람은, 그의 주변에서 혼령들이 희롱하며
거품처럼 하얗게 반짝이는 동안, 허리를 구부리고 부글거리는
파도의 중얼거림에 귀를 기울이는 고행자를 보았다.
밤에 바닷가를 돌아다니던 사람들은 놀라서 떨리는 눈으로

마치 온 세상이 갑자기 친구가 되기라도 한 듯
사람들과 짐승들과 혼령들이 함께 배를 만드는 광경을 보았다.
인간의 두뇌는 항상 날개와 공기로 가득 찼고
항상 물방울과 연기를 먹어 기운을 차리게 마련이었으므로,
노인을 위해 고뇌하는 혼령도 사실은 없었으며
짐승들은 도끼 한 자루 동지로 삼지도 않았고 아무런 도움도 없이,
나무들과 싸우라고 노인을 홀로 남겨 놓고는 으르렁거리기만 했으며,
노인과 도끼 단둘만 나무를 잘라 매끄럽게 다듬었고
둘이서만 허리를 숙이고는 선체를 대충 깎았으며
자유의 마지막 위대한 항해에 날개를 다듬어 주었다.
그는 심장으로부터 실을 뽑아 촘촘히 수의를 다 짤 때까지
허연 머리를 좌우로 돌리며 발과 손과 팔의 길이를 재고,
하얀 고치를 엮다가는 재고, 다시 엮는 누에 같았을 따름이요,
아무리 봐도 신랑처럼 보이지는 않았다.
어느 용감한 젊은이가 언젠가 용기를 내어 가까이 다가갔다.
「애기를 들으니 불을 든 새들과 짐승들이 밤중에
그대를 도와 온통 황금 못을 박아 거룩한 배를 만들며
바다에서는 유령 장인들이 나와서 도와준다고 하더군요.
그들의 애기로는 물과 흙과 공기가 그대의 심부름꾼이어서
그대는 불길 속에 버티고 앉아 명령만 내린다더군요.」
그가 말하고는 귀담아들으려고 떨리는 목을 길게 뽑았지만
기만하는 자가 우렁찬 목소리로 대답했다.
「사람들이 말하기를 연약한 대지에서 한때 오디세우스가 살았고,
한때는 땅과, 바다와, 공기도 역시 존재했었다고 말하며,
언젠가 죽음이 찾아와서 온 세상을 말끔히 쓸어 버렸다고도 하지!」
고독한 자가 말하고는 바닷가가 흔들릴 정도로 웃었고

초라한 청년은 겁이 나서 턱뼈가 덜덜 떨렸지만
살인자의 웃음소리가 젊은이를 어찌나 깊이 꿰뚫었는지
턱뼈와 이빨이 빠져라고 도망쳐 죽을 때까지 돌아오지 않았다.
그러자 크게 겁이 난 도시의 흑인들은 제물로 바치기 위해
멋진 선물과, 시원하고 신선한 과일과, 도살한 고기를 가져와
그들의 바닷가로 올라온 용을 선물로 진정시키려고 했다.
바다의 동굴에 그늘을 드리우던 소나무는 아침마다
밤에 찾아온 사람들이 몰래 걸어 놓은 헌납물로 반짝였고
살인자는 웃으며 하루 종일 그 열매를 땄다.
어머니들이 가까이 기어와 아기에게 정력이 전해지라고
그가 지나간 자리에 눕혔고, 사냥꾼들은 활을 모래밭에 꽂아
그의 늙은 두 발이 활을 밟아 주어
양쪽 끝에 달린 하늘빛 구슬이 꿰뚫어 보는 눈처럼 타올라
목표물이 쓰러져 죽을 때까지 빈틈없이 겨냥을 인도하도록 했다.
고행자의 바닷가를 따라 허리를 숙이고 지나가던 모든 사람은
그들 속으로 강물처럼 흘러 들어가는 비밀의 고요한 힘을 느꼈고
남모르는 기쁨과 전율이 그들의 등골을 타고 내려갔다.
어느 날 갈대 낚싯대를 들고 근처에서 지나가던 고기잡이가
창백한 입술을 세 번이나 열었다 다물고는 용기를 내어 소리쳤다.
「고행자여, 하고 싶은 얘기가 있는데, 화는 내지 마십시오!
60년 동안 나는 바다의 소금물 위에서 고생하고 몸부림쳐서
두 손은 뻣뻣해지고 갈라졌으며 이성은 소금 덩어리가 되었으며,
3층 갤리선과, 화물선과, 화살 같은 통나무배와 뗏목을 보았지만
어떤 배는 널찍한 바다거북이나 뾰족한 황새치 같았고
어떤 배는 돌고래처럼 뛰어오르거나 배낙지처럼 항해했지만,
당신이 만드는 것 같은 이런 배는 본 적이 없습니다.

이것은 모래 바닥에서 솟아오르는 시커먼 관처럼 보입니다!」
그러자 눈이 이글거리는 뱃사람은 차분한 태도로
턱수염과 허연 콧수염에서 꼬부라진 대팻밥들은 흔들어 털고는
서글프면서도 놀리는 목소리로 말했다.
「노인이여, 나는 내 늙은 몸뚱어리를 자로 재어 보았고,
노인이여, 나는 심성과 이성을 자로 재어 보았고,
나는 땅과 하늘, 두려움과 사랑을 재어 보았고,
가장 큰 행복과 가장 큰 고통도 재어 보았으며,
내가 측정한 결과로부터 이 관이 만들어졌도다, 노인이여.」
그러자 고기잡이는 소금물에 찌든 얼굴을 떨구고
아무 말도 없이 터벅거리며 힘없이 바닷가를 따라 걸어 내려가
바위들 사이에서 미끼를 찾아 곤충과 파리, 그리고
뱀장어를 유혹할 만큼 길고 미끈거리는 지렁이를 한 마리 잡아
바람이 안 부는 구석에 웅크리고 앉아 기다란 낚싯줄과 미끼를
멀리 바다로 내던졌지만, 그의 이성은 유령 같은 고행자와,
그의 이상한 말과 씁쓸한 웃음만을 낚았다.
그는 사람들이 〈죽음〉이라고도 하고 〈신〉이라고도 부르며
인간 모두를 위에서 굽어보며 그물을 던져 모든 사람을
그의 머나먼 바닷가로 끌어내는 어부의 말 없는 존재를 의식했다.
그의 바구니는 갖가지 미끼로 가득 차서,
성게를 좋아하는 숭어와, 청어를 좋아하는 바다 늑대*와
자기들끼리 서로 잡아먹는 앵무농어와, 파리를 좋아하는 빙어와
암컷이 타오르는 빛깔을 보고 기절하는 오징어 수컷 —
저마다 입맛에 맞는 미끼를 하나씩 던졌다.
인간도 물고기나 마찬가지로 탐욕스러운 입을 놀리며
여자와 술과 부의 달콤한 미끼를 쪼아 먹다가는

퀭한 눈으로 버둥거리며 하데스로 끌려 내려간다.
그러나 커다란 고기가 미끼를 삼켰는지 갈대가 흔들리자
고기잡이는 머리를 저으며 갑자기 벌떡 일어섰고
모든 어두운 생각이 한꺼번에 가라앉고 슬픔이 사라지며
심장이 낚싯줄처럼 떨렸고, 그가 내민 손도 알을 배고 살진
붉은 숭어처럼 햇빛 속에서 퍼덕이고 몸부림을 쳤다.
자식들이 오늘은 잘 먹게 되었으니 인생은 아주 즐거웠으며,
고행자의 모든 불타는 말은 뜨거운 공기에 지나지 않았다.

이튿날 해질 무렵에 오디세우스가 관의 모양을 잘 꾸미려고,
속이 빈 선체의 틈을 메우기 위해 움푹한 바위로
허리를 숙이고는 녹인 역청을 휘저으려니까,
바닷가를 따라 뚱뚱한 켄타우로스가 오는 소리가 갑자기 들렸고,
타르 냄새를 킁킁거리고 맡으며 서둘러 달려오던
그의 잔등에서 두툼한 카나리아 빛 깃털이 펄럭거렸으며,
배를 끌어안고 바닷가를 성큼성큼 내려오는 그의 모습이 나타났다.
선장은 켄타우로스를 곁눈질해 보고는
그가 겁을 먹지 않도록 차분한 목소리로 말했다.
「어서 오라, 탐욕스러운 먹보여, 진심으로 환영한다!
그대의 코가 향기로운 타르의 냄새를 맡아서,
창백한 가슴에서는 흙을, 목구멍에서는 벌레들을 치우고
다시 내 배의 노를 젓고 소금물을 맛보려고 달려왔구나!
동지여, 나는 마음이 흔들리고 그대를 갈망하지만
마지막 여행에는 그대의 기억조차도 데려갈 수가 없으니,
손을 내밀지 않기를 부탁하노라, 사랑스러운 옛 동지여!」
그가 서글프고 무정한 목소리로 말하고 눈을 들어 보니

잿빛 날개가 부러져 상처를 받은 갈매기들처럼
길게 줄을 지어 그의 옛 동지들이 바닷가에 웅크리고 앉아
작은 구슬처럼 반짝거리는 눈으로 그를 멀거니 쳐다보았다.
그러나 억센 황야를 사랑하는 자 모래를 두 주먹 불끈 쥐고
음산한 그림자들이 앉은 곳을 향해 부채꼴로 뿌렸다.
「내 이성으로부터 흩어져 사라지거라, 형제들이여!」
그러나 다람쥐처럼 피리쟁이가 뱃머리로 뛰어올라
거미줄이 엉킨 창백한 입술에다 공기의 피리를 갖다 대었고
모든 친구들이 갑판으로 뛰어올라 노를 잡았으며
길고 가느다란 그림자들이 허공으로 배를 타고 항해했다.
오디세우스가 눈을 감고, 들먹거리는 젖가슴처럼 술렁이며
그의 몸을 어루만지는 파도를 느끼며 그리워하려니까,
밤하늘에서는 날카롭고도 처량한 노랫소리가 일어
바다의 검은 목소리, 위대하고 현혹시키는 노래가
영혼을 육신으로부터 갈라놓고 소금 묻은 해초의 관을 씌우고는
천천히, 부드럽게, 하늘처럼 새파란 화원으로 끌고 갔다.
〈머리가 깨어져 세상이 파도 속으로 가라앉을 때가 되었구나.〉
궁수가 생각하고 부르르 떨고는, 자신도 머지않아 더 이상
광활하게 만발한 바다의 장미 꽃밭으로 뛰어들어 몸을 식히지 못하고
보거나 만지지도 못하리라는 생각에 갑자기 슬퍼졌다.
그는 다섯 개의 기다란 사랑의 촉수로 세상을 감싸도록
그토록 오랫동안 정성들여 가꾸었던 대지의 위대한 기적,
쪼그라든 그의 육신을 불쌍히 여겼으며,
냄새 맡고, 만지고, 맛보고, 눈으로 보는 방법을 터득한 이제
위대한 기적이 허공으로 흩어질 때가 되었다.
그는 두 손으로 무릎을 감싸 안고는 모래밭과 바다에

길게 뻗어 나가는 그물처럼 시선을 던졌으며, 그의 이성은
빗물에 젖어 햇빛을 받고 빛나는 산봉우리처럼 반짝였다.
가늘게 뜬 그의 시선은 포물선 모양인 인간의 귀처럼
모래밭에서 반짝이는 작고 나선형인 조가비를 하나 찾았다.
천천히 그는 손을 내밀어 그 작은 오두막을 집어 들었고
연약한 나선형의 껍질을 한참 동안 살펴보았는데 —
그것은 어두운 바다 깊은 곳에서 오랜 세월에 걸쳐
곱게 다듬어 낸 비밀의 사랑과 인내심의 작품이었다.
아, 그것은 배가 부서지는 무한한 바닷물의 불길 속에서
드높이 터지는 폭풍이나, 게와 바닷가재가 서둘러 지나가는
모든 거룩한 소리를 듣고 모아들이기 위해 신경을 곤두세우는
두뇌의 고리처럼, 진주 모(母)처럼 찬란하게 빛났다.
그리고 이제는 쓰레기를 쏟아 버리듯
끝없는 정성과 고생을 해서 가꾼 신기한 조가비들을
모래밭에다 마구 뱉어 버리는 힘찬 파도의 거센 숨결을 보라.
궁수는 아들을 껴안듯 속이 빈 조가비를 가슴에 갖다 대었고
그러자 갑자기, 오, 사랑하는 신이시여, 조가비에서
홍수가 쏟아져 나와 그의 심성과 이성을 통째로 삼켜 버렸다.
억센 운동선수는 또다시 그의 늙은 몸이 불쌍했고,
군살이 박인 손바닥과 힘이 빠져 비틀거리는 무릎,
세상을 방랑한 발과 한때는 입맞춤을 했던 입술이 불쌍했으며,
자기도 모르게 눈물이 솟구치고 목구멍이 부어올랐으며,
마음이 고통스러워 울렁거리면서 무덤의 냄새를 맡았다.
「삶과 죽음, 그 사랑하는 한 쌍이 하루 종일,
밤새도록 껴안고 입 맞추는 욕정의 침대여, 오, 마음이여!」
그가 말하고는 허연 머리를 식히려고 바닷물에 담갔으며,

그래서 시원해진 그의 위대한 이성이 명료해졌고,
다시금 바닷가에 길게 누운 그는 옛 동료와 새로운 동료들이
모래밭으로 몰려들기라도 한 듯 천천히 얘기했다.
「기억하는 인간의 마음이란 진실로 얼마나 기막힌가!
어두운 그림자들이 내 맑은 이성을 짓눌러 버린 지금
나는 내 배가 파선했던 하얀 해안선을 잘 기억하는데,
선원들의 시체가 파도 위에 둥둥 떠다녔으며
나는 바위로 거꾸로 처박혀 울부짖었지.
〈나는 고통스럽게 살고 싶지 않으니 파도가 나를 삼키고,
내 마음은 위대한 신들이나 인간과 싸우느라고 기진맥진했으니
이제 나는 손을 엇갈려 얹고 물속에 빠져 죽으리라!〉
그러자 절망에 빠져 울던 나에게로 죽음이 찾아왔는데,
부리가 새빨간 작고도 작은 새 같은 죽음이 날개를 치고,
선회하다가 검은 바위에 올라앉아 꼬리를 흔들고는
재미있다고 놀리며 두세 번 우짖더니 멀리 날아가 버렸는데 —
오, 새여, 작은 낟알을 가져오며 치솟는 마음이여!
기진맥진한 내 마음이 당장 꿋꿋하게 벌떡 일어섰고
내 창자는 피로 넘치고 뼈는 골수로 가득 찼으며,
나는 앞에 펼쳐진 바다와 뒤에 펼쳐진 대지를 보고,
그 사이에서 인간의 영혼이 재미있다고 놀리며 노래하고
메마른 시커먼 바위에서 황홀하고 즐거워 춤추었도다!」
이렇게 소용돌이 이성의 인간이 혼잣말을 한 다음
반박하는 말이나 응답을 기다리지도 않고 몸을 일으켜
지는 해처럼 거꾸로 바다 속으로 뛰어들었다.
드디어 검은 밤이 내려 잠의 세상을 감싼 다음에
고독한 자는 마음이 가볍고 홀가분해져서 잠이 들어

수면의 높다란 절벽에 포도송이처럼 매달렸다.

오디세우스는 표범 새끼를 사냥개 삼아서 데리고
사슴을 쫓아 숲속에서 추적하는 꿈을 꾸었는데,
앞으로 나아갈수록 대지가 넓어지고 세상의 얼굴이 달라졌으며,
실편백나무에서 장미꽃이 피고 삼나무에서는 백합이 피어났으며,
모든 검은 바위는 향기로운 재스민 다발로 친친 감겼다.
짐승들은 은둔자처럼 둘씩 짝을 지어 숲속에서 거닐었고
순수하고 선량한 혼령처럼 새들이 공중으로 솟아올라 지저귀었고,
매가 멈춰 서서는 검은새를 손짓해 불러
두 마리 모두 열매가 잔뜩 맺힌 덩굴에 앉아 포도를 쪼아 먹었고,
황금빛 태양이 사랑에 병들어 해바라기의 푸른 줄기에 앉아
아양을 떨며 방그레 웃고 대지를 물끄러미 쳐다보았다.
덤불 속에서 움직이는 사슴을 언뜻 보고 사냥꾼은
무릎을 꿇고 앉아 죽음의 활을 당겨
깃털이 달린 화살을 쏘아 솜털로 덮인 목에 깊이 박았다.
사슴이 사람처럼 한숨을 짓고 무릎에서 힘이 빠져 꿇어앉았지만
궁수가 달려가서 길게 갈라진 뿔들을 움켜잡으니까
부상을 입은 짐승이 메마른 땅에 흐르는 샘물처럼
눈물이 줄줄 흐르는 커다란 눈을 들고는
말없이 꾸짖으며 살인자의 눈을 빤히 들여다보았다.
억센 사냥꾼이 부르르 떨었고, 그의 이성은
비밀의 화살에 찔린 수사슴처럼 높이 뛰어올랐으며,
두 형제는 물끄러미 응시하며 한참 동안 소리 없이 흐느꼈다.
〈내 화살이 목표물을 빗나가 내 가슴에 박히고 말았구나!〉
그러나 쓰라린 생각이 그의 마음속에서 흘러내리는 사이에

김이 나는 사슴의 살을 사나운 표범이 덮쳤으며
궁수의 이성 속에서는 순식간에 배고픔이 머리를 들었다.
그가 벌떡 일어나 표범의 날카로운 이빨에서
사슴의 통통한 허벅지를 재빨리 낚아채어 화톳불 위에 얹고는
다리를 꼬고 땅에 앉아 뼈만 남기고 모두 먹어 치웠다.
그러더니 턱수염과 두툼한 콧수염을 닦으며 그가 말했다.
「힘차고 위대한 암호랑이가 삶의 세계를 지배하기 때문에,
나는 처음으로 이토록 쫄깃쫄깃하고 맛 좋은 고기를 맛본다.」
그가 웃고는 사슴의 갈라진 뿔을 잡아 뽑았으며,
고뇌하는 그의 이성 속에서 모든 것이 천천히 사라지더니
어둡고도 황폐한 밤에 오직 두 주먹만이 남아 빛나며
새롭고도 지극히 흉악한 활을 빚었다.
해가 솟아올라 사냥꾼의 짓눌린 눈을 비추자
그가 벌떡 일어났고, 이성의 팽팽한 활줄은 죽음과 싸우는
눈에 보이지 않는 활에 아직도 묶여 있는 듯 울렸다.
하루 종일 신을 죽인 위대한 자는 그의 꿈에서
커다란 뿔이 높이 뻗어나 있던 재빠른 사슴을 추적했으며
해 질 녘이 되어 빈손으로 돌아와 저녁도 굶고 그냥 잤지만
사슴이 그의 꿈에서 다시 한 번 일어나
천천히 당당한 걸음으로 사냥꾼에게 접근했고
목을 수그려 깔깔한 혀로 엇갈린 잔인한 두 손을 핥았다.
궁수는 그를 굽어보는 사슴의 따스한 숨결을 느꼈지만
놀란 사슴이 지나가지 못하는 숲, 잠의 절벽으로
또다시 도망이라도 칠까 봐 손을 움직이지 않았다.
그의 이성만이 여전히 남몰래 중얼거리며 애원했다.
「만일 그대가 악마라면 동틀 녘에 내 사냥을 도와주고,

유령이 가득하고 스산한 꿈이라면, 바람으로 만들어진 귀신 때문에
내 두뇌를 더럽히고 싶지 않으니 어서 멀리 사라지되,
혹시 살아 있는 사슴이라면, 부탁하건대, 도망치지 말고
튼튼하고 새로운 활을 만들기 위해 그대의 뿔이 필요하니
이리 와서 형제처럼 나하고 서로 껴안기로 하자.」
그가 말하고 눈을 떴지만 지극히 거룩한 사슴은 사라졌고,
밝아 오는 새벽빛을 쳐다보며 힘찬 사슴을 찾아내려면
어디로 가야 하나 생각에 잠겼고, 날마다 새벽에 사람들이 와서
선물을 걸어 놓는 커다란 소나무를 언뜻 보았는데,
바로 그곳에 거대한 사슴의 날카로운 뿔이 걸려 있었다.
그는 유령처럼 뿔이 다시 사라질까 봐 분노하여 달려갔으며,
아직도 골의 덩어리가 묻었고 끈끈한 피가 줄줄 흘러내리는 뿔을
그의 갈망하는 두 주먹이 가득 움켜쥐었다.
그의 꿈 깊은 바닷가로부터 전해진 이 확실한 상징이
길조라고 여겨져 궁수는 즐거워 춤추었고,
그러고는 모래밭에 다리를 꼬고 앉아 억센 두 손으로 열심히
끈기 있게 기술을 동원하여 단단하고 새로운 활을 만들었다.

일을 계속하던 그는 근처에서 부르는 바다의 노래를 들었고,
시선을 돌린 그는 청동빛의 어부들이 햇빛을 받아 번득이며
바닷가에서 그물을 끌어 올리는 모습을 보았는데,
그들은 율동적인 노래로 고뇌를 덜었다.
그들은 매듭을 하나씩 잡고 그물을 천천히 땅으로 끌어 올렸고,
계속해서 일을 하는 동안 그들의 노래는 한숨으로 변했으며
늙은 운동선수는 자기도 역시 기다란 그물을 멀리서부터
끌어당기기라도 하는 듯 가슴속에서 깊은 통증을 느꼈다.

물고기 비늘이 은처럼 빛나고 그물에서 거품이 흘러내렸으며
눈이 튀어나온 물고기들이 햇빛을 받으면서 퍼덕거려
바닷가에서는 비린내가 났으며, 지치고 배고프고 가난한 어부들은
눕거나 불을 지피고 고기를 갈대에다 줄줄이 꿴 다음
일곱 사람이 고생했으니 일곱 가족이 먹을 터였으므로
일한 보람이 있다고 손을 비비며 웃었다.
아기 사슴 같은 눈이 불타고 몸이 나긋나긋한 총각이
가느다란 손가락을 들어 맑은 하늘을 가리키고 말했다.
「유일하고 영원한 우리들의 아버지, 신의 은총은 축복받으라!
그의 사랑으로부터 물고기와 바다가 창조되었으며,
우리 그물이 가득 차고 우리 마음에 기쁨을 주는 것도 그니,
손을 높이 들고 〈우리 아버지!〉를 소리쳐 부르자.」
그들은 아직도 바닷물이 흘러내리는 군살이 박인 손을 들었고
노래하는 바닷가에서 지극히 감미로운 찬사가 울려 나왔다.
깊고도 고요한 기쁨이 젊은 청년의 얼굴로 쏟아졌다.
「형제들이여, 우리 마음이 모두 온화해지고 세상이 달라졌소.
우리 육신은 이제 껍질이 마른 빵을 잘 먹고,
좋은 말 한 마디면 우리 모든 고통이 사라지고,
검은 대지가 음산한 얼굴을 바꾸면 밤에도 환히 빛나며,
세상은 커다란 둥지가 되어 햇빛을 받아 평화롭게 알을 부화시키고,
배가 고파 언저리에서 부리를 벌리는 무수한 작은 새가
하늘을 향해 그들의 아버지를 소리쳐 부릅니다.
대지는 우리들의 길이요, 푸른 하늘은 우리들이 해질 무렵에
형제처럼 같이 찾아 나선 운명의 고향입니다.
하늘이 곧 열릴 듯하니 용기를 내시오, 형제들이여!」
그러나 턱이 모나고, 건장하고, 사나운 어부가 성이 나서

주먹을 불끈 쥐고는 광분한 이맛살을 찡그렸다.
「세상에서는 검은 불의가 아직도 모든 일을 지배하고,
갈보 같은 땅에서는 선이 굶어 죽고 악은 번창하며,
밤이 되어 잠이 안 와서 내가 어두운 마당으로 나가면
별들은 내 머릿속에서 타오르는 불길처럼 보입니다.
아, 날카로운 혼령들이 세상으로 올 때가 되었소!」
그러자 영혼을 낚는 청년의 다정한 목소리가 들려왔다.
「혼령들이 정말로 찾아와서 땅 위를 걷지만
마음속에 불길이나 손에 번득이는 칼을 갖고 있지 않으며,
그렇게 해야만 사랑을 통해 땅과 하늘이 하나가 될 터여서
그들은 두 팔을 활짝 벌리고 다정한 얘기를 한답니다.」
그러나 젊은이의 성급한 마음은 아직도 숨차게 들끓었다.
「무기가 없는 어휘란, 친구여, 잔인한 불의의 양날 칼과
감히 싸워서 끝까지 이길 능력이 전혀 없소.
친절한 말은 나도 좋아하지만, 손에 날카로운 칼을 쥐어야 합니다!」
또다시 조용한 목소리가 서글프게 꾸짖는 말이 들려왔다.
「오래 살기는 했어도 그대는 나를 모르는군요, 친구여.」
말을 중단하고 그는 젊은 머리를 서글프게 모래밭에 얹었고
나이를 먹은 어부가 두 사람을 화해시키려고 했다.
「형제들이여, 선행을 칼처럼 들고 앞세우기 전에는
난 어느 누구도 군주*의 집으로 들어갈 수 없다고 생각하니,
훌륭한 칼로 막강한 군주의 문을 두드리면
싫건 좋건 그는 일어나 문을 열어야만 합니다!」
그러나 파도가 잠잠해지면서 온화한 목소리가 다시 들려왔다.
「비록 가장 강한 생각도 희미해지고 왕국들이 사라져도
전설은 인간의 이성에서 절대로 희미해지거나 사라지지 않으므로

나는 전설을 통해서 마음의 고통을 얘기하겠다, 형제들이여.
어느 날 훌륭한 은둔자가 동굴 안에서 죽어
거룩한 삶의 선행들을 기다란 칼처럼 손에 움켜잡고
하늘을 향해서 힘차게 치솟아 올랐으며
집주인이라도 된 듯 〈아버지〉의 집 문을 두드렸다네.
〈누가 감히 내 성의 문을 함부로 두드리느냐?〉
〈나, 위대한 고행자가 문을 두드리니, 어서 열라!〉
〈기다란 칼을 들고 와서 내 문을 두드리다니,
그대는 어떤 선행이나 훌륭한 일을 했는가?〉
〈나는 그대의 좁은 길을 따랐고 그대의 모든 명령에 복종했으며
못된 행동이나 사악한 말로 죄를 범한 적도 전혀 없고
가난한 자에게 내 재산을 주고 굶주린 자를 먹여 주었으며
술이나 여자는 손대지 않고 밤새도록 거룩한 하늘로
두 손을 높이 들고 《나의 아버지시여!》라고 소리쳐 불렀다.
지금의 내 선행은 문을 두드리는 이 긴 칼이다.〉
그러나 문이 잠긴 성은 조롱하는 웃음과 비웃음 소리로 울렸다.
어리석은 성자여, 그대의 모든 선행과 자비는
푸른 세계를 보라고 전에 내가 그대에게 내려 주었던
훌륭한 두 눈에 대해서는 절대로 보답할 수가 없다.
만일 그대가 내 성의 번득이는 문턱을 넘게 된다면
그것은 내 선량한 본성과 거룩한 은총 덕택이다!」
창백한 입술이 미소를 짓더니 다시 구슬프게 다물어졌지만,
성급한 젊은이가 맹렬한 반박을 퍼부었다.
「그렇다면 쓸모없는 우리 손을 잘라 버립시다!
우리들의 선행과 악행은 다 같이 아무런 의미가 없습니다!
키나 키잡이도 없이 우리들은 험한 바다에서 표류합니다.

신은 아버지가 아니요 험악한 바다의 늑대이며,
우리들은 그의 선원입니다! 힘겨운 돛을 올리거나 노를 젓는 기술을
익히지 못한 우리의 두 손은 저주를 받아야 합니다!」
그가 아직 얘기를 끝내지 못했는데 그림자 하나가,
자유로운 운동선수가 새로 마련한 활을 아직도 어깨에 멘 채
바다의 언저리로 모래밭을 가로질러 걸어갔다.
순풍이 일고 그의 배가 바닷물 위에서 빛났으며,
푸른 잎사귀처럼 지구를 이빨로 물고 작별을 고하면서
그는 돛을 올리기 위해 서둘러 내려갔다.
어부들 사이에서 그는 꼿꼿한 목으로 서글프게 노래를 부르는,
흑고니처럼 빛나는 호리호리한 젊은이를 보았다.
「그대의 얘기는 내 마음을 도려내는 쓰라린 칼이로군요.
인간의 두뇌만으로 불의와 굶주림과 고뇌를 심판하려 덤비고
이 세상에 매달리려는 사람은 저주를 받아야 마땅합니다!
노예선이나 쇠사슬이나 굶주림이나 잔인한 칼이라고 해도
우뚝 서서 하늘을 우러러보는 영혼은 건드릴 수 없으니,
흙으로 창조한 둔감한 눈을 믿어서는 안 되며,
육신은 썩고 사라지더라도 영원은 구원을 받게 하고,
우리들의 발은 흙 속에서 썩어 영원히 춤추게 합시다.」
이상한 대답에 어리둥절해서 사나운 젊은이가 말했다.
「만일 정의와 법을 어기는 자가 내 오른 뺨을 세차게 때리면
어떻게 하는 것이 내 의무인가요, 어리석은 자여?」
「그렇다면 다른 뺨을 돌려 대며 미소를 지어야 합니다.」
이 말을 듣고 궁수는 마음이 두려움으로 흔들렸는데,
그는 세상에서 그토록 감미로운 목소리는 들은 적이 없었지만
그의 이성은 온순한 말을 비웃고 부정하는 생각을 했다.

〈그의 입술은 어휘들을 잘 엮어 내는 솜씨 좋은 장인 같지만
만일 내가 손을 들면 그도 역시 격분하여 벌떡 일어나
아픔과 수치심에 대한 보복을 하려고 작은 손을 치켜들겠고,
그의 모든 진부한 얘기는 바람을 타고 사라지리라.〉
그가 몰래 젊은이의 뒤로 기어가서 방심하던 젊은이를
뺨이 얼얼할 정도로 힘껏 후려갈겼더니,
모든 친구들이 분노하여 고함치면서 벌떡 일어섰지만,
젊은 어부는 미소를 지으며 다른 뺨을 돌려 대었다.
「그렇게 해서 마음이 풀린다면 또 때리시오, 백발의 형제여!」
그러나 태양의 궁수는 창피하여, 오므린 팔을 축 늘어뜨렸다.
「그대가 항해하는 깊이를 알고 싶어서, 먹줄을 늘여
그대의 이상한 이성을 측정하려고 그랬으니, 용서하게.
그대는 한없이 깊은 곳에서 항해를 하는도다, 키잡이여!」
그가 말하고는 깊이 감동하여 말없이 혹고니의 옆에 앉았다.

늙은 태양이 마침내 피로 얼룩진 바다로 빠졌고
씨를 뿌리는 위대한 자가 하늘을 지나가며 한 줌씩 별을 뿌려
밤의 검은 이랑에서 별들이 모두 싹트고 꽃이 만발했으며,
동틀 녘에 빛이 찾아와 그것들을 재빨리 거두어 갔다.
두 사람은 아직도 깊은 생각에 잠겨 바닷가에 앉아 있었는데,
청년은 집에서 그를 위해 흐느껴 우는 어머니를 망각했고
노인은 그의 배와 불어오는 순풍을 잊고
깊은 평온함을 느끼며 세상의 마지막 목소리에 귀를 기울였다.
불타는 마음처럼 하늘에서 샛별이 맥박 쳤으며
땅은 수정 같은 가루로, 갈대는 서리로 얼룩졌지만
태양이 천천히 기운을 차리며 높다란 바위에서 빛이

강물처럼 쏟아져 내려 모든 평원을 삼켰고
바다는 그녀의 첫 번째 옛 사랑을 향해 두 손을 들었다.
오디세우스는 뼈가 으스러질까 봐 걱정이 되는 듯 조심스럽게
가벼운 손길을 젊은 총각의 어깨에 얹었다.
「내가 세상을 떠나려고 그렇게 서둘렀다니 한심하구먼!
이제 시간이 흐르고 북풍이 불어 내 빠른 배가 솟구치겠지만
아직 나는 정열을 억제하며 사랑과 평화를 부르짖는
그대의 이상한 얘기를 충분히는 받아들이지 못하겠구나.
나는 대지에서 싸웠고, 내가 따라 간 구불구불한 길은 피로 젖었으며
척추에서 광채가 날 때까지 나는 정복했는데,
아직 희망을 지닌 자가 그의 위대한 영혼을 부끄럽게 하니
이제 나는 죽음과의 언약을 지키기 위해 붉은 돛을 올리겠지만
그래도 바닷가를 지나가는 나를 지빠귀 한 마리가 보고
작별의 노래를 불러 주게 되어 갑자기 즐겁구나.」
젊은이가 서글프게 신을 죽인 자의 가슴에 몸을 기대었다.
「그대가 하는 말은 지극히 슬프고 자랑스러운데,
모든 세상에서 모든 영혼이 함께 구원을 받기 전에 어떻게
한 인간이 세상에서 그의 영혼을 혼자 구하겠는가?
만일 세상에서 한 아기가 굶어 죽는다면 우리 모두가 굶어 죽고
만일 세상의 끝에서 누가 살인을 하기 위해 손을 치켜든다면
우리 모두가 손을 들어 똑같은 살인자가 되며,
우리들은 모두가 한 뿌리로 엮여 한 영혼으로 꽃핀다.
만일 내 말이 우화라면 나를 용서해 주오, 형제여.」
궁수는 신을 깨달은 청년을 부드럽게 움켜잡았다.
「온 세상이 우화가 되도록 이제는 그대의 우화를 얘기해 달라.」
청년이 미소 짓고는 다정한 목소리로 나지막이 말했다.

「언젠가 위대한 왕이 그의 혼령을 포기해야 했을 때
영혼이 솟아올라 불멸하는 신의 문을 두드렸답니다.
신이 〈누가 문을 두드리느냐?〉 소리쳤고 〈나〉라고 왕이 대답했죠.
〈천국에는 둘이 살 자리가 없다.〉 신이 으르렁거렸어요.
왕은 다시 땅으로 돌아와서 여러 해 동안
그의 영혼을 구하려고 애쓰며 고행자처럼 살다가
다시 하늘로 올라가 신의 문을 두드렸습니다. 신이 소리쳤어요.
〈누가 내 문을 두드리느냐?〉 늙은 왕이 〈나〉라고 외쳤죠.
〈이곳에는 둘이 살 자리가 없으니 세상으로 내려가라!〉
그는 또다시 땅으로 내려가 만 년 동안 노력했고
단단한 돌에서 꽃이 필 때까지 〈아! 아!〉 신음을 많이 한 다음
다시금 늙은 왕이 하늘의 푸른 비탈을 올라가 떨며
거룩한 문 앞에 서서 조심스럽게 두드렸습니다.
〈누구냐?〉 〈아버지시여, 그대가 문을 두드리고 있도다.〉
신의 문이 당장 활짝 열리고 둘은 〈하나〉로 결합했습니다!」
궁수는 잠깐 말없이 서서 생각에 잠겼으며, 비록 청년의 목소리가
온화하기는 했어도 그의 이성을 무디게 만들지는 못했기 때문에,
궁수는 어느새 마르가로의 향기로운 꽃밭으로 가서
그가 그곳에 심었던 잔인한 말을 기억해 냈으며,
중얼거리는 젊은이의 입을 쳐다보면서도 공감을 느끼지 않았다.
「그리고 그 마지막 하나, 그 〈하나〉도 역시 공허하니라.」
그러나 온순한 어부는 흔들림이 없었고, 부드러운 미소를 지었다.
「육신과 이성, 땅과 바다는 다 같이 연기와 공기요,
오직 이 최후의 하나만이 세상의 거룩한 알을 품은
순수한 영혼처럼, 신처럼 변함없이 살고 지배합니다.」
오디세우스는 커다랗고, 파도가 치지 않고, 깊이도 없으며,

신에게 사로잡혀 승리를 확신하는 두 눈을 응시했고,
그 두 눈이 언젠가는, 많은 힘찬 분노를 거친 이후에,
노래하는 힘을 많이 소모한 다음에, 혼돈으로 하여금 부드러운
신의 얼굴을 갖추고 태양을 향해 솟게 하리라고 느꼈다.
그러나 그는 아직도 새로운 영혼을 유혹해 보고 싶었다.
「인간은 끝없는 밤에 인광처럼 엷게 빛나는 땀으로 가득 찬
유리병 같은 육신만을 지녔으며, 나는 위대한 은총에,
번갯불처럼 타오르다가 사라지는 불꽃에 경배한다.」
그러자 온순한 청년이 놀라서 노인의 무릎을 잡았다.
「육신은 영혼이 혼돈을 건너가는 다리에 불과하며
쐐기벌레가 장미꽃을 사랑하면 나비로 변하므로,
죄악을 생각하지 말고, 신성을 모독하지 마소서, 친구여.」
궁수가 말을 중단하고는 청년의 커다란 눈을 들여다보았으며
그의 이성은 맞바람을 맞은 돌처럼 펄럭거렸고,
그러자 그는 총각의 부드러운 등과 머리카락을 어루만졌다.
「유혹하는 육체를 전혀 사랑한 적 없는 마음이 어찌
영혼을 얘기하거나 순결한 정신을 감히 심판하겠는가?」
청년이 부끄러워 머리를 떨구었지만 목소리는 수그러지지 않았다.
「육체의 미끼를 전혀 건드리지 않은 자만이
유혹하는 세상의 계략들을 두려워하지 않는 마음을 지녔으므로
영혼을 얘기하고 순결한 영혼을 지배할 수 있습니다.」
그러자 절망하는 형상, 해방된 이성, 힘찬 마음을 지닌
대담한 죽음의 궁수가 벌떡 일어나 젊은이를 잡았다.
「그대는 이곳 대지에서 보낸 내 마지막 시간을 축복받게 했고
그대의 훌륭한 노래가 내 이성이 신선해지도록 만들었지만
이제는 마지막 작별의 순풍이 일어나 불어와서

나는 멈춰 서서 그대의 노래를 들을 시간이 없도다.
잘 가거라! 사랑의 언어도 좋지만 내 이성은,
밀랍을 낭비하며 타올라 한 인간의 길조차 밝히지 못하는 불꽃과
향유는 필요가 없어서, 대담하게 성큼성큼 나아가야 하니
우리들은 이제 저마다 갈 길을 갈 때가 되었도다!」
그러자 부드럽고도 서글프게 청년의 감미로운 목소리가 들려왔다.
「신으로부터 멀리 떨어져서 살고 죽는 영혼들이 불쌍합니다.」
「그리고 나는 인간의 영혼과 육체, 우리들의 초라한 어머니인
대지와 아버지인 신도 모두 불쌍히 여겨 노래를 부르며 지나가고,
그들 모두가 나와 더불어 흘러가 사라지지.
내 두뇌는 지식으로, 큼직한 두 손은 행동으로 가득하고,
오늘날까지 내 마음은 대담하고, 즐겁고, 따스하게 남아
삶과 죽음, 모든 것을 사랑하지만 믿지는 않는다네.
이제 축제는 끝나고 잔치도 다 지나갔으며
바람은 서둘러 지나가며 모래밭에다 내 이름을 새겼고
삶의 전리품으로 내 손에 열매 하나만 남겼으니 —
형제여, 손을 벌리고 이별의 선물로 받아라.」
젊은이는 시원한 개울에서 손바닥을 물로 가득 채우듯
허리를 숙이고는 두 손을 잔처럼 오므렸으며,
노인이 웃고 허리를 숙이더니 하고 싶은 말을 자랑스럽게 전했다.
「아무 희망도 없이 지상에서 투쟁하는 자가 자유인이니라!」
그는 어두운 안개 속에 빠진 듯 잠시 말을 멈추었지만
이성이 햇빛으로 가득 차서 다시 머리를 들었다.
「나는 세상을 많이 보고 사랑했으며,
감미로운 희망과 슬픔, 그리고 위대한 제신들도 거두어들였고,
내 마음의 범선은 짐을 가득 싣고 돛을 올린다!」

그러더니 그는 손을 들고 마지막 작별을 고했다.
「그대는 육체의 참피나무 가지들 사이에 걸려
텅 빈 하늘로 도망치려고 발버둥 치며 드높이 날개를 퍼덕거리는
인간의 영혼, 그 어지러운 황금빛 방울새를 사랑하지만
나는 인간의 슬픈 육신과 이성과 악취와 이빨을 사랑하고
내가 밟는 진흙과 내가 쏟아 내는 땀도 사랑하는데,
그 중에서도 전쟁이 끝났을 때의 무서운 적막함을 가장 사랑한다.
잘 가거라! 우리들의 만남과 그대의 얘기도 좋았지만,
그래도 영원히 지속될 작별이 더욱 좋도다.」
노인을 껴안은 젊은이의 눈, 눈썹이 보드라운 눈에서는
방금 상처를 받은 사슴 새끼처럼 뺨으로 눈물이 흘러내렸다.
「신은 자비롭고 위대하여, 마지막 순간에
구원을 원하지 않는 영혼을 구원합니다.」
그가 말하고는 머리를 떨구고 천천히 바닷가를 따라 사라졌다.

그러자 흐뭇해진 백발의 운동선수는 힘찬 두 팔로
처녀처럼 자그마한 배를 잡아 파도 속으로 밀어 넣었고,
활을 등에 짊어지고 목에는 불을 켜기 위한
두 개의 소중한 부싯돌과 부싯깃을 찼으며
커다란 소나무에서는 쓸 만한 선물을 모두 거두었다.
땅으로부터 벗어나려고 두 발에 힘을 주던 그는
갑자기 뒤에서 모래밭을 밟는 빠른 발자국 소리를 들었고,
시선을 돌린 그는 더덕더덕 화장을 한 늙은 노파가
석류 열매를 앞치마에 담아 들고 달려오는 것을 보았다.
그는 늙은 창녀 착한 마님이 그의 곁에 서서 웃으며
가득 채운 앞치마를 펼쳐 마지막 작별을 고하는 뜻으로

그에게 석류를 주는 모습에 마음이 기뻤다.
오디세우스는 깊은 욕망을 느끼며 새빨간 과일을 집었고
시원한 손에 신선한 감촉이 느껴지자 눈물을 글썽거렸다.
「아, 나는 이런 훌륭한 보물을 받으리라고는 생각도 못했다!」
밤의 여인은 눈을 반짝이며 흐뭇한 미소를 지었다.
「어느 날 나는 당신이 혼자 혼령들과 얘기하느라고
외치는 소리를 들었고, 내 영혼은 그대 때문에 괴로웠으며,
그래서 그대를 위해 내 정원의 과일을 모조리 땄습니다!」
오디세우스는 마음속으로 웃으며 깊이 생각했다.
「세상이 나에게 주는 마지막 선물이 정말로 반갑구나!」
그는 창녀의 야윈 두 무릎을 부드러운 손길로 잡았다.
「착한 마님이여, 만일 인간의 선행에 보상을 내리는 신이 존재한다면
그는 그대를 가장 위대한 용사들과 함께 높은 자리에 앉힐 터인데,
그 까닭은 삶이 너무나 짧고 한번 지나가면 다시는 돌아오지 않아
홀로 서서 온갖 침통한 근심 걱정에 젖는 행인들에게
그대의 망루 여닫이창으로부터 그대는 우울한 표정을
작살처럼 던져 그들에게 상처를 입혔으며,
그대의 문 밖에서 이것저것 신중하게 따져 본 다음
그들이 문을 두드리고 그대의 포근한 품에서 레테의 꽃으로 빠져들고
그러면 그대는 넓고 거룩한 침대에서 이 위대한 전쟁이
그대에게 맡긴 험한 성벽을 용감하게 지켜 내고는 했기 때문이다.
오, 다리를 절고, 머리가 백발이고, 이빨이 하나뿐인 용사여,
그대는 위대한 투쟁을 거쳐 그대의 목표에 가까이 이르렀구나.
훌륭한 결실을 맺었으니 그대를 찬양하노라! 잘 있거라!」
입맞춤의 늙은 투사는 그녀에 대한 찬사를 듣고
사타구니에 기쁨이 가득하고 늘어진 젖이 단단해졌으며,

그녀의 기나긴 삶은 석류나무처럼 반짝였고
그녀의 침대는 사랑의 투쟁을 벌이는 전쟁터 방패처럼,
정원의 꽃밭에서 춤추는 젊은 여인처럼 짤랑거렸으며
얼굴의 모든 윤곽이 사랑의 불길로 빛났다.
다시 젊은이가 된 오디세우스가 배에 뛰어들어
석류를 옛 친구처럼 그의 짐칸으로 던져 넣었고,
멀리 뻗어 나가는 시선으로 모든 풍경을 훑어본 다음에
이성의 다섯 촉수로 대지 전체를 어루만졌다.
발정한 문어가 꼼짝도 안 하는 암컷에게
흡반이 달린 팔을 천천히 뻗어 빨아먹고는
다시 천천히 오므리고 다른 팔을 뻗어서
몇 시간씩이나 말없이, 깊이 어루만지듯이
죽어 가는 자의 기다란 이성이 팔을 뻗어
온갖 냄새와 감촉과 맛과 더불어 대지를 쓰다듬고는
두 팔로 단단히 껴안고 마지막 작별을 고했다.
해가 지자 연인이 지금 떠나기 때문에 흐느껴 우는 듯
과부가 된 대지의 얼굴이 어두워졌으며
바닷가가 가라앉고 상처받은 빛이 높다란 봉우리에서
밤의 공격을 받아 쓰러질 때까지 용감하게 싸웠다.
태양의 궁수는 천천히 사라지는 세상을 지켜보았고,
그의 머리 위로 달이 여러 번 지나갔으며,
세상의 광활하고 절망적인 설원(雪原)을 그는 항해했고
대지가 그의 멍해진 눈에서 멀어졌음을 거의 망각했지만
한 가지 장면은 그의 기억 깊숙한 속에 그대로 남았으니,
언젠가 어느 희미한 절벽을 따라 그가 달려가려니까
날이 저물고 은빛 연기가 나는 모든 물이 탁해졌으며

머리를 들어 높이 바위들을 올려다본 그는 갑자기
짙은 꿀이 방울져 그의 입술로 떨어진다고 느꼈었다.
저 높이 몇 그루 야생 무화과나무의 옆 깊은 구덩이에
아무도 손대지 않은 거대한 벌집이 황량한 바다 위에 매달려
천천히 한 방울씩 녹으며 소리 없이 흘러내려
밤의 어두운 심연 속으로 사라지는 것을 보았기 때문에
그는 입맛을 다시고는 두 손으로 눈을 가렸다.

# 제22편

오, 미덕이여, 소중하고 잠이 얕은 인간의 딸이여,
그대는 삭막한 황야로 쫓겨나고, 가난하고, 박해를 받고,
매달릴 친구도 없고 붙잡을 지푸라기도 없어서,
그대의 우아함을 보고 감탄하며 몰려드는 영혼도 없고,
그들을 위해서 그대가 창을 휘둘러야 할 신들도 없기 때문에
혼자 입술을 깨물면서 오직 그대 자신만을 위해 싸우고,
절대로 이기지 못하리라는 사실을 알면서도 말없이 꿋꿋하게
삭막한 황야에서 싸울 때 그토록 기뻐한다.
높이 솟아서, 오, 미덕이여, 연약한 배낙지처럼
반짝거리는 촉수로 항해하고 장난치며 절망하는
찬란한 두뇌를 지닌 저 백발 머리를 굽어보라.
기쁨과 슬픔과 삶과 죽음이 네 가지 빠른 바람처럼 불어
울렁거리는 그의 마음을 지나, 단단히 껴안은 두 연인
육체와 이성을 깎아지른 절벽 밑으로 몰고 내려간다.
그는 대지의 모든 기쁨과 바다를 거두어들였고,
꿀의 독약이 마음을 질식시키는 꽃을 따서 귀에 꽂고는
노래를 부르며 죽음을 향해 한가하게 걸어갔다.

만일 대지가 이성을 지녔다면, 그 이성은 기뻐할 테고,
운명에 눈이 달렸다면 늙고 훌륭한 용사를 포옹하고,
두려움과 감탄을 느끼며 그의 깊은 상처들을 만져 보고,
하데스로 내려가지 않도록 그를 꽉 움켜잡으리라.
모든 바위가 한꺼번에 탄식하고 모든 나무가 통곡하며,
모든 짐승이 으르렁거리며 죽음을 후려치려 앞발을 치켜들고,
지극히 화려한 처녀들이 알몸을 드러내고는
그들의 달콤한 젖가슴에 죽음이 흐뭇하게 도취되어
그 거룩한 머리를 잊게 만들려고 유혹하려 한다.
그러나 대지는 어리석고 운명은 반소경이어서,
잠을 안 자는 훌륭한 등대, 그 위대한 두뇌를 얼어붙은 황야로
그냥 보내 죽게 내버려 두고는 울지도 않는다.
태양이 황금 고리처럼 하늘의 길을 달려 내려갔고,
둥근 은빛 달이 죽은 사람의 가면처럼 솟아올라
두뇌 궁수의 창백하고 고요한 얼굴을 덮었다.
그는 가벼운 관을 타고 하루 종일, 밤새도록 항해했고,
하늘 전체와 바다가 허연 털이 나고 빨리 죽어 가는
그의 가슴에 구부러진 활처럼 팽팽하게 펼쳐졌으며,
그는 배가 빠른 화살처럼 달려간다고 느꼈다.
그의 하얀 머리 위에서 갈매기들이 하루나 이틀쯤 노를 저어
천천히 항해를 하다가는 기운이 빠져 다시 빗나갔고,
늠름한 바다 독수리가 하루 종일 공중에서 그에게 화관을 엮어 주고
잠을 안 자는 배의 머슴처럼 밤새도록 돛대 위에 앉아 있었지만
한 주일이 되니 역시 지쳐서 멀리 날아가 버렸다.
코가 날카롭고 거품을 일으키는 상어 두 마리가 굶주린 개처럼 쫓아와
탐욕스럽게 번득이는 이빨을 벌렸다 다물었다 했지만

먹을거리가 전혀 없으니까 포기하고 물속으로 들어갔다.
「잘 가거라! 나는 아직 상어의 먹이가 되지는 않으리라.」
뱃사람이 놀리며 물고기들과 새들을 더럽고 낡은 걸레처럼 버리고
발가벗은 몸으로 수정처럼 맑은 고요를 호흡했다.
달콤한 향기를 몸에 문지른 새들이 가끔 머리 위로 지나가면
날카로운 발톱의 끝에서 사향 냄새가 흘러내리고
공기는 수꿩의 깃털처럼, 황금빛과 진홍빛 날개처럼 번쩍였다.
때때로 거품에 씻긴 갑판에 깃털이 하나 떨어졌지만
손이 빠른 자가 그것을 얼른 파도 위로 집어 던졌다.
「잘 가거라, 향기와 관념과 꿈의 날개들이여,
잘 가거라, 소중하고 알록달록한 공기의 장식품들이여!」

그의 외로운 심장이 크게 뛰며 희롱했고 눈이 번득였으며
그의 이성은 엄청난 고독 속에서 재빠른 독수리처럼
오락가락 날아다녔고, 공간이 가라앉고, 시간이 정복되고,
가장 오래된 모든 기쁨이 순간적인 섬광처럼 빛났지만,
울렁거리던 마음은 이제 그토록 위대하고 자유로운 기쁨을,
그토록 숭고한 비행을 더 이상 기억하지 못했다.
어둠 속에서 처녀의 몸에 처음으로 그가 손을 얹었던
밤의 두려움은 감미롭고도 아주 감미로웠으며,
처음으로 아들을 품에 안았을 때 그는 독수리처럼
소리를 질렀고, 온 세상은 한숨을 지었다!
그러고는 머나먼 평원에서 그가 처음으로 적의 머리를 잘라
드높이 치켜들었을 때의 세 번째 무서운 함성!
그러나 그가 지금 느끼는 기쁨은 과거의 어느 기쁨보다도 컸다.
관에 올라앉아서 그는 잔칫상을 차려 놓은 음흉한 죽음,

위대한 주인을 향해 달려갔고, 손에는 선물로 그의 허연 머리를
싱싱한 포도나무 잎사귀로 싸서 들고 있었다.
크나큰 두려움 속에서 영혼이 육신을 움켜잡고 놓아주지 않는
검은 이별의 소용돌이 같은 시간에 고독한 자의
야만적인 마음은 움츠러들지 않고 이성도 떨리지 않았으며,
내면의 자부심을 덮은 의로운 비늘 속에서 그는 자신의 영혼과,
날개와 발톱을 잘 살펴보고는 부족함이 없음을 깨달았다.
관자놀이 사이의 이성은 수정 같은 이슬과 꿀의 방울로
가득 넘치는 붉은 장미꽃처럼 피어올랐으며, 이제 그는
흐뭇하고 커다란 머리를 기대고 그의 모든 꿀을 약탈해 가라고
검은 줄무늬가 진 노랗고 커다란 말벌을 부르려고
미지의 존재가 사는 위대한 성문을 향해 달려갔다.
어렸을 때 그가 진흙 장난감 신들과 창을 꺾고 부러뜨렸던
수천 년 전에 늙은 유모가 불러 주었던
오래된 결혼의 노래가 지금 그의 입술을 간지럽히더니
이성 속에서 새로운 힘을 얻어 되돌아왔다.
「어느 날 용감한 젊은이가 혼례를 하려고 집을 나섰는데,
옷을 갈아입거나 허리띠를 두르지도 않았고
칼은 녹이 슬게 벽에다 그냥 걸어 두었으며,
긴 은빛 갈기를 쓰다듬어 주며 작별 인사를 하러
발이 빠른 암말 〈별무늬〉에게로 가지도 않았다네.
어머니는 닳아빠진 문턱을 밟고 서서 외쳤지.
〈아들아, 결혼식 외투를 입고 허리띠를 둘러야 하고,
새색시를 놀라게 하거나 장인에게 부끄러움을 주면 못쓰며,
지갑에 금화를 가득 담아 가지고 가서 가난한 사람들에게 적선하거라.〉
〈제가 혼례를 하러 가는 곳에서는, 사랑하는 어머니,

아무도 제 옷이나 진홍빛 허리띠를 요구하지 않고,
금을 원하는 가난한 자도 없고, 모두가 영주뿐이어서
포도주가 넘치고 양도 돌멩이처럼 무수히 많기만 하며
신혼의 침대에 누워 기다리는 신부에게는 눈이 없답니다.〉」*
이렇듯 늙은 약혼자가 노래를 부르며,
하얀 꽃이 핀 아몬드나무처럼 향기가 나고
천천히 끓어오르는 탁하고 적막한 바다로 배를 타고 나갔다.
망망대해의 어느 바위 주변에서 저녁 무렵에
그는 톱처럼 날카로운 이빨에 입을 벌리고 시끄럽게
파도와 거품을 헤치고 돌아다니는 상어 떼를 보았다.
죽어 가는 신랑이 웃으며 야만적인 친구들을 소리쳐 불렀다.
「이빨이 큰 초대받은 손님들이여, 어서 오라.
나는 곧 그대들이 뜯어 먹을 훌륭한 음식을 뿌려 주리라!」
그러나 상어들이 그들 자신의 기쁨을 찾아 사랑의 터전으로
당장 달려갔기 때문에 그는 거세게 고함쳤는데,
아홉 신랑이 하나뿐인 신부를 쫓아갔고, 아홉 개의 입이
미친 듯 피거품으로 파도를 휘저어 놓았으며,
하얀 신부는 무관심하게 혼자서 계속 헤엄치면서
힘센 정복자가 그녀를 불멸의 존재로 만들어 주기 기다렸다.
고독한 자가 허리를 숙이고는 거품 속의 결혼식을 구경했는데,
말 없는 신랑들은 모두 파도가 피거품으로 뒤덮일 때까지
포효하는 바닷물 속에서 목숨을 걸고 싸웠으며,
우두머리 상어가 길게 피의 줄기를 끌고 갑자기 방향을 바꾸었고
상처가 크게 난 다른 상어들도 도망쳐서,
결국 가장 힘센 상어 한 마리만 꼬리를 빳빳하게 든 채로 남았다.
정복자가 오는 것을 보고 암컷은 지느러미를 펼치고 접근하더니

가볍게 그의 배를 어루만지듯 스치고는
수컷을 흥분시키기 위해 다시 한 번 가까이 방향을 돌려 접근했고
수컷은 아직도 상처를 씻느라고 핏물 속에서 퍼덕거렸다.
「암컷을 얻기 위해 그대는 대가를 잘 치렀도다, 형제여!
오, 신랑이여, 야만적인 수컷의 자루에서 정액 한 방울이라도
푸른 바다가 그 힘을 잃지 않도록 해주어서
피투성이 바닷물이 아기 상어들로 우글거리게 하라.
나도 잠깐 지나가는 사이에 내 야수의 정액을 남기고 싶구나!」

고독한 자가 말했다. 북풍이 부드럽게 불어오자
키를 잡고 머리를 들어 검은 안개 속으로
밤이 내려 쏟아지고, 밤이 휩쓸고 지나가는 자리에
흩어진 별들이 멀리서 불타는 성처럼 빛났다.
광채를 번득이는 홍어들과 인광을 지닌 물고기들이
파도 속에서 불꽃처럼 너울거리는 동안 밤새도록
세상을 둘러싼 깊고도 넓은 두 개의 강이 흘러갔으니,
밤에 방황하는 색욕의 하늘에서는 물고기 떼들이
깊은 침묵 속에서 무수한 빙어들을 잡아먹고
광활한 바다에서는 정액과 어백이 별들처럼 무더기를 이루었다.
바닷물은 은빛 비늘로 반짝였고, 밤의 심장 전체는
이슬에 흠뻑 젖은 육두구나무처럼 향기로웠으며
날마다 동틀 녘에는 무장한 태양이 엄청난 힘을 지닌 격렬한 용사처럼
수평선을 가르고 뛰어나와 적막한 하늘로 기어 올라가서는
양 떼를 잃어버리기는 했어도 그냥 터벅거리며 나아가는
길잡이 숫양처럼 황량한 파도를 굽어보았다.
어느 날 새벽에 오디세우스는 깊고도 푸른 바다의

어둡고 고요한 밑에서 숨 막혀 무겁고도 지극히 감미로운
소리를 들었기 때문에 벌떡 일어나 귀를 기울였고,
갑판에 귀를 대고 리라의 격정적인 현들처럼
그의 배와 파도가 떨리는 소리를 들었으며,
그러자 그는 눈을 감았고 이성이 파도 속으로 쏟아졌으며,
마치 바다가 무르익은 처녀여서 바닷가 바위에 올라앉아
연인을 위해 옷감을 짜고 옛 사랑의 노래를 부르고
폐허에서 애무를 받지 못해 한숨을 짓던 그녀의 시원한 팔이
위로 뻗어 올라가더니 손가락 끝에서 장미꽃이 피어나기라도 하는 듯,
그는 이토록 감미로운 세이렌의 노래를 들어 본 적이 없었다.
갑자기 배가 흔들리고 끓어오르며 큰 함성이 일어났고
궁수가 일어나서 시선을 돌려 쳐다보니
요란한 강물처럼 달려가는 물고기들이 바다를 휩쓸었다.
거품을 일으키는 바다가 가마솥의 생선국처럼 끓었고
잔뜩 떼를 지어 함께 몰려가던 말 없는 물고기들은
하늘에 감미로운 소리가 가득 찰 정도로 은빛 비늘을 서로 비볐고
물고기의 애가(哀歌)를 듣고 있던 고독한 자는
넘치는 기쁨으로 마음의 뿌리까지 흔들렸다.
「내가 다시 말하겠는데, 나는 세상과 싸울 까닭이 없고,
마지막 숨을 거둘 때 만일 이성이 갑자기 나약해져서
저주를 퍼붓기 시작하더라도 그 말을 듣지 말라, 삶이여.
모든 웃음과 눈물과 함께 그대는 축복을 받을지어다!
아, 햇빛을 받으며 수천 번이라도 오를 수만 있다면
나는 무자비한 상승을 다시 한 번 시작하리라, 오, 삶이여,
교활한 신들과 우매한 인간들과 싸우며 통곡하는 삶이여.
나는 사랑을 가리키는 별이 빛나기 기다리고,

그러고는 이슬 젖은 풀밭에서 밤의 포옹을 다시금 시작한다.
시선을 돌려 지상에서 내가 했거나 즐긴 모든 일을 둘러보니,
오, 삶이여, 그대의 감미로움이 너무나 커서 한 방울만 더
떨어져도 나는 자존심을 버리고 울음을 터뜨리겠구나!」
이렇듯 헛된 자랑이나 나약한 꾸짖음도 없이 고독한 자는
죽음과의 언약을 지키기 위해 서둘러 남쪽을 향했고,
그의 욕망들은 소리 없이 파도 위로 떨어져, 세상이 너무
답답하다고 여겨지는, 사랑에 병든 처녀들처럼 빠져 죽었다.
점점 잔잔해져서 진주 모처럼 펼쳐진 바다를
가끔 돌고래들이 찢어 놓았지만 다시 상처가 아물고
진주조개의 우아한 빛깔이 짙게 깔렸다.
어느 날 석양 녘에 장밋빛 잎사귀에 보랏빛 안개가 낀 듯
시원한 어둠 속에서 파도가 평온하게 굽이칠 때
세상을 방랑하는 자의 날카롭고 빈틈없는 눈은
산호로 이루어진 몇 개의 나지막이 펼쳐진 장밋빛 섬을 발견했다.
바닷가에는 집도 없고 나무에서는 연기도 피어오르지 않았으며
깔깔한 모래밭에 황량한 바닷물로 둘러싸인 둥그런 섬들을 향해
배는 무관심하게 그냥 떠서 흘러가기만 했다.
칼처럼 가지가 날카롭고 잎사귀가 기다란 대추야자나무 몇 그루가
낙조 속에서 호박빛으로 어둡게 반짝였으며,
열기로 아지랑이가 피어오르는 산호초 바위 절벽에서는
털이 나고 굵직한 게와 게으른 거북들이 오르락내리락했다.
바닷가를 따라 노를 저으며 천천히 내려가던 궁수는
가라앉은 옛 도시들의 폐허와, 커다란 회반죽 덩어리들과,
녹슬고 부식되어 이끼처럼 청동이 퍼렇게 된 갑옷을 보았다.
옛날 거대한 통나무로 대충 깎아 만든 커다랗고 눈먼 신들이

여전히 줄줄이 늘어섰거나 쓰러져 있었으며, 밤이면
그들의 거대한 귓속에서는 박쥐들이 어린 새끼들에게 젖을 먹였고,
흉측하게 털이 난 거미들은 빈 콧구멍이나
시커멓고 연기가 나는 눈구멍 속에 매달렸다.
바닷가에 늘어선 갈라지고 죽지 않는 문둥이들은
덩굴들이 넓적다리를 친친 감아 검은 무릎을 파먹었고,
눈알이 빠지고 이도 산호초로 쏟아졌으며
이제는 지나가는 배가 보고 혹시 적선이라도 해주기 바라며
손가락도 없는 불구의 두 손을 내밀었다.
그러나 신을 죽인 자는 머리를 젓고 입술을 뒤틀고는
허리가 굽은 문둥이 같은 신들을 무정하게 그냥 지나쳤다.
「어둠의 악마들아, 그대들에게서 우리는 크나큰 고통을 겪었다!
이제는 우리들이 즐겁게 복수를 해야 할 차례가 되었도다.
영혼이여, 오, 망치와 모루여, 사정없이 치고 또 치거라!」
그의 거센 웃음소리가 바닷물을 뒤흔들자
눈부신 안개의 깊은 심장부에서 진주조개에 박혀
광채를 뿜는 커다란 진주처럼 보름달이 떠올랐고,
화관을 쓴 운동선수는 빛나는 안개 속에서 천천히 미끄러져 갔다.

부드러운 손길로 바다를 쓰다듬으며 하루하루가 흘러갔고,
여러 날이 황금 팔찌와 붉은 외투를 벗어 버렸고
뽑혀 버린 그들의 알록달록한 깃털이 파도 위로 떨어져
창백한 노파처럼 길게 줄지어 떠내려갔다.
사향 냄새가 날아갔고 바닷물이 탁해졌으며
우울한 태양이 끝없는 안개 속에 매달렸고
공기의 구름 형상들이 하얘지는 둥근 천정에서 빨리 흘러갔고

비밀의 순간적인 전율이 바다와 하늘을 휩쓸었다.
바위가 아니라 부드러운 살로 이루어졌으며
입술보다 연해서 손길이 닿기만 해도 아프고
그늘이 지기만 하면 질식해서 울음을 터뜨리는
인간 자신의 마음속에서도 안개가 잔잔히 미끄러졌다.
궁수의 마음은 황량한 폐허에서 흔들리기 시작했고,
그는 이를 악물고 키를 잡고는 꼼짝도 않고 앉아
그의 숨겨진 마음으로 들어가는 비밀의 문을 찾아내지 못하게
추억과 달콤한 기쁨들을 준엄하게 쫓아 버렸다.
이성은 그를 꿰뚫어 보기 위해 천 가지 술책을 부렸고
신까지도 뒷걸음질을 치는 서글픈 석양의 시간에
언젠가 나지막한 태양이 포도주처럼 파도 위로 쏟아졌을 때
옛 삶의 노래가 마음속에서 벌떡 일어났고
궁수의 긍지는 사나이다운 슬픈 노래와 더불어 일어났다.
「떠돌이 같은 우리 고기잡이배가 오늘은 여기, 내일은 저기 떠가고
그대의 이성이 참나무가 되고 팔에서 나뭇가지가 뻗어날 때까지
나는 노를 힘껏 저으며 씩씩한 노래를 부르리라!
근엄한 왕이 금관을 쓰고 바닷가의 성에 앉아서
술을 마시다가 마음이 즐거운 가슴속에서
바다의 자갈밭처럼 꾸르륵거리며 웃는 소리가 들려왔고,
그러다가 금관이 파도 속으로 떨어져 사라졌다.
그래서 왕은 심장에 거미줄이 가득 차 웃음을 멈추었고
그가 파견한 전령들이 걷거나 말을 타고 세계 각처로 찾아갔다.
〈땅과 바다는 왕의 명령에 모두 귀를 기울여라.
깊은 바다 속으로 들어가 내 왕관을 가져다주는 자
그에 대한 큰 보상으로 내 외동딸과 결혼시켜

온 세상의 왕인 나의 후계자가 되게 하리라!〉
왕이 소리쳤고, 깊은 바다로 뛰어들겠다고 용감한 청년이 나서자
땅과 바다가 우렁차게 환호를 올렸으며
청년은 천천히 옷을 벗고 높다란 바위에 올라섰다.
보상의 추구를 비웃던 그의 씩씩한 이성 속에서는
금관이나 다정한 공주가 빛나지 않았고,
세상에게 그가 작별을 고하자 한 목소리가 들려왔다.
〈그대는 왜 죽음으로 뛰어들려 하느냐? 눈을 떠라!
그대는 여인의 품이나 금관을 누리지 못하리라!〉
〈깊고 어두운 바다 속에서 내가 왕이나, 왕의 딸이나,
왕관이나, 나의 순수하고 초연한 행위를 찬양할 신을
하나라도 발견하지 못하리라는 사실을 나는 아는데,
영혼은 오직 죽음을 통해서만 금관을 확실히 차지하겠지만
비록 거기에 보상이 정말 존재한다고 하더라도 나는 절대로
그토록 큰 기쁨을 느끼며 죽음으로 뛰어들지는 않으리라.
어떤 거짓된 미끼가 없더라도 위대한 행동을 할 만큼 용감한
영혼을 끌어낼 만한 가치를 지닌 대지여, 오, 잘 있거라!〉」
폐허에서 노래를 부르던 궁수는 마음이 대담해졌고,
삶이 천 개요 왕관을 천 개나 가졌더라도, 아,
그는 그것을 모두 바다에 버리고 알몸으로 뛰어들었으리라!
그는 물을 타고 미끄러져 나아가며 접힌 장미꽃처럼
죽음을 손에 들고는 그 쓰라리고 달콤한 냄새를, 도취시키는 향기를
깊이 들이마셨고, 그의 이성은 기쁨에 젖어 황홀했다.

어느 날 밤 강한 바람이 불어 구름이 잔뜩 몰렸고
바다와 하늘이 하나로 맞닿아 용골이 한숨을 지었다.

밤새도록 잠을 못 자며 고독한 자는 바람과 싸웠고
동틀 녘이 되자 그는 광란하는 폭풍 속에서 두 마리의 용이,
거칠고 포효하는 두 개의 봉우리가 앞에 나타나는 것을 보았는데
가까이 가니 비탈들이 흔들리고 갈라졌다.
그는 이것이 세상의 끝에서 나타나 입을 벌렸다 다물었다 하면서
감히 세계의 경계선을 넘어서려는 모든 배를 때려 부수는
죽음의 산봉우리 〈그렇다〉와 〈아니다〉임을 알았으므로
용감한 가슴을 활짝 펴고는 키를 당당하게 움켜잡았다.
그는 매처럼 잔인한 발톱에 여자의 거친 젖통이 달린
탐욕스러운 새 같은 혼령들이 외치는 시끄러운 소리를 들었다.*
무릎을 꿇고 키를 오른손으로 단단히 움켜잡은 그는
돛의 질긴 밧줄을 왼손으로 잡아당기며 이 무서운 순간에
인간의 마지막 울타리에 이르러 무사히 지나가려고
눈을 부릅뜨고는 말없이 용감하게 싸웠다.
그는 한쪽 산이 〈아니다!〉라고 고함치는 소리를 들었지만
다른 산이 〈그렇다!〉라고 조용히 속삭이듯 대답했다.
마침내 그는 바람이 잠든 산봉우리 옆을 따라 배를 달렸고
붉은 돛이 험하게 튀어나온 바위 절벽 밑으로 지나가자
소용돌이치는 무수한 새의 무리와 더불어 산이 흔들렸다.
사냥꾼*은 파도가 메아리를 칠 정도로 크게 웃었다.
「오호! 인간의 마지막 망루를 지키는 무서운 허수아비는
새와 하얀 알의 고요한 산에 지나지 않는구나!」
그는 진주 빛 동굴 안으로 그의 관을 밀고 들어가서
억센 밧줄로 묶어 놓고는 날카로운 화살과 긴 활을 들고
바위 절벽을 기어 올라갔는데,
새들이 달려들며 아우성치는 소리에 바위가 흔들렸다.

허리를 잔뜩 숙이고 높이 기어 올라간 그는
산비탈 양쪽에서 날개가 퍼덕이는 소리를 듣고 기뻐했으며
그의 어깨에서는 힘찬 날개가 돋아나는 듯싶었고,
검은 구덩이에서 알들이 반짝이고 바위가 조용히 미소 지었으며
후미 전체가 사랑에 병든 비둘기처럼 앓는 소리를 냈다.
백발 머리의 궁수는 피투성이 발로 여전히 기어 올라갔고,
황량한 봉우리에 이르러 눈을 남쪽으로 돌린 그는
마음이 바다 독수리처럼 날개를 퍼덕이고 소리를 질렀는데,
그의 옆으로는 끝도 없고 돛대도 없는 삭막한 바다가 펼쳐졌다.
사납게 얼어붙은 바람이 불어왔고 태양이 안개 속에 걸렸으며
위대한 운동선수의 턱이 추위에 떨리기 시작했지만,
따스한 불을 지피려고 그가 땔감을 찾는 사이에
요란한 소음을 내며 굵은 우박이 바위로 쏟아져
자유롭고 반항하는 그의 머리가 사납게 후려치는 우박 속에서
울퉁불퉁한 바위처럼 요란하게 울렸지만,
그는 꿋꿋하게 서서 고함지르고 그의 삭막한 머리를 비웃었다.
「멍청한 백발 머리여, 세상에서 얼마나 더 그대가
빗물에 젖고, 눈에 얼어붙고, 햇볕에 타겠는가?
그대는 돌처럼 두꺼운 가죽이 되었도다!」
심한 우박이 그친 다음에 다시 한 번 해가 났고,
손이 빠른 궁수가 불을 피우고는 활을 당겨 날아가는 새들을
마구 쏘아 떨어뜨려 꿰어서 화톳불 가에 늘어놓아
식사를 끝낸 다음에 그는 앞치마에 알을 가득 담아
절벽을 기어 내려가 그의 관 속에 누워
두 손을 엇갈려 얹고는 얕은 죽음을, 잠을 청했다.
동틀 녘에 잠이 깬 그는 공작고사리를 보았고,

즐거워서 사랑스럽게 꾸르륵거리던 재빠른 바위제비들과
주변의 서늘하고 하얀 빛과 달콤한 감미로움을 보았고,
신화의 땅으로 배를 타고 왔다는 생각에 떨었다.
그의 생각은 칼립소 동굴로 멀리 퍼덕거리며 날아갔고
시간이 흐르는 사이에 그는 태양처럼 금발인 머리가,
불멸의 모습이 어둠 속에서 섬광처럼 빛나기 기다렸지만
그녀의 눈부신 머리는 곧 나타날 듯싶지 않았고,
그의 생각은 바위들 틈에서 더듬거리고 기어 다니는 바다 벌레들처럼
다른 깊고 서늘한 동굴, 다른 담청색 바닷가를 기웃거렸다.
천천히 두뇌가 정돈되어 생각이 제자리를 찾은 다음에 그는
자신이 모든 기쁨보다도, 심지어는 사랑의 행위보다도
세상의 언저리를 방랑하고, 수호하는 용의 봉우리에다
큰 불을 지피고는 인간을 잡아먹는 어두운 심연 위에서
알을 주워 모으기를 훨씬 더 좋아한다는 사실을 알았으므로,
고독한 자는 바위 사이에서 기뻐 소리를 질렀다.
추운 날씨가 걷힌 다음에 궁수는 돛을 올리고
거두어들인 새와 알을 관에다 잔뜩 싣고는 즐거워 웃으며
세상의 마지막 경계선에게 소리쳐 작별 인사를 고했다.

그는 인간의 모든 기쁨, 가능성의 범주들을 뒤에 남겨 두고
어떤 배도 지나가지 않았고 어떤 키잡이도 거치지 않은
처녀 바다로 배를 타고 나아갔다.
찬바람에 맞서 꼿꼿하게 붉은 날개를 세우고
지느러미가 두 개인 새로운 황새치를 보고 감탄하며
잿빛 바닷새들이 선회하며 까악거리고 울었다.
밤에는 인간을 살해하는 황야의 영혼 속에서

눈먼 뱃사람처럼 더듬거리며 집게발을 어두운 파도 위로 내밀던
그는 털이 잔뜩 난 발톱의 감촉을 느꼈다.
「새로운 길을 발견하는 자의 확실한 보상은 죽음이니라!
영혼이여, 두리번거리거나 귀를 곤두세우지 말고,
무리로부터 떨어져 나왔으니 이제는 동반자를 찾지도 말고,
고독의 순수한 숨결에만 단단히 매달려야 한다.」
검은 물살이 힘을 내고 뾰족한 뱃머리가 재빨리 달려가며
바람이나 노도 없이 거품을 일으키면서 남쪽으로 향하자,
이것은 평범한 바다의 물살이 아니라 죽음을 향해 휘몰아치며
제멋대로 날뛰는 침묵의 소용돌이라는 생각이 언뜻 떠올라
어느 추운 날 새벽에 오디세우스는 부르르 떨었다.
「용감한 영혼이여, 눈이 빠른 여인이여, 흐느끼지 말라.
삶은 노래니, 목이 잘리기 전에 어서 노래를 불러라!」
털이 뽑히고 날개가 떨어진 창백한 태양 수탉이 솟아올라
하늘의 언저리에서 절름거리며 천천히 기어가자
궁수는 옛 친구를 슬픈 눈으로 쳐다보면서 비웃었다.
「어느 날 내 양 떼 속에서 나는 건장한 숫양이
통통한 암컷들과 줄줄이 차례로 흘레를 한 다음 진이 빠져서
불알이 쪼그라져 무화과나무 그늘로 떨며 기어가는 꼴을 보았지.
오, 태양이여, 그대 또한 수천의 땅과 바다에 올라탔었으니
이제는 가죽이 벗겨져 떨며 그늘로 들어가야 한다.」
그러나 우렁찬 고함소리가 태풍을 일으키는 파도를 짓누르자
그는 갑자기 웃음을 멈추고 귀를 곤두세웠으며,
거룩한 운명이 구덩이에, 살인자의 입에 마침내 이르렀다는 생각에
빨리 죽어 가던 자는 벌떡 뛰어 일어섰다.
그는 손으로 햇빛을 가리고 저 멀리 파도가

은빛으로 반짝이며 솟구치고 거품이 들끓는 위에서
떼를 지어 소용돌이처럼 선회하는 야생의 바닷새들을 보았다.
「세상의 경이는 한이 없도다, 사랑하는 신이시여!」
아직도 신기해하며 그가 미처 말을 끝내기도 전에
재빠른 물고기의 소용돌이가 들끓고 그의 주위를 휘돌아서
배가 제멋대로 곤두박질을 치는 바람에 그는
노와 돛을 황급히 움켜잡고 사나운 파도에서 벗어나려고 했다.
비늘이 하얗고 배에는 알이 가득한 물고기의 수많은 떼가
번쩍거리며 재빨리 지나가고, 새들이 탐욕스럽게 달려들어
물고기를 마구 잡아먹자 바다는 돌로 변했다.
고뇌하는 자가 위험한 홍수를 피하려고 애썼지만
물고기의 폭포를 올라탄 거대한 야수를 보고는
입이 딱 벌어져 선 채로 키가 제멋대로 돌아가게 내버려 두었다.
야수의 입은 바다의 동굴처럼 시커멓게 빛났고
거대한 구멍으로 작은 물고기들이 무더기로 빨려 들어갔다.
야수의 목덜미에서는 물이 뿜어 나와
화려하고 아름다운 무지개가 되어 햇빛을 받고 흩어져
신비한 기함의 갑판에 세운 물 돛대처럼 보였다.
드디어 소동과 더불어 소음이 사라진 다음에
고독한 자는 내면의 바다에서 놀라움을 포옹하고는
그의 눈이 감기기 전 마지막 시간에 이성이
이토록 맹렬한 공격을 보았다는 사실이 기뻤다.
추억이 기억의 어두운 골짜기를 건너 홍수 속으로
그를 밀어 넣었기 때문에 궁수는 눈을 감고 미소 지었는데,
집어삼키는 죽음처럼 언젠가 개미 떼가
그의 도시 주변에 쏟아져 눈먼 강처럼 소리 없이 흘렀고

지진의 냄새를 맡은 눈먼 두더지들이 서둘러 지나갔고,
어느 날 밤 꿈속에서 별들이 떨어져 벌레처럼 기어가며
잠든 그의 마음에서 마지막 잎사귀를 모조리 뜯어 먹었다.
들판과 바닷가를 따라 날아가며 침〔針〕과 꿀을 거두어들이며
붕붕거리는 말벌로 가득 찬 둥지 같은 허연 머리로
궁수는 아직도 은근히 감탄하며 깊은 생각에 잠겼다.
「삶은 무엇이며 어떤 비밀의 갈망이 그것을 지배하는가?
한때 나는 그 깊은 열망을 〈신〉이라고 불렀으며
그의 곁에서 얘기하고, 웃고, 울고, 싸웠으며
그가 옆에서 같이 웃고 울고 투쟁한다고 생각했지만
이제 나는 갑자기 나 자신의 그림자와 얘기하는 기분이 든다!
신은 우리 머릿속 깊은 미궁에서 벌어지는 추구여서,
나약한 노예들은 그를 자유의 신이라 생각하여 가까이 머물고,
모든 무능한 자는 노를 거두고 두 손을 엇갈려 얹고는
힘없이 웃으며 〈추구는 존재하지 않는다!〉고 말한다.
그러나 나는 신이 인간의 마음 전체로 갈라져 나가는
넓고 넓은 물길임을 알기 때문에 마음속에서 돛을 단다.」
이렇게 항해자의 자유분방한 마음과 이성이 말했고,
험한 바다가 숨 막히는 안개로 더욱 험하고 푸르러졌으며
북풍이 점점 사나워져 싸늘한 입김을 불어
키를 잡은 고독한 자의 두 손이 얼어붙게 했다.
광활한 바다를 따라 구름이 느릿느릿 연기처럼 흘러갔으며
모든 뼈가 젖어 부식되고 모든 뼈마디가 부어올라
영혼이 덜덜 떠는 벌거숭이 새처럼 움츠렸다.
어느 날 새벽 파도 위에서 그는 첫 번째 얼음덩이를 보았는데,
오르락내리락하는 얼음들은 거대한 인간의 머리통처럼

가볍게 출렁이며 뱃머리를 스치고는 멀리 흘러갔고,
정오가 되자 하늘의 언저리에서 태양이 떠올라
안개 속으로 굴러가서는, 사나운 황소처럼 대지를
올라타려다가 마음대로 되지 않자 지쳐서 다시 가라앉았다.
그러나 어느 날 해 질 녘에 고독한 자는 놀라서 입이 벌어졌는데,
해는 가라앉았지만 은빛 테를 두른 하늘에서는
하얗고 노란 깃발이 펼쳐져 부드럽게 펄럭였고,
화려하게 짠 헝겊이 펼쳐지고 끈들이 풀렸으며
홍옥과 청옥이 빛나고 반짝이는 사파이어들이 늘어섰고
그 꼭대기에서는 황금빛으로 사프란 폭풍이 터졌다.
신을 짓밟는 운동선수가 하늘의 불길 속으로 달려갔고,
그의 수정 같은 수염에 무수한 무지개가 매달려
반짝이는 그의 관이 보석으로 가득 넘쳐흘렀고,
그가 손을 내밀자 손가락에서 진주가 줄줄 흘러내렸다.
마치 깃발이 하늘을 움켜잡고 암흑의 타르타로스도
공격하여 그곳까지도 소유하려고 갈망하는 듯싶었다.
기다란 불길의 덩굴들이 구부러진 가닥들을 허공으로 뻗어
짙은 광선의 포도송이들을 매달고
마치 따스하고 선정적인 바람에 휘날리듯 천천히 흔들렸다.
「나는 이렇게 멋진 왕관을 쓰리라고는 전혀 생각도 못했도다.」
그는 장미꽃으로 장식된 죽음의 들판을 달려가며 생각했다.
그는 햇볕에 그을은 잔등에 새로운 수사슴 활을 메고
왕의 화관들이 여러 고리를 지어 머리 위로 지나가자
두 개의 검은 부싯돌이 그의 가슴을 가볍게 스치며 긁었다.
「막강한 왕이 큰 전투에서 돌아올 때는
도금양과 월계수와 붉은 장미로 둥근 천장을 엮어 올리고

그 반달문 밑으로 고귀하고 상처받은 그의 머리가 지나가듯
나도 큰 전쟁에서 돌아오고 모든 반달문이 만발했으니,
정말로 반갑구나, 선조들의 성, 죽음의 성이여!」
그가 말하고는 그곳에 모인 사람들에게 손을 뻗어 인사했다.

바로 그날 밤 오디세우스가 지친 몸을 키에 기대려니까
그의 이성이 몽롱한 졸음 속에서 방황했고
밤은 달과 별로 빛나고 바다는 우유처럼 잔잔했으며
수의를 걸친 유령이 갑자기 그의 옆에 말없이 나타났고,
그러고는 그의 손이 미처 질질 끌리는 노를 움켜잡기 전에
배의 용골이 단단하고 수정 같은 얼음에 소리 없이 부서졌다.
많은 고뇌를 한 자는 물로 뛰어들어
붙잡고 매달릴 바위라도 하나 찾아내어 그의 운명을 벗어나려고
망망대해에서 헤엄치며 음산한 죽음과 싸웠다.
깨진 사금파리처럼 초록빛 달이 하늘에 떴으며
동틀 녘이 가까워지자 정복당하지 않은 자는
그의 푸른 손톱으로 움켜잡을 만한 섬을 찾으려고 발버둥 쳤다.
몇 시간이나 그는 끈질기게 죽음과 싸우며 꿋꿋하게 버티었고
머리도 피투성이가 되었지만, 바다에 굴복하려고 하지 않았다.
「태양이여, 내가 싸울 수 있도록 어서 나와 빛을 다오!
당장 죽더라도 나를 그대의 따스한 빛 속에서 죽게 하라!」
그가 말하자 자비로운 태양이 슬퍼하며 떠올랐고
향기로운 빛이 황량한 바다 위로 쏟아지자 오디세우스는
기뻐하며 소리치고 근처에 있는 바위로 기어 올라갔다.
얼어붙은 손가락들이 미친 듯 바위를 움켜잡았고
죽음과 싸우는 자가 천천히 몸을 끌어 올려

피로 얼룩지고 시퍼런 몸으로 날카로운 발톱들 위로 쓰러졌다.
달콤한 죽음의 잠이 달려 내려와 그를 감쌌으며,
그의 당당한 핏줄들이 갈라지고 모든 피와 모든 세계가
쏟아져 나와 그의 육신이 비어 말라붙었다.
그러나 조심스러운 그의 이성은 단단한 두개골 속에서 경계하며
잠에 빠진 야수가 겁에 질려 벌떡 일어날 정도로 고함쳤다.
그가 당장 벌떡 일어났지만 추위가 살을 에었고
창백한 입술이 다물어지지 않고 이빨이 덜덜 떨리기는 했지만
그의 마음은 아직도 꼿꼿해서 힘차게 망치처럼 후려쳤다.
향기로운 만병초와 장난치는 소녀들, 이글거리는 태양과,
슬프도다, 노란 모래밭은 어디로 갔는가?*
태양이 비추는 바닷가에서 배가 파선하여 정신을 차렸을 때
머리카락을 치렁치렁 나부끼며 바다의 님프들이 해 질 녘에
바닷가를 따라 황금 궁전으로 그를 데려간다면 얼마나 즐겁겠는가!
그러나 그는 말없이 머리를 젖혀 기억을 떨쳐 버리고
상처가 잔뜩 난 시퍼런 몸으로 절름거리며 바위를 밟고 갔다.
사방에서 얼음 조각이 흩어졌고, 까마귀조차 울지 않았으며,
눈이 얼어붙은 성처럼 희미하게 솟아오르거나
짙은 담청색 그늘에서 길고 부드러운 이불처럼 온순하게 펼쳐졌다.
인간의 부엌에서 피어오르는 향기로운 연기나 사람의 숨결도 없고
야수의 축축한 콧구멍이 차가운 허공에 안개를 뿜지도 않았다.
설원(雪原)의 비인간적인 정적에 겁이 난 오디세우스는
고요한 한낮과 대화가 없는 밤, 그가 불태운 높다란 성,
불길이 꺼진 다음 해 질 녘에 잿더미를 뒤덮고
사방에 펼쳐졌던 적막함이 생각났으며,
말 없는 입술이 시퍼렇고 귀는 아무 소리도 듣지 못하는

죽은 자들이 차가운 풀밭에 즐비한 가운데, 벌레 한 마리가
꾸준히 그리고 천천히 길을 만들며 나아가는 모습을 보면
고요한 적막함 속에서 자그마한 위안이나마 얻었는데 —
이곳 하얀 정적 속에서는 아무런 위안도 찾을 수가 없었다.
고독한 자가 떨고는 소리를 지르려고 입을 크게 벌렸지만
아무리 애를 써도 까마귀 울음소리조차 나오지 않았고,
그래서 겁이 난 그는 목을 움켜잡고 늘어진 턱을 다물었다.
「나는 이미 죽음의 수정 나라에 들어선 모양이니,
당장이라도 진홍빛 눈의 하얀 코끼리처럼 이 눈 속에서
주인이 나타나 나를 환영해 맞을지 모르겠구나.」
이렇게 마비된 이성에게 말하고 그는 경건한 마음으로
거룩한 야수와 싸우기 위해 대담하게 주위를 둘러보았다.
장밋빛으로 물든 광활한 백색 속에서 창백한 태양이 기어갔고
에메랄드 빛 달은 아직도 독의 이슬을 흘렸으며,
새를 사냥하는 자 귀를 곤두세우고는, 야생의 새들이 울고
날개를 퍼덕이는 소리를 들었다고 생각했다.
그는 다시 기운을 차렸고 퍼런 입술이 엷은 미소를 지었다.
「퍼덕이는 날개 소리가 들려오는데, 천 개의 형상을 갖춘
죽음이 거대하고 하얀 고니의 모습으로 찾아와
다정한 홍옥 빛 눈으로 이곳에서 나를 유혹하려는 모양이다.
선이나 악이나, 무엇이 오더라도 두려워하지 말라, 영혼이여!」
그가 말하고는 활을 움켜잡고 설원을 성큼성큼 건넜으며,
바위 고원에서 뜨거운 물과 짙은 수증기가 요란하게 끓어오르며
세찬 간헐천이 뿜어 나왔기 때문에
산기슭을 돌아선 그는 마음이 차분해졌는데,
주변의 눈이 녹아 울창한 덤불들이 시커멓게 빛났고

그 따스한 품 안에서 새들이 떼를 지어 웅크리고 앉았다.
영혼이 일곱인 자의 얼굴로 뜨거운 바람이 불어왔고
눈에 눈물이 가득 고이면서 그는 뻣뻣한 입을 열었다.
「오, 사랑하는 어머니, 대지의 따스하고 위대한 숨결이여!」
그러자 이성이 유연해지고 핏줄에서 추위가 달아났으며
그는 서둘러 잔가지를 주워 간헐천 옆 작은 동굴 속에다
높이 쌓아 놓은 다음 활을 집어 들었고
야생 덤불 위에서 살진 바닷새들이 놀라 도망치자
바위에서는 퍼덕이는 날개 소리가 되울렸다.
재빨리 그는 가슴에서 날카로운 두 개의 부싯돌을 내리고
마른 나뭇가지를 한 아름 모아 놓고 부드럽게 말했다.
「진홍빛 불의 싹이 그대의 마지막 꽃으로 내 아궁이를 태워
우리 둘 다 따뜻하게 하라, 할아버지시여.」
그러더니 그는 불꽃을 튕겼고, 핏줄 속에서 피를 불끈거리며
화톳불에다 새들을 던져 놓고 다리를 포개고 앉아서
사랑으로 그의 허리와 다리와 무릎을 끌어안고는
가슴을 더듬고 자신의 허연 머리를 쓰다듬었다.
「오, 일곱 영혼이여, 그대는 아직 죽지 않을 터이고,
팔다리와 활과 불과 이성, 모든 무기가 제자리에 있으며,
한 달이나 어쩌면 두세 달, 심지어는 일 년 동안이라도
세상에서 버티어 낼지도 모른다!」
그가 미소를 짓고는 배가 불러 동굴 안에 누웠으며
돌고래처럼 깊은 잠을 자고는 해가 뜬 다음에
입을 꽉 다물고 우뚝 일어나 얼음의 길을 갈 계획을 세웠다.

진주 같은 낮이 다랑어의 은빛 배처럼 빛났고

수많은 하얀 새가 떼를 지어 파도 사이에서 고기를 잡았고
멀리서 곰 한 마리가 빛나는 코를 높이 들고
인간의 살 냄새를 맡은 듯 기뻐하며 으르렁거렸다.
고독한 자가 설원을 건너 올라가자 두뇌가 흔들렸고,
옛날 용들이 돌로 굳어 버린 듯 바위들이 줄줄이 늘어섰고,
얼음 덮인 비탈과 바늘처럼 날카로운 살벌한 봉우리들이 솟았으며,
불타는 입은 듣는 사람이 아무도 없지만 한 번 소리를 지르고는
광활한 적막 속에서 비웃으며 이를 악물었다.
고독한 자는 침묵이 마음 깊이 스며든다고 느꼈으며,
한때 고함치고 흔들리다가 이제는 광활하고 조용한 마법 안에서
얼어붙은 산처럼 궁수도 역시 조용해졌다.
높다랗고 살벌한 바위에서 그는 희미해진 흔적들을 발견하고는
가까이 가서, 원시 시대 바위의 뼈처럼 굳었고
오래된 기억 속에 깊이 새겨진 야생 포도나무와 월계수 잎사귀와
날카롭고 뾰족한 대추야자나무 가지의 선명한 자취를 보았다.
그는 마음이 설레었고, 오래전에 잃었던 형제처럼 반가워했다.
「오, 사랑하는 동지들이여, 월계수와 대추야자와 포도나무여,
감미롭게 불타는 태양의 외침에 나는 절하여 경배하노라!」
그러더니 야성의 은둔자는 이제 망각 속으로 사라진
까마득한 정열의 자취들을 어루만졌고, 영겁이 지난 다음
한 고독한 자가 지나가던 길에 오래전에 죽은
삶이 새겨진 뼈를 어루만졌다고 생각하며 기뻐했다.
이렇듯 고독한 자가 생각에 잠긴 사이에 백설이 검푸른 빛깔로 변하고,
이제 태양은 수정 봉우리들을 기어오르자마자 얼마나 빨리
가라앉아야 하느냐 하는 생각에, 두려움이 그의 이성을 휩쓸었다.
낮이 나지막하게 웅크렸고 해바라기가 움츠러들었으며,

삶이 하얀 북극곰처럼 뒷다리로 일어나
어스름 속에서 천천히 춤을 추고 새끼 곰 태양을 데리고 놀며
얼굴을 핥아 날이 갈수록 그 얼굴이 작아지게 했다.
궁수는 눈이 덮인 타작마당을 둘러보았지만
강한 바람이 불어와서 육체와 이성을 휩쓸어 얼어붙게 만들자
덜덜 떨면서 바람이 안 부는 동굴 쪽으로 다시 돌아섰다.
시커먼 잎사귀 한 무더기가 타오르는 불꽃을 기다렸고,
인간의 짤막한 위로를 받으려고 재가 창백하게 반짝였으며,
자신의 흔적을 보고 오디세우스는 마치 조상의 집에서
문턱을 넘어서기라도 한 것처럼 가슴이 두근거렸고
동상이 걸린 입술을 움직여 한숨을 지으며 중얼거렸다.
「언제까지 나는 집을 바꿔 내 아궁이를 배반해야 하는가?
마음에게조차 먹일 빵부스러기도 없이
조약돌을 잠자리로 삼고 뭍바람을 이불로 삼아
홀로 머나먼 바닷가에서 뒹굴기는 또 몇 번이었던가?*
삶이여, 나는 그대의 천 가지 얼굴을 모두 사랑하노라!」
그가 말하고는 쪼그리고 앉아 불을 지피고, 영혼을 덥히기 위해
먹으려고 통통한 바닷새를 화톳불 위에다 여러 마리 얹었다.
그는 야만적인 친구 사나운 불을 쳐다보며 식사를 했고,
그들은 둘이서 함께 세상에서 태워 버리고 행한 모든 일을 회고하며
끝없는 여러 밤에 관한 얘기를 나눌 수도 있었겠지만
고생을 해서 기진맥진한 외로운 자는 눈이 불타는
억센 친구의 옆에 길게 누워 잠이 들었다.
그는 대지가 입을 벌려 그녀를 통째로 삼켜 버리기라도 한 듯
여러 해 동안 꿈에서 어머니를 본 적이 없었고
그녀의 서글프고 거룩한 미소가 다시 나타나

사랑하는 아들의 어수선한 꿈을 달콤하게 해주지도 않았고,
궁수는 이 모두가 은근히 불만이었다.
그날 밤 드디어 그는 아버지의 궁전에서 살던 시절
별이 환히 빛날 때 밀랍처럼 창백한 모습으로
그녀가 왕의 침대에서 죽어 가던 꿈을 꾸었다.
그는 꿈속에서 그녀의 곁에 무릎을 꿇고 손을 잡고는
삶의 감미롭고 안개 같은 따스함이 천천히 스러지는 동안
그녀의 핏줄 속에서 묽은 피가 엉겨 붙는 소리를 들었다.
밤새도록 그는 땀이 흐르는 그녀의 허연 머리를 쓰다듬었고,
아래쪽 턱뼈를 떨며 그는 창백한 얼굴로 허리를 굽혀
움푹 들어가 이제는 유리처럼 변한 그녀의 눈에 입을 맞추었다.
「어머니, 추악한 꿈에서 곧 깨어날 테니 두려워하지 말고,
마당에서 노예들을 불러 모아 옛날처럼 다시 허리띠를 졸라매고
일상적인 집안일을 시작하라고 지시를 내리세요.
어머니의 마음을 기쁘게 할 비밀을 알려 드리자면 —
어젯밤에 제 아내는 비옥한 자궁 속에서 고통을 느껴
무척 겁이 나서 잠이 깨었고, 핏기가 없는 손으로
어머니는 머지않아 손자를 안게 될 것입니다!」
아들의 얘기를 들으며 어머니는 꼼짝도 하지 않고
천천히 젖어 드는 빗물을 빨아들이는 대지처럼
즐거운 소식을 무거운 몸으로 달콤하게 받아 마셨다.
아들이 허리를 숙여 그녀의 눈에다 입을 맞춘 다음
침묵이 기쁨의 실을 끊지 못하도록 다시 얘기를 했다.
「어머니, 동틀 녘이 다 되어 곧 닭이 울고
어머니를 찾아온 나쁜 꿈은 바람 속으로 흩어질 터이니
아침에 일어나면 두뇌가 빛처럼 맑아져 어머니는

우리들을 모두 불러 놓고 웃으며 꿈 얘기를 늘어놓으시겠죠,
〈모든 꿈에서 죽음은 축복받아야 할 결혼식을 의미하는데,
너무 썰렁해서 내 마음이 얼어붙었을 따름이고,
나를 그토록 잘 위로한 내 아들은 축복을 받으리라.〉
아시겠어요? 아, 어머니가 눈을 움직이고 미소를 지으시네요!」
밤새도록 아들이 소리치고 보이지 않는 손들과 싸우며
어머니를 따뜻하게 해주려고 꼭 끌어안았지만,
흉악한 죽음이라는 거대한 문어가 이제는
추위로 마비된 그녀의 발을 움켜잡고는 늙어 뼈만 남은 발목과
쪼그라진 허벅지와 허리로 소리 없이 촉수들을 뻗었고,
괴로움에 빠진 아들은 나지막이 몸을 수그리고는
촉수들이 따뜻한 심장까지 뻗어 어머니가 죽을 때까지 지켜보았다.
이렇게 그는 밤새도록 꿈속에서 어머니를 껴안고 있었으며,
동틀 녘에 잠이 깬 그는 심장이 돌로 변했고,
얼어붙은 어머니의 무거우면서도 보이지 않는 시체를
꼭 껴안기는 했지만 팔을 들어 올릴 수가 없었다.
천천히 기어 다니며 그는 나뭇가지들을 모아 불을 지폈고,
푸르딩딩하게 죽은 시체를 불 근처에 눕혔으며,
시체가 따뜻해져 새로운 생명이 다시금 날개를 퍼덕이자
그는 재빨리 새를 여러 무더기 뜨거운 불에다 구운 다음
허리에다 잔뜩 둘러 매달고는 눈이 덮인 황야에서
위로 올라가는 가파른 비탈을 말없이 올라갔다.
처음 빛으로 나선 그는 햇살에 눈이 부셨고
캄캄해진 시야에서 황금빛, 하늘빛, 불타는 붉은빛으로 춤추던
무수한 태양들과 더불어 잠깐 그의 이성도 빙빙 돌다가
마침내 모든 것이 정돈되고 오직 태양의 머리만이

하늘의 아래쪽 언저리에 하얀 유령처럼 남아
얼어붙은 산봉우리에서 서글프고 처량하게 굴렀다.
죽음의 사냥꾼이 피 묻은 발로 고꾸라지며 나아가자
빛이 얼어붙은 개처럼 엉금엉금 기어 그를 쫓아가서는
떨면서 언덕을 올라갔다가 눈 속으로 사라졌다.
반짝이는 허공에서 별들이 수많은 촛불을 밝혔고
고드름들이 직선을 이루고 반짝였으며
폐허가 된 세계로 파란 강물처럼 천천히 밤이 쏟아졌다.
얼음 위에서 미끄러지고 엎어졌다가 다시 일어나며
죽음의 강인한 순례자가 이제는 피와 눈으로 범벅이 되었고
수염이 피로 얼룩져 하얀 운명을 향해 뒤뚱거리며 나아가려니까
수정 같은 묵직한 얼음이 그의 허연 머리에 매달렸고
그는 얌전히 눈을 들어 하늘의 나지막한 언저리에서
불타는 광채가 뛰어올라 황금빛으로 어둡게 번득이고
밤의 창백한 군주가 말없이 하늘로 솟아오르는 것을 보았다.
얼음 들판들이 웃고 빛났으며, 눈이 광채를 반사했고,
고독한 자의 발자국이 은빛 가장자리에서 반짝였다.
「오, 달의 포도원에서 짜낸 하얗고 향기로운 술이여,
처녀의 포옹이나 포근한 잠의 손길도
그대의 부드러운 감촉은 절대로 능가하지 못하리라.」
그러더니 그의 이성이 다정하게 어루만지듯 서성였다.
「오, 달이여, 새하얀 공작새여, 수정 얼음 태양이여,
죽음의 꽃밭에서 피어나는 창백한 달 꽃이여,
내가 얼굴을 말없이 비춰 보는 음산한 은빛 거울이여!」
소중한 달을 아직도 어루만지며 환영하던 그는
유혹적인 광채 속에서 높은 언덕을 보았고, 엉금엉금 꼭대기로 올라가

매처럼 사방을 살펴본 다음, 그의 두 눈의 장난이었는지는 몰라도,
얼음 토막으로 만든 둥근 집들로 이루어진 마을이
별빛 속에서 빛나는 것을 보고 함성을 질렀다.
그는 귀를 기울였고, 개가 짖는 소리를 듣고는
달콤한 눈물이 뺨으로 흘러내리고 입술은 창백한 미소를 지었다.
「삶이 새하얀 손을 내밀고 아직도 나를 필요로 하는구나!」

개들이 멀리서 그의 냄새를 맡고 으르렁거리며 달려왔지만
꿋꿋한 오디세우스가 분노하여 얼어붙은 두 팔을 들고
팽팽한 활을 쏠 준비를 갖추고 말없이 서서 기다리려니까
얼음 집에서 사람처럼 보이는 그림자들이 튀어나왔고,
번갯불 속에서 뿔로 만든 활을 팽팽히 당겨 든 새하얀 신이
가까이 오는 것을 보고는 겁이 나서 소리를 질렀다.
심지가 팔락이는 기름등잔을 들고 나온 노인들이 외쳤다.
「위대한 조상이, 위대한 혼령이 고향 땅을 떠났구나!
그는 틀림없이 하데스에서 꽁꽁 얼고 억센 굶주림에 시달려
이제는 이빨을 덜덜거리며 인간의 따스함을 찾아 도망치는구나!」
물개처럼 뚱뚱한 노인이 궁수의 발치에 몸을 던졌다.
「할아버지시여, 오, 위대한 혼령이시여, 어서 오십시오!
나는 위대한 마법 의사이며, 별들이 나에게 이르기를
당신이 얼음 나라를 떠나 굶주린 몸으로 찾아와서 황공하게도
초라한 우리 마을에서 당분간 머무르리라고 했습니다.
따뜻한 불과 살찌게 할 고래 기름을 준비했으니 어서 들어오시오.」
아무 말도 없이 위대한 궁수는 허리를 숙이고 노인의 집
문턱을 지나 불을 켠 돌 등잔 앞에 위대한 군주처럼
자리를 잡은 다음에 두 손을 내밀었다. 그가 몸을 덥히고

식사를 하는 동안 마법 의사는 그의 거룩한 방문에 대해
주문을 읊고는 몸에다 따뜻한 기름을 발라 준 다음
얼음으로 만든 잠자리에다 두툼한 털가죽을 깔았다.
그래서 고뇌하는 자가 눈을 감고 흐뭇하게 미소를 지었는데,
물개 기름도 좋았고 따스함도 기분 좋게 느껴졌으며,
아양을 떠는 행운도 깜박이는 불처럼 좋은 듯싶었고
그래서 그는 두 손을 엇갈려 얹고 하얀 잠이 들었다.
잠이 든 오디세우스는 가족도 그의 곁에서 잠들어
훈훈한 외양간의 온순한 암소들처럼 얌전히 숨 쉬고
그들 한가운데서 황금의 불이 불침번을 서며 타오른다고 느꼈다.
오, 불이여, 거룩하고, 순수하고, 눈이 큰 사랑처럼,
인간의 마음처럼 그대는 어둠 속에서 펄럭이는구나!
이글거리는 태양의 불덩이가 사나운 창들처럼 쏟아지는
다른 나라에서 그대는 즐거운 무희처럼 춤추고,
염치없이 벌거벗고는 방울을 짤랑거리며 손짓해 불러 대지만
이곳 얼음의 황야, 죽음의 설원에서 그대는
병든 오빠들을 밤새도록 돌보는 어린 여동생처럼,
불이여, 기꺼이 정성들여 간호하는구나.
오, 불이여, 그대는 어머니의 무릎, 조카의 웃음이며,
가장 어리고도 작은 누이동생의 달콤한 다정함이다.
고독한 자는 몸이 따뜻해지고 머리끝부터 발끝까지
사랑의 친절과 깊은 기쁨으로 넘쳐흘렀으며,
불을 어린 처녀처럼 꼭 껴안고 싶기만 했다.
침침한 새벽에 잠이 깬 그는 말없이 한참 동안
불꽃에다 시선을 고정시키고는, 사랑하는 사냥개처럼
불이 그의 두뇌를 핥고 비비는 소리를 들었다.

눈과 얼음의 지붕에 난 가느다란 틈으로
하얀 빛이 천천히 기어들 뿐, 아늑하게 막힌 집 안에서는
사람들과 개들이 서로 뒤엉켜 아직도 잠을 잤고
기어 다니는 불길이 그들의 창백하게 부어오른 얼굴을 어루만졌다.
답답해진 궁수는 입구를 막은 털가죽을 들어 올리고
숨 막힌 폐를 되살리려고 신선한 공기를 호흡하려 했지만
날카로운 바늘들이 그의 얼굴을 찔러 대자 놀라서 뒷걸음질을 쳤고
따뜻한 입김으로 두 손을 불며 기쁨을 느꼈다.
한 처녀가 잠에서 깨어 그곳에 있는 그를 보고 놀라서 소리쳤지만
노부부는 아무 말도 없이 천천히 몸을 일으켜
기름 덩어리를 등잔에 가득 넣어 불꽃을 돋았고
물개를 잡아 남겨 둔 기름진 비계가 담긴
청동 솥이 곧 끓도록 불 위에다 올려놓았다.
노파가 가마솥과 씨름하고 하찮은 일을 하느라 애썼으며,
마법 의사는 빛이 조금씩 천천히 들어오는 작고 동그란 구멍 밑에
무릎을 꿇고 앉아 두 손을 치켜들고는, 보다 숭고한
경배를 드리느라 바빴으며, 〈우리들을 죽이지 마소서, 신이여!〉
두려워서 숨 막히게 애원하는 목소리를 듣고
그의 공포를 공감하고는 신을 죽인 자도 떨었다.
밤의 나라에서는 인간을 잡아먹는 신이 빛의 방울이었고,
그는 인간을 무자비하게 때렸고, 집의 어두운 문간에 서서
감히 지나가려고 하는 모든 사람을 도끼로 쳤으며,
가엾고 초라한 인간은 창백한 두 손을 높이 들고
쾌적한 안락이나 한 방울의 기쁨을 위해서가 아니라,
이성에 꽂을 하나의 눈부신 깃털을 위해서가 아니라,
다만 죽이지 말라는 소중한 은총을 위해서만 빌었다!

팔을 내린 마법 의사는 얼굴이 평온해졌으며,
그는 궁수의 발치에서 얼이 빠진 듯 크게 절했다.
한편 음식이 끓자 여자들, 남자들, 개들 모두가
게걸스럽게 서둘러 눈부신 불가에 둘러앉았다. 오디세우스는
그토록 노골적으로 굴종하는 두려움을 보고 마음이 아팠으며,
운명의 길에서 우연히 그와 어울린 새로운 창백한
모든 동지의 냄새를 깊이 맡으려고 콧구멍을 벌름거렸다.
세상에는 육신과 싸우는 사람들이 떼를 지어 몰려다니고
어디를 가나 백인이나 황인의 뺨, 흑인의 턱으로
찝찔하게 불타는 똑같은 눈물이 흘러내렸다!
세상은 이제 기름을 바른 검은 사람들의 무리로 가득했고
위대한 방랑자는 창백한 미소를 짓고 처녀의 머리카락을 만지려고
손을 내밀었지만, 그녀는 입에 거품을 물고 암말처럼 힝힝대며
김이 무럭무럭 나는 솥을 향해 뒷걸음질을 치고는
식사를 차려 놓았고, 모두들 물개 고기를 움켜잡고 삼켜서
기름이 흘러 뺨과 목에 버캐처럼 말라붙었다.
모두가 식사를 끝내고 따스한 털가죽으로 몸을 감싼 다음
눈집의 묵직한 가죽 문이 천천히 조심스럽게 열렸으며,
마을의 촌로들이 그들의 초라한 동네로 찾아와 묵은
위대한 혼령이 물개를 사냥할 때, 따스하고 좋은 털가죽으로
몸을 감싸고 식사도 잘 하도록 비계와 가죽과 사냥개를
소중한 선물로 가지고 겸손하게 찾아왔다.
방랑하는 자가 아무 말도 없이 선물을 받고,
물개 기름을 먹고, 개를 데리고 털가죽을 몸에 걸쳤으며
마을 추장은 이제 신이 인간처럼 옷을 입었으며
그들의 기름을 먹고, 그들의 개에게 축복을 내린 것이 기뻤다.

그들은 뒷걸음질로 문을 나가 안개 속으로 사라졌다.
궁수는 몸을 일으켜 희미해지는 빛에게 작별을 고했다.
「오, 나날의 신비여, 불타오르는 친구여, 태양이여,
우리들은 어두운 지하 감옥에서 둘 다 길을 잃었고,
우리들의 발톱은 얼음이 되었고 날개도 떨어져 나갔도다.
파도 위에서 세상이 뛰놀고 바다에서 우리들이 헤엄쳤으며,
우리들이 붉은 사과처럼 저마다 붙잡아 간직하려고 했던,
햇살이 찬란한 그리스의 담청색 바닷가들은 어디로 갔는가?
오, 태양이여, 우리들은 둘 다 곰처럼 눈 속에 갇혔구나!」
그가 말하자 태양이 죽음처럼 창백해지고 눈이 희미해졌으며,
커다랗고 하얀 별들이 나타나 밀랍처럼 말없이 줄줄 흘렀고
죽음의 수의가 뒤덮은 세상을 밤새도록 말없이 지켜보았다.
「어머니 대지가 죽어 이제 그녀의 발은 얼음이 되었도다.」
고독한 자가 중얼거리고는 꿈이 생각나서 아무 말도 없이
뒤엉킨 덫에 걸린 힘센 짐승처럼 몸을 웅크렸다.

빛이 사라지자 처녀는 신부의 옷을 바느질해 만들려고
물개 가죽을 씹어 부드럽게 했는데,
만사가 잘 풀려 나가면 봄에 그녀는 결혼하겠다고
언약을 해두고 기다리는 중이었다.
태양이 빛나고, 풀이 돋아나고, 모든 일이 잘 되어서
머지않아 땅에다 결혼식 털가죽을 펼쳐 놓을 터여서
그녀는 즐겁게 씹고 꽃피는 생각에 젖어 웃었다.
고독한 자의 마음이 그녀의 곁에서 황홀해진 뱀처럼 몸을 도사렸고
따스하게 지내고, 잘 자고, 잘 먹는다는 세 가지 걱정만이
숨 막히는 휘장처럼 그를 찾아와 덮치고 또 덮치고는 했다.

「짐승들은 모두 그들의 숨 막히는 삶을 그렇게 살아야 하고,
나무들은 그렇게 물과 퇴비와 햇빛이 오기를 기다려야 하니 —
아, 도망쳐 자유롭게 숨 쉬도록 누가 실을 끊어 주겠는가?」
멧돼지의 콧수염이 달린 기름진 여신 〈물개〉,
뜨거운 아궁이 속에 웅크린 막강한 〈불의 여인〉,
그리고 발정한 수사슴처럼 주홍빛 뿔이 달리고
마을마다 곧장 가르고 지나가며 모든 문을 때려 부수지만
때로는 멀고 감미로운 방울처럼 딸랑거리기만 하고
허옇게 수염이 얼어붙은 위대한 검은 군주 〈어둠의 왕〉,*
설원은 다른 작은 불멸의 신들이 다스리기 때문에
인간의 운명이 여기에서는 추악한 숙명을, 추악한 가면을 썼다.
곰가죽을 겹으로 몸에 걸친 세계의 방랑자는 얼어붙은 이성을
여러 생각으로 다시 한 번 휘저어 보려고 서둘러 애를 썼다.
한편 늙은 마법 의사는 불가에서 몸을 수그리고는
딸의 값진 혼숫감으로 비계 덩어리 신을 조각했는데,
무당*의 두 어깨에 온 마을의 걱정거리들이 얹혔으므로
떨리는 마음으로 밤낮없이 조각을 계속해야 했으며,
그의 주술이 잡아먹어야 할 물개의 형상을 갖춘 신을
불러오지 못했으므로 모두들 굶주리고, 물개들이 희귀해졌고,
등잔의 기름이 떨어진 것도 모두가 그의 탓이었다.
서글픈 미소를 지으며 그는 고독한 자에게로 시선을 돌렸다.
「선량한 혼령이시여, 죽음의 두려움이 온 마을을 짓누르고,
가장 힘센 사냥꾼들이 모두 하데스로 사냥을 하러 가서
우리들은 굶주림에 시달리며 무방비 상태로 남았습니다.
나는 눈 속에 빠져 물개를 유인하기 위해 노래 부르고 애쓰며,
사향노루를 소리쳐 부르고 순록을 다정하게 초대하며,

달려가서 서리가 가득 찬 허공을 작살로 찌르지만
전에는 고기가 무겁게 가득 찼던 하늘이, 슬프도다,
이제는 피가 흐르지 않아 우리 종족은 멸망할 것입니다!
선량한 혼령이시여, 우리 모두를 불쌍히 여겨 무기를 들고
얼음판으로 달려 나가 소리치고 사냥하고, 물개들로 하여금
뒤뚱거리며 기어 나와 우리들의 솥을 가득 채우게 해주소서.
굶주리는 백성을 배불리 먹이는 일이 혼령의 의무입니다!」
그러더니 노인이 입을 다물었고, 처녀는 목구멍이 부어
가죽을 씹기에도 지쳤으며, 답답한 공기 속에서 그녀는
입맞춤이 그리워 봄의 노래를 부르기 시작했다.
「이제는 물개의 가죽을 씹기에도 싫증이 났고, 어머니시여,
병들어 질식한 내 작은 젖가슴은 얼얼하게 마비되어
아파서 견딜 수 없을 정도로 밤이면 부어오른답니다.
어머니시여, 나는 팔다리가 사나워져 주체를 못하겠고,
숨이 막혀 집을 때려 부수고는 도망치고 싶습니다!
결혼을 앞둔 처녀는 그녀가 부르면 봄이 오고
좋은 태양이 나타나기 때문에 큰 힘을 지녔다고 하니,
그녀가 작은 젖가슴을 눈에다 얹으면 그 따스함으로
물이 녹아 흐르고 물고기가 강물을 따라 달려 내려가며,
암곰들이 남몰래 두툼한 털을 핥으면, 기쁨으로 번득이는
그들의 따스한 눈에는 하얀 새끼 곰들이 정답게 어른거립니다.」
처녀가 노래하는 동안 늙은 어머니가 억센 목소리로 박자를 맞추었으며
두 사람 뒤쪽의 아궁이에서는 불만으로 둔감해진
갈라지고 떨리는 노인의 목소리가 들려왔다.
「우리들은 무서운 신이 두려워 마음이 둘로 쪼개지고,
우리 영혼을 구원할 짐승을 달라고 애걸하고 싶어

눈 위에 고꾸라지며 소리치지만, 우리 자신들의 외침 소리만
날카로운 돌멩이가 되어 되돌아 날아와 우리 머리를 깨뜨리고,
신은 분노한 우리들의 노래를 아랑곳하지도 않는단다!
나는 다른 바닷가의 사람들은 대담하게 그에게 직접
부탁을 하고 할 말도 한다는 얘기를 들었다.
어느 날 뼈만 앙상한 흑인이 하얀 눈 위에 엎드려
차가운 하늘에다 대고 주먹을 흔들며 고함을 질렀단다.
〈신이여, 그대는 정신이 나가 모든 일을 그르쳐 놓았구나!
그대는 대지에 물만 너무 많이 보내고 고기는 안 보냈도다!〉
그 말을 듣고 나는 인간의 수다스러운 입과 뻔뻔스러운
이성 때문에 세상의 지붕이라도 무너질까 봐 두려워 떨었단다.」
바위처럼 강인한 살인자가 웃으며 늙은 마법 의사를 놀렸다.
「내가 들은 얘기로는 머나먼 섬 담청색 바닷가에서는
태양이 에메랄드 빛 외투를 걸치고 그의 사랑스러운 아내 대지와
손을 맞잡고 부유한 귀족처럼 거닌다고 하던데, 그들 뒤에서는
신이 거지처럼 절름거리고 걸어가며 집집마다 문을 두드리고
사람들의 마음을 조금 즐겁게 해주어 빵 한 조각을 얻어먹으려고
천 가지 재주를, 천 가지 요술을 부리지만
모든 인간이 웃으며 부스러기와 찌꺼기만 던져 주는데 —
나도 바로 그런 땅에서 태어났고, 그런 광대짓을 했느니라!」
고독한 자가 웃고는 불을 향해 긴 다리를 뻗었으며
마법 의사는 겁이 나서 떨며 사방을 두리번거렸다.
「신이 그런 소리를 들었다가는 우리 모두를 죽일 테니 입 다물어요!
이곳 하얀 세상은 두려움의 신 혼자만이 다스린답니다!
우리들은 믿음이나 사랑도 없이 두려움만 있고, 할아버지시여,
우리들은 땅과 바다와 하늘과 질병과 고통을 두려워하고,

죽은 자와 산 자, 우리가 잡아먹는 모든 짐승을 두려워하고,
우리들의 이성과 마음, 기억과 꿈을 두려워하며,
모든 허튼 웃음과, 엉터리 신화와, 노래를 두려워하오!
우리 주변의 탁한 대기는 악귀들로 가득 찼고
어둠 속 어디에서나 그들의 이빨과 발톱과 뿔이 번득입니다!」
얘기를 마친 마법 의사는 온몸을 부르르 떨었고,
궁수는 인간도 역시 눈이 내리면 떨어지는 장미꽃처럼
위대한 영혼이 시들어 찬란한 빛깔을 상실하게 마련이라며,
몰락해 버린 인간의 처지를 깊이 동정했다.
두려움을 쫓아 버리려고 그는 얼른 머리를 젖히고, 〈보라!〉
갑자기 외치면서 노인의 두 팔을 잡았지만,
마음을 진정시키려고 그가 입을 크게 벌리자
눈집의 털가죽 자락이 움직이고는 두툼한 가죽을 몸에 걸친
마을의 건장한 지도자들이 줄지어 들어왔다.
고뇌가 많은 자의 발에 입을 맞추고 그들이 통곡했는데,
기름이 떨어져 가고 사냥개들은 점점 사나워졌으며,
사냥꾼들이 멀리 돌아다녀 봤어도 짐승의 축축한 코는 보이지도 않고
유령들만 사납게 코웃음 치며 그들 주위에서 날뛰었다.
어젯밤에는 심한 굶주림을 견디다 못해 한 여자가 미쳐 버렸고,
개들이 발광하고, 악귀가 모여들어 악질처럼
짐승과 사람들, 신들 사이에 퍼져 나갔다! 「선량한 혼령이시여,
이 초라한 마을을 불쌍히 여기고 당신이 사냥을 나간다면
물개들이 당신을 보고 부끄러워하며 가까이 모여들 것입니다.」
삶이 이제는 그에게 절망적이고 무자비한 장난처럼 여겨져서
고뇌하는 자 마음이 무거워 얘기를 하지 않았고,
낮의 밝은 빛이 비추지 않아 그의 큰 이마가 어두워졌다.

그는 시들어 정액이 없고 목이 잘린 물개처럼 울부짖는
늙은이를 움켜잡고 들리지 않는 그의 귀에다 대고 소리쳤다.
「당신은 추운 설원에서 오랜 세월 살았으며
이제는 그대의 눈에 순록과 물개와 별이 가득하므로
나 위대한 혼령이 모든 진실을 그대로부터 듣고 싶은데,
그대는 왜 태어났으며, 인생에서 목적은 무엇이었나요?」
어리둥절해진 늙은이가 앙상한 두 손을 높이 치켜들었는데,
심각한 의문을 마음속에 처음으로 담게 된 그는 갑자기
작은 눈을 반짝이며 소리쳤다. 「먹기 위해서입니다!」
초라한 짐승들 내면에서 대대로 삶이 투쟁하여
세상에서 얻은 미덕이라고는 먹고 산다는 것뿐이었으니,
깊은 슬픔이, 연민과 혐오감이 고독한 자를 엄습했다.
위대한 유혹자는 기뻐하며 이렇게 소리치고 싶었다.
「태양과 노래와 바다와 신과 밤새도록 품에 안기는 여자다!」
그러나 인간의 비참한 운명을 동정하여 그는 잠자코 있다가
병든 머리들 위로 두 손을 내밀고는 말했다.
「언젠가 내가 불타는 사막을 건너려니까
이글거리는 모래를 암말처럼 타고 죽음이 웃으며 달려왔는데,
그가 멈출 때마다 땅과 샘물이 말라붙었다.
나는 열심히 그의 뒤를 따라 달려가며 시원한 물이 담긴
작은 돼지가죽 자루처럼 내 마음을 붙잡고 손을 내밀고는
죽음의 변경에서 창백한 머리를 우뚝 치켜든
대지의 마지막 용감한 풀잎을 말없이 어루만졌다.
〈반갑구나, 파수꾼 동지여.〉 내가 자랑스럽게 소리쳤다.
〈나도 그대와 더불어 죽고 구원을 받으러 이곳으로 왔노라!〉
이제 심연의 언저리, 대지의 얼어붙은 발뒤꿈치에서

나는 모래와 같은 눈, 풀잎 같은 그대의 영혼을 찾아내어
다시금 사랑을 느끼며 두 손을 내밀고 소리친다.
〈반갑구나, 파수꾼 동지여, 그대의 건강과 기쁨을 빈다!〉
혼령은 육신이 되어 인간을 먹여 살려야 마땅하니, 가자,
작살을 들고 위대한 사냥을 하러 달려가자!」

달빛의 은색 자락이 땅까지 늘어지고
창백한 이성이 부드럽게 흐느적거리며 달을 향해 흘러가고
물개의 통곡처럼 지극히 서글프고도 지극히 감미로운 노래가
깊은 마음으로부터 떠올라 눈 위에서 서성거린다.
태양이 시들고 별들이 무리를 지어 설원에서 마음대로
풀을 뜯으면, 이렇듯 빛이 솜털처럼 반짝이며
험하고도 황량한 대지를 가볍게 핥아 줄 것이다.
세계의 방랑자가 따스한 가죽을 걸친 마음에 귀를 기울이니
길을 잃지 않도록 도와주려고 길잡이 순록의 목에 달아 준
감미로운 방울 소리가 들렸다.
그는 일행을 이끌고 위대한 사냥에 나가 얼음을 밟고 나아갔으며
그들은 둔감한 진주 빛 광채 속에서 눈이 거대한 야수들 같았고,
얼어붙어 뒤뚱거리는 물개들, 새하얀 코끼리들 같았고,
눈으로 대리석처럼 조각한 개들과 길게 줄지어 가는 사냥꾼들 같았고,
별들이 부스러질 듯한 고드름처럼 매달렸고, 서리의 혼령들이
갓 태어난 새끼 곰들처럼 눈이 부드럽게 덮인 들판에서 뛰놀았고,
푸른 수정 같은 바다가 고요하고 잔잔하게 펼쳐졌으며,
별똥별이 가끔 머리 위에서 소리 없이 터졌고, 개들이 짖었으며,
얼마 후 사냥꾼들은 야영할 자리를 마련하여
눈 언덕 뒤에 몸을 숨기고 숨을 죽이고는 물개를 기다렸다.

물개들이 숨을 쉬려고 수염이 난 주둥이를 위로 내밀 때
얼음 사이로 흘러나오는 미약하고 따스한 콧김을 찾아내려고
시선을 고정시킨 채로 사냥꾼들은 몇 시간이나 웅크리고 기다렸으며
발이 아교처럼 얼어붙고 손이 뻣뻣하게 마비되었으며
늙은 마법 의사가 큰 소리로 읊던 주문은 텅 빈 설원에서,
공허하고 굶주린 가슴속에서, 헛되이 울리기만 했다.
「오, 죽은 부모의 눈동자여, 전지전능한 별들이여,
하늘에서 알을 품은 어머니 달님이여,
물개에게 명령을 내리는 선량하고 살진 혼령이여,
굶어서 죽어 가는 우리들의 절규에 귀를 기울여 다오!
굶주린 적이 없어 인간의 고통을 느끼지 못하는 신에게
우리들은 선불리 우리 크나큰 고통을 얘기하지는 않겠노라.
조상들이여, 대지에다 저마다 피를 뱉어 대던 그대들이여,
우리 손자들을 불쌍히 여겨 그대들 가운데 살진 노인을 골라
그에게 가죽과 고기를 입혀서는 물개의 모습을 갖추게 하여
추운 설원으로 보내 우리들이 잡아먹게 해달라.
그는 고향으로 와서 같은 부족의 창자 속으로 들어가고,
등잔 속에서 높이 솟아올라, 위대한 옛 종족이 다시금
용기를 얻게 해주면, 오히려 즐거우리라.」
마법 의사가 별들을 설득하려고 노래를 부르며 달빛 속에서
슬그머니 둘러보고는 담청색 연기를 발견했지만
물개의 입김도 아니었고, 별이 떨어지지도 않았다.
그러나 끝없는 세월 동안 죽어 있던 무한한 침묵 속에서
늙은 마법사는 정신이 나가 두뇌를 벌름거렸으며,
천 개의 별이 그의 내면으로 쏟아져 조상들이 내리 덮쳤고,
그는 무서운 작살을 힘껏 던지기 시작했으며

재빨리 당겨 보니 끈끈한 피가 작살에서 방울져 떨어졌고
노인이 거품을 물고 소리치니 펑펑 쏟아지던 눈물이 갑자기
얼어붙은 그의 뺨에서 얼음 방울로 변했다. 「친구들이여,
굶주림에다 내가 마술을 걸었으니, 두려워하지 말고 나아가라!
밤은 고기가 잔뜩 뭉쳐 살진 물개처럼 뒤뚱거릴 것이다!
조상들이 비계를 우리들에게 내려 주었으니, 실컷 먹어라!」
그가 노래하고는 재빠른 춤을 추며 작살을 휘둘렀고,
미친 듯 검은 신이 요란하게 북을 두드렸으며,
꽁꽁 언 궁수는 엄습해 오는 얼음 속에서 떨었고,
모든 이성이 두려워하며 위대한 기적을 지켜보았다.
그가 물개로 변해 작살에 찔려 엎어져, 비계가 낀 그의 창자로
온 마을 사람들을 먹여 살리게만 된다면 얼마나 좋으랴!
거룩한 제물로 바친 짐승으로 인간의 영혼을 먹여 살릴 때
그는 처음으로 온몸이 짜릿한 기쁨을 느꼈지만,
슬프게도 물개의 기적은 제시간에 찾아오지 못했다.
말 없는 별들이 개미 떼처럼 몰려들어 때로는 눈물처럼
밤의 뺨을 타고 흘러내리거나, 때로는 오만하게 인간을
노려보고는 쫓아 버리는 광경을 그는 지켜보았다.
사냥꾼들은 기적을 유혹하려고 애썼지만 헛일이었고,
정적 속에서 갑자기 은방울을 울리는 백 대의 썰매가
몰려오는 듯 짤랑거리는 소리가 멀리서 들려왔다. 「눈보라다!」
모두들 소리치며 폭설을 피하려고 뿔뿔이 달아나서
그들이 눈을 뚫어 만든 길을 따라 달려 내려갔고,
그들의 잔등에서는 방울이 울리고, 창처럼 날카로운 눈발이
바늘처럼 쑤셔 대며 소용돌이쳤고, 사냥꾼들은 비명을 지르며
눈앞을 가리는 눈보라를 피하려고 고꾸라지고 허둥거렸으며,

맨 뒤에서 따라가던 궁수의 영혼은 놀란 이성을
꼭 붙잡아 진정시키려고 애를 썼다.
멀리 축복받은 섬에서, 푸른 바다가 반듯하게 누워
태양과 함께 웃었고, 포도원이 미소를 지었으며,
열기가 모든 들판을 태웠지만 시원한 바닷바람이 불고,
감미로운 그늘에 누운 농부들의 팔다리에서는
독한 포도액 냄새가 났으며, 가슴과 겨드랑이에서는 땀이 났다.
포도의 수확이 끝나고 축제의 나날이 시작될 때면
그들의 영주는 처녀와 총각들에게 마당을 활짝 열어
곱슬머리의 즐거운 신과 함께 먹고 마시게 해주었다.
그러면 그들의 모든 고생은 연기가 되어 하늘로 올라가
축복받은 자들의 머나먼 포도밭 섬으로 가서
포도주의 희미한 황홀함에 취해 동그라미를 그리며 희롱했다.
바질과 마저럼, 바다의 힘찬 여름 바람,
아양 떨며 꼬리 치는 파도, 공중으로 날아가는 섬들,
모양이 달라지는 봄철의 작고 감미로운 구름들 —
오디세우스는 그리움으로 머리가 터져 나가는 기분을 느꼈다!
그는 슬퍼서 한숨을 짓고는 슬그머니 주위를 둘러보았는데,
태양은 감미롭고 유혹적인 꿈에 지나지 않는지도 모르고,
사방에 덮인 눈은 숨 막히는 악몽에 지나지 않는지도 모를 일이었다.
야위고 지친 개들이 불타는 눈으로 짖어 대며
불가에서 흐느끼는 초라한 주인들을 쳐다보았고,
어머니들은 마지막 비계를 자식들에게 나눠 주었으며,
돌 등잔이 꺼지고 눈집이 어두워지자
늙은 여자들과 남자들과 아이들이 무서워서 비명을 질렀다.
「두 눈이 이글거리는 수컷 고라니가 어둠을 보고

우리들을 모두 잡아먹으러 덤벼들 테니, 등잔마다 불을 밝혀라!」
그러더니 꺼져 가는 등잔에 넣으려고 노인들은 냉정한 마음으로
아기들의 입에서까지도 마지막 비계를 빼앗았는데,
그들은 야윈 고라니가 살금살금 다가와서 집마다 문을 두드리고,
그러다가 캄캄한 오두막이 닥치면 날카로운 뿔을
벽에다 단단히 박고 그들을 쓰러뜨릴 것이라고 믿었다.

늙은 마법 의사는 사람들의 정신을 휘어잡아 광적인 기쁨을 느끼며
쩍쩍 갈라지는 눈 위에서 춤추는 신을 보았기 때문에
죽은 자들이 춤추며 그들의 얼음 무덤으로 가게 한 다음,
심한 배고픔을 느끼며 얼어붙은 불가에 웅숭그리고 앉았다.
어느 날 형의 무덤에서 돌아오던 그는 집집마다 지붕을 잘라 내며
성큼성큼 마을을 지나가는 신을 보았는데,
그의 뒤를 따라가던 광분한 노파들은 격렬한 춤을 추기 시작하여
눈을 파서는 큼직한 얼음 덩어리들을 삼키고는,
그들을 사랑하던 나머지 대지가 물개로 변했노라고 소리쳤다.
그는 신의 얼굴을 이성 속에 단단히 담아 두고, 통나무를 집어,
등으로 두 손을 돌려 묶은 그의 모습을 말없이 열심히
나무에 새긴 다음, 어느 누구의 어깨라도 뛰어넘어
인간의 두뇌를 갉아 먹지 못하도록 땅에다 박아 놓았다.*
머지않아 태양과 살진 물개들이 돌아오고
뿔이 멋진 사향노루와 잔털이 보드라운 오리들이 다시금
그들의 두뇌를 살찌우고 창자에 기름을 가득 채울 터이고,
그러면 양가집 식구들과 친구들이 모두 눈썰매에 가득 타고
눈이 녹기 전에 얼어붙은 얼음에 가장 먼저 도착하여
봄의 해빙기에 단단한 바위에다 그들의 천막을 치기 위해

그녀와 약혼자가 눈길을 가로질러 가야 했기 때문에,
그의 곁에서는 딸이 앉아 물개의 가죽을 씹으며
결혼식 의상을 짓고 바느질을 하느라고 바빴다.
맨 꼭대기 바위에다 그들이 치게 될 천막 주변에서는
머리가 치렁치렁한 수양버들과 무성한 갈대가 자라겠고,
지붕 꼭대기에서는 신부의 진홍빛 깃발이 나부끼리라.*
안에는 검댕이 묻지 않은 솥과, 잊지 않고 마련한 요람과
돌로 만든 새 등잔, 아직 사용하지 않은 구부러진 작살과,
아들의 갑옷을 완벽하게 갖춰 주기 위해서
튼튼한 옷감을 짤 시끄러운 베틀 따위의
새로 마련한 멋진 가구들이 들어서리라.
새로운 집안 물건들과 더불어 그들끼리 남게 되면
그들은 천막 자락을 단단히 여미고, 원기 왕성한 영주들처럼
인간 생명의 싹을 쥐고 있는 신 앞에 무릎을 꿇고 앉아
사향노루의 수놓은 가죽 위에서 다정하게 한 몸이 되리라.
처녀는 반쯤 눈을 감고 불 앞에서 씹어 대다가는,
그녀의 작은 가슴속에서 이미 해가 떠올라 그녀의 허벅지를
따스하게 비추었기 때문에, 참을성 있는 미소를 지었다.
뺨이 움푹 들어가고, 뼈가 살을 뚫고 나올 지경이고,
앙상하게 야윈 어머니는 그녀의 곁에 움츠리고 앉아
움직이지도 않고 말도 없이 마약 같은 도취감에 빠졌고,
꿈속에서는 그녀의 조상들이 손짓해 부르며 찾아오더니
토끼 구이를 그녀에게 먹이고 달콤한 포도주를 마시라고 주었으며,
노부인은 침을 꿀꺽 삼키고는 잠결에 미소를 지었다.
좋건 싫건 머지않아 태양이 떠오르겠고, 바닷물이 녹은 다음에는
그들이 물개 가죽으로 그를 위해서 만들어 준 작은 배를 타고

기다란 노를 하나 치켜들고 태양을 향해 떠나서
남쪽으로 사라져 다시는 돌아오지 않을 터여서
고독한 자는 나지막한 불을 쳐다보며 빙그레 웃었다.
「우리들이 추위에 떨다가 돛을 달고, 이성의 동의를 받아
더 먼 하얀 바닷가로 떠나게 될 때까지, 우리들은 쏘아 대는
자비로운 해파리 같은 마음의 수정 독약을, 야만적인 진실을
우리들에게 먹여 준 대지 역시 축복을 받아 마땅하다.」

세계의 방랑자가 머리를 숙이고 생각에 잠긴 사이에
늙은 마법 의사가 비명을 지르고 손에서 장작을 떨어뜨리고는
깊은 한숨을 지으며 털가죽 위로 맥없이 쓰러졌다.
딸이 갑자기 씹던 입을 멈추고 눈을 들었으며,
사랑하는 아버지를 꼭 껴안고 아기처럼 흔들어 주었고,
그는 몽롱한 꿈에서처럼 딸이 부르는 망자의 노래를 듣고는
그가 벌써 세상의 기초를 이루는 뿌리의
잿빛 강을 넘어선 모양이라는 생각이 들었다.
「아버지, 빈 낚시 바늘과 빈 그물과 저주받은 삶을 이끌고
집으로 돌아와서 이런 불평을 했던 밤이 기억나시나요?
〈우리 굶주린 입을 짓부수는 삶은 저주를 받을지어다!〉」
안개 속의 또 다른 바닷가에서처럼 그의 목소리가 들려왔다.
「그렇다, 생각이 나지만, 삶이란 감미로운 것이다!」
「아버지, 아궁이 불이 꺼지고 창자가 늘어져
아버지가 이렇게 소리치며 한숨을 짓던 일이 생각납니까?
〈오, 죽음이여, 비계와 고기가 많고 맛 좋은 순록이여,
굶주림을 견딜 수가 없으니 이리 와서 나를 먹여 살려라!〉」
「그렇다, 생각이 나지만, 삶이란 감미로운 것이다!」

「아버지, 죽은 아이를 끌어안고 기울어진 해와 떠오르는
별들에게 이런 소리를 질렀던 때가 생각납니까?
〈세상에서 아이들이란 음산한 죽음의 식량일 따름이다.
살인자의 먹이가 되게 아이를 낳는 부부들은 저주받을지어다!〉」
「그렇다, 생각이 나지만, 삶이란 감미로운 것이다!」
이렇듯 부녀는 저마다 다른 바닷가에서 통곡했으며
그녀가 팔을 활짝 벌리자 그들 사이로 시커멓게
피로 얼룩진 잿빛 강물이 거품을 일으키며 흘러갔다.
꿈속에서 죽음의 노래가 귓전을 때리자
이성을 흔드는 소리를 듣고 어머니가 천천히 눈을 떠서 보니
노인이 엎드려 헉헉거리며 숨을 몰아쉬고
처녀가 그를 꼭 껴안고 죽음의 노래를 통곡했다.
「조상들과 같이 식사를 하러 가려고 남편이 돛을 올렸구나.」
늙은 아내가 부러워서 말하고는 눈을 감고 잠이 들었지만
노인은 딸의 처녀 엉덩이를 움켜잡았고
사타구니가 따뜻하게 단단해진 그는 다시 대지로 기어 올라갔고
찝찔한 눈물처럼 삶이 그의 떨리는 눈썹에서 미소를 지었다.
처녀는 다시금 물개의 질긴 가죽을 씹기 시작했으며
그녀의 이성은 요란한 결혼식 행렬로 다시 한 번 날아갔고
내면의 얼음이 다시금 녹고 태양이 빛났다.
이제 광증의 바람이 둔감하고 붉은 폭풍이 되어 불어치고
두뇌가 요란한 북소리처럼 울렸고, 차가운 어둠의 밑바닥에서
개와 신과 사람들이 심한 굶주림 때문에 신음했으며,
그들은 눈을 마시고 먹었으며, 잠 속에서 눈을 꼭 끌어안았고,
죽음까지도 새하얀 개들을 데리고 눈처럼 다가왔다.
늙은 남녀들이 몸을 덥히기 위해 마지막 얇은 비계 조각들을 가지고

무당의 등불 주위로 웅숭그리며 모여들었고
불가에 있던 마법 의사의 유혹하는 마음은 부리를 벌리고,
굶주림이나 사랑으로부터 인간의 마음을 멀리 떼어 놓는
슬프고도 무겁고 느린 만가를 불렀다.
「신이여, 시커먼 물에 뿌리를 박고, 끊임없이 눈물을 흘리고,
세계의 엄청난 고독을 두 손으로 단단히 움켜잡은 지상의 삶,
이 기쁨과 슬픔들은 과연 무엇인가?
마음은 밤에 쫓아오는 검은 암호랑이여서,
어느 날 사납게 으르렁거리며 온 세상을 집어삼킬지도 모르고,
그러면 나지막한 노래가 갑자기 우리 세상을 둘로 부숴 놓는다.」
마법 의사가 노래를 부르자 그들의 용감하고 찌그러진 마음속에서
견디기 어려운 설레임이 북받치고, 그들의 몸이 갈라졌으며,
남모르는 부끄러움이 정복되어 벌거벗은 영혼이
피와 진흙으로 범벅되어 노래의 감미로움 안에서 솟구쳤다.
마술 피리의 달콤한 노래를 들은 코브라처럼 유혹을 받고
마음의 가장 깊은 굴로부터 나와서, 눈에는 꿀을 담고
송곳니에는 독을 머금고, 빛을 받으며 발딱 일어섰다.
그러고는 누추한 눈집 안에서 남자들과 여자들이 거품을 물고
몸을 흔들며 자기도 모르게 숨을 마구 몰아쉬었고
모든 사람이 그들의 어두운 죄와 죄악을 고백하기 시작하여
야만적인 살인이나 사소한 도둑질을 얘기하기도 했고,
이웃집 바람둥이 아내와 잠자리를 같이 했던 얘기도 했고,
한 사람은 혼자 남아 가축과 통통한 여자를 독차지할 때까지
도시를 휩쓸고 모든 남자를 칼로 베어 버리고 싶다는
못된 집념에 사로잡혀 살았다는 고백을 했다.
견딜 수 없이 감미로운 노래에 휩쓸린 사람들은 모두

홀가분해질 때까지 무거운 마음을 쏟아 낸 다음에
죽어 가는 자의 나지막한 불 앞에서 흐느껴 울기 시작했고,
모두들 사랑의 다정한 매듭으로 엮여 하나가 되었다.
오디세우스가 벌떡 일어나더니 집의 한가운데 박힌
말뚝에 기대고는, 뒤엉킨 사람들 속으로 창피하게 떨어질까 봐
그의 마음을 단단히 잡았다.

이렇듯 고백의 절벽과 기근의 살육과 더불어
유독한 시간이 악귀처럼 눈 속을 기어 지나갔고,
돌 등잔이 나지막하게 펄럭였고, 죽음은 붉은 순록을 타고 가며
손짓해 불러 사람들을 휩쓸고 가버렸다.
언젠가 깊은 사랑과 자비로 인하여 하얀 곰이
얼음 언저리에다 젊은이들이 파놓은 구덩이로 빠졌고,
그들은 경건하게 곰을 잡아 여왕 같은 옷을 입힌 다음
북을 치며 당당하게 그들의 집으로 데리고 갔다.
마을 지도자들이 공손히 절하고 처녀들이 그녀*를 껴안았다.
「그대가 세상에서 맡은 역할이란 죽어서 우리들의 배를 채워
남자의 씨앗과 어머니의 젖이 자라고 불어나게 하는 것이니,
우리들에게 원한을 품지 말고 용서하기 바란다. 환영한다!
우리 가슴에서는 꿀과 달콤한 젖이 출렁거린다!」
고기 냄새를 맡고 당장 기운을 차린 무당은
성스러운 예복을 걸치고 사나운 가면을 쓰고는
숭고한 암곰의 거룩한 눈을 현혹시켜서,
잠결에 사람들을 쫓아다니며 괴롭히지 말고 어서
큼직하고 구부러진 앞발로 꿈속의 나무로 올라가게 했다.
그가 절하고는 교활하고 아첨하는 손짓으로 겸손히 경배했다.

「오, 맛 좋은 여신이여, 우리들의 기도에 귀를 기울여,
우리들의 오그라든 창자로 내려와서 고기로 가득 채운 다음,
우리들이 다시금 그대를 먹게 대지로 한 번 더 찾아오라.
삶의 맷돌은 힘차고 훌륭하여, 새와 야수와 인간과 신들이
야만적인 돌멩이들 사이로 다시 돌아오리라.
맷돌로 들어가 잘 먹이고 턱뼈가 움직이게 하여,
힘차게 갈아 굵은 뼈들이 부스러지게 만들면
우리들의 짐칸은 고기로 가득 차고, 뱃속의 구멍들이 터져
펄럭이는 이성의 맷돌 돛이 부풀고 다시금 맴돌 것이다!
내 모든 백성이 그대와 한 몸이 되기를 갈망하여
나는 싫건 좋건 그대의 살진 목을 도끼로 쳐야 하겠으니
용서하라, 오, 육신이 단단한 혼령이여, 어머니 곰이여!」
노인이 두려워하며 말하고, 번득이는 도끼를 치켜들었더니,
그의 두뇌가 타오르고, 두 팔에는 용의 기운이 불끈거렸으며,
주변의 눈이 석 자나 넓게 시뻘건 물이 들었다.
처음 내려치니 암곰이 포효했고, 노인도 마주 포효했으며,
모여든 도시의 모든 사람도 역시 포효했고,
두 번째 내려치니 위대한 야수의 거룩한 목이
방금 떠오른 태양처럼 땅으로 굴러 떨어지고 모든 눈이 빛났으며
모든 목마른 목구멍이 젖어 심한 갈증을 풀었고,
세 번째 내려치니 곰과 사람과 피가 하나로 뒤엉켰고
죽음이 순록으로 뛰어오르더니 다른 마을로 갔다.

이렇듯 인간의 무리가 근근이 먹고 살아가는 동안에
얼음 밑에서는 동면하던 뿌리들 사이로
깊은 어둠 속에서 뻣뻣한 팔다리로 봄이 돌아다녔다.

순회하는 시간이 돌아가고 곤충과 새와 짐승이
또다시 빛으로 솟아올라 거대한 바퀴에 단단히 매달리고,
벌름거리는 콧구멍은 봄의 냄새를 맡고 눈은 기쁨으로 불타며,
눈이 삐걱거리며 갈라지고 별은 창백하고 감미롭게 빛나며,
낮이 수정 팔찌를 차고 일어나 기지개를 켜며 하품하리라.
그러면 나지막한 수양버들이 항구의 바닷가에 그림자를 드리우고
보드라운 초록빛 이끼도 바위들 위로 기어 다니고
따스해진 대지는 겪어야 할 야만적인 고통을 잊으리라.
혼숫감을 완전히 마련한 신부들이 문을 열고
동쪽을 쳐다보고는 따뜻하게 미소 지을 날이 오기를 갈망하고,
어두운 하늘이 붉어지며 매달린 수정들도 깨지고
눈썰매들은 결혼 행렬을 이루어 다시금 달려간다.
깊은 땅속에서는 뱀들이 꿈틀거리고 벌레들이 기어가기 시작하며,
늙은 순록들은 눈 속 깊이 우르릉거리는 소리를 들으며
얼마 안 남은 무리를 모아 바닷가를 향해서 길을 내려간다.
늙은 순록처럼 늙은 사람들도 문간에 나와 서서
코를 벌름거리며 냄새를 맡고는 귀를 기울이며
얇은 얼음이 녹아 도시 전체를 집어삼키기 전에
어느 시간에 떠나야 가장 좋을지 따져 본다.
하늘의 언저리에서 하얀 새벽이 떨기 시작하고
모든 눈〔眼〕이 웃고 반짝이며 따스하게 고정된 동쪽에서는
태양이 요람에 누운 아기처럼 하늘에서 흔들렸다.
황금 모자를 쓰고 담청색 연기의 강보에 싸여
태양이 비틀거리며 솟아오르려고 하다가 다시금 쓰러졌고,
밤의 어머니 품 안에서 칭얼거렸다.
그러자 마법 의사가 소리를 지르고 소용돌이 춤을 시작하여

알록달록한 새들의 깃털과, 수없이 모아 놓은 알껍데기로
화려하게 꾸민 봄철의 마술 외투를 걸치고는
아기 태양에게 충고하는 마법의 주문을 읊었다.
「어서 오라, 우리 사랑스러운 귀염둥이 태양이여!
대지는 출산의 고통을 겪느라고 배가 아프며
아들이 자궁 속에서 비틀거리면서 발길질을 하니
팔을 활짝 벌리고 졸린 눈을 뜨고는
잠든 칼을 뽑아 들고 사냥개들을 풀어놓아라!
바위로 나와 바닷가를 향해 뛰어 내려오고,
다시금 옛 재주를 살려 옛길을 가도록 하라!
태양이여, 황금 자루를 가지고 돌아다니는 떠돌이 장사꾼처럼
우리 마을에 잠깐 머물러 그대의 상품들을 펼쳐 놓으면
우리들이 몰려가 그대의 물건을 모조리 살 것이다.
그대는 풀과 사향노루와 푸른 털이 난 여우를 가져오고,
그대는 그물에 담은 물고기와 알을 꾸러미로 가져오고,
처녀의 품으로 신랑과 아기를 가져다주는도다.
내가 아침 날개를 치고 꼬꼬댁 울어 댈 터이니
머리를 높이 젖히며 모두들 노래하고 춤추어라!」
그러더니 거센 목소리로 그가 수탉처럼 울었고
유인하는 새처럼 처녀들이 대담한 춤을 추는 한가운데서
청년들은 옛날 전통 의식이 요구하는 대로
봄의 이중창을 읊어, 처녀들에게 노래를 불러 주었다.
「아, 세상에는 감미로운 입맞춤보다 더 좋은 것이 없도다!
눈이 녹아 따뜻한 물속에서는 고기들이 자유롭게 헤엄치고
대지에서는 푸른 머리카락이 돋아나 가시나무들이 꽃피고
검은 바위들이 미소 지으며 우리 영혼은 다른 육체를 갈망하니,

눈초리가 장난스러운 처녀여, 그대의 입술은 얼마나 감미로운가!」
그러자 처녀들이 박자에 맞춰 손뼉 치며 목을 길게 뽑았다.
「그대의 입맞춤도 좋지만 결혼반지가 더욱 좋더라!」
다시 총각들은 핏줄이 부어오를 만큼 큰 소리로 응답했다.
「우리들이 가져온 향기로운 두 덩어리의 사향을 보라!
그대의 작은 귀에 달 금방울과 상아 빗도 가져왔고,
순결한 그대의 목에 걸 진홍빛 산호 목걸이도 마련했도다.
달콤한 입맞춤을 주고 이 값진 선물들을 가져가라.」
그러나 처녀들은 짓궂은 눈으로 총각들의 애를 태우며 웃었다.
「그대들이 선물로 가져온 사향 덩어리도 마음에 들기는 하지만
우리들에게는 황금 새장에 갇혀 노래하는 새 두 마리가 있도다.
반지를 준 다음에 새장을 부수고 우리 새들을 잡아가라!」
이틀 동안 총각들과 처녀들이 가짜 말다툼을 벌이고 춤추었으며
총각들이 입맞춤을, 그리고 처녀들이 결혼반지를 요구하다가
셋째 날이 되자 지참금과 조건들이 마무리되었다.
이렇듯 초라한 자는 짤막한 다정함의 한순간을 즐겼지만,
부정한 하늘에서는 신이 전령들을 불렀고,
방금 세상에서 돌아온 전령들이 놀라운 소식을 전했다.
「단둘이 앉아 감미롭게 입을 맞추고 그토록 다정한 얘기를
나누던 젊은 남녀를 보고 우리들은 검은 대지가 모두
하늘이 된 듯한 생각이 잠깐 들어 숨이 막혔나이다!」
「오호, 어서 달려 내려가 그들을 둘 다 죽이도록 하라!」
「우리들은 버드나무의 그늘에 앉은 젊은 남자가 허리를 숙이고
불타는 그의 머리를 단단한 손으로 움켜쥔 모습을 보았는데,
주변 세상의 부패를 둘러보던 그의 이성은
새롭고 올바른 길을 열어 쫓겨났던 온갖 미덕과 정의와

평화를 세상으로 가져오리라는 꿈을 빚었습니다.」
「오호, 어서 달려 내려가 그 남자를 죽이도록 하라!」
「눈보라가 터졌을 때 커다란 강의 둑에서 우리들은
절벽 위에서 빛나는 초라하고 작은 오두막 한 채를 발견했고,
나지막한 창문으로 안을 들여다보았더니
금발 아이 넷이 불가에 모여 앉아 웃고 장난쳤으며
어머니가 신을 망각하고 자랑스럽게 그들을 쳐다보더군요.」
「오호, 어서 달려 내려가 그들도 역시 죽이도록 하라!」
마지막으로 날개가 새하얀 눈으로 덮인 전령이 왔다.
「저주받아 마땅한 반항의 봄이 대지로 돌아왔나이다!
봉우리들이 녹아내리고, 풀과 벌레와 어리석은 인간의
뻔뻔스러운 머리가 다시 한 번 빛으로 뚫고 나와서
얼음이 아직 제대로 녹지 않았는데도 대지의 언저리에서는
사람들이 떼를 지어 여름 마을을 향해 내려간답니다.
그들은 아기를 업고 물건들을 수레에 싣고는,
약혼한 젊은 남녀는 어서 대지에 천막을 세우고는 포옹하며 잠들려고,
목적지를 향해 즐거워하며 갈 길을 서두릅니다!」
창백한 노인*이 허리를 숙이고 전령들에게 나지막이 얘기하니
푸르스름하고 미끈거리는 독(毒)이 창백한 입술에서 흘러내리고,
잔인한 마지막 명령이 노예 같은 부하들에게 전해졌다.
「오호, 어서 달려 내려가 그들을 모조리 죽이도록 하라!」

불멸의 암살자여, 그대가 성실한 무리와 얘기를 나누는 사이에
눈 밑의 땅에서 물이 느릿느릿 흐르고 대지가 천천히 움직였으며
깊은 잠 속에서 얼음 땅들이 녹아 갈라지는 소리를 듣고
마법 의사는 꿈을 꾼 다음 떠나라는 신호를 했다.

빛이 점점 대담해지고 낮이 부드러운 눈을 들자
오디세우스는 가죽을 세 겹으로 두르고 여우털 모자를 쓰고는
양날 도끼를 가죽 허리띠에다 얼른 찌른 다음
물개 가죽 카약을 뾰족한 창처럼 움켜잡고
부드러운 눈길로 사람들의 무리를 둘러보더니
썰렁한 눈집 마을 한가운데 서서 소리쳐 작별 인사를 했다.
「그대들이 나에게 먹인 비계 조각은 모두 어린아이가 되고,
그만큼 많은 조상의 영혼이 이 설원 위로 기어 올라올 것이며,
내가 이곳에서 마신 물의 항아리처럼 튼튼한 아들을 키우기 위해
많은 항아리를 이곳 모든 여자가 젖으로 가득 채우고,
나를 따뜻하게 해주려고 집에 불을 피웠으므로
하늘에서는 그대들을 위해 많은 칼이 번득일지어다!
선량한 하얀 혼령인 나는 내 자손인 그대들의 씨앗을 지키고
그대들의 머리에 축복을 내리며 지붕처럼 어두운 심연 위에
버티고 서서 도와주기 위해 이제 내 거룩한 손을 내밀겠노라.
밤낮으로 내 은총을 받으며, 잘 지내거라, 내 아이들아!」
그러고는 바닷가를 향해서 터벅거리고 가던 그는
자유로운 바닷물 위에다 어서 화살처럼 밀어내고 싶은
그의 작은 배를 기름 바른 기다란 상어처럼 껴안았다.
그러는 사이에 모두들 짖어 대는 개를 눈썰매에다 매고
기어 올라가서, 듬성듬성한 풀밭 어디에서인가
하얀 버드나무 가지로 초록빛 화환을 엮어 머리에 쓰고
햇볕을 쬐며 앉아 있는 봄을 찾아보려고 두리번거렸다.
따스한 눈으로 희롱하는 〈사랑〉을 따라, 야생 비둘기를 뒤따라
새하얗거나 담청색인 새들이 떼를 지어 하늘에서 흘러가며
입에다 풀을 물고 날개에는 향기롭고 따뜻한 흙냄새를 싣고

시끄럽게 소리를 지르며 환희했다.
하얗게 이어진 줄을 지어 도시 전체가 따라갔고,
용감한 청년들이 빠른 눈썰매를 타고 앞장서서 달렸으며
뒤에서는 어머니와 아기들, 노인들과 손자들이 타고 갔으며
맨 뒤에서는 한창 시절인 중년 남자들이 쫓아갔다.
두툼한 가죽 속에서 그들의 때 묻은 몸이 슬그머니 녹아내렸고
태양이 모든 햇살 속에서 저마다 반짝이고 빛났으며
용감하고 대담해진 청년들이 노래를 부르기 시작했다.
「황야의 심장이 녹고 우리들의 마음도 녹았으며
또다시 태양이 높이 솟았으니 우리들은 구원을 받았도다!
나는 왼손에 사랑을, 오른손에는 작살을 움켜잡았고,
개들이 킁킁거리며 앞장서서 달려가고, 신랑의 황금빛 등잔처럼
높이 매달린 태양이 우리들에게 길을 안내하는구나!」
많은 방랑을 한 자가 계속해서 나아가다가, 눈 위에서
단단히 뒤엉킨 그의 그림자와 배의 그림자를 보았다.
머나먼 하늘까지 초록빛으로 빛나며 펼쳐진 바닷물을 향해서
뱃사람이 걸어가는 동안, 대지가 초조하게 떨었으며,
햇살을 받아 매끄러운 얼음이 반짝이고, 눈은 장밋빛이 되었다.
첫 번째 눈썰매에서는 마법 의사의 통통한 딸이
겨우내 씹어서 부드럽게 만든 새로운 신부의 옷을
자랑스럽게 걸치고 으쓱거리며 신랑의 손을 잡았다.
「따뜻한 햇살을 받으며 사랑하는 이의 곁에 눕는 것보다
더 벅찬 기쁨이 이 슬픈 세상에는 없다고 하니,
노인들이 와서 하나가 된 우리들의 몸을 갈라놓지 못하게
우리들은 가장 높은 곳에다 천막을 칩시다, 내 사랑이여.」
곁눈질해 쳐다보는 신랑의 눈이 황홀한 빛으로 번득였다.

「위대한 조상들이 한 말에는 절대로 잘못이 없으니,
태양과 불은 훌륭하고, 물개는 맛있고 훌륭하며,
꼭 껴안은 품 속 여인의 육체도 훌륭하지만
무엇보다도 첫아들이 가장 좋다오!」
낯을 붉히면서 처녀가 웃었고, 대담해진 젊은 신랑은 얼른
머리를 돌려 길게 줄지어 따라오는 썰매들을 뒤돌아보았는데,
마음이 들뜬 총각들과 처녀들이 웃으며 썰매를 타고 달렸으며,
여자들과 즐거워하는 아이들이 기쁨으로 어지러워 소리를 질렀고
그의 장인 마법 의사는 옆에 타고 따라왔다.
젊은 신랑을 지켜보는 사람이 아무도 없으니 얼마나 기쁜가!
그는 모과 꽃밭으로, 사랑하는 젖가슴으로 손을 내밀었고,
오른손으로 단단하고 둥근 과일을 움켜잡자 한참 동안
두 사람 다 황홀해서 두뇌가 어지러웠다.
푸른 물이 빛나고 얼음장들이 갈라지자
그의 쪽배와 몸이 하나로 단단히 결합될 때까지
오디세우스는 물개 가죽 배로 몸을 밀어 넣었다. 그러자 그는
바다의 켄타우로스처럼 절반은 인간이고 절반은 쪽배가 되어 빛났고,
위대한 신의 새하얀 머리로부터 지식이 넘치고
한가운데서는 인간의 마음이 따뜻하게 숨 쉬었다.
고독한 자가 노를 저으니 마음은 기쁨으로 부풀어 올랐고
화살이나 빠른 갈매기처럼 그의 카약이 달려 나갔다.
「신의 머리, 인간의 마음, 배의 용골, 이렇게 우리들은
어머니의 자궁으로부터 잘 짜인 최후의 형태니라!」
그가 말하고 귀를 기울이니, 담청색 그늘에서 꽃이 피지 않은
여자들이 봄을 환영하는 노랫소리가 들려오는 듯했다.
「나는 여기서 삭막한 겨울에 겪은 세상 때문에 무척 괴로웠으니

만일 내가 받은 축복이 있다면 나는 그것을 모두 지금
얼음을 기어올라 풀밭을 향해 달려가는 사람들에게 주겠노라.」
세계의 방랑자는 이렇게 혼잣말을 하며 얼음 위에서 친구들에게
마지막 인사를 하기 위해 손을 치켜들었는데,
털북숭이 새끼 곰처럼 아이들이 웃고 뛰놀았으며,
어머니의 등에 푹 파묻혀 업힌 어떤 다른 아이들은 즐거워서
눈이 째지고 구리처럼 시퍼런 얼굴을 내밀고
부모와 빠른 개들과 장밋빛 태양을 구경했다.
늙은 마법 의사는 알껍데기들을 펄럭였고,
그의 무리를 이끌려고 기다란 지팡이를 조심스럽게 휘둘렀으며,
젊은 신랑은 아직도 사랑하는 이의 젖가슴을 잡고
그 따스한 감촉과 입맞춤의 황홀감으로 환희했다.

그들이 날카로운 봉우리의 산기슭으로 가까이 가고
개들이 헉헉 숨을 몰아쉬며 썰매를 끌었고,
푸른 땅에서 사랑의 풀*을 뽑으려고 총각들과 처녀들이 달려갔으며,
대지의 깊은 창자 속에서 우렁찬 폭음이 들려왔기 때문에
늙은 마법 의사는 무릎이 떨려 갑자기 걸음을 멈추었고,
땅이 흔들리자 다리가 비틀거려 그는 얼음 위로 엎어져
눈썰매들을 멈추라고 소리쳤지만, 즐거운 노래와
아이들의 환호성 때문에 그의 미약한 외침은 들리지도 않았다.
오디세우스는 얼음이 뿌리까지 깊이 흔들리고 산기슭이 기우뚱거리며
대지의 기초가 포효하는 무서운 소리를 들었고,
멀리 뒤쪽을 살펴보니 태양의 불길 속에서는 썰매들이
아직도 위험을 의식하지 못하여 마구 달려오는 중이었다.
신부가 제일 먼저 소리를 지르고 깎아지른 절벽 위에서

고삐를 움켜잡아 눈썰매를 세우려고 달려갔지만,
입을 벌린 물속으로 앞장선 개들이 미친 듯 뛰어들었고
신랑이 그의 사랑을 붙잡아 구해 주려고 달려갔지만
두 사람은 꼭 껴안고 그냥 하데스로 떨어지고 말았다.
그들 뒤에서 기쁨과 노래로 가득 찬 젊은 남녀들이 몰려왔고,
그들의 이성은 꿀 같은 봄의 숨결로 깊이 도취되어
늙은 마법 의사의 외침도 듣지 못하고 검은 죽음도 못 봤지만,
얼음 벌판이 갈라지고 물이 치솟자 정신없이 달려가서
산의 가장자리 대지의 언저리를 움켜잡았지만 소용이 없었고,
개들과 처녀들과 총각들이 술렁거리는 물속으로 떨어졌다.
창백한 마법 의사가 신경이 마비된 발을 움직이거나
얼얼한 목구멍이 터져 통곡하는 절규를 쏟아 내기도 전에,
모든 개와 사람이 거품의 소용돌이 속에 함께 빠져 죽었다.
궁수는 이런 무서운 광경을 공포 속에서 지켜보았는데,
하얀 황야에서 전에는 사람들이 살기라도 했는지
나무 잎사귀처럼 바스락거리거나 짐승이 도망치는 나지막한 소리가
봄철의 산들바람 속에서 달콤한 한순간 움직였고,
그러더니 땅이 갑자기 벌어져 흰 빛깔이 다시금 펼쳐졌고,
얼음과 눈 위에 존재했던 초라한 인간의 흔적은
해가 떠올라 녹아 버려 물처럼 스며들고 말라 버렸다.*
내면의 기쁨이 야만적인 고통으로 변해 넘쳐흘러서
오디세우스는 입술을 깨물고는 욕설을 억지로 참았으며,
산봉우리들이 환희로 꽃이 만발할 때까지
웃음 장미꽃을 설원과 바닷물에다 뿌리는 태양을 지켜보는 사이에
그는 분노로 말라붙은 목구멍에서 흐느낌이 치밀어 올랐고,
가는 두 손을 들어 세상을 지배하는 원반을 소리쳐 불렀다.

「세상에 넘치는 만물을 굽어보고 빛나며,
편애하지 않고 삶과 죽음에게 다 같이 빛을 뿌려 주고
인간의 불행이나 순진함도 불쌍히 여기지 않는 태양이여,
나에게도 그대와 같은 눈이 달려 있어 땅과 바다,
초라한 운명에 골고루 빛을 뿌리고 싶구나.」
이렇게 말한 다음 뱃사람은 회오리치는 머리를 움켜잡고
가슴을 마구 잡아 뜯으며 그의 영혼에게 소리쳤다.
「오, 인간의 영혼이여, 그대를 무엇이라고 불러야 할까?
때때로 그대는 죽음을 키잡이로 삼아 어두운 절망의 바다에서
빨리 항해하는 좁다란 배처럼 여겨지기도 한다!
그대에게는 바다도 없고 안전한 피난처도 없으며
검은 폭포가 그대를 움켜잡고 휘둘러 댄다는 사실을 잘 알고,
그대가 노를 저어 되돌아가려고 맹렬히 싸우며, 오, 영혼이여,
결국 아무런 구원도 오지 않으리라고 깊이 느끼면서도
노들을 손처럼 엇갈려 얹고, 아무런 희망이나 두려움도 없이
절망의 언저리에 꿋꿋하게 서서, 즐겁고 용감한 노래를 부르며
삭막한 황야로 뛰쳐나오는 그대의 모습을 보면, 나는 감탄한다!
오, 영혼이여, 그대는 바닥도 모르고 만족할 줄도 모르는 손을 뻗어
죽음이라는 불멸의 물로 끝없는 갈증을 푸는구나!」*

# 제23편

위대한 태양이여, 오, 아버지시여, 어머니시여, 아들이여,*
만일 그대의 씨앗을 그들의 살 속에 깊이 밀어 넣지 않으면
인간의 정액은 한 방울도 아들을 담지 않는 헛된 것이므로,
비옥한 대지에서 그대는 우리 순수한 여자들과 같이 잔다.
그대는 단단한 가슴에 젖이 넘치는 우리 어머니이기도 하여
우리들은 모두 입을 벌리고 그대를 기다리며, 모든 입술은
동틀 녘에 빛을 움켜잡고 달콤하게 빨아먹으려고 벌어진다.
위대한 태양이여, 둥지의 알들에게 따스한 날개를 뻗고,
연약한 껍질을 그대의 황금빛 부리로 쪼아
안에서 새끼의 부리가 응답하여 마주 쪼아서
얇은 가운데 벽이 천천히 무너져 껍질이 갈라지고
새끼들이 그대의 무릎으로 떨어져 먹이를 달라고 삑삑거린다.
그대는 물에서 뛰놀고 풀밭에서 뒹구는 우리 아들이어서,
배가 고프면 우리 젖가슴에 매달려 피를 젖으로 바꿔 놓고,
새벽에 잠이 깨어 붉은 장밋빛이 되면
우리 가슴에서 천 마리의 새, 천 개의 요람이 깨어난다.
오, 태양이여, 대지의 눈이 보고 즐기는 심오한 기쁨이여,

우리들을 영원히 그대의 손바닥에 들고 알처럼 품어서
우리 발을 날개로, 대지를 하늘로 만들어라, 신이여.
태양이여, 벌레들이 찾아와 숨겨진 턱뼈로 지금
그의 내장을 갉아먹으니, 늙은 궁수를 이곳에
혼자 남겨 두지 말고 그대의 다정한 품으로 받아들여라!
위대한 태양이여, 그의 뱃속으로 쏟아져 들어가
모든 벌레를 천 마리의 진홍빛과 황금빛 커다란 나비로 만들어라!
날개와 빛의 위대한 불꽃 속에서, 소금의 포옹 속에서,
죽음이 용맹한 사상을 타고 내려오게 하라!
살벌한 뼈와 날카로운 큰 낫만 가지고 죽음이
노예 같은 영혼들과 비겁한 머리들에게로 내려오게 하되,
이 고독한 자에게는 위대한 군주로서 찾아와 부끄러워하며
그의 유명한 다섯 성문을 두드리고, 그의 꿋꿋한 육신이 아직
시간이 없어 살과 뼈를 순수한 영혼과 번갯불,
행동과 기쁨으로 바꿔 놓지 못한, 끊임없는 투쟁의 찌꺼기를
크나큰 외경을 느끼며 거두어 가게 하라.
궁수가 그대를 골탕 먹여서, 죽음이여, 그는 그대의 모든 재산을
낭비하고 녹여 더러운 육체의 녹과 쓰레기만 남겼고,
순수한 혼령이 되어 그가 도망친 다음에 찾아온 그대는
짓밟힌 불과, 불씨와, 재와, 살의 찌꺼기만 발견하리라.

늙은 귀족 시간이 지나가고, 작은 벌레 한 마리가 기어 올라와,
숙명의 전령으로서 그의 허연 머리에 높이 올라앉은 다음,
연약한 턱을 벌리고는 온 세상을 집어삼켰다.
「나는 여러 나라를 삼키고 큰 도시들을 때려 부쉈도다!
나는 신랑과 신부들, 늠름한 손자들과 노인들을

실컷 잡아먹고 방금 얼음 벌판에서 돌아왔으며,
한 사람도 안 남기고 설원을 말끔히 쓸어 버렸도다.
그런데 파도를 뛰어넘는 이 뻔뻔스러운 배는 무엇인가?
모든 땅과 바다에서 오래전부터 내가 갈망했던
무서운 허연 머리가 선미루(船尾樓) 갑판에서 빛나는구나!
그것은 꿋꿋한 참나무나 강인한 바위처럼 깊이 뿌리를 내렸고,
그 속에서 억센 악마들이 칼을 휘두르는 소리가 들려오니,
나는 어떻게 그것을 포위하여 뼈 속을 찌를 수 있겠는가?
나는 우선 숨을 크게 들이마시고 무기를 들어야 되겠다.」
태양이 크게 탄식하여 바다를 물끄러미 둘러보니,
빨리 다가오는 시간의 머리 위 높은 곳에서
무기를 들고 몸을 돌리는 장밋빛 벌레가 눈에 띄었다.
태양은 그 광경을 보고 눈물을 흘리며 지고 싶었다.
「그대의 이마에서 기어가는 첫 번째 벌레가 벌써 보이니,
그대 홀로 어둠 속에서 하데스로 떨어지도록 내버려 두고
파도를 씻으며 그 위에서 쉬는 내 마음이 아프구나!*
그대가 지금 건너는 곳, 그대가 가고 싶어 하는 곳에는
몸을 식힐 바다나 타고 갈 빠른 배가 없으며,
마음대로 동전처럼 공중으로 집어 던지며 장난을 치거나
둥근 돌처럼 가지고 놀 사람도 없고,
전갈의 꼬리처럼 그대의 두뇌가 일어나서 공기의 푸른 심장에
무서운 독침을 찔러 박을 신들도 없도다.
그대가 가고 싶어 하는 곳에서는 그대의 귀와 손과 입술,
아직도 만족하지 못한 눈, 그대의 무기들을 빼앗는 자들이
흙 중의 흙인 그대의 이성을 어두운 바닷가에 내동댕이치리라!
언젠가 바다 위에서 돛을, 파도 위에서 거품을,

담청색 하늘에서 독수리의 날개를 보았던 자는 누구인가?
땅과 바다에서 세계의 나그네가 남긴 발자취를 누가 보았던가?
사라진 것은 푸른 연기요, 없어진 것은 불이며,
한낮에 바스락거리는 잎사귀와 바위 위에서 어른거리는 아지랑이도
노래하는 자의 검은 이마에서 번득이던 붉은 번갯불이니라!
슬프도다, 이제 어두운 이별의 시간에 나는 눈이 흐려져서
기쁨과 슬픔, 진실과 거짓을 구별할 수가 없으며,
넓고 넓은 하늘에서는 신화가 별처럼 곤두박질치며 떨어지고
유황과 재스민의 숨 막히는 자취만 남기는도다!
내면의 하늘과 바다를 위한 태양, 내면세계의 봉우리인 태양이여,
오, 이성이여, 나는 유명한 그대의 머릿속에서 떴다가 지고,
그대의 성벽을 맴도느라고 온 세상을 돌았지만,
이제는 나도 그대와 함께 파도 속으로 빠져 사라지리라!」
이렇듯 태양이 탄식하며 창백한 얼굴을 구슬프고 부드러운
구름으로 가렸고, 그래서 온 세상이 움츠러들었으며,
그러고는 초라한 관(棺)으로 하얀 손을 내밀어
죽음의 운명을 맞은 자의 허연 머리를 부드럽게 쓰다듬었다.
그러나 태양을 보면서도 말은 듣지 못하던 영혼이 일곱인 자는
그의 친구가 눈물로 젖은 듯싶어서
군살이 박인 두 손을 높이 들어 그를 위로했다.
「태양이여, 나는 차가운 바다에서 끝없이 항해했고,
모든 인간과 마음의 정열로부터 버림을 받았으며,
들먹거리던 가슴은 속이 비어 흘러 나가 말라붙었고
반짝이는 조약돌도 탁해지고 님프들이 도망쳤으며,
모두들 암흑의 심연을 냄새 맡고 다른 바다를 찾아갔으니
오직 그대만이 나를 여전히 따라오는구나, 오, 붉은 사냥개여.

사냥은 끝났고 짐승도 남지 않았으니, 그대는 돌아가라!」
그러나 태양이 엷은 구름을 녹이고 그 빛을 거두어서,
무르익은 머나먼 머리를 정성껏 비추고는
빛나는 손으로 부드럽게 잡고 그 머리를 놓아 주지 않으려 하니,
궁수가 눈을 들어 부드럽게 꾸짖었다.
「오, 태양이여, 그대의 빛은 주변의 수많은 별을 가려 버리니,
그대에게 푸짐한 음식을 차려 주고 포근한 잠자리를 마련해 주는
훌륭한 운명을 타고난 그대의 어머니에게로 어서 돌아가고,
그대의 새하얀 말들을 풀어 주어 파도 위에서 풀을 뜯게 하라.
곧 리라가 울리고 내 하얀 신부*가 찾아올 터이니
내가 사라지더라도 그대는 흐느껴 울지 말라.
신부를 보면 마음이 아플 테니 그대는 파도 속으로 내려가라.」
그래도 태양은 여전히 말을 듣지 않고 빙빙 돌면서
허연 머리를 빛으로 두르고, 죽은 자를 위한 높다란 촛불과
말없이 불타는 화환을 햇살로 엮었다 풀었다 했다.
기울지 않은 태양 속에서 좁다란 배가 떨면서 빛났고,
높다란 빙산들이 멀리서 소리도 없이 부스러져
붉은 장밋빛에 젖어 푸른 물 위로 천천히 천천히 흘러갔다.
어디선가 상어들의 지느러미가 번득이고 바다가 떨었으며,
어디선가 검은 물개들이 우는 아기처럼 울부짖었으며,
어디선가 구름 같은 새의 무리가 하얀 날개로 휩쓸며 응답했다.
그러나 머리를 든 고독한 자는 하얀 날개와,
따뜻한 배와, 공기의 날카로운 외침으로 두뇌가 가득 찼으며,
그래서 그는 지나가는 새들에게로 손을 뻗어
살아 있는 세계에 대한 인사의 편지를 목에 걸어 주었다.

흐뭇한 세월이, 순간들이 흘러가자 그는 아픈 손으로
대지와 삶을 쓰다듬으며 작별을 고했다.
하늘의 바닷길에서 위대한 공기의 황금 배가 나타났으며,
위쪽 하늘의 높은 길에서는 심한 바람이 몰아치고
구름이 부풀어 올라 여러 모양으로 바뀌더니
〈노인〉*이 그 수많은 재롱을 말없이 구경하는 사이에
가벼운 솜처럼 높다랗게 쌓이고는 날개가 떨어져 나갔다.
때때로 구름은 눈이 미치는 아득한 곳까지 어디에서나
불타는 성에서 피어오르는 짙은 연기 같기도 했고,
탑과 성벽과 고기잡이배들을 거느린 커다란 도시처럼
푸른 바닷가 위에 떠다니기도 했지만, 바람이 불어오면
도시가 흩어져 뒤엉킨 실 가닥들처럼 늘어졌다.
「오, 작은 공기의 배여, 구름의 땅이여, 어린 동생이여,
바람이 불면 우리들은 모양을 갖추기도 하고, 사라지기도 하는구나.」
고독한 자가 말하고는 위쪽 나라로 손을 흔들어 주었지만,
구름은 하늘에서 흩어지며 흔적도 남기지 않았다.
한편 태양은 포위된 도시를 잠도 안 자고 지키는 경비병처럼
완전 무장을 하고 벌떡 일어나 우렁차게 고함쳤는데,
그는 위험을 보고 소리쳤지만 신이나 인간이,
냉혹한 정적 속에서 아무도 응답을 하지 않았고,
벌레는 무기를 들고 심호흡을 하더니 죽어 가는 궁수의 몸으로
천천히 올라가 그의 두 눈썹 사이에 도사리고 앉았으며,
그는 떨면서 눈을 들어 〈그림자〉가 거품을 일으키는 뱃머리에 앉아
말없이 몸을 도사렸다가 풀기도 하고,
빛 속에서 깜빡이며 팽이처럼 재빨리 돌아
얼굴과 형상을 다 같이 바꾸는 것을 보았다.*

그것은 부리를 다듬는 야윈 까마귀로 변했다가,
뱃머리에서 짖어 대는 배의 사나운 개가 되기도 했고,
꼬리를 활짝 펼치는 검은 공작새가 되기도 했다.
물개 가죽 배가 화살처럼 파도를 가르며 빨리 나아가고
뱃머리에서는 창백한 태양이 감미롭게 타오를 때
눈이 홍옥 빛으로 변하는 선정적인 새까만 고니가 반짝였다.
그림자는 천천히, 무성한 머리카락이 새하얗고 허리가 굽었으며
수염이 격류처럼 쏟아지는 강물을 이루고 머리에는 따뜻하고
파란 여우털 모자를 쓴 늙은 남자의 모습을 갖추었다.
움푹한 눈구멍 속에서는 두 개의 작고 검은 눈이 번득였고
뼈만 앙상한 팔과 야윈 두 손으로 천천히 그는
지친 듯 느릿느릿 그림자의 노를 밀었으며
이성이 빠른 궁수는 뾰족한 뱃머리에 앉아 그의 노를 잡은 자가
누구인지 짐작이 갔기 때문에 엷은 미소를 지었으며,
오랫동안 기다렸던 당당한 손님에게 자리를 마련해 주려고
그의 늙은 갈빗대가 열리고 뼈들이 희미하게 삐걱거렸다.
한참 동안 그는 말도 없고 움직이지도 않았지만
옛 친구를 쳐다보는 사이에 감미로운 자비가 마음을 움직여
그는 퍼런 입술을 열고 그를 환영한다고 말했다.
「아, 죽음이여, 너무 늙어 머리가 백발이 되었고,
검은 고뇌와 많은 불행 때문에 그대의 육신이 망가졌구나!
그대 얼굴도 나하고 같은 자리에 똑같은 상처가 났으며
내가 다친 곳은 어디나 그대 또한 다쳤고
그대의 눈썹 사이에는 작은 벌레가 도사리고 있도다.
물 위로 머리를 숙이면 나는 그대의 얼굴을 보게 된다.
오, 죽음이여, 위대한 신전의 문지기여, 충실한 사냥개여,

그대는 평생 동안 그림자처럼 그림자를 뒤쫓았고,
왕처럼 앞으로 달려 나가거나 미친한 노예처럼 뒤에서 따라오며
얼마나 많은 고통을 받고 나와 더불어 늙어 왔던가!
우리 나란히 누워 함께 휴식을 취하자, 사랑하는 친구여.」
죽음이 다정한 미소로 응답하고는 이성이 여우 같은 자의
차분하고 어두워진 눈에 시선을 고정시켰으며,
그들 둘은 몇 시간 동안이나 말없이 서로 물끄러미 쳐다보면서
진주 빛 매끄러운 타작마당 위에서 평온하게 노를 저였다.
잠을 안 자는 태양이 늙은 두 머리를 어루만졌고
텁수룩하고 허연 그들의 수염은 초원의 불길처럼 타올랐으며
태양은 그들의 여우털 모자에 황금 장식처럼 매달렸다.
마음이 가득 차서 더 이상 받아들일 자리가 없고 두 손도 넘쳤으며,
활짝 핀 이성의 꽃은 씨앗이 되어 기뻐하며
조상의 평원에서 소금물 파도 위로 널리 흩어졌다.
고독한 자의 이성이 활짝 터지고 광활한 고독 속에서
그의 추억들이 폭포처럼 관자놀이로 쏟아져 내렸다.
그의 뒤에서는 〈바퀴〉가 조용히, 소리 없이 돌아갔고
늙은 구렁이처럼 〈시간〉이 입을 벌리고는
삼켰던 모든 것을 토해 내어 다시 한 번 빛나게 만들었다.
단 한 방울의 기억도 잃지 않아서 오디세우스는 즐거워 떨었고,
새하얗거나 새까맣거나 잿빛인 그의 무수한 머리가
모두 길게 줄지어 반짝이며 환희했다.
성들을 공격하고 여인들을 품에 안았으며
썩은 배로 혼자 바닷길을 약탈했던 성숙한 남자가,
늙어서 뼈가 굵고 하애진 노인이 햇빛 속에 섰으며,
높은 타작마당에서는 한 젊은이가 돌 고리를 집어 던졌고

장미꽃 봉우리인 그의 이성에는 아직 펼쳐지지 않은
야만적인 처녀 잎사귀들이 달렸고, 그의 유명한 항해들과
머나먼 미래의 아득한 행동들이 그 잎사귀에 담겼다.
그 뒤쪽에서 고독한 자는 혼자뿐인 아이의 모습으로 육신이
작은 배들을 파도 위로 밀어내고, 두려움을 모르는 선장처럼
그것들을 타고 가는 아이의 혼령을 보았다.
그러더니 젖먹이 아기가 된 그는 어머니의 젖가슴을 움켜잡고
장밋빛 젖꼭지를 무자비하고 탐욕스럽게 깨물었으며
웃기도 하고 울기도 하며 어머니는 아들이 훗날 언젠가
삶의 거룩한 젖을 움켜잡고 모두 빨아먹으리라고 느꼈다.
고뇌하는 자 더 이상 자신의 자취를 거슬러 올라갈 수가 없었으며,
부모의 몸속에서 그는 열병처럼 들끓었고,
아버지의 사타구니에서 약혼한 자의 문을 지나 들어갔고
처녀의 몸인 어머니는 두려워 떨며 허리를 숙이고는
순결한 자궁 속에서 아들이 발길질을 하는 것을 느꼈다.
어머니는 창가에서 혼숫감 옷을 바느질했고, 허리를 숙여
머리카락을 부지런히 놀리는 손 위로 늘어뜨린 채로
재빠른 손가락들이 날아가듯 그녀의 작은 마음을
장미꽃으로 수놓아, 꽃무늬가 펼쳐지고 솟구치며
노랗고 진홍빛 양털로 그녀의 남모르는 꿈들을 감쌌다.
그녀는 푸른 바다와 배와 노, 난쟁이 같은 흑인들,
붉은 허리띠를 두른 선장, 그녀의 아들을 수놓았고,
젊은 처녀의 마음이 물처럼 쏟아지고 흘렀다.
모든 부모들이 태양을 보기 수천 년 전에,
그는 물 위의 거품이나 굴속의 불꽃처럼 번득였고,
교활한 뱀처럼 버즘나무를 친친 감았다.

그는 위대한 어머니인 〈침묵〉과 〈대지〉와 〈바다〉로부터
인간의 형상을 갖추고 훗날 마침내 흙 위로 올라가
그의 삶을 사는 방법을 집요하고 끈기 있게 배워 터득했다.
「형제들이여, 이제 모두 다 같이 무기를 들어야 한다.」
죽음의 적이 무수한 그의 형상들에게 소리쳤다.
「그대들 가운데 하나는 아기의 장난감을, 하나는 청년의 젊음을
그리고 또 하나는 인간의 미친 욕정과 양날의 칼을 잡고,
마지막 하나는 영혼이라는 새하얀 말을 타고
자랑스럽게 죽은 정복자처럼 하데스로 뛰어들어야 하니,
이제 죽음은 하나의 순환을 완전히 마무리 지은 듯싶구나!」

모든 기억을 모아서, 그는 굵은 사향 덩어리처럼
시간을 손에 들고, 이성이 향기로 푹 젖을 때까지
코를 벌름거리며 폐허 속에서 그 냄새를 맡았다.
고독한 자의 손아귀에서 시간이 녹아, 육두구꽃과
후추 뿌리가 무성한 아시아 내륙의 숲으로부터 날아온 새처럼,
그의 손톱에서는 향기가 줄줄 흘러내렸다.
이성 속에서 무서운 신이 장미 기름처럼 정화되었으므로,
그의 삶도 얼룩 하나 없는 신화가 될 만큼 순수해졌고,
두려운 그의 생각들은 얌전한 공주로 바뀌었다.
그리고 무르익어 불타는 열매의 냄새를 맡은 오디세우스는
감미로운 현기증에 사로잡혀 창자가 모두 풀렸고
핏줄은 형언할 수 없는 안도감을 느끼며 터졌고
전에 세계를 잡으려고 그가 던졌던 그물 —
육신을 무장한 신경과 뼈와 살의 그물이 모두 와해되었다.
세계를 방랑한 자의 빼어난 형상을 빛어내느라고

여러 해 동안 투쟁했던 다섯 가지 기초적인 요소
흙과, 물과, 불과, 공기와, 이성처럼 열쇠를 간직한 요소들이
위치를 바꾸고 헤어지며 천천히 작별을 고했다.
밤새도록 흥겹게 놀고 나서 동틀 녘에 갈림길에 섰지만
대화가 즐거웠기 때문에 날이 밝았어도
건성으로만 작별 인사를 하고, 할 말이 더 많아
문을 열어 놓은 채로 서서 머뭇거리며 아직도 손을 잡고
손가락을 서로 얽는 다섯 친구처럼,
밤새도록 같이 흥겹게 지낸 이 다섯 친구,
궁수의 자랑스러운 다섯 친구, 힘찬 다섯 가지 요소는
두뇌의 갈림길에 서서 헤어질 줄 몰랐다.
그러자 근엄한 운동선수가 그의 허연 머리를 어루만졌다.
「오, 진주로 테를 두른 보석 상자여, 넘치는 머리여,
나무들과 새들과 짐승들과 인간 자신의 화려한 여러 세대가
하데스로 뛰어들지 않고 모두 그대의 내면에서 싹트려고 달려가며
온 세상의 씨앗들이 그대 안에서 한 가족이 되는데,
이제 그들이 모두 다정하게 모여 형체처럼 하나를 이루었으니
그대가 쓰러져 깨지고 부서질 때가 되었도다!」
고독한 자는 이렇게 혼잣말을 하고는 서글픈 사랑을 느끼며
옛날 상처로 깊은 흔적이 남은 그의 형이 아직도
검은 뱃머리에 가볍게 앉아 있는 모습을 물끄러미 쳐다보았다.
얼마나 많은 옛 추억과, 어떤 달콤한 대화들이 천천히
그의 이성 속에서 거닐고, 그의 입술에서 뛰놀았던가!
얼굴이 여럿인 자가 웃었고, 똑같이 부드러운 미소가
오랜 친구의 입술에서 번져 커다란 미소가 되었으며
불타는 그의 작은 눈이 흑고니의 눈처럼 빛났다.

신을 죽이는 자의 사냥하는 이성이 안개가 끼고 머나먼
기억의 숲으로 달려 들어가 그의 고통들을 몰아내었고,
그의 불행들이 살진 메추라기처럼 깍깍거리며 흩어졌고,
기억 속에서 삶의 항해가 터지더니 그의 허연 머릿속에서
피를 흘리며 떨어지는 별처럼 타올랐다.
그가 몸을 던져 이 절벽 저 절벽을 붙잡고 매달렸지만
운명의 바퀴는 그를 더 깊은 또 다른 구덩이로 집어 던졌다.
「오, 탄탈로스여, 축복받은 저주여, 위대한 조상이여,
한없이 깊은 입이여, 희망을 품고도 절망하는 마음이여,
진수성찬 앞의 굶주림이여, 시원한 강물 앞에서의 갈증이여.」
그가 소리쳐 배부름처럼 굶주림을 맞았고,
그가 세상을 방랑했던 때의 옛 슬픔은 기쁨이 되었다.
「모든 신과 배들이 내 손아귀에서 썩었고
자랑스러운 내 친구들은 내 주먹에 잡힌 한 줌의 백발 머리와
추억과 향기로운 흙 이외에는 아무것도 남기지 않았구나.
나는 구덩이로 떨어지지 않으려고 나무를 움켜잡았지만
나무는 뿌리가 뽑히고 멍든 내 손에는 희미한 향기,
연약하게 떨리는 풀잎 하나만 남았도다.
그래서 마지막 안식처로 나는 외아들에게 매달렸지만
아들은 몰인정하게 나를 뿌리치고는 길 한가운데다
그의 어버이를 버리고 혼자서 군림하려고 달려갔다.
분노한 나는 기운을 차려 인간의 좁은 벽을 뛰어넘으려고 달려가
눈이 크고 광활한 사상을 당당하게 움켜잡았지만,
그것은 날쌘 유인원처럼 내 몸의 나무로 기어 올라가
내 머리의 사과를 가지고 장난치며 찬찬히 씹어 먹었고,
다 먹은 다음에는 다른 나무로 뛰어가

다른 머리를 따서 두뇌를 빨아먹었다.
나는 대지에다 위대한 신을 일으켜 세웠지만 어느 불타는 저녁에
그는 지진 속에서 짙은 연기와 더불어 큰 도시처럼 가라앉았다.
크나큰 기쁨과 용맹한 자부심으로 가득 차고 열매가 잔뜩 달린
높다란 나무처럼 내 두 손이 이 세상에서 빛나지만,
이제 나는 공기로만 가득 찬 손을 못된 신에게 전해 준다!」
이렇게 말하면서 위대한 궁수는 그의 두 손과, 발과,
넓적다리와, 허연 털이 난 가슴과, 힘찬 사타구니와,
가장 소중하고 투쟁적이고 상처투성이인 머리를 어루만졌다.
눈을 들어서 그는 안쪽 기움 돛대 위에서
다정하면서도 씁쓸한 미소를 짓고 쳐다보는 옛 친구를 보았고,
얼음의 황야에서 시선이 마주친 그들은 강물처럼, 뱀처럼,
교미를 하는 전갈들처럼 광채를 발산했다.
빛으로 흠뻑 젖은 에메랄드 빛 물은, 바다가 잔잔해질 정도로
조용하고도 슬픈 이별의 노래가 가느다란 목에서 넘쳐흘러도,
노래를 하지 않고 지나가는 한 쌍의 은빛 고니,
하얀 두 노인의 모습을 모두 비추어 보여 주었다.
탁한 물 위에서 햇빛을 받으며 두 친구가 떠가는 동안
항해를 많이 한 자는 어느 날 그가 절벽 끝에서 보았던
비를 맞으며 흐느껴 우는 장미꽃이 떠올랐는데,
활짝 만발하여 마음을 열고 옆으로 쓰러진 그 꽃은
절망하여 숨을 죽이고 짙어지는 어둠 속에서
핏방울처럼 하나씩하나씩 꽃잎을 떨어뜨렸다.
장미꽃은 이제 어두워지는 기억의 절벽 위에 피어나
아직도 눈물을 반짝이며 그의 추억, 기억하는 마음속에서
피로 얼룩진 잎사귀들이 아직도 천천히 떨어졌다.

장미꽃까지도 아직 궁수의 마음을 한숨짓게 했지만
그는 다시금 부끄러운 기분을 느껴 뱃머리 쪽으로 눈을 들었고,
죽음이 미소를 지으며 몸을 흔들자 카나리아들이 떼를 지어
움푹한 손바닥과 겨드랑이로부터 뛰쳐나왔고,
도시와 싸우는 자가 멍하니 쳐다보는 사이에 장미꽃은
허공으로 흩어졌으며, 갈라진 기억의 열린 새장으로부터
황금빛 카나리아들이 무리 지어 날아와 검은 뱃머리를 덮었다.
천 년 전 어느 날 한낮 크레테의 피투성이 바닷가에서
그의 친구들이 성의 청동 성문을 때려 부수고
궁정에서 살육이 자행되어 여자들이 통곡했지만,
무자비한 그의 무릎에 매달리거나 죽으려고 목을 내민 노인이나
처녀는 한 사람도 그는 지금 기억이 나지 않았고,
하늘 높이 황금빛 새장 속에 잔뜩 모여
탁한 연기 속에서 숨 막혀 울부짖던 카나리아들만 생각났다.
도살자의 어지러운 현기증에 빠졌던 그는 그때
훌륭한 가문의 여주인과 더불어 아무 죄도 없이
활활 타오르는 불길 속으로 사라진 황금 새들을
불쌍하다고 머리를 들어 눈여겨보지도 않았지만
지금 그들이 갑자기 살아나서 초라하고 머나먼
바닷가로부터 날아와 그의 두뇌 나뭇가지에 앉았고,
그의 허연 머리는 죽음의 새장처럼 지저귀었다.
그들의 절망적인 노래를 즐기던 고독한 자는
죽음의 허연 머리 근처에서 짙푸른 빛깔의 나비가
팔랑거리고 날아다니다가 조심스럽게 앉아서
그의 긴 콧수염에 엉켜 발버둥 치는 모습을 보았다.
그러나 털이 보드라운 날개의 감촉이 간지러워서 늙은 죽음이

그만 속이 시원할 만큼 요란하게 뱃머리에다 대고 재채기를 하여
고독한 자는 그에게 건강의 기쁨을 축원하며* 웃었다.
그러나 가엾은 나비는 깜짝 놀라 날개를 팔랑거리며
성을 부수는 자의 어깨 너머로 날아가 버렸다.
바다의 마지막 언저리인 초라하고 하얀 황야에서
연약한 영혼이 어떻게 여기까지 찾아왔을까?
이끼가 낀 이마에 나비가 앉자 궁수는 말없이 몸을 움츠리고,
그의 마음속에서 검은 짐승처럼
기억이 뛰쳐 일어나 천천히 되새김질을 했으며
옛 추수의 달이 돌아오자 해안선에 굴곡이 진 크레테가
다시 한 번 따스하게 바다 한가운데서 빛났다.
크레테의 웅장한 산봉우리들은 장밋빛으로 붉게 빛났고
가시나무 산등성이들이 모두 웃었으며
위대하고 존귀한 어머니 대륙들 한가운데서 크레테는
즐거운 마음으로 담청색 파도 위에 발가벗고 길게 누워
햇볕을 쬐며 장난치는 금발의 세이렌들처럼 빛났다.
그리고 옛날 옛적 그녀*의 튼튼한 몸 작디작은 들판에서는
곱슬머리 처녀들이 웃고 포도를 수확하며
사랑의 탄식이 담긴 노래를 불렀다.
「그대는 차가운 땅속에 누워 있으라고 태어나지는 않았으니,
달콤한 5월의 화원에서 밤새도록 처녀의 품에 안겨 누워 있으면
그대의 무릎에는 무르익은 사과*들이 굴러 떨어지고
머리카락으로는 아몬드나무 꽃들이 비 오듯 쏟아지고
붉은 카네이션은 그대의 목에 고리를 이루어 매달린다네.」
그러나 어떤 처녀의 마음도 슬픈 생각을 담지 않아서,
비둘기와 어루만짐과 입맞춤이 격렬한 선율을 타고 맴돌았으며

포도나무마다 사랑앵무들이 떼를 지어 뽐내면서 웃었다.
포도주를 짜려고 포도를 운반하는 능숙한 젊은이들은
노래의 쓰라린 깍지를 벗겨 버리고 그 속에서
두 개의 젖이 달린 달콤한 열매를 찾아 꺼낸 다음
곱슬머리를 뒤로 젖히고 슬픈 노래를 재빨리 이어받아
처녀들의 탄식에 사랑의 후렴으로 응답했다.
주인의 마당에서 무르익은 포도로 넘쳐흐르는 술통들은
여러 목소리로 신음하며 시끄럽게 장단을 맞추었다.
포도의 강렬한 분노에 모두들 취하고 황홀해져서
건장한 금발의 청년들이 발가벗고 통 속에서 뛰고 춤추었으며,
축 늘어진 무성한 콧수염에서는 포도액이 방울져 떨어졌고
겨드랑이와 긴 수염에는 포도나무 줄기들이 뒤엉켰고,
진한 포도액이 통에서 커다란 저장고로 쏟아져 들어갔다.
궁수의 옛 친구들이 주막에서 술을 마시고 모래밭에 누웠으며
화려하게 장식한 성문 주변에서 운명이 아직도 서성거렸지만
주인이 지나가며 손짓해 부르니까 불길들이 치솟았고
성 전체가 몸부림치며 낙엽처럼 회오리를 일으켰다.
짙어지는 연기 속에서, 자신의 의무를 실행했음을 기뻐하며,
그는 일꾼처럼 저녁에 휴식을 취하거나
흐뭇해진 집 구렁이처럼 그가 약탈한 금반지들과
살진 신들과 부유한 왕들을 천천히 소화시켰다.
그러나 땅에서 언뜻 그는 마지막 숨을 거두며
경련을 일으키는, 날개가 찢긴 눈먼 나비를 보았으며,
눈물을 글썽거리며 무정한 남자는 마음이 찢겨
마치 사랑하는 딸을 그곳에 묻기라도 하려는 듯
손톱으로 땅을 깊이 파고 들어갔으며

세계적으로 유명하고 성스러운 크레테의 도시에는
오직 한 마리의 경련하는 불멸의 나비만 남았다.
아, 마지막 시간에 만물이 가족처럼 하나가 되고
작은 날개의 솜털은 이성 속에서 자리를 잡아
세상에서 가장 영광스러운 왕국을 이룩한다. 이 기쁨!
삶의 고된 역정에 대한 보상을 제대로 받는 사람은 없어서,
마음속으로 그가 헤아리고 또 헤아려 보지만
두세 개의 장미 잎사귀, 두세 개의 작은 날개만 떨어질 따름이다.
「신과 자식과 전쟁과 사상, 모두가, 모두가 풀잎이요,
힘센 코끼리가 뜯어 먹은 연약한 풀잎일 따름이지만
이제는 하늘에 잔인한 주인도 없고 하데스의 두려움도 없이
머리가 허옇고 두뇌는 더욱 허연 노인이 되어
나는 입을 벌린 땅으로 미끄러져 들어간다.
나는 누구에게 〈반갑구나!〉라거나 〈잘 있거라!〉라고 외쳐야 하는가?
이곳에서는 나를 반겨 맞고 동반하는 영혼이 하나도 없구나.」

그가 얘기하는 사이에 통곡하는 자들이 기억에서 되살아났는데,
무리를 지어 탄식하는 여자들의 허망한 눈이
황량한 허공에서 검거나 푸르거나 새파란 별처럼 빛났고
그들은 저마다 굳게 다문 입술로 애원했다.
세상을 살아오는 동안 그는 술을 많이 마시고, 함께 싸우고,
빵과 소금을 나눠 먹고, 밭을 갈려고 황소처럼 스스로 멍에를 썼으며,
날카로운 발톱과 날개가 돋은 사람을 많이 알았고,
그의 마음은 그들을 기억하며 기뻐했지만,
그들의 영혼은 단 한 번도 하나로 뭉치거나 결합된 적이 없었다.
마치 남자들의 몸이란 벌거벗은 영혼이 서로 포옹하지 못하도록

막으려고 남자들 사이에서 솟아오르는 튼튼한 방패나 마찬가지여서,
처녀들하고만 그런 벌거숭이 기쁨을 누릴 수가 있었다.
그의 이성이 세상에서 알았던 모든 선(善), 모든 발전은
육신을 모두 허물어 버리는 처녀들을 통해서만 얻었다!
여인들만이 그의 고통을 느끼고 손을 잡아 그를 이끌었으며,
거룩한 육체의 남모르는 숲으로 내려가 둘이서
모든 꽃들 가운데 가장 활활 타오르는 꽃을 땄다.
여러 종족의 육체, 신이나 인간들의 팔이 저마다
그를 가장 은밀한 방으로 다정하게 이끌었고,
그가 신발을 벗어 던지고는 시원하게 뛰어들던
깊고도 신선한 강물과, 향기로 가득 찬 숲과,
처음 보는 바닷가와, 미지의 도시로 이끌어 주었다.
그리고 만일 그가 하늘에서 위대한 신들이 어떻게 살아가며
그들의 거대한 마음이나 이성이 어떻게 움직이는지 터득했다면
그것은 눈이 별처럼 빛나는, 잠자리로 유혹하는 여신에게서 배웠으며,
만일 기쁨이 부드러워진 그의 마음으로 스며든 적이 있거나,
영혼을 벌리는 성문이 혹시 언젠가 열린 적이 있었다면
삶의 열쇠를 들고 있다가 열어서 그를 들여보내 준
사향과 물약이 흐르는 백합 손가락들이 축복을 받아야 하리라.
활활 타오르는 이성의 등불과 영혼의 불길은 찬란하며,
피를 모두 대지에 쏟아 내고 영혼이 되어 솟아오르기 위해
온갖 담청색 그림자들과 싸우는 마음은 신비하지만,
신과 악마와 웃음과 눈물과 어지러운 생각들, 그 모두는
소용돌이처럼 재빨리 휘돌아 하나로 뭉친 다음
모로 누워 손짓해 부르는 둥그런 자궁 속으로 빠져 들어가게 되는데,
그것만이 진실이고 세상의 다른 모든 것은 알록달록한 날개다.

「오, 투명하고 선하고 발가벗은 무수한 얼굴의 여인이여,
그대에게서 불멸의 물을 한번 마시기만 하면
세상에서 천 년을 산다고 해도 그 갈증을 아무도 물리치지 못하고,
백 살의 노인이 된 나는 이제 내 생각들과 어지러운 영광들을
너덜너덜한 걸레처럼 멀리 던져 버리고,
나는 아들을 원하지도 않고 이성에 호소하지도 않으니,
아, 불멸의 처녀여, 그대가 고물에 눕고
그들의 체취를 내가 좋아하는 옛 동지들도 돌아와서,
죽음의 망망대해로 새로운 항해를 떠날 수 있도록
죽음과 싸우는 내 배들을 다시금 무장시키고 싶구나!」
마치 햇살을 받으며 길게 줄을 지은 여자들이 나타나거나
서둘러 오는 친구들을 찾아보기라도 하려는 듯
고독한 자는 머리를 돌려 세상을 뒤돌아보았다.
감미롭게 사랑에 휩쓸린 그는 이제, 많은 상처를 받고
고통을 당한 그의 육신에 대해서 연민을 느꼈다.
「암놈이나 새끼도 없이 추억만 가득 간직한 채 홀로
그의 깊은 굴로 돌아오는 사나운 사자처럼,
장례식 장작더미처럼 어두운 문간에서 광채를 내다가 사라지며
갈기에서 이슬을 흘리는 순수한 공기의 혼령처럼,
추억과 욕망이 가득 넘쳐흐르며 죽음의 문간에 선
그대의 모습을 나는 보았노라, 오, 육신이여.
그대는 폭풍에 시달려 험하게 깎인 얼굴을 돌리고
빛이 가득 찬 세상을 마지막으로 천천히 둘러보고 있으니,
오, 충실한 육신이여, 죽기 전에 그대의 흐뭇한 마음속에서
지극히 감미로운 연민이 꿀처럼 흐르게 하라. 모두 다 좋구나!
땅과 바다를 지나가는 나의 모든 길, 모든 마음을 지나가는

나의 모든 길을 즐거운 차분함을 느끼며 둘러보고,
만일 처음 나를 빚었던 불과 물이 대지 위에서
다시 한 번, 두 번, 세 번, 열 번 결합하여 뭉친다면
나는 이번에도 같은 길을 택할 터이며, 똑같이 날카로운 화살이
영원히 만족을 모르고 내 오른쪽 가슴에서 튕겨 나가리라.
나는 모든 쓰라림을 다시 마시고, 모든 기쁨을 거두어들이겠지만
영혼은 끝이 없고 갈증은 풀리지도 않으니,
떠날 때부터 나는 보다 빠르고 큰 걸음으로
모든 길을 건너고 지나 더욱 멀리 가려고 노력할 것이다.
이 늙은 나이에 나는 모든 왕국과 도시를
죽음의 문 앞에 불러 모으고는 이렇게 소리쳐 알리고 싶도다.
〈오라, 늙은 코끼리들아, 오라, 누더기를 걸친 노인들아,
오라, 흙의 은밀한 충고를 해주는 옛날의 벌레들아,
나에게 큰 걱정이 생겼으니 두려워하지 말고 내 곁에 모여
노인의 협의체를 구성하고는, 우리들이 어디에서 왔으며
어디로 가는지 알아보도록 하자, 형제들이여.〉」
생각은 아직 계속되고 얘기도 미처 혀끝에서 떨어지지 않았지만
앙상한 오디세우스, 꿋꿋한 삶의 용사, 그 늙은 학은
이제 피곤하여 머리를 떨구고 잠에 빠졌으며,
머나먼 곳에서 찾아온 훨씬 젊은 나이의 형처럼
말없이 탐욕스럽게 맞은편에서 죽음이 그를 지켜보는 동안
영혼이 일곱인 자는 엷은 미소를 지으며 천천히 잠이 들었다.

멀리서 비가 내려 커다란 그물로 세상을 붙잡아 담았고
씨앗들이 잠들어 뿌리를 뻗고는 살쪄서 젖으로 가득 찼으며
죽은 자들이 흙 속에 벌거벗고 누워 썩으며 부풀어 올랐다.

잠든 대지는 투명하고 모든 바위가 수정이 되었으며
고뇌를 많이 하는 자가 허리 숙여 죽은 자들을 둘러보고,
아버지를 굽어보던 그는 살아생전에 한마디 다정한 말도
그에게 한 적이 없으며, 세상의 끝에서 잠든 이제서야
그를 생각하니 마음이 찢어지는 듯하여 흐느껴 울었다.
천천히 비가 멎어 뚝뚝 떨어지는 사이에 오디세우스는
유령과 외침 소리로 가득한 짙은 독약의 소음으로 그의 이성이
넘쳐흐를 때까지, 허리를 숙이고 흙의 야만적인 냄새를 맡았다.
유령들이 그의 창자로 뛰어들어 죽은 자들이 깨어나 일어났고,
잠의 거룩한 나무가 부스럭거리는 소리로 부풀었으며,
보드라운 나뭇가지에는 꽃이 만발한 꿈들이 매달렸다.
키에 몸을 기대고 이성의 방랑자는 잠이 들었지만
그의 이성은 어두운 눈꺼풀 뒤에서 아직도 파수를 보았다.
충성스러운 영주들과, 하인들과, 가까운 친척을 반겨 맞는
늙은 집정관이나 위세가 당당한 왕처럼
위대한 이성은 존귀한 혼령들에게 반갑다고 인사하고는
그들을 모두 안으려고 부풀어 오르는 가슴을 활짝 폈다.
「새들과 혼령들의 소리가 들리지만 문이 모두 잠겼으니,
오, 노예들아, 내 넓은 궁정과, 문과, 성문을 열고
무거운 지붕을 허물어 내 손님들이 들어오게 하라!」
이렇게 당당한 이성이 외치고 거룩한 전령들을 불렀다.
따뜻한 날개들이 잔뜩 몰려들던 그의 지붕이 활짝 열려
새들이 떨면서 천천히, 조심스럽게 내려왔으며
작별을 고하려고 슬피 지저귀며 움츠려 앉았다.
콩새와 되새가 오고, 검은새와 매, 독수리와 자고,
갈까마귀와 큰독수리가 모두 평화롭게, 날카로운 발톱을 감추고,

지극히 어두운 격정을 이제는 말끔히 씻어 버리고,
위대한 저녁에 마음이 흐뭇하고 평화로운 모든 새들이
밤을 지내려고 수많은 둥지가 담긴 그의 머릿속에 내려앉았다.
이것이 거룩한 밤의 첫 번째 시간, 날개가 달린 시간이었다.
다음에는 우리 마음의 털북숭이 형제인 야수들이 찾아와서
무거운 강물처럼 고독한 자의 발을 핥았고,
마침내 배가 부르고 야수 같은 눈이 맑아졌으며,
사람처럼 깊은 생각에 잠겨 자칼과 여우, 사자, 들소,
늑대와 양이 둘씩 둘씩 짝을 지어 들어왔는데,
침묵을 지키거나 눈물을 흘리고, 꼬리는 다리 사이로 감춘 채
모두들 머리를 숙여 이성의 양치기 왕에게 작별을 고했다.
그들의 발톱은 쓸모없는 장식품이 되었고 뿔은 말랑말랑해져
차분한 이마에서 기다란 두 가닥 머리카락처럼 늘어졌으며,
산토끼도 겁이 없어지고 아기 사슴은 표범과 나란히 걸었고,
침착하게 죽어 가는 이성의 어두운 숲속에서는
뱀과 호랑이와 전갈과 곰이 홀가분한 마음으로 같이 놀았다.
이것이 거룩한 밤의 두 번째 시간, 털이 잔뜩 난 시간이었다.
그러자 충성스러운 짐승들에게 양치기가 작별을 고했다.
「너희들은 일도 잘했고, 야만적인 투쟁에서
첫 번째 망을 보는 시간에는 위기에 처한 인간을 도우려고
맛 좋은 고기와 털과 가죽을 아낌없이 바쳤으니,
머지않아 또 다른 주인이 찾아오면 그대들은 모두
훨씬 위대한 자를 위해 힘을 바치며 기뻐하게 될 터이니, 울지 말라.」
그가 말하고는 빛나는 얼굴을 광활한 하늘로 치켜들었고,
깊은 어둠으로부터 별들이 무장하고 찾아왔는데 —
핏방울처럼 뚝뚝 떨어지거나 술 취한 불 속에서 날뛰는 별도 있고

표범의 노란 눈처럼 어둠 속을 휩쓸고 지나가는 별도 있었으며
기쁨의 선정적인 구슬처럼 웃으며 마구 쏟아지는 별도 있었다.
날개와, 불과, 물방울과, 거대한 성배처럼,
고독한 자의 죽어 가는 이성을 위한 장례식 촛불처럼,
그의 허연 머리로 천천히 떨어지는 크고 따뜻한 눈물처럼,
별들이 소리 없이 지나가 서쪽으로 가라앉았다.
마침내 떨리던 별들이 스러지고 보름달이 가라앉았으며,
하늘의 둥근 지붕 전체가 그의 눈썹 사이로 뛰어들었다.
이것이 거룩한 밤의 세 번째 시간, 별이 빛나는 시간이었다.
그러자 별들이 기다란 목걸이처럼 그의 목을 장식했으며,
이성이 스스로 수의를 걸쳤고, 가슴에 새하얀 달이 박힌
준마를 타고 야윈 사람들이 약탈을 당해 꽃이 진
밤의 하늘을 가로질러 분노한 질풍처럼 내달렸다.
무르익지 않아 번쩍이는 젊은이들이 앞에서 달리고 노인들이,
햇볕에 그을은 가슴에 깊은 상처가 난 늙은 투사들이 뒤따랐는데,
그들은 이제 인간의 마지막 울타리를 넘어서는 그들의 아버지인
이성을 찾아 말을 타고 달려가는 위대한 사상들이었다.
해마다 전쟁이 불붙었고 불화가 그들을 괴롭혀서
노예가 된 인간의 무거운 영혼을 두려움과 암흑으로부터
해방시키려고 허리를 굽히고 꾸준히 노력하는 사상도 있었고,
독수리처럼 소리를 지르며 불타는 하늘을 지나
신의 불을 부리에 물고 돌아오려 하는 대담한 사상도 있었으며,
무자비하게 대지의 기초를 때려 부수는 사상도 있었다.
그러나 적과 친구가 하나로 어울려 마침내 모든 위대한 사상이
길을 떠나니, 밤이 무너지고 대지에서 악취가 풍겼으며,
힝힝거리며 발을 구르는 하얀 말을 탄 형제들이 함께 몰려가

재빨리 전진하여 궁수의 관자놀이들을 휩쓸었고,
위대한 귀족이 기뻐하며 당당한 그의 아들들을 불렀다.
「어서 오라, 나의 용감한 거인들아, 내 훌륭한 자식들아!
나는 지하 세계로 가지만 너희들은 아직 꿋꿋하구나!
어서 강인한 두뇌를 찾아 타고, 용감한 심성을 잡아 타거라!」
그가 말하자 사상들이 흩어져 무수한 길을 따라갔는데,
그들은 용감한 아버지를 잠깐 만난 다음 헤어져서
대지로 다시 달려 내려가거나 바다를 휩쓸기도 했지만
가장 용맹한 사상은 별을 따려고 하늘로 치솟았다.
이것이 거룩한 밤의 네 번째 시간, 말을 달리는 시간이었다.
이제는 은둔자의 예식을 갖추고 검은 혼령들이 날개를 접고
이성에게 작별을 고하며 말없이 지나갔고,
어둡거나 밝은 모든 기운이 팔짱을 끼고 지나갔으며,
밤의 유령들과 악마들, 천사들, 난쟁이 요정들, 운명들,
트롤*과 요정들은 황금빛 날개와 털북숭이 야윈 팔이 뒤엉켜서
죽어 가는 위대한 이성 속에서 우정과 자유에 대한
형언할 수 없이 달콤한 기쁨을 처음으로 느꼈다.
악귀들은 새빨갛고 신선한 과일과 술과 여자와 도시 따위의
멋진 선물을 교활한 손에 들었으며,
선한 혼령들은 텅 빈 하얀 두 손을 내밀고는
위대한 자유의 장엄한 만가를 조용히 노래했다.
모든 유령이 노래를 부르며 흔들리는 안개 속으로 사라지고
갖가지 짐승들과 새들, 생각들과 별들이 가라앉고
흩어지고 연기처럼 도망쳐 세상이 가벼워지는 동안
영혼이 일곱인 자는 미소를 지었고, 그의 이성은
새하얀 수염 앞으로 좋은 꿈이 흘러가기라도 한 듯 즐거워했다.

「그것들은 신이나 짐승이나 나라가 아니고 인간도 아니며,
슬픔이나 사랑이나 기쁨도 아니요, 내면에서 바다처럼 술렁이고
세상을 휘몰아치는 마음도 아니었으며, 그 속에서 내가
빛나다가 사라지는 짤막한 번갯불의 섬광이었노라!」
이것이 거룩한 밤의 가장 깊은 시간, 날개가 가벼운 시간이었으며,
부드럽고 포근한 그 시간은 조용히 머리를 얌전하게 떨구고,
따스한 친구의 옆에 천천히 자리를 잡는 검은 독수리처럼
역시 지친 날개를 접고는, 가까이 웅크리고 앉은
죽음의 나그네가 지닌 위대한 이성이 어루만져 주자,
보드라운 날개로 몸을 감싸고 흙덩어리처럼 쪼그리고 잠들었다.

그의 이성이 날개에 감싸여 뛰놀았고, 저 멀리 숲속에서
피투성이 짐승들이 돌아다니는 사이에 간지럼을 타는 낮이
동틀 녘 킬킬거리며 발가벗은 몸을 일으켰고
새벽의 첫 부드러운 빛이 돌멩이들을 핥으니
깜짝 놀라 공작새들이 깨어나고 염치없는 원숭이들이 날뛰었으며
가느다란 점박이 독사들이 모래를 뚫고 나와 빛을 마시려고
부풀어 오른 목을 나리꽃처럼 번쩍 치켜들었다.
태양의 딸들이 따뜻한 발로 지나가서
한낮이 모든 머리들 위에 꼿꼿하게 걸렸으며
대지의 차가운 앞발인 황량한 심연의 언저리에서
평온한 궁수는 천천히 잠의 꺼풀을 벗고 나와,
공중에서 노래를 부르려고 조용한 목을 차분히 들어 올리는
깃털이 검고 죽음에 질식을 당한 야성적인 고니 같은,
그의 옛 친구를 뱃머리에서 보고는 기쁜 마음이 들었다.
검은 형광빛들이 그의 뼈를 핥는 듯 그의 머리를 따라

아직도 별들과 짐승들과 새들과 생각들이 강물처럼 흘러서
허연 관자놀이에서는 유령 같은 꿈이 여전히 쏟아져 내렸다.
「영혼이 꽃피는 숲 위로 검은 태양이 죽음처럼 쏟아지는구나.」
그가 생각하고는 죽음에게 웃으려고 천천히 눈을 들었지만,
아, 텅 빈 뱃머리만 부서진 바다를 가르며 나아갔다.
당당한 손님 〈늙은 죽음〉은 흔적도 없이 사라져
고독한 자만 혼자 남아서, 심오한 고동이 힘차게
이중으로 울리던 두 개의 마음이 하나가 되었다.
기적이 가까워 옴을 느끼자 죽어 가던 자는 노와 묵직한 두 손,
그리고 이성도 엇갈려 놓고는 죽음의 배가
휘몰아치는 파도 위로 그냥 떠내려가게 내버려 두었다.
그는 다리를 뻗고 작은 배를 둘러보았는데,
그의 치수에 정확하게 관이 꼭 맞았고
관과 바다와 몸뚱어리가 단단히 하나로 뭉쳤으며
죽음이 지극히 감미롭고 미약한 산들바람처럼 불어왔다.
「영혼은 말라붙은 나뭇가지이니 바람을 불어 꽃 피우라!」
눈이 천 개인 태양은 아직도 소중한 친구 때문에 마음이 아파
그의 허연 머리와 가슴과 무릎과 발과 손들을
따뜻한 촉수로 부드럽게 어루만져 주었으며
절망한 용사는 태양의 따스한 손바닥을 느꼈으며
포근한 부드러움에 궁수가 떨고 그의 관이 흔들렸으며
세계의 두 방랑자는 천천히, 깊이 작별의 인사를 나누었다.
「나는 떠나겠으니, 태양이여, 용기를 내고, 친구여,
40일이 지나면 모든 고통은 잊힐 테니, 울지 말라!
무거운 마음은 기운을 내고 슬픈 그대의 이성에게 말하라.
〈눈부신 삶의 놀이가 땅과 바다에서, 나풀거리는 대기에서

한참 번득였도다! 그만하면 충분하니, 그대도 잘 가거라!〉」
태양은 심하게 탄 몸을 말없이 쓰다듬었고
둔감해진 이성이 서글프게 작별을 고하며 흐느껴 울었지만,
친구의 고통을 눈치 채고 이성이 빠른 자가 소리쳤다.
「태양이여, 두 줄의 시구가 내 목구멍에서 뱀처럼 도사리니
나는 숨이 막혀 그 시를 소리쳐 뱉어 내야만 하겠구나.
〈태양이여, 내가 그대를 본 적이 없다고 하자! 아, 운명아,
내가 들고 있던 연약한 촛불이 꺼지고 말았구나!〉」*
좁다란 관 속에 갇힌 두 마리 표범처럼 희롱하던 그들은
장밋빛 안개 속에서 파도 위에 꼿꼿하게 일어선
가슴이 벌어지고 산더미 같은 설성(雪城)이 절망에 빠져 말없이
죽은 자들의 성스러운 섬 옆으로 흘러가는 광경을 보았는데,
그것은 창백한 유령이 되어 숨을 쉬려고 애쓰는 영혼이었다.
늙은 운동선수는 말은 하지 않았지만 입술을 깨물었고,
머리를 숙이고는 외롭고 피로 얼룩진 영혼이 푸른 바닷물에서
소리 없이 항해하고 헤엄쳐 지나가는 모습을 굽어보았다.
흘러가는 안개 속에서 얼음산이 점점 줄어들어
태양의 하얀 햇살 속에서 유령처럼 사라진 다음에
고독한 자는 전율을 느끼고 눈이 멍해져 생각했다.
〈이것은 슬프고 창백한 모습으로 나를 찾으려고
헛되이 장님처럼 바다를 더듬고 지나가는 죽음임에 틀림없으니,
나는 곧 하얀 코끼리를 타야 하리라! 오, 이성이여,
그대의 모든 계략과 꾀는 이곳에서 통하지 않으니,
그럴 능력이 있다면 필연성에게나 매달려 호소하고,
허풍을 떨거나 기절하지 말고 용감하게
지나가는 새하얀 코끼리에 올라타고, 쓸데없는 불평이나 놀람 없이,

마치 나 자신이 같은 길을 가겠다고 선택한 듯
그것이 원하는 길로 나를 데려가게 하라.〉
그가 말하고는 도끼를 허리에 단단히 차고,
사슴 뿔로 만든 구부러진 활을 어깨에 메고,
주름진 목에는 소중한 두 개의 부싯돌을 걸었으며,
이제는 어떤 무기도 그에게 도움이 안 되리라는 것을 알면서도
그는 꿋꿋하고 자랑스럽게 완전 무장을 한 모습으로 죽고 싶었다.

배불리 먹은 다음 엄마의 젖꼭지를 놓고
따스한 젖가슴을 더듬으며 얌전히 눈을 감고
아기가 평온하게 눈을 감았다.
그의 커다란 속눈썹들이 내려와 온 세상을 덮어 버리자
깊은 뱃속의 세 겹 꼬투리로부터, 사랑하는 신이여,
장밋빛 몸의 연약하고 순결한 아기가 뛰쳐나와
짙은 그늘이 진 이성의 문지방에서 거품처럼 웃었다.
시간과 공간이 만나 그의 두뇌 껍질 속에서 열매처럼 뭉쳤고
아득한 모든 것들이 가까이 다가와 바퀴가 다시 한 번 돌았고,
깊고 투명한 물처럼 과거가 그의 주먹 안에서 빛났으며
죽어 가던 자는 그 물속에서 자신의 얼굴을 말없이 지켜보았다.
「아, 밤이여, 나의 힘센 아버지가 처녀인 어머니와 처음으로
한 몸이 되었던 신혼의 침대에서 번쩍이던 부싯돌이여!
온통 빛과 흙으로 가득 차고 위대한 영혼을 휘어잡는
정액 속에서 언젠가 나는 영혼과 육신과 활을 갖고 뛰쳐 일어나
활활 타오르는 별처럼 어두운 대지를 향해 휩쓸고 나왔다!
아홉째 달이 되자 어머니는 이성을 신선하게 가꾸고,
자궁을 가득 채운 검은 열매가 마음대로 숨 쉬게 하고,

시녀들과 놀기 위해 시끄러운 바닷가로 나갔다.
무수한 남자들과 잠자리를 같이 한 대지를 출산의 고통이 움켜잡았고
그녀는 시녀들에게 둘러싸여 바위에 몸을 낮춰 웅크려 앉았으며,
흙과 두뇌로 이루어진 존재들이 그녀를 도와주겠다고 달려 올라와서는
겁이 나서 비명만 질러 대는 사이에, 바람과 영혼과 빵과 숭고한 생각들이
충실한 산파처럼 옆에 서서 아기를 기다렸다.
그리고 푸른 바닷가에서 평화롭게 걸어가던 나의 어머니는
빗장을 지른 성문 같은 그녀의 자궁을 아들이 걷어차자
내면에서 긴 날개가 돋아나 솟아오르는 기분을 느꼈고,
모두가 그녀에게는 깊은 꿈처럼, 감미로운 피곤함에 빠진
혼탁한 바다의 공기처럼 여겨졌다.
그녀는 무거운 그물을 짊어지고 터벅거리던 늙은 어부를 보았고
팽팽한 활을 든 젊은 사냥꾼을 멀리서 보았으며,
바닷가의 어느 높은 바위에서 그녀는 어느 신이 아기를 가슴에 안고
멀리 바다를 향해 소리치는 모습도 보았다.
〈독수리 둥지여, 아기를 잉태한 어머니여, 건강을 빈다!〉
그러더니 젊은 어머니가 웃고는 조약돌을 가지고 놀았으며,
파도가 그녀의 발을 씻어 주고 벌거숭이 무릎을 시원히 해주었고
그러자 커다란 황새치가 가까이 헤엄쳐 와서 그녀의 자궁을 찢었다.*
그러고는 붉은 돛대를 높이 올린 검은 배가 흘러갔으며
그 배에서는 힘찬 뱃노래가 울려 나왔고, 어머니가 기뻐하며
노래를 들어 보려고 새하얗고 시원한 목을 길게 뽑자
그녀의 배가 평온해지고 아들도 역시 귀를 기울였다.
얼굴이 하얀 어머니가 붉은 돛을 쫓아갔고
그녀의 모든 영혼이 붉은 헝겊처럼 바람에 펄럭였으며
갑자기 고통이 밀어닥쳐 미처 하녀들이 오기도 전에

아들이 뜨겁게 타오르는 숯덩이처럼 바닷가로 굴러 떨어져
소금 같은 피와 모래로 얼룩지고 해초에 친친 감겼다.」
이렇듯 공간과 시간의 언저리에서 그의 낡은 관 속에 들어앉아
늙은 운동선수는 감은 속눈썹 사이로 자랑스럽게
머나먼 바닷가에서 우는 갓난아기와
바다에서 그를 구해 내려고 달려가는 시녀들을 보았다.
대지가 다시 가볍게 느껴지고 파도가 돌고래처럼 뛰놀았으며
멀리서 재앙의 성(城)들이 떨고 시녀들이 웃었으며
바다 한가운데서 함대 전체가 부서졌고, 황금빛 황소의 뿔이 달린
위대하고 숭고한 섬이 두렵고 격노하여 고함을 질렀고,
썩어 가는 인간의 시체를 덮친 열두 신이 두려워서
뒤엉킨 창자를 들고 검은 까마귀들처럼 흩어졌다.
그리고 궁수는 그의 어깨까지 높이 올라오는 꼬부라진
바질 잎사귀들 속에 틀어박혀 부모의 정원에서 놀던,
부드럽고 싹이 터오는 몸이 기억났다.
어느 날 아버지가 무화과 잎사귀로 싼 꿀을 그에게 먹였고
두뇌와 부드러운 머리가 모두 꿀벌의 집이 되었으며,
포도를 먹으면 그의 이성은 포도원의 열매로 가득 찼고,
무화과를 먹으면 무화과, 물을 마시면 샘물이 되어 그의 이성은
말랑말랑한 밀랍처럼 세상의 모든 모습을 그대로 찍어 냈다.
이제 그는 무서운 어머니, 망망대해로 돌아가서 한때는 장밋빛
안개로 덮였지만 이제는 너덜너덜해진 육신을 되돌려 주었다.
갑자기 싸늘한 북서풍이 불어왔고, 이제 세상이
붉은 돛을 올리고 흘러갈 터여서, 가벼운 산들바람의 유혹을 받아
은근히 마음이 흔들려 일어나 떠나려고 하는
기울어진 배의 돛처럼, 그의 연약한 몸이 펄럭였다.

그는 바위 같은 그의 무릎과 늙은 종아리를 더듬어 보고,
녹슨 관절도 움직여 보고 두 팔을 뻗었으며,
그를 둘러싼 눈부신 열두 개의 성좌,
허리에 찬 태양의 열두 가지 고행을 천천히 어루만졌고,
눈을 떠 자신을 어루만지는 슬픈 태양을 지켜본 다음
흙과 물과 공기와 바람과 생각으로 이루어진
삶의 거룩한 장난감을 부숴 버릴 때가 되었다고 느껴 우뚝 일어섰다.

오디세우스는 두 손을 내밀어 그의 유명한 육신에게,
밤새도록 같이 즐기던 다섯 친구에게 작별의 축복을 내렸다.
「오, 흙이여, 어머니 대지의 두툼하고 빈틈없는 혼숫감이여,
뜨내기처럼 멀리 방황하고 해와 비를 맞아 썩고
귀신들에게 잡아먹히는, 떠돌이 이성의 힘찬 오두막이여,
오, 반겨 받아들이겠다고 팔을 활짝 벌리는 흙이여,
이성이 나를 무너뜨리지 못하도록 그대가 내 뱃속에서
무겁고 말 없는 바닥짐처럼 힘차게 붙잡아 주는구나.
그대는 비계로 내 심장을 감싸고 진흙처럼 정강이에 달라붙으며,
내가 날아가 사라지지 않도록 땅으로 끌어 내리는도다!
그대는 내 창자의 뿌리에서 농부처럼 단단히 움켜잡고
허리를 굽혀 내 풍요함을 경작하고 내가 지닌 힘을 헤아리며,
그대의 물건들을 교활하게 팔고 헤픈 이웃 사람들을 속이며
그대의 밭과 농장을 천천히 넓혀 재산을 늘리다가
위대한 영주처럼 갈림길에 버티고 앉으리라.
마음이 앞장서 달리며, 날아가라고 그대에게 채찍질을 하고,
좁은 대지를 보다 넓고 깊게 만들라고 노래를 부르지만,
그대는 어디로 가야 하는지 알며, 대지의 따뜻한 진흙 속에

발이 잠기면 기뻐하기까지 하며, 속이 타서 서두르지도 않고
발에서 불이 나지도 않는도다, 오, 기초를 이루는 흙이여.
그대는 미친 마음이 날아가고 싶어서 날개 치는 소리를 듣고도
그냥 터벅터벅 걸어가며 험한 말로 새를 비웃는다.
〈대지가 눈앞에 있는데 하늘을 그리워하다니, 부끄럽도다!
내가 듣기로는 푸른 대지가 감미로우며
엘리시온 들판에서도 영혼들이 대지가 그리워 운다고 하니
내 단단한 발뒤꿈치에 날개가 돋는다면 그 얼마나 큰 죄인가.
나의 배, 거친 손과 발이 대지를 찬미하고
우리 눈은 진흙으로 만들어졌어도 별처럼 빛나니, 나는
사나운 날개를 괴로워하지 않는 아득한 신들에게 홀리지도 않으리라.
친구여, 그대는 느릿느릿한 황소처럼 둔한 머리로 얘기하고
길을 트기도 하며, 멍에를 지려고 참을성 있게 허리를 굽히며
이성의 찬란한 쟁기를 끌고 되새김질을 하지만,
저녁이 가까워지고 하루의 일이 끝나면
멍에를 내려놓고 그대의 외양간에 가서 누울 시간이로다,
오, 충실한 황소여, 흙으로 된 이성의 껍질이여!」

그러자 이성의 궁수는 말을 멈추었고, 그의 슬픈 마음은
마치 진흙과 돌멩이와 무거운 대지의 바닥짐이 갑자기 가라앉아
해방된 육신이 힘차게 뛰쳐 일어난 듯, 홀가분하게 느껴졌다.
그가 두 손을 내밀고는 두 번째 요소에게 축복을 내렸다.
「오, 물이여, 돌아다니는 삶의 원천이여, 나는 그대의 흐름을
손으로 떠서 그대에게 실한 얼굴을 주고 작별을 고하노라.
그대는 노래하고 어느새 사라지며, 굽이치고 미끄러지는가 하면
이성의 모든 맷돌과 환상들을 돌리고

믿음에 굴종하지도 않고 연민이 무엇인지도 알지 못한다.
그대는 힘차게 검은 땅을 뚫고 태양과 희롱하며,
무지개를 만들고 물의 왕국들이 꽃피게 한 다음
다시 그것들을 지워 버리고 다른 장난감을 가지고 논다.
그대는 내 마음속에서 대지의 뿌리를 쳐내는 농부가 아니라,
미덕과 향연과 안락함, 모든 훌륭한 신들을 버리고
모든 확실한 재산과 가정과 아들도 뒤에 남겨 두고
호두 껍데기를 타고 동틀 녘에 기꺼이 돛을 올리고는
낯선 벌거숭이 땅을 바람개비처럼 정처 없이 방황하며
모든 재산을 낭비해 버린 뱃사람이다. 그대는 이렇게 외친다.
〈나는 육신도 아니요 이성도 아니며, 하늘의 일곱 줄짜리 활처럼
비가 온 다음의 웃음처럼 그냥 흘러서 지나간다!
두뇌가 흙으로 빚어진 농부는 그의 황금빛 곡식과 붉은 포도주와
푸르고 향기로운 기름을 거두게 되리라고 예고하는
나의 노랗거나 진홍빛이거나 초록빛인 부분을 보고,
놀란 눈을 들어 소리치고 탐욕스럽게 입맛을 다시며 기뻐하고
나를 환영하지만, 나는 비의 장난감이요 태양의 미소일 따름이다.*
나는 밤낮으로 열여섯 가지 바람 모두와 희롱하고,
비록 처녀이며 진홍빛 가시투성이인 장미꽃을 내가 따더라도
다시 피어나 전혀 시들거나 줄어들지 않으므로,
나는 정직하고 성실하게 집 안에서 남편을 기다리며
하루 종일 앉아 있기만 하는 안주인 대지는 아니다.
어떤 이들은 나를 바다라 부르고, 배가 파도를 헤치고 나가면
나는 푸른 파도로 그 자취를 덮어 내 명예가 다시 꽃피며,
어떤 이들은 경건하게 나를 내면의 바다, 영혼이라고 부르고
젖가슴이 없는 메마른 미덕의 신부처럼 나를 치장한다.

그들은 나를 순수하고 불멸하며 흙이 한 덩어리도 없다 하고,
내가 연약한 육신의 수치로부터 도망치고 싶어 한다고도 말하는데,
비록 그들의 말에 귀를 기울이기는 해도, 나는 어둠 속에서
사랑하는 이를 껴안는 정열적인 처녀처럼 육신을 단단히 부둥켜안는다.
나는 순수하거나 순진하지도 않고 주름진 노처녀도 아니며,
나는 성자처럼 순결하게 살기 위해 세상에 태어나지도 않았고
하늘이나 신들을 전혀 갈망하거나 그리워하지 않았으므로
나는 육체를 일단 움켜잡으면 절대로 놓지 않는다.
궁수여, 나는 그대를 많이 사랑했고, 이제 그대는 떠나야 하니
그대의 튼튼한 손이나 힘찬 허벅지는 나에게 남겨 두지 말고,
우리들은 세월을 보람차게 보냈으니, 한숨을 짓지도 말라!〉」
이렇게 궁수의 마음속에서 중얼거리던 깊은 목소리가 그치자
피가 흐르는 그의 깊은 상처를 파도가 아물게 해주었으며
육체를 파괴하는 자의 뼈아픈 목소리가 울려 나왔다.
「오, 내 마음의 여성적인 요소여, 나를 씻어 주는 파도여,
그대는 밤낮으로 나에게 물을 주고 끌어안으려 하지만
이제는 포옹을 끝내고 헤어져야 할 때가 되었도다.」
그가 말하고는 허리를 숙여 두 손으로 물을 떴으며,
햇살에 씻긴 바다에서 갖가지 빛깔의 물이 서글프게 한 방울씩
그의 손가락 끝에서 떨어지는 것을 지켜보며 기쁨을 느꼈다.

손바닥이 비어 버린 다음에 그는 세 번째 친구에게로,
세 번째 내면의 요소로 시선을 돌리고는 작별을 고했다.
「오, 탐욕스러운 사냥개여, 표범 같은 마음이여, 불이여,
흙과 물을 다 같이 깔보는 그대는 절벽을 핥은 다음
나의 절망과 힘, 두 산봉우리에게로 덤벼드니, 오, 불이여,

어머니여, 딸이여, 내 말을 듣고 그대로 복종하라!
내 늙은 뼈가 이제는 속이 비어 갈대 소리를 내고
척추는 천천히 한 방울씩 바다로 흘러 떨어지며
흙은 무관심하게 나를 버리고 다시금 대지로 돌아가고
미덥지 못한 악당 같은 물도 다시금 바다로 흘러가니
내 미간에 오직 혼자만 충성스럽게 남은 그대,
오, 불이여, 숭고한 무희여, 춤을 찬미하는 불길이여,
그대는 세상이 사라지지 않도록 항상 새로운 땔감을 추구하도다!
기쁨 없는 시간과 사랑 없는 재물들로부터
기쁨을 긁어모으기 위해, 머리가 둔한 대지의 점잖은 영주들은
코에 독을 머금은 날카로운 미덕과 남몰래 얘기를 나누거나
모든 부끄러움을 자행하며 권력의 열쇠를 쥐거나
푹신한 침대에서 유혹적인 여자를 어루만지기도 하지만,
나는 높다란 모자를 쓴 그대를 선택한다, 오, 불이여.
아, 표범 얼룩이여, 우리들은 함께 잘 놀며 돌과 나무와 마음
모두가 마지막 꽃을 포기할 때까지 성들을 꿰뚫고,
마음들을 폭풍처럼 휘몰아치며 사나운 불꽃을 뿌려 대었노라!
오, 불이여, 그대는 내 마음을 태워 버린 비밀을 안다.
〈나는 인간이 아니라 그를 잡아먹는 불길만을 사랑한다!〉
사자로서 인간들의 나지막한 집을 지나 돌아다닐 때
내 이성은 그대가 뒤에 남기는 재와 찌꺼기를 경멸하기 때문에
단 하나의 육신이나 영혼도 구하겠다고 쫓아가지 않았고
두려움을 느끼며 오직 그대만을 사냥한다, 신비한 불꽃이여!
그대는 찢긴 깃발처럼 내 대담한 머리 위에서 펄럭이고,
그대가 소리치기에 나도 소리쳤고, 그대의 혀들이 날름거렸으며,
대지와 마음의 기초가 무너져 내 허망한 손에는

천천히 연기가 피어나는 따뜻한 재만 남았도다.
그대는 농부처럼 재산을 모으기 위해 흙에게 굴복하지도 않았고
파도의 그렇다와 아니다 사이에서 한가한 기쁨을 느끼지도 않았으며
도시와 마음들을 불태우고 그대의 주인까지도 불태우리라고
어디로 창을 겨눠야 할지 잘 알며 앞으로 달려 나갔다.
보다 훌륭한 농부들이 오고 영혼이 다시 한 번 꽃필 때까지
그대는 땅을 태우고 청소하여 밭에 새로운 고랑을 팠다.
오, 불이여, 늑대를 양치기로 삼고 포도밭을 여우에게 맡기고
그대는 재산을 네 바람에게 흩어 버리고는 모두에게 소리친다.
〈나는 영주여서 도시와 두뇌가 모두 내 것이지만, 숨이 막히니
모두들 어서 와 내 재산과 물건을 가져가고, 먹고 마셔라!〉
그래서 나는 꼬리를 우뚝 세운 그대를 사랑한다, 표범이여!
우리들은 평생 동안 함께 잘 놀고 불태웠으며
그대의 발톱은 내 몸이 피를 흘리거나 이성이 부서지게 했고
밤새도록 잠결에 나는 그대가 캑캑거리며 혀로 내 손에서
살갗을, 육신에서 두뇌를 핥아 없애는 소리를 들었다.
나는 개나, 아이들이나, 친구들이나, 신들이나, 희망도 없이
초라한 대지에서 홀로 폭염과 폭우 속을 걸으며
오직 그대를 능가하려고 그대하고만 투쟁을 벌였으나,
주인의 살이 얼마나 맛이 있을지 잘 알았으므로
그대는 머리의 튼튼한 흉벽을 뛰어넘어
굶주려 활활 타오르는 눈으로 나에게 고정시켰다.
우리들이 함께 죽도록 어서 일어나 그대의 아버지를 잡아먹어라!
분노와 연민이 마음을 질식시키니 나는 이제 희롱하지 않겠고,
내 영혼은 불의 입김처럼 이 가지에서 저 가지로 뛰어다니고,
밤이면 머리들을 차례로 움켜잡고 소리친다.

〈오, 불이여, 아들들이 그리고 딸들도 나를 부끄럽게 했으니
갈보 같은 대지를 휩쓸어 그들을 없애 버려라, 불이여!〉
나는 천천히 흙이 진홍빛 끈*을 두르는 것을 보았고,
욕정에 빠져 진흙 속에서 기어가고 꿈틀거리며 교미한 다음
인간 상상력의 빗물에 젖은 궤적 속으로 사라지는
개똥벌레들의 피처럼 혼탁한 인(燐)을 지켜보았고,
이 갈보 같은 세상에서 희롱하며 노는 짓을 비웃는다.
영혼과 나라와 인간과 대지와 신과 슬픔과 기쁨과 생각은
물과 흙과 이성의 거품으로 만들어진 유령들이어서
자식을 토해 내어 탄생시키는 공기가 가득 찬 두뇌와
희망과 두려움으로 떨리는 마음들에게만 좋을 따름이다.
〈어디로부터, 왜, 어디로?〉 우리들의 떨리는 뱃속이 신음하고,
끝없는 어둠 속에서 되울리며 우리 머리들도 신음하고,
그러자 내 마음속에서 어느 목소리가 용감하게 대답한다.
〈언젠가 틀림없이 불이 와서 대지를 깨끗이 하고
언젠가 틀림없이 불이 와서 이성을 재로 만들 터이니,
운명은 땅과 하늘을 집어삼키는 불의 혓바닥이다!〉
생명의 자궁이 불이요 불은 마지막 자궁이며
그 높다란 두 불길 사이에서 우리들은 울고 춤추었으니,
내 삶이 불타는 푸른 번갯불의 섬광 속에서는
모든 시간과 공간이 사라지고, 이성이 가라앉고,
마음과 새와 짐승과 두뇌와 흙이 모두 춤추기 시작하지만
그것은 춤이 아니어서, 활활 타오르고 빙글빙글 돌며 사라져
갑자기 자유가 되어 더 이상 존재하지 않는다!」

불꽃이 몸속에서 살며 포효하고, 우리들의 폐는 풀무처럼

불꽃을 먹어 창자에서 불길이 터져 나오게 하니,
궁수는 불을 이슬처럼 반가워하며 소리쳐 부르고는
차분히 시선을 돌려 네 번째 친구에게 작별을 고했다.
「오, 공기여, 불의 둥근 지붕 위에 얌전히 앉아
눈에 보이지 않는 비밀의 능력을, 불의 마지막 열매를
우리 머리 위로 신비한 과업처럼 높이 치켜든 불이여,
내려와서 머리 꼭대기에 엉킨 다음에 사라지거라!
그대는 시원하고 순수한 빛을 들고 연기를 마술로 쫓아 버리니,
백합이 흙 속에 파묻힌 그의 진흙 뿌리를 응시하듯
그대는 연기 나는 불꽃을 굽어보고 순수하게 솟아오른다.
그대는 계속 쌓이는 따스한 재를 험한 손으로 집어 들어
씨앗을 뿌리는 훌륭한 농부처럼 흩뿌려 재가 다시 밀이 되고
세상이 다시 한 번 싹트게 만든다.
그대는 모든 정열이 하나가 될 때까지 육신의 감옥을 부수고,
마차꾼처럼 노래를 부르며 이 육신에서 저 신비한 육신으로
심연들을 뛰어넘어 비밀의 소식과 숨결을
꽃피는 다정한 마음과 결실을 맺는 두뇌에게 전한다.
강한 바람처럼 내 슬픈 마음으로 불어오던 그대는
보이지 않는 태양의 광환(光環)이요, 내 잔인한 언어와
거칠고 무자비한 머리 주변에서 서성거리는 처녀다.
방마다 꿀이 넘쳐서 모두들 그녀가 알을 낳기 기다리면
몸이 향기롭고 순결한 여왕벌이 남몰래 한숨을 짓고,
히스가 만발하는 봄철에 여왕의 방에 갇힌 채로
날개를 펼쳐 보고 온몸을 잘 핥아 여왕이 준비를 마치면
의젓하게 붕붕거리며 날아 나오는 신랑 벌처럼
그대는 내 깊은 창자로부터 뛰쳐나온다.

수벌이 무장을 하고, 햇빛을 받으며 몸을 가꾸고는,
가장 거룩한 사랑의 갑옷을 몸에 걸친다.
그의 눈은 황금 모자처럼 늘어나 머리를 둘러싸서,
움직이지도 않으며 하늘의 둥근 지붕을 재빨리 훑어가며
신부를 잡으려고 담청색 세상을 모두 살펴본다.
그는 작은 귀를 활짝 열고, 깃털 하나만 떨어지더라도
나무가 쓰러지기라도 한 듯 숲 전체가 울리는 소리를 듣고,
여왕이 옷을 입고 몸치장하는 소리를 듣고,
일벌의 대군이 그녀 주변에 잔뜩 몰려들어 붕붕거리며
귓속말로 비밀의 충고를 하고 전송하는 소리를 듣는다.
그의 입맛은 꿀벌의 집에서 들판으로 약탈 대상을 넓히고,
그의 혀는 추수하는 낫처럼 태양의 주변까지도 날름거리고,
그의 콧구멍은 화려한 결혼식을 올리려고 봄철 하늘로
솟아오르는 신부의 체취를 맡으려고 벌름거리며,
꿀 같은 기대감이 그의 몸뚱어리를 관통한다.
끈끈한 발과 털이 잔뜩 난 즐거운 아랫배에
여왕의 몸뚱어리가 닿아 하나가 되어 씨앗이 가득 찰 때까지,
대지는 벌집처럼 붕붕거리는 숲이요, 줄줄 흐르는 태양도
그대가 거두어들이는 황금빛 꿀을 쌓아 놓은 벌통이나 마찬가지다.
그렇다, 수벌이여, 결혼도 훌륭했고, 꿀 같은 놀이도 훌륭하여
꿀의 어머니 대지는 찬란한 씨앗으로 가득 찼으며
이제는 그녀가 어서 달려가 알을 낳고 텅 빈 배가
흐뭇한 허벅지로 늘어지면 그대는 필요가 없어지리라.
오, 꿀벌 오디세우스여, 공기여, 빛이여, 보이지 않는 형상이여,
눈을 높이 들고 나는 가장 격렬한 신혼의 벼락불을 타고
죽음이 달려오는 모습을 보면, 즐거워서 몸을 떤다!」

이어지는 새벽이 진주의 바다로 쏟아져 들어가는 동안
파도 속으로 가라앉거나 치솟지도 않으며 평탄한 하늘 언저리에서
태양의 외로운 바퀴가 거니는 모습을 죽어 가는 자가 지켜보았다.
매끄러운 물은 한 번도 건드리지 않고, 창백한 태양은
희망이나 무기가 없이, 궁수의 새하얀 머리 주변을 맴돌았다.

두개골의 남모르는 굴속에서 고뇌하는 자가 침착하게
독침을 높이 치켜든 무서운 전갈에게 접근했다.
「오, 이성이여, 고향이 없는 허공의 위대한 장인(匠人)이여,
거룩한 운동선수, 위대한 순교자인 그대는 동굴의 고행자처럼
두개골 깊은 속에 다리를 포개고 앉았으며,
그대의 생각들은 하늘에서 매처럼 날뛰고 소리를 질러 대어
굶주림에 시달리며 짐승을 사냥하는 체한다.
푸르고 둥근 허공에서 그대는 환상과 진실로,
영혼과 육체로 잘 가꾼 대지의 찬란한 대군을 행군시키고,
그대는 연약한 장난감들이 재미있어서 대지로 뛰어올라 춤추었고
그대는 검은 바다의 야만적인 바닷가에서 어린아이처럼
제멋대로 뒹굴고, 형상과 날개와 목적과 이름을 자주 바꾸었고
젖은 모래를 퍼서 마구 두들기며 소리쳤다.
〈세상의 음산한 바닷가에서 혼자 놀고 싶지는 않으므로
나는 진흙 인간을 만들고, 많은 군대를 행군시키고,
그들의 콧구멍을 입김으로 불어 영혼을 가득 채워 주겠다!〉
갑자기 초라한 모래밭이 떨리고 움직이기 시작하더니
날개를 실험 삼아 퍼덕이며 으스대는 비둘기들처럼
바닷가를 활보하며 내려가는 불멸의 하얀 영혼들과,
대담하게 싸우는 용사들과, 몸치장을 한 유혹적인 처녀들과,

나무와 짐승과 새와 발가벗은 난쟁이 사람들이 뛰쳐나왔다.
오, 이성이여, 바람처럼 불어 다시금 그들을 모래로 만들어라!
떨리는 손으로, 자유로운 의지로 내가 어떻게 감히
흙의 문을 열고 죽음이 들어오게 해주었는지 알고 싶다며
새들과 검은 악마들이 앞장서서 나에게로 달려오고
나무들이 꽃피고, 물이 함성 지르고, 동물들이 고함쳤지만
여전히 미소 지으며 수치를 당하지 않는 자부심을 지니고
검은 눈의 필연성과 싸우며, 나는 죽음을 보고 사랑한다.
가슴이 두근거리고 격정이 바다를 휘저어 거품을 일으키며,
홍수 속에서 이성이 나타나고, 거대한 바위 아래로
조용한 물이 쏟아지며 폭포를 이룬다. 오, 이성이여,
그대의 네 마리 말 물과 불과 흙과 빛이
고삐를 당기며 날뛰지만 그대는 재갈을 단단히 잡고,
야만적인 힘을 두뇌의 신중한 생각으로 길들인다.
길의 끝에 있으리라고 그들이 생각하는 외양간에 도달하려고
그대의 말들이 아무리 날개 달린 발로 날아가려고 힝힝거려도,
그대의 눈이 나락과 절망과 죽음과 용감한 행동으로 가득하여
아무리 그대가 비밀을 잘 알고, 그대의 손이 힘차다고 하더라도,
빠른 속도로 죽어 가는 말들에게 그대는 박차를 가할 따름이어서,
그들을 잘 먹이고 쓰다듬고 보기 좋게 치장한 다음에는,
길과 말과 마차와 마차를 모는 사람이 모두 함께
끝없는 나락으로 정신없이 거꾸로 굴러 떨어진다!
두려움도 없이 눈을 뜬 채로 자랑스럽게 벌거숭이 절벽으로
곧장 달려가 뛰어드는 그대를 나는 사랑한다, 이성이여!
삶이란 저울의 놀이에 불과하다는 사실을 잘 알기 때문에
그대 미간의 훌륭한 저울로 그대는 모든 것을 달아 보고,

물과 불과 흙과 공기, 모든 슬픔, 모든 기쁨을
그대는 현명한 생각으로 담금질한다.
만일 흙이 한 알 더 떨어지면 인간의 이성이 무거워져서
가엾은 영혼이 얼기설기 얽힌 진흙 속으로 가라앉고,
물이 한 방울 더 떨어지면 인간의 단단한 얼굴이 깨져서
밀가루 반죽처럼 힘없이 쏟아져 흘러내리고 나뒹굴며,
확실한 기억도 맛보지 못하고 부둥켜안을 팔도 없어지고,
운명을 짓이기는 그릇으로 그리고 삶을 절제하지 못하는 마음으로
불길이 한 가닥 더 떨어진다면 온 세상이 타버리고
다시 한 번 우리 손바닥에서 재가 되고 말 터이며,
만일 무르익은 우리 머릿속에서 한없는 빛이 심하게 타오르면
하얗고 투명한 삶이 별무늬를 수놓은 베일처럼,
흘러가는 구름처럼 우리들 위에서 펄럭이고 희롱하겠지만,
우리들의 힘찬 주먹은 절대로 기만을 당하지 않고
공기의 유령을 단단한 육신처럼 움켜잡으려고 올라가지도 않으며
삶은 포근하고 그림자 같은 꿈처럼 사라지고 말리라.
오, 이성이여, 위대한 마부처럼 그대는 힘찬 손으로
성스러운 미덕과 수치, 두려움과 희망의 무수한 고삐를 쥐고
깎아지른 절벽을 향해서 마차를 몰고 나아갈 것이고,
힘든 의무를 잘 끝낸 그대에게 나는 감사를 드리겠으며
이제 절벽이 가까워졌으니, 길잡이여, 말들을 풀어놓아
마차와 마부들이 어두운 심연으로 떨어지게 하라.
우리들은 마침내 기나긴 여행의 끝에 무사히 도착했노라!」

그러더니 위대한 운동선수가 두 손을 천천히 엇갈려 얹었고,
가벼우면서도 마비시키는 현기증이 그의 몸속으로 쏟아져

육신의 그림자 깊은 곳에서 사냥꾼 같은 그의 이성과
충성스러운 사냥개 같은 그의 심성이
짐승을 잡느라고 기진맥진한 몸을 나란히 눕혔다.
고독한 자가 눈을 감았더니 구렁이 신처럼 잠이
그의 머리 어두운 동굴 속에서 묵직하게 또아리를 틀었으며,
검은 번갯불이 그의 두뇌를 찢어 놓아 무서운 뚜껑문이 달린
대지가 깊게 입을 벌렸으며, 축축하게 몰려드는 어둠 속에
신이 흙 그릇을 굽어보고 서서는 묵직한 손으로
겨드랑이에서 땀이 쏟아질 때까지 흙을 다졌다.
그의 원숭이 딸들과 엉덩이가 빨간 종들이 흙을 파서
체로 곱게 치고는 캑캑거리며 소리치기 시작했다.
「노인은 정신이 나갔는지 어린애처럼 두뇌가 혼란을 일으켜,
땀을 흘리다 말다 하면서 피와 눈물과 땀으로 빚어
벌거벗고 뒷발로 꼿꼿하게 일어서는 돼지들을 만들었고,
햇볕에 구우려고 늘어놓았지만 부드러운 보슬비가 내려
흙이 녹아 진흙이 되었고, 그래서 노인이 통곡하더라.
〈내 어린 자식들이 슬프게도 다시 진흙이 되었구나!〉
그러나 그는 이제, 높다란 머리에 뾰족한 모자를 쓰고
튼튼한 활을 들고 두 다리로 서는 돼지를 빚어 놓고는,
이성의 부싯깃에 두 개의 번득이는 부싯돌을 넣어 목에 걸어 주었다.
이 새로운 돼지가 어떤 존재인지 어서 이리 와서 보라!」
그러나 원숭이들이 세상의 깊은 자궁 속에서 떠들며
겨드랑이에서 땀을 흘리는 늙은이를 놀리려니까
거품을 입에 문 늙은 유인원이 갑자기 비틀거리며 나타났다.
「엉덩이가 붉은 형제들이여, 쓰러지지 않게 나를 부축해 다오!
늙은이가 미쳐서 그의 영혼이 사라지지 않도록 온 세상을 불태우고

가장 늦게 태어난 아이를 빵처럼 구우려고 하는도다!
그는 아이를 이글거리는 빵가마 속에 넣으려고 달려간다!
비의 개구리 신이여, 일어나서 다시 한 번 마력을 휘둘러
구름을 불러 모아 비가 내려 세상을 진흙이 되게 하라!
이 마지막 아들이 성공하여 잘 구워지면 우리들은 망한다!」
원숭이 떼가 날카롭게 소리치며 노인이 진흙 난쟁이를
빵가마 속으로 밀어 넣기 전에 도착하려고 서둘렀으며,
세상이 흔들리고 신이 뜨거운 불길로 들어가는 광경을 보고는
놀라고 겁에 질려 원숭이들이 펄쩍 뛰더니 우뚝 멈춰 섰다.
「새 주인이 태어났으니 우리는 망했구나!」 짐승들이 신음했다.
출산의 고통이 덮친 듯 대지가 일곱 번 떨었고,
밀빵처럼 까맣게 구워진 곱슬머리의 작은 인간을 품에 안고
신은 천천히 불가에서 물러났으며,
신이 인간을 굽어보고 입김을 불어넣고는 귓전에다
위대한 얘기를 해주었더니, 당장 아기의 담청색 모자에 달린
기다란 술이 눈부신 빛 속에서 빳빳하게 곤두섰다.
겁이 난 개구리 신이 배를 깔고 땅바닥에 엎드려
꾸르륵거리는 개울물 소리가 나는 볼멘 목소리로
축축한 나무에 앉아 캑캑거리는 비를 유혹하려고 애썼다.
무서운 짐승들과 완전히 장단을 맞추듯 하늘도 구름으로
시커멓게 흐려져서 비가 내려 세상을 침식시키기 시작하고,
흙을 녹이고, 잎사귀가 떨어질 때까지 나무들을 때리고,
눈을 못 뜰 정도로 태양을 후려갈겼으며, 비에 흠뻑 젖은 어둠 속에서
신이 〈내 아들아〉 소리치며 흙으로 만든 아이를 굽어보았다.
그러나 아들이 활짝 피어나 대담해져서 비스듬히 모자를 썼고,
그의 눈과 가슴과 배가 빗속에서 반짝였고,

그는 검은 콧수염을 손질한 다음 웃으며 노인을 냅다 걷어찼다.
「내가 지나갈 테니 길을 비켜라, 비척거리는 멍청이야!」
그러더니 허리춤에서 그는 철검을 뽑아 들었고,
그 칼날에는 〈신이여, 내가 그대를 죽이리라!〉라는 글이 박혔다.
불쌍한 신이 파랗게 질려 후들거리는 무릎으로 뒷걸음질을 쳤다.
「그토록 무서운 야수를 빚어 놓았기 때문에 나는 망했어!
대지는 그의 소유이니 나는 하늘로 도망쳐 숨어야 되겠구나!」
엉덩이가 빨간 하인들이 달려가 그를 들어 올리고는
원숭이들이 장미 향수를 뿌려 정신을 차리게 했지만,
마지막으로 태어난 아들을 응시하는 신의 두 눈이 몽롱해졌고,
북극성처럼 눈부신 술이 달린 모자를 비스듬히 쓴 아들은
용감하고도 도전적인 노래를 힘차게 부르기 시작했으며,
기쁨과 반란과 자유와 대담하고도 새로운 길에 관한 노래를 듣고,
세상에서 그런 단어들을 처음 듣고 노인은 벌벌 떨기만 했다.

오디세우스가 잠이 들어 세상의 뿌리로 내려갔고,
거룩한 기초로 뛰어든 그는 아기처럼 위대하고 검은 어머니들을
꽉 껴안고는 채우지 못한 정열을 품은 채로 대지의 젖으로
갈증을 느끼는 입을 탐욕스럽게 처박았다.
그의 이성이 이마에서 녹아 땀처럼 쏟아져 내렸고
그가 귀를 막으니 대지의 뿌리에서 노래가 죽었으며
늙은 어머니 〈침묵〉이 세상의 황야 위로 음산한 날개를 펼쳐
전에도 그랬듯이 〈삶〉이 폐허에서 다시 일어났으며,
빈손을 엇갈려 얹은 위대한 궁수는
비존재의 뒤틀린 파도에 몸을 맡겼다.
그러자 그는 천 개의 방울이 달린 거대한 설산(雪山)이

신부의 새하얀 썰매처럼 매끄러운 바닷물 위에서 기뻐 노래하고
아직 지지 않은 태양의 빛을 받으며 미끄러지는 광경이
눈을 감아도 보였고, 텅 빈 귀로도 들을 수가 있었다.
이성이 고삐를 놓자 그는 머리를 젖히고 두려워하지도 않으며
순수한 수정 같은 섬, 새하얀 공작새,
하얀 죽음의 코끼리, 꽃잎이 백 개에 향기가 짙은
하얀 장미꽃을 신기해하며 말없이 지켜보았다.
그러더니 그는 창백한 입술을 움직여 조용히 인사했다.
「자랑스러운 하얀 공작새와 이성의 번갯불과 삶의 하얀 장미,
하데스로 나하고 같이 뛰어들 새하얀 코끼리,
삶의 세계에서 내가 가장 사랑했던 모든 것을 환영한다!」
그의 회상이 아직도 감미롭게 바스락거리며 계속되는데,
그의 내장이 활줄의 전음(顫音)처럼 떨렸고,
그러자 갑자기 빙산의 심장 속에서 천둥이 터지고
설산이 깨져 갈라지더니 꼭대기가 무너지며 쏟아졌고
둘로 갈라진 속에서 단단하고 순수한 수정의 심장이 드러났다.
불굴의 남자가 벌떡 일어나니 그의 이성이 불타올랐고,
심장이 치솟아 올라 그의 핏줄로 쏟아져 들어갔으며
영혼이 일곱인 자가 간직하던 마지막 영혼이 그에게로 달려와
기절해 쓰러지려는 몸을 부축해 세웠다.
「무기를 버리지 말고 손을 풀고 일어나라.
눈이 멀어 거꾸로 하데스에 처박히다니 얼마나 창피한가!」
억지로 밀려서 그의 몸이 뛰어올라 욕설을 퍼부었고,
배에서 꿈틀거리다가 튀어 나가 하얀 산의 등성이에
손과 발로 매달려 보려고 집요하게 발버둥 쳤다.
미끄러지는 얼음은 손톱 발톱으로 움켜잡고 매달렸지만

그는 굴러 떨어지고 얼음이 사방에서 그를 둘러쌌으며,
절망에 빠진 그의 몸이 또다시 움켜잡고 매달렸다.
그러나 마음이 찢긴 유령처럼 설산은
고통을 받는 사람의 손아귀에서 말끔하고 과묵한 모습으로
천천히 미끄러져 빠져나갔고, 물가에서는 끈끈한
핏방울들이 반짝거리고 허연 머리카락 덩어리들이 빛났다.
그러나 갑자기 이성이 불처럼 번득이자 영혼이 일곱인 자는
가죽 허리띠에 매달린 도끼를 뽑아 들고 얼음을 쳐서
깨진 틈바구니를 손톱과 발톱으로 움켜잡았고,
그러고는 엉금엉금 비탈을 기어 올라갔다.
흘러내리는 짙은 핏방울로 그의 허연 수염이 붉어졌지만
기마병처럼 그는 수정 같은 말을 단단히 움켜잡은 다음
있는 힘을 다해서 거센 목소리로 외쳐
하데스와 땅과 바다로부터 모든 충성스러운 동지와
옛 선원들과 햇볕에 그을은 군대를 불러 모아
돛과 노까지 몽땅 함께 죽음으로 뛰어들려고 했지만,
갈라진 심장에서 절규가 숨 막히고, 목구멍에서는 거품이 일었다.
조용한 절망의 폐허는 기쁨이었고, 바다가 얼어붙은 꿀처럼
쏟아지던 꿈속에서는 옛적 영혼들과, 낡은 절규들과,
옛날의 엄청난 군대와, 벌레의 대군(大軍)과,
꿀을 그리워하며 녹아 버린 거대한 날개들, 모든 삶의 공격이
꼼짝도 않고 하나의 커다란 덩어리를 이루어 천천히 물에 잠겼다.
눈이 산호처럼 생긴 날치들이 가끔
아직도 꿈속의 삶을 기억하는 반항적인 영혼처럼
위 세상을 보려고 탁한 파도로부터 뛰어올랐고 —
섬광이 번득이는 사이에 바다가 분출하고 눈부신 공기가 빛났지만

다시금 바닷물이 잠잠해지면서 놀이가 끝났다.

너무 빛을 많이 받아 검어진 해바라기처럼 흔들리며
삶이 검은 태양을, 죽음을 향해서 음울한 얼굴을 돌렸다.
빛의 뒤에서 별들이 들끓었고, 열매를 맺지 못하고 잎사귀가 검은
밤의 커다란 실편백나무가 갑자기 활짝 피어났으며,
새들이 잠에서 깨어나 불에 탄 날개로 퍼덕거렸고
나방들이 반가운 친척처럼, 벌레들이 결혼식 손님들처럼 모였고
두더지가 깃발을 치켜든 전령처럼 앞장서서 달려 나갔으며
궁수의 풍요하고 귀족적인 영혼과 결혼하기 위해
죽음이 독사의 반지를 낀 신랑처럼 서성거렸다.
그는 지참금으로 백 개의 맷돌을, 곡식 대신에 영혼을 요구했고
맷돌의 절반은 눈물로, 다른 절반은 피로 갈아 댈 터였고
맷돌 하나는 사람들의 깊은 한숨으로 돌릴 생각이었다.
그러자 새하얀 수염이 피로 얼룩지고 손톱 발톱이 깨졌으며
얼음의 발로 버티고 선 구원받은 선장이
검은 눈을 크게 뜨고는 신랑이 오는 것을 지켜보았다.
그의 퍼런 두 손이 얼어붙고 발은 뼈처럼 단단해졌으며
두뇌는 천천히 졸음에 빠져 마비되었고
이성은 거품이 일어나는 파도 위에서 싸늘한 입김처럼 서성거리다가
연약하고 텅 빈 유령처럼, 안개처럼 지나갔다.
겁이 난 도끼가 그의 허리춤에서 얼음으로 떨어져
무서운 시간에 늙은 주인의 무기가 없어졌고,
충실하고 무거운 활이 어깨에서 미끄러져 내려와
궁수는 완전히 홀로, 무방비 상태가 되었으며,
거룩한 부싯돌 조각들을 묶은 실이 끊겨

죽음의 손아귀를 벗어나려고 부싯돌들은 정신없이 도망쳤다.
북풍이 지나가며 그를 보고 웃고는 두 팔을 내밀어
그의 살과 뼈를 가려 주는 털가죽을 낚아채어,
들끓는 바다 위에서 입술이 퍼렇게 질린 그는 벌거숭이가 되었으며,
공중의 모든 혼령들이 사방에서 몰려들어
요란하게 종을 짤랑이고 은빛 소리를 울리면서 그를 놀려 대었다.
하얀 바닷새들이 내리꽂히고, 커다란 갈매기들이 어지럽게
동그라미를 그리며 죽음에 시달리는 자를 둘러싸고 맴돌면서
재빨리 올가미를 단단히 죄어 그의 숨통을 막았다.
그러자 우렁찬 통곡이, 죽음의 애가가 시작되었고,
하얀 태양이 가까이 와서 탄식을 늘어놓았다.
「슬프도다. 이성의 위대한 눈이 이제 스러지는구나!
나의 빛을 이해하고 사랑하는 자유로운 영혼이 하나라도 존재하여
그를 비추며 세상을 둘러볼 때마다 나는 크나큰 기쁨을 느꼈었지만,
이제는 그대가 쓰러지고, 나도 그대와 함께 쓰러지리라!」
바다 또한 그 소리를 듣고 일어나 사랑하는 이를 불렀다.
「나를 과부로 이곳에 남겨 두고 그대는 어디로 가려는가!
나는 이제 누구와 동틀 녘에 희롱하고 밤에 말다툼을 벌이며,
후려치는 폭풍과 함께 흔들려 힘찬 사타구니가 부서지거나
몸이 두 동강 나도 좋을 만큼 훌륭한 상대가 어디 있겠는가?
우리들의 놀이가 그리우니, 나를 데리고 가서, 선장이여,
하데스가 우리들의 포옹과 격렬한 싸움으로 넘치게 하자!」
새들도 듣고 덮쳐 내려와 보드라운 가슴을 떨며
슬픈 애가를 지저귀었고, 다음에는 물개들이 찾아왔으며,
풍만하고 열정적인 세이렌들은 수정의 무덤 주위를 돌며
남편을 잃은 여자처럼 흐느껴 울기 시작했다.

신들과, 나라들과, 다정한 유형자들과, 정열과 사상들 —
더 많은 물개들이 세상의 머나먼 끝으로부터 모여들어
광활한 바다가 그들의 애처로운 장송곡으로 메아리쳤다.
그러자 아홉 마리의 까마귀가 나타나 무서운 발톱을 갈았다.
「오호, 우리들은 그를 아홉 번 9년씩 사냥했으며,
비록 우리들은 늙어 날개가 허옇고 눈이 침침해지기는 했지만
그는 여전히 두 발로 꿋꿋하게 서서 운명과 싸우는구나.
그의 죽음이 임박하자 우리들은 멀리서 그 냄새를 맡았고,
올리브나무와 포도나무로 둘러싸인 작은 섬으로부터
우리들은 억세고 죽음을 포식한 그의 참나무*를 떠나
그를 말끔히 빨아먹으려고 아홉이 모두 이곳으로 왔노라!
태어났을 때부터 그의 시체는 우리 것이니 저리들 비켜라!」
그러고는 그의 섬에서 온 관자놀이가 잿빛인 까마귀들이
죽어 가는 자의 발치에 깍깍거리며 모여들어 움츠렸지만,
짙어지는 몽롱함 속에서 그들의 얘기를 들은 바다 늑대가
천천히 머리를 들자, 시체를 먹으려던 자들이 사라졌다.
바다가 다시 술렁이며 장송곡을 부르고, 가느다란 콧수염이
길게 늘어진 물개들이 다시 한 번 헤엄치고 맴돌았으며,
충성스러운 그의 일곱 영혼이 파도 위에 안개처럼 나타나
작은 구름 하나를 타고 투명한 노를 천천히 저었으며
차가운 얼음을 움켜잡은 선장을 보자
그들의 갈라진 일곱 목구멍에서 일곱 가지 억센 외침이 터져 나왔다.
「선장이시여, 마지막 여행에 나선 그대의 떠돌이 배는
차가운 이슬을 키로 삼고, 검은 구름을 돛으로 삼아
피리 소리를 바다처럼 펼쳐 놓고 그 위로 항해하니 —
이제 목청을 돋워 당신이 명령을 내릴 때가 되었습니다!」

그러나 위대한 선장은 사타구니가 높은 성처럼 무너졌고,
그는 손을 들고 크게 소리쳐 사랑하는 동지들,
충성스러운 옛 선원들, 그의 육신이 거느린 깊고도 무서운
일곱 영혼을 환영하여 맞고 싶었지만
움푹한 그의 두뇌로 감미로운 잠이 꿀처럼 쏟아져 내렸고,
그의 긴 척추 꼭대기에 달린 절망의 심지에서
이성의 마지막 불길이 모여 희미하게 펄럭거렸다.
그러자 거대한 구더기가, 선견지명을 지닌 살진 벌레가
발그레한 몸에 갑옷을 걸치고 입을 크게 벌리더니
슬그머니 처음 한 입을 베어 씹어 먹고는 신호를 했다.*
그러나 죽음을 여행하는 뱃사람은 그의 깊은 창자가 녹아내리고,
육체가 안개처럼 흐느적거리고, 물과 흙과 공기와 불과 이성이
모두 천천히 끊겨 단절되어 저마다 다시 한 번
위대한 길로 되돌아가는 것을, 눈을 뜬 채로 지켜보았다.
그의 줄과 올가미들이 끊겨 온 세상이 자유가 되었고
모든 쾌락이 솟아올라 사라지고, 고통은 안식을 찾고,
파랗게 질린 태양은 파도 속으로 빠지려고 기울었다.
오직 사랑만이 곰팡이가 된 그의 마음속에서 아직도 버티며
눈물을 글썽거리면서 얼른 뒤를 돌아다보았는데,
과거는 여전히 꽃피고 열매를 맺었으며,
대지의 나락에서는 어떤 영혼이나 육신도 길을 잃지 않았고,
묘비처럼 집요한 기억도 역시 산산조각으로 부서져 흩어졌다.
이른 새벽의 작은 순간들이 일어나 이성의 맷돌에다
입김을 불어넣어 주기만 한다면 얼마나 좋으랴, 사랑하는 신이여!
아, 썩을 때까지 시체를 꼭 껴안고 있어라, 영혼이여!
억센 운동선수는 이를 악물었고, 검고도 붉은 새 같은 그의 영혼이

마지막 절규를 외치기 위해 아직도 한순간이 필요해서,
새장으로부터 도망칠까 봐 있는 힘을 다해서 버티었다.
나지막한 등잔의 불길이 마지막 불꽃을 펄럭이고는
오그라든 심지 위로 뛰어올라 광채가 넘치며
눈부신 기쁨과 더불어 죽음을 향해 솟아오르듯,
그의 맹렬한 영혼이 뛰어오르더니 허공 속으로 사라졌다.
기억의 불이 활활 타오르고 기다란 불길의 혀를 휘둘렀으며
모든 불길은 저마다 하나의 얼굴을 형성하고 목소리를 갖춰
모든 생명이 그의 목구멍에 모여 외쳐서 죽음을 쫓아 버렸고,
포효하고 번득이는 침묵의 섬광을 향해 영혼이 뛰어올랐으며,
육체도 없고 무기도 없이 벌거숭이로 달려가
세상에서 살았을 때 사랑했던 힘찬 영혼들을 끌어안았다.

「오, 죽었거나 살아 있는, 사랑스럽고 충성스러운 동지들아, 이리 오라!」

# 제24편

산들바람의 거인 영주들이여, 이성의 갈림길에서 휘몰아치는
네 가지 위대한 바람*이여, 환영하고 또 환영하노라!
북풍의 문이 활짝 열리더니 굶주린 도시처럼
주인*의 위대한 이마가 떨어져 국경처럼 무너졌으며,
북풍의 문이 활짝 열리자 어리고 꿀맛 같은 사과나무,
잎사귀가 날카로운 대추야자나무, 온갖 나무들이 줄지어 들어왔고
무화과, 포도, 모과, 온갖 싱싱하고 시원한 과일이 들어왔고
온갖 씨앗과 약초, 거대한 초록나무*가 그의 넓은 두뇌로 뛰어들었으며,
층층이꽃이 들판을 버리고 푸른 박하는 꽃밭을 버리고,
야생 백리향은 산등성이를 타고 내려와
모두들 고독한 자의 텅 빈 두개골 속으로 몰려 들어갔다.
「그의 이성 속에 뿌리를 내리면 우리들은 죽지 않으리라!」
그의 두개골 뒤쪽에서는 남풍의 문이 벌컥 열리더니
짐승들과 새들이 마구 몰려들어, 사향노루가 뛰고,
독수리들이 하늘에서 내리꽂히고, 개미들이 흙에서 몰려들고,
초록빛 개똥벌레들이 불을 켜고, 염소들이 발정하여 식식거리고,
가느다랗고 성스러운 뱀들이 몸을 풀고는 들끓는 공기를 핥으며

모두들 영혼을 구원하기 위해 남풍의 문으로 몰려갔다.
순록과 낙타와 코끼리와 곰을 태운 대규모의 선봉대가
재빨리 출발하여 그의 머리 거대한 둥근 지붕 안으로 사라졌고,
염소 발굽이 달린 숲의 악마, 대지의 용 판*이
두뇌의 어두운 입구에 서서 그의 무리를 재촉했다.
「서둘러라, 형제들이여, 새와 벌레와 짐승들이여,
날개를 활짝 펼치고, 힘찬 뿔이 구부러지고,
거룩한 두뇌를 지닌 가장 소중한 우리 자손이 곧 죽으리라!
구원자가 손을 내밀어 지하 세계를 열었으며
우리 푸른 형제들이 모두 왔고 장례식이 시작되었으니,
짐승들은 걸음을 서두르고 새들은 날개를 서둘러서
마지막으로 세상의 구원자에게 소리쳐 찬미하자!」
싸늘한 장밋빛 손가락으로 새벽이
신을 죽인 위대한 자의 새하얀 오른쪽 신전을 가만히 깨웠으며
이윽고 태양의 이중문이 새의 노래와 날개로 활짝 열렸고
이성의 모든 주인, 모든 보이지 않는 유령이 나왔으며
모든 혼령이 이슬로 목욕한 노루와 사슴처럼 뛰었으며
모두들 작은 은방울을 울리고 황금빛 휘장을 펄럭거려
두뇌의 주름들이 웃으며 빛나는 바닷가처럼 반짝였고,
그러고는 한 발자국씩 허공을 타고 올라가면
상상력이 화려하게 꾸며 낸 새와 신과 생각과 꿈과 안개들이
이성의 앙상한 가지 위에 앉아 활개를 쳤다.
떨리는 진홍빛 물 위로 해가 지면서
마지막 빛이 궁수의 새하얀 왼쪽 이마를 열었고
낡고도 빈 구멍을 부글거리는 피로 넘쳐흐르게 했다.
문이 벌컥 열리자, 담청색 그림자로 심하게 숨이 막힌

순례자들이 줄지어 구부러진 지팡이에 몸을 기대고는
그의 두뇌로 내려와 양가죽을 걸친 채 기억의 샘물로 뛰어들어
웃기도 하고 울기도 하고 이상한 소리를 질렀으며,
대추야자 잎사귀나 눈부신 타조 깃털을 몸에 걸친 사람도 있었고,
맑은 물처럼 발가벗은 사람도 왔고, 온갖 종류의 사람이 모여들었다.

네 개의 거대한 성문이 모두 활짝 열리고, 온갖 손님들,
나무와 유령과 짐승과 사람들이 모두 화려한 의상을 걸치고는
그의 넓은 두뇌 속의 길거리와 마당에 모였지만,
아직 장례식은 시작되지 않고 빛도 여전히 남아 머물렀으며,
위대한 영혼의 투쟁이 계속되고 사나운 목소리가 들려왔다.
「죽음이여, 내 사랑하는 친구들이 설선(雪船)에 도착할 때까지
나는 영혼을 포기하지 않을 테니 내 머리카락을 잡지 말라.
내 두개골의 틈이 벌어지고 온 세상이 안으로 몰려들지만
오랫동안 사랑했던 선원들이 눈에 띄지 않는구나.」
그의 뱃속 가장 어둡고 깊은 동굴에서 대답이 들려왔다.
「궁수여, 나는 거미줄로 뒤덮인 그대의 훌륭한 선원들을
화강암 같은 내 무릎에 놓고 흙 속에다 곱게 갈아 대고 있으며
여기는 너 혼자뿐이니, 잘난 체하지 말라, 살인자여!」
그러나 이성의 넓은 마당과 기억의 틈바구니에서는 다시 한 번
영혼이 일곱인 자의 죽음을 파괴하는 목소리가 울려 나왔다.
「내가 사랑했던 모든 마음과 영혼이여, 형상들이여, 오라!
엉덩이가 큰 켄타우로스여, 그대의 뼈를 추려 가지고 오라!」
엉덩이가 큰 켄타우로스가 꿈틀거리고 뼈들이 다시금 엮였으며,
배가 다시금 부풀어 오르고, 심장이 꾸물거리며 술렁였고,
거친 손에 털이 나고 무성한 수염이 되살아났으며,

그는 몸을 흔들고 발로 차고는 위 세상을 향해 뛰어올라서,
한참 그 속에서 놀던 똥구덩이에서 심한 악취를 풍기며
비집고 나오는 흙투성이 딱정벌레처럼, 머리를 내밀었다.
「친구들이여, 거센 바람이 불고 소금물이 내려오니
내 콧구멍이 다시금 따뜻해지고 힘찬 뼈들이 삐걱거리며,
나는 초라한 위 세상에서 내는 목소리가 들린다.
저 소리는 뻐꾸기일지도 모르겠고, 젊은 남자들이 내 무덤 위에서
원반을 던지며 웃고 소리를 지르는지도 모른다.
넓고 하얀 돛이 펄럭거리고 바다가 고함치는 소리가 들려오니,
선장이 부르는 소리에 우리들은 어서 일어나 떠나야 한다!」
참나무 앞에서 수심에 싸인 피리쟁이는 겁에 질린 토끼처럼
뾰족한 머리를 저으며 눈물을 줄줄 흘렸다. 「주인이시여,
당신은 지금 어디 있으며, 어디를 헤매고 있나요?
만족을 모르는 무서운 코끼리 같은 그대의 이성이
어떤 낯선 사람들을 거두어들이고, 어느 바다에서 항해를 하나요?
머리를 돌려 내 과거의 세월을 살펴보면, 슬프도다,
푸른 파도와 섬, 여자들과 멋진 도시들,
시끄럽게 놀던 시절과 우리 배 속을 괴롭히던 굶주림 —
이 모두를 내가 물리치고 바보처럼 배반했답니다.
만일 우리 삶의 바람 돛이 다시 한 번 펼쳐지고
대지의 신화가 다시 한 번 뒤틀리고 돌기 시작한다면,
나는 절대로 당신을 버리지 않고 어둠의 종말까지 머물겠어요!」
그가 한숨을 짓고는 토끼 머리를 좌우로 돌려 살펴보니
밑에서는 해와 비를 맞으며 흑인들의 동그란 오두막들이 반짝였고
하늘의 화려한 무지개 띠가 축축하게 젖은 들판에 펼쳐졌으며
젊은 처녀가 늙은 참나무로 천천히 와서는

마법 의사의 무릎 근처에다 우유 한 통을 놓았다.
「죽음이 근처에서 서성거리고 내 아들은 병들었으며
나에게는 다른 아들이 없으니 나를 불쌍히 여기소서.」
그러나 슬픈 피리쟁이의 생각은 머나먼 파도 위로 향해했고,
눈부신 그의 여행이 어느 어머니의 애원 때문에 방해를 받자
그는 크게 분노하여 그녀가 바치는 통을 발로 차버렸으며
우유가 모두 땅으로 쏟아졌고, 그가 슬픈 저주를 내렸다.
「그대는 저주를 받으라! 대지와 바다의 첫아들이 이제
세상의 끝에서 죽어 가니, 까마귀들이 그대의 아들을 뜯어 먹으리라!」
그가 말하자 피리를 꿈꾸는 귀에 소리가 가득 찼으며,
땅에서 큰 물결이 일고 바위들이 터져 폭풍을 일으켰으며
그의 관자놀이에서는 노들이 돋아나고 바람이 고함쳤다.
마침내 그의 몸이 돛을 올려 거품을 일으켰고,
높은 곳에서 〈오르페우스!〉 소리쳐 부르자 그는 몸을 움츠렸지만,
날카로운 발톱으로 독수리가 토끼를 움켜잡듯이
거대한 용이 앞발로 그의 벗겨진 머리를 움켜잡았다.
이렇듯 온몸이 공중에 떠서 비명을 지르며 그는 어느새
날카로운 바닷바람이 몰아치는 긴 갑(岬)에 이르렀고,
하얀 손을 퍼덕이면서 사나이다운 마음을 깨워 일으켰다.
「다시금 내 콧구멍이 벌름거리고 소금물이 줄줄 흘러내리며
내 늙은 목구멍은 다시금 피리 소리를 힘차게 과시한다.
늙은 나이에 여행을 떠나니 참으로 즐겁고, 사랑하는 신이여,
벌써 나는 당당한 우리 선장의 숨결을 느끼는도다!」
그가 소리쳤지만, 늙은 여치 같은 그의 목소리가 갑자기 멎으며
그는 두 개의 그림자와 세 개의 엉덩이가 내려오는 것을 보았고
오래전부터 망각했던 사랑스러운 목소리가 들려왔다.

「피리쟁이여, 늙은 참나무의 뿌리에 웅크리고 있던 그대를
몰아내기 위해서 나는 세상의 네 구석을 불태워 버렸다네!」
시끄럽게 웃어 대던 먹보는, 목구멍이 단단해지고 손에 힘이 나서
친구의 창백한 몸뚱어리를 움켜잡아 던져 올려,
머나먼 곳의 거품 위에서 데리고 놀았다.
그러자 사팔뜨기는 퀴퀴한 흙냄새를 맡고 눈물을 글썽거렸다.
「아직도 내 눈썹과 머리에서 구더기들이 뚝뚝 떨어지긴 하지만
무덤 냄새는 나지 않으니 울지 말라, 울보 친구여.
나는 주인의 목소리를 듣고 너무나 기뻐 정신이 나가 버려서
새로 씻긴 흙으로 환희하며 굴러 나왔도다!」
한숨을 짓던 피리쟁이가 떨리는 몽롱한 눈을 깜박거렸다.
「친구여, 그대는 축축한 흙을 먹고 죽음의 냄새를 맡으며
그대의 살은 시퍼런 옆구리에 너덜너덜 찢겨 매달렸고,
그대의 콧구멍에서는 카밀레*와 잡초가 보이는구나.」
그러나 먹보가 큼직한 손으로 피리쟁이의 입을 막았다.
「친구여, 왜 그대는 죽음과 무덤 얘기만 떠들어 대는가?
더러운 황금도 부식되고 거지 같은 은도 녹아 버리게 마련이지만
훌륭한 인간의 힘찬 영혼은 절대로 썩지 않는다.
내 왼쪽 옆구리 깊이, 이곳에다 그대의 손을 얹어라.」
창백한 손으로 친구의 썩은 창자와 시퍼런 상처들을 더듬어 만지며
피리쟁이의 오그라든 몸뚱어리가 벌벌 떨었다.
「여긴 심장이 없고, 흙덩어리만 만져지는구나, 형제여!」
그러자 먹보가 입을 쓸어 내어 작은 구더기 두 마리를 꺼냈다.
「나는 아직 죽지 않았으니, 공연히 울지는 말라, 친구여!
우리들은 둘 다 죽었거나, 아니면 빠른 새처럼
땅과 바다 위로 날아가는 꿈을 꾸는지도 모르지만,

죽어 가는 우리 주인이 멀리서 외치는 소리를 들었으니
어서 일어나 나약한 두 팔로 내 사타구니를 부둥켜안고
질문은 하지 말고 그대의 꿈을 따르기만 하라.」

죽음의 종소리에 발바닥 대장은 무서워 떨며 기절했고,
마을의 모든 청년들이 웃으며 죽음을 맞을 수 있도록 그를 치장했고
부스러지지 않도록 천천히 그의 갑옷을 벗겼으며
어느 늙은 여자가 여러 바가지에서 물감을 쏟아
그의 창백한 입술과, 움푹 꺼지고 주름진 빰에 화장을 해서
무서운 옛 상처들이 붉은 장미꽃처럼 피어나게 했다.
여자 문상객들이 까마귀처럼 줄지어 땅바닥에 웅크려 앉아서
말라붙은 젖가슴을 치고 머리카락을 한 줌씩 뜯어내었으며
그가 행하고 보았던 모든 것과 그의 모든 용감한 활약,
그리고 그를 흙으로 끌고 들어가려는 죽음을 슬피 통곡했다.
가장 어둡고 깊은 내면에서 그는 통곡 소리를 들었고,
두뇌가 울부짖고 얼어붙은 땀이 몸에서 뚝뚝 떨어졌지만,
최선을 다해서 무기를 들고 그가 정의를 수호했으며
가난한 자들을 먹여 살리고 미천한 노예들을 해방시키고
할 바를 다했으므로, 마음속 깊이 기쁨을 느꼈다.
사실 그는 여러 쓰라린 걱정거리를 뒤에 남겼지만
그는 이제 용감한 후계자들에게, 젊은이들에게 희망을 걸어서
다른 사람들이 아직 썩지 않은 그의 무기를 들 터였으므로
마음속에서는 여전히 위대한 희망이 꽃피고 두뇌가 부풀었다.
심한 몽롱함 속에서도 그는 두툼하게 물감을 그에게 바르는
손길을 느꼈고, 창에 찔린 옛 상처가 생각나서 큰 기침을 했으며
젊은이들의 웃음소리는 뼈아픈 통곡처럼 그의 귀에 들려왔다.

「어쩌면 나보다도 더 위대할지도 모르는 다른 영웅이 나타나서
내가 세상에서 미처 끝내지 못한 모든 일을 마무리 지을 터이니
그렇게 낙심하여 울지 말고 이리 와서 눈물을 거두어라!」
그는 애송이 청년들에게 축복을 내리려고 떨리는 손을 내밀었지만
형언할 수 없는 경외감으로 갑자기 떨며 자리에 일어나 앉았고,
귀에서 팽팽한 고막이 터지며 머나먼 파도가 그의 두뇌를 때렸고
그의 마음은 밧줄로 끌려가는 고기잡이배처럼 술렁거렸으며
멀리서 외침이 들려왔다. 「발바닥 대장이여, 나를 살려 달라!」
그러자 발바닥 대장이 침대에서 벌떡 일어나 허리띠를 찼고,
황급한 나머지 녹슨 칼을 챙기는 것조차 잊어버린 채로
문을 지나 얼른 길거리로 달려 나갔다.
아, 세상이 너무나 달라졌고, 그의 발에서는 날개가 돋았으며,
그는 혼령처럼 갖가지 형상을 취하며 뛰어올라 날아갔다!
그는 마을 사람들의 웃음소리를 듣고 마음이 환희했으며,
엷은 구름처럼 허공을 휩쓸고 지나가 개울물 위에 앉기도 하고
나무들 꼭대기에서 잠시 쉬며 황홀경에 빠져 달려갔고,
물과 나무와 바위를 지나 남쪽을 향해 계속해서 나아갔고,
그러고는 바다 냄새를 맡자 가슴이 부풀어 올랐는데 —
푸른 파도 깊은 속에서 부르는 사랑의 목소리를 듣고
그는 그 소리를 향해 굶주린 갈매기처럼 달려 나갔다.

그러나 꿈으로 엮은 텅 빈 날개를 치켜들던 그는
팥빛 머리가 칼로 깊이 찔려 갈라진 채로
바닷가를 따라서 달려 내려오는 키가 큰 나그네를 보았다.
「오호, 왕관 대신에 칼이 머리에 박힌 위대한 왕은
상처와 흠집투성이인 세상의 대장이로다.

나처럼 남쪽으로 같은 길을 따라 그가 빨리 달려가니,
그를 불쌍히 여겨 나는 이곳에 멈춰 그를 지켜 주리라.」
발바닥 대장이 바닷가에서 상냥한 표정으로 걸음을 멈추고는
기다랗고 속이 빈 칼집을 왼손으로 움켜잡고
존경한다는 뜻으로 오른손을 가슴에 얹었다.
짓이기는 발걸음으로 퉁명스러운 강돌이 가까이 오자
바닷가에서 자갈들이 덜그럭거리고 연기가 그의 갈기를 가렸으며
그의 이성에서는 부글거리는 생각들이 불길처럼 치솟았다.
「만일 그대가 불렀기 때문에 정말로 내가 무덤으로부터 뛰쳐나왔다면,
나는 다시 한 번 칼을 움켜잡고 그대 오른쪽에 서서
유명한 도시를 또다시 불태워 없애리라!
나는 첫 번째 삶에서 터득한 바가 많아, 이제 새로운 삶에서
어떻게 칼을 휘두르고, 어떻게 두뇌를 비틀고,
우둔한 황소 같은 사람들을 어떻게 단단히 붙잡고 올라타는지도 알며,
아직도 타오르는 내 영혼은 대지가 절대로 짓밟지 못하리라!」
우렁차게 소리치던 그는, 검은 눈두덩이에 살진 구더기가
아직도 매달린 채로, 낡아 빠진 칼을 높이 들었다.
발바닥 대장이 우아하게 몸을 돌려 왕처럼 그에게 인사했다.
「반갑도다, 용맹한 영주여! 그대는 궁지에 몰렸도다!
내가 갑옷을 입고 달려 나갈 터이니, 용기를 잃지 말고,
그대의 적이 1천이라 하더라도 내가 무찌르겠으며, 만일 적이 3천이라면
나는 잠깐 벼락불에 부탁하여 그들을 모두 죽여 없애리라!」
그러나 퉁명스러운 강돌은, 발가벗은 채로 짙은 화장을 하고
손을 흔들며 절하는 늙은이를 노려보고 나서
독을 품은 입술을 분노로 일그러뜨리며 험악한 표정을 지었다.
「늙은 나이에 그토록 술에 취하다니, 얼마나 창피한 일인가!」

무례한 손으로 그는 비틀거리던 대장을 옆으로 밀어 버렸고,
미친한 자는 바위처럼 굳어 버리고는 큰 소리로 통곡했다.
「나는 그를 위해서 싸워 주겠노라고 진심에서 우러나 말했고,
그에게 절까지 했는데, 나에게 창피를 주다니!」
그가 탄식했지만, 그의 이름을 부르는 목소리가 다시 들려오자,
기운을 차리고 멀리서 외치는 절규를 향해 서둘러 갔다.
강돌은 살진 구더기가 떨어질 정도로 얼굴을 잔뜩 찡그렸다.
「맙소사! 저 주정뱅이가 나하고 같은 길로 가다니!
궁수여, 부끄럽군요! 그대는 정신을 차릴 때도 되지 않았나요?
무슨 형편없는 바람이 불어서 당신이 그랬는지는 모르겠지만
저런 자를 골라 노를 맡겨 당신의 배를 부끄럽게 하다니!
그대가 필요하지만 않았다면 나는 당장 돌아섰을 것이오!」

눈부신 두 여자가 젖가슴을 드러내고 웃으며
담청색 허공을 가르고 나는 듯 길을 달려 내려오자
공기에서는 달콤한 사향 냄새가 났고, 우단 신발이 스치면
붉은 튤립이 일어서고 바위에서는 풀이 피어났다.
늙은 여자가 가슴에 안고 가던 굵직한 석류들은
이슬에 씻기고 활짝 벌어져, 햇빛을 받아 진홍빛이었으며
그 광채가 반사되어 그녀의 창백한 얼굴이 발그레해졌다.
「그가 이 과일을 얼마나 좋아하는지 잘 알기 때문에 나는
그를 위해서 내 과수원을 모두 뒤져 다시 한 번 거두어들였으니,
늦기 전에 도착하도록 나에게 날개가 돋아나면 좋으련만!」
젊은 여자는 풀잎이 가득 차고 흙투성이가 된 목구멍에서
끈끈한 흙과 거미줄을 털어 버리려고 몸을 구부리려 애썼으며,
검은 죽음의 머릿수건을 젖히고는 아직도 향기로운

새까만 머리카락을 치렁치렁 잔등으로 폭포처럼 늘어뜨렸고,
지극히 감미로우면서도 처량한 목소리로 말했다.
「착한 마님, 따스한 햇빛과 팔랑거리는 산들바람 속에서
이렇게 걷는 것이 꿈만 아니라면 얼마나 좋을까요!
삶을 도취시키는 욕정이 다시 한 번 폭발하여
아늑한 정원에서 하녀들이 우리들에게 화장을 해주고
젊은 상인들이 향수와 상아와 황금 깃털을 선물로 가지고
다시금 우리들을 찾아와 문을 두드리면 얼마나 좋을까요.
우리들이 깨어나면 이런 기쁨들이 사라질까 봐 나는 두려워요.」
그러나 사랑의 모든 기교를 터득한 마님은
젊은 여인이 불쌍하여 어깨를 어루만지며 미소 지었고,
새로 칠한 입술에서는 친절한 목소리가 흘러나왔다.
「처음 남자와 잠자리를 같이했을 때 느낀 감미로움의 이름으로
맹세하겠는데, 우리들은 정말로 걷고 있으며, 마르가로여,
이것은 정말로 옛날의 시원한 바람이요 늠름한 태양이며,
이렇게 나는 시원한 석류를 손에 꼭 쥐고 있단다!
이것은 우리 이성의 유령이 아니니 슬퍼하지 말고,
지극히 감미로운 기쁨이 터져 나오는 내 따스한 목소리를 들어라!
사랑하는 이가 부르기에 우리들은 무덤에서 뛰쳐나왔고
이제 그의 피 묻은 발치에서 찬미하려고 달려가는 중이니,
그의 축복을 받아 우리들은 꽃이 안 피는 숲으로 돌아가
지나가는 사람들이 마시는 길 한복판의 시원한 샘물처럼
다시금 우리들은 가슴을 드러내고 세상을 위로하리라.」
마르가로가 미소 지으며 걸음을 멈추고는 멍에를 짊어진
그녀의 창백한 허벅지와 화장을 한 눈썹에서 흙을 털어 버렸고,
착한 마님은 삶을 생각하니 마음이 충만해졌으며

쭈그러진 잇몸에서 이빨이 다시금 재스민처럼 빛났고
늘어졌던 젖이 다시 한 번 천천히 일어나 부풀었다.
그들이 어두운 숲을 지나가니 갖가지 새들이 솟아오르고
나무들이 꽃 피어 말없이 흔들리며 알록달록한 꽃을 뿌렸고
벼슬이 우뚝하고 힘차고 당당한 수탉 두 마리가
들판에서 걸음을 멈추고는 멋진 두 여인을 쳐다보며 감탄했다.
착한 마님은 마치 황금빛 수탉들이 값진 물건을 가져온
부유한 상인이라도 되는 듯 기뻐하며 웃었다.
「아, 보기 드문 연인들이여, 머리에는 빨간 모자를 쓰고
가슴에는 지갑을 품고 어서 우리들의 집으로 찾아오라!
나는 그대들에게 먹여 줄 사향을 손에 들고 있도다.」
얼빠져 쳐다보던 당당한 수탉들은 가슴이 부풀었고
빳빳한 벼슬이 새빨개지면서 동틀 무렵에 늦잠을 자는 태양을
소리쳐 부르는 듯 큰 소리로 길게 울었다.
이렇듯 두 여자는 머리를 높이 들고 재빨리 지나갔으며
늙은 나이가 악취를 풍기는 이끼처럼 천천히 떨어져 나가서
그들은 달콤한 새 꿀이나 오래된 포도주 같은 모습이 되었다.
착한 마님이 웃고는 눈을 찡긋하며 옛 친구에게 소리쳤다.
「얼마나 많은 종류의 남자들이 내 침대를 거쳐 갔던가!
동틀 녘에 이렇게 걸으니 내 육체는 다시금 꽃이 만발하고
젖가슴도 다시금 자그마한 토끼들처럼 솟아오르며
모든 것이 내 품 안에서 되살아나 내 팔다리를 어루만지는구나.
마르가로야, 일곱 종류의 다른 남자들이 나를 사랑해서,
일곱 가지 파도가 내 시원한 육신을 온통 씻어 주었단다!
허벅지에서 피가 끓던 그 늠름한 짐승 같은 남자들이
문 밖의 빨간 등불을 보고는 웃어 대며 문을 박차고 들어와

우리 집 마당을 가로질러 달려와서 내 침대를 부숴 놓았지.
휴일 전날이면 부유한 영주들이 열쇠 뭉치를 허리에 차고
동틀 녘에 우리 집으로 찾아와서 문을 두드렸는데,
흙을 팔면서도 순금을 받아 내려는 장사꾼들이었던 그들은
같은 돈을 쓰더라도 더 많은 보상을 얻는 방법을 터득했던 터라
욕정을 억제하며 우리 집 마당에 서서
그들의 씨앗을 뿌리고는 아들을 잔뜩 거두어들이려고
나지막한 목소리로 몇 시간씩이나 천천히 흥정을 벌였단다.
마누라나 집안일을 견딜 수 없었던 어떤 다른 사람들은
밤에 찾아와서 어루만지듯 우리 집 문을 가볍게 두드리고는
내 품 안에서 슬픈 삶을 잊을 수 없을까 기대했는데,
나는 어머니가 아기를 위로하듯 그들을 위로했고
그들의 술에다 레테의 약초를 자비롭게 넣어 주어
내 허벅지를 통해 그들의 영혼이 모두 꿀처럼 흘러나오게 했지.
어떤 남자들은 힘찬 사타구니가 시들고 이빨이 자꾸 빠지는 것을 보면,
번갯불의 섬광을 보려고 심장이 한 번 솟구쳐 보지도 못한 채
팔도 없이 장님에 귀머거리가 되어 흙 속으로 끌려 들어가
갑자기 삶이 기울고 머지않아 죽음이 닥쳐오리라는 예감을 느껴서,
두려움과 욕정에 못 이겨 울면서, 이렇게 말하면서 기어오기도 했지.
〈여보게, 사랑스러운 착한 마님에게 가서 마음을 진정시키세.〉
그들은 허리에 향수를 차고 손에는 선물을 들고 찾아와서
술을 안 마시고도 취했으며 안 먹고도 배가 불렀고
내 젖가슴은 만지지도 않았는데 벌써 해방이 되고는 했어.
문 밖에 서서 기다리는 동안 그들의 이성은 갈대처럼 떨렸지.
〈검은 대지가 우리들을 삼켜 버리기 전에 어서 문을 열라!〉
때때로 나는 창문으로 내다보고는 겁이 나서 떨었는데,

번쩍거리는 갑옷을 입고 머리를 깎지 않은 젊은 용사들이
문을 두드리면 향기로운 집 안이 온통 요란하게 울렸고,
충성스러운 개가 사납게 으르렁거리고 카나리아들이 떨었으며
나는 얼른 달려가 내 갑옷을 걸치고 몸치장을 하여
젖가슴에 장미 향수를 뿌리고, 눈과 눈썹은 까맣게 그리고,
귓가에는 비스듬히 점을 찍고, 뺨에도 자그마한 점을 찍고는
마당으로 달려 나가 사향 냄새에 젖은 빗장을 벗겨 냈지.
〈장미의 용들이여, 너그러운 귀족들이여, 환영합니다.
내 마음을 짓밟으러 온 사나운 남성들을 환영합니다!〉
그리고 날이 너무 빨리 밝아 그들이 떠나는 모습을 지켜보며
나는 창백한 얼굴을 창가에 기대고 한숨을 지었단다.
나는 달콤한 세상을 아직도 한껏 맛보지 못했으니까!
저녁에 연못이 어두워지고 별들이 꽃핀 다음에,
여인들이 우물에서 돌아오고 지빠귀들이 노래를 부른 다음에,
밤이 아직 덜 어두워 푸른 빛깔이 어른거릴 무렵에,
수염이 나지 않은 젊은이들이 그늘에서 그늘로 미끄러지며
영글지 않은 몸을 떨고 목구멍이 막혀 찾아오는데 —
그들은 이제 처음으로 여자의 품에 안기려고 왔단다.
무릎을 떨며 살그머니 그들이 내 집의 문을 두드리면,
내가 완전 무장을 하고 나오는 소리를 듣기만 해도 가끔
도망을 치던 그들이 짤랑거리는 방울 소리에 놀라지 말라고,
아무 소리도 나지 않게 구리 팔찌와 발찌를 뽑고는
우물가를 떠나 빗장을 벗기러 가고는 했지.
또 어떤 때는 무정하고도 지극히 다정한 청년들이 찾아왔는데,
무성한 수염을 비틀거나 두 손을 엉덩이에 얹고
우리 집 문을 두드리고는 요란하게 웃어 대면서 들어선 그들은

야수처럼 잠을 자고 탐욕스럽게 입을 맞추러 온 것이 아니고,
살진 영주들처럼 자식을 얻으러 왔다가 그냥 가버리지도 않고,
생각이 나서 곧 찾아왔다가 곧 잊어버리지도 않고,
어린애처럼 벌벌 떨거나 동틀 녘에 흐느껴 울지도 않았으며 —
그래, 그들은 마당을 가로질러 조용히 건너왔고,
내가 파랗게 질려 베개를 부둥켜안고 있으면 층계가 삐걱였고,
사타구니를 찢어 놓는 것이 기쁨인지 고통인지 알 길이 없으면서도
나는 젖가슴과 자궁을 나에게 준 신을 찬양하고는 했어.
그래, 마르가로, 나는 이 세상에서 사랑을 잘 터득했고,
많은 고통을 받기는 했어도 후회하지는 않으며,
삶이 되돌아온 지금 나는 또다시 같은 길을 택하겠어!」
착한 마님이 말하고는 마음이 들떠 경쾌하게 달려갔고
사랑을 만끽한 그녀의 품에서는 석류들이 터졌으며
마르가로는 새까만 머리를 죽음의 두건으로 다시 묶고는
천천히 젖가슴을 가렸으며,
세상의 현기증이란 지극히 희미한 꿈만 같으니,
그녀의 천막에서 침대를 거쳐 간 젊거나 늙은 남자들이란
수줍거나 뻔뻔스럽거나 행복하거나 용감하거나 슬픈 그림자 같았고
깊고도 아득한 파도처럼 삶은 그냥 얌전히 굴러갔으며,
죽음 또한 그녀의 머릿속에서 깊은 파도처럼 얌전히 굴러갔고,
비밀을 환히 터득한 그녀는 미소를 지었다. 아, 그녀는 언제
고행자의 발치에 몸을 던지고 이렇게 외칠 수 있으려나.
「그대의 훌륭한 얘기는 과일이 너무 많이 달려 휘어지는
좋은 사과나무처럼 내 삶에 영양을 주고 열매를 맺게 했지만,
바람이 불어 단단한 사과들이 떨어져서, 오, 주인이시여,
땅 위에서 굴러다니며 썩더라도 나는 개의치 않겠으니,

그것은 번갯불 섬광 같은 삶을 내가 잘 거두었기 때문이랍니다.*
그대의 말대로 내 품 안의 모든 것이 하나로 뭉쳤나이다.
그 〈하나〉까지도 공허하다는 위대한 비밀을 알았기 때문에 나는
〈하나〉를 어루만지며 너무나 기뻐했습니다, 사랑하는 신이여!」

검은 눈의 여자들이 꿈에 빠져 마침내 입을 다물었고,
그들의 붉은 발뒤꿈치가 반짝이며 땅 아래로 멀어졌으며,
나무들 사이로 달의 부적과 황금빛 장식을 단
늙고 온순하고 새하얀 코끼리가 나왔는데
그 위에는 호리호리한 바위가 올라앉아 진홍빛 창을 들고
검게 빛나는 수염을 오만하게 쓰다듬었다.
그는 향기로운 공기를 심호흡하고 즐겁게 노래했다.
「따스한 산들바람이 불어 말라붙은 나무에서 꽃이 피고
빈 씨앗이 되살아나 대지를 가득 채우며 태양을 향해 솟는구나!
바퀴가 다시 옳은 길로 향했으니 우리 콧구멍에는
다시 한 번 향기가 가득 차고 사타구니에는 피가 가득하며,
독수리 같은 마음이 찾아와 우리 가슴속에 앉았도다.
이제 나는 두 줄의 시를 노래하지 않고는 터져 버릴 것 같구나.
〈삶이여, 나는 그대의 고통을 더 이상 못 참아 유령이 되어
어느 날 밤 몰래 기어 들어가 그대를 납치해 가리라!〉」
소리는 내지 않았어도 미남 청년은 이렇게 노래했고,
그의 뒤에서는 언젠가 — 그대들은 기억하는가? —
저녁 식사 후 태양이 지배하는 시간에 그들의 초라한 오두막에서
치터를 타며 처녀의 뼈아픈 고통을 노래했던
이집트의 두 처녀가, 즐거워서 환한 표정으로,
코끼리의 펑퍼짐한 엉덩이에 단단히 붙잡고 올라앉았다.

어느 따뜻한 밤에 그들이 그리워했던 용감한 젊은이와 함께
새하얀 코끼리에 타고 앉아서 그들은
정열이 꿈속에서 돌파구를 찾아냈기 때문에 미소를 지었다.
그들은 물감을 칠한 손톱으로 치터를 꼭 붙잡았고
두 개의 석류꽃이 상처처럼 그들의 젖가슴에 박혔고
대지는 사람들과 꽃들로 장식된 거미줄 같았으며
새들은 신기한 밤의 아이들처럼 시끄럽게 떠들었다.
귀를 기울여 듣던 두 자매는 황홀해서 몸을 떨었고,
바위의 억센 체취를 맡으려고 그들의 콧구멍이 벌름거렸다.
「오, 젊은이여, 그대의 검은 머리카락은 유향(乳香) 냄새가 나고,
목소리는 억세고 호리호리한 몸은 뼈처럼 딸각거리니,
이쪽으로 얼굴을 돌리고 우리들에게 잠깐 미소를 지어요.」
그래서 젊은이가 하얀 얼굴을 젊은 여인들 쪽으로 돌렸는데,
곱슬거리는 그의 수염에 흙덩어리가 아직도 매달렸고,
그가 미소를 짓자 숨을 안 쉬는 목구멍에서 퀴퀴한 숨결이
심하게 쏟아져 나와 여자들은 겁이 나서 몸을 움츠렸다.
「오, 젊은이여, 그대의 썩어 가는 목구멍과 퍼렇게 부어오른
입술에서 살진 구더기들이 흘러내려 우리들은 겁이 났으니,
새들이 인간의 목소리로 우리들에게 불러 주는 노래를 들어 봐요.
〈이것은 코끼리가 아니라, 죽은 남자와 살아 있는 두 여자가
잔등에 올라타고 가는, 씽씽 불어 대는 바람일 뿐이라네!〉」
젊은이가 웃으니까 그의 하얀 이빨들이 땅으로 쏟아졌다.
「저 어리석은 새들의 얘기는 듣지 말라!
나는 젊음을 이빨로 단단히 물고 있지 않느냐.
두려워하지 말고 용기를 내어 나를 힘껏 껴안아라!」
그러자 여자들이 웃고는 용기를 내어 갈망하는 두 팔을 내밀고는

오랫동안 갈증을 참다가 물을 마시는 새의 단단한 부리처럼
젖꼭지가 일어설 때까지 죽은 젊은이를 꼭 껴안았다.
「오, 내 사랑이여, 그대의 입에서는 이제 곰팡내가 나지 않고
털이 난 겨드랑이에서는 땀이 줄줄 흘러 사향 냄새가 풍기니,
슬프고 무거운 우리들의 노래에서, 우리 아버지의 집에서
꽃이 활짝 피었던 달콤한 사과나무를 그대는 기억하시나요?
우리 사과나무가 다시 부풀어 오르고 꽃이 만발하여
따뜻한 산들바람에 단단한 사과 두 개가 무릎으로 떨어지니,
오호, 우리들은 그대의 사과와 그림자를 사랑하고 —
그러니 코끼리를 세우고 우리 꼭 껴안고 눕도록 해요!」
그러나 주인의 목소리가 무거운 소라 나팔처럼,
양 떼를 불러 모으려는 검은 숫양의 방울 소리처럼 울렸기 때문에
갈매기 같은 바위의 이성은 머나먼 바다를 갈망했다.
주인의 품에 안겨 곧 하데스로 떨어지기를
진심으로 원했던 그는 진홍빛 창을 치켜들고
현명하고 하얀 코끼리를 쿡쿡 찔러 몰아대었다.
비록 여인들이 어루만지는 손길에 마음이 불타오르고
대지의 감미로운 숨결이 그의 진흙 콧구멍을 타고 오르기는 해도
그는 돌아서서 그들이 무서워하게 만들고 싶지는 않았다.
「나지막한 문설주가 나무처럼 흔들려 꽃이 떨어질 때까지
그대들이 치터를 들고 골풀 돗자리에 앉아 노래를 불렀던
어느 따뜻했던 밤을 기억하는가, 여인들이여?
오랜 세월이 지나 왕국들이 멸망하고 별들이 떨어졌어도
내 마음속에서는 그 불멸의 기둥에 아직도 꽃이 피었고,
그대들의 노래에서는 꽃 핀 사과나무가 얘기하는 듯싶으니,
여인들이여, 이제 치터를 들고 나를 위로해 다오.」

젊은 여자가 웃고는 빨갛게 칠한 손톱을
어둠 속에서 놀려 녹슨 현들을 퉁겼고,
세상을 시원하게 하는 목청을 돋워 노래를 불렀다.
「향기롭고 화려한 날개를 치며 새 한 마리가 하늘로 솟아오르고
젊은 처녀는 떨리는 가슴으로 문간에 서서…….」
그러자 종소리*가 울려 그녀의 노래가 목구멍에 걸렸고,
용감한 젊은이가 기뻐서 소리 지르며 가볍게 땅으로 뛰어내려
두 팔을 벌리고는 그늘진 나무 밑으로 달려갔다.
「철석이여, 세상에 이렇게 반가운 일이 어디 또 있겠나!
내가 그대를 이렇게 껴안다니, 꿈을 꾸는 건 아닌가?」
백발 머리가 길게 자란 그의 친구는 알록달록한 깃털을 펄럭이며
위대한 이집트의 왕처럼 그늘 속에서 빛났고,
그의 뒤에서는 기다란 코끼리 행렬이 터벅거리며 따라왔고
따뜻한 저녁의 어둠 속에서 푸른 연기처럼 낙타들이 기어왔고
대기는 사향으로 가득 차고 황금 우리들이 반짝였으며
카나리아들이 노래를 부르고 탁한 목소리의 앵무새들이 삑삑거렸고
새 갈대 바구니 안에서는 참외와 포도송이들이 빛났고
머리가 치렁치렁한 노예들이 구리 팔찌를 짤랑거리며
궁수의 마음을 위로하기 위해 멋진 선물을 가지고 찾아온
결혼식 손님처럼 황금빛 안장에서 웃으며 몸을 일으켰다.
「바위여, 그대를 안고 있으니 나는 머리가 어지럽고,
삶에서는 이토록 큰 기쁨은 도저히 얻을 수가 없으니 —
우리들이 타르타로스나 꿈의 길거리에서 만난 것은 아닐까?」
이렇듯 부둥켜안고 두 친구는 빠르고 가벼운 발걸음으로
담청색 바닷가를 지나 거품을 일으키는 파도를 밟고
호리호리한 몸을 출렁이며 성큼성큼 멀어져 갔으며,

코끼리 위에 올라앉은 여인들은 황량한 길에다 그들을
초라하게 홀로 내버려 두고 머나먼 바다로 사라져 가는
호리호리한 두 사람의 모습을 쳐다보며 소리를 질러 대었다.

시원하고 만병초가 만발한 머나먼 강가에서 해 질 녘에
반달눈썹의 헬레네는 죽음을 앞두고 몸을 눕히고는
백합 같은 발을 졸졸거리는 강물 쪽으로 뻗었다.
그녀의 딸들, 아들들, 증손자들, 세이렌의 무리가
그녀의 백발 머리를 엮고는, 잠시나마 그녀가 긴 속눈썹을 뜨고
목구멍이 잠깐 숨을 쉬어 몇 마디 축복의 말을 그들 모두에게
해주도록, 그녀의 얼굴을 장미의 향수로 씻어 주었다.
이틀 낮 이틀 밤 동안 모래밭에서 호흡이 고통스럽기는 했어도
땅이나 하늘은 아직 그녀를 잡아먹거나 휩쓸고 올라가지 않았고,
봄철의 흰 구름처럼 그녀는 허공에 매달렸다.
그러더니 삼나무를 파서 만든 그녀의 무거운 궤짝에서
그들은 옛날부터 멋진 옷을 사랑했던 그녀가 베틀에 쪼그리고 앉아
갖가지 화려한 장식을 넣어 훌륭한 솜씨로 짜놓은 수의를 꺼냈는데,
아름답게 수놓은 장례식 베일 한가운데는
짙푸른 들판을 배치하고 주홍빛 천막들을 세웠으며,
자락을 따라 푸른 바다가 거품을 일으키며 무너지고
네 구석에서는 네 개의 불타는 탑이 우뚝 솟았다.
금발의 손녀들이 그녀의 몸 위로 얌전히 허리를 숙여,
많은 입맞춤을 받았으면서도 이제는 어떤 부드러운 욕정의 바람도
사랑으로 돛처럼 부풀어 오르게 할 수 없는 축 늘어진 젖가슴과 목을
장미 식초와 시원한 향수로 씻어 주었다.
그녀는 까마귀의 발이 짓밟아 버린 아몬드 같은 눈을 뜨고,

바다와 만나려고 즐거워하며 갈대밭 사이로 재빨리
졸졸거리며 조용히 흘러가는 강물을 쳐다보았다.
그녀는 귀의 신경을 곤두세우고 깊이 흐르는 강물의 소리를 들었고,
그녀의 삶이 점점 멀어지며 강물처럼 졸졸거리는 소리를 들었으며,
그녀의 이성은 엷은 안개나 숨죽인 소음처럼
물결을 타고 흘러 내려가서, 술렁거리는 소리에 휩쓸려 들어갔고,
그녀를 위해 목숨을 잃은 모든 용감한 사나이들과 불타는 성들,
항해하던 빠른 배들이 그녀의 검은 눈에 빠져 침몰했다.
대지의 모든 포옹과, 기쁜 슬픔과, 쓰라린 기쁨들이
이제 마지막으로 그녀의 짙은 속눈썹에 모두 매달렸으며, 아,
삶의 세계에서는 그녀의 힘든 의무가 다 끝나고 말았다!
그러나 머나먼 바다들을 머릿속에서 되새기며
늙은 귀족들에게 마음속에서 작별을 고하던 그녀는 갑자기
궁수의 야만적인 모자와 수염을 언뜻 보았고, 엷은 미소를 지으며
〈헬레네!〉라고 나지막하게 부르는 소리를 들었기 때문에,
악명 높은 그녀의 몸이 땀을 흘리기 시작하며 소리를 질렀다.
그녀의 하얀 두 뺨이 상기되고 가슴이 부풀어 올랐으며,
신이시여, 그녀는 또다시 가정의 파탄을 일으키고,
네 바람을 모두 맞고 뱃머리에 우뚝 서서
감미로운 눈을 감고 운명과 맞서고 싶었다!
꽃이 만발한 강가에 누워 숨을 거두려던
그녀의 이성이 가볍게 퍼덕이며 마지막 희미한 빛을 뿌렸고,
머리를 땋은 열두 살밖에 안 되는 어린 계집아이가
에우로타스의 푸른 강둑으로 달려가 싱싱한 갈대를 하나 꺾어
그것을 말처럼 올라타고는 모래밭을 따라 달려갔다.
처녀인 그녀의 허리띠가 싸움터의 깃발처럼 나부꼈고

그녀의 몸은 하얀 백합이 만발한 들판이었으며
검고 커다란 그녀의 눈에서는 온 세상이 항해하고 가라앉았다.
잠깐 동안 늙은 은둔자는 그의 무덤 속에서
위로 지나가는 소녀의 냄새를 맡고는 비석을 밀어 던졌으며,
손에는 아직 흙을 한 덩어리 쥐기는 했어도
까마귀처럼 알에서 깨어나 다시 한 번 땅 위로 뛰쳐나갔다.
타오르던 해가 졌는데도 대지는 아직도 부글부글 끓었으며
노인은 쓰러지지 않으려고 동굴에 몸을 기댄 채로
소녀를 물끄러미 쳐다보고는 한숨을 지으며 말했다.
「어디로 가느냐, 열두 살 난 소녀여, 시원한 육신이여?
나도 같이 가겠으니 얘기해 달라, 오, 불멸의 물이여!」*
헬레네가 돌아서서 웃으니까 대지가 장미꽃처럼 흔들렸고
노인이 경쾌한 춤을 추니 대지의 먼지가 소용돌이를 일으켰고
소녀의 웃음소리가 그의 마음속에서 미친 파도처럼 들끓어
그는 참나무 지팡이에 올라타고는 그녀와 나란히 달려갔다.
욕망에 쫓겨 두 사람이 나란히 달려가는 동안
노인의 마음은 씁쓸한 갈망으로 넘쳐흘렀는데 —
만일 그가 세상의 길을 다시 한 번 갈 수만 있다면
그는 흔적도 남기지 않고 사라지는 공허한 연기나 마찬가지인
왕국이나 공기의 헛된 유령들을 쫓지 않을 것이며,
수염을 기르지 않은 젊은이로서 가난한 일꾼이 되어
시원하고 허름한 오두막에다 소박한 가정을 이루겠고,
그녀는 모든 유령이며 대지의 불타는 모든 성이기 때문에
절벽 위에서 무르익은 두 젖가슴이 우뚝 치솟고
유연한 갈대를 타고 가는 이 쾌활한 처녀를
어린 아내로 선택하여 튼튼한 자식들을 낳게 하리라.

처녀가 노인을 흘끗 쳐다보고는 교활한 미소를 지었다.
「그대는 위대한 마술사, 운명의 파수꾼 같군요!
어떤 남자와 내가 결혼할 운명인지 알고 싶으니
내 손바닥을 읽어 거기에 쓰인 예언을 알려 주세요!」
그러나 백합 같은 손을 잡고 그녀의 탄력 있는 몸을 만져 본
늙은 고행자는 깊은 바다로 빠져 들어갔고,
그의 이성은 이 파도에서 저 파도로 뛰어다니다가 사라졌다.
아양을 떠는 처녀가 웃었고, 고행자의 주름진 손바닥에서
시원한 물처럼 그녀의 손이 활짝 펼쳐졌다.
「난 무섭지 않으니까 그렇게 얼굴을 찡그릴 필요는 없어요.
운명은 내 가슴에서 두 송이 장미꽃처럼 활짝 피었으니까요.」
펼친 손을 쥐고 허리를 구부린 쪼글쪼글한 노인은
감미로운 어지러움과 향기가 그의 두뇌를 치는 기분을 느꼈는데,
그녀의 작은 손바닥에서 그는 거대한 여러 개의 태양과 달,
꿀벌이 잔뜩 달라붙은 커다란 백합, 백합꽃들 사이로 떠가며
강물을 거슬러 올라가는 높다란 배를 보았다.
「처녀여, 그대의 삶은 고요한 강물처럼 평온하게 흐르겠고,
그대 남편의 집에서 순결한 백합처럼 살아가겠으며,
그대의 자궁은 수많은 아기들과 별들을 무더기로 낳으리라.」
그러나 처녀는 작은 입술을 손가락으로 만지작거리기만 했다.
「노인이시여, 나는 수많은 자식들이나, 집안의 근심 걱정이나,
순결한 백합이나, 한심한 남편과 평화로운 가정은 바라지 않고
나는 다른 길을 가고 싶으며, 내 마음은 다른 하늘을 원해요!」
그녀가 말하고는 갈대 말을 때려 파도를 향해서 달려갔으며,
그녀의 요란한 웃음소리가 졸졸거리는 물처럼 강둑을 휩쓸었다.
노인이 한숨을 짓고 허리를 숙이고는 단단한 돌멩이들 위로

뜨겁고 진하고 흐릿해진 검은 눈물을 흘렸지만
처녀는 신선한 산들바람 속에서 땋아 내린 머리카락을
날뛰는 불길처럼 펄럭이며 행운의 갈대를 타고 달려 나갔다.
삶과 죽음, 모든 것이 힘찬 바람처럼 불었으며
늙은 고행자는 땅에 기대면서 나지막이 불평했다.
「궁수여, 잔인한 고행자여, 그대는 내가 땅속에서 썩지 않도록
그대의 두뇌 속에 집어넣고는 아직 나를 버리지 않았으며,
또다시 태양이 뜨거워지고 내 뼈들이 활짝 피어나니까
나를 유혹하려고 이렇게 앞잡이 처녀를 나한테 보내는구나!
나는 언제 깊은 땅속에서 안식을 찾는다는 말인가?」

사과나무에 달린 새빨간 사과들도 훌륭하고*
온몸으로 껴안고 입을 맞추는 남녀들도 좋지만,
서로 팔짱을 끼고 거니는 선량한 자매들보다
더 훌륭하거나 많은 기쁨을 대지가 주지는 못하니,
그들은 팔짱을 끼고 물결치는 웃음소리에 휩쓸려
나그네들이 목을 축이는 시원한 샘물처럼 흘러갔다.
오호, 손놀림이 뛰어난 바람둥이 창녀 딕테나가
백설 같은 처녀 크리노를 열렬하게 꼭 끌어안았으니,
무덤의 흙이 어떻게 모든 적을 화해시키고 모든 마음을 길들여
하찮은 모든 근심 걱정을 휩쓸어 가버리는지 보라.
눈이 이글거리는 새까만 황소를 올라타고
그들은 재빨리 뛰어들어 담청색 파도를 향해 달려갔는데,
반쯤 썩은 살의 곰팡내를 감추려고
새까만 곱슬머리를 재스민 꽃으로 엮었어도
콧구멍에는 여전히 곰팡내가 약간 남았지만,

두 사람의 이성은 이제 서로 상대방의 사랑에 고정되어
곰팡이나 죽음의 흰 구더기는 보지도 못하며 계속 달려 나갔다.
크리노는 허리를 숙이고 햇살이 눈부시던 투우장에서*
언젠가 땅을 박차며 무서운 분노에 휩싸여 뿔을 휘둘러
그녀의 목숨을 빼앗았던 미치광이 소를 부드럽게 쓰다듬었는데,
그녀는 지금 모든 고통을 망각하고 모든 분노를 잃어버리고는
적과 친구가 되어 딕테나를 쳐다보며 말했다.
「만일 우리들이 정말로 꽃피는 세상으로 돌아가게 된다면
나는 다른 길을 택해 젊음에서 다른 기쁨들을 찾겠고,
다시 한 번 팔과 허벅지가 단단해진다면
나도 역시 젊은 총각들을 여럿 끌어안고
입맞춤과 밤의 공격들을 한껏 맛보아서
내 육체가 위안을 못 받은 채로 땅에 묻히게는 하지 않으리라.
신이여, 나는 젊음을 잃었고, 내 사과나무는 꽃이 피었어도
열매는 맺지 못해서 빨간 사과를 하나도 보지 못했노라!」*
그러자 꿀이 흐르는 금반지를 끼고, 입이 곡선을 이루고,
젖가슴으로 많은 입맞춤을 만끽했던 딕테나가
아직 입맞춤을 받은 적이 없는 크리노의 몸을 부드럽게 껴안았다.
「아, 우리들의 갈증을 풀기에는 대지의 시원한 샘물이나
삶으로는 충분하지 않으니, 탄식하지 말라, 크리노여,
처녀의 자그마한 몸뚱어리는 한없이 깊은 우물이어서,
세상에서 아무리 입맞춤을 많이 해도 우리 입술은 더 원하고,
오직 죽음만이 우리들의 입을 충족시켜 줄 것이다.
내가 마침내 깨달은 사실이지만, 세상의 모든 길이 좋기는 해도
우리들에게는 서둘러 하나의 길만 선택한 다음,
다른 길들을 헛되이 갈망할 시간밖에는 주어지지 않는단다!

만일 내가 정말로 꽃피는 세상으로 돌아가게 된다면
나는 네가 택했던 처녀의 길을 가겠다, 오, 크리노여.
아, 나는 별처럼 자랑스럽게 빛나며 크게 오만해져서
어떤 남자의 숨결도 백합 같은 내 마음을 더럽히지 못하고,
나는 사나운 산짐승을 사냥하고는, 내 허벅지가 산의 서리로 시원하며
내 젖가슴은 날카로운 양날 도끼처럼 우뚝 솟은 채로,
투우장으로 달려가 황소들과 싸우리라!」

이렇게 크레테의 곱슬머리 두 자매가 한숨짓고 얘기하며
서로 팔짱을 끼고 황소를 타고 가려니까
그들보다 훨씬 뒤에서 땅속에 같이 묻혀 있던
전쟁터의 두 동지가 그림자를 드리우지 않고 걸어왔으니,
그들은 접힌 모자를 쓴 늙은 바다의 늑대 묵묵 대장과
아직도 길이 들지 않아서 억세기만 한 휘다 공주였다.
그들은 위대한 지도자의 숨 막힌 절규를 같이 듣고는
함께 비석을 치워 버리고 수의도 찢어 버린 다음에
떨어진 이빨들을 주워 썩어 가는 살에 끼워 맞추고는
벌거숭이 뼈를 덜거덕거리며 얼른 달려왔다.
바닷가의 찝찔한 산들바람 냄새를 처음 맡은 묵묵 대장이
두 손을 눈 위에 얹었지만 바다는 보이지 않았고, 그래도
그의 큼직한 콧구멍은 아프로디테의 조가비처럼 벌름거렸다.
「동지여, 이것은 바다의 소금물과 바다의 바람인가요?
정말로 파도가 일어나 물보라로 나를 씻어 줄까요?」
그의 이성은 콧구멍이 커다란 해면처럼 말라붙었고,
어부들이 바닷가에다 버린 쓸모없는 물고기처럼
펄떡거리며 죽어 가던 참이었지만, 지금은 갑자기

그의 아가미에 물이, 이성에는 소금이 가득 찼다.
그러자 그는 호리호리한 친구에게로 시선을 돌렸다.
「휘다여, 아무리 따져 봐도 나는 머리가 어지러운데,
우리들은 크레테의 검은 바닷가에서 죽지 않았던가요?
지금까지도 내 검은 숨결은 불타는 나무 냄새가 나고,
그대의 가슴을 꿰뚫은 날카로운 창이 눈에 선합니다!
휘다여, 그것은 우리들이 깨어나면 사라지는 꿈이어서,
위대한 우리 주인이 부르고 날이 밝아 온 이제는
크나큰 빛, 참된 빛이 무덤으로부터 뛰쳐나올까요?
우리들이 깨어나고 파도가 찾아오며, 푸른 바다에서 돛이 올라가
허공을 가득 채울 터이니, 이 얼마나 기쁜 일입니까!
세상에서 내 마음이 이토록 기뻐서 두근거리고
발이 이토록 가벼웠던 적이 없으니, 울지 마시오!」
묵묵 대장은 좌우로 크레테의 재를 바람에 날려 보내며
땅을 밟고 뚜벅뚜벅 걸어가면서 미소를 지었고,
폭풍 치는 그의 두뇌 속에서는 바다의 노래들이 항해했고,
커다란 물고기들이 푸른 이성을 뚫고 나와 배를 띄웠으며,
불에 탄 그의 두 손은 번득이는 노처럼 허공을 쳤다.
「휘다여, 내 생각에는 우리 선장이 새로운 배를 만들고
모자를 높이 집어 던지며 우리들더러 오라고 소리쳐 부른 듯하니,
그의 선원들이 당장 달려와 이물에서 고물까지 흩어져 나가서
돛대로 올라가고, 돛을 올리고, 노를 잡고,
죽음이 시키는 대로 강한 바람이 우리들을 끌고 갈 것이오.
나는 불탄 내 가슴이 벌써 돛처럼 부풀어 오르는 기분을 느낍니다.」
그러나 창백한 휘다는 신음을 하며 잔뜩 겁에 질려
시뻘건 손에서 아버지의 끈끈한 피를 씻어 버리려고 애썼다.

「묵묵 대장이여, 바다가 이 피를 씻어 줄까요?
우리들이 동틀 녘에 길을 떠난 이후 나는 샘물마다 들러
손을 씻고 또 씻었지만, 피가 그대로 남았군요!」
바다 늑대는 불쌍히 여기며 그녀의 억센 어깨에다
불에 타고 부드러운 그의 손을 얹었다.
「넓고 넓은 바다는 모든 것을 휩쓸어 지워 버리고, 더럽혀진
우리 육신을 깨끗이 하여 거품처럼 파도 위에서 춤추게 만들고
우리들의 모든 기억이 희미해져 소금 덩어리처럼 녹게 합니다.
모자를 흔들며 바다 한가운데 꿋꿋하게 서서 기다리는
우리 위대한 선장을 드디어 보게 되면, 휘다여,
우리들은 육체와 영혼을 다 같이 떨쳐 버리게 될 것입니다!」
머리카락이 뱀 같은 여인이 한숨을 지으며 피를 씻고 또 씻었지만
짙게 엉킨 다른 피가 거대한 눈처럼 튀어나와서
말없이 음산하게 꼼짝도 않고 빨갛게 그녀를 노려보았다.
「묵묵 대장이여, 바다가 이 피를 씻어 줄까요?」
그러자 늙은 뱃사람이 얼굴을 찌푸리고는 여인을 꾸짖었다.
「그대처럼 용감한 영혼 속에서 오래전에 우리들이 흘린 피가
머리를 치켜들다니, 얼마나 부끄러운 일인가요?
그대는 우리들이 살아서 자유를 위해 싸웠다는 사실을 잊었나요?」
휘다는 당장 표정이 험악해지고 핏줄이 부풀어 올랐다.
「그건 알지만 나는 고통을 받으며 죽었어요, 묵묵 대장!
만일 우리들이 짓밟힌 노예들에게 자유를, 굶주린 자들에게 빵을
가져다주었다면 까마귀들이 우리 아버지를 뜯어 먹어도 괜찮아요!
우리들은 세상에서 자유를 위해 싸우다가 하데스로 떨어졌지만
노예들은 다시 무거운 멍에를 짊어지고 영주들에게 굽신거리니,
우리들의 모든 투쟁은 헛된 것이었어요!

아버지의 피를 내 손으로 흘리게 했지만, 지금 자유는 어디 있나요?」
묵묵 대장이 몰래 한숨을 짓고 나서, 힘차게 말했다.
「그대의 값진 피와 고뇌가 비옥한 땅에서 결실을 맺었거나
불모의 땅에서 죽었다고 해도 걱정하지 말아야 하니, 휘다여,
흙으로 빚은 내 두뇌에서 짙은 안개가 걷히고,
지금 나는 우리 선장이 언젠가 했던 말의 의미를 깨닫게 되었소.
〈나는 자유를 위해 싸우고 괴로워하지만, 보상은 코웃음 친다!〉」
아버지를 살해한 자의 얇은 입술에서 씁쓸하고 푸른 거품이 일었다.
「모든 여자는 자궁이 열매를 맺어 무거워지면 좋아하는데,
마음 또한 여자이기 때문에 정열을 실현하기를 갈망한답니다.」
그러자 늙은 바다 늑대가 허리를 숙이고는 싱싱한 풀잎을 잘라
에메랄드 검처럼 그의 창백한 입술에 물었으며,
말문이 막히자 그의 목소리는 이빨 뒤에 차곡차곡 쌓였다.
땀 흘려 일하고 고된 하루의 품삯을 받아 손에 들고
하찮은 일꾼의 몸으로 해 질 녘에 자신의 집 문간에 앉는 것보다
더 감미로운 기쁨이 세상에 없다는 사실을 묵묵 대장은
늙고 초라한 마음의 깊은 곳에서 잘 알고 있었다.
힘찬 영혼은 그림자를 먹고 살 수가 없으니 고기를 원하고,
굶주려 야윈 늑대는 희망을 먹어도 배가 부르지 않는다.
묵묵 대장이 한참 깊은 생각에 잠기자 갑작스러운 섬광 속에서
손자가 번쩍이며 머릿속에 나타나 그의 가슴에 기대었지만,
파도가 다시금 후려치고 주인의 드높은 고함소리가
사랑스러운 손자를 물고기처럼 바다로 휩쓸고 나갔으며,
그래서 사나운 바다 늑대는 모자를 한쪽으로 비스듬히 쓰고
담청색 바닷가의 거센 속삭임을 따라 달려갔다.

머나먼 곳의 손님들이 모두 드디어 추운 바닷가에 이르렀고,
거품과 하나가 되어 항해했으며, 갈매기와 함께 바다로 날아갔고,
그래서 바닷가가 텅 비자 야위고 주름진 개 한 마리가
그리워 짖어 대며 달려와 바닷가의 공기를 킁킁 냄새 맡았다.
주인이 무척 필요하다고 외치는 소리를 듣고 나서
벌떡 일어나 꼬리를 흔들고 바람을 따라 달려 나온 그는
똥구덩이 속에서 그의 늙은 뼈가 오랫동안 썩고 있던
서늘한 섬의 아득한 바닷가를 출발하여 길을 떠났다.
반가워하며 짖는 소리가 홍청거리며 즐기는 젊은이들에게
주인의 귀향을 미리 알려 주게 될까 봐 무자비하게 움켜잡았던
하얀 목, 주인의 손톱자국에서는 아직도 피가 흘러내렸다.*
흐릿한 눈으로도 주인을 잘 알아본 개는 킹킹거리며 달려가
몸을 떨며 땅바닥에서 기어오기도 하고, 주인의 발에
친친 몸을 감고 비틀며 발뒤꿈치를 핥아 대기도 했지만,
무서운 사냥꾼은 눈물을 억지로 감추며,
기뻐서 팔딱이는 더러운 목을 재빨리 움켜잡아 졸라서
충성스러운 사냥개가 숨이 끊겨 자빠졌지만,
그래도 꼬리는 여전히 반갑다고 흔들어 대었다.
그의 목이 자랑으로 여기던 손가락 자국은 산호가 되어
이제는 진주로 변한 주인의 눈물로 장식되었으며,
그는 무덤에서 비석을 젖혀 버리고는 미친 듯 짖어 대면서
축축한 콧구멍을 벌름거려 공기의 냄새를 맡았다.
하데스에서부터 그는 휘파람처럼 재빠르고 정다운 발자국 소리가
대지와 허공을 가득 채우고 바닷가를 뒤덮는 것을 들었고,
벌거숭이 꼬리에서 털이 돋아나고 하얀 이빨을 다시 반짝이며
그는 바다를 향해 달려갔다. 「크나큰 궁지에 몰렸을 때 주인이

아버지나 위대한 아들을 부르지 않고, 그의 섬에서 나만
선택하여 불렀다는 것은 얼마나 기쁜 일인가!
주인은 곧 결혼을 하거나 죽음과 싸우려는 모양이다!
잔칫상을 차려 놓았다면 우리들은 실컷 먹고 마시겠지만,
주인이 죽을 때가 되었다면 나는 그의 발치에
거칠게 깎은 베개처럼 다리를 벌리고 누우리라.」
그러더니 썩어 가는 다리로 아직도 떨면서 늙은 사냥개는
주변의 공기를 냄새 맡고는 머나먼 남쪽을 향해 달려갔다.

차가운 설산(雪山)에서 무서운 절규가 터져 나와
불꽃처럼 깜박이자 고독한 자의 기억이 번득이며
무지개처럼 태양 속에 걸렸다가 사라졌고,
부드럽게 흐릿해진 마지막 푸르스름한 별들이
울창한 바나나나무들 속에 파묻힌 높다란 사원을 밝혔다.
바위와 배부른 사자들과 마음이 순수한 악마들이
길고 구부러진 꼬리를 치켜들고 화려하게 장식한 문을 지키며
새빨간 입을 벌리고 길게 줄지어 웃었다.
느릿느릿 흐르는 강물을 따라 내려오던 불타는 배들은
순례자들과 거룩한 제물을 실어 왔고, 구부러진 뱃머리에서는
큰 소라 나팔들이 울리고 전령들이 큰 소리로 선포했다.
「우리들의 위대한 모테르트가 그의 사명을 완수하여,
모든 것을 떨쳐 버리고 홀가분한 빛이 되어 공중으로 날아다니고
높다란 산꼭대기에 앉았다가 천천히 사라지는도다.
날개가 없어 깃털을 갈망하는 벌레 같은 인간들아,
집을 버리고 어서 와 그대의 모든 재산을 바치고,
고행하는 자가 떠나기 전에, 늦기 전에 어서 서둘러 오라!

지금 그를 보고 애기를 듣는 눈과 귀도 역시 날개가 돋아
태양 속으로 사라질 것이니, 그들에게도 기쁨이 있으리라.」
강에서 소라 나팔이 울리고 전령들이 소리쳐 알렸으며,
마음이 연약하고 이성의 꽃다발을 두른 운동선수는 잎사귀와
열매가 없고 꽃만 피는 나무 밑에 다리를 포개고 앉았다.
가느다란 누에처럼 그는 온 세상의 잎사귀를 모두 먹었고,
싱싱하고 푸른 뽕잎을 모두 비단실로 바꿔 놓았으며,
그의 주변에는 이제 사람처럼 생긴 원숭이들과 야수들과
하늘의 새들, 옛 친구와 새 친구들이 떼를 지어 모여들어
흙과 공기의 위대한 신, 맑은 이성과 순수한 심성의 안내자가
죽어 가는 모습을 구경하려고 빤히 지켜보았다.
그들은 그의 하얀 손이 오그라들고 발이 녹아 버리며,
얼굴은 새하얀 휘장이 되어 빛을 받으면서 펄럭이고
죽음의 악취가 사향처럼 허공으로 흘러오는 것을 보았다.
보라, 사나운 두루미나 난폭한 사자를 타고,
만발한 연꽃이나 구름을 타고 오기도 하며
노란 승복을 걸치고 씨앗을 뿌리는 사람들이
목청을 돋워 장례식 송가를 부르며 죽음을 조롱했다.
「구원의 말은 꺼지지 않는 무자비한 불이다, 형제들이여!
우리들은 영혼과 바위로 가정을 이룩하려고, 나무들이나
자식들이나 사상들을 심으려고 세상으로 오지는 않았고,
불은 우리들의 유일한 빵과 술이요, 불이 우리들의 집이며,
우리들의 쟁기는 굶주린 불이요, 우리들은 불모의 땅에다
불타는 숯을 뿌리고 심으려 세상으로 내려왔노라.」
탐욕스러운 영혼이 육체를 먹어 치워 앙상하게 야윈 노인이
다리를 포개고 땅바닥에 앉아 주름진 손바닥으로 손뼉을 쳤다.

「나는 구원을 찾았고, 늙은 부모를 둘 다 버렸고,
흐느껴 우는 아이들과 울부짖는 모든 신을 버렸고,
기쁨과 슬픔으로부터 해방되어 내 마음을 깨끗이 했고,
나는 웃고 손뼉 치며 이성을 지워 버리고 소리친다.
〈나는 보거나 듣거나 맛보거나 냄새 맡거나 감촉하지 않는다!〉」
다정한 제자 하나가 빨갛고 담청색이고 초록빛이고 황금빛
야생 앵무새의 깃털로 만든 부채를 흔들며 춤을 추었다.
「나는 사랑하거나 미워하거나 원하거나 두려워하거나 바라지 않고
내 알록달록한 부채를 흔들면 모든 욕망이 사라진다!」
위대한 고행자가 미소를 지었고, 그의 눈부시고 신성한 머리가
등불처럼 모든 것을 비추고 찬가들이 끝났으며,
그가 허리를 숙이고, 모든 혼령과 푸른 생각들과
내면의 나비들이 올라앉은 새잡이 끈끈이 나뭇가지들처럼
열 손가락을 허공에서 쥐었다 폈다 했다.
그의 창백하고 투명한 살갗에서 희미한 미소가 빛났고
그의 목소리가 마술의 주문처럼 세상을 소리쳐 불렀다.
「나는 머리를 숙이고는 강물을 타고 흘러가는 내 얼굴을 보았고,
남풍이 파도 위에다 써놓은 내 이름을 보았고,
나는 긴 여행을 떠나야 하니, 잘 있거라, 친구들이여.
어둠 속에서 불을 밝히려고 그들의 몸이 녹아 버릴 때까지
깊은 바다 속에서 몸부림을 치는 눈먼 물고기들처럼
나는 살을 빛으로 바꿔 보려고 맹렬히 노력했지만
진흙 한 방울만큼 육신이 조금만 남은 지금
나는 위대한 노예 죽음을 불러 그것을 모두 가져가라 하겠으며
내가 말없이 손을 들면 세계가 사라질 것이다!」
그러나 죽음을 부르려고 그가 빛나는 손을 치켜들자

어느 노인이 황공하게 머리를 숙여 그의 발에 입을 맞추었다.
「숨을 거두기 전에 우리들에게 지혜로운 말을 해주소서!」
그러자 평온한 얼굴에서 희미한 미소가 빛나며
주변의 어두운 대지를 석양 녘의 낙조처럼 비추었지만,
그는 입을 열지 않았고, 그의 어휘들은 새와 매와 지빠귀,
종달새와 황새와 두루미처럼 그의 마음속에 도사려 앉았다.
「노란 날개로 절벽을 스치고 지나가는 거대한 카나리아여,
우리들의 속박된 영혼을 해방시킬 최후의 노래를 불러 주오!」
그러자 고행자가 얼굴을 찌푸렸고 대지가 뿌리째 흔들렸다.
「은둔자들이여, 귀를 크게 열고 마음을 단단히 먹고 들어라.
내 이성 속에 길이 다섯이요 날개 다섯이 날아오르려고 하며,
나는 모든 길을 자유롭게 택할 수 있으니 모든 길이 즐겁도다.
내가 우리들의 만남이 즐겁다고 못 박아 소리쳐야 하느냐,
아니면 다시는 만나지 말아야 한다고 말해야 옳으냐?
꿈에 쫓긴 인간의 환상들에게 흠뻑 물을 주기 위해서 나는
잔잔하게 퍼져 나가는 강물처럼 얘기를 해야 되겠느냐?
아니면 둘이 사막의 모래밭에서 사랑하며 잠깐 희롱하기 위해
독수리가 내리 덮쳐 마음을 움켜잡아야 하겠느냐?
아니면 모든 진실을 얘기하여 그대들을 상심시켜야 좋겠느냐?
나약한 희망이나 절망이나 아름다움이나 달콤한 희롱이나 진실 —
나는 그 다섯 길을 모두 지나 새로운 길을 열었고,
나는 언어를 초월하여 사상의 어리석은 그물을 뚫었으며,
심오한 대답으로 말 없는 미소를 그대들에게 던져 주겠노라.」
그가 말하고는 사막의 달빛에 젖은 감미로운 손길처럼
그의 빛나는 육신 전체로 미소가 번져 나갔으며,
그의 대답 속에서 제자들은 두뇌를 잃었고

그들의 어깨가 아프더니 갑자기 노란 날개가 돋아났다.

용기를 얻은 죽음이 경건한 태도로 마침내 다가왔으며,
금빛과 은빛으로 테를 두른 석양이 상심하여 쏟아져 나와서
작별을 고하듯 세상을 휘감아 안았고,
대지는 태양의 황금빛 무게로부터 해방되고
별들은 아직 떠오르지 않은 감미로운 시간에
하늘과 땅이 엷은 보랏빛 안개의 선반에 매달려 떨었다.
그러자 막강한 〈열쇠의 주인〉은 미친한 노예처럼
벌벌 떨며 기다리는 노예에게 신호를 해주고 싶었지만,
신호를 하려고 조용히 그가 손가락을 치켜들려고 하자
저마다 어깨에 은빛 여치를 앉히고 머리카락을 단정하게 묶었으며
외국 옷을 걸친 두 남자가 그에게로 왔고,
거룩한 손이 공중에서 멈추자 죽음이 뒤로 물러났다.
두 친구가 빠른 대화를 주고받았다. 「친구여, 이 거룩한
강가에 닻을 내리라고 내 마음이 큰 소리로 얘기하니,
우리들의 여행은 마지막 항구에 다다른 모양일세.
우리들은 엄숙하고 밝게 빛나는 크나큰 산봉우리들을 지나왔고,
위대한 도시들과 투명한 강들, 화려하고 알록달록한 새들,
우리 눈을 즐겁게 해주던 야만인들의 묵직한 보석들을 보았고,
여러 달 동안 세상의 머나먼 끝들을 돌아다녔지.
형제여, 나는 세상의 날개가 그토록 큰 줄을 몰랐는데,
그리스의 성벽을 지나 몇 년이나 터벅거리며 걸어서
산과 바다와 평야를 지나도, 하늘의 모든 기초는
아직도 펼쳐지고 대지는 자꾸만 새로운 날개를 펼치더구먼.」
젊은이가 햇볕에 그을은 힘센 동지의 잔등을 쓰다듬었다.

「그리고 나도 세계를 방랑하는 아름다움과 인간의 마음속으로
그토록 많은 길이 뻗어 나갔으리라고는 전혀 꿈도 못 꾸어서, 형제여,
사랑하는 나의 나라로 다행히 돌아가기만 한다면 당장
나는 내 일터로 들어가, 한때는 입맞춤을 모르고
그토록 야만적이었던 아테나의 입술을 새빨갛게 칠하고
남자 같은 이마에는 장난스러운 곱슬머리를 몇 다발 드리우고,
천사 같은 아프로디테는 엉덩이가 탐스럽고 단단한 계집으로
조각하고는 그녀의 부드러운 두 손에다 항구를 지배하라고
노처럼 생긴 가느다란 깃털 두 개를 쥐어 주어서,
내 두뇌 속에서 동양의 화려한 공작새가 활개 치게 하겠네.」
그러나 비스듬한 쐐기 모양으로 수염을 기른 건장한 남자가
돌아서더니 젊은 친구의 바위 같은 팔뚝을 잡았다.
「저 앞에 사람들이 모였으니 조용히 얘기하게나, 형제여.
꽃 핀 나무 밑에서 늙은이들과 젊은이들이 모여 슬퍼하고
벌거벗은 위대한 고행자가 거기서 손을 들고
고요한 미소를 짓고 시끄러운 세상을 관조하는구먼.」
허리를 숙인 젊은이의 뺨이 빨갛게 상기되었다.
「나는 마음이 아이처럼 즐거우니 꼭 얘기해야만 하겠네.
우리들이 여러 해 동안 함께 찾아다니던 신이 여기서 빛나니,
이제 드디어 우리들은 그를 한껏 포옹할 수 있겠구먼.
그의 거룩한 두 팔이 빛의 가장 높은 산봉우리
푸른 대기 속에서 맴도는 독수리처럼 빛나고,
그의 얼굴이 다양한 모습으로 혼령처럼 번득이는 것을 보게!
나는 말하기가 두렵기는 해도 이 비밀은 지킬 수가 없는데,
머나먼 헬라스로부터 가져온 멋진 선물인 청동 아폴론이
내 품 안에서 두려워하며 떨고 있구먼!」

젊은이의 말이 미처 끝나기도 전에 모였던 사람들 가운데
연장자 한 사람이 발돋움을 하고 일어나서 두 손을 들었다.
「위대한 고행자가 마지막으로 세상에게 인사를 합니다!
오, 낯선 이들이여, 그의 거룩한 정적을 더럽히지 마시오.」
그러나 수염을 기르고 힘센 자가 당당한 어조로 대답했다.
「우리들은 두 마디 얘기를 주고받고, 이성의 새로운 귀족에게서
조언을 듣겠다는 목적으로 먼 길을 여행하여 찾아왔는데,
그가 하는 모든 말은 소중하고 무거운 진주 같다고 하니
여기까지 신의 보고(寶庫)를 찾아온 우리들을, 노인이여,
그대의 손이 막고 쫓아 버릴 수는 없겠습니다.」
노인이 침침한 눈을 손으로 가리고는 나지막이 말했다.
「멀리서 온 나그네여, 그대들의 고향 땅은 어떤 나라인가요?」
그러자 쐐기 수염의 남자가 자랑스러운 태도로 대답했다.
「노인이여, 우리들은 담청색 바닷가가 있는 땅을 떠나
그대들의 신을 보기 위해 순례의 길에 올랐는데, 얘기를 들으니
그대들의 신은 인간의 두뇌와 관심사를 터득했다기에
그의 지혜로운 말을 적어 가려고 청동을 가지고 왔다오.」
노인이 머리를 저으며 부드러운 미소를 짓고 말했다.
「신과 나라와 법과 바닷가는 머리를 채우는 연기일 따름이오.」
그러자 나이 많은 동지가 젊은 친구에게로 시선을 돌렸다.
「우리들은 연꽃을 먹는 사람들의 땅에 도달한 모양일세.
그들은 열매를 맛보고 모든 것을 망각했으며,
죽음을 맞기 전에 새하얀 실편백나무*에 이르렀고,
그들은 온 세상이 모두 새어 나가는 깨진 항아리 같은
마음의 체로 걸러 가며 레테의 강물을 마셨지만,
나는 그들의 흐릿한 두뇌가 바로잡히도록 대답을 해주겠네.

망각하는 자여, 어느 거룩한 밤에 유명한 우리 조상들이
공략하여 불태워 버린 그 탑은 단순한 꿈이 아니며,
불길의 봉우리 위에서 그들의 손이 모든 그리스의 꽃이요
가슴이 장밋빛인 헬레네의 몸을 높이 치켜들었을 때,
그것은 안개가 아니라 따스한 여인의 황홀한 육체였습니다.」
노인이 미소를 짓고는 말 없는 동지들에게 시선을 돌렸다.
「형제들이여, 어부의 두툼한 그물 속에서 몸부림을 치면서도
끝없는 바다에서 제멋대로 뛰논다고 착각하는 물고기들처럼,
그들은 상상력의 유명한 자식들입니다.
그들의 역사는 이성의 현기증이요 자취도 없는 꿈이며,
살벌한 불모의 밭과 담청색 바다, 발가벗은 몸, 노래들은
존재하지 않는 유령입니다. 언젠가 정신이 나간 그들은
함대를 구성하고 돛대를 세우고는 얼마 동안 항해를 했고,
햇빛 때문에 얼굴을 찡그리며 어느 땅에서 표지를 보았습니다.
〈적이다! 트로이아의 도시가 저기 있다!〉
그들이 소리치고는 유령 바닷가를 따라 한꺼번에 몰려갔으며,
텅 빈 모래밭에서 모였다가 헤어지고 다시 모이고는 했습니다.
이 모두가 이슬과 빛으로 유명한 성들을 짓고
높이 올라앉아 사람들을 데리고 희롱하는 교활한 신이 벌이는
장난이라는 사실을 당신들은 모르나요, 불행하고 불쌍한 자들이여?
헬레네는 육체가 없는 그림자, 공기의 소산이라오!」
벅찬 분노를 점잖게 억제하며 젊은이가 반박했다.
「만일 헬레네가 그림자에 불과하다면, 그녀는 축복을 받았군요!
그 공허한 그림자를 위해 우리들이 이성을 동원하여 싸웠다지만,
늙어서 마침내 우리들이 그리워하던 나라로 되돌아갔을 때
우리들의 이성은 모험과 사나이다운 활약으로 가득했으며,

우리들의 배는 무겁게 가득 채운 가마솥처럼 황금 방패들과
동양의 꿀 같은 처녀들이 가득 넘쳐 쏟아질 지경이었소.
세상은 방금 목욕한 헬레네와 같아서, 위대한 고행자여,
그녀는 낯선 땅과 바다와 성으로 수놓은 베일을 쓰고,
두 손으로 젖가슴을 가리고 행복해서 흐느껴 울며
가장 건장한 젊은이들을 따라가지만, 그녀의 작고도 작은
발자국은 승리의 발자국처럼 피로 반짝인답니다.
검은 빵과 맑은 물과 푸른 공기는 현실이며 좋은 것이어서,
인간의 창자 깊숙이 가라앉아 육신과 영혼을 주어
위대한 투쟁을 거쳐 모든 그림자가 고기로 변하게 합니다.
당신은 한가하게 두 손을 엇갈리고 앉아 깊은 생각에 잠깁니다.
〈헬레네는 존재하지 않고, 온 세상이 그림자와 안개니라!〉
그러나 헬레네는 그녀를 위해 살고 싸운다는 것을 의미합니다!」
그래도 가엾다는 듯 고행자는 빡빡 깎은 머리를 저었다.
「얼마나 오랫동안 그대들은 수컷 전갈처럼 대지의 욕정에,
꿀처럼 달콤한 발톱에, 무서운 암컷 전갈에 잡혀 몸부림치겠소?
그대의 독수리 눈과 높은 이마가 불쌍합니다!
이제는 정신을 차리고, 욕망을 뿌리 뽑고, 악몽들을 떨쳐 버리고
마음과 둔감한 두뇌가 소리치지 못하게 숨통을 누르고는
산들과 나무들과 물의 함성에 귀를 기울이시오.
〈오라, 어서 와서 대지와, 어머니 뿌리와 하나로 결합하고,
거룩한 바람과 훌륭한 소나기와 하나로 결합하여라!〉」
고행자의 목소리가 감미롭게 도취시키며 유혹하여,
쐐기 모양의 수염을 기른 자가 젊은이를 끌어안았다.
「그의 두뇌는 물에 젖어 가라앉았으니 그대는 대꾸를 하지 말고,
내가 그에게 빙글빙글 도는 고리처럼 힘찬 얘기를 해보겠는데,

늙은 고행자여, 우리들은 다른 신들과 법들의 통치를 받으니
그대의 눈이 뱀처럼 유혹을 하더라도 허사고,
향유를 바르고 콧김을 뿜으며 발가벗은 그들은
우리들과 같은 식탁에 앉아 먹고 마시며, 우리 침대로 뛰어들어
우리들과 아내를 바꿔 가며 달콤한 사랑을 하여
우리들의 뜨거운 피가 섞이면 인간의 자식들이 사나워지고
신의 힘은 여성적으로 변해 온순해진답니다.*
우리들은 인간의 선행이라는 순수하고 평화로운 덕목을
심연의 언저리에다 심어 놓음으로써 두려움을 정복하고,
우리들은 덧없는 생각을 단단한 청동처럼 가지고 일했으며
이렇게 보다시피 우리들은 연꽃을 먹는 그대들의 성자에게
헬라스로부터의 값진 선물인 〈승리〉의 동상을 가져왔소!
나는 신들과 직접 얘기하기 좋아하니
빛을 가리지 말고 저리 비키시오, 노인이여.」
그가 말하고는 불손하게 현인을 옆으로 밀어젖히고
눈부신 빛이 쏟아지는 마당으로 대담하게 두 발자국 들어서더니
행동을 사랑하는 손을 내밀며 거룩한 성자를 소리쳐 불렀다.
「오, 그렇다와 아니다로 상반되는 영혼의 거대한 두 날개를
뛰어난 기술로 균형 잡는 맑고도 오묘한 사상이여,
그대의 사랑을 찾아 우리들은 지구의 심장으로부터 왔습니다.
우리들의 불멸의 존재를 숭배하고 큰 도시를 세우며,
축제일에는 경기장에서 싸우고, 인간이나 신들의 행동과
우리들의 사상이 사라지지 않도록 석판에다 새겨 두지만,
집요한 도시 간의 불화가 우리들의 가정과 도시를 파괴하고
동족들 간에 벌어지는 투쟁이 우리 종족에게 불운을 가져옵니다.
현인이시여, 우리들에게 새로운 사랑의 법을 내려 주시오!

우리 위대한 조상들이 약탈을 끝내고 피투성이 손에
거짓된 〈승리〉를 들고 자랑스럽게 돌아왔는데,
날아서 도망치지 않도록 〈승리〉의 날개를 잘라 주시오!
질서가 혼돈을 다스리게 하고, 언어가 군림하게 하고,
험상궂은 악마들에게 부드러운 빛의 미소를 주고,
죽음과 삶이 우리 마음속 깊은 곳에서 하나가 되게 하소서.
그대의 동지들은 말을 더듬고 비틀거리며 기억을 못 하는데,
검은 나락을 지키게끔 우리 이성을 튼튼하게 가꾸고
더듬거리는 말을 순수한 사상으로 바꾸도록 우리들을 도와주오!」
무사(武士)가 미처 말을 끝내기도 전에 모테르트가 천천히
시선을 돌리고 눈을 번득여서, 두 사람의 몸은
그의 미소 안에서 빛으로 만든 장난감처럼 떠다녔다.
젊은이가 몸부림을 치고 달려가 그물 속으로 떨어지려고 했지만
성숙한 남자가 그의 친구를 단단히 움켜잡았다.
「형제여, 찬란한 헬라스를 그대의 이성으로 단단히 잡게나!」
그러나 젊은이는 미소의 신비한 샘물로 가까이 갔다.
「부드러운 미소가 심오하고 평온하게 그의 이성으로부터
꿀처럼 그의 살로 방울방울 쏟아져 온 세상으로 퍼져 나가고
어둠 속에서 그의 얼굴 윤곽은 빛으로 깜박이는구나.
아, 이성보다도 더 찬란하고 빛나는 전리품으로 그의 미소를
지적인 그리스로 가져갈 수만 있다면 얼마나 좋을까!」
그의 친구가 놀라서 젊은이의 창백한 얼굴을 멍하니 쳐다보았다.
「자네도 망각하는 연꽃의 열매를 맛보았구먼!
그대의 눈이 불타고, 입술에는 꿀 같은 독이 흐르니,
그대의 이성으로부터 고향이 사라지기 전에 이곳을 떠나세!」
그러나 꿈에 사로잡힌 젊은이는 부드러운 미소로 빛났다.

「이곳이 우리 고향이고, 이것이 희미한 망각과 공기로
위대한 신을 새긴 바위라네, 사랑하는 친구여.」

그의 동지는 아직도 떨고 있는 젊은이의 허리를 끌어안고는
꽃은 피지 않지만 방금 무르익은 지혜의 열매 하나를
땅으로 떨어뜨리며 미소 짓는 나무*에게로 조용히 돌아섰다.
「투쟁의 봉우리에 군림해 앉은 말 없는 고행자여,
우리들은 전할 말을 가져왔고, 그 해답을 구합니다.」
그러나 노인은 또다시 자비로운 두 팔을 내밀었다.
「오, 형제들이여, 우리 위대한 고행자가 미소를 지으면
그대들의 육신이 스러지니, 이것이 훌륭한 대답이요 절대적인
언어이므로, 깊은 망각의 강물로 그대들의 입을 씻으시오.」
씨앗과 환각이 담기지 않은 두뇌, 투명한 머리가
꽃이 안 피는 나무에 가만히 기댔고, 그의 부드러운 미소는
추락하지 않으려고 서로 팔짱을 끼고 단단히 매달리는
두 명의 전령을 어부의 그물처럼 더 가까이 유인했다.
완전한 자유의 순간이 나타나고 하얀 불길이 타올라
펄럭거리는 심지에서 높이 뛰어오르려고 기운을 모으자
투명한 성자가 미소를 짓고는 죽음을 손짓해 불렀다.
그러나 그가 눈을 감고 나무에 몸을 기대자
나뭇가지들은 새하얀 꽃이 잔뜩 피고 따스한 산들바람이 불었으며
하얀 꽃들이 천천히 고요한 눈송이처럼 떨어져
그의 몸과 어깨와 발과 머리를 모두 덮었다.
「죽음이다!」 몇 명의 제자가 놀라서 큰 소리로 외쳤지만
다른 사람들은 웃고 손뼉을 치며 춤을 추기 시작했는데,
보라, 구원의 문이 부서져 모두들 들어오라고 열렸다.

짐승들과 새들이 소리쳤고, 언젠가는 자신들이 해방되기 위해
어떻게 영혼이 자유를 찾는지 훌륭한 표본을 찾아보려고
나지막한 구름으로부터 신들이 허리를 숙여 굽어보았다.
그러자 쐐기 수염의 남자가 젊은 친구에게로 돌아섰다.
「왜 이 이상한 야만인들이 불타는 숯이나 뱀을 밟는
신의 광신자들처럼 울고 웃으며 춤을 추는 것일까?
그들이 거룩한 어머니 대지의 숭고한 얼굴을 더럽히잖아.」
젊은이가 한숨을 지었고 그의 이성이 대지 너머로 달려갔다.
「이 현인은 디오니소스보다 거룩한 것 같아서, 나의 친구여,
대지의 달콤하고 무자비한 포도주 통 속에서도 정신이 말짱하고
자줏빛 포도송이들을 짓밟듯 인간의 머리들을 짓밟는다네.
피가 그의 무릎과, 허벅지와, 가슴까지 튄 다음
포도주처럼 그의 두뇌에 범람하지만, 내면의 피가 투명한 빛과
영혼으로 변하기 때문에, 그를 취하게 만들지는 못하지.
혹시 이 현인이 심연을 두려워하여 굴복할까 해서
우리들의 신*을 부적으로 가져온 것이 부끄럽구먼!
그의 두뇌 속에서는 그리스가 하찮은 개념일 따름이니.」
황홀경에 빠진 무리를 이끌려고 연장자가 두 팔을 벌렸다.
「흐느끼거나 통곡하지 말고, 춤도 추지 말고 침착하라.
우리 위대한 고행자가 이제 성스러운 죽음의 문을 넘어서면
그의 손과 발이 찬란해지고 몸은 기쁨으로 빛날 것이며
승리자가 고향 땅을 밟으니 이성과 육신의 위대한 성벽들도
소리 없이 무너져 그가 지나가게 할 것이니라.
육신이 춤추고 이성도 춤춘다! 죽음은 빠른 춤이니라!」
젊은이 늙은이 모두 꼼짝도 않고 위대한 영혼의 투사가
땅속으로 평화롭게 깊이 가라앉는 모습을 감탄하며 지켜보았고,

태양이 모습을 감추고 나지막한 구름으로부터 방울들이 떨어졌고
기다란 번갯불 섬광이 남쪽 평원을 가로질러 휩쓸었다.
빗속에서 아기를 낳고는 즐거워서 첫아들을 들여다보는
여자처럼 대지가 이제 고요한 행복 속에서
두 손을 엇갈려 얹고는 숨을 거두었다.
그러나 지하로 가라앉던 모테르트는 갑자기
하늘을 찢는 듯한 무서운 고함소리를 들었고,
재빠른 올가미가 그를 잡아 잠깐 높이 매달았으며,
그의 영혼과 육신이 어두운 허공에서 흔들렸고,
믿는 자들이 비명을 지르고 눈을 들어 보니
무서운 독수리가 날개를 펼치고 소리치며 하늘을 날아갔으며
그들의 위대한 현인이 독수리의 발톱에 매달려 있었다.

독수리가 남쪽으로 솟아올라 석양의 불길 속으로 사라졌고
창백한 랄라는 구더기가 들끓는 눈을 들고는
번뜩이며 날아가는 새를 그리운 마음으로 소리쳐 불렀다.
「독수리여, 나에게 날개가 달렸거나, 그대의 발톱에 매달려
하늘을 찢으며 날아가, 당장 내 사랑에게로 가서
왜 그가 나를 원하는지 알아낼 수 있다면 얼마나 좋으랴!
그의 절규를 들어 보니 생명이 위험에 처한 듯싶구나.」
그러더니 그녀는 흙을 감추려고 피에 젖은 머릿수건을 둘렀고
불꽃처럼 붉어지라고 시퍼런 입술을 힘껏 깨물었으며
고인 물로 허리를 잔뜩 숙이고 그녀의 얼굴을 살펴보았다.
아, 그녀는 추해졌고 야위고 눈썹이 빠졌으며
죽음의 늪에 핀 수련처럼 그녀의 보드랍고 새까만
두 눈만이 아직도 우아한 아름다움을 지니고 움직였다.

대지의 따스한 숨결로 돌아오다니 얼마나 좋은가!
그녀는 한 번 운명을 거역했지만 다시는 절대로 그러지 않으리라!
아, 그녀는 가난한 자들의 복수를 하기 위해,
헛된 미래의 기쁨과 영광을 위해 풍요한 그녀의 삶을 낭비하고
여인의 나무에서 무르익은 열매를 따지 않았던 것을 후회했다.
이제 그녀는 대지의 흙으로부터 그녀의 육신을 건져 냈고,
햇볕에 그을은 다리에서 구리 발찌가 짤랑거리고
가슴에서는 머리가 둘인 야수가 자랑스럽게 출렁거리며
그녀는 그의 정력적인 품에 안겨 훗날 아들들을 낳아 주려고
사랑하는 이의 목소리를 향해서 달려갔다!
그리고 이제 그녀는 고인 물을 굽어보며 머리를 매만지고
거미줄이 뒤덮인 입술로 소리쳐 탄식했다.
「그들은 나를 야수의 눈을 지닌 위대한 처녀 순교자라 부르고
나를 추모하기 위해 동상을 세우고 제단들을 마련하며
거미줄이 덮인 문을, 내 처녀성을 숭배하는구나!
나는 위대한 사상을 위해 내 육신을 모두 낭비했도다!
아, 내 젖가슴이 얼마나 무겁게 매달렸는지 나는 몰랐다!
육신에서 충족시킬 수 없는 것을 나는 이제 동상으로서 즐기려고
애쓰며 대리석의 입맞춤으로 나 자신을 충족시킨다.
신전의 문이 벌컥 열리기 전에 시간을 맞추려고 서둘러서
나는 입술과 손톱을 칠하고, 젖가슴을 드러내고,
팔다리에 연고를 바르고, 머리카락에 장미꽃을 꽂고
해가 솟아오른 다음 숨을 헐떡이며 숭배자들이 찾아오면,
예식의 규칙에 따라 꼼짝도 안 하고 말없이 나는
뜨거운 포옹과 야만적인 사랑에게 나 자신을 내맡기지만,
아, 돌멩이가 모든 기쁨을 차지하고 나에게는 하나도 주지 않는다!

그러나 보라, 이제 동상이 살아나고 육체에 불이 붙어
새로운 길이 나타났으니, 잘 있거라, 농부들아, 노동자들아,
나는 여자로 태어났고 여자의 의무는 사랑이기 때문에
나는 세상의 훌륭한 일들을 깊이 생각할 사람이 아니고,
그의 부름을 받아 사랑하는 이를 만나러 달려가야 한다.」
그러나 거머리가 우글거리는 물을 들여다본 랄라는
근처에서 서성거리며 천천히 손을 올리는 그림자를 보았고,
마치 꿈에서처럼 미남 청년이 그녀의 곁에 서서
온화하게 미소를 짓는다고 순간적으로 깨달았다.
그렇다면 아기 같은 믿음을 지니고 그도 찾아온 셈이어서,
그녀는 분노하여 피가 날 정도로 입술을 깨물었다.
그녀는 얼굴을 들고 남쪽으로 달려갔지만, 젊은 남자는
밤이 되어 어둠 속에서 혼자 걷기가 두려웠으며,
적절한 때라면 좋은 말 한 마디가 이성에 위안이 되기 때문에
슬그머니 그녀의 곁으로 와서 길동무가 되기를 원했다.
날이 밝은 초원에서 흘러가는 엷은 안개처럼 발돋움을 하고
그들은 이 풀밭에서 저 풀밭으로 가벼운 걸음으로 재빨리 달려갔으며
그물을 잔등에 짊어진 호리호리하고 젊은 어부의 얼굴은
마치 파도가 씻어 냈거나 바다 속에 가라앉은 듯
조용한 기쁨의 빛을 받아 반짝였으며
그의 목소리는 꽃이 만발한 나무의 한숨처럼 바스락거렸다.
「랄라여, 신이 나지막한 자장가처럼 길거리를 돌아다니고
집집마다 마당을 드나들어 수줍은 처녀들이 그의 노래를 듣고는
남자의 난폭한 입맞춤을 그리워하지 않으면서도 만족해하고,
이토록 평화로운 해 질 녘에 일하던 연장들을 손에 들고
평온하게 천천히 집으로 돌아가서

고요한 밤을 보내며 포근하고 따뜻한 둥지에서 파닥이는
어린 새들처럼 젖가슴이 오르락내리락거리는 소리를 들으며
가까운 사람들을 곁에 두고 산다는 것은 얼마나 큰 기쁨이겠는가!
랄라여, 세상은 신의 따뜻한 손바닥에 담긴 둥지니라!」
그러나 마침내 남자에 대한 욕망이 터지고 부풀어 오르자,
불타는 목도리에 감싸였으며 낭비를 하지 않으려는 몸뚱어리가
분노하여 술렁였고, 더러운 흙이 묻은 뺨도 붉어졌다.
「아, 만일 하늘이나 깊은 하데스, 심지어는 초라한 이 대지에
신이 존재하기만 한다면 나는 날카롭게 간 도끼를 들고
그의 앞에 서서 날카로운 목소리로 그를 저주하리라!」
놀란 고기잡이 청년이 새까만 눈을 꼭 감았고,
바람이 불 때 잎사귀를 훑어가는 나약한 영혼처럼
그의 한숨 소리가 푸른 골풀들 사이로 스치고 날아갔다.
그러나 랄라는 청년을 비웃으며 조롱했다.
「그대의 맛없는 카밀레* 수프는 내 고통을 아물게 하지도 않고
내 거룩한 열기를 되살리지도 못하니, 어서 가버려라!
꺼져라! 하늘로 사라져라! 순정 따위는 필요 없다!
그대의 새하얀 백합과 감미로움을 보면 구역질이 나서,
나는 젖가슴을 두 손으로 들고 사랑을 향해 달려간다!」
그러나 뱀처럼 식식거리며 비웃어 대던 젊은 처녀는 갑자기
싱싱한 갈대밭에서 버석거리는 소리를 듣고 돌아섰는데,
보라, 암표범이 크게 분노하여 뛰쳐나오더니
머리를 들고 공기 냄새를 맡아 보고는 표범의 땀 냄새를
남풍에서 맡기라도 했는지, 꼬리를 치켜 올렸다.
랄라가 손을 펴서 사나운 짐승의 등을 쓰다듬었다.
「어서 오라, 쌍둥이 자매여, 어서 오라, 쌍둥이 눈이여,

굶주리고 만족을 모르는 불꽃을 환영하고 또 환영하노라!
그대는 항상 굶주리고 인간의 살을 그리워하기 때문에
나는 꼬리를 흔들어 세상을 치는 그대를 사랑하니,
멀리 바다에서 소리치는 위대한 표범에게로 같이 달려가자!」

이렇게 강물처럼 그림자의 행렬이 늘어나며 달려갔고
모두들 둘씩 짝을 지어 바다와 땅과 공중에서 어울렸으며
옛 동지들이 만나고 뭉쳐서 다시는 헤어지지 않았으니
휘다와 랄라는 친구로 엮였고, 창백한 크리노는
검은 황소에게서 달려와 헬레네의 품으로 몸을 던졌고,
다정한 마르가로와 딕테나는 팔짱을 끼고 거닐었으며
모두들 바람이 부는 대로 이리저리 흔들렸다.
크레테의 여주인이 행복하고 젊은 모습으로 먼저 돌아섰다.
「친구들이여, 우리들은 지지 않는 태양을 향해 걸어가고,
거룩한 빛이 우리 몸에 떨어져 꿀처럼 흐르나니
이제 눈을 감고 우리 신의 따뜻한 손길을 즐기자.」
마르가로가 돌아서서 속눈썹이 긴 눈을 감고는
궁수의 유황 숨결을 공중에서 냄새 맡고 미소 지었다.
「아, 그대의 따뜻한 품 안에 나를 영원히 안아 주소서!」
그녀의 통통한 입술에는 붉은 날개의 퍼덕임이 끝났고
그녀의 말이 꽃 속에서 달콤한 벌들처럼 사라졌으며,
그러자 사랑의 예술에 바치기로 한 두 몸이 가벼운 발걸음으로
햇볕을 받으며 담청색 바닷가를 따라 걸어 내려왔다.
대지가 어두워지고 빗발이 휘몰아치자 태양은 겁을 냈고
모든 결혼식 손님들, 그림자들의 감미로운 행렬,
벌거숭이 젖가슴과 새빨간 입술, 털이 난 팔과 허벅지는 모두

마침내 검은 파도에 피곤한 발을 식혔으며,
투명한 팔을 높이 들고 머나먼 바다를 둘러보았다.
「신이여, 우리 선장은 어디 있고, 누가 우리들을 불렀는가?
적막한 바다만 펼쳐지고 높다란 모자는 보이지 않는구나!」

그들 너머의 다른 바닷가에서, 깊은 망연(茫然)에 잠겨,
그들의 선장은 설산 위에 말없이 꿋꿋하게 서서,
입술이 시퍼렇게 질리고 허연 수염에는 수정 얼음을 매단 채로,
멀리 바다를 내다보았고, 그의 마음은 도움을 소리쳐 구했다.
지도자의 육신이 녹아 입을 벌린 대지 속으로 쏟아져 들어갔지만
그의 깊은 열망이 산을 뚫고 하데스로 뛰어들어
사랑하는 축축한 흙을 움켜잡아 육신이 다시금 엉겨 붙었으며,
영혼이라는 야성의 새가 자유롭게 솟아올라
살과 피와 꿈으로 햇살 속에다 다시금 둥지를 틀었다.
그의 동지들이 야만적 세계에서 그들의 소명인 노와 사랑과 전쟁을
다시금 서둘러 움켜잡으라고 여러 바닷가에서 소리쳤으며,
서두르는 그들을 보고 위대한 지도자는 심장이 크게 뛰었으며,
그는 일행이 오는 것을 보았고 즐거운 종소리를 들었으며
철석이 가져온 갖가지 향기를 맡았고,
그는 무리에서 벗어났다가 이제는 다시 돌아온
염소 새끼처럼 피리쟁이를 그의 어깨에다 얹고 오던
먹보를 보았는데, 카나리아 빛 옷을 걸친 그는
추운 수정 공기 속에서 풍기는 강렬한 만병초 향기처럼
포근하고 정다운 처녀들의 냄새를 맡느라고 콧구멍을 벌름거렸다.
시선을 돌린 그는 묵묵 대장이 눈에 띄자 친구를 소리쳐 불렀다.
「반갑도다! 건강한 기쁨을! 우리들의 마음을 태워 버릴

항구도 없고, 이별도 더 이상 없으리라, 묵묵 대장이여!
더러운 악취가 우리 숨통을 막고 바닷가로 우리들을 가두었던
진흙이 덮인 대지에서 지금까지 우리들은 어떤 항해를 했던가?
죽음을 키잡이로 삼아 우리들은 해안선이 없는 바다에서 항해하고
힘찬 육신의 배를 타고 우리들은 불멸의 파도*를 항해했으며
더러운 땅에서 우리들이 갈구했던 모든 것이 돛대 위에 앉아
황금빛 수컷 카나리아처럼 우리 이성 안에게 지저귄다.
돌고래 떼 같은 나의 선원들을 진심으로 환영하노라!
헤아리고 또 헤아려 봐도 빠진 사람이 하나도 없구나!
어서 손을 놀려라! 무화과와 포도의 냄새가 나고 내 기억은
내가 사랑했던 과일로 넘치고 사랑하니, 위대한 왕의 황금빛
낙타로부터 짐을 풀어라. 작은 포도 한 알도 흘리지 말고
우리 마음이 되살아날 때까지 모두 돛대에다 매달아라.
그대들은 새하얀 내 머리에 바질 화관을 엮어 씌웠도다.
나는 엘리아스 왕자의 갑옷이나 마찬가지인 피투성이 리라가
맑은 공중으로 떠가는 것이 보이니, 나는 그 현을 뜯어
삶의 위대한 후렴을 연주하여 죽음을 즐겁게 해주리라.
가자, 내 영혼의 작은 가지들이여, 사랑하는 형상들이여,
강한 바람이 다시금 불고 우리 마음이 돛처럼 부풀어 오르니,
오, 이성의 굶주린 촉각들이여, 후장(後檣)에 매달려라!」
그러자 늙은 선장이 허리를 굽히고 친구들이 모두 달려 올라갔으며
몇몇은 그의 묵직한 손을 움켜잡고 얼른 배로 올라갔고,
몇몇은 얼음의 비탈을 움켜잡고 한 발자국씩 올라갔고,
몇몇은 막힌 자리에 앉아 그림자 노를 쌓아 놓았다.
바위가 얼음의 뱃머리에다 코끼리를 앉혔고,
크리노는 절대로 둘이서 떨어지지 않도록 황소를 껴안고는

백설로 만든 얼음 배로 올라서도록 조심스럽게 밀었으며,
목이 가느다란 고니처럼 헬레네는 차가운 수정 위에 앉았고
랄라는 맑은 몸 얼어붙은 발치에 몸을 던지고는
피와 진흙이 묻은 손으로 그 발들을 껴안았다.
그러자 영혼이 일곱인 자가 우뚝 서서 그의 일행을 불렀고,
여인들의 머리카락과, 창백한 랄라의 야만적인 입술과
아직도 아이여서 처녀인 헬레네의 목을 어루만진 다음에
그들의 어깨를 부드럽게 만지고 썩어 가는 잔등을 쓰다듬었으며
마치 그들이 그를 감싼 거대하고 조용한 사상들이라는 듯
풍요한 두뇌 안으로 사랑하는 동지들을 반겨 맞아들였다.
그는 꿈에 젖은 이성 속에서 거센 싸움터의 함성을 들었고
시원한 웃음이 터지며 불타는 깃발들이 공중에서 펄럭였고,
그의 손을 찾아 꽉 잡으려고 그들의 손이 더듬거렸다.
애견 아르고스가 발을 핥아 그의 다리를 따뜻하게 해주자
대지의 뜨거운 입김이 심장에 다다를 때까지 올라왔고
개를 쓰다듬으려고 그가 빈손을 내밀자
수정 배가 흔들리며 차가운 파도 속에서 출렁였다.
그는 눈을 들었고, 위대한 세 명의 선조가 얼어붙은 갑판을
당당히 밟고 걸어와 높다란 돛대들처럼 줄을 지어
우뚝 서는 모습을 보고는 마음이 기뻤다.
그가 말을 하려고 했지만 여인들이 그의 깊은 소망을 눈치 채고는,
살아 있는 세 돛대의 팔다리와 수염과 가슴에다
석류와 포도와 무화과로 꽃다발을 엮어 걸어서
죽음의 배가 공중에 뜬 화원처럼 빛났다.
어느 날 동틀 녘에 그의 오른쪽 어깨에 올라앉아
둘이서 얘기를 나누며 함께 길을 갔던 베짱이가

무화과와 포도 냄새를 맡더니 은빛 날개를 펼치고
고독한 자의 수염에 매달려 찍찍거리며 노래했다.*
세 명의 위대한 조상이 기우뚱거리자 돛대들이 삐걱거렸고,
세상의 네 구석에서 바람이 불어와 배가 움직였으며,
죽어 가는 자의 이성이 흔들리자 온 세상이 같이 흔들렸지만,
늙은 선장은 그의 하얀 배에 우뚝 서서
손을 이마에 대고는 모든 바다를 둘러보았으며
그의 마음은 가장 충성스러운 마지막 친구를 그리워했다.
「우리들의 항해는 가장 길고 이성은 희롱하고 싶어 하니
그대가 황금 모자를 쓰고 장난감을 손에 들고
얼음의 갑판으로 올라올 때까지 나는 떠나지 않으리라.」
이렇게 중얼거리며 그가 즐거운 시선을 멀리 던져 보니
따스하고 보드라운 몸이 갑자기 그의 발 옆에 웅크렸고,
위대한 죽음의 궁수가 눈을 들어 살펴보니
곱슬머리의 교활한 흑인 청년이 숨을 헐떡였는데
겨드랑이에서 땀을 흘리던 그는 새와 짐승과 나무와
사람들의 슬픔과 기쁨, 온갖 씨앗을 손에 들었으며,
이성의 거대한 알이었던 무서운 제신과 신화,
위대한 사상과 미덕, 자유, 사랑, 용감한 행위도 손에 들었다.
영혼이 일곱인 자는 유혹자*를 보고 교활하게 웃었으며,
그들의 약삭빠른 눈초리가 공중에서 엇갈리며 희롱했고
그들의 웃음은 귀까지 찢어졌으며, 하얗고 까만 그들의 머리에는
불이 붙어 수정 공기 속에서 너울거렸다.
이렇듯 두 동지는 눈짓을 주고받으며 침묵의 대화를 나누었고
흑인 청년과 이성을 엮는 자가 웃으며 둘 다 시선을 돌려
선원들과 배와 적막한 에메랄드 빛 바다와 서글픈 태양을,

현재와 미래와 과거를, 모든 끝과 시작을
그들의 눈으로 던진 그물로 낚아 올렸다.
그들은 대지와 이성의 씨앗으로 짝을 맞춰 가며 놀았는데,
때로는 결합하여 태양 속의 갈라진 불꽃이 되었고
때로는 세상을 조롱하는 위대한 자들이 서로 떨어져 웃었다.
마침내 신화는 졸음이 와서 아궁이 앞에 쪼그리고 잠들었으며
세상은 거대한 날개를 접고 머리를 떨구었으며
그러자 위대한 잡종 이성은 빛과 불길의 혀를 휘두르며
높이 솟아올랐다가 내리꽂히고, 육신의 갈림길을 지나
육체의 다섯 갈래 길에 당당하게 앉았다.
온 세상을 둘러보며 그것은 웃고 생각했다.
「나는 사람들과 도시들과 신들을 창조하고 배를 만들겠으며
흙과 날개와 공기를 가지고 세상을 빚어내겠으며
흙과 날개와 공기를 가지고 온갖 사람들을 빚어내겠으며
우리들은 잠깐 동안 희롱하다가 다시 밀고 나아가리라.」
푸른 머리카락이 덮인 대지에서 그의 이성이 춤추고 웃었으며
흙을 실컷 먹은 다음 그것을 비웃고는 느긋하게 높이 솟아올라
삶의 장난감을 텅 빈 바람 속으로 불어 흩어 버렸다.
「나는 짐승들에게서 갑옷을 벗기고 신들과 인간들을 때려 부수고,
모든 사상을 다시금 흙과 날개와 공기로 바꿔 놓겠으며,
손을 뒤집어 모든 위대한 도시들이 무너지게 하겠으니
세상의 풀밭에서 우리들이 벌인 놀이는 훌륭했도다!」
천천히 곱슬머리의 흑인 청년은 눈을 감았고,
머리를 가슴으로 떨구고는 무릎을 끌어안더니
지친 새처럼 잠을 자려고 날개를 접었다.
젊은이를 불쌍히 여긴 위대한 고행자는 허리를 숙여

두툼한 입술과 흠뻑 젖은 곱슬머리를 쓰다듬었고,
그러자 교활하고 매혹적인 혼령이, 흑인 청년이
검은 눈을 조금 뜨고 옛 친구를 흘끗 쳐다보더니,
세상을 파괴하는 자의 두 눈을 보고 부르르 떨었다.
그 눈은 온 세상이 회오리치는 깊고 어두운 깔때기 같았고
그 속에서 대지의 만물이 춤추고 그의 동지들이 소리쳤으며
얼음의 배가 우렁차게 고함치며 돛을 올렸다.
힘찬 운동선수가 교활한 혼령*을 천천히 쓰다듬었고
그의 검은 손바닥이 공기의 살을 슬그머니 삼켜 버렸으며
검은 뺨이 움푹 꺼지고 햇살로 살진 검은 두 눈이 빠졌으며
아직도 만족하지 못한 채 두툼한 입술이 썩고 귀가 떨어졌으며
차가운 해골이 매끄럽게 벗겨져 석양을 받으며 반짝였다.
그러자 국경을 지키는 자가 미소를 짓고, 지하 세계를 위한
허수아비로 삼기 위해 흑인 청년을 가운데 돛대에다 매달았다.
천천히 그의 눈길이 마지막으로 모든 것을 어루만졌고,
작별의 웃음을 전해야 할 시간이 되어
그가 목을 뽑으며 웃자 배가 벌떡 일어섰고
조상들의 돛대에서 무화과와 포도송이들이 흔들렸으며
뱃사람들이 노를 잡고 파도가 요란하게 소리쳤으며
모든 여자들이 잃어버린 세계에게 작별의 노래를 불렀다.
피리쟁이가 뱃머리에 걸터앉아 그림자로 숨 막힌 이성의 피리를
숨을 쉬지 않는 입술에다 능숙하게 갖다 댔고
사랑하는 이의 지붕을 시끄럽게 웃으며 두들기는
밤비 같은 희미한 노래가 아득히 울려 나왔다.
포도송이가 주렁주렁 매달린 중간 돛대 앞에 우뚝 서서
탕자는 이제 모든 만물이 돌아오는 노래를 들었고,*

삶과 죽음이 노래이고 그의 이성은 노래하는 새여서
그는 눈이 깨끗하게 비고 마음이 홀가분해졌다.
그는 주위를 둘러보며 천천히 이를 악물고는
그의 검은 사타구니 주변에서 열두 신이 기운을 차릴 때까지
두 손을 석류와 무화과와 포도 속으로 찔러 넣었다.
세계의 방랑자, 위대한 몸이 모두 안개로 변했고,
천천히 얼음 배와 그의 기억과 과일과 친구들이
안개처럼 멀리 바다로 흘러 나가 이슬처럼 사라졌다.
그러고는 육신이 무너지고 시선이 엉겨 붙고 심장의 고동이 멈추고
위대한 이성은 거룩한 자유의 산봉우리로 뛰어올라
텅 빈 날개를 퍼덕이고는 공중으로 곧장 높이 솟아
마지막 새장으로부터, 자유로부터 스스로 자유가 되었다.
모든 것이 희미한 안개처럼 흩어지고,
용감한 절규만이 잠깐 동안 잔잔해진 바닷물 위에서 떠돌았다 —

「죽음의 바람이 순풍처럼 불어오니, 앞으로 나아가자!」

# 에필로그

오, 태양이여, 위대한 동방의 군주여, 세상이 모두 어두워지고
모든 삶이 소용돌이를 일으키며, 그대는 물이 가득한
어머니의 아랫방으로 떨어졌으니, 그대의 눈에는 눈물이 넘치는구나.
어머니는 오랫동안 그대를 그리워하여 그대가 마실 술과
길을 밝혀 줄 등불을 들고 문 앞에서 기다려 왔다.
「아들아, 식탁을 차려 놓았으니 실컷 먹고 즐기거라.
마흔 덩어리의 빵과 마흔 병의 포도주를 준비했고,
등불처럼 너에게 길을 밝혀 주려고 마흔 명의 처녀가 물에 빠졌고
네 베개는 제비꽃으로, 침대는 장미꽃으로 엮어 놓고는
밤이면 밤마다 나는 너를 그리워했단다, 사랑하는 아들아!」
그러나 검은 아들은 크게 분노하여 식탁을 뒤엎어 버리고,
포도주와 빵을 모두 바다로 쏟아 버렸으며,
머리카락이 푸른 처녀들이 모두 해초 속으로 가라앉아 빠져 죽었다.
그러자 대지가 사라지고, 바다가 희미해지고, 모든 육신이 사라져
육체는 허약한 영혼으로, 영혼은 공기로 변했으며
공기가 움직이고 공허한 속삭임처럼 한숨을 짓는 소리가,
목구멍이나 입이나 목소리 없이 태양이 탄식하는 소리가,

절망한 대지의 마지막 절규가 들려왔다.
「어머니, 어머니가 마련하신 음식과 술은 스스로 드시고,
장미 침대가 있다면 어머니의 지친 몸을 그곳에 눕히시고,
사랑하던 사람이 오늘 희미해지는 생각처럼 사라졌기 때문에,
어머니, 저는 빵이나 포도주는 들고 싶지 않답니다.」

〈끝〉

# 풀이

## 제19편

99~106행 부처는 인간에게 세상을 마치 처음이며 마지막인 듯 보라고 말하는데, 이것이 바로 〈코끼리의 눈〉으로 보는 것이다.

139행 99~106행의 풀이 참조.

229행 그리스의 민속 설화에 의하면 아직 밤일 때는 검은 수탉이 울고, 동이 트기 직전에는 붉은 수탉이 울고, 동이 틀 때는 흰 수탉이 운다고 한다.

230~231행 그리스의 민속 설화를 보면 용이 우물을 휘감고 기다리다가 물을 길러 오는 처녀들을 모두 잡아먹는다고 한다.

232~234행 그리스의 민속 설화에서는 땅속에 숨겨 둔 보물을 검은 인간이 지킨다는 얘기가 가끔 나온다.

365행 세계의 서쪽 끝 암흑 속에서 사는 사람들의 나라.

375행 여기에서 얘기하는 신은 인간이 알고 있는 모든 신에 대한 보편적인 개념의 총체를 의미하고, 373행의 신은 원시인이 생각했던 단편적인 신의 개념을 의미한다.

381행 380행의 늙은 참나무를 의미한다.

392행 대상(隊商)이 타고 다니는 낙타들은 목에 방울을 달기 때문에 어디를 가거나 짤랑거리는 소리가 들린다.

440행 두 손을 엇갈려 가슴에 얹는다는 것은 죽은 사람을 매장할 때의 풍습이므로 이 말은 〈죽어도 한이 없다〉는 뜻이다.

586행 물방울의 위치로 봐서 평면이 고른지 여부를 측정하는 목수들의 연장. 흔히 그냥 수평(水平)이라고도 한다.

668행 민속 설화를 보면 이것들은 마력의 도움을 준다고 한다.

670~675행 민속 설화에 의하면 〈죽음〉의 어머니는 인간을 사랑하기 때문에 그녀의 아들(죽음)로부터 인간을 보호한다는 얘기가 가끔 나온다.

791행 그리스의 민요에서 인용.

1143~1144행 죽은 사람이 악귀의 눈으로 살아 있는 사람들을 해치지 못하게 하는 이집트의 풍습.

1187행 그리스의 민요에서 인용.

1354행 죽음이 없는 물, 즉 불사수(不死水)란 영생불멸과 젊음의 샘이나 마찬가지이며, 여기에서의 영생불멸이란 죽음 그 자체이기도 해서, 오직 죽음 안에서만 발견할 수가 있다.

1411행 아프리카의 사막에 살며 입김으로 불거나 눈으로 노려보아 사람을 죽인다고 하는 전설상의 괴이한 동물.

## 제20편

408행 그리스의 농민들 사이에서 아주 인기가 높은 콤볼로이라는 속인들의 염주는 남자들이 자주 가지고 노는데, 우리나라 노인들이 두 개의 호두알을 굴리듯, 걸어가거나 대화를 나누는 동안 염주알끼리 딸그락거리며 비벼 소리를 내고는 한다. 이런 염주들 가운데에 호박으로 만든 것을 최고급으로 친다. 579~582행에서도 이 염주가 다시 등장한다.

575행 이 작품에서는 오디세우스가 부리던 선원들이나 다른 억센 뱃사람들을 〈바다의 늑대〉, 〈바다 늑대〉 또는 〈이리 떼〉 등으로 표현하는 곳이 많다.

611행 여기에서 얘기하는 〈내시〉란 성주의 시종이 아니라, 살만 잔뜩 찌고 남자다운 성품이 없어진 탑의 영주를 일컫는 표현이다.

629~632행 오디세우스는 스파르테 여인들과 도리스 야만인들의 사생아로 태어난 아들들을 회상하고 있다. 제4편 743~798행 참조.

645행 석류는, 우리나라 전통 혼례식의 폐백에서 대추가 그렇듯, 결혼하여 자손을 많이 두라는 상징이다. 새로운 가정을 이루어 문턱을 넘어설 때 신부는 석류를 땅바닥에다 던지고, 그러면 하객들은 깨져 흩어진 열매의 씨앗처럼 많은 자식을 두기를 기원한다.

763행 노예를 짐승이나 동물로 간주하는 관념에서 나온 표현이다.

829행 본디 약용으로 사용되었지만 지금은 주로 염료나 향미료로 쓰이며, 빛깔은 등색이나 울금색(鬱金色)이다.

## 제21편

40행 이 작품에서는 혼령을 〈그림자〉로 표현한 부분이 많다. 죽은 사람, 귀신, 기타 다른 사후의 존재들을 의미한다.

82행 돌멩이가 아니라, 처음 항해를 같이 떠났던 선원의 이름이다.

90행 닭 모양으로 만든 풍향계를 뜻한다.

185~187행 185행의 더럽혀진 궁정이란 오디세우스의 아내 페넬로페를 탐하여 구혼자들이 모여들었던 이타케의 궁정을 뜻하고, 충성스러운 개 얘기는 호메로스의 『오디세이아』에서 오디세우스가 거지로 변장하고 돌아갔을 때도 그를 주인으로 알아보았던 충견 아르고스를 의미한다. 180~181행에서는 오디세우스(바다의 위대한 귀족)가 바다(지극히 다정한 친구)를 그의 충견 아르고스로 동일시하고 있음을 보여 준다.

220행 고르곤은 머리카락이 뱀이어서, 이들 세 자매를 보는 사람은 무서워서 돌이 되어 버렸다고 한다.

528행 바다를 의미한다.

760행 흡혈귀들이 죽은 자를 같은 흡혈귀로 만들어 놓지 못하도록 죽은 사람의 입술에는 밀랍으로 만든 십자가를 끼워 놓는 풍습이 있다.

939행 해적이나 억센 뱃사람을 상징하기도 하는 이 말은 옛날 얘기에 나오는 바다의 야수이며 다른 고기를 무자비하게 잡아먹는 바다의 물고기를 뜻하기도 하고, 바다사자와 바다물개를 의미하기도 한다.

1170행 기독교의 〈주〉나 〈주님〉에 해당하는, 지상의 존재로서의 신을 의미한다.

## 제22편

85~98행 그리스의 민요.

278~283행 민속 설화에 의하면 〈죽음의 왕국〉이 여기에서 시작된다고 한다.

293행 물론 오디세우스를 의미한다.

489~490행 호메로스의 『오디세이아』에서 오디세우스가 표류하여 바닷

가로 파도에 밀려 올라가 나우시카아를 만나게 된 장면을 의미한다.

596~597행 그리스의 민요에서 발췌.

823행 그리스의 민속 설화에는 〈어둠의 왕〉에 관한 여러 가지 전설이 나오기는 하지만, 모든 얘기에서 한 가지 공통된 사실은 햇빛이 그의 몸에 닿기만 하면 그가 죽기 때문에 이런 이름이 붙었다는 점이다. 어느 전설에 의하면 그는 강가에 위치한 지혜의 어떤 궁전에서 살았으며, 밤이면 강을 건너가서 그의 정부인 에이레네를 만나고는 했다고 전해진다. 동이 트기 훨씬 전에 그가 항상 돌아간다는 사실을 눈치 채고 에이레네는 어느 날 밤에 그를 더 오래 붙잡아 두기로 작정하고는 그녀의 나라에 있는 모든 수탉을 잡아 죽이라는 명령을 내렸다. 그는 생각했던 것보다 늦게 출발했으며, 강에 겨우 다다를 때쯤 떠오른 해가 그의 모습을 보고는 죽여 버렸다고 한다.

830행 〈무당〉은 〈마법 의사〉와 같은 사람인데, 아메리카의 인디언이나 아프리카의 원주민 사회에서는 마법 의사가 우리나라 무당이나 마찬가지로 악귀를 쫓고 병을 몰아내는 일을 맡아 했다.

1066행 신상(神像)들이 다른 마을이나 나라로 도망치지 못하도록 밧줄로 묶어 놓는 일이 많았다. 제8편 266~267행과 532행에도 같은 내용의 얘기가 나온다.

1078행 어떤 그리스의 마을에서는 결혼식을 치르고 난 초야에 신랑이 그의 집 발코니에다 신부가 처녀였다는 증거로 신부의 피로 얼룩진 이부자리를 걸어 놓고 전시하는 풍습이 있다.

1190행 여기에서는 백곰을 여신, 즉 여성으로 다루고 있다.

1321행 신을 뜻한다.

1421행 그리스의 민속 설화에 의하면, 이 약초를 받는 여자의 마음속에서 사랑이 생겨난다고 한다.

1450~1451행 그리스의 민요에서 발췌 인용.

1465~1476행 제19편 1354행의 풀이 참조.

### 제23편

1행 아버지와 어머니와 아들은 모두 태양과 동격이다.

38~58행 그리스 민속 신앙에 의하면, 인간이 태어날 때는 그의 죽음을 맡은 구더기도 동시에 태어나 그 사람을 만나 잡아먹으려고 찾아다니기 시

작한다.

104행 죽음을 의미한다.

125행 죽음을 의미한다.

136~145행 38~58행의 풀이 참조.

354행 서양에는 누가 재채기를 하면 축복을 받으라고 말하는 풍습이 있다.

369행 크레테를 의미한다.

374행 그리스의 모든 민요와 전설과 관습에서는 사과가 성적인 상징이다.

599행 북구(北歐)의 신화에 등장하는 암굴에 사는 거인. 때로는 장난을 좋아하는 난쟁이를 뜻하기도 한다.

668~669행 그리스의 민요에서 인용.

730~731행 토속적인 표현이다.

827~831행 그리스의 민속 신앙.

920행 민속 설화에서는 전쟁터로 떠나는 젊은이들은 눈에 보이지 않는 진홍빛 끈을 목에 두른다고 생각했다.

1260행 목질이 연한 무화과나무는 여자를 상징하고, 단단한 참나무는 남자를 상징한다.

1284~1286행 38~58행의 풀이 참조.

### 제24편

2행 동풍, 서풍, 남풍, 북풍, 즉 사방(四方)에서 불어오는 바람.

4행 오디세우스를 뜻한다.

8행 한 그루로서 모든 나무이기도 한 거대한 신화적인 나무.

21행 본디 그리스 아르카디아에서 숭배하던 목동과 가축의 신으로 상반신은 인간이고 하반신은 염소이며, 머리에는 염소처럼 뿔이 달렸다. 음악을 좋아하는 이 신은 모습이 비슷하여 흔히 사티로스와 혼동되기도 하지만 사실은 사티로스보다 격이 높아서 뚜렷한 신격(神格)을 지닌다. 신화에서는 헤르메스 신이 아르카디아에서 목동 노릇을 할 때 드리옵스의 딸 드리오페와 관계를 하여 얻은 아들이라고도 하고, 헤르메스 신이 염소 모습을 하고 오디세우스의 아내 페넬로페와 관계하여 얻은 자식이라는 얘기도 전해진다. 판의 출생에 관해서는 두어 가지 다른 얘기가 더 있다.

135행 죽음을 상징하는 나무이며, 뒤에 1190행에서 다시 언급된다. 제1편

604행의 풀이 참조.

375~379행 제23편 374행의 풀이 참조. 434~437행에도 같은 내용이 나온다.

461행 낙타의 목에 단 방울이 울리는 소리를 뜻한다.

543행 제19편 1354행의 풀이 참조.

595행 제23편 374행의 풀이 참조.

612행 제6편의 황소 신을 위한 예식을 참조할 것.

623~624행 제23편 374행의 풀이 참조.

746~748행 카잔차키스는 시극(詩劇) 「오디세우스」에서 반갑다고 즐거워하며 짖어 대는 소리에 주인이 돌아왔음을 페넬로페의 구혼자들에게 알려 주는 결과가 될까 봐 그것을 막으려고 충성스러운 아르고스를 오디세우스가 목 졸라 죽이는 장면을 서술했다.

940행 고대 오르페우스교에 의하면 하데스의 레테 강이 하얀 실편백나무의 뿌리에서부터 흘러나온다고 하는데, 죽은 자는 몸에 부착한 부적의 도움을 받아 이 나무를 찾아내고, 엘리시온의 들판으로 안내를 받는다고 한다. 오르페우스교란 윤회전생(輪回轉生)의 영혼이 오르페우스의 신비스러운 의례와 고행의 청정한 생활로 구출되어 신적인 생명을 얻게 된다는 교의를 내세우는 신앙이다.

1002행 신과 인간을 동형 동격으로 생각했던 그리스인들의 사상을 의미한다.

1052행 모테르트를 의미한다.

1088행 동양의 신비주의와 가장 상반되는 그리스의 신 아폴론을 뜻한다.

1190행 135행의 풀이 참조.

1256행 〈불멸의 파도〉는 〈불멸의 물〉, 즉 〈불사수〉와 같은 의미이다.

1302~1305행 제18편 81~114행 참조.

1323행 제18편 498~499행에서 오디세우스 자신이 탄생시킨 유혹자를 의미한다.

1363행 유혹자를 의미한다.

1380~1381행 이 장면은 호메로스의 『오디세이아』에서 오디세우스가 세이렌들의 노래를 듣는 장면과 흡사하다.

# 작품 개요

키먼 프라이어

## 프롤로그

불과 빛의 시상(詩像)이 이 서사시를 지배하고 상징적인 의미로 찬란하게 장식하기 때문에 『오디세이아』는 태양에 대한 기원으로 시작되고 끝난다. 중심이 되는 주제가 이렇게 대담하게 제시된다.

오, 태양이여, 재빠르고 희롱하는 내 눈, 붉은 털 사냥개는
내가 사랑하는 모든 사냥감을 냄새 맡고 어느새 추적하니
그대가 세상에서 본 모든 것, 귀로 들은 모든 것 얘기하면
내 뱃속의 비밀 대장간을 거치게 하여
심오한 어루만짐을 통해, 희롱과 웃음을 통해 서서히
돌과, 물과, 불과, 흙이 영혼으로 변하고
진흙 날개가 달린 무거운 영혼이 육신으로부터 해방되어,
온화한 불길처럼 타올라 태양 속으로 스러지리라.

순화된 영혼이 서서히 해방되어 상징적인 목표를 향해 솟아오를 때까지, 생명이 있거나 없는 물질이 활활 타서 불순물을 점점 떨쳐

버리는 가운데 끊임없이 격렬하게 진행되는 투쟁이 중심을 이루는 주제이기 때문에, 여기에서는 태양이 신성(神性)이요, 궁극적으로 순화된 정신이다. 상반(相反)되는 주제와 대위법적인 주제도 역시 제시되는데, 비극의 한가운데서 그리고 그 너머로 울려 퍼지는 웃음과 환희, 모든 철학적이거나 윤리적이거나 민족적인 유대로부터 연유하고 중용과 안이한 미덕이 강요하는 모든 속박으로부터의 자유, 저마다의 개인에게는 우주의 현상이 이성의 피조물에 지나지 않는다는 확실성이 그런 주제다. 그리고 카잔차키스가 처음부터 제시하여 작품 전체에서 유지하는 분위기는 육신의 세계와 정신의 세계를 모두 탐험하는 위험한 모험과, 죽음을 눈앞에 두고도 영웅적이며 진지하기도 하고 그러면서도 장난스럽고 해학적인 허풍과, 민요와 허황된 옛날이야기와 우화와 신화의 운율과 억양, 〈어어이, 초라한 슬픔을 떨쳐 버리고 두 귀를 세워라 —/유명한 오디세우스의 고난과 괴로움을 내가 노래할 테니!〉라고 노래하며, 목적지도 없고 해안선도 없는 바다로 나아가면서 모든 확실한 안식처를 떨쳐 버리는 조급한 뱃사람처럼, 그의 자료를 가지고 시인의 상상력이 웃고 떠들면서도 정열적으로 이끌어 가는 희롱의 분위기다.

## 제1편

### 오디세우스, 이타케의 반란을 진압하다

호메로스의 『오디세이아』 제22편에서는 아내에게 청혼하던 자들을 오디세우스가 아들 텔레마코스의 도움을 받아 죽인 다음에, 늙은 유모가 〈어느 농부의 황소를 잡아먹고 돌아오는 사자처럼 피와 오물로 뒤덮인 〔……〕 끔찍한 광경〉의 시체들 속에서 그를 발견한다. 그는 열두 명의 성실치 못한 하녀를 시켜 살육의 참혹한 증거를 치우게 한 다음, 그들을 궁정 마당의 주랑(柱廊)에다 줄줄이 목을 매달아 죽이라고 명령한다. 카잔차키스는 호메로스의 서사시 이 대목에서 마지막 두 편을 잘라 버리고 속편을 접목시켜서, 카잔차키스의 서사시는 피투성이가 된 몸을 씻으러 오디세우스가 욕실로 당당하게 나아가는 장면에서 호메로스의 문장을 이어받기라도 하는 듯 갑자기 〈그리고〉로 시작된다. 호메로스의 서사시에서 마지막 두 편에 등장하는 그의 아내 페넬로페와 서로 알아보고 다정하게 재회하는 따위의 몇 가지 사건은 완전히 빠져 버렸고, 그의 모험들을 개괄적으로 되새긴다거나, 아버지와의 첫 만남이나, 분노한 백성의 봉기 같은 다른 사건이 새로 꾸며져 삽입되었다. 새로운 『오디세이아』가 펼쳐지면서 호메로스의 서사시에 등장했던 다른 사건들이 재구성되거나 새로운 각도로 해석된다.

오디세우스의 야수적인 면이 페넬로페를 두려워하게 만드는가 하면, 그는 그녀를 만났을 때 전에 기대했던 아무런 기쁨도 느끼지 못한다. 트로이아에서 죽은 병사들의 미망인과 죽음을 당한 구혼자들의 아버지들은 죽은 자들의 망령과 더불어 백성을 충동질하여 반란을 일으키고는 횃불을 들고 궁전을 불태워 버리려고 달려간다. 오디세우스는 그들을 물리치도록 도와 달라고 아들을 부르고는 교만한 집정관들과 오합지중 천민을 모두 경멸하는 얘기를 한 다음 독재적인 통치권을 고집한다. 그러나 전통적인 화평의 길을 따르기만 바라는 온순한 젊은이였던 텔레마코스의 눈에는 이제 아버지가 잔인하고, 가혹하고, 살인을 일삼는 낯선 사람으로 여겨진다. 그는 〈야수적인 살인자〉가 트로이아에서 차라리 돌아오지 않았더라면 좋았으리라고 생각한다. 폭도와 조우하러 가는 길에 오디세우스는 텔레마코스에게, 그가 나우시카아[1]를 만났던 일과 그녀를 얼마나 며느리로 맞고

1 알키노오스 왕의 딸로 파선을 당한 오디세우스를 발견하고 안전한 항해를 하도록 도와준다.

싶었는지를 얘기해 준다. 그런 다음에 그는 폭도와 맞서고, 백성이 그를 환영하기 위해 달려왔다고 착각하는 체하면서 그럴듯한 약속을 늘어놓아 교묘하게 그들을 진압한 다음, 그들이 그의 손에 입 맞추고 아첨하며 궁전으로 따라오게끔 위압한다. 궁전에서 그들을 해산시킨 다음에 그는 겁에 질린 페넬로페와 침대에서 어울린다. 텔레마코스는 독수리의 형상을 한 아버지가 그의 두개골을 움켜잡고는 아들의 용맹성을 시험하고 키우기 위해 같이 하늘로 치솟아 올랐다가 그를 거꾸로 떨어뜨리는 꿈을 꾼다.

이튿날 아침 일찍 오디세우스는 그의 궁전을 돌아다니며 욕심 많은 구혼자들이 남긴 물건들을 둘러보면서 그가 겪은 몇 가지 모험을 회상하고 향수에 젖는다. 그는 농부들을 만나 그의 밭과 가축과 노예에 관한 얘기를 나누고는 일을 배당하고, 나라를 정리하고, 그의 귀향을 축하하기 위한 대향연을 열겠다고 발표한다. 구혼자들의 피로 병 하나를 가득 채운 그는 묘지가 있는 산으로 올라가 조상들이 마시고 되살아나도록 제주(祭酒)를 부은 다음에, 묘지 위에서 조상들과 같이 춤을 추고는, 산의 정상까지 올라가 그가 다스리는 섬을 흐뭇해하며 굽어본다. 내려오는 길에 그는 음식을 구걸하려고 바구니를 만드는 초라한 사람 앞에서 걸음을 멈춘다. 자신의 신분은 밝히지 않으면서 그는 노인에게 오디세우스가 돌아왔다는 얘기를 하지만, 바구니를 만드는 사람은 왕들의 운명에 대해서는 관심이 없으며, 나날의 생활에 필요한 단순한 것들에만 신경을 쓰고, 야망을 개탄하고, 평범한 삶과, 대지와 죽음에 대한 순종과, 증명된 진실들을 찬양한다. 오만한 태도로 오디세우스는 개성과 반항과 지혜의 삶을 내세우지만, 그러면서도 모든 삶이 허무하며 인생의 모든 길이 마찬가지로 좋다는 사실에 대해서 공감한다.

아들이 평생 뱃사람이요 모험가였던 것과 마찬가지로, 평생 땅에서만 사는 농부였던 오디세우스의 아버지 라에르테스는 그가 사랑하던 밭으로 기어 나와 드디어 대지(大地)에게 이제는 그를 데려가 달라고 외친다. 해 질 녘에 왕을 위한 대향연을 벌이려고 모든 사람이 모여든다. 술잔치에서 흥을 내는 자들 중에는 엉덩이가 크고, 배가 술통처럼 불룩하고, 발은 편평족이고, 살이 뒤룩뒤룩 찌고, 감상적이고, 마음이 약하고, 다정다감한 대식가에 술도 잔뜩 마시는 켄타우로스도 있다. 그가 각별히 아끼던 친구는 귀뚜라미처럼 다리가 가냘프고, 앙상하게 야위고, 사팔뜨기 눈이 몽상에 젖어 소심하기 짝이 없는 엉터리 시인이요, 피리를 부는 사람인 오르페우스이다. 잔치가 시작되고 오랫동안 실종되었던 주인이 제신에게 제주를 따르기를 사람들이 기다리려니까, 오디세우스는 불굴의 인간 정신을 위해 축배를 들자고 해서 사람들을 놀라게 한다. 술잔치가 진행되는 동안 음유 시인이 자리에서 일어나 요람에 누운 오디세우스에게 축복을 내렸던 세 운명의 신, 즉 영원히 만족할 줄 모르는 자신의 마음을 그에게 내려 준 탄탈로스와, 이성의 불타오르는 찬란함을 그에게 준 프로메테우스와, 순수해지기 위한 영혼의 고된 투쟁의 불로 그를 목욕시킨 헤라클레스를 노래한다. 그가 물려받은 이런 자질을 상기한 오디세우스는 지식과 탐험을 찾으려는 길을 더 이상 추구하지 않고 안전하게 정착하기를 바라는 자신에 대해 분노해서 심하게 힐책한다. 그는 자신의 피 속에 보다 원시적이고 격세유전적인 조상의 기질이 살아 있음을 깨닫는다. 그의 고백을 듣고 백성은 겁에 질리고, 텔레마코스는 이율배반적이고, 조급하고, 마음이 화평할 줄 모르고, 혁명적이면서도 독재적이고, 야수적이고, 격세유전적인 모든 것을 상징하는 듯 여겨지는 아버지를 다시 한 번 저주한다. 오디세우스는 마음을 진정시키기 위해서 밤중에 바닷가로 걸어 내려간다.

## 제2편

### 오디세우스, 영원히 이타케를 떠나다

이튿날 밤 불가에서 오디세우스는 아버지와, 아내와, 아들에게 그가 항해를 하는 동안 죽음이 세 가지 무서운 모습으로 변장하여 찾아왔었다는 얘기를 한다. 1. 칼립소[2]와 같이 지낼 때는 삶이 꿈처럼 달콤했고, 불멸의 젊음이라는 그녀의 선물을 받아들이고 싶은 유혹도 느꼈지만, 바닷물에 쓸려 올라온 노를 보고 다시 한 번 삶을 상기하게 된다. 그는 배를 만들어 타고 떠난다. 고국 땅이 시야에 들어왔을 때 폭풍우에 휩쓸려 나간 그는 혼몽한 속에서 올림포스로 제신들을 찾아갔고, 신들은 그의 주변에 몰려들어 늙고 언젠가 죽게 될 그의 육신을 보며 신기해한다. 2. 키르케의 섬에서 파선을 당한 그는 그녀의 사랑을 위해 미덕과 영혼을 잊고, 육욕의 환희에 탐닉하는 야수가 되고 싶은 유혹을 느끼지만, 어느 날 음식과 술의 소박한 안락함을 즐기는 몇 명의 어부와 어머니와 아기를 보자 삶의 기쁨과 의무를 상기하게 된다. 3. 또다시 배를 만들고 또다시 파선을 당하지만, 오디세우스는 나우시카아와 정상적이고 꾸밈이 없는 생활을 영위하고 싶다는 유혹을 느끼는데, 이것은 죽음의 모든 가면 가운데 가장 달콤한 것이다. 비록 나우시카아도 버리기는 하지만 그는 언젠가 그녀를 데려다 며느리로 삼아 손자들을 낳게 하리라고 결심한다. 이런 얘기를 끝낸 오디세우스는 갑자기 그의 고향 땅이 가장 치명적인 죽음의 가면이며, 늙어 가는 아내와 신중한 아들과 더불어 그를 가둬 놓는 감옥이라는 사실을 깨닫는다.

잠시 후에 죽음이 다가옴을 느낀 아버지 라에르테스는 동틀 녘에

2 오디세우스를 자신의 섬에 7년 동안 가두어 두었던 바다의 요정.

늙은 유모와 함께 그의 과수원으로 기어가서 나무와 새와 짐승들에게 작별을 고하고, 곡식의 씨를 뿌린 다음에 씨앗처럼 스스로 땅에 쓰러져 죽는다. 오디세우스는 아버지를 묻은 후 굉장히 많은 지참금을 실은 배를 보내 아들과 결혼시킬 나우시카아를 데리고 오게 한다. 새로운 세대가 번창하는가 하면 그가 대화를 나누고 싶어 하는 원로들은 망령이 들고, 소심하고, 썩어 가는 모습이어서, 섬이 이제는 그에게 낯선 곳으로 여겨진다. 오디세우스는 영원히 이타케를 떠날 결심을 한다. 몇 달 후 가을이 되자 그는 믿음직스럽고 머리가 허옇도록 바다에서 잔뼈가 굵은 〈묵묵 대장〉을 찾아내고는 같이 떠나자고 설득한다. 다음에 그는 심술궂고, 폐쇄적이고, 오른쪽 뺨에 문어 모양의 얼룩점이 박이고, 붉은 머리에 덩치가 큰 산골 출신의 청동 세공인 〈강돌(强乭)〉을 찾아가 우수하고 새로운 금속, 철(鐵)의 신에게로 그를 안내해 주마고 약속해서 그의 도움을 받게 된다. 며칠 후에 그는 길 한가운데서 술 취한 켄타우로스를 발견하고는 그를 같이 데리고 가기로 한다. 낮에는 일을 하고 밤에는 흥청거리고 술을 마시며 그들 네 친구는 배를 만들기 시작한다. 먹고 마시며 놀아 대는 그들의 생활에 오르페우스의 마음이 끌리고, 오디세우스는 가끔 노래로 그들을 위로하기 위해 오르페우스를 선원으로 쓴다. 다섯 사람이 모두 악마에 홀렸다고 두려워하던 마을 사람들은 무녀를 설득하여 오디세우스의 형상을 한 인형을 만들어 못을 박은 다음 바다에 던져 버리게 하지만, 인형을 발견한 오디세우스는 한바탕 웃고 나서 그것을 화톳불을 지피기 위한 불쏘시개로 불에다 던져 버린다. 어느 날 낯선 사람이 하나 그들과 어울리는데, 훌륭한 가문 출신의 산(山)사람이요, 처신이 훌륭하며 생각이 깊은 젊은이인 〈철석(鐵石)〉은 여자 문제로 동생을 죽인 다음 지금은 죄의식에 시달리며 정처 없이 방랑하는 몸이다.

한편 오디세우스가 항해를 하는 동안 잠자리를 같이 했던 여러 여자들은 그가 돌아왔다는 소식을 듣고 그의 사생아로 낳은 모든 아들과 딸들을 그에게 보낸다. 오디세우스는 그들에게 일을 시키고, 칼립소에게서 얻은 딸 하나에게서만 깊은 감동을 받는다. 트로이아에서 두 팔을 잃었고 백성의 대변자 노릇을 하는 남자와 텔레마코스는 오디세우스를 살해할 음모를 꾸민다. 여름이 되자 마침내 신부의 배를 타고 나우시카아가 찾아오고, 텔레마코스와의 결혼식이 열린다. 어느 음유 시인이 크레테의 호전적이고도 잔인한 신에 관한 노래를 부르는데, 그 신은 오디세우스의 기질에 가장 잘 맞는다. 결혼 축하연이 벌어지는 동안 오디세우스는 그를 죽이려는 어떤 준비가 이루어졌는지를 눈치 채고 당장 아들과 대결하지만, 아들에게 그런 반항심과 남자다움이 있음을 알고는 기뻐한다. 그는 이튿날 아침에 이타케를 떠나겠다고 약속하고, 그날 밤 동료들과 함께 자신의 궁전에서 식량과 무기를 약탈한 다음 아들이나 아내에게 작별 인사도 하지 않고 동틀 녘에 이타케를 떠난다. 친구들이 배를 끌어내고 미지의 목적지를 향해 항해를 시작한다.

## 제3편

### 오디세우스, 스파르테로 가다

노를 젓고 항해를 하는 동안 지루한 시간을 보내기 위해 오르페우스는 불과, 굶주림과, 홍수와, 죽음으로 그들을 제거하려는 신의 시도를 극복할 방법을 찾아내는 인간의 집요한 정신을 상징하는 남자 벌레와 여자 벌레에 관한 얘기를 한다. 같은 시기에 스파르테에서 헬레네는 권태를 못 이겨 또다시 납치당하기를 갈망하고, 오디세우스는 겨드랑이에서 피를 줄줄 흘리며 그녀가 그에게 구원을 청하는 꿈을 꾼다. 그는 깜짝 놀라 잠이 깨어 선원들에게 스파르테로 가라고 지시한다. 두 마리의 벌레 얘기를 끝맺음하려고 그는 신이 혜성을 떨어뜨려 반쯤 파괴한 머나먼 어느 북쪽 마을에 그들이 정착한 얘기와, 어느 날 남자 벌레가 광석을 용해하여 철을 발견한 다음 신의 구리 칼에 그의 쇠 칼로 맞서 하늘에 사는 늙고 쇠약한 자를 베어 넘긴 얘기를 한다. 썩어 빠진 청동기 문명을 새로운 쇠로 만든 무기를 지닌 야만인들이 정복했음을 오디세우스는 이렇게 암시한다. 그러자 동료들이 뭍을 발견하고, 식량과 물을 구하기 위해 멈춘 다음, 사흘을 더 가서 스파르테 근처에서 배를 내린다. 헬레네에게 줄 선물로 오디세우스는 칼립소가 그에게 준 마력의 수정 구슬을 선택하고, 켄타우로스를 동반하여 마차와 말을 훔쳐서 수도(首都)로 향한다. 그는 헬레네가 단 한 번도 육욕을 자극하지 않았고, 항상 정신적이고 숭고한 용기를 그에게 불어넣었다는 사실을 마음속으로 되새긴다. 추수기에 에우로타스 강을 따라 마차를 타고 달리던 그들은 멀리 북쪽으로부터 그리스로 내려오던 금발의 야만족 도리스 부족민들을 만나게 되는데, 카잔차키스에게는 그들이 이제는 부패한 그리스의 문명을 우선은 파괴로, 다음에는 혼혈 결혼으로 부활시킬 새로운 야만적인 피를 상징한다. 오디세우스는 변천하는 여러 문화와 새로운 세계의 개혁과 변화 속에서 자신이 태어났음을 기뻐한다.

스파르테 위로 다섯 손가락이 뻗어난 형상으로 은은히 모습을 드러내는 타이게토스 산이 시야에 들어오자 오디세우스는 그가 새로운 모험을 벌이러 그와 함께 도망치자고 헬레네를 설득하겠다는 희망을 품고 이곳으로 왔음을 갑자기 깨닫는다. 길가에 위치한 아프로디테의 성소에 들른 그는 자신의 소원이 이루어지도록 기구한다. 밤이 되어 메넬라오스의 성에 도착했을 때 추수한 곡식을 거의 다 왕이 몰수했기 때문에 반란을 일으킨 굶주린 농민들을 만나지만, 오디세우스가 갑자기 그들의 앞으로 달려 나가 금발의 도리스 야만인들에게 공격을 받게 될 위험이 닥쳐왔다고 얘기해서, 겁에 질린 농민들로 하여금 추수한 곡식을 모두 성(城)에다 보관하게 만든다. 마침내 이 이방인이 누구인지 메넬라오스는 짐작이 가지만 오디세우스는 헬레네를 찾으려고 어두운 성 깊이 홀로 침투한 다음이었기 때문에 그는 오디세우스를 만나지 못한다. 드디어 서로 만나게 되자 두 사람 모두 깊은 감동을 느끼고, 트로이아 전쟁에 얽힌 옛날의 영광을 회고한다. 그날 저녁에 식사를 하는 자리에서 오디세우스는 메넬라오스의 나약한 삶을 비웃고 야만인들이 그를 우스운 상대로 보리라고 경고하지만, 메넬라오스는 노년의 안락한 삶을 옹호한다. 오디세우스는 올림포스 산의 개화된 신들을 내몰기 위해서 지금 봉기하고 있는 야만적이고 사나운 신에 관한 얘기를 하고, 새로운 신이 상징하는 파괴에 자신이 공감하고 있음을 의식하고 착잡한 심정이 된다. 잠을 자러 가려고 헤어질 때 그는 헬레네에게 수정 구슬을 선물로 준다.

잠을 이루지 못하던 오디세우스는 궁전 안을 이리저리 돌아다니며 안정된 부유함과 안락함에 작별을 고한다. (퇴폐성을 파괴하고 다른 문화를 위한 씨앗을 심는 주기적이고 원시적인 힘을 상징하는) 도리스의 야만인들과 굶주린 일꾼들에 대한 공감의 각성과, 자신의 귀족적인 계급에 대한 막연한 반발이 그의 내면에서 끓어오른다. 켄타우로스는 오디세우스가 얘기하는 신이란, 야만인들이 가지고 왔으며 머지않아 청동을 바탕으로 삼은 문명과 과거의 신들을 파괴할 새로운 금속인 철(鐵)을 의미한다고 노예들에게 설명한다. 술에 취한 켄타우로스가 잠자리에 들도록 도와준 다음에 오디세우스는 모든 인류에 대해서 갑작스러운 사랑과 연민을 느끼고, 지상의 모든 형상이 서서히 정화되어 순수한 꿀 같은 정신력으로 변모하는 환상을 본다.

## 제4편

### 헬레네의 두 번째 납치

메넬라오스는 흐뭇한 분위기에서 오디세우스와 말을 타고 함께 가지만, 친구가 검술을 겨루자고 제안하는 꿈을 꾼다. 꿈에서 깨어난 메넬라오스는 그의 땅과 부유함을 과시하려고 오디세우스와 말을 타고 나가서, 야만인들의 공격으로부터 그들이 안전하다고 마을 사람들을 안심시키고, 그날 저녁에 손님을 즐겁게 해주기 위해 기술을 겨루는 시합을 준비하라고 젊은이들에게 명한다. 그들은 여름철 수확을 둘러보면서 지나가고, 얼마 안 되는 찌꺼기 이삭을 줍는 금발 야만인의 오합지중인 부족들을 구경하고, 올리브나무 숲에서 쉬는 동안 오디세우스는 마지막으로 함께 새로운 모험을 찾아가자고 메넬라오스를 설득하지만, 메넬라오스가 이득과 손실만 따지고 안이한 미덕에만 관심이 있음을 깨닫자 오디세우스는 헬레네를 납치하겠다는 단호한 결정을 내린다. 그들은 타이게토스 산의 고지대 초원으로 계속해서 말을 타고 올라가며, 그곳에서 오디세우스는 양을 몰래 잡아먹는 못된 독수리를 죽이기 위해 높은 산의 암벽을 기어 올라간 용감하고 젊은 양치기 〈바위〉를 보고 감탄한다. 오디세우스는 왕에게 부탁해서 양치기 청년을 여섯 번째이자 마지막 선원으로 받아들이지만, 청년은 별로 마음이 내키지 않는다. 메넬라오스는 인간이란 주어진 운명을 그대로 따라야 한다고 믿지만 오디세우스는 자신의 운명과 싸우고, 숙명뿐 아니라 심지어는 신까지도 초월하기 위해 싸우는 것이 인간의 의무라고 반박한다. 한편 트로이아의 노예들을 수행자로 거느린 헬레네는 트로이아의 멸망을 개탄하는데, 수정 구슬에서 그녀는 오디세우스와의 도망을 미리 보고, 크노소스[3]도 언뜻 보게 된다.

두 친구는 바위를 데리고 성으로 돌아가고, 메넬라오스가 목욕하는 동안 헬레네는 오디세우스에게 그와 함께 떠날 결심이 섰다고 말한다. 그들은 이튿날 아침 몰래 함께 도망칠 계획을 세운다. 그날 저녁 손님에게 여흥을 베풀어 주기 위해 귀족 계급의 젊은이들과, 노동자의 아들들과, 금발 야만인들이 스파르테 여자들을 임신시켜 낳은 사생아들이 운동장에서 춤을 춘다. 노동자의 아들들은 수확의 춤을 추지만, 춤이 재빨리 자유를 위한 반항의 난도질로 변하자 메넬라오스가 분노하여 중단시킨다. 귀족 계급의 젊은 남자들은 메넬라오스가 감탄하는 절제와 균형의 조화를 보이며 춤을 추지만, 오디세우스는 정신과 육신의 투쟁에 대한 비극적인 의식이 결여되었다고 생각하여 그 춤을 경멸한다. 다음에는 사생아 아들들이 경기장으로 달려나와 모의 전투(模擬戰鬪)를 벌이는데, 어느새 진짜 전투로 변해서 결국 피를 흘리게 된다. 메넬라오스가 격분해서 그들을 중지시키고 몸을 일으켜 귀족 청년들에게 야생 올리브나무 화환을 상으로 주지만, 오디세우스는 화환을 낚아채서 사생아들에게 줌으로써 무능하고 가난한 자들과, 고상한 부유층을 다 같이 혐오하고, 전통을 때려 부수고 경계선을 무너뜨리는 불법이요 무법적인 미덕을 더 좋아한다는 기질을 암시한다. 그는 오직 강한 자만이 통치할 권리를 누린다고 선언한다. 성문에서 금발 야만인들의 대표단이 메넬라오스에게 그의 나라에서 정착하게 해달라고 요구하고, 두려운 나머지 메넬라오스가 그들의 요구에 응하자 오디세우스는 이것을 활력이 퇴폐를 정복하는 필연적인 현상으로 이해하여 코웃음을 친다. 그날 밤 환송 향연에서 오디세우스는 비록 친구를 배반하고 그의 아내를 몰래 데리고 도망칠 계획이기는 해도 반쯤은 진실한 슬픔을 느끼고 반쯤은 교활한 마음에서 메넬라오스에 대한 그의 크나큰 사랑과 이별의 슬픔을 얘기하고, 감

3 북부 크레테의 고대 도시.

상적으로 마음이 흔들린 메넬라오스는 그의 친구에게 우정의 신 제우스의 황금상(像)을 선물로 준다. 오디세우스는 영원한 우정을 다짐하지만, 친구가 술에 취해 잠이 들자 헬레네에게 위험과 투쟁이라는 새로운 모험의 길을 제공하고, 그의 교활함과 야만성을 두려워하면서도 헬레네가 기꺼이 제안을 받아들이자 오디세우스는 기뻐한다. 한편 켄타우로스는 바위에게 좋은 친구처럼 충고를 하고, 정신 나간 궁수[4]를 따르는 모든 사람이 살아가야 할 위험하면서도 매혹적인 삶에 대해서 그에게 경고하고 위로한다. 그날 밤 꿈속에서 오디세우스는 우정을 배반했다고 분노한 신으로서의 제우스를 보게 되지만, 올림포스의 모든 신이 인간의 마음과 두려움에서 연유하는 허구라고 가볍게 넘겨 버린다. 날이 밝자 세 친구는 마차를 한 대 훔쳐 헬레네를 데리고 도망친다.

### 제5편

#### 크레테에 도착하다

같은 날 밤이 될 무렵에 그들은 나머지 선원들과 합류하여 아무런 확실한 목적지도 없이 그냥 헬레네 때문에 충동을 받아 재빨리 항해를 시작한다. 사흘 동안 사나운 폭풍이 몰아치더니 결국 배의 키가 부서진다. 헬레네 걱정만 하던 오디세우스는 살인을 일삼는 못된 신을 저주한다. 겁이 많아 공포에 질린 오르페우스는 헬레네를 납치한 데 대한 속죄의 제물을 바치라고 신이 요구한다고 한탄하지만, 막상 강돌이 그녀를 파도 속으로 던져 버리려고 할 때 그는 그녀의 아름다움에 위압되어 차마 그러지를 못한다. 오디세우스는 그의 사내다움

4 활을 잘 쏘는 오디세우스를 의미한다.

을 기뻐하며 그들이 발견하게 될 첫 나라의 왕으로 강돌을 책봉하겠다고 선언한다. 그러자 당장 폭풍이 거의 가라앉고 무척 부유한 땅이었다가 이제는 부패해 버린 크레테가 눈앞에 나타난다.

그들은 크노소스 근처의 항구에 상륙해서 지친 몸으로 잠을 잔 다음 이튿날 정오쯤에 일어난다. 오디세우스는 식량과 옷을 구하기 위해 우정의 신 황금상을 팔고, 선원들은 화려한 항구의 여기저기로 뿔뿔이 흩어지고, 헬레네와 오디세우스는 어느 장사꾼을 만나고, 전에 트로이아에서 오디세우스와 친했던 늙은 왕 이도메네우스가 황소 신의 여사제와 어느 동굴에서 교합하여 정력을 되찾음으로써 그의 백성과 땅이 다시 한 번 풍요해지고 비옥해지도록 성스러운 딕테 산으로 오르는 거룩한 축제의 날에 그들이 이곳에 도착했다는 얘기를 듣는다. 원시 민족들의 예식과 풍요의 의식을 이곳에서 인용했듯이, 서사시의 여러 곳에서 카잔차키스는 프레이저[5]의 『황금 가지*The Golden Bough*』[6]에서 많은 내용과 상징을 채택했다. 장사꾼은 오디세우스에게 머리가 일곱 달린 신의 상아상을 파는데, 첫 번째 머리는 야수이고, 두 번째는 야만적이고 호전적이며, 세 번째는 육욕적이고, 네 번째는 꽃처럼 만발한 이성을 상징하고, 다섯 번째는 비극적인 슬픔, 여섯 번째는 기쁨과 슬픔을 초월한 평정, 그리고 일곱 번째는 영묘(靈妙)한 영혼을 상징한다. 처음으로 오디세우스는 순수한 야수로부터 순수한 정신까지 신에 대한 그의 관념이 거쳐야만 하는 단계적인 순화 과정의 예지(豫知)에 대해서 크게 마음이 움직인다.

배를 수선하고 경계를 서라고 묵묵 대장과, 켄타우로스와, 철석과, 바위와, 오르페우스를 항구에 남겨 두고 오디세우스는 순례자의 물

5 Sir James George Frazer(1854~1941). 스코틀랜드의 인류학자로 『죽은 자의 숭배와 불멸성 신앙』, 『구약 성서에 나타난 민속』 등 신화와 민속을 다룬 많은 저서가 있다.

6 프레이저의 대표작으로 꼽히는 신화집.

결에 휩쓸려 세낸 마차에 헬레네와 강돌을 태우고 크노소스로 향한다. 마부는 그들에게 황소 예식이 곧 개최된다고 알려 준다. 올라가는 길에 헬레네에게 마실 물을 주는 금발의 야만인 정원사는 나중에 그녀의 남편이 되며, 이것은 새로이 대두하는 〈고전적〉 종족을 창조하기 위한 고대의 피와 야만적 피의 결합을 상징한다. 그들이 궁전에 도착해서 보니 대지의 신을 섬기는 여사제 뱀 자매들이 백합과 종려나무로 그곳을 장식해 놓았다. 표범과 세 명의 흑인 정부를 이끌고 성전(聖殿) 창녀들의 여사제이며 왕의 둘째 딸인 딕테나가 잠깐 모습을 나타낸다. 당장 환영을 받으리라고 자신만만한 오디세우스가 그들의 도착을 알리러 간 사이에 금발의 정원사가 불쑥 나타나 말없이 헬레네에게 포도 한 송이를 준 다음 모습을 감춘다. 궁전의 경비원들에게 밀려나 분개한 오디세우스가 돌아오고 세 사람은 궁정의 땅바닥에서 다른 순례자들과 같이 잠을 잔다.

이튿날 이른 새벽에 뱀 자매는 춤을 추며 대지의 여신에게 그들의 왕, 그리고 크레테 전체가 자손이 번창하고 땅을 비옥하게 해달라고 탄원하지만, 아버지의 퇴폐한 왕국을 증오해서 노예들과 그녀에게 헌신하는 여인 집단인 〈반란군〉을 이끌고 봉기할 계획을 세우고 있던 왕의 맏딸 휘다 때문에 춤이 갑자기 중단된다. 그녀는 간질 발작을 일으켜 소리를 지르며 쓰러지지만, 오디세우스가 그녀를 구하러 달려갔을 때는 궁전의 내시들이 갑자기 몰려나와 그녀를 끌고 간다.

한편 늙은 왕 이도메네우스는 딕테 산의 성스러운 종유석 동굴로 기어 들어가고, 그곳에서 암소의 가면을 쓴 여사제들이 그를 둘러싸고, 마치 속이 텅 빈 청동 황소에서 솟아오르듯 대지의 여신을 섬기는 대(大)여사제가 몸을 일으키자, 엉터리 예식이 시작된다. 왕과 여사제는 서로 이해가 이루어져서, 그는 여사제에게 재산과 황금을 주고 그 대가로 9년 동안의 다산(多産)과 정력의 축복을 받는다. 이런 소식이 이 산에서 저 산으로 정상의 봉화대를 거쳐 전해지고, 궁전에까지 소식이 알려지자 사람들은 왕이 밟고 지나가서 새로운 정력을 그들에게도 나눠 심어 주기를 바라며 길거리에다 그들의 옷을 펼쳐 놓는다. 돌아오는 길에 이도메네우스는 황소 예식에서 그의 근친상간 신부 노릇을 해야 할 처녀 막내딸 크리노를 아직 잡아오지 못했다는 얘기를 듣고는 그녀를 잡으러 보냈던 자들을 죽여 버리라고 명령한다. 거룩한 예식에서 딕테나가 이끄는 성창녀(聖唱女)들에 반대하는 산처녀(山處女) 집단의 지도자는 크리노이다.

무시를 당하면서 한참 기다린 다음에야 오디세우스와 헬레네는 왕의 내전으로 왕을 만나러 들어가도록 허락을 받는다. 이도메네우스는 어디를 가나 그가 나타나기만 하면 재난이 생기기 때문에 오디세우스를 죽이고 헬레네를 예식에서 그의 신부로 삼을 결심을 하지만, 헬레네는 오디세우스의 목숨을 살려 주기 전에는 그의 청을 거절하겠다는 뜻을 밝히고, 그래서 왕은 불길한 예감을 느끼면서도 동의한 다음 뱀 자매에게 거룩한 황소 예식을 위해 7일 밤 7일 낮 동안 그의 신부를 준비시키라고 명령한다.

## 제6편

### 크노소스의 황소 예식

7일이 지난 후 아침 닭이 울 무렵에 뱀 자매는 황소 신이 내려와 땅과 백성에게 비옥함과 자손의 번창을 베풀어 달라고 탄원한다. 투우장은 어느새 가득 차서 평민은 위쪽 좌석에 앉고 화장을 한 궁중의 영주들과 귀부인들은 아래쪽에 앉는다. 이런 광경을 역겨워하며 둘러보기는 하지만 오디세우스는 신비하고도 짧은 삶의 모든 계시에 대해서 아직도 감탄한다. 태양이 떠오르자 황금빛 뿔이 달린 검정 황소의 가면을 쓰고 왕이 나타나 왕좌로 올라가서 경기를 시작하라고 신호한다. 경기장의 한가운데 하얀 황소 가죽 위에는 속이 텅 빈 청동 암소의 옆에 헬레네가 발가벗고 누워 있다. 훈련을 받은 황소 떼를 경기장에 풀어놓자, 예식의 절차에 따라, 헬레네는 황소 신으로부터 구해 달라고 외치지만 딕테나와 성창녀들은 그녀더러 순종하라고 간곡히 타이른다. 크리노가 순결하고 순수한 신의 도구라고 육신을 옹호하는 반면, 딕테나는 육체란 육욕의 예식에서 제물로 바쳐야 하는 것이라고 주장한다.

전반부 예식이 끝나고 성창녀들이 교태를 부리며 집정관들 사이로 흩어지면서 우리들은 궁중의 욕정적인 부패와는 대조를 이루는 노예들의 고생스러운 운명을 엿보게 된다. 왕이 다시 신호를 하자 일곱 마리의 황소를 경기장에 풀어 놓고, 크리노가 이끄는 유명한 곡예의 춤과 묘기가 벌어진다. 크레테의 가난과 압정을 보여 주는 더 많은 장면이 등장하는데, 정오에 탈곡을 하는 농부와 그의 아내가 밭에서 형편없는 음식을 먹는 동안 왕은 경기를 중단하고 잔칫상을 차리라고 명령한다. 노예들이 서둘러 돌아다니며 음식을 준비하고 내오는 동안, 어느 노예 어머니가 캄캄한 지하 감옥으로부터 그녀의 아기를 데리고 햇살이 눈부신 궁정으로 달려 나와서는 아기가 죽었다는 사실을 알게 되지만 — 그녀의 절규를 들은 사람이라고는 오디세우스뿐이고, 그는 마치 자신이 세상의 유일한 구세주인 양 세상의 모든 고통이 그의 책임이라고 느낀다. 서서히 오디세우스의 마음속에서는 세상의 고통에 대한 거의 기독교적인 양심이 눈을 뜨고, 고뇌와 압박에 대한 책임 의식이 머리를 든다. 그는 주변의 문명이 풍기는 악취와 더러움에 경악한다. 그러자 딕테나는 그날 밤에 열리기로 되어 있는 음란한 주연(酒宴)에서 그를 상대자로 지명하고, 오디세우스는 강돌이 역겨워하는데도 불구하고 강인한 영혼은 더럽힘을 당하지 않는다고 믿으며 어떤 타락도 불사하겠다고 결심한다.

한편 경기장에서는 헬레네의 아름다움에 크리노가 이상하게 마음이 끌리고, 두 여자는 타오르는 태양 속에서 입을 맞추고 서로 애무를 계속하며, 결국 질투심으로 격노한 이도메네우스는 비밀리에 신경을 건드리고 마취시키는 약초를 먹인 가장 사나운 황소와 유희를 벌이라고 크리노에게 명령을 내린다. 죽음이 눈앞에 다가왔음을 알면서도 크리노는 묘기를 부리며 황소와 희롱하고, 갑자기 뿔에 받혀 공중으로 높이 떠올랐다가 황소 신의 두 뿔에 찔려 땅으로 떨어진다. 그러자 해 질 녘이 된다. 탈곡을 하던 농부와 아내는 집으로 돌아갔고, 노예 어머니는 아기를 매장하고, 뱀 자매들은 귀족들의 음탕한 비밀 예식이 열리도록 평민들을 경기장에서 밖으로 내보낸다.

보름달이 뜨자 궁중의 영주들과 귀부인들은 갖가지 짐승의 가죽과 가면을 몸에 걸치고, 뱀 자매들은 헬레네를 들어 올려 속이 텅 빈 청동 암소의 안에다 들여놓으며, 왕이 천천히 다가오는 사이에 황소 한 마리를 베어 죽이면 왕은 그 황소에게 달려들어 날고기를 그냥 먹는다. 이도메네우스가 청동 암소의 안으로 들어가자 영주들과 귀부인들은 경기장 여기저기서 음란한 육욕에 탐닉하고, 딕테나는 오디세우스의 입에 황소의 사타구니를 잔뜩 밀어 넣고, 두 사람은 선정적인 포옹을 하며 쓰러진다. 갑자기 휘다가 나타나서 비명을 지르며 크리노가 뿔에 찔려 쓰러진 곳으로 달려가 두 팔을 벌려 뚝뚝 떨어지는 피를 받아 내고, 분노한 아버지는 그녀를 창끝으로 밀어내 경기장에서 쫓아내라고 명령한다.

한편 다섯 선원은 항구의 술집에서 술을 마시고 있었는데, 묵묵 대장은 그들에게 보충 병력을 데리러 이제 고향으로 항해하게 될 금발의 야만인들과 그가 비밀리에 꾸며 놓은 일을 얘기한다. 부패한 귀족들이 밤새도록 술잔치를 벌이는 사이에 강돌이 찾아와서 오디세우스에게 미궁 같은 궁전의 지하실을 이리저리 돌아다니던 중에 야만인 포로가 이도메네우스를 위해 철로 만든 무기를 벼리고 있는 비밀 대장간을 발견했노라고 보고한다. 휘다가 갑자기 나타나서 그녀와 반란군에게 약속한 철제 무기를 받는 대가로 대장장이에게 그녀의 몸을 바쳤다고 말한다.

술에 취한 영주들과 귀부인들을 데리고 가기 위해 이른 새벽에 노예들이 도착하고, 금발의 정원사가 다시 불쑥 나타나 헬레네를 데리고 도망친다. 산처녀들이 크리노의 시신을 염하여 매장하는 사이에 휘다와 그녀가 이끄는 반란군은 가난과 압박과 복수의 춤을 추며 노래를 부르고, 오디세우스는 그가 보았고 행한 모든 것 때문에 깊은 감동을 받아 그녀와 어울려 살육과 반란의 춤을 춘다. 휘다는 몸이 마비되어 기절하고 반란군이 그녀를 데리고 간다. 잠을 이루지 못하던 오디세우스는 강둑에 누워 자유의 노래를 부르는 노예에게 귀를 기울인다. 결국 꾸벅꾸벅 졸다가 잠이 들자 그의 오랜 동반자인 죽음이 (앞으로 자주 등장하게 되지만) 여기에서 처음 등장하여 동지처럼 포옹하며 그의 곁에 눕고, 그들은 같이 잠을 잔다. 잠깐 동안 죽음 역시 잠이 들어 삶을 꿈꾼다.

## 제7편

### 크노소스를 멸망시키기 위한 음모

잠이 든 오디세우스는 젊은 시절의 여자, 장년기의 전쟁과 영광, 노년기의 죽음, 이렇게 삶의 세 가지 큰 경험과 모험을 상징하는 세 개의 칼로 그를 찔러 죽이려는 여인의 형상을 갖춘 운명을 꿈속에서 만난다. 해 질 녘에 강돌과 오디세우스는 퇴폐적인 영주들과 귀부인들이 강둑에서 산책하는 모습을 지켜보면서 그들을 모두 죽이기로 작정한다. 사흘 낮 사흘 밤 동안 오디세우스는 크노소스를 멸망시키고 살육을 벌일 계획을 놓고 말없이 고뇌하며 깊은 생각에 잠기고 신에게 도움을 청하지만, 마침내 나타난 신은 눈물을 글썽거리며 오디세우스 자신이나 마찬가지로 두려워하고 있다. 신에 대한 오디세우스의 관념은 소심한 신으로부터 서서히 투쟁하는 신으로 바뀐다. 도움을 필요로 하는 것은 자신이 아니라 신이라는 사실을 깨닫고 오디세우스는 신을 비웃으며 무시해 버리고, 그가 생각했던 신은 영웅적인 면모를 지닌 야만적이고 불꽃같은 신이었다고 강돌에게 얘기한다.

늙은 왕의 곁에 누워서 헬레네는 트로이아 시절을 회상하고, 금발의 정원사와의 도망을 되새기며, 나중에는 수정 구슬을 들여다보고는 정원사와 결혼하여 아들을 낳고 천막에서 사는 자신의 모습을 보게 된다. 반란에 가담해 달라고 충동질하는 휘다의 도움을 받아 변장을 한 오디세우스는 여인들의 숙소로 헬레네를 찾아간다. 그는 정원사와 정사를 벌였다고 헬레네를 조롱하지만, 자신의 운명은 스스로 선택하겠다고 자유 의지를 그녀가 내세우자 오디세우스는, 어떤 사람이라도 자신과 맞먹는 의지력을 과시하여 다른 길을 취하는 사람을 만날 때마다 항상 그러듯이, 이번에도 기뻐한다. 그는 크노소스를 공략하기 위한 계획을 헬레네에게 털어놓아 협조를 구한 다음 항구로 떠난다. 그곳에서 그는 술집에서 난장판을 치는 친구들을 찾아내어 자비로운 대신 만족할 줄 모르고 분노하는 새로운 신을 그가 알게 되었다고 그들에게 얘기한다. 그런 다음에 그는 봉기할 때 각자가 맡아야 할 일을 배정하고, 묵묵 대장에게는 항구에 남아 야만인들이 들어오도록 도와주고 무기고에 불을 지르라고 지시한다.

여름이 지나가는 사이에 오디세우스는 휘다와 결탁하고, 강돌은 금발의 대장장이가 무기를 만들도록 도와주고, 야만인의 선단(船團)은 멀리 북쪽에서 크레테를 향해 항해한다. 겨울이 지나가고, 계획은 무르익는다. 오디세우스는 새들의 비행을 연구하고 자유를 갈망하며 (다이달로스와 상당히 비슷한) 재주가 많고 목각을 하는 노예와 일을 같이 한다. 봄이 오자 이도메네우스는 죽음에 대한 불길한 예감을 느낀다. 정원사의 아이를 임신한 헬레네는 스파르테와 트로이아를 잊었고, 아기의 강보를 바느질해 만들며 출산을 꿈꾼다. 오디세우스는 사나운 투사요, 무자비한 사냥꾼이며 불꽃처럼 타오르는 신에 관한 그의 환상에 관해서 거짓말을 함으로써 다시 한 번 노예들이 봉기하도록 꾀한다. 비록 그는 지금 노동자들을 도와주기를 갈망하기는 하면서도 그들의 영주들이 이미 소유한 것을 노예들이 원하고 있음을 알기 때문에 헛된 망상에 사로잡히지를 않고, 압박받는 육신을 매체로 삼아 신이 지금 그의 해방을 도모하며, 이것은 세상이 끝날 때까지 끝없이 계속되는 투쟁에서 정신의 순화를 위한 다음 단계라고 느낀다.

거룩한 대축제를 하루 앞두고 잠 못 이루는 밤을 지내고 난 다음 이도메네우스는 멸망의 불길한 예감과 악몽에 잔뜩 시달리며 새벽녘에 초조하게 바장인다. 오디세우스와 친구들은 살육을 준비한다. 바다의 갖가지 상징물로 장식한 소매 없는 외투를 걸치고 왕은 봄의 예식에서 바다와의 상징적인 결혼식을 올린다. 항구를 향해 오디세우스가 강가를 따라 걸어가고 어린 소년과 소녀가 그에게 꽃을 주자, 그는 살육 속에서 이런 순진한 생명들까지도 죽어야 한다는 연민에 사로잡히지만, 무자비한 독수리의 형상을 한 그의 신이 곁에서 서성거리는 것을 보고 오디세우스는 마음을 굳게 먹는다. 그는 낡은 가치관이 말살되는 과정에서 순진하고 아무런 잘못도 없거나 그냥 환경이나 물려받은 여건이나 상황의 제물이 되어 많은 사람이 죽어 가야만 한다는 사실을 터득한다. 무기고에 불을 지르고 나면 바다에서 잔뼈가 굵은 이 노련한 뱃사람이 목숨을 잃으리라는 사실을 두 사람 다 알기 때문에 오디세우스와 묵묵 대장은 바다에서 그리고 바닷가에서 함께 즐긴다. 이도메네우스는 바다와의 결혼식을 올린 다음에 기절한다. 궁전은 축제를 위해 장식되었고, 음모를 꾸민 모든 사람이 배정된 위치에 자리를 잡고, 야만인들의 선단이 비밀리에 항구로 접근하고, 살육을 위한 준비가 이루어진다.

## 제8편

### 크노소스를 멸하다

그날 밤 죽을 때까지 춤을 추도록 집정관들이 강요했던 노예 처녀를 오디세우스와 친구들이 매장한다. 오르페우스까지도 마음의 동요를 일으켜 복수를 맹세한다. 오디세우스는 대장장이에게 철로 만든 무기를 나눠 줘야 할 밤이 왔노라고 얘기한다. 궁중에서는 거창한 잔치가 벌어지는 사이에 이도메네우스는 헬레네가 그의 아들을 잉태했다고 생각하며, 임신한 그녀를 자랑스러운 눈으로 쳐다본다. 오디세우스와 그를 돕는 독수리 신은 기둥 옆의 어둠 속에 웅크리고 앉아서 묵묵 대장이 무기고에 불을 지르려고 몰래 기어드는 바로 그 순간에 향연을 구경하고 있다. 이도메네우스와, 궁전의 성벽이나 장식품들까지도 곧 다가올 파괴를 예감하고 공포에 떤다. 한밤중에 그의 신이 좋다고 머리를 끄덕이자 오디세우스가 갑자기 몸을 일으키고, 오르페우스의 피리 소리에 맞춰 교활한 기만과 만족을 모르는 사나움에 관해서 노래를 부르려니까, 전령이 황급히 들어와서 무기고에 불이 났다고 소리쳐 알린다. 그러자 오디세우스가 신호를 하고, 학살이 시작된다. 오디세우스가 이도메네우스를 베어 버리려는 찰나 휘다가 끼어들어 양날 도끼로 아버지의 머리를 자르지만, 이어서 흑인 노예의 손에 죽임을 당해 아버지의 시체 위로 엎어진다. 휘다의 반란군과 야만인들이 궁전을 포위하고 불을 지르자 금발의 정원사는 헬레네를 데리고 도망친다. 연기와 불길 속에서 오디세우스는 만들어 붙인 날개를 이용해서 목각인(木刻人)이 날아가는 모습을 본다.

살육과 방화가 끝난 다음 오디세우스는 폭풍 속에서 약속했던 대로 강돌을 크레테의 왕이라고 선포한다. 동틀 녘에 독수리와 까마귀와 개들이 시체를 뜯어 먹는 사이에 승리자들은 아직도 연기가 피어오르는 궁전의 잿더미에다 고기를 굽고 술을 마시며 기분을 내지만, 오디세우스는 음식과 여자를 모두 물리치고 높은 바위로 간다. 해질 무렵이 되자 마을 사람들의 대표단이 선물을 가지고 찾아와서 자비와 평화를 애원하지만, 오디세우스는 또다시 평화와 안락함에 관련된 모든 미덕을 코웃음 치고, 대신에 전쟁과 죽음을 선포한다. 마침내 식사를 하려고 빵을 집어 든 그는 빵 위에 푸른 죽음처럼 올라앉은 초록빛 메뚜기를 보고 처음으로 두려움을 느낀다. 그는 잠이 들고, 꿈속에서는 탐욕스러운 영혼이 그를 통째로 낙지처럼 잡아먹고, 살기 위해 육체를 먹어 치워서, 인간으로 하여금 이루어야 할 보다 위대한 행위들 앞에서 한없이 초라하고 불만스러운 존재가 되도록 만드는 꿈을 꾼다. 그러자 그는 친구들과 만나 우리들이 아무것도 달성하지 못했다는 얘기를 한다. 그는 그들에게 신이 세상과 온갖 생명을 창조한 다음 그들 모두에게 경배하라고 불러 모았지만, 인간의 마음은 경배하거나 자유를 포기하지 않겠다고 거부했다는 우화를 얘기해 준다. 그 이후로 신이 파괴하는 대상과 만족을 모르는 인간의 마음이 재창조하는 것들 사이에서 지금까지 맹렬한 전쟁이 계속되어 왔다. 그는 보다 높고 큰 모험을 향해 달려가려는 그의 마음을 당장 뒤쫓아 가기 위해서 벌떡 일어선다. 그는 강돌에게 통치를 시작하라고 충고하지만, 전국 각지로 이미 전령들을 보냈다는 강돌의 얘기를 듣자 오디세우스는 또 한 사람의 영혼이 그로부터의 해방을 선언하고 자기 자신의 독립을 찾은 모습을 보고는 기뻐한다. 〈오늘 무르익

은 과일 가운데 가장 달콤한 것은/한 영혼이 자유를 찾아 나를 버렸다는 것이다!〉

이튿날 아침에 모두 모여 묵묵 대장과 휘다를 나란히 매장한다. 인간들이 그에게 감각과 영혼을 주기 시작할 때까지는 신이란 자연을 통해서 발전하기 원하는 눈먼 암흑의 힘에 지나지 않는다고 오디세우스는 선언한다. 그러자 헬레네가 정원사와 함께 나타나고, 오디세우스는 작별 인사를 한다. 그는 강돌이 대부분의 사람들이나 마찬가지로 일단 정착해서 자신의 재산을 늘리게 되면 안락함의 여러 미덕에 탐닉할까 봐 걱정이 되어 강돌에게 노예들을 해방시키고, 땅을 분배하고, 영원히 만족하지 못한 상태에서, 불가능하다고 여겨지는 역경들을 타개해 나가기 위해 무자비한 사랑과, 힘과 인내심으로 통치하라고 충고한다. 그는 헬레네에게 작별을 고한 다음 뒤를 돌아다보지도 않고 떠난다.

이제 동지들은 딕테나를 데리고 남쪽으로 항해하고, 나흘째가 되어 크레테가 시야에서 사라지자 오디세우스는 그리스에게 영원히 작별을 고하며, 모든 안정된 삶을 뒤에 남겨 두고 미지의 세계와 자유를 향해서 떠나가게 된 자신의 운명을 기뻐한다. 딕테나는 열두 살 난 계집아이였을 때 이집트의 어느 미지의 신에게 처녀성을 바치기 위해 끌려갔었던 사연을 노래한다. 오디세우스는 선원들에게 자기는 모든 삶이 짤막한 꿈이요 하나의 장난감이라는 진실을 알기 때문에 힘과 용기를 얻는다고 얘기하며, 그렇다면 자살이 최선이리라고 철석이 반박하자 오디세우스는 자기가 스스로 꿈을 창조하는 자이고, 자신의 피를 제물로 바치고는 스스로 그 피를 마시며, 필연성을 기쁨으로 받아들인다고 응수한다. 어느 날 어둠이 깔릴 무렵에 그들은 나일 강 입구에 정박하고, 선원들에게 오디세우스는 비록 찾아가는 도중에 모두 죽기는 했어도 불멸의 삶을 베풀어 줄 샘의 원천, 아직도 미지로 남은 나일 강의 원천을 찾아내고 싶어서 평생 동안 노를 저었다는 할아버지와 아버지와 손자에 관한 옛날 얘기를 한다. 그런 다음에 오디세우스는 어떤 사람보다도 더 많은 물을 본 눈은 축복을 받아야 마땅하며, 그리고 숨겨진 불멸성의 원천은 오직 죽음 안에서만 발견될지도 모른다고 선언한다. 바위는 딕테나가 그들과 함께 지내면 정신이 산만해지기 때문에 그녀가 쓸모가 없는 존재라고 반대하며, 오디세우스는 그녀를 뒤에 남겨 두고 떠나기로 동의한다.

## 제9편

### 이집트 사람들의 부패한 제국

이튿날 아침 친구들은 모두 포구로 내려가서 새로운 낯선 종족을 만나 기뻐한다. 항구 술집에서 그들이 술을 마시는 사이에 오디세우스는 마치 아주 오래전 다른 삶에서 이곳의 바다를 항해한 듯 어둡고도 격세유전적인 기분을 느낀다. 어느 늙고 눈먼 음유 시인이 그들에게 고통과 가난에 관한 노래를 부르지만, 오디세우스는 〈굶주림〉이 이곳에서 그를 새로운 신으로 인도할 사신이며, 한 입을 먹인다면 아무것도 먹이지 않는 셈이라고 느끼기 때문에 그에게 음식을 주지 않겠다고 한다. 친구들은 항구의 선창가에서 호시탐탐 기다리는 운명에게 딕테나를 맡기고는 배를 타고 나일 강을 따라 내려간다.

오디세우스는 선원들에게 헬레네가 언젠가 얘기했던 테베를 향해 배를 저어 가라고 재촉한다. 여러 날이 지난 다음에 그들은 동물의 머리가 달린 신들과, 묘비들과, 폐허만 남은 유령 도시에 닻을 내린다. 오디세우스는 암흑의 격세유전적인 뿌리를 통해 영혼이 빛으로 발전하려고 투쟁하기 때문에 인간의 내면에서는 야수와 신이 항상 싸움을 벌인다는 사실을 깨닫는다. 그는 이제 자신의 궁극적인 목적이 점점 더 큰 구원을 향해 나아가며 신을 가능한 한 야수로부터 해방시켜야 한다는 것임을 깨닫는다. 어느 날 친구들은 거대한 스핑크스 석상(石像)과 그것을 빨아들이는 모래로부터 해방시키려고 애쓰는 노인을 발견한다. 노인의 초대를 받아들인 그들은 그의 집으로 가서 초라한 음식을 대접받고, 시중을 들던 노인의 두 젊은 딸이 그들에게 사랑과 그리움과 집과 아이들에 관한 노래를 불러 준다. 모두들 포근한 가정에 대한 애착을 심하게 느끼고 특히 바위가 향수에 젖지만, 그들은 모두 만족할 줄 모르고 성실하지 못한 마음 때문에 그런 그리움은 무시한다.

계속해서 나일 강을 따라 배를 타고 내려가면서 그들은 어디를 가나 가뭄과 굶주림과 극심한 궁핍만 눈에 띄기 때문에, 목숨을 부지하기 위해 훔치고 노략질을 한다. 어느 날 밤 그들은 폐허가 된 〈태양의 도시〉 헬리오폴리스에 닻을 내리고, 그곳에서 오디세우스는 어느 무덤과 왕과 왕비(이크나톤과 네페르티티)를 꿈에서 보는데, 그들은 땅속에서 꺼내 달라고 그에게 애원한다. 그들은 한밤중에 땅을 파고, 보물로 잔뜩 치장한 왕과 왕비가 묻힌 무덤을 찾아내어 파헤친 다음 배가 거의 가라앉을 지경으로 황금과 보석을 가득 싣고 여행을 계속한다. 그러나 이제는 모두들 정착하여 편안하고 즐거운 삶을 살고 싶어 하기 때문에 그들은 마음이 무겁기만 했고, 그러자 오디세우스가 갑자기 보물들을 잔뜩 움켜쥐어 강물로 던져 버리기 시작한다. 모두들 그가 하는 대로 따라 해서, 심지어는 오르페우스의 상아 피리조차도 남겨 두지 않는다.

그들은 이제 홀가분한 마음으로 배를 저어 나아가지만, 어디에서나 굶주림과 배고픔의 탄식 소리가 들려온다. 헬레네가 어떻게 지내는지 오르페우스가 궁금하게 생각하는 동안 그들은 크레테에서 어머니가 되어 갓 태어난 아들을 데리고 만족해하는 그녀의 모습을 보게 된다. 켄타우로스는 굶주린 이집트 사람들, 특히 아이들을 불쌍히 여기지만 오디세우스는 세상의 언저리까지 더욱 탐험을 밀고 나가도록 인간에게 강요하는 두 가지 강력한 힘이 〈굶주림〉과 〈전쟁〉이라고 반박한다. 〈내 모든 배에 어떤 신들을 태우느냐 하는 선택권이 있다면/나는 사납고도 훌륭한 《전쟁》과 《굶주림》을 태우리라!〉 여러 날이 지난 다음에 그들은 해 질 녘에 악의 냄새가 풍기고 시끄럽고 번잡한 성채 테베에다 닻을 내린다. 파라오는 위대한 용사였던 할아버지의 추억으로 인해 그늘에 가려 세상도 싫어하고 마음이 소심한 젊은이다. 그에게는 정성과 공을 들여 쓰고 또 쓰던 시를 끝내겠다는 계획 이외에는 아무런 야심도 없다. 친구들은 밤새도록 길거리를 배회하며 방자한 영주들과 유혹하는 귀부인들을 멀거니 구경하다가 새벽이 되자 갑판에서 잠이 들어 먹을거리를 꿈꾼다. 잠이 깬 그들은 먹을거리를 찾아 모두 흩어지지만, 어느 정도나마 성공을 거둔 사람은 오직 켄타우로스뿐이어서, 그가 찾아낸 창녀는 얼마 안 되는 음식을 같이 나눠 먹자고 그에게 청한다. 이튿날 새벽 그들이 모두 배가 고플 때 오디세우스는 자신이 그들에게 여자나 음식은 약속한 바가 전혀 없으며 〈굶주림과 목마름과 신이라는 세 가지 큰 기쁨〉만 약속했었다는 사실을 상기시킨다. 그러더니 그는 동지들에게 무슨 해결 방법을 찾아보기 위해 혼자 떠나겠는데, 혹시 사흘 안에 돌아오지 않으면 동지들끼리 스스로 꾸려 나가도록 하라고 지시한다.

## 제10편

### 이집트의 반란

젊은 유대인 여자 랄라가 이끄는 민중이 부패한 사제들과 그들이 섬기는 악어 신에 반발하여 봉기해서 신전으로 쳐들어간다. 돌진하는 사람들에게 휩쓸린 오디세우스는 랄라를 구하려고 하지만 머리에 심한 부상을 입는다. 그들은 두 사람 다 파라오의 지하 감옥에 갇히고, 그곳에서 랄라와 세 명의 다른 혁명가 갑충, 나일 강 그리고 독수리 눈이 사흘 동안 그를 초조히 간호한다. (한편 바위와 철석은 배를 버리고 바위는 남쪽, 철석은 북쪽으로 떠나지만 켄타우로스와 오르페우스는 남는다.) 혼수상태에서 오디세우스는 사냥을 나간 아들 텔레마코스와 앞마당에서 무화과를 먹는 나우시카아를 본다. 엿새가 지난 다음에 드디어 그가 눈을 뜨고, 랄라는 지친 나머지 기절하고 만다. 세 명의 혁명가가 그를 심문하려고 하지만, 아무런 정보도 끌어내지 못하자, 반란에 뛰어들려고 하지 않았다고 그를 비난한다. 독수리 눈은 야위고 변덕이 심하며 불처럼 성미가 급한 남자이고, 갑충은 음울하고 의심이 많으며, 흙을 가까이하며 살아가는 농부이고, 나일 강은 연기가 나지 않는 불빛처럼 이지적이고 사리가 밝은 사람이다. 독수리 눈은 오디세우스에게 굶주림과 착취에 맞서 항거하는 그들의 반란에 합세해 달라고 청한다. 오디세우스는 랄라에게서 추상적인 이념을 위해 남편과 가정이라는 꿈을 포기하는 그런 유형의 헌신적인 이상주의자다운 성품을 발견한다. 그러자 세 혁명가는 오디세우스를 놓고 언쟁을 벌이는데, 갑충은 그가 기회주의자여서 이익만을 추구하는 교활한 선주(船主)라고 생각하며, 독수리 눈은 그가 숨은 힘을 지닌 크레테 사람이라고 믿으며, 나일 강은 그들 두 사람의 생각이 모두 옳아서 오디세우스가 아마도 상류층 출신이면서도 불장난을 좋아하는 사람인 모양이라고 생각하며, 두 동지에게 그를 있는 그대로 받아들이라고 충고한다.

이튿날 나일 강은 오디세우스에게 이집트의 노동자들이 조직을 이루었으며, 무장한 야만인 도리스 사람들이 지원하러 배를 타고 오기를 기다리는 중이라고 설명한다. 오디세우스는 짐승 같은 농민을 자기가 좋아하는 것인지 아니면 부패한 귀족들 편을 더 이상 들고 싶지 않을 따름인지는 모르겠지만, 마음속의 외침이 그를 혁명가들과 어울리도록 충동한다고 대답한다. 그는 어느 쪽에도 속한다는 기분을 깊이 느끼지 않으면서도 그 충동을 따르기로 한다. 그의 표리부동한 태도에 혁명 지도자들은 불안해지지만, 나일 강은 그가 〈사랑이나 끓어오르는 분노나 신의 추구〉 가운데 어떤 이유로 가담하거나 간에, 그의 조건을 그대로 받아들이겠다고 그에게 말한다. 그러자 오디세우스는 군대를 조직하는 장군으로서의 신을 꿈에서 보는데, 신은 오디세우스의 위험한 양면성, 즉 배반의 두 얼굴을 인식하고는, 양쪽을 위해 식량 징발관 노릇을 하라고 충고한다.

목욕을 하며 시를 짓느라고 고심하던 파라오는 여흥을 즐기기 위해 랄라와 오디세우스를 끌고 오도록 명령한 다음, 랄라더러 저주받은 족속의 대변자라고 조롱하고는, 자신이 현상을 유지하고 싶어 하고 평화를 사랑하는 사람이며 신이 어떤 사람들은 부자로, 그리고 또 어떤 사람들은 가난하게 살도록 창조했다고 말하지만, 랄라는 오직 하나의 신, 즉 인간의 자유로운 이성만을 인정할 따름이라고 선언한다. 오디세우스는 파라오에게 새로운 야만인 종족이 그의 땅을 곧 침범할 터이며 이집트의 지배 계급이 멸망하리라고 경고한 다음, 전쟁의 표시로 왕의 무릎에다 그가 감옥에서 빵과 피와 땀으로 빚은 자그마한 신을 갖다 놓는다. 이것이 이제는 오디세우스가 생각하는 신의 모습, 즉 굶주림과 압박으로부터 태어난 신의 모습이다. 겁에 질린 파라오는 랄라와 오디세우스를 석방시키라고 지시한다.

랄라는 오디세우스를 혁명가들의 비밀회의로 데리고 가는데, 그곳에서 그들은 야만인 지원군이 가까이 왔다는 소식을 듣는다. 랄라는 즉각 공격하라고 권하지만 오디세우스는 너무 낙관하지 말라고 충고하며, 희망도 없고 신도 없이 싸우는 자가 가장 잘 싸운다고 말한다.

배로 돌아간 오디세우스는 아직도 그를 기다리던 켄타우로스와 오르페우스를 만나지만, 그들의 자유를 앞세우고 그들 나름대로의 운명을 개척하려고 떠나간 바위와 철석에게 찬사를 보낸다. 친구들에게 그가 겪은 모험을 설명하고 앞으로 혁명가들과 합세하고 싶다는 뜻을 오디세우스가 밝히자, 오르페우스는 나일 강의 원천을 찾아내겠다던 결심이 감상적인 이유 때문에 꺾였다고 놀린다.

한편 야만인들은 상륙해서 약탈을 시작한다. 파라오는 엄포와 마술과 짐승의 신들을 동원하여 그들에게 겁을 주려는 시도로 사신을 보내지만 효과가 없어서, 야만인들은 술이 취해 신의 우상을 깨뜨려 부수고는 속이 빈 두개골로 술을 마시는 왕에 관한 야만적인 춤과 노래로 대답한다. 세 사람의 지도자는 감옥에서 탈출하고, 오디세우스를 사랑하기 때문에 이념을 저버렸다고 생각해서 랄라는 괴로움을 느끼면서 목욕을 하고는, 가장 좋은 옷을 입은 다음 자살할 결심으로 이집트 군대가 지나가는 길목에서 기다린다. 오디세우스는 그의 선원들이며 동지인 두 사람에게 그의 이성은 은둔할 상아탑을 세우고 싶어 하지만 마음은 집집마다 찾아다니며 문을 두드려 모든 고통을 같이 나누고 싶어 하기 때문에 이성과 심성이 맞서 싸우고 있다는 얘기를 하고는, 이성을 궁정 광대로 만들어 그의 마음을 놀리게 하고 마음에게는 매우 제한된 자유를 줌으로써 이성과 심성이 서로 죽이지 못하게 막는다. 이 장(章)에서는 오디세우스의 마음속에서 상반되는 두 가지 요소가 파생시키는 이런 양면성과 긴장이 주요 내용이다.

## 제11편

### 이집트의 혁명과 패배

이집트의 모래밭에서 전쟁을 벌이기 위해 양쪽 모두 요란하게 준비를 벌인다. 전투가 벌어지는 날 아침, 이집트에 상륙할 때, 그가 어울렸던 몇몇 야만인 무리와 더불어 철석이 나타나지만, 지나친 약탈과 술로 야만족의 전투력이 약화되었다고 그는 오디세우스에게 알려준다. 오디세우스는 야만인들에게서 이집트인들의 썩은 문화를 되살릴 새로운 피를 보고, 그들의 야수적인 분출력에 방향을 제시해 주는 일이 자신의 소명임을 깨닫는다. 이집트 군대가 지나가자 랄라는 말들의 앞에다 몸을 던져 발굽에 밟혀 죽는다. 오디세우스는 끝없는 이집트의 군대 행렬을 보고는 승리할 희망이 없음을 알지만, 바로 그런 이유 때문에 자신이 싸워야 한다고 결심한다.

야만인들과 혁명가들이 한밤중에 공격을 가하지만, 날이 밝기도 전에 그들은 철저히 패주하고, 네 친구는 심한 부상을 입고 싸움터에 쓰러진다. 정오에 도착한 왕의 사신은, 왕이 보고 즐긴 다음 제물로 바치게 하려고 위대한 족장들을 끌고 가기 위해 사상자들 사이로 돌아다니는데, 오디세우스는 몇 가지 꾀를 부려 친구들을 모두 수레에 싣고 피신시킨다. 그들은 봄이 끝날 때까지 지하 감옥에서 지낸다. 친구들을 즐겁게 해주려고 오디세우스는 올림포스의 열두 신을 깎아 줄을 당겨 조종하는 꼭두각시로 만든다. 나일 강은 제신들을 조롱하는 이성은 아직도 신의 노예나 마찬가지라고 반박한다. 그러나 오디세우스는 정의와 미덕과는 아무런 관계가 없고, 한없이 위로 올라가기만 하는 화살이나 굶주린 불길로 가장 잘 표현되는 신의 새로운 영상을 창조하던 중이었다. 그는 인간이거나 야수거나 간에 모든 동물과 새와 곤충과 자신으로부터 도움을 받아서, 짓누르는 하늘을 땅으로부터 천천히 들어 올리려고 애쓰는 형상(形象)을 꿈꾼다. 사흘 낮 사흘 밤에 걸쳐 그는 새로운 신의 모습을 조각하려고 애쓰지만, 신이란 항상 인간의 현재 모습이나 진화하는 발전 형태로 사람들이 창조했었기 때문에, 신의 모습을 모방한 영상밖에 만들어지지 않자 그는 역겨움을 느낀다. 나일 강이 비웃지만, 오디세우스는 경제적인 안이함만 추구하는 자들을 비난하고, 자신은 그의 내면에서 불타오르며 그가 신이라고 이름 지었던 인간을 초월한 불꽃을 섬긴다고 선언한다. 꿈을 꾸지 않고 사흘째 밤을 보낸 다음에 오디세우스는 그가 생각하는 새로운 신의 야수적인 얼굴을 새겨 놓는데, 친구들은 그것이 〈전쟁〉임을 한눈에 알아보고, 야만인들은 그것이 그들 자신의 사나운 신임을 당장 깨닫는다. 오디세우스는 그것에게 〈복수의 신〉이라는 이름을 붙인다.

파라오는 조상을 위한 대축제의 날에 반란자 족장들을 제물로 바치기로 결정하고, 그들에게 마지막 주연을 허락하자 친구들은 여러 가지 감정으로 죽음을 대한다. 그러나 파라오는 대롱대롱 매달린 시체처럼 수평선 위로 솟아오른 거대한 야수 같은 머리를 보았던 전날 밤의 악몽 때문에 시달린다. 어떤 쾌락도 그에게 위안을 주지 못하고, 어떤 해몽가도 그의 마음을 편하게 해주지 않는다. 한편 지하 감옥에서 오디세우스는 랄라와 함께 미라 인(人)들을 찾아갔던 일을 기억하고, 모든 삶과 자연의 안락함을 초월하고 심지어는 제신들도 초월하고 집어삼키며 활활 타오르는 불꽃을 노예들이 무덤의 벽에다 그림으로 그리던 모습이 생각나자 기뻐한다. 얼굴이 독수리 같은 신의 입에다 언젠가 마술사가 영혼을 불어넣으려고 애쓰던 장면을 기억해 낸 오디세우스는 제신들에게 생명을 부여하는 자가 바로 인간임을 깨닫는다. 파라오의 시종장이 죄수들에게로 찾아와서 왕의 못된 꿈을 쫓아 버리는 사람에게는 누구라도 사형 집행을 유예하겠노라고 제시한다. 오디세우스가 왕의 꿈을 춤으로 풀이해 보겠다고 나선다. 새로 조각한 신의 가면을 등에 매달고 그는 거지의 구걸과, 전쟁과, 팔다리가 잘리고 부상을 당한 사람들의 춤을 추다가 갑자기 가면을 얼굴에 쓴다. 파라오는 악몽에서 보았던 무서운 얼굴을 알아보고는 겁에 질려 비명을 지르더니 호위병들에게 오디세우스와 그의 부하들을 나라 밖으로 내보내라고 명령한다. 오디세우스가 지하 감옥으로 돌아가 기쁜 소식을 그의 일행에게 전하고, 이제는 이집트를 어서 떠나 그가 본 새로운 신을 바탕으로 삼아 도시와 문명을 세울 새로운 땅으로 사람들을 이끌고 가게 되기를 조바심 내며 기다린다. 나일 강은 그들을 국경까지 따라가겠다고 나서지만, 결국 고향에 남아 반란을 추진하기로 결정한다.

## 제12편

### 이집트에서의 탈출

오디세우스 일행은 옛 가치관을 가장 자주 파괴하고 새로운 경지를 향해 찾아가는 절망적인 천민층 인간들과 범죄자들로 이루어졌다. 국경에 이른 다음에 오디세우스는 그의 신을 새긴 가면을 높이 들고 모든 사람에게 노예 생활이 가져다주는 초라한 안락함 그리고 목마름과 굶주림과 자유만을 제공하는 새로운 신 사이에서 양자택일을 하라고 요구한다. 그는 불안정하고 욕구를 충족시키지 못한 사람들만 자기를 따라오기 바란다. 광란의 춤을 추며 오디세우스는 신이 그에게 새로운 길과 그들이 세워야 할 새로운 도시에 관한 계시를 보여 주었노라고 얘기하고는 그들 집단을 셋으로 분류한다. 오르페우스가 피리를 가지고 앞장서서 나아가고, 철석은 젊은이들과 아마존 같은 처녀들을 이끌고, 켄타우로스는 노인들과 아이들을 이끌고, 오디세우스는 장년층 사람들을 지휘한다.

사흘 동안 그들은 악어와 뱀과 흙집 마을들을 지나 나일 강을 따라가다가 사막의 모래밭에 다다른다. 사막의 목구멍으로 점점 더 깊이 뚫고 들어가던 그들은 벌 떼가 가득 들어찬 인간의 해골과, 마지막한 포기의 푸른 풀과, 모래에 파묻힌 과거의 문명 세계가 남긴 거대한 바위 조각품들을 지나고, 굶주림과 갈증으로 기운이 빠진 그들은 가난과 노예 생활도 좋으니 되돌아가자고 아우성친다. 철석은 무자비하지만 오디세우스는 인간의 나약함을 이해하기 때문에 그가 식량이 있으리라고 상상했던 곳까지 참고 더 가자고 그들을 격려한다. 서둘러 찾아간 오아시스가 신기루로 밝혀지자 절망이 더 심해지기는 하지만, 오디세우스는 그들에게 자기가 목마름과 굶주림과 전쟁의 무자비한 신만을 약속했었다는 사실을 상기시킨다. 생존과 필연성이라는 무자비한 법칙에 의해 어렴풋하게 마음을 움직인 그는 따라올 힘이 없는 모든 사람을 버리겠다고 결심하지만, 마음이 부드러운 켄타우로스는 비인간적이라고 여겨지는 주인의 태도에 격분하여 노인들과 아이들을 죽게 내버려 두지는 않겠다고 거절하며, 그들을 이끌고 가기 위해 뒤에 남는다.

오디세우스와 나머지 일행은 지친 걸음을 계속하고, 그들의 배고픔을 속여 잊게 하려고 그들에게 우화를 얘기해 주며, 마음까지도 역시 뿌리를 내릴지 모르기 때문에 걱정이 되어 그들이 꽃에다 물을 주는 것까지 말리며 무자비하게 강행군시킨다. (한편 이타케에서는 텔레마코스와 나우시카아가 어린 아들과 다정하게 놀지만, 아들에게서 사나운 할아버지의 여러 가지 성격이 눈에 두드러지게 나타나자 깜짝 놀란다.) 마침내 어느 날 그들 일행은 흑인 마을을 발견하지만, 어떤 태도로 접근해야 할지 미처 결정을 내릴 틈도 없이 난폭한 흑인 집단에게 공격을 받아 하마터면 전멸을 당할 뻔한다. 흑인 사냥꾼 한 사람을 포로로 잡아 식량이 있을 만한 곳으로 안내하라고 강요했던 켄타우로스와 그의 패거리가 갑자기 나타나서 전세를 승리로 역전시킨다. 그들은 흑인들과 화평을 맺고 마을의 추장으로부터 환영을 받는데, 괴물처럼 뚱뚱한 추장은 어마어마한 몸집을 보고 켄타우로스를 그들의 지도자로 잘못 판단하고, 〈하마처럼 뚱뚱한〉 그의 딸과 결혼하라고 그에게 청한다. 적의 해골을 주렁주렁 매달아 놓은 참나무 밑 마당에서 큰 잔치가 마련된다. 흑인 추장이 음식과 술과 여자로 그들을 포식시켜 지치게 만들지도 모른다고 의심한 오디세우스는 부하들에게 조심하도록 경고한다. 술잔치의 춤과 예식에서 켄타우로스와 뚱뚱보 신부가 혼례를 올리고, 모두들 짝을 지어 어둠 속으로 사라지지만, 감시를 계속하다가 흑인들이 살그머니 무기를 거두어들이는 기미를 눈치 챈 오디세우스는 경고의 소라 나팔을 불고, 친구들을 흑인의 욕정적인 포옹으로부터 떼어 내느라고 고생한다. 그들은 마을에서 식량을 약탈하고는 계속해서 동행하기를 거부하는 사람들을 뒤에 남겨 두고 떠난다.

켄타우로스는 생존 능력에 따라 그토록 잔인하게 추종자들을 걸러 내고 누구에게도 호의를 나타내지 않는 오디세우스의 무자비한 신에 대해서 깊이 생각한다. 오디세우스는 일행에게 모든 모험과 모든 경험은 신의 더 많은 계시로 이어지고, 신도 인간과 마찬가지로 성장하며, 〈신은 죽음과 맞붙어 싸우는 인간의 거대한 그림자〉여서 신을 먹여 살리는 존재가 바로 인간이기 때문에, 인간의 환경과 문화와 더불어 신 또한 변한다고 설명한다. 신이 우리들을 필요로 하는 까닭은 사랑 때문이 아니라 우리들의 육신을 통해서 신이 성장하고 살아가기 때문이다. 철석은 어떤 두 가지 이념을 위해 목숨을 바치고 싶은지를 이제야 알겠다고 선언하는데, 한 가지 이념은 인간의 안이한 가치관을 경멸하고 더 먼 곳의 지평을 부단하게 추구하는 것이요, 다른 하나는 굶주림과 목마름이 인간으로 하여금 탐구하고 추구하도록 충동한다는 이념이다. 오디세우스가 견해를 같이하고, 이 사상을 더욱 발전시키는데 — 이미 이루어진 바를 붕괴시킴으로써만 인간은 영혼을 팽창시키고 유일한 구원에 다다르기 때문에 구원과 파괴는 하나인 셈이다. 그는 철석에게 신에 대한 새로운 관념에 기초를 둔 도시의 환상을 얘기해 주고, 켄타우로스에게는 도시란 행동으로 실천하기 전에 우선 환상에 의해서 창조되어야 한다고 설명한다.

## 제13편

### 암흑의 아프리카를 지나 나일 강의 근원으로

한편 길을 떠난 바위는 겉으로 보기에 버림받은 듯한 마을에 우연히 이르렀는데, 마침 그곳에서는 전통적인 예식에 따라 젊고 아이를 잘 낳는 추장에게 길을 내주기 위해 마법 의사 세 명이 늙은 왕을 암살한 참이었다. 사람들은 바위를 백발의 제신들이 보낸 자라고 환영해 맞아서 그를 추장으로 삼는다. 한편 오디세우스와 일행은 사나운 짐승과, 뒤엉킨 덩굴과, 괴이한 나무와, 축축한 흙으로 이루어진 밀림을 헤치고 나아가는데, 여기에서 신은 무섭고도 악취가 풍기는 숲, 욕정과 약탈의 모습을 취한다. 바위는 흑인들의 추장으로서 지켜야 할 갖가지 의무를 배우고, 전쟁과 정복을 계획한다. 어느 날 철석은 표범 새끼 암컷을 잡아 오디세우스에게 선물로 주고, 그들은 떼어 놓을 수 없는 친구가 된다. 마침내 일행은 밀림을 뚫고 나가 얼마 후에는 밭을 일구는 몇 명의 흑인을 만나고, 그들은 가까이 오는 백인을 보고 겁이 나서 도망친다. 철석은 마을을 보고 당장 쳐들어가고 싶어 하지만 오디세우스는 내일까지 기다리라고 타이른다. 동틀 녘에 세 명의 흑인이 사신으로 찾아와서 백인들을 신처럼 대우하여 인사를 하고, 그들의 마을을 황폐화시키는 질병에 관한 얘기를 하고 도움을 청하지만, 오디세우스가 보상으로 식량을 요구하는 태도가 어찌나 험악했던지 흑인들은 겁이 나서 뿔뿔이 도망친다. 친구들은 오르페우스를 도와서 나무토막으로 머리가 없는 야만적인 신을 조각하고,

그러자 오디세우스는 그에게 이것을 마을로 가지고 가서, 무아지경에 빠진 체하면서 이 신이 모든 병을 고쳐 주리라고 납득시키고는 그것을 식량과 바꿔 오라고 지시하지만, 정말로 일어날지도 모르는 몇 가지 기적에 속아서는 안 된다고 오르페우스에게 경고한다. 그러나 오르페우스는 자신이 스스로 불러일으킨 황홀경에 휘말리고, 정말로 절름발이가 걷고 장님이 앞을 보게 된 다음에는 자신의 두 손이 행하는 재주를 믿게 되어, 땅에 엎드려 그가 창조한 신에게 경배하며, 친구들에게 식량을 보내기는 하지만 오디세우스가 그를 데리러 왔을 때도 돌아가기를 거부한다.

어느 날 폭풍이 지난 다음에 오디세우스는 친구들에게 오르페우스한테 무슨 일이 일어났는지 비웃으며 알려 준다. 그들은 깊은 골짜기에서 마을을 하나 발견하고, 숲속에서 몇 명의 흑인 청년이 신부를 차지하기 위해 마을로 내려가기 전에 의식을 갖춘 성희(性戱)의 봄 제전을 치루는 광경을 목격한다. 일행을 켄타우로스에게 맡겨 두고 철석과 오디세우스가 마을로 내려가고, 그곳에서 바위와 재회하게 되어 크게 기뻐한다. 켄타우로스가 그들과 어울리자 큰 잔치가 벌어지고, 무당은 오르페우스가 마법 의사의 옷차림으로 그의 새로운 신 앞에 엎드려 경배하는 모습을 환상으로 본다. 사흘 밤낮 동안 잔치를 벌인 다음 오디세우스는 바위에게 그의 새로운 왕관을 벗어 버리고 다시 그들과 함께 어울리자고 권하지만, 오디세우스 자신이 가르친 그대로 제자는 선생을 떨쳐 버리고 나름대로 지도자가 되어야 한다는 사실을 바위가 상기시키며, 오디세우스가 열두 개의 도끼를 나란히 늘어놓고 화살로 관통시켰던 능력을 능가해야 되겠다고 얘기하자 오디세우스는 기뻐하며 바위를 축복해 주고, 젊은이도 마찬가지로 그에게 축복을 해달라고 부탁한다.

친구들이 바위와 헤어지고, 바위투성이인 황야를 아흐레 동안 강행

군한 다음에 그들은 몇 개의 산을 발견하고 오르기 시작한다. 어느 날 철석이 바다가 나왔다고 외치고, 모두들 골짜기를 통해서 끝없이 펼쳐진 청록색 바닷가를 보게 된다. 물가에 다다른 그들은 기뻐하며 물로 뛰어들고, 물이 달다는 사실을 알고는 그들이 여로의 끝에, 그들이 이상적인 도시를 건설하기로 계획한 나일 강의 근원인 호수에 이르렀음을 깨닫는다. 오디세우스는 일행에게 물가에다 임시 거처를 세우도록 지시하고는 이상적인 도시를 위한 새로운 법과 계획을 수립하기 위해 신과 7일 밤낮 동안 교감을 나누려고 옆에 위치한 산으로 올라간다. 동틀 녘에 그는 표범 새끼를 데리고 산을 오르기 시작한다.

## 제14편

### 오디세우스, 신과 영적인 교감을 나누다

여기에서 카잔차키스는 그의 고행적인 철학에서의 정수를 발전시키는데, 이런 사상은 그의 짤막한 저서인 「신을 구하는 자 — 정신 수련」에서 더욱 확대되고 훨씬 분명하게 체계화되었다.[7]

첫째 날(1~84행). 오디세우스가 하루 종일 산을 올라서 밤이 되자 잠을 잘 동굴을 찾아내는데, 이곳에서는 악마나 신이 아무도 그를 공격하지 않는다.

둘째 날(85~161행). 새벽빛이 밝아 오는 속에서 오디세우스는 그가 밤을 지낸 동굴의 벽에서 사냥하는 원시적인 그림을 보고, 최초의 궁수인 그의 형제에게 인사를 보낸다. 그는 이날을 삶의 즐거운 포옹과 노래에 바친 다음 그가 가장 큰 비밀로 삼는 소망, 즉 불멸성의 가능성에 관한 공상을 하지만, 어린 구더기 한 마리가 가슴으로 기어

7 그의 자서전에서 두드러지게 나타나듯이 카잔차키스 자신이 아토스 산에서 겪은 고행자로서의 경험은 그의 삶과 작품에서 하나의 정상을 이룬다.

올라와 그에게 죽음의 필연성을 상기시킨다. 밤이 되자 그는 다시 동굴에서 잠을 잔다.

셋째 날(162~443행). 오디세우스가 커다란 바위에 올라앉아 신의 새더러 내려오라고 부른 다음 침묵의 명상으로 빠져 들어간다. 그는 처음으로 세 가지 요소인 여자와 바다와 신과의 첫 경험을 회상하는데, 아기였을 때 그는 여자의 젖가슴 냄새를 처음 맡아 보고는 하마터면 졸도할 뻔했었으며, 두 살 때는 바다에다 돌멩이를 던지며 〈오, 신이여, 나를 신으로 만들어 주소서!〉라고 소리를 질렀었다. 그는 무엇을 먹으면 그가 먹은 것이 되었고, 자라서 청년이 되어 결혼했으며, 아들도 하나 낳았고, 그러고는 전쟁터로 떠났다. 추억으로 목이 멘 그는 내면에 존재하는 신비하고 원시적인 힘들이 해방을 소리쳐 외치는 그의 마음에서 많은 부분을 짓밟아 버렸음을 시인한다. 그는 새끼 표범의 노란 눈을 들여다보고는 거기에서 인간의 원형(原型)인 동굴인의 모습을 발견한다. 격세유전적인 기억들이 그의 내면에서 끓어오르고, 잔인한 증오와 수치를 모르는 욕망 속에서 그의 영혼이 질식을 당하며, 그는 무생물의 상태로부터 생물의 온갖 형태로, 인간으로, 영혼으로 진화의 발전을 거치게 되는 인간의 한없이 깊은 역사를 의식하게 된다. 해 질 녘에 그는 바위 위에서 잠들어 그의 이성과 심성이 결혼한 노부부처럼 언쟁을 벌이는 꿈을 꾼다. 여자 같은 심성은 소심한 이성이 계속해서 세우는 법과 질서의 경계선에 대해서 불만을 느껴 판에 박힌 일상적인 궤도를 벗어나 멍에를 벗어 버리고, 현상들로 이루어진 가운데 벽을 때려 부수고 다른 세계로 뛰어들어 심연으로, 신이 존재하는 곳까지 내려가고 싶어 하지만, 남성인 이성은 심성에게 눈앞에 보이고 손에 닿는 대상들로 만족해야 한다고 마음을 꾸짖는다.

인간의 내면에 존재하는 영원한 〈절규〉가 도움을 청하느라고 외치자 이성은 어느새 도망쳐 버리지만, 심성은 조상들의 유령이 마시고 되살아나도록 피를 쏟아 낸다. 그러나 인간은 그가 되살리기 원하는 조상이 누구이며, 어떤 역사와 유산을 간직해야 할지 선택해야만 한다. 오디세우스는 물질적인 가치관에만 의존해서 살아가려는 사람들을 밀쳐 버리고, 아버지는 항상 아들에게 길을 내주어야 하기 때문에 그는 아버지 라에르테스를 부정하고, 대지는 이제 그들보다 더 훌륭한 아들을 낳아 주기 때문에 그의 집안 조상들을 부정하고, 세상은 사랑으로만이 아니라 무엇이 가장 필요하냐 하는 보다 무자비한 원칙들로 다스려야 하기 때문에 그의 절친한 친구 묵묵 대장까지도 부정한다. 위대한 세 운명이 가까이 다가온 다음에야 오디세우스는 자신의 피를 마시라고 그들에게 준다. 탄탈로스가 마시고는, 끊임없는 추구 때문에 만족을 모르는 마음을 배반하고 오디세우스가 도시를 세워 정착하려는 계획을 세웠다고 비난한다. 헤라클레스가 마시고, 오디세우스는 그를 열두 가지 고역(苦役)을 통해 인간의 육신을 숭고한 영혼의 경지로 끌어올린 영웅이라고 찬양하며, 이제는 죽음으로 앙상해진 그의 모습을 보고 슬퍼 흐느껴 운다. 헤라클레스는 오디세우스에게 그가 마무리 짓지 않고 내버려 둔 과업을 완수하여, 비록 그것이 무엇인지는 분별하지 못하더라도 마지막 열세 번째의 과업을 밀고 나가 완성하라고 권한다.

넷째 날(444~736행). 잠이 깬 오디세우스는 그가 핏줄 속에 담고 다니는 온갖 유령들을 의식하게 된다. 그는 이제 자신은 그 모든 유령들이 지금까지 행한 행위들과 아직도 그들이 행하기 갈망하는 행위들의 소산임을 알게 된다. 모든 다른 인간이나 마찬가지로 그는 과거와 미래를 연결하는 다리여서, 자신의 내면에 죽은 자와 산 자와 태어나지 않은 자를 모두 간직한다. 자신의 내면에 무한히 깊은 요소를 간직하고 있다는 인식은 오디세우스를 자아에 대한 걱정으로부터 해방시키고, 그래서 그는 이제 〈나〉를 초월하여 자신의 종족 조상들에게 이르러야만 한다는 사실을 깨닫는다. 그러나 그는 이어서 바위에 포박된 세 번째 운명 프로메테우스를 보고, 그를 불과 두뇌의 아버지요, 〈신과 싸우는 인간의 용감한 이성〉이요, 인간이 대지 위에서 꿋꿋이 서게 만들었으면서도 인간의 이성은 태양을 쫓게 만든 자라고 얘기한다. 프로메테우스는 자신이 실패했고, 그가 창조한 인간에게 버림을 받고 배반을 당했으며, 〈삶의 가장 영광스러운 과업〉을 끝내지 못했고, 창조주 신과 평화를 맺지도 못하고 그를 죽이지도 못했으며, 〈모든 불꽃과 빛 너머에, 죽음의 너머에, 나의 자손이여,/최후의 과업, 최후의 도끼가 아직도 피에 젖어 반짝인다〉고 한탄한다. 그가 사라지고, 또다시 도움을 청하는 〈절규〉의 외침 소리가 들려온다.

그러자 오디세우스는 그의 종족을 뛰어넘어 모든 종족에 대한 형제애라는 감정에 빠져들고, 그와 모든 인간들이 인류 전체의 진화라는 흐름을 형성하는 개체들이라는 사실을 깨닫는다. 그러나 이제 그의 내면에서는 어머니인 대지의 목소리가 인류 자체의 경계선을 뛰어넘어 밀고 나아가서 자연 전체, 야수들이나 나무들과도 평화를 맺고, 자연의 길잡이가 되어 어떻게 하라고 지시를 내려야 한다고 그에게 명령한다(예를 들면, 진화의 과정에서 지금은 인간이 필연성의 범주를 초월하여 스스로 생명의 작용을 이끌어 갈 능력을 갖추었다). 그날 밤 꿈속에서 그는 자신이 모든 무생물과 생물, 새, 짐승, 곤충, 바위, 바다의 한 부분이라고 느끼며, 삶과 죽음을 따로 구분하기가 불가능하고 자비롭고도 신비한 맥박을, 그러니까 우주의 가장 원시적이고 격세유전적인 원천을 접한다.

다섯째 날(737~950행). 이튿날 동틀 녘에 오디세우스는 동굴의 벽에 그려 놓은 사람들과 짐승들이 살아나 그의 주변에서 빙글빙글 돌며 춤을 추는 듯한 기분을 느낀다. 잠시 후에 그는 원시적인 삶의 유령들에게 바싹 쫓기는 기분이 들고, 그러다가 결국 그들이 모두 비켜나 길을 내주고는 모든 조상들 가운데 가장 태초의 조상이요, 영혼이 방금 날개를 퍼덕이기 시작하여 최면 상태로 잠든 삶의 거대한 덩어리 레비아단[鰐魚]이 나타난다. 레비아단이 지나간 다음에 오디세우스는 인간의 바로 앞에 위치한 조상 유인원을 맞아 두 팔을 벌려 환영하고, 그에게 경의와 애정을 표한다. 그러자 그는 인간의 선조가 되는 모든 다른 동물, 심지어는 미천한 쇠똥구리와 황소까지도 만난다. 그의 두뇌 속에서는 사자에서부터 새끼 사슴에 이르기까지 모두 친구가 된다. 그는 살아 있는 동물들과의 일치감이 완전해질 때까지 새들과 곤충들을 환영하고, 그래서 그날 밤 봄비가 내리는 가운데 모든 동물이 그의 육신과 두뇌 속에서 안식처를 발견한다.

여섯째 날(951～1246행). 동틀 녘 비에 젖은 대지의 한가운데에서 오디세우스는 가슴속에서부터 울려 나오는 남성적인 목소리와 여성적인 목소리를 듣는다. 사랑과 부드러움을 갖춘 여성적인 심성은 아직도 진흙의 밑바닥과 동물의 육체 속에 잠겨 있는 혼(신)을 부르고, 그것을 보다 인간적으로 만들어 진화상의 상승을 더욱 촉진시키기 갈망한다. 영혼은 그것이 야수적이고 피에 젖었다고 경고하지만, 마음이 사랑으로 부르자 심성이 바라는 대로 씩씩한 젊은이의 형상을 갖추고 벌떡 일어선다. 그러자 오디세우스는 무생물과 생물을 거쳐 궁극적으로는 인간까지도 거치게 되는 피로 물든 길을 한없이 올라가며 영혼(신)이 자신의 내면에서 신음하는 소리를 듣는다. 나무들과 짐승들이 신을 질식시키고, 심지어는 인간의 영혼까지도 한없이 위로만 향하는 그의 추구를 억제할 길이 없으며, 그는 자유롭게 싸우게 도와 달라고 오디세우스에게 청한다. 신은 고꾸라지면서 위로 올라가기 위해 투쟁하는 동안 암흑 속에서의 상승에 끝이 없음을 깨닫고 심한 두려움을 느낀다. 오디세우스는 내면에서 도와 달라고 외치는 영혼을 해방시키기 위해 자신을 바치기로 맹세하고, 이제는 그가 먹은 과일과, 그가 심은 씨앗 따위의 모든 것에서 활기찬 추진력을 발견한다. 모두가 하나의 순환을 이루는 영양분이어서, 〈이제는 새와 과일과 물이 모두 오디세우스가 되었도다!〉라고 외친다. 그는 인간의 내면에서 자유를 찾고 싶어 한없이 소리치는 자가 신이라는 사실을 알게 된다.

카잔차키스는 이제 오디세우스에게 그가 자아와, 그의 종족과, 모든 인간과, 심지어는 모든 생물과 무생물의 경계선을 초월하여, 모든 육신뿐 아니라 모든 영혼의 안에서도 짓눌려 질식을 당하는 〈절규〉를 들었고 그 절규를 이해하며, 그보다도 더욱 상승하기 위해 투쟁하겠다는 말을 하라고 부추긴다. 점점 더 순수하고 정화된 경지를 향한 끈질긴 투쟁을 어떤 사람은 〈사랑〉이라고 부르며, 어떤 사람은 〈신〉, 어떤 사람은 〈죽음〉, 그리고 어떤 사람은 〈절규〉라고 부른다. 오디세우스는 이제 영혼이란 다른 불을 켜기를 갈망하며 타오르는 정신력을 소모시키는 심지, 보다 순화된 빛이 타오르게 하기를 갈망하는 심지에 지나지 않는다는 사실을 깨닫는다. 그는 영원히 환상을 구현할 이상적인 도시를 건설하겠다고 맹세한다. 기뻐서 노래하며 오디세우스는 갑자기 여러 형상을 취하는 신의 모습을 보게 되는데, 신은 탄탈로스, 헤라클레스, 프로메테우스, 영혼의 무력 투쟁을 상징하며 돌격하는 군대, 그리고 마지막으로 늙은 방랑자의 모습을 취하며, 마지막 형상인 추방된 인간은 끊임없이 멸시와 박해를 당하고, 그에게서 우리들은 〈야수의 쓰라림, 한(恨), 한없이 깊은 미지의 눈,/그의 눈에서 뱀처럼 반짝이며 펄럭이는 불길,/그가 슬픔 속에서 올라간 피로 물든 끝없는 상승의 길〉을 보게 된다. 오디세우스는 연민으로 뒤틀리고, 다음에는 지평선의 양쪽 맞은편 끝에서 지는 해와 보름달이 동시에 빛나자 마음 가득 평온을 느낀다.

일곱째 날(1247~1410행). 허공에 짓는 그의 성(城)들은 행동과 행위를 통해, 실제로 행하고 일함으로써 실현시키기 전에는 아무런 가치가 없다고 내면의 목소리가 오디세우스를 비웃는다. 조약돌과 찰흙과 진흙으로 그는 자신이 제안한 새로운 도시의 모형을 만든 다음 산등성이를 달려 내려간다. 그는 현상과 이성이 투쟁하는 터전에서 하나는 남성이고 다른 하나는 여성인 두 가지 대조를 이루는 힘이 상충할 때 세상이 창조된다는 사실을 안다. 〈행동〉이 나무를 베고, 배들을 건조하고, 상처를 받아 피를 흘리는 소중한 화물인 창조신을 믿으면서, 〈끝없는 파도로부터 존재하지 않는 바닷가를 건지기 위해〉 절망의 여러 시대를 거치며 끊임없는 투쟁 속에서 무서운 심연을 횡단한다. 그렇게 한다면 인간이 신을 해방시킬 뿐만 아니라 신을 창조하기도 하는 셈이기 때문에, 그들의 모습대로 자연과 삶을 빚어 놓기 위해서 그의 이성과 상상력이 지닌 모든 힘을 사용하라고, 오디세우스의 내면에서 어떤 목소리가 그를 부추긴다. 오디세우스는 〈행동의 여신〉을 그의 기름진 신부처럼 신랑으로서 포옹한 다음 이상적인 도시를 건설하는 과업을 완수하기 위해 서두른다.

## 제15편

### 이상적인 도시를 건설하다

돌아온 오디세우스는 부하들이 철석과 켄타우로스가 이끄는 두 파로 갈려 대립하고 있음을 알게 된다. 지도자가 기대하는 정도의 경지를 사람들이 절대로 다다르지 못한다고 느껴 실망하고 분노한 그는 사흘 동안 숲속에서 방황하는데, 사흘째 되던 날 그는 바위 때문에 갈려 뒤틀린 채로 자라지만 결국 꽃이 만발하게 된 야생 배나무를 본다. 이 나무가 그에게는 흙이건 돌이건 간에 주어진 운명을 무엇이나 다 받아들이고는 햇빛을 향하고 끈질기게 꽃을 피우는 정신적인 활력의 매듭진 상징처럼 여겨진다. 근처에서 거대한 동굴을 발견한 그는 철석과 켄타우로스를 불러 함께 화해한 다음 배나무나 마찬가지로 자기도 주어진 여건을 받아들이고는 휘어잡기 어려운 인간 무리와 함께 일을 해야만 한다는 판단을 내린다.

이튿날 새벽에 새로운 도시를 위한 기초가 마련된다. 올림포스의 열두 신을 죽인다는 상징으로 여섯 마리의 수탉과 여섯 마리의 암탉을 잡는다. 사람들은 높아지는 계급에 따라 장인(匠人), 무사, 지성인 세 집단으로 나뉘고 (플라톤의 『국가론』, 성 아우구스티누스의 『신국론』, 토마스 모어의 『유토피아』에서 갖가지 요소를 추출하여 이룩한) 사회주의적인 국가가 생겨난다. 결혼은 불법화하고, 아이들은 공동으로 관리하여 부모로부터 떨어져 교육을 받으며, 늙고 쓸모없는 사람들은 죽어도 좋다고 허락을 받는다. 그러나 오디세우스는 그가 생각했던 기본적인 법을 발견하지 못하다가 어느 날 공중에서 짝짓기를 하는 한 무리의 흰개미를 보게 된다. 그는 수놈들이 한 가지뿐인 그들의 기능을 발휘하고 나서 당장 땅으로 떨어져 죽고, 즉시 새와 딱정벌레와 전갈과 뱀들의 밥이 된다는 사실을 깨닫는다. 격렬한 기쁨을 느끼며 오디세우스는 이것을 자연계에 존재하는 필연성과 생존의 무자비한 법칙으로 받아들인다. 〈두뇌를 쓰지 않고 눈먼 어머니 대지가 행하는 모든 일을/우리들은 모든 이성으로써 받아들여야 한다./만일 대지를 다스리겠다면 신의 모범을 따르도록 하라!〉 켄타우로스는 주인의 무자비한 이런 관념에 경악한다. 오디세우스는 백성에게 새로운 신에 관한 얘기를 하고 싶은 갈망을 느끼지만 그토록 잔인하고, 무자비하고, 차별하는 신을 받아들일 준비가 아직 그들에게는 안 되었으리라는 걱정 때문에 뒤로 미룬다.

여러 달이 지난 다음 봄이 되자 오디세우스는 젊은 남자들과 여자들이 짝짓기를 하라고 사흘 동안의 축제를 선포하고, 산에서 수놈 짝을 찾으라고 그의 표범 새끼도 풀어 준다. 또다시 그는 모든 사람이 명령하고 복종하도록 배우는 터전인 위대한 싸움터에서 총사령관으로서 신을, 그리고 동지들로서의 사람들을 환상 속에서 본다. 모든 사람은 저마다 마치 온 세상의 구원이 오직 자기 자신에게만 달려 있기는 하지만, 중요한 것은 투쟁 자체니까 승리나 패배는 문제가 되지 않는다는 듯 행동해야 한다. 어느 날 그는 눈이 멀고 검은 개미의 대군(大軍)이 아기 낙타를, 그러고는 인간 아기를 통째로 잡아먹는 광경을 보고 공포를 느끼며, 그 후 영원히 이 환상을 우리 모두를 기다리며 벌리고 있는 입, 자연과 인간의 모든 노력의 뒤에 도사린 파괴적인 힘으로 연상한다. 그는 삶의 비극적인 필연성에 위압을 당한다. 마침내 어느 날 그는 백성에게 그들이 섬기는 신은 보호해 주는 전지전능한 신이 아니어서, 그들 자신보다 더 강하거나 약하지도 않은 존재라면서, 생존과 존재의 무서운 법칙을 얘기해 준다.

사실상 어디에서 왔으며 어디로 가는지 자신도 모르기 때문에 신도 그들의 도움을 필요로 한다고 그는 말한다. 초자연적인 수단을 동원하여 그들을 도와줄 능력이 없으며, 죽어야 할 운명을 타고나서 투쟁을 계속하는 그들 자신과 다를 바가 없다는 신에 대해서, 철석 이외에는 모든 사람이 경악을 금치 못한다. 켄타우로스가 절망하여 소리친다. 〈우리들의 육체는 신이 죽음과 싸움을 벌이는 터전이다.〉

여름이 지나고 가을이 되자 오디세우스는 한 위대한 족장의 죽음을 기뻐해야 할 계기라고 선언하는데, 아직 젊은 사람들이 죽었다면 비극적이겠지만 족장은 지상에서 그가 맡은 임무를 모두 완수했기 때문에 기뻐해야 한다고 말한다(이타케에서는 그의 손자가 할아버지로부터 장난감 배를 선물로 받는 꿈을 꾸고, 이것을 알게 된 나우시카아와 텔레마코스는 두 사람 다 겁에 질린다). 겨울이 오자 모든 사람이 거대한 동굴 속에서 그들의 갖가지 재능을 살려 일한다. 오디세우스는 그의 신이 내린 십계명을 바위에다 새기는데, 하나하나의 계명은 모든 현상과 상황을 거치며 투쟁하고 진화하여 성장하는 정신으로서의 신이라는 관념을 중심으로 발전한다. 〈세상에서 가장 위대한 미덕은 자유를 그냥 얻지 않고,/잠을 못 자는 무자비한 투쟁 속에서 추구하는 행위〉이기 때문에, 이 비극적이고 필연적인 관념은 기쁨으로 받아들이지 않으면 안 된다. 도시를 개장할 때가 되자 여러 가지 불길한 사건들이 일어난다. 날씨가 무덥고 숨 막히며, 흰개미들이 오디세우스의 오두막과 활을 갉아 먹고, 쥐들이 찍찍거리며 산에서 도망쳐 내려온다. 사람들이 도금양 가지로 그들의 집과 길거리를 장식하는 동안 오디세우스는 훌륭한 삶이 마침내 이루어지리라고 믿기는 그의 도시를 자랑스럽게 둘러본다. 이상한 어둠이 깔리고, 달이 문둥병에 걸리고, 땅이 흔들려서, 왜 이런 일이 벌어지는지를 잠재의식적으로 알았던 오디세우스는 신을 배반한 자신에 대해서 분노한다. 멀리서 위기를 의식하고 선장의 곁에서 싸우기 위해 바위가 하얀 코끼리를 타고 나타난다.

## 제16편

### 오디세우스, 유명한 고행자가 되다

비록 불길한 징후들이 나타나기는 하지만 오디세우스만이 그런 기미를 눈치 채는 듯싶었다. 이튿날 새벽에 모두들 도시의 탄생을 축하하기 위해서 거대한 동굴로 모여드는데, 오디세우스가 춤을 추는 동안 땅이 요란하게 흔들린다. 오디세우스가 밖으로 달려 나가서 보니 산에서 연기와 용암이 뿜어 나온다. 너무나 불완전하게 세상을 창조해 놓음으로써 어쩔 수 없이 인간으로 하여금 그것을 완전하게 만들게끔 강요하는 신에 대해서 분노를 터뜨린 다음 그는 친구들에게 갖가지 일을 분담시키고 자신은 도시에 사는 아이들을 구하기 위해 달려간다. 유아실이 무너지려고 할 때 켄타우로스가 갑자기 나타나서 문을 몸으로 버티며 들어 올려 오디세우스는 재빨리 뛰쳐나와 목숨을 구하지만, 켄타우로스는 폐허 속에 깔리고 만다. 얼마 후에 도망치는 일행을 이끌고 바위가 피신하던 북문(北門) 이외에는 벌어진 균열이 도시를 몽땅 집어삼킨다.

철석은 일행을 이끌고 북쪽으로 길을 떠났다가 돌아와서 오디세우스를 발견하는데, 머리가 하얗게 된 오디세우스는 흙더미를 파헤치던 중이었으며, 곧 새까맣게 타버린 바위의 시체가 나온다. 시체는 가루로 변했고, 분노의 비탄에 빠진 오디세우스는 먼지와 뼈를 땅이 갈라진 구덩이로 차넣는다. 철석이 오디세우스를 위로하려고 애쓰지만 〈궁수의 이성은 모든 슬픔이나 기쁨이나 사랑을 넘어/절망과 외로움 속에서 신도 없었고, 희망이나 자유조차/훨씬 넘어선 깊은 비밀의 절규가 뒤따를 뿐이었다〉. 철석은 영원히 오디세우스로부터 떠나가서 그의 집단을 또 다른 삶의 길로 인도한다. 그러자 오디세우스는 빛으로 이글거리면서 타오르는 내면의 명상, 〈관념의 공포〉로 떨어지며 빛을 향해서 투쟁하고 나아가는 씨앗, 죽음과 파괴의 무자비한 법칙, 뱀과 풀, 자연의 모든 것과 자기 자신이 동일하다고 느낀다. 그는 곤충과, 열매와, 자라나는 모든 것, 흐르는 물과 돌멩이와도 신비한 영적인 교류를 갖는다. 그의 두 발은 이제 강물처럼 흐르고, 가슴에서는 풀이 자라고, 수염은 나팔꽃과 뒤엉킨다. 〈오디세우스는 물과 나무와 열매와 짐승과 뱀으로 넘쳤고,/모든 나무와 물과 짐승과 열매는 오디세우스로 넘쳤다.〉 그는 삶의 비극적인 소극성을 그대로 받아들이게 되지만, 기쁨을 통하여 그것을 초월하고, 다음에는 인간이 자연을 직접 파악하는 유일한 방법이 그것이기 때문에 우주 전체를 알고 싶어 하는 탐욕스럽고 지칠 줄 모르는 욕망을 지닌 다섯 가지 감각에 축복을 내린다.

그는 심연의 언저리에서 여러 달 동안 명상하며 고행자로 남아 있고, 그의 명성이 아프리카 전체로 퍼져 나가 순례자들이 그에게 경배하고, 병을 치료하는 그의 능력을 갈망하며 찾아온다. 텔레마코스가 그의 환상 속에 나타나더니 인간으로서 가능한 경지 이상을 달성하려고 억지로 밀고 나가지 말라고 얘기하지만, 오디세우스는 그의 첫 번째 조상 탄탈로스를 부르고는 소리친다. 〈아, 조상이여, 나는 그대의 긍지를 능가하여,/그대는 마시지 못해 목이 마르고 먹지 못해 배가 고프겠지만/굶주림은 나를 배부르게 하고 목마름이 내 갈증을 풀었도다!〉 그는 죽음을 향해 잠깐 섬광처럼 번득이다가 사라지는 모든 인류, 모든 인간과 자신을 동일시(同一視)한다. 온갖 종류의 순례자가 그에게 선물을 가져와서 야생 배나무의 가지에다 주렁주렁 매달아 놓는다. 흑인 추장은 그의 백성들이 묻힌 무덤에서 가져다가 사람들의 눈물과 땀과 피로 짓이긴 진흙 덩어리를 그에게 주어, 위대한 고행자가 그것을 신으로 빚어 그들의 고통을 떠맡게 해주기를 바라지만, 오디세우스는 고통으로부터 도피하려는 인간의 헛된 노력을 보고 연민을 느끼며, 원시적인 공포를 괴이한 형상으로 표현한 미치광이 얼굴들을 빚는다.

어느 날 〈유혹〉이 뱀 같은 흑인 소년의 형상을 하고 나타나서 오디세우스를 우롱하며, 자기는 노쇠했고 이성도 와해되었지만, 그래도 여전히 독선의 분노와 자만심으로 가득하다는 얘기를 그에게 한다. 그러나 오디세우스는 인간의 육체적인 한계성까지도 초월하여 밀고 나갈 능력을 지닌 이성의 투쟁을 통찰한다. 그러자 그의 내면에서는 삶의 흐름 자체인 세 번째 내적인 눈이 일어나고, 오디세우스는 대담했던 젊은 시절과, 그의 인간성에 대해서 여자들이 끼친 감미로운 영향력과, 처음에는 고향 땅을 껴안기 갈망했다가 나중에는 더 멀리 여행하기 바랐던 일을 회상하며, 그의 모든 삶에 축복을 내린다. 그는 끊임없는 추구와, 어느 한 가지에 대해서도 충실하지 않았던 그의 영혼을 축복한다. 〈나의 영혼이여, 그대의 항해는 그대가 태어난 땅이니라! / 세상에서 가장 보람찬 미덕, 거룩하고도 거짓된 불성실함을 / 그대는 눈물과 미소로 기어오르며 충실하게 뒤따랐도다!〉

오디세우스는 먼저 흑인 추장이 그에게 준 진흙 덩어리로, 그의 피리로, 그리고는 이성의 장난스러운 창조로 관심을 돌린다. 그는 얼음이 뒤덮인 바다 한가운데서 맞는 자신의 죽음에 관해서 짤막한 환상을 본다. 그는 님프들과, 열두 달과, 늑대 인간들과, 신화와 전설에 나오는 동물들, 그리고 마지막으로 허영심이 많고 수염을 길렀으며 거들먹거리는 난쟁이 모습을 갖춘 신 따위의 갖가지 이성의 환상들을 창조한다. 오디세우스가 신을 파괴하려고 몸을 돌리자, 신은 여러 가지 모양으로 둔갑하며 살려 달라고 애원하지만, 오디세우스는 신도 역시 이성의 피조물일 따름이고, 오르페우스나 마찬가지로 자기도 자신이 창조한 것을 하마터면 믿을 뻔했노라고 선언한다. 그는 신의 형상을 파괴하고는 자유 속에서 환희한다. 그의 추구에서 여기에 이르기까지 오디세우스는 신에 대한 그의 개념을 순수하게 만들려고 애써 왔지만, 이제는 일원론적이고 의인관(擬人觀)적인 개념까지도 벗어나 인간적이고 진화론적인 자연의 개념으로 돌아서며, 대지의 인간들 가운데 대표적인 유형들에서 본보기를 찾고, 적어도 인간 자신이 모든 현상의 창조자이기 때문에 인간의 이성을 찬양한다. 신이 아니라 죽음이 항상 그의 곁에 머무는 동반자가 된다.

그러자 그의 내면에서 목소리가 세 차례 절규하고, 오디세우스는 그것이 불꽃으로부터 빛으로 그의 영혼을 순화시키기 위해 열두 가지 고역을 치르고 투쟁을 벌였으며, 하나같이 실질적인 행동을 통해서, 하찮은 모든 정열을 초월하여 위대한 대상을 목표로 삼아 정진하도록 그에게 가르친 위대한 조상 헤라클레스의 목소리임을 깨닫는다. 이제는 죽어 버린 헤라클레스는 인간이 열두 번째의 도끼보다도 훨씬 멀리 다다를 수 있음을 터득한다. 그는 오디세우스를 그의 후계자로 생각하여 초인간적이고 오만한 불길의 정수만이, 어떤 가시나무로도 지필 수 없는 불길만 남을 때까지 그의 이성으로부터 제신과, 악마와, 미덕과, 슬픔과, 기쁨, 그리고 마지막으로 가장 큰 적인 희망을 몰아내어 정화시키도록 부탁한다. 오디세우스는 자신이 이제는 마지막 쇠사슬로부터 풀려났고, 아무리 순수해졌다고 하더라도 의인적(擬人的)일 따름인 신에 얽힌 〈희망〉의 속박으로부터 해방되었음을 깨닫고, 완전한 자유 속에서 개인으로서의 인간이 보는 모든 현상은 저마다 개별적인 이성이 창조하는 것임을 알게 된다. 태양이 그의 오른쪽 관자놀이에서 떠올라 왼쪽으로 지고, 〈도둑의 등불처럼 이성이 꺼지면 만물이 사라진다〉. 갖가지 감각의 도움을 받아 인간은 한없이 깊은 심연의 위에다, 〈무(無)〉의 위에다, 〈죽음〉의 위에다 그의 삶을 엮어 나간다. 그러자 오디세우스가 선언한다. 〈군림하는 어떤 신도, 미덕도, 의로운 법도 존재하지 않고,/하데스에서의 형벌이나 천국에서의 보상도 존재하지 않는다!〉 그는 크레테의 행상에게서 샀던 일곱 층의 머리〔七層頭〕를 모두 오른 것이다.

신으로부터 받은 그의 자유가 이글거리는 빛 그리고 그가 느끼는 황홀감에 겁이 난 순례자들은 두려워서 도망친다. 심연의 언저리에서 오디세우스는 그것이 지닌 모든 이율배반성과 더불어 삶을 긍정하고는 황홀하게 춤을 춘다. 그는 완전히 영적인 교류와 결행을 상징하는 뜻에서 그의 발뒤꿈치를 물어뜯어 피를 빨아 마신다. 그는 오만과 자부심, 죄의식과 약탈과 소유의 도취된 광분을 초월하여, 세상을 구원하는 자가 되려고 투쟁하던 사람이 이제는 구원의 필요성으로부터 구원을 받았다는 사실을 깨닫는다. 겸허한 존경심을 나타내느라 그는 허리를 숙여 어머니 대지에게 키스하고는 선과 악의 모든 양상을 다 같이 지닌 우주를 받아들인다.

## 제17편

### 디베르티스망*Divertissement* — 인생의 연극

오디세우스는 과거와 미래가 영원히 계속되는 현재로 둘러싸인 듯한 황홀경의 명상에 빠진다. 인생이란 때로는 여자와 아름다움과 쾌락의 추구처럼 여겨지기도 하고, 때로는 미덕과 정의의 추구 같기도 하며, 때로는 위험에 빠진 신을 돕고 이상적인 도시를 통해 그를 구현하려는 욕구처럼 여겨지기도 한다. 그러나 이제는 이들 모두가 거짓된 그림자처럼 여겨지고 오디세우스는 모든 환각을 떨쳐 버린 삶의 발가벗은 몸을 포옹하려고 한다. 그는 삶에게 힘과 절망의 절벽 위에서, 도취와 웃음의 산꼭대기에서 일어나, 그곳에서 이성의 자유분방한 욕망에 따라 화려한 결혼식이나, 전쟁이나, 도시의 정상적인 생활 따위를 마음대로 아무것이나 창조하라고 명령한다. 오디세우스가 미소를 짓자 세 처녀가 태어난다. 그가 소리쳐 부르자 노인 한 사람이 땅바닥으로 쓰러진다. 그가 한숨을 짓자 호리호리한 무희가 솟구쳐 올라온다. 그가 얼굴을 찡그리자 군대가 도시를 공략한다. 그가 황금을 생각하자 장터가 상인과 거래로 들끓는다. 그의 두뇌가 창조했지만 실체이기라도 한 듯 저마다 맡은 역할을 서둘러 해내는 피조물들에 대해서 오디세우스는 형언하기 어려운 사랑과 자비심에 휩싸인다.

황홀경에서 서서히 깨어남에 따라 그가 창조한 사물들이 사라지고는 늙은 왕과, 그의 아들인 왕자와, 충성스러운 노예와, 용맹한 무사인 왕과, 한 여인만 남는다. 죽은 사람의 뼈로 만든 피리를 집어 들고 오디세우스는 그 인물들이 생명을 얻어 그들의 역할을 해내며 살아

갈 때까지 피리를 불고, 그가 피리를 그만 불면 그들은 동작을 멈춘 자세로 굳어 버린다. 그들 사이에서 연극이 펼쳐져서 사랑, 욕정, 질투, 전쟁, 배반, 약육강식 따위 삶에서 나타나는 영원한 열정들을 묘사한다. 유명한 고행자의 딸인 처녀는 방금 아버지가 죽은 숲속의 나무 밑에 눕는다. 노예가 모는 황금 전차를 탄 왕은 아들을 찾으려고 숲을 모두 뒤진다. 왕자는 처녀를 발견하여 그녀에 대한 사랑을 고백하지만, 그녀가 육신이 아니라 순수한 영혼뿐일지도 모른다고 두려워한다. 왕이 가까이 오는 소리를 듣고는 그들을 아버지가 갈라놓을까 봐 두려움을 느낀 왕자는 처녀더러 왕의 처분에 몸을 맡기라고 얘기하고는 자신은 동굴 속에 숨는다. 처녀를 본 늙은 왕은 그녀의 발가벗은 모습을 보고 겁을 내며, 악의 기운을 의식하며 물러나고 싶어 하지만, 그녀의 아버지를 존경했던 터라 그는 노예더러 처녀에게 옷을 입혀 전차에 태우라고 지시한다. 노예가 처녀를 들어 올리자 그녀는 노예의 동물적인 힘에 감탄하고, 그들 단둘이만 남게 되기 바란다. 왕이 욕망으로 인하여 시달리고, 유혹하는 여인이 앞바다에서 도시와 성들을 불태우고 — 오디세우스는 삶이 옛날과 변함없는 궤도를 따라 돌아가는 광경을 보고 웃으며, 피리 불기를 멈춘다. 폭풍의 위협이 닥쳐오자 늙은 왕이 기도를 드리려고 길가의 제단에서 걸음을 멈추고, 처녀와 노예는 외양간으로 몸을 피해 오물과 쇠똥이 깔린 바닥에서 욕정에 빠진다.

세 사람이 궁전에 다다른 다음 질투와 죄의식에 사로잡혀 괴로워하던 나머지 늙은 왕은 왕자와 가까이하지 못하도록 처녀를 감옥에 가둔다. 얼마 안 있다가 용맹한 왕이 궁전을 공략하고, 왕자는 처녀를 석방시켜 주기 전에는 군대를 이끌고 나가지 않겠다고 거부하지만, 왕은 말을 들어주지 않고 왕자까지도 투옥시킨다. 그러자 처녀를 용사에게 보내 그를 유혹한 다음 잠든 사이에 목을 베게 하라고 노예가 왕을 설득한다. 처녀는 자신이 성공을 거두고 돌아오면 왕이 아들을 그녀에게 내주겠다는 조건으로 제안을 수락하고, 왕은 역겨움과 절망을 느끼며 결국 찬성한다. 오디세우스는 다시 피리 불기를 멈추고 자비와 정의와 선과 진실을 비웃고, 미덕과 관념과 인간이나 신에 대해서 아무런 관심도 보이지 않는 그녀의 역할을 완수하라고 처녀에게 촉구한다. 용사와 처녀가 함께 사랑의 밤을 보내고 난 다음 동틀 녘이 가까워 오자, 그는 당연히 그러리라고 생각했는데 왜 그녀가 용사의 목을 베지 않았는지 묻고, 그녀는 용사가 그녀의 가슴에다 흐뭇해하며 머리를 얹자 아이에 대한 어머니의 자비를 느꼈노라고 대답한다. 그러더니 그녀는 늙은 왕을 속여 용사의 손에 그가 쓰러지도록 배반하고 싶으니, 자루에다 다른 남자의 머리를 넣어 달라고 그에게 부탁한다. 늙은 왕은 왕국이 구원을 받았다고 생각하지만, 노예가 그를 배반하고 목을 베어 버리며, 열쇠와 왕의 머리를 도시로 들어오는 용맹한 왕에게 넘겨주고는, 왕자도 불타는 감옥 안에서 죽었노라고 알려 준다. 용맹한 왕은 신이 사랑이나 자비나 우정에는 관심이 없고, 오직 강한 자들만을 생각하고, 자비가 없이 통치하며 생존하기에 가장 알맞은 자들만을 지지한다고 선언한다. 그는 위대한 용사의 영광을 안고 향기가 나는 장작더미 위에서 타 죽게끔 처녀를 화형에 처하라고 명령한다.

그러자 오디세우스가 피리 불기를 멈추고, 다섯 배우는 잠을 잔다. 그는 무기력하게 쓰러진 채로 태어나게 해달라고 소리치는 모든 사물의 창조자가 이성이라고 말하며, 그 모든 것들에게 이성은 광증의 바닷가에서 생명이라는 형태를 부여한다. 그곳에 앉아 이성은 삶의 놀이를 벌이고, 창조와 파괴를 계속한다. 어떤 사람들은 이성을 영혼이라고 부르며 그것이 육신을 잉태했다고 주장했고, 어떤 사람들은 그것을 육신이라고 부르며 그것이 영혼을 잉태했다고 주장했지만,

두 가지를 모두 능가하는 무엇이 우주의 심연 속에서 연극을 벌인다. 이성을 마음대로 다루는 인간은 아무것도 바라지 않으면서 삶의 방들을 잠그기도 하고 열기도 하며, 삶의 충격을 받더라도 불평하지 않고, 밑바닥에는 모두가 어두운 심연과 망각뿐임을 알기 때문에 무(無)의 열쇠를 들고, 마치 존재하지도 않는 욕망들의 궁전이 현실이라는 듯 활기차게 나아간다.

날이 밝자 오디세우스는 아프리카의 남쪽 끝을 향해 여행을 계속한다. 그는 이제, 이성과 감각을 통해서, 모든 창조적인 충동이 흐르고 웃으며 심연으로 떨어지는 모습을, 죽음을 모르는 흐름의 물길을 보게 된다. 그의 내면에서는 진화하는 창조성의 끊임없는 투쟁인 전쟁과 물길에다 방향과 질서와 실체와 형상을 부여해 주는 이성이 창조적인 투쟁을 위해 포옹한다.

## 제18편

### 왕자와 창녀

일상의 평범한 나날 속에서 오디세우스는 마지막이 되리라고 느끼는 여행을 계속하고, 만물을 처음으로 새로이 보는 듯 삶에서 환희를 맛보면서 세상에 대한 기나긴 작별을 시작한다. 한낮에 베짱이 한 마리가 오른쪽 어깨에 올라앉아 노래를 부르자 오디세우스는 왕들의 피가 아직도 부리에 그대로 묻은 까마귀가 크노소스에서 그의 어깨에 앉았던 때가 생각나고, 이것은 그의 내면에서 일어난 심오한 정신적인 변화를 상징한다. 밤에 숲속에서는 전쟁에서 죽은 흑인 추장이 장작더미 위에서 화장된다. 오디세우스는 굶주린 늑대를 만나지만 형제처럼 그와 인사를 나눈다. 자신도 굶어서 기운이 없었던 터라 죽음을 환영하고, 공작새가 독사를 공격하여 잡아먹는 광경을 보고 그는 아름다움이 살육을 통해 먹고 산다는 삶에서의 가혹한 투쟁을 새롭게 인식하며, 기운이 없어서 쓰러진 다음에는 이교도적이고 디오니소스적인 그리스를 꿈에서 본다.

이튿날 동틀 녘에 여행을 계속하던 그는 배가 고파 다시 정신을 잃고 쓰러지며, 들판에서 일하는 남편에게 음식을 가져다주느라고 지나가던 흑인 여자에게서 음식을 얻는다. 그날 밤 〈유혹〉이 흑인 소년의 모습을 하고 다시 그를 찾아와 오디세우스에게 이제 그가 완전한 인간의 서른두 가지 요소를 모두 갖추었으며, 따라서 구원을 성취했으니 무존재 속으로 흩어져야 한다고 알려 주지만, 오디세우스는 유혹자가 가장 위대한 증거를 언급하지 않았다고 반박한다. 〈나는 구세주요, 세상에는 구원이 존재하지 않는다.〉 유혹자가 사라진 다음에 오디세우스는 더욱 위대한 증거를 그에게 지적하지 않았다는 사실을 후회하는데, 그것은 〈자유의 가장 높은 정상을 우뚝한 《웃음》으로 하여금 뛰어넘게〉 하기 때문에 모든 비극을 초월하며 포용하는 황홀경이다.

다음 날 잠이 깬 그는 (불타는 대표적인 유형으로 제시된) 모테르트 왕자의 코끼리 행렬이 가까이 오는 광경을 본다. 왕자는 전에 병든 사람과, 늙은 사람과, 한창 시절에 죽은 아름다운 젊은이, 이렇게 인간이 부패하는 세 가지의 두려운 양상을 보았고, 그래서 이제는 악과 죽음과 부패에 대한 해답을 찾기 위해 고뇌하며 세상을 방랑하고 있었다. 충성스러운 노예에게서 아프리카에 위대한 고행자가 있다는 얘기를 듣고 왕자는 그의 얘기를 듣기 위해 먼 길을 여행했으며, 그의 은둔처 가까운 곳에다 숙소를 마련하고는 세 명의 사신을 보내 보고를 듣기로 한다. 세 사신은 저마다 돌아와서 자신이 본 그대로 서로 다른 내용의 보고를 하는데, 늙은 사람인 첫 번째 사신은 아기를 보았고, 성숙한 남자인 두 번째 사신은 〈전쟁〉을 보았으며, 젊은 남자인 세 번째 사신은 늙어 빠진 할아버지를 보았노라고 한다. 인간이 죽으면 육신이 어떻게 되느냐고 왕자가 물었더니 노예는 여섯 차례 물결처럼 밀려오는 벌레들이 시체를 먹어 치운다는 대답을 하고, 죽음의 공포를 받아들일 수가 없었던 왕자는 흐느껴 운다.

오디세우스가 갑자기 나타나고 모테르트 왕자는 만물의 죽음을 접하지 않도록 막아 주는 무슨 약을 달라고 부탁한다. 오디세우스와 왕자 두 사람 모두 제신들과 모든 희망 너머에서 죽음의 얼굴을 이미 보았지만, 왕자가 겁에 질려 혼비백산해서 땅바닥으로 엎어지는 반면에, 오디세우스는 죽음이 인생에 감치는 맛을 부여하는 소금이기 때문에 오히려 죽음을 검은 깃발처럼 앞에 들고 나아간다고 말한다. 오디세우스의 영웅적인 적극성을 받아들일 능력이 없으면서도 왕자는 그의 절망에 대해서 보다 흡족한 해답을 찾고 싶은 마음에 고행자를 동반하고 남쪽으로 여행한다.

고행자의 명성이 아프리카 각처로 퍼져 나가자 그가 지나가는 모습을 보려고 사람들이 몰려온다. 그들 중에는 유명한 고급 매춘부 마르가로가 끼어 있는데, 그녀는 오디세우스와 모테르트에게 저녁 식사를 같이 하자고 초청한다. 오디세우스는 그녀에게 구원으로 가는 비밀의 길이 일곱이라고 알려 주면서, 그 비밀의 길이란 첫째 이성의 희롱, 둘째 마음의 고생스러운 선행이 거두는 결실, 셋째 자랑스럽고 숭고한 침묵, 넷째 창조력이 풍부한 활동, 다섯째 사나이다운 절망, 여섯째 전쟁, 그리고 일곱째 사랑이며, 그녀는 가장 신비스러운 마지막 길을 택하여, 〈아, 삶과 죽음이 하나니 너도 없고 나도 없다!〉고 외치게 될 때까지 황홀감 속에서 육체의 장벽들을 무너뜨리는, 남자와 여자로 상징되는 상반된 요소들을 결합시키려고 노력한다는 얘기를 한다. 이것이 고행자가 제시하는 해답 바로 그것이고, 오디세우스는 마르가로를 그와 〈고행을 같이 나누는 자〉요 환희의 순교자라고 부르면서, 이제는 그녀의 모든 경험을 집약해 달라고 부탁한다. 마르가로는 그녀가 연인들에게 〈온통 초라한 세상이지만 그대와 나는 존재한다〉고 말하고, 다음에는 〈그대여, 마침내 나는 우리 둘이 하나가 되었다고 느낍니다!〉라고 얘기한다는 대답을 한다. 오디세우스는 세 번째 합*synthesis*이 존재한다고 대답한다. 〈그 하나, 그 하나까지도 텅 빈 공허로다!〉

오디세우스가 한 말이 죽음까지도 의미를 지니지 못해서 그것 또한 텅 빈 공허라는 뜻임을 이해했기 때문에 모테르트는 기뻐하고, 삶의 모든 양상을 거부함으로써 비아 네가티바,[8] 즉 완전한 부정에 이르겠다고 결심한다. 그러나 오디세우스는 모테르트의 허무주의와 마르가로의 희망에 대한 긍정을 다 같이 거부하고, 두 가지 관점을 함께 결합시켜 오직 절망적이고 만물을 소멸시키는 죽음의 심연을 직시함으로써만 강한 인간은 삶을 제대로 긍정하고 혼돈의 언저리에다 삶의 틀을 일으켜 세워 그 삶에다 스스로 의미와, 아름다움과, 가치를 부여하게 되고, 비록 이것이 환각에 지나지 않을지언정, 〈비록 삶이 텅 빈 그림자라 하여도 나는 그것을/흙과 공기, 미덕과 기쁨과 쓰라림으로 가득 채우리라〉고 선언한다. 마르가로는 육체의 차원 이상으로 솟아오르지 못하고, 모테르트는 무덤의 위로 자신을 끌어 올릴 능력이 없다. 오디세우스는 진실로 자유로운 사람은 우주의 생명력이 지나가는 흐름에서의 어떤 다른 요소나 마찬가지로 죽음과 더불어 희롱할 뿐 아니라, 거기에서 환희까지도 느껴야 한다고 말하는데, 이것은 죽음 자체에게조차 너무 독한 술이나 마찬가지여서, 죽음은 집어삼킨 모든 것을 토해 낸다. 마르가로는 오디세우스가 한 말의 번득이는 의미를 인식하기 시작하지만, 이제는 부정을 통해서 완전히

8 *via negativa*. 라틴어로 〈부정의 길〉이라는 뜻.

설득을 당한 모테르트는 그의 왕국과 아내와 갓 태어난 아들을 버리고, 육신의 모든 구속으로부터 자신을 해방시키고 싶어 한다. 그러나 오디세우스는 삶 전체에서 비극적인 기쁨을 다시금 긍정하고, 왕자와 창녀에게 작별을 고하고, 문턱을 넘어서려고 하던 그가 고꾸라지자 모테르트는 고행자의 길을 밝혀 주려고 그의 황금빛 옷을 불태운다.

## 제19편

### 은둔자의 탐욕적인 손

오디세우스가 숲을 지나 여행을 계속하려니까 죽음이 그의 어깨를 쳐서 땅으로 쓰러뜨린다. 〈그에게는 신이나 주인이 없었고, 네 가지 바람이 부니/그의 가슴속에서는 마음의 나침반이 죽음을 가리켰다.〉 그의 내면에서는 세 번째 눈이 과거도 없고, 미래도 없고, 현재도 존재하지 않는 듯 처음으로 보는 것처럼 세상을 응시한다. 그는 무화과 나무의 그늘에서 기다리는 늙은 친구의 모습으로 죽음을 보고, 그들이 바다에 다다를 때까지 조금만 더 기다려 달라고 부탁하며, 죽음은 그가 여행을 계속하자 적당한 거리를 유지하면서 따라오고, 오디세우스는 모든 상반되는 요소가 사랑 안에서 결합하는 신비한 황홀경에 빠져 세상에 작별을 고한다. 죽음이 다시 그를 쓰러뜨리지만 오디세우스는 대륙의 언저리에 이르러 관처럼 생긴 배를 만들어 자궁으로 돌아가듯 다시 한 번 바다로 돌아가게 될 때까지 일곱 발자국 뒤로 떨어져서 따라오라고 부탁한다. 어느 날 그는 목숨을 유지하고 자유를 위해 투쟁할 힘을 얻으려고, 곰이 뜯어낸 꿀을 먹으면서 자문자답을 한다. 〈무슨 자유 말인가? 고향 땅을 보듯이 기쁨과 당당함을 느끼며/심연의 검은 눈을 응시한다면 그것이 곧 자유다!〉

어느 날 오디세우스는 눈먼 은둔자를 만나는데, 그는 오디세우스에게 혹시 아프리카 전역에서 이름난 고행자요 구세주가 아니냐는 질문을 하지만, 오디세우스는 자기가 구원이 존재하지 않는 세계의 구세주라고 대답한다. 그들 주변의 숲에서 생존을 위한 투쟁이 참혹하고 끈질기게 벌어지는 사이에 은둔자는 그가 평생 동안 〈우리들은 왜 태어났는가?〉 하며 영원한 질문들에 대한 해답을 추구했지만, 해석이 불가능한 무서운 심연 이외에는 아직 아무것도 발견하지 못했노라고 고백한다. 그는 고행자에게 최후의 진리를 알려 달라고 부탁하지만, 오디세우스는 만일 그가 참된 해답을 알려 주고 막상 그 해답을 이해하게 된다면 은둔자의 이성이 짓눌려 무너지리라고 대답하고는, 어머니 대지에 귀를 대고 조심해서 잘 들으라고만 충고한다. 오디세우스가 한 말은 심연 위에다 용감하게 무엇을 세우려는 희망을 가지기 전에 적자생존과, 필연적인 투쟁과, 궁극적인 멸살이라는 대지의 법칙, 자연의 법칙들을 받아들여야만 한다는 의미다. 은둔자는 검소한 생활과 신의 추구를 후회하고, 인생의 목적에 관한 의문 따위는 품지도 않고, 정의와 선은 떨쳐 버리고 삶의 기쁨에 탐닉하며 권세가 당당한 왕처럼 살았더라면 좋았으리라고 생각한다. 잠이 든 그는 자신이 되고 싶었던 인간의 삶을 꿈꾼다.

그는 가정과 평화의 온갖 기쁨을 만끽하지만 갑자기 우울증에 빠지는 위대한 왕을 꿈속에서 만나는데, 광대나 여자나 현인, 세상의 아무것도 그리고 누구도 왕에게 기쁨을 주지 못한다. 그는 음유 시인의 노래를 듣지만 그것이 탄식에 지나지 않는다고 이해하고는 〈그것이 진리니라!〉라고 외치며 왕관을 던져 버리고 그의 왕국으로부터 도망치려고 애쓰는데, 그곳이 험난한 바다로, 심연으로 사방이 둘러싸인 섬이기 때문에 도피할 길이 없음을 깨닫는다. 그러자 〈법〉이라는 괴물이 그를 울타리 안에다 잡아넣으려고 시도하지만, 왕의 이성이 괴물을 삼켜 버린다. 그러고는 인간이 다다르지 못하는 세상의 마지막 경계선에서 신이 그를 막으려고 애쓰지만, 왕은 더욱 머나먼 영원의 바다가 신의 뒤켠에서 아직도 포효하는 소리를 듣고, 결국 신도 인간의 이성 속으로 침몰한다. 다음에는 이성 자체가 일어나 〈인간의 위대한 이성인 나만이 하늘과 땅에 존재한다〉고 선언하지만, 인간의 이성 너머에서도 멸살시키는 바다가 포효하고 비웃으며, 그래서 이성이 흔들린다. 드디어 바다에 다다른 왕은 웃을 줄 모르는 비극적인 인간으로 자신의 모습을 조각해서는 그것을 하나의 표지로 일으켜 세우고 서둘러 그의 추구를 계속하지만, 어느 날 자신의 모습을 새긴 영상에 발이 걸려 넘어진 그는 인간이란 자신의 존재와, 그의 세계와 이성, 그리고 주어진 한계성들의 둥근 함정 속에 영원히 붙잡혀 있음을 깨닫는다. 그는 내륙으로 들어가 인간의 두개골이 산처럼 쌓인 더미 위로 올라가, 바다에서부터 오랜 세월에 걸쳐 진화하여 〈비극적인 인간〉이라는 현재의 뛰어난 존재에 이르기까지 거쳐 온 생명의 갖가지 형태에 관해서 명상한다. 그는 우주란 인간이 거기 존재하여 인식하는 한에서만 저마다의 사람에게 실재한다고 소리치지만, 죽음이 다가오는 냄새를 맡자 그는 갑자기 아직도 만족하지 못한 손을 내밀어 그의 어머니를, 대지를 움켜잡는다.

꿈을 꾸던 은둔자는 이 순간에 〈어머니!〉라고 외치며 탐욕스럽고 만족을 몰랐던 손을 내민 채로 죽는다. 근처에 사는 마을 사람들은 그를 묻으려고 하다가 그가 내민 손을 오므릴 수가 없음을 깨닫고, 오디세우스는 그들에게 가장 소중한 그들의 보물을 쥐어 주기 전에는 손을 오므리지 못하리라고 알려 준다. 촌로들은 황금을, 젊은이들은 무기를, 족장들은 도시의 청동 열쇠를, 어머니들은 눈물을, 처녀들은 입맞춤을, 아이들은 장난감을 손에다 쥐어 주지만 손은 만족하지 못하고 여전히 벌린 채로 남아 있다. 오디세우스가 허리를 굽혀 탐욕스러운 손에다 흙을 쥐어 주자, 마침내 만족해서 손이 오므라진다. 대지의 필연적인 멸살의 법칙을 받아들인다는 것이 쓰라린 해답이다.

오디세우스는 남쪽으로 여행을 계속하며 은둔자의 갈등에 대한 명상을 하는데, 사람이 개미집을 발로 짓밟듯이 보이지 않는 어떤 힘이 우리들을 짓밟는다는 진리를 깨닫는다. 그는 살육과 파괴의 광경을 거치며 여행하다가 삶에 대한 열정과 동양적인 빛깔이 흥청거리는 마을에 다다르는데, 이곳에서는 지나가는 여자까지도 아버지의 장례식에 참석한 아들의 마음을 설레게 한다. 여기서 그는 아버지가 절대로 죽지도 않고 왕관을 내놓을 것 같지도 않은 엘리아스 왕자에 관해서 음유 시인이 부르는 노래를 듣는다. 오직 노래를 통해서만 가장 존귀한 왕관이 영광스러운 불멸의 왕관이 될 희망이 있다고 수꿩이 엘리아스 왕자에게 인간의 목소리로 노래를 불러 주자 왕자는 현이 일곱인 리라를 만들라고 명령하지만, 그가 줄을 퉁길 때마다 리라는 아무 소리도 내지 않는다. 그러자 수꿩은 엘리아스 왕자에게 노래는 값진 대가를 치러야 하며, 하나하나의 현은 그의 일곱 아들 하나하나의 피로 세례를 받아야만 된다고 알려 준다. 엘리아스 왕자는 하나씩 아들을 싸움터로 데리고 나가서, 차례로 그들이 죽게 되자 현을 하나씩 아들의 피로 적시고, 그래서 결국 리라는 황홀한 노래를 울린다. 아버지에게서 저주를 받은 엘리아스 왕자는 삶 전체를 저주하고, 리라를 등에 짊어지고는 세상을 방황한다. 음유 시인은 어느 날 엘리아스 왕자가 절벽의 끝에 앉아 리라 치는 모습을 보았는데, 현들이 〈웃기도 하고 울기도 하는 인간의 마음처럼〉 뛰었다고 말한다. 이 장에서 카잔차키스는 제자리걸음만 하는 은둔자의 쓸데없는 추구를 대지의 멸살하는 응답에 열심히 귀를 기울이는 사람에게 주어지는 해답과 대조시킨다. 인간은 자신의 주체성과 그가 사는 대지의 왕국에 갇혔으며, 포괄하는 이상에 의해서, 신의 개념들에 의해서, 〈법칙〉에 의해서 현상들을 통제하려는 인간의 시도 너머에는 멸살의 영원한 바다가 포효한다. 그렇지만 그가 이룩한 업적을 통해서, 심연의 위에서 용감하고도 즐겁게 부른 노래를 통해서, 인간은 〈불멸의 불꽃〉이 잠시 더 계속해서 타리라는 희망을 가질 수도 있다. 이렇게 기쁨 속에서의 삶에 대한 비극적인 긍정이 다시 한 번 상징화된다.

## 제20편

### 비현실적인 이상주의자, 쾌락주의자, 그리고 원시인

(돈키호테와 비슷한 인간형인) 발바닥 대장이 다시금 녹슨 갑옷을 걸치고는 바싹 마른 낙타 〈번갯불〉을 타고는 노예 생활과 불의로부터 세상을 구하기 위해 길을 떠난다. 식인종들에게 붙잡힌 그는 노예들의 손에 의해 화형(火刑) 말뚝에 묶여 곧 잡아먹힐 운명에 처하지만, 오디세우스가 그를 보고는 구해 주려고 달려간다. 이름난 백인 고행자를 두려워하던 식인종들은 발바닥 대장을 풀어 주지만, 흑인 추장은 야만적인 인간에게는 문명 생활을 가르치기가 절대로 불가능하며, 야만인은 그냥 이상주의적인 구원자들을 잡아먹기만 한다는 뜻이 담긴 우화를 얘기해 준다. 하지만 발바닥 대장은 자유의 몸이 되자마자 당장 노예들을 해방시키기 위해 또다시 미친 듯 달려가고, 오디세우스는 가능성의 세계를 용감하게 뛰어넘으려는 상상력의 소산인 이런 성급하고도 반항적인 마음을 찬양하면서도, 그것이 현실로부터 너무나 동떨어져 소망과 환상 속에서만 존재하기 때문에 일축해 버린다. 오디세우스는 발바닥 대장에게 성공을 빌어 주고는 다시 길을 떠난다. 해시시[9]에 취한 마을 사람들을 보고 지나가며 그는 깊은 생각에 잠긴다. 〈모든 위대한 필연성에 대한 인간의 전적인 순종

9 인도의 대마 잎으로 만든 마취제.

이/자유가 베풀어 주는 유일한 돌파구인 모양이로다.〉

여행을 계속하던 그는 혼탁한 물의 한가운데 담쟁이로 둘러싸인 탑이 있는 섬과 넓은 늪지대에 이른다. 그는 〈탑의 영주〉에게로 안내를 받아 가는데, 영주는 뚱뚱하고 둔한 쾌락주의자로서 유명한 고행자와 벌써부터 대화를 나누고 싶어 했으며, 그를 위해서 별미 음식으로 잔치를 준비하지만, 우선 닭싸움을 열어 손님에게 여흥을 제공한다. 그는 보통 손님들과는 달리 오디세우스가 즐거움이나 역겨움을 느끼지 않으며 잔인한 싸움을 물끄러미 구경하는 것을 보고 감탄하는데, 오디세우스는 그의 참된 눈이 지상에서 벌어지는 죽음의 투쟁에 대해 기쁨과 고뇌에 사실상 반응하기는 하지만, 움직이지 않는 차분한 내면의 눈, 〈제3의 눈〉으로도 모든 대상을 관찰한다고 대답한다. 탑의 영주는 모든 경험의 꽃으로부터 꿀을 거두어들이면서도 절대로 앞으로 나서지 않는 초연한 이성이 가장 훌륭하다고 애기한다. 오디세우스는 상대방이 전혀 사랑한 적도 없고 증오한 적도 없으며, 정신적인 모든 가치들을 비웃는, 부패하고도 쾌락주의적인 존재의 마지막 찌꺼기임을 깨닫는다. 그러자 그는 모든 두려움과 기쁨과 신이 정신적인 불꽃으로 변할 때까지 오랫동안 자신이 죽음을 응시했었다고 탑의 영주에게 애기해 주지만, 영주는 오디세우스의 애기가 삶이란 가치가 없으며, 자유로운 이성은 삭막하게 동떨어지고 초연한 존재라는 뜻이라고 오해한다(탑의 영주와 모테르트 왕자와 오디세우스는 모두 죽음과 심연을 접했었지만, 대응하는 방법이 저마다 달라서, 영주는 일시적인 기쁨을 가능한 한 많이 거두어들이려는 관심만 있을 뿐, 냉소적이고 비웃는 무관심을 나타내는 태도이고, 모테르트는 부정과 소극적인 위축의 태도이며, 오디세우스는 둘 다 추진력을 지닌 창조적인 힘의 일부를 형성하는 고뇌와 변모하는 기쁨의 태도를 보여 준다). 오디세우스는 이렇게 대답한다. 〈우리 둘 다 비밀을 알지만, 나태하고 조롱하는 마음으로/그대는 삶과 죽음을 가지고 희롱하며,/나는 작은 벌레를 끌어안고 달려가며 소리칩니다./《형제여, 나는 삶과 죽음에서 다 같이 그대의 반려자다!》 오디세우스는 그곳을 떠나면서 스파르테에서 그토록 정력적으로 싸웠던 사생아 청년들을 되돌이켜 생각하며 모든 난폭하고, 발전하며 투쟁하는 생명을 찬양한다.

어느 날 한밤중 숲속에서 그는 (그의 열두 아들 가운데 하나를 전에 죽인 적이 있는) 흑인 추장의 아들 열한 명이 전통적인 예식에 따라 그들의 늙은 아버지를 죽이고 그의 아내들과 왕국을 차지하기 위해 추적하는 광경을 지켜본다. 아버지를 죽이고는, 아들들이 저마다 탐내는 힘을 지닌 부분과의 교류를 위해 아버지의 육신을 잘라 먹은 다음에, 왕국과 아내들을 차지하려고 그들 가운데 한 사람만 남을 때까지 그들끼리 싸움을 하기로 결정한다. 그러나 늙은 무당이 보다 개화된 법칙을 선언한다. 〈살인하지 말라!〉〈아버지의 아내들에게 손대지 말라!〉 그리고 그는 아들들에게 다른 부족으로부터 여자를 구하도록 권한다. 이것을 지켜보던 오디세우스는 아주 오래된 아득한 과거에 자신도 역시 그런 원시적인 뿌리로부터 진화했으며, 언젠가 자신의 아버지를 죽였으리라는 기분을 느낀다. 카잔차키스는 여기에서 의도적으로 지극히 세련되고 부패한 탑의 영주를 항존하는 인간 내면의 격세유전적 원시성에 대비시킨다. 오디세우스는 이제 어머니 대지가 그녀의 원시적인 기원으로부터 해방되도록 도와 달라고 외치는 소리를 듣는다.

## 제21편

### 온순한 흑인 고기잡이 청년

몇 달 후에 오디세우스는 바다를 본다. 물가를 향해서 서둘러 가던 그는 지금까지 한 번도 본 적이 없는 눈이 째진 황인종 종족 그리고 비취 빛 배가 불룩하며 나른하게 눈을 반쯤 감은 채로 다리를 꼬고 앉은 신을 지나치게 된다. 바닷가에 도착한 오디세우스는 기뻐하며 파도로 뛰어들어 충성스러운 그의 개 아르고스와 함께 한참 동안 물 속에서 장난을 치고 논 다음 밤이 되자 북적거리는 항구 도시로 들어가 술집으로 찾아간다. 술집에서는 세 명의 건장한 선장이 그들의 고향을 얘기한다. 한 사람은 멀리 남쪽에서 왔는데 눈으로 덮인 나라에 관해서 얘기하고, 피부가 붉은 선장은 화원과 상인이 많고 불길로 뒤덮인 땅에 관해서 얘기하며, 오디세우스의 차례가 되자 그는 향수에 젖어 그리스에 관한 얘기를 한다. 그러자 바깥에서 지나가는 행렬을 구경하기 위해 모두들 문간으로 달려가고, 오디세우스는 파선을 당한 크레테 사람 몇 명이 이곳에 정착했는데, 그들이 〈살인자〉라고도 부르고 〈구원자〉라고도 부르지만, 사제들이 비밀 예식에서 오디세우스라는 이름을 붙였다는 그들의 새로운 신을 찬양한다는 얘기를 듣는다. 역설적인 조롱을 받게 된 오디세우스는 그가 이제 신의 신분으로 몰락했음을 깨닫는다. 〈나는 신으로 몰락하여 신화가 되고 땅을 밟고 걷는구나!/오, 초라한 인간의 영혼아, 너는 두려움이나 희망 없이는/대지 위에 자유롭게 서지도 못하고 똑바로 걷지도 못하는구나!/아, 나 같은 동지 영혼들이 언제나 이 땅으로 내려오려나?〉 새로운 신의 상징은 불과, 활과, 삭구를 완전히 갖춘 배와, 하얀 공작새의 깃털과, 하얀 해골에 박힌 북극성이다.

다음 달에, 다시 바다와 희롱한 다음, 한때는 칼립소 신과 사랑했고 불멸의 젊음까지 제공받았던 그는, 이런 필연적인 단순성의 경지에 이른 것을 기뻐하며 동냥 그릇을 들고 도시를 걸어서 지나간다. 난쟁이 소나무를 강제로 다듬어 마음대로 형상을 갖추어 놓으려고 애쓰는 늙은 정원사를 구경하느라고 걸음을 멈춘 그는 바로 그렇게

〈재주가 많고,/무자비하고, 선정적인 손이 우리 마음과 싸우는데,/어떤 사람들은 그것을 신이라 부르고 운명이라고도/부르며 공손히 경배하지만, 나는 그것을 이제는 스스로 자유가 되어/마음대로 형상을 갖추는 인간의 영혼이라고 부르리라〉고 생각한다. 매음굴에서 젊은 창녀들이 그의 늙어 가는 육신과 허연 머리를 비웃자, 〈착한 마님〉이라는 늙은 창녀가 그를 가엾게 생각하여 석류 몇 개를 준다. 다음에 그는 갓 결혼한 부부의 집으로 찾아가 문을 두드리고, 젊은 신부가 문을 열자 그는 세 가지 종류의 자비가 존재한다고 그녀에게 설명한다. 가장 초라한 첫 번째 자비는 오직 이루어진 행동을 통해서만 베풀어지고, 두 번째 자비를 베푸는 자는 배불리 먹기 전까지의 거지와 자신이 똑같다고 동일시하지만, 가장 위대한 세 번째 자비는 모든 영혼과 신이 하나로 결합할 때까지 먹여 준 다음 무자비한 추구를 위해 부엌과 남편을 버린다.

어느 날 동틀 녘에 오디세우스는 마지막 배를 만들기 위해 나무 몇 그루를 벤다. 혼령들이 그를 도와준다는 소문이 퍼져 나가고, 마을 사람들은 그에게 음식과 봉헌하는 선물을 가져오며, 그의 배가 관과 비슷해 보인다고 어느 어부가 얘기하자 오디세우스는 그가 몸과 마음과 이성과 모든 대지와 하늘과 두려움과 사랑과 행복과 고통을 측정했는데, 관처럼 생긴 이 배는 그가 측정한 모든 것의 결과라고 대답한다. 과거에 동지였던 선원들이 이제는 유령의 형태로 주변에 모여들지만, 그는 아무리 추억을 위해서라고 하더라도 마지막 여행에 그들을 데리고 가지는 않겠다고 거절한다. 교묘하게 꾸민 조가비를 응시하던 그의 머릿속에서는 우주가 천천히 진화하는 과정이 떠오른다. 꿈속에서 그는 화살로 노루 수놈 한 마리를 쏘고는, 화살이 자신의 심장을 꿰뚫었다는 기분을 느끼기는 하지만 〈힘차고 위대한 암호랑이가 생명의 세계를 지배하기 때문에〉 그는 거리낌 없이 맛을 즐기며 고기를 먹는다. 이튿날 그는 비록 뿔을 잘라 최후의 활을 만들기 위한 수사슴을 사냥하는 데는 실패하지만, 마을 사람들이 갖다 준 봉납 선물 중에서 수사슴의 뿔을 몇 개 발견하여 그것으로 활을 만든다.

어느 날 몇 명의 어부와 얘기를 나누던 중에 그는 하늘로 이어지는 길로서의 대지, 〈사랑〉의 화신인 〈유일하고 영원한 아버지〉에 관한 얘기를 어느 젊은 흑인 고기잡이 청년에게서 듣는다. 다른 어느 젊은 어부는 이것이 삶의 비현실적인 관점이라고 반박하며, 불의가 세상을 다스리며 악이 번창한다고 주장한다. 주님의 문으로 들어가는 방법은 오직 선행을 통해서일 뿐이라고 어느 노인이 대답하지만, 고기잡이 청년은 신의 은총에 의해서만 인간이 천국으로 들어가리라고 얘기한다. 만일 누가 뺨을 때린다면 다른 뺨을 돌려 대리라고 그가 온화하게 얘기하는 것을 듣고 오디세우스는 이렇게 나약한 청년이라고 해도 자신을 방어하기 위해서는 일어서리라고 자신하며 그를 세차게 때리지만, 청년이 정말로 다른 뺨을 얌전히 돌려 대자 오디세우스는 그런 혁명적인 세계관에 겁이 나서 떨게 된다. 두 사람은 바닷가에서 밤새도록 얘기를 나누는데, 오디세우스는 전쟁과 투쟁의 길을 옹호하고 (그리스도와 같은 유형의 인간인) 흑인 청년은 사랑과 평화, 박애 정신, 인간과 신이 〈하나〉로 결합하는 궁극적인 경지를 옹호한다. 오디세우스는 청년이 말하는 〈하나〉도 텅 빈 공허에 불과하다고 반박하지만, 청년은 오직 최후의 〈하나〉만이 〈세상의 거룩한 알을 품은 순수한 영혼처럼〉 참된 것이라고 주장한다. 오디세우스는 청년이 오직 인간의 영혼을 사랑하는 반면에 자신은 인간의 육신과 체취, 대지와 심지어는 죽음까지도 사랑하노라고 반발하면서, 영혼은 육체 안에서 그리고 육체를 통해 발전하고 스스로 순결해져야 하기 때문에, 육체와 따로 떨어진 영혼의 가치를 부정하노라고 청년에게 설명한다. 동틀 녘에 그들이 다정하게 작별을 고할 때 오디세우스는 활과 두 개의 부싯돌과 도끼 하나만 무기로 지니고, 마을 사람들이 그에게 먹으라고 남겨 놓은 음식을 챙겨 가지고는 배를 타고 출발한다. 착한 마님이 마지막 석류 선물을 가지고 달려 올라온다. 배로 뛰어오른 오디세우스는 대지에게 마지막 작별을 고하며, 방울져 흘러내리는 꿀처럼 천천히 그 맛을 음미한다.

## 제22편

### 오디세우스, 남극을 찾아 항해하다

카잔차키스는 가장 박해를 받을 때 가장 즐거우며, 오직 투쟁만을 위해서 투쟁하는 〈미덕〉을 칭송한다. 오디세우스가 항해를 계속하는 사이에 낯익은 풍경들이 사라지고, 그는 삶에서 겪었던 세 가지 긴장감을 회상하는데, 여인의 육체를 처음 껴안았을 때와, 아들을 처음 부둥켜안았을 때와, 처음으로 적을 베어 죽였을 때의 긴장감이 그 세 가지다. 그러나 이제 그는 세상에서 가장 큰 긴장감을 주는 죽음과 직면하게 된다. 그는 암컷을 차지하기 위해 피투성이가 되어 싸우는 상어 떼를 본다. 정신없이 몰려드는 물고기들을 보고 그는 황홀한 삶의 흐름을 연상하며, 그는 이제 모든 전쟁과 교활한 신과 어리석은 인간과 눈물과 웃음을 통하여 그 흐름에 축복을 내린다. 나무로 만든 거대한 원시적인 신들의 상징물을 세워 놓았고 물이 얕은 곳에서, 가라앉은 도시들이 보이는 산호섬들을 지나가면서, 그가 소리친다. 〈어둠의 악마들아, 그대들에게서 우리는 크나큰 고통을 겪었다!〉 이제 그는 〈그렇다〉와 〈아니다〉, 즉 변증법의 정(正)과 반(反)으로서 맞부딪치는 거대한 산, 세상의 마지막 반(反)의 한계점에 가까워지지만, 가까이 접근하여 보니 그 산들은 새들이 떼를 지어 사는 평화로운 봉우리에 지나지 않음을 깨닫게 된다. 어느 한 봉우리에 오른 그는 눈앞에 펼쳐진 삭막하고 끝없는 바다를 보게 되며, 바다에서 차디찬 바람이 불어온다. 식사를 끝낸 다음에 그는 차가운 미지의 바다로 들어간다.

태양은 점점 더 창백해지면서 점점 더 수평선 가까이 기운다. 도망치는 물고기를 무더기로 집어삼키는 고래를 보고 낙타 새끼와 인간의 아기를 잡아먹었던 검은 개미들이 머리에 떠오르자, 그는 삶의 맹렬한 공격과 무절제한 갈망을 〈신〉이라고 불렀던 때가 있었다고 소리치며 이런 결론을 내린다. 〈신은 우리 머릿속 깊은 미궁에서 벌어지는 추구여서,/나약한 노예들은 그를 자유의 신이라 생각하여 가까이 머물고,/모든 무능한 자는 노를 거두고 두 손을 엇갈려 얹고는/힘없이 웃으며 《추구는 존재하지 않는다!》고 말한다./그러나 나는 신이 인간의 마음 전체로 갈라져 나가는/넓고 넓은 물길임을 알기 때문에 마음속에서 돛을 단다.〉 첫 번째 얼음덩이들이 옆으로 흘러 지나간다.

어느 날 해가 진 다음에 그는 머리 위에서 빛나는 죽음의 관처럼 피어난 남극광을 보고, 같은 날 밤에 그는 빙산과 부딪쳐 바다로 빠지고, 해가 뜰 무렵에 기진맥진하여 어느 바위로 기어 올라간다. 눈과 얼음이 깔린 벌판을 터벅터벅 걸어가던 그는 수풀과 새들로 둘러싸인 뜨거운 간헐천을 발견하여 그곳에서 먹고 잔 다음, 이튿날 커다란 바위에서 원시 시대의 뜨거운 풍토의 흔적이 화석으로 남은 자취를 찾아낸다. 여러 날 동안 헤매고 돌아다닌 다음에 그는 사람이 정착해서 사는 눈집(이글루) 마을을 발견하고, 주민들로부터 〈위대한 조상〉이요 〈위대한 혼령〉이라고 환영을 받는다. 그는 마법사의 눈집에서 살며 삶을 같이 나누고, 이곳에서는 〈두려움〉과 〈굶주림〉만이 유일한 신이어서 안락함이나 기쁨조차도 요구하지 않고 오직 죽지 않게 해달라고만 기구한다는 사실도 알게 된다. 창백한 태양이 사라지고, 기나긴 남극의 밤 동안 오디세우스는 모두들 봄이 와서 얼음이 녹기를 기다리는 사이에 많은 사람들이 굶어 죽는 광경을 지켜보고, 여기에서조차도 그는 삶에 축복을 내린다.

마침내 봄이 오자 모두들 여름철 거처로 여행하기 위해 즐겁게 준비하고, 그들이 노래 부르며 썰매를 타고 달려가자 오디세우스는 그들에게 작별을 고하고는 또다시 혼자서 새로 만든 물개 가죽 카약을 탄다. 그러나 갑자기 대지가 포효하고, 땅이 흔들리고, 얼음이 갈라지고, 개와 사람과 썰매 모두가 으르렁거리며 얼어붙는 물의 심연 속으로 빠진다. 카잔차키스는 다시 한 번, 그리고 마지막으로, 우주를 둘러싸고 입을 벌리는 암흑과 인간의 하찮은 안간힘을 우리들에게 상기시킨다. 공포에 젖어 이 광경을 지켜보던 오디세우스는 신을 욕하지 않고 스스로 자제하며, 심연이 그의 도시를 집어삼켰을 때도 저주를 퍼붓는 대신 그냥 이렇게 말한다. 〈세상에 넘치는 만물을 굽어보고 빛나며,/편애하지 않고 삶과 죽음에게 다 같이 빛을 뿌려 주고/인간의 불행이나 순진함도 불쌍히 여기지 않는 태양이여,/나에게도 그대와 같은 눈이 달려 있어 땅과 바다,/초라한 운명에 골고루 빛을 뿌리고 싶구나.〉 그는 안전한 피난처가 없고 오직 배들을 앞으로 휘몰고 나아가는 죽음의 검은 폭포만이 존재한다는 사실을 알면서도 죽음을 키잡이로 삼아 어두운 절망의 바다에서 항해하는 인간의 영혼에게 얘기를 한다. 오디세우스는 구원이 없다는 사실을 알면서도 희망이나 두려움을 느끼지 않고 절망의 절벽 위에서 두 손을 엇갈려 얹고 노래하며 죽음을 환영할 때의 영혼을 숭배한다.

### 제23편

오디세우스, 삶을 축복하고 작별을 고하다

카잔차키스는 열기와 삶의 원천인 태양을 찬미한다. 궁수를 잡아

먹으려고 죽음의 벌레가 무장하는 사이에 태양은 자신도 궁수의 이성 속에서만 존재해 왔기 때문에 이제 함께 사라지고 말리라고 탄식한다. 벌레가 이마 위에서 기어가자 오디세우스는 전율을 느끼고, 그러자 그는 뱃머리에서 그림자 같은 형상을 보는데, 그림자가 여러 모습으로 변한 다음에 옛 동반자인 〈죽음〉의 모습을 취한다. 그러나 인간은 저마다 썩어 가는 육신 속에 죽음을 담고 다니며, 성장하면서 죽음에게 자양분을 제공하기 때문에 죽음의 모습은 어느 모로 보나 궁수 자신과 일치한다. 오디세우스는 죽음을 오래전부터 예상했던 손님처럼 환영한다. 그는 자신의 과거를 회상하면서, 늙은 나이로부터 태아로까지, 그러고는 우주의 맥박으로까지 그의 삶을 거꾸로 거슬러 올라간다. 그의 육신에 담긴 다섯 요소가 분해되는 기분을 느끼자 그는 탄탈로스를 불러 자신도 역시 안정된 삶을 하나씩 포기하여 이제는 완전히 홀가분해져서 종말을 맞아 죽음이 그에게서 빼앗아 갈 것이라고는 찌꺼기뿐이라는 얘기를 한다. 생생하게 그는 삶에서 세 가지 영상을 회상하는데, 절벽의 끝에서 심연으로 꽃잎을 떨어뜨리는 장미와, 크레테의 대학살 동안에 노래를 부르던 새들과, 크노소스의 공방전에서 불에 타 죽은 나비가 눈앞에 어른거린다. 오직 사랑을 통해서만 육체의 장벽이 무너지고 삶의 원천에 접근할 수 있기 때문에 그는 평생 동안 알았던 여인들을 찬양한다.

그는 잠이 들어 죽은 조상들과 아버지 라에르테스를 꿈속에서 본다. 발톱을 감춘 새, 길을 들인 야수, 별과 달, 두려움과 어둠으로부터 사람들을 해방시키려고 노력하는 위대한 사상들, 이제는 화해가 이루어진 선과 악의 힘, 이런 모든 현상이 작별을 고하려고 그의 머릿속으로 쏟아져 들어간다. 그는 잠이 깨어 아직도 뱃머리에 그대로 있는 옛 친구를 보고 기뻐하지만, 죽음이 갑자기 사라지자 오디세우스는 종말이 가까워졌음을 깨달아서, 무장을 하고 죽기 위해 활과 활촉과 도끼를 움켜잡는다. 그는 자신의 잉태까지도 회상하는데, 트로이아와 크노소스가 불타고 올림포스의 열두 신이 겁에 질려 흩어지는 환상이 아득히 나타나던 순간, 동시에 이루어진 그의 출생을 회상한다. 그리고 오디세우스는 그의 육신이 지닌 다섯 가지 기초적인 요소를 축복하는데, 〈흙〉은 배의 용골을 똑바로 유지해 주는 바닥짐이요, 〈물〉은 쉬지 않고 한없이 흐르는 유동성이며 만족을 모르는 항해자이고, 〈불〉은 모든 육신과 현상을 소진시켜 정신력으로 바꿔 놓고, 〈공기〉는 여왕벌과 마찬가지인 대지가 맺는 불길과 빛과 소음의 마지막 결실이고, 〈이성〉은 만물을 창조하고 통솔하는 주체여서 다른 네 가지 요소를 두려움을 모르는 기쁨과 더불어 심연으로 곧장 몰고 내려가는 원천이다. 그는 신이 인간을 창조하는 꿈을 꾸는데, 새들과 짐승들은 그들의 주인이 태어난다는 사실을 인식하여 공포를 느끼고, 인간은 결국 긍지와 힘을 연장하여 반란과 해방을 통해 신을 대지에서 하늘로 쫓아 버린다.

〈어머니 침묵〉 속으로, 대지의 뿌리로 깊이 가라앉으며 오디세우스는 비존재의 파도에 자신을 맡기고는 빙하가 가까이 오는 소리를 듣고, 산더미 같은 얼음이 앞에 나타나 배와 부딪치자 벌떡 일어나 미끄러운 얼음의 벽으로 몸을 던져 피투성이 손으로 매달려 옛 동지들을 불러 도움을 청하려고 하지만, 외침이 목구멍에 걸려 나오지 않는다. 도끼가 그의 허리춤에서 빠지고, 활이 어깨에서 흘러내리고, 목에 걸었던 부싯돌이 떨어지고, 북풍이 그를 발가벗기고, 자연 전체가 한꺼번에 탄식한다. 그가 태어난 이후 줄곧 그를 따라다니던 아홉 마리의 야윈 까마귀가 이제는 발치에 웅숭그리며 모여들고, 일곱 영혼이 구름을 타고 노를 저어 온다. 척추에서는 이성의 마지막 불꽃이 심지에서 펄럭거리고, 육신이 지닌 다섯 가지 요소가 끊어지고 분해되며 태양이 가라앉을 준비를 하자 벌레가 처음 한 입을 베어 먹는다. 〈사랑〉과 〈기억〉만이 남아서 마지막 힘을 내어 죽은 자를 던져 올린다. 오디세우스의 정신, 그의 의식이 심지에서 불꽃처럼 뛰어오르고, 영원한 한순간 동안 허공에서 붕괴되어 빛난 다음에 영원히 사라진다. 〈나지막한 등잔의 불길이 마지막 불꽃을 펄럭이고는/오그라든 심지 위로 뛰어올라 광채가 넘치며/눈부신 기쁨과 더불어 죽음을 향해 솟아오르듯,/그의 맹렬한 영혼이 뛰어오르더니 허공 속으로 사라졌다.〉 제24편의 줄거리 전체가 마지막 대목의 영원한 순간 속에서 벌어진다. 기억의 불이 활활 타올라 세상에서 사랑했던 모든 영혼을 부둥켜안고는 영혼들의 도움을 청한다. 〈오, 죽었거나 살아 있는, 사랑스럽고 충성스러운 동지들아, 이리 오라!〉

## 제24편

### 오디세우스의 죽음

네 가지 바람이 오디세우스의 머리에서 네 개의 문을 때려 부숴 연다. 북쪽 문으로는 온갖 식물이 그의 머릿속에 깊은 뿌리를 내리려고 달려 들어오고, 동쪽 문으로는 생각과 꿈과 상상력이 창조한 것들이 난장판을 일으키며 들어오고, 서쪽 문으로는 온갖 종족의 갖가지 사람들이 떼를 지어 들어온다. 그들 모두가 그의 기억 안에서 살아가기 위해 궁수의 널찍한 두뇌 속의 길거리와 마당으로 모인다.

그러나 오디세우스는 죽은 동반자들이 찾아오기 전에는 그의 영혼을 포기하지 않겠다고 소리친다. 주인이 부르는 소리를 듣고 켄타우로스가 썩어 가는 발톱을 주워 모아 무덤에서 뛰쳐나와서는 주인을 배반했었기 때문에 흐느껴 우는 오르페우스와 만난다. 그들은 죽어 가는 친구를 만나기 위해 함께 허공을 지나 달려간다. 발바닥 대장은 임종이 가까워 침대에 누웠다가 궁수의 외침을 듣고, 친구를 도와주려고 바닷가를 따라 달려가는 사이에 머리가 둘로 쪼개진 강돌을 만난다. 발바닥 대장은 도움을 제공하기 위해 달려 올라와서는 강돌의 적을 패주시키지만, 강돌은 한눈에 봐도 너무나 멍텅구리 같은 그를 오디세우스가 어디에서 사귀었을까 생각하며 은근히 경멸한다. 두 손에 석류를 가득 움켜쥔 착한 마님은 사랑과 욕정이 덧없다고 탄식하는 마르가로와 함께 서둘러 오는데, 친구를 위로해 주려는 생각으로 착한 마님은 그녀의 육체가 위안을 주었던 일곱 가지 유형의 남자들을 회고한다. 그녀는 삶에서 똑같은 길을 다시 따르겠노라고 선언하지만, 마르가로는 그녀가 정신을 차렸으며, 비록 그녀의 품 안에서 모두가 〈하나〉로 결합되기는 했지만 이 하나도 공허할 뿐이라는 얘기를 위대한 고행자에게 하고 싶어 한다. 바위는 그가 머물러 식사를 했던 집의 두 이집트 여자를 데리고 하얀 코끼리를 타고 서둘러 가다가 과일과 향료를 잔뜩 실은 대규모 대상의 선두에서 이끌고 가던 철석을 만나자 기뻐하며 친구와 어울리고는 두 여자를 뒤에 남겨 두고 떠난다. 나이를 먹어 머리가 백발이 된 헬레네는 자식들과 손자들에게 둘러싸여 크노소스의 강둑에 누워 죽어 가던 중이었지만, 오디세우스가 부르는 소리를 듣자 또다시 가정을 파탄시키고는 운명에 이끌려 바다로 도망치고 싶어 한다. 죽어 가는 사이에 그녀는 스파르테의 에우로타스 강의 둑에서 열두 살이었던 시절의 소녀로 되돌아가고, 은둔자의 무덤 위로 갈대를 타고 그녀가 지나가려니까 그가 뛰어나와 함께 참나무 지팡이를 타면서, 바로 이런 여자를 아내로 얻어 가정을 꾸미고 싶어 한다. 딕테나와 크리노는 산처녀를 죽인 검은 황소를 타고 온다. 크리노가 한숨을 짓고는 다시 한 번 살게 된다면 딕테나처럼 젊은 남자들의 육체를 즐기고 싶다는 말을 하지만, 그와는 대조적으로 딕테나는 처녀 생활의 순수한 기쁨을 경험하고 싶어 한다. 묵묵 대장이 휘다와 함께 서둘러 지나간다. 그는 죽음을 찾아가는 그들의 마지막 항해를 위해 어서 선장과 어울리고 싶어서 마음이 조급하지만, 휘다는 아버지의 피를 손에서 절대로 씻을 수가 없으며 노예들이 다시금 비천하게 노예가 되었기 때문에 부패한 크노소스를 파괴한 일도 모두 허사였노라고 탄식한다. 이타케에서는 아르고스가 무덤에서 뛰쳐나와서는 오디세우스가 고향에서 아내나, 아들이나, 아버지나, 어머니가 아니라 오직 자신만을 선택했다는 데 대해서 자부심과 기쁨을 느낀다.

동양에서는 어느 나무 밑에 누워서 모테르트 왕자가 노란 승려복을 걸친 제자들에게 둘러싸여 죽어 가는데, 제자들이 그에게 마지막 한마디의 말을 요청하자 희미한 미소만 짓는다. 제자들이 집요하게 요구를 계속하자 그는 구원으로 가는 길이 사랑, 절망, 아름다움, 희롱 그리고 진리 이렇게 다섯이지만, 이런 모든 것을 초월하고 〈언어〉를 초월하면, 그 너머에는 오직 언어가 부재하는 미소가 존재할 따름이라고 말한다. 그가 다시 죽을 준비를 하려니까 그리스에서 온 두 사람이 도착하는데, 그들은 위대한 동양의 현인이 있다는 소문을 듣고는 그의 지혜를 거두려고 찾아왔다. 그들은 제자들과 자리를 같이 하고는 동양과 서양의 상대적인 가치에 대해서 토론을 벌이고, 동양인들은 모두가 헛된 꿈이라고 주장하는 반면에 그리스 사람들은 심연을 부정하고 제신에 대한 신인동형동성설(神人同形同性說)적인 관점을 내세우며 조화와 균형에 대한 아폴론적인 관점과 미덕의 행위들을 강조한다. 나이가 많은 남자는 모테르트와 직접 대화를 나누며 무정부주의적인 혼돈을 질서가 지배해야만 하고, 〈미소〉가 아니라 〈언어〉가 가장 높은 자리에서 다스려야 한다는 철학을 토로하지만, 모테르트가 대답 대신에 그냥 빙그레 웃기만 하자, 젊은 남자가 이제는 이성보다도 훨씬 빛난다고 여기는 대상을 포옹하려고 달려가며, 모테르트가 디오니소스보다 위대하다고 선언한다. 그러나 모테르트가 죽음으로 가라앉으려고 하는 사이에 오디세우스가 도와 달라고 외치는 소리가 하늘을 찢어 놓고, 독수리 한 마리가 덮쳐서 위대한 현인을 발톱으로 움켜잡고는 날아가 버린다.

랄라는 자신이 전에 추상적인 명분을 섬긴답시고 남편과 아이들을 거부했던 사실을 후회하고, 지금 그녀가 세상에서 순교자 처녀라고 숭배를 받는다는 사실도 혐오하며, 그녀가 사랑하는 남자의 품에 안기기 위해서 서둘러 달려간다. 그녀는 사랑과 평화를 떠들어 대던 흑인 고기잡이 청년과 만나지만, 랄라는 그의 철학이 비겁하고, 핏기가 없고, 순결하고, 역겨울 정도로 달콤하기만 하다고 느껴서 그에 대한 경멸로 인해 격분한다. 표범 새끼가 덤불에서 뛰어나오자 랄라는 그것이 그녀의 쌍둥이 자매라는 듯 반겨 맞는다.

이렇듯 오디세우스가 사랑을 통해 그의 기억 속에서 살려 가지고 간직해 온 모든 사람이 마지막 순간에 주인을 돕기 위해 달려온다. 랄라와 휘다가 친구로서 포옹하고, 크리노는 헬레네의 품으로 몸을 던지고, 마르가로와 딕테나는 손을 맞잡는다. 오디세우스가 멀리서 그들을 보고는 하얀 죽음의 배로 그들을 반겨 맞아들이고, 돛대에다 그가 그토록 좋아했던 무화과와 포도를 매달아 달라고 그들에게 부탁한다. 그는 엘리아스 왕자의 피로 물든 리라를 보고는 〈현을 뜯어/삶의 위대한 후렴을 연주하여 죽음을 즐겁게〉 해주고 싶어 한다. 바위는 코끼리를 타고, 크리노는 검은 황소를 데리고, 아르고스가 주인의 발을 핥는 사이에 모두들 죽음의 얼음 배로 몰려간다. 그러자 위대한 세 명의 조상, 세 운명, 탄탈로스와 헤라클레스와 프로메테우스가 찾아와서 높이 치솟은 세 개의 돛대처럼 갑판에 우뚝 섰으며, 그들 돛대에다 여자들이 석류와 무화과와 포도를 주렁주렁 매달아 결국 죽음의 배가 꽃밭처럼 빛난다. 전에 오디세우스의 어깨에 앉았던 베짱이가 다시 찾아와 수염 속에 숨어서 찌르륵거리며 요란하게 노래를 부르기 시작한다. 그러고는 마침내 자그마한 흑인 청년의 형상을 한 〈유혹〉이 오디세우스의 발치에 웅크리고, 둘은 웃고 서로 눈을 들여다보며 삶의 모든 것과 희롱을 벌이고, 그러다가 결국 우주가 하나로 뭉쳐 불길을 이루고, 이성은 불처럼 치솟으며 다시 한 번 모든 것을 태워 없애고 싶은 욕망을 느낀다. 흑인 청년이 잠들자 오디세우스가 그를 쓰다듬어 주고, 청년은 잠에서 깨어나 다시 올려다보고 세계를 파괴하는 자의 눈에서 온 세상이 소용돌이치며 춤추는 광경을 보고는 전율한다. 청년이 다시 잠들자 오디세우스는 그를 돛대에다 허수아비처럼 매달아 놓는다. 그러다가 마지막 작별을 고할 때가 되자 오디세우스가 웃고는 석류와 무화과와 포도 속으로 두 손을 집어넣고, 그랬더니 갑자기 모든 것이 사라진다. 그러고는 그의 이성이 벌떡 일어나 솟구쳐서 최후의 새장, 자유의 새장으로부터 스스로 자유를 찾아 날아간다.

## 에필로그

시인은 크나큰 슬픔에 빠져 수평선 너머로 가라앉았지만, 어머니가 그에게 마련해 준 음식과 술을 거부하는 태양을 노래한다. 태양은 식탁을 뒤엎어 버리고 술을 바다에 쏟아 버린 다음 사랑하던 자가 희미해지는 생각처럼 사라져 버린다고 탄식한다. 이렇듯 이 서사시는 모든 물질을 불꽃으로, 빛으로, 영혼으로 변형시키는 상징물인 태양으로 시작하여 태양으로 끝난다.

# 영역자의 말

키몬 프라이어

## 1. 호메로스 서사시의 현대판 속편

1938년 겨울, 쉰다섯이라는 나이에 니코스 카잔차키스가 아테네에서 처음 『오디세이아』를 발표했을 때, 이 작품을 무척 열망하여 오랫동안 기다려 온 사람들은 혼란과 당혹을 나타냈다. 카잔차키스가 그의 삶과 사상을 가장 훌륭한 수준으로 집대성한 마지막 작품을 창조해 내기 위해서 일곱 번이나 고쳐 쓰고 또 고쳐 쓰던 1925년 이후 12년 동안 사람들은 크나큰 기대를 품었다. 이미 그는 많은 산문과 시극(詩劇), 소설, 기행문과 철학, 그리고 단테의 『신곡』과 괴테의 『파우스트』를 비롯한 뛰어난 번역으로 가장 위대한 현대 그리스 작가들 가운데 한 사람으로 위치를 굳혔다. 그는 호메로스의 『일리아스』와 『오디세이아』를 현대 그리스어로 번역하여 출판하기도 했지만, 드디어 그는 자신의 서사시를 호메로스의 시에 단단히 접목시켰을 뿐 아니라, 똑같은 제목을 붙이고 본디 작품보다 규모가 세 배나 큰 현대판 속편에서 〈유명한 오디세우스의 고난과 괴로움〉을 연장시킴으로써 가장 신성한 시인으로 간주되는 호메로스에게 대담한 도전을 한 셈이었다. 더구나 그는 신화에 바탕을 둔 서술체의 장시(長詩)가 이제는 더 이상 가능하지 않다고 모든 학자들이 동의한 그런 시대에 이런 시도를 감행했다. 비평가들은 이제 운(韻)을 맞추지 않은 17음절 8보격(步格) 약강(弱强) 운율이라는 지극히 생소한 형태를 갖추었고 3만 3333행에 (그리스어 알파벳의 글자 수에 맞춰) 24편으로 구성되고[1] 835면에 달하는 3백 부 한정판을 접하게 되었다.

이 시는 분량이 방대할 뿐 아니라, 영어권에서는 로버트 브리지스[2]가 『미의 유언*The Testament of Beauty*』에서 보여 준 실험적인 요소와 비슷하지만, 카잔차키스가 오래전부터 주창해 왔던 단순화한 철자법과 구문의 형식을 선택하여 집필했기 때문에 상상이 가능한 모든 방법으로 전통을 떨쳐 버린 듯싶었으며, 온갖 난해한 기법을 동원했다. 그러나 많은 사람들이 이 작품의 진가를 제대로 인식하고 찬양해서 현대 세계에서 손꼽히는 걸작이요 그리스의 가장 위대한 현대 시라고 평했다. 그렇지만 이토록 큰 규모의 작품을 접한 대부분의 비평가들이 표면적인 형태와, 이상한 철자법과, 생소한 어휘와, 억양의 부재와, 묘한 운율과, 〈반(反)고전적〉인 문체와 구성에만 관심을 쏟고 작품 자체가 지닌 의미와 시적인 가치는 외면해 버렸다는 점도 불가피한 일이었다.

간단히 얘기하면 카잔차키스의 『오디세이아』의 등장은 규모와 취지에서 그 작품과 맞먹는 또 다른 대작인 제임스 조이스의 『율리시스』가 발표되었을 때 영국 문단에서 일으켰던 바와 마찬가지의 반응을 그리스 문단에서 일으켰다. 두 작품 모두 영혼을 추구하는 현대인을 다루고, 비록 완전히 다른 방법을 통해서이기는 하지만 호메로스의 『오디세이아』가 지닌 골격을 빌려 썼다. 더블린 대학교의 그리스어 흠정(欽定) 강좌 교수인 W. B. 스탠퍼드 박사는 최근 저서 『율리

1 모든 서사시는 24편으로 되어 있다.

2 Robert Bridges(1844~1930). 영국의 계관 시인.

시스 주제*The Ulysses Theme*』에서 그리스, 헬레니즘, 알렉산드로스, 로마, 르네상스, 중세, 현대에 이르기까지 거의 3천 년간의 각 시대 문학 작품에서 발전과 변화를 거치는 오디세우스의 치환(置換) 과정을 살펴본 다음에 마지막 장에서 카잔차키스의 『오디세이아』와 조이스의 『율리시스』를 〈호메로스 이후 전체 기간 동안 중에서 가장 치밀한 오디세우스의 초상(肖像)〉이요, 〈현대의 혼란과 열망에 대한 보기 드물게 포괄적인 상징〉이라고 고찰한 다음, 카잔차키스의 『오디세이아』가 〈조이스의 『율리시스』 못지않게 윤리적, 신학적, 예술적 논쟁의 여지를 제시한다〉는 결론을 내린다. 그는 주제의 내용과 상징성을 복합적으로 발전시키기 위해서는 두 작품 모두 규모가 당연히 방대해질 수밖에 없었으며, 문학사상 처음 등장한 이후 거의 3천 년이 지난 다음에야 가장 큰 규모를 갖춘 작품이 나왔다는 사실은 이 신화가 지닌 생명력을 잘 보여 준다고 주장한다. 계속해서 스탠퍼드 박사는 카잔차키스가 〈현대 사상에 입각해서 오디세우스를 이해하는 많은 새로운 방법을 발견〉했으며, 〈방랑자요 정치가, 파괴자요 수호자, 관능주의자요 금욕주의자, 군인이요 철학자, 실용주의자요 이상주의자, 입법자요 재담가로서 완전히 입체적인 주인공〉을 제시하고, 고대의 전통과 현대의 전통 속에 분산된 많은 요소를 결합시킴으로써 신화의 단편적인 일화들과 공간적인 배경을 풍요롭게 만들어 〈실질적인 면과 상상력에서 다 같이 호메로스 이후 어떤 작품도 훨씬 초월하는 수준〉에 이르게 했다고 말한다.

오디세우스라는 인물을 구성하면서 카잔차키스는 물론 옛날 그리스 서사시에서 주인공이 지닌 많은 성품과 모험담을 빌려다 쓰기는 했지만, 〈그가 그린 오디세우스는 단테의 주인공을 재현한 것이며, 단테로부터 테니슨과 파스콜리[3]를 거쳐 오늘날에 이르는 전통을 답습한다〉고 스탠퍼드 박사는 믿는다. 단테의 「지옥Inferno」 제26편에서 오디세우스는 두 갈래로 갈린 불꽃의 혀로 이렇게 말한다. 〈자식에 대한 애정도, 늙은 아버지에 대한 효성도, 페넬로페를 기쁘게 해 주었어야 하는 당연한 사랑도 세상과 인간의 모든 악덕과 가치에 대해 완전히 알고 싶은 내 가슴속의 열망을 억누를 수는 없었노라. 그리하여 나는 단 한 척의 배에다 나를 버리지 않은 몇몇 동료와 함께 광활하고 깊은 바다를 향해 떠났노라. 〔……〕 오, 형제들이여, 수많은 위험들을 거쳐 그대들은 서방에 이르렀고, 우리에게 남은 감각들은 이제 정말 막바지에 이르렀지만, 태양의 뒤를 따라 사람 없는 세상을 경험하고 싶은 욕망을 거부하지 마라. 그대들의 타고난 천성을 생각해 보라. 짐승처럼 살려고 태어난 것이 아니라 덕성과 지식을 따르기 위함이었으니.〉 스탠퍼드 박사는 카잔차키스의 오디세우스가 본질적으로 테니슨의 그것과 훨씬 가깝다고 생각하는데, 그 까닭은 〈테니슨이 그의 주인공으로 하여금 《인간의 사상이 지닌 마지막 경계(境界) 너머로 기우는 별처럼 지혜를 추구하기 위해서》라고 욕구를 표현하게끔 만들기는 하더라도, 직접적인 동기는 이타케에 위치한 가정이라는 환경으로부터 자신을 해방시키는 것〉이기 때문이다. 이런 시각은 그의 시 「이타케Ithaca」에서, 오디세우스에게 의미를 지닌 요소는 이타케로의 귀향이 아니라 항해 자체가 제공하는 풍요한 경험이었으며, 그 까닭은 이타케가 그에게 아름다운 항해를 제공했으며, 이타케를 염두에 두지 않았다면 그는 절대로 길을 떠나지도 않았을 터이고, 이제 더 이상 그에게 아무것도 줄 수가 없게 되어서야 그는 〈이타케가 무엇을 의미하는지〉를 이해했기 때문이라고 썼던 위대한 그리스 시인 콘스탄티노스 카바피스의 사상과 비슷하다. 그리고 카잔차키스의 시 제16편에서 오디세우스는 이렇게 소리친다. 〈나의 영혼이여,

3 Giovanni Pascoli(1855~1912). 이탈리아의 시인.

그대의 항해는 그대가 태어난 땅이니라!〉

스탠퍼드 박사는 이렇게 믿는다. 〈카잔차키스는 자유를 찾으려는 욕구가 그의 주인공이 지닌 지배적인 정열이라고 두드러지게 묘사한다. 사실상 그의 서사시는 자유의 의무에 대한 정신적인 탐색이다.〉 그의 시 전체에서 카잔차키스는 해방과, 보속(補贖)과, 구원과, 구제가 모든 면에서 지니는 자유의 의미를 탐험한다. 언젠가 그는 어느 신문과의 인터뷰에서 이렇게 말했다. 〈오디세우스는 종교, 철학, 정치적인 체제들 — 모든 것으로부터 스스로 해방된 사람이고, 모든 줄을 끊어 버린 인물입니다. 그는 모든 쾌락이 보다 강렬해지고 모든 덧없는 순간을 짧더라도 보다 예리하게 즐길 수 있게 되기 위해서가 아니라, 모든 것을 포용하고 소모하는 능력을 더 많이 키워서, 마침내 죽음이 찾아왔을 때는, 완전히 비어 버린 오디세우스를 발견할 테니까 그에게서 죽음으로 하여금 아무것도 빼앗아 가지 못하리라는 사실을 깨닫게 만들고, 또한 삶에 대한 욕구를 추진하기 위해 죽음에 대한 생각을 자극제로 앞에 두고 계획과 체제를 초월하여 자유롭게 모든 형태의 삶을 시도하기를 요구합니다.〉 카잔차키스는 이런 사상을 제23편의 아름다운 도입부 27행부터 37행에서 시로 표현했으며, 그 용기 있는 열한 행의 글은 그가 자신에 대해서 스스로 쓴 가장 훌륭한 비명(碑銘)이다.

그리스어로 된 희곡과, 시와, 소설과, 논문에 나타난 오디세우스의 발전상을 고찰한 다음에 스탠퍼드 박사는 이런 결론을 내린다. 〈조이스의 산문체 서술과 카잔차키스의 시는 같은 분야의 어느 작품보다도 웅대한 서사시에 훨씬 가깝다. 서사시적인 요소는 작가들로 하여금 오디세우스를 희곡에서보다 훨씬 더 객관적으로 다루고, 소설에서보다는 영웅시적인 상징성이 더 큰 비중을 부여하게끔 해준다. 여기에서 사실상 우리들은 오랜 공백 기간을 거친 다음 『오디세이아』의 영웅적이고도 낭만적인 분위기로, 『일리아스』의 분위기보다 덜 엄격하지만 고전 문학의 다른 어떤 분야보다도 훨씬 서사시적인 분위기로, 그리고 오디세우스의 다양하면서도 흔히 비정통적인 영웅성에 특히 잘 어울리는 그런 분위기로 되돌아간다.〉 하지만 카잔차키스에게 그의 작품이 서사시냐 아니냐 하는 문제는 별로 중요하지 않았던 듯싶다. 그리스의 어느 젊은 학자에게 답장으로 쓴 편지에서 그는 이렇게 말했다. 〈사실상 『오디세이아』가 서사시냐, 그리고 서사시가 현대적인 예술 형태냐 하는 사실을 따지는 일처럼 피상적이고 삭막한 짓은 또 없습니다. 문화 역사가들은 예술가가 지나간 다음에야 뒤따라오게 마련이어서, 그들은 자를 들고 이리저리 재기도 하고 그들의 학문을 위한 법칙들을 세우지만, 창조란 바로 그것들을 깨뜨리고 새로운 무엇을 만들어 낸다는 의미이기 때문에 그것을 파괴할 권리와 힘을 지닌 창조자에게 그런 법칙들은 쓸모가 없어요. 기존의 미학 이론들을 동원하지 않고 어떤 생명력을 지닌 영혼을 창조해야 할 필요성을 느낀다면, 그때는 창조 행위가 취하는 모든 형태에서 저절로 생명이 생겨납니다. 형식과 실체는 하나입니다. 내가 보기에는 우리들이 살아온 시대보다 더 서사시적인 시대는 없습니다. 서사시가 창조되는 순간은 하나의 신화가 무너지고 또 다른 하나의 신화가 태어나기 위해 투쟁을 벌이는 시기이며, 두 가지 문화 사이에 위치하는 그런 시대에서입니다. 나에게는 『오디세이아』가 현대의 불안이 거치는 모든 단계를 경험하고, 가장 대담한 희망들을 추구함으로써 구원을 찾으려는 현대인의 새로운 서사시적인, 그리고 극적인 시도입니다. 무슨 구원이냐고요? 처음 시작할 때는 그것이 무엇인지 모르지만 현대인은 항상 투쟁을 계속하며 기쁨과 슬픔, 성공과 실패, 그리고 좌절을 겪어 가면서 끊임없이 구원을 창조합니다. 나는 의식적이든 무의식적으로 이루어지든 간에 이것이 참된 현대인의 고뇌에 찬 투쟁이라고 확신합니다. 그런 과도기적인 시기에는 정신적인 노력이 붕괴 과정에 들어선 과거의 문명을 정당화하고 평가하기 위해 뒤를 돌아다보기도 하고, 새로운 문명을 예언하고 생성시키기 위해 앞을 내다보며 투쟁하기도 합니다. 오디세우스는 이동 중인 철새들을 앞에서 이끄는 새처럼 머리를 앞으로 내밀고 끊임없이 앞을 내다보며 투쟁하는 인간형입니다.〉 제3편에서 오디세우스는 북부에서 서서히 그리스로 침투하는 금발의 야만인 부족들을 지켜보며 소리친다. 〈두 시대의 사이에서 나를 태어나게 한 시간은 축복받을지어다!〉

또한 호메로스를 모방하거나 그와 경쟁하려는 의도가 카잔차키스에게는 전혀 없었다. 비록 마지막 두 장(章)을 잘라 내어 앞머리에다 제22편을 단단히 박아 넣음으로써 호메로스의 『오디세이아』의 큰 흐름으로부터 직접 그의 시를 접목시키기는 했지만, 그렇다고 해서 상승하는 직선을 이어 나가지는 않았고, 거의 처음부터 나름대로 설정된 방향을 따라 느닷없이 전개하여 현대의 세계와 그 세계가 처한 문제들로 뛰어들고, 필요 없는 요소들은 거침없이 버리면서도 큰 줄기 속의 핏줄 깊숙이 파고들어, 거의 3천 년에 걸친 기생적(寄生的) 성장으로 뒤덮여 파묻혀 버린 광대한 원시 자원을 모두 흡수한다. 오디세우스는 마치 19년 동안의 갈망을 겪은 다음에 그녀의 영상이 사라지기라도 한 듯 페넬로페를 철저히 무시하고, 오디세우스 자신과 아들과 아버지와 그의 백성 사이에 새로운 관계가 형성되고, 고뇌에 찬 새로운 신이 서서히 등장하게끔 길을 내주기 위해 올림포스의 신들을 거의 모두 버린다. 그러고는 새로운 질문과 새로운 해답을 추구하는 현대인의 격렬한 여정이 시작된다.

## 2. 철학

『오디세이아』의 집필을 시작하기 직전에 카잔차키스는 가장 훌륭한 제목이라고 여겨지는 〈신을 구하는 자〉라는 제목에 〈정신 수련〉이라고 부제(副題)를 단 짤막한 저서를 하나 완성했는데, 여기에서 그는 정열적이고 시적인 문체이면서도 조직적인 방법으로 『오디세이아』뿐만 아니라 그가 저술한 모든 작품에 드러나는 철학을 수록하였다. 그는 넘쳐흐르는 광범위한 시야를 갖춘 한 인간으로서의 의식 세계를 그가 구사하는 모든 영역인 서사시와, 희곡과, 소설과, 여행기와, 비평과, 번역과, 심지어는 정치 활동을 통해 모든 형태로 형상을 갖추기 위해 노력한 사람이었다. 그 저서의 골격을 이루는 간략하게 요약된 사상들은 『오디세이아』의 서술과 상황, 특히 제14편과 제16편, 그리고 오디세우스가 갖가지 인간의 대표적인 유형인 (불교의) 모테르트, (고급 창녀인) 마르가로, (파우스트적인) 은둔자, (향락주의자인) 탑의 영주, (그리스도적인) 흑인 어부 청년을 만나는 장면에서 보다 포괄적인 윤곽을 갖추고 나타난다. 서사시의 전체적인 개요를 책에 싣기는 했지만, 지금으로서는 제14편과 제16편의 간략한 개요를 읽는 것만으로도 독자들은 다음에 전개되는 해설을 보다 잘 이해할 수 있을 것이다.

인간에게는 세 가지 의무가 있다고 카잔차키스는 말한다. 첫 번째는 무질서에 질서를 부여하고, 법칙들을 수립하고, 한없이 깊은 심연을 건너는 다리를 놓고, 인간이 감히 넘어가지 못하도록 합리적인 경계선을 수립하는 이성에 대한 인간의 의무이다. 그리고 두 번째는 어떤 한계성도 인정하지 않고, 피상적인 현상들을 꿰뚫고 넘어가 이성과 물질을 초월하는 무엇과 하나가 되기를 열망하는 심성(心性)에 대한 의무이다. 세 번째는 이성과 심성으로부터 다 같이, 그리고 피상적인 현상들을 정복하거나 사물들의 본질을 찾아 주겠다고 약속하며 나서는 희망의 엄청난 유혹으로부터, 스스로 자신을 해방시켜야 하는 의무이다. 그렇다면 인간은 필멸의 심연을 아무런 희망을 지니지 않은 채 받아들여야만 하고, 삶이나 죽음 어느 쪽도 존재하지 않는다고 말해야 하며, 이 필연성을 환희와 노래로 용감하게 인정해야만 한다. 그런 다음에는 비극적인 기쁨의 환희라는 심연의 위에다 삶을 긍정적인 구조로 설정해도 되리라.

그러면 인간은 네 단계의 순례를 수행할 준비가 갖추어진다. 여행을 시작할 즈음에 그는 자신의 마음속에서 도움을 청하는 고뇌에 찬 외침 소리를 듣는다. 그가 취해야 할 첫 단계는 저마다의 인간 내면에 갇혀서 위험에 빠져 해방을 찾으려고 절규하는 영혼(또는 신)의 존재를 발견할 때까지 자신의 자아 속으로 빠져 들어가는 것이다. 영혼을 해방시키기 위하여 저마다의 인간은 자신이 세상을 구원할 책임을 홀로 져야 한다고 간주해야만 하는데, 그래야 하는 까닭은 한 인간이 죽는 순간에 그가 혼자만 소유하는 관념이나 독특한 이성의 활동이 형성하는 세계 또한 영원히 무너지기 때문이다. 두 번째 단계에서 인간은 자아를 넘어 종족의 뿌리로 뛰어들어야 하지만, 아들에게 그의 과업을 전함으로써 자신을 능가하도록 영혼을 보다 큰 차원으로 훈련시키고 도움을 주는 조상들만을 선택해야 한다. 인간이 취해야 할 세 번째 단계는 자신이 속하는 특정 종족의 범주를 넘어 모든 인류의 종족들 한가운데로 뛰어들어 그들 자신의 내면에 존재하는 신(神)을 해방시키기 위한 투쟁에서 그들이 겪는 집합적인 고뇌를 함께 나누는 것이다. 네 번째 단계는 인류의 경지를 넘어 우주 전체, 생명이 있거나 없는 물질, 대지, 바위, 바다, 식물, 동물, 벌레, 새, 그리고 모든 현상에서 창조의 힘찬 맥동과 하나 되는 경지로 뛰어드는 것이다. 저마다의 인간은 사물의 원시적인 원천으로 파고드는 격세유전적인 뿌리들로 이루어진 무수한 집합체이다. 그러면 인간은 이제 이성과 심성과 희망을 넘어, 자아와 종족과 심지어는 인류를 넘어, 모든 현상을 초월하여 만물 속에 충만하고 영원히 상승하는 〈불가시(不可視)적〉 존재의 차원으로 더욱 깊이 파고들 준비를 갖춘 것이다.

불가시적인 존재의 본질은 점점 더 순수한 영혼을 향하여, 광명을 향하여 올라가는 고뇌의 상승이다. 상승은 끝이 없기 때문에, 그 목적은 투쟁 자체이다. 신은 인간이 그를 향해 나아가는 완전한 존재가 아니고, 지구상에서 인간 자신이 진화하듯이 순수성을 향해서 진화하는 정신적인 개념이다. 신은 살아남기 위해 투쟁하기 때문에 항상 위험에 처한 상태이므로 전능(全能)한 존재가 아니고 상처투성이며, 이겨 내고 살아남기 위해서 인간들이나 동물들은 배려하지 않고 미덕이나 관념도 따지지 않으며, 스스로 떨쳐 일어나 자유를 찾으려는 시도를 위해 모든 만물을 수단으로만 이용할 따름이므로, 생존을 위한 선택에서 잔인하기 때문에 신은 거룩하지도 않고, 그의 머리는 어둠과 빛이 제멋대로 뒤섞인 혼란에 빠졌으므로 신은 전지(全知)한 존재도 아니다. 신은 그가 처한 현재의 진화 과정에서 가장 높은 정신적인 차원에 다다른 존재가 인간이기 때문에 인간에게 소리쳐 도움을 구한다. 그는 자신과 더불어 투쟁함으로써 인간이 그를 구원하려고 노력하기 전에는 구원을 받지 못하며, 신이 구원을 받기 전에는 인간도 구원을 받지 못한다. 전체적으로 볼 때 신을 구원해야 하는 쪽은 오히려 인간이다. 끊임없이 투쟁하고 만족할 줄 모르는 영혼에 대한 이런 관념을 깨우치게 되면, 다음에 인간은 그런 관념을 행위와, 정치적인 활동과, 온갖 분야의 일들을 통해서 구체적으로 실현시키기 위한 시도를 해야만 하며, 또한 어떤 구체적인 행위도 필연적으로 개념을 오염시킨다는 사실을 물론 깨달아야 하지만, 그러면서도 절대로 끝나지 않을 투쟁에서 그런 불완전한 수단들을 받아들이고 사용해야 한다.

신의 본질은 자유를 찾고, 구원을 찾는 것이다. 우리들의 의무는 상승 과정에서 신을 돕고, 구원의 마지막 희망으로부터 결국 우리들 자신을 구하고, 구원까지도 존재하지 않는다는 진실을 우리들 자신에게 납득시키고, 이것을 비극적인 기쁨으로 받아들이는 것이다. 사랑은 우리들이 앞으로 나아가도록 추진시키며, 춤과 율동으로 우리들을 찾아온다. 불의와 잔인성과 열망과 굶주림과 전쟁은 우리들을 앞으로 나아가도록 밀어내는 주요 요인이다. 신은 행복과 안락함으로부터가 아니라 비극과 투쟁으로부터 창조된 존재이다. 가장 위대한 미덕은 자유를 찾은 것이 아니라 자유를 위해서 끊임없이 투쟁하는 것이다. 우주란 하나는 남성이요 하나는 여성이어서, 하나는 융합을 향해, 삶을 향해, 불멸성을 향해 상승하고, 그리고 또 하나는 붕괴를 향해, 물질을 향해, 죽음을 향해 하강하는, 상반되는 두 가지 흐름의 만남 안에서 창조된다. 그것은 꼭대기에서 빛의 마지막 열매가 맺히고 꽃이 만발하는 〈불의 나무〉가 된다. 불은 신의 첫 번째요 마지막인 탈(얼굴)이다. 모든 상반되는 요소가 마침내 소멸하는 영혼과 침묵의 가장 깊고 가장 응축된 본질 속으로 언젠가는 그 탈이 사라진다.

젊은 시절에 카잔차키스는 니체와 베르그송에 대해서 각각 한 편의 논문을 썼는데, 비록 학자들이 나중에 그의 사상에서 붓다, 레닌, 그리스도, 스피노자, 슈펭글러, 다윈, 호메로스, 프레이저, 단테 등 다양하고 상충하는 경향이, 많은 영향을 끼친 자취를 찾아내기는 하지만, 가장 초기의 영향이 가장 깊었다고 알게 되었으리라고 나는 믿는다. 평화의 신이요, 여유와 평안함, 탐미적인 감정과 지적인 명상, 논리적인 질서와 정치적인 평온의 신, 그림과 조각과 서사시의 신 아폴론과 대조를 이루는 술과 환락의 신이요, 상승하는 삶, 행동에서의 기쁨, 황홀한 운동과 영감, 불굴의 고통과 본능과 모험의 신, 춤과 노래와 음악의 신 디오니소스, 이들 두 신 가운데 아폴론적인 삶의 환상보다 디오니소스적인 인생관으로 기우는 경향은 카잔차키스와 니체의 공통점이다. 그러나 우리들은 비록 이것이 그에게는 스스로 결정한 경향이고 편견이 담긴 성향이기는 하더라도, 그렇다고 해서 아폴론적인 인생관을 거부하기보다는 동화(同化)의 한 형태임을 깨닫게 된다. 그는 아폴론적인 명쾌함과 상반되는 매혹을 항상 강하게 느껴 왔다. 언젠가 스페인에서 복잡 미묘한 장식들 속에서 존재성을 잃어버린 듯한 바로크식 성당을 보고 카잔차키스는 그토록 지나치게 복잡할 따름이며 명쾌함이 결여된 건물에 대해서 불쾌감을 느꼈다. 그는 스페인 여행기에서 이렇게 썼다. 〈분명히 최고의 예술은 억제된 열정이며 혼돈 속의 질서이고, 기쁨과 고통 속의 평정이다. 우리 스스로의 주인이 되기 위해서는, 그리고 우리 스스로를 표현하기 위해서는 우리가 사용하고 있는 물질의 주인이 되어야 하고, 아무런 연관도 없는 아름다움에 현혹되지 않아야 하며, 공간을 채우는 것으로 시간을 정복할 수 있다는 생각에 끌려 다니지 않아야 한다.〉 그런 다음에 그는 울긋불긋한 비단 옷에, 반지와 팔찌와 발찌를 잔뜩 끼고, 눈에는 검은 테를 그려 넣고, 손톱을 진홍빛으로 칠한 모습으로 인도에서 떠나는 디오니소스의 모습을 얘기한다. 그러나 디오니소스 신이 그리스로 들어가는 사이에 그를 장식한 요소들이 하나씩 차례로 없어지고 결국 그는 엘레우시스 산에 발가벗은 알몸으로 선다. 황홀하고 환상적인 도취의 신 디오니소스가 평온한 아름다움의 신 아폴론으로 변한 것이다. 예술의 과정이 바로 그러하다고 카잔차키스는 썼다. 디오니소스도 아폴론 못지않게 그리스의 신이며, 가장 숭고한 그리스 예술이란 두 가지 이상(理想)의 결합이라는 점을 학자들에게 상기시키기 위해서 카잔차키스는 궁극적으로 이렇게 두 가지 요소를 묶어 〈크레테의 휘광(輝鑛)〉이라 부르고 싶어 했다. 『환상*A Vision*』이라는 철학적인 작품에서 인간적인 특성과 인간의 역사를 주관적인 요소와 객관적인 요소 사이에서 벌어지는 전쟁이라고 서술하면서도, 자신의 작품이나 다른 사람들의 작품에서 주관적인 요소들, 즉 〈반(反)이 되는〉 성향 쪽으로 두드러지게 기울었던 예이츠에게서도 우리는 카잔차키스와 유사한 성향을 발견한다.

니체에게서 카잔차키스는 또한 비극의 환희를 삶의 기쁨으로 받아들이고, 투쟁이야말로 삶을 충만하게 하는 법칙이라는 진리를 깨우치고 기뻐하는 강한 인간의 어떤 〈비극적인 낙관주의〉, 그러니까 베토벤이 마지막으로 작곡한 사중주곡들에서 바그너가 찾아낸 〈울적한 기쁨〉으로 비극을 받아들였다. 『차라투스트라는 이렇게 말했다』의 수많은 경구(驚句)들은 『오디세이아』의 여러 부분을 잘 설명해 줄지도 모른다. 〈위험하게 살아라. 베수비오 산 옆에다 그대들이 살 도시를 세우거라. 아무도 탐험하지 않은 바다로 그대의 배들을 내보내거라. 전쟁의 상태에서 살아가라.〉 〈내가 부르짖는 위대성의 공식은 《운명을 사랑하다*Amor fati*》이니, 모든 필연성을 그냥 억지로 견디기만 하지 말고 적극적으로 사랑하도록 하라.〉 〈그대는 자신의 능력을 초월하는 무엇인가를 일으켜 세우도록 하라. 〔……〕 그대는 자신을 전파하되, 위를 향해서 전파해야 한다.〉 〈가장 높은 산들을 넘어다니는 사람은 모든 비극을 비웃는다.〉 그러나 니체와는 대조적으로 카잔차키스는 가난을 물리치고 압력을 제거하기 위해 노력하는 사회주의적인 질서에 대한 신념과 평범한 인간에 대한 강렬한 사랑을 간직했다. 비록 순수한 〈지성인〉들의 신경에 거슬리기는 했어도 그는 니체의 초인(超人)에서 어떤 양상들을 받아들였으며, 오디세우스를 인간들 가운데 우월한 존재에 속하며 무자비하게 선봉에 나서서 정신적인 충만함을 향해 인류를 이끌고 나아가는 그런 유형의 인물로 묘사했다. 오디세우스와 모세의 꿈이 그러하였듯이 개개인의 모든 인간을 우월한 존재로 만들어 그들을 〈약속된 땅〉을 향해 이끌고 나아가며 그들을 극한 상황의 차원에서까지 시험하려고 했다는 것은 어쩌면 카잔차키스의 헛된 꿈이었는지도 모른다. 카잔차키스의 시에서 도리스 지방의 야만인들이 그리스와 크노소스와 이집트를 굴복시켰듯이, 로마인들이 그리스를 굴복시켰듯이, 게르만족이 유럽을 정복했듯이, 그리고 오늘날 동반구와 서반구의 동요하는 세력이 민주국가들을 모두 정복할 기세를 드러내듯이, 문명국가들이 한참 번영을 누리다가는 보다 원시적인 어떤 힘에 의해서 파괴된다는 그의 사상과 같은 견해를 니체와 슈펭글러도 또한 보여 주었다.

아마도 카잔차키스의 사상에 가장 깊은 영향을 끼친 인물은 베르그송일 것이다. 아리스토텔레스와 토마스 아퀴나스가 단테의 사상과 작품 구조에 끼친 영향의 관계를 카잔차키스의 사상과 작품 구조에 끼친 베르그송의 영향에서 찾아볼 수 있으며, 그가 사상의 형성기에 콜레주 드 프랑스에 다니며 베르그송에게서 가르침을 받았다는 사실은 큰 중요성을 지닌다. 카잔차키스의 사상과 그의 디오니소스적인 기법의 핵심부에는 생의 비약*élan vital*, 즉 생명력이 넘치는 창조의 충동, 끊임없이 변화하는 폭발적인 현상들 속에서 영원히 흐르며 스스로 모습을 드러내는 유연하고도 지속적인 창조력의 한 표현으로서 삶을 파악하는 베르그송의 삶에 대한 관념이 담겼다. 그의 스승이었던 베르그송에 관한 논문에서 카잔차키스는 이렇게 썼다. 〈베르그송의 이론을 따르자면 삶이란 끝없는 창조요, 위로 뛰어오르려는 도약이요, 힘찬 폭발이요, 《생의 비약》이라고 했다. 〔……〕 인간이 생겨나기까지의 모든 생명의 역사는 물질을 진화시키고, 고정된 타성의 작용으로부터 해방된 존재를 창조하기 위한 힘찬 충동에서 파생되는 웅대한 노력이었다. 〔……〕 하나는 융합을 향해서이고 다른 하나는 붕괴를 향해서, 비록 상반되는 방향이기는 하더라도 생명의 흐름과 물질의 흐름, 두 가지 흐름이 활동한다. 베르그송은 삶을 생의 비약이 분출하여 방울져 떨어지는 격렬한 강물이라고 생각한다. 이런 방울들이 물질을 형성한다.〉『창조적 진화*L'Evolution Créatrice*』에서 베르그송이 서술한 바로는 생명이란 공간보다는 시간적인 개념이요, 위치가 아니라 변화요, 양보다는 질적인 관념이고, 물질과 운동의 단순한 재배치에 지나지 않는다. 강조해야 할 요소는 물질이 아니라 이성이요, 공간이 아니라 시간이요, 수동성이 아니라 행동이요, 기계적인 작용이 아니라 선택이다. 생명은 〈항상 그리고 또 항상 세상을 재생산하려는 본능을〉 발휘해 왔다. 사물들의 형태는 외적인 요소가 부여한 것이 아니라 내적인 필연성에 의해서 이루어진다. 생명은 비록 개체가 붕괴되도록 내버려 두기는 하지만, 재생산과 끊임없는 창조적인 진화를 통해서 죽음을 정복한다.

베르그송의 이론을 따르자면, 생명의 본능은 점점 더 큰 자유를 향하는 세 단계의 노력을 통해 저절로 드러난다. 첫 번째 단계에서는 생명이 식물의 어두운 무감각 상태 속에, 그리고 그곳에서 발견한 안정 속에 뿌리를 내리며, 두 번째 단계에서는 개미나 벌처럼 자동인형이나 마찬가지로 행동하는 기계적인 본능 속에 갇혀 있으며, 세 번째 단계에서는 척추동물들을 통하여, 지능과 의지력을 통하여 타성적인 본능을 떨쳐 버리고 〈사상의 끝없는 모험〉으로 뛰어든다. 베르그송이나 마찬가지로 카잔차키스에게는 (본능과 결합된) 직관(直觀)이 사물들의 본질을 추구하는 보다 디오니소스적인 시각이요 보다 깊이 꿰뚫어 보는 시각이지만, 본능과 직관 두 가지는 모두 진화를 위한 성장에서 보다 대담하고, 보다 강력하게 자라남으로써 생의 비약이 가장 숭고하게 표현되는 가장 훌륭한 형태들을 가장 잘 구현한다고 여겨지는 지성에 궁극적인 희망을 건다. 그렇기는 해도 직관과 지성이 다 같이 공통된 원천으로부터 기원하며, 그것들이 똑같은 주체의 가지라는 점도 강조해야만 한다. 〈그것들은 계속되는 진화의 단계가 아니다.〉 카잔차키스가 설명했다. 〈그것들은 같은 발효 작용이 취한 다른 방향일 따름이다. 본능과 지능 사이에는 양적인 차이가 아니라 질적인 차이가 존재한다. 본능은 사물을 알고 지능은 사물이 서로 지니는 상호간의 관계를 안다. 두 가지 모두 인식의 기능이다. 〔……〕 직관은 생명의 본질 자체로 들어가고, 생명의 움직임 그리고 그것의 창조력을 느낀다는 이점을 지닌다. 하지만 그것은 한 가지 불리한 요소도 지녔으니, 스스로 느끼는 바를 표현하지 못한다.〉 언어는 지능의 도구이다. 경험을 해석하고 사물의 본질을 이해하기 원하는 철학은 지능 하나만으로는 그렇게 할 수가 없다. 〈따라서 지능은 본능과 함께 일해야만 한다. 베르그송은 이렇게 말했다. 《오직 지능만이 어떤 문제의 해결을 도모할 줄 알지만, 절대로 문제를 해결하지는 않고, 오직 본능만이 해결할 능력을 지녔지만 본능은 절대로 해결을 도모하지 않는다.》 따라서 절대적인 합동 작업이 필요하다.〉

카잔차키스는 특별히 힘주어 말한다. 〈생명이란 시에서의 영감이나 마찬가지다. 어휘는 영감의 흐름을 가로막지만, 그래도 가능한 한 최선의 방법으로 그것을 표현한다. 오직 인간의 지능만이 어휘를 분해하거나, 결합시키거나, 문법상으로 구사하지만, 시를 이해하기 위해서 우리들은 다른 무엇을 필요로 해서, 우리들은 마음속으로 파고 들어가야 하고, 시인 자신과 조화를 이루는 경지에 이르러야 하는데, 그 까닭은 그래야만 어휘가 융통성 없는 경직된 상태를 떨쳐 버리고 본디 흐름을 찾아 시가 참된 본질과 더불어 사람의 마음속에서 비등하여 문법상의 분석으로는 절대로 발견하지 못하는 요소를 발견하기 때문이다. 비슷한 얘기지만, 생의 비약을 이해하기 위해서는, 창조된 사물을 검토하거나 과학을 연구하는 사람들이 보여 주는 지구의 역사를 파악하려면 인간의 지능이 필요하지만, 시를 이해하기 위해서는 어휘만 가지고는 어렵듯이 여기에서도 지능만으로는 충분하지 못하다. 두 가지 모두가 필수적인 요소이다.〉

점점 더 큰 자유를 지향하는 과정에서 실험을 위해 개인과 종족을 만들어 내고 없애 버리는 생명의 끊임없는 창조력을 베르그송과 카잔차키스, 두 사람 다 신(神)이라고 불렀다. 그들 두 사람에게는 신이 전능한 존재가 아니라 유한한 존재였으며, 진리의 존재가 아니라 점점 더 깊은 의식을 향해, 빛을 향해 나아가면서 물질의 방해를 받아 고꾸라지기도 하고 투쟁하는 존재다. 베르그송은 이렇게 썼다. 〈그렇게 정의된 신은 규격화한 아무런 요소도 지니지 않아서, 그는 그치지 않는 생명이요, 행동이요, 자유다. 그렇게 파악된 창조력은 신비가 아니어서, 우리들은 자유롭게 행동할 때 우리들 자신의 내면에서 그 힘을 경험한다.〉 인간의 내면에서 더 많은 힘과 향상을 지향하는 모든 충동은 내부에서 창조와 재창조의 끝없는 순환을 거치며 앞으로 그리고 위로 그를 밀고 나아가는 창조적인 힘의 소용돌이요 목소리다. 그리고 또한, 카잔차키스가 (특히 오디세우스가 마지막으로 헤라클레스와 프로메테우스를 만날 때) 어둡게, 주저하면서, 조심스럽게 제시하는 바를 베르그송이 명확하게 부각시킨 요소는 희망 — 삶은 물질과의 투쟁을 통하여, 시간을 거치는 사이에, 죽음의 필연성을 벗어나게 되리라는 궁극적인 희망이다. 베르그송은 이렇게 썼다. 〈동물은 식물을 밟고 그 위에 서며, 인간은 동물의 세계 위에 군림하며, 인류 전체는 시간과 공간에서 우리들 저마다의 앞과 옆과 뒤에서 하나의 군대를 이루어 우렁차게 내달리고 공격하여 모든 저항을 물리치고 가장 엄청난 장애물들, 심지어는 죽음까지도 밀어내는 능력을 지닌다.〉 (베르그송에 관한 이런 내용들은 윌 듀랜트Will Durant의 『철학 이야기*The Story of Philosophy*』에서 인용했음을 밝힌다.)

모든 시인이 그렇듯이 카잔차키스는 체계적인 철학자라기보다는 이성과 영혼의 촉각을 내밀어 그에게 자양분을 가져다줄 모든 대상을 움켜잡고, 오직 그에게만 있는 독특한 시각을 지닌 제3의 내적인 눈으로 모두 빨아들이며, 사실상 하나의 새로운 이해라고 할 만큼 그토록 강렬한 상상력이 충일한 인생관으로 독자를 감동시키는 인물이다. 예이츠의 경우나 마찬가지로 카잔차키스의 모든 시상(詩想)에서 기본적인 요소는 대칭이나, 반(反)이나, 이율배반이라고 여겨지는 양상들을 종합하려는 시도이다. 우리들이 보다 높은 차원에 올라서서 제3의 내적인 눈으로, 전혀 이루어지지 않는 조화를 위한 끝없는 투쟁의 터전으로 관찰하기 전에는, 카잔차키스 자신의 삶과 개성은 상반되는 요소들의 싸움터라고 여겨진다. 이 눈, 이 시각(視覺), (인도나 소아시아에서 온 디오니소스 또는) 동양의 눈과 (아폴론 또는) 헬레니즘 시대 그리스의 눈 사이에 위치하는 이 시각을 카잔차키스는 〈크레테의 시각〉이라고 불렀는데, 그것은 그가 아프리카와 아시아와 유럽의 갈림길에 위치한 크레타 섬에서 태어났기 때문이다. 『오디세이아』에서 그가 〈반(反)고전적〉 경향을 보였다고 비난한 어느 젊은 그리스 학자에게 보낸 답장에서 카잔차키스는 고대 그리스 문명을 창조한 힘은 두 가지 흐름인데, 하나는 어두운 지하에서 흐르는 디오니소스의 흐름이요, 다른 하나는 위에서 흐르는 아폴론의 빛나는 흐름이었다고 설명했다. 지하의 흐름은 지상 세계의 열매에 물을 주고 영양분을 제공했으므로 만일 디오니소스가 존재하지 않았더라면 아폴론은 빈혈을 일으켰으리라. 두 가지 모두 원시적이고 기름진 그리스의 뿌리였지만 3천 년이라는 세월이 흐르는 사이에 많은 새로운 피가 그리스의 핏줄로 흘러 들어가 풍요를 이루었다. 창조자는 두 가지 길 가운데 하나만 선택하면 되었으니, 〈고전적인 그리스〉의 한 부분을 이루지 못하는 모든 면을 거부하고 아폴론적인 요소만 받아들이거나, 또는 넘치는 풍요함을 물려받은 격동의 후손답게 모든 피의 종합을 창조하고 초헬레니즘적 풍요함의 표현 방법을 발견하기 위해 노력할 수도 있겠다. 젊은 학자에게 쓴 편지에서 카잔차키스는 이렇게 말했다. 〈당신은 고대의 고전적인 헬레니즘, 즉 첫 번째 길을 더 좋아하고, 나는 두 번째 길을 더 좋아합니다. 『오디세이아』에서 나는 이런 종합을 이루고, 그에 알맞은 표현을 찾으려고 시도했습니다. 오디세우스는 새롭고 우월한 삶의 형태를 갈망하는 보다 새로운 인간을 단순히 일반적으로 묘사한 소묘가 아니며, 그는 자신의 운명에서 가장 기초적인 갈등을 해결해야 하는 독특한 그리스인이기도 하고, 그에게 가장 참되다고 여겨지는 해결 방법을 선택하고 그 선택에 따라 살아가며, 그는 삶을 다듬어 가꾸려 하지 않고, 아무것도 거부하지 않고, 종합을 추구합니다.〉

그런 다음에 카잔차키스는 그리스와 동양 사이에 존재하는 두 가지 뚜렷한 차이를 지적한다. 그리스의 두드러진 특성으로는 무질서한 흐름과 원시적인 악(惡)의 힘들을 억눌러 깨우치고 훈련된 의지력의 지시를 받게끔 만드는 고정된 경계선, 즉 견고한 자아의 요새를 구축하려는 경향이 있다. 그리스의 가장 숭고한 이상은 무질서와 혼돈으로부터 자아를 구제하는 것이다. 동양의 가장 숭고한 이상은 자아가 무한성(無限性) 속으로 스며들어 하나가 되도록 하는 것이다. 수동적인 명상, 체념의 환희, 인간의 힘이 아닌 신비의 힘을 철저히 신뢰하는 순종 — 이런 이상들이 동양의 본질이다. 〈이런 동양의 인생관은 오디세우스의 영혼과 실천과 가장 반대의 위치에 있습니다.〉 그를 비판한 젊은이에게 카잔차키스가 이런 편지를 썼다. 〈물론 그는 잠을 못 자고 지키면서라도 오히려 그것을 직시함으로써 힘을 키우기 더 좋아하기 때문에 그리스인들처럼 혼돈을 가려 숨기려 하지 않고, 그러면서도 그는 절대로 자신을 혼돈에게 내맡기지 않으며, 그와는 반대로 오히려 죽음이 눈앞에 나타나는 마지막 순간까지 혼돈 앞에 꿋꿋하게 서서 조금도 흔들리지 않는 눈으로 그것을 직시합니다.〉 삶과 죽음에 대한 이런 자세는 그리스적이지도 않고 동양적이지도 않으며, 그와는 다른 무엇이다. 〈(물론 모든 크레테 사람에게 그런 것은 아니지만) 나에게는 크레테가 항상 추구하던 종합이요, 그리스와 동양의 종합[4]입니다. 나는 자신의 내면에서 유럽도 느끼지 않고, 명확하게 집약된 고전적인 그리스도 느끼지 않으며 나는 무질서한 혼돈과 동양의 무기력한 인고(忍苦)도 전혀 느끼지 않습니다. 나는 그와는 다른 무엇을, 하나의 종합을, 붕괴되지 않으며 심연을 직시할 뿐 아니라 그와는 반대로 그런 광경을 눈앞에 두고 일관성과 자부심과 남자다움이 충일하는 그런 존재성을 느낍니다. 삶과 죽음을 그토록 용감하게 대하는 이런 시각을 나는 크레테적이라고 생각합니다.〉

이어서 카잔차키스는 고전 시대 이전 크레테의 옛 미노스 문명[5]으로 크레테 시각의 기원을 추적해 올라간다. 무서운 지진이 황소의 신으로 상징되고, 바로 그 황소를 크레테 사람들이 곡예 같은 놀이의 대상으로 삼았던 미노스 크레테는 카잔차키스가 우월한 환상으로 간주했던 〈대종합〉의 참된 실현이었다. 크레테의 황소 예식은 현대 스페인의 투우와는 아무 관계가 없다. 크레테인들은 지진의 신 황소를 두려움 없이 조금도 흔들리지 않는 시선으로 보았으며, (동양에서처럼) 소와 하나로 결합하기 위해 그리고 (그리스에서처럼) 그것으로부터 해방되기 위해 소를 죽이지는 않았고, 편안한 마음으로 함께 희롱했다. 〈황소와의 이런 직접적인 접촉은 크레테인의 힘을 키웠고, 검고도 힘찬 황소 티탄에 맞서 자신의 능력을 측정하기 위해 그의 육체가 지닌 유연성과 매력, 활활 타오르면서도 냉정하고 정확한 동작,

4 변증법상의 종합을 뜻한다.
5 기원전 3000년경부터 기원전 1100년경까지 존속하였다.

욕정의 절제, 그리고 힘들여서 얻은 정력을 가꾸었다. 그리고 크레테인은 이렇듯 공포를 숭고한 놀이로 변형시켜, 야수와 직접 접촉함으로써, 인간의 미덕이 훈련을 거쳐 승리를 거두게 했다. 크레테인은 황소를 적이 아니라 동지라고 생각했기 때문에 무시무시한 황소를 죽이지 않고도 승리를 거두었으며, 황소가 없었다면 크레테인은 그토록 튼튼하고 매혹적인 육체와, 그토록 용맹한 정신력을 얻지 못했으리라. 물론 그토록 위험한 놀이를 하고 견디어 내려면 사람은 잠을 못 자는 대단한 수련뿐 아니라 육체적 그리고 정신적으로 담력을 쌓는 훈련을 거쳐야 하겠지만, 만일 스스로 훈련하고 경기에 대한 요령이 생긴다면, 그때는 그의 동작 하나하나가 단순하고, 확실하고, 우아해진다. 희망을 지니지도 않았지만 두려움도 없이 그렇게 황소와 심연에서 맞서는 이런 영웅적이고도 장난스러운 눈을 나는《크레테의 휘광(輝光)》이라고 부른다.〉

카잔차키스는 빛과 숭고함으로 가득 차고, 보다 높은 평온함을 지니고 세계를 보며 긴장감으로 불타지 않는 다른 명확한 관점들이 세계 각처에 그리고 현대 그리스에 존재한다는 사실을 잘 알았다. 그는 질서가 잡힌 아폴론적 또는 고전적 삶의 관념을 존중하고 거기에서 기쁨을 발견했으며, 이 관점에 끌려 자신이 스스로 깨달았던 이상으로부터 더 많은 영향을 받았지만, 그래도 그는 이것이 자신만의 독특한 관점이라거나 또는 현대 세계의 격렬한 변화를 가장 잘 파악하고 이해하는 관점이라고 간주하지는 않았다. 그는 이렇게 썼다. 〈우리들이 거쳐 지나가는 시대란 두드러지게 반고전적인 시대라고 여겨진다. 그것은 보다 높은 차원에서 새로운 고전적인 시대를 — 새로운 균형을 이룩하기 위해, 드디어 세계에 새롭고도 일관된 의미를 부여할지도 모르며 우리들이 새로운《신화》라고 불러 왔던 바를 창조하기 위해 정치적, 경제적, 사회적인 삶에서, 사상과 행동에서 틀을 깨뜨리는 듯싶다. 우리들의 시대는 야만적인 시대이고, 지하의 디오니소스적 힘인 황소의 고삐가 풀렸으며, 대지의 아폴론적인 껍질은 금이 가고 있다. (예이츠는 『재림*The Second Coming*』에서 이렇게 썼다. 《그리고 어떤 험악한 야수가 베들레헴을 향해 터벅거리고 가서 태어나려고 하는가?》) 고결함과, 조화와, 균형과, 삶의 감미로움과, 행복은 모두가 하나같이 우리들이 용감하게 작별을 고해야만 하는 미덕이요 은총이다. 그런 대상들은 과거나 미래의 다른 시대에 속한다. 모든 시대는 저마다 나름대로의 얼굴을 지녔는데, 우리 시대는 야만적인 얼굴이어서, 섬세한 인간은 그것에 맞설 용기가 없으므로, 겁에 질려 눈을 돌리고, 케케묵은 숭고한 원형(元型)들에게 의존하려고 하며, 고통스러운 탄생을 거치는 세계의 현대적이고, 경이적이고, 무서운 광경을 직시하지 못한다. 그들은 자신의 욕망과 두려움의 무늬에 맞게 다듬어진 예술 작품을 원한다. 그들은 세계를 파괴하는 악마적인 힘으로 모든 순간에 그들의 눈앞에서 폭발하는 현대의 삶을 구경하지만, 그러면서도 그들은 그것을 제대로 보지 못하고, 혹시 보았다고 하더라도 사실상 그들은 그것을 현실에서 찾지 않고 거울에 비친 그런 영상에서, 현대 예술에서 추구하려고 했다.〉

따라서 카잔차키스에게 〈크레테의 시각〉이란 모든 인간적 및 본질적 노력의 기초를 이룬다고 그가 믿었던 상반되는 요소들을 종합하려는 시도, 그러면서도 영구하다기보다는 오히려 순간적인 조화여서 보다 큰 긴장(緊張)을 이루어 더욱 높고 더욱 포괄적인 종합을 향해 폭발하고 한없이 위를 향해 나선형을 이루며 치솟아 올라간 뒤에는 인간과 본질의 노력이 흘린 피로 얼룩진 궤도만 남겨 놓는 그런 종합이었다. 보다 제한된 관점에서는 그의 삶과 사상이 이율배반적이라고 여겨지지만, 보다 크고 스스로 끝없이 변화하는 단일성을 이루는 부분들로 고찰되는 경우에는 또 다른 하나의 가치를 지니게 되는 그런 양상을 바로 그러한 종합의 개념이 잘 설명해 줄지도 모른다. 여기에서는 식물이거나, 동물이거나, 인간이거나, 별이거나 간에 앞으로 밀고 나아가는 과정에서 생성된 어떤 순간적인 사물보다는 창조적인 충동 — 끊임없는 팽창과 생명의 비약이 지닌 유동성을 강조해야 한다. 〈크레테의 시각〉은 새로운 법칙을 창조하자마자 당장 그것을 무너뜨리기 위한 상반되는 반대의 법칙을 잉태하기 시작하는 눈이, 선과 악이 균형을 이루는 날개의 힘으로 솟아오르는 제3의 내적인 눈이 그사이에 존재하는 이원적(二元的) 긴장으로부터 연유하는 바로 그런 이중 시각이다. 제10편에서 오디세우스가 소리친다. 〈입맞춤을 할 때 두 입술이 만드는 동그란 과일처럼/만일 내가 적과 친구들과 다 같이 싸우고, 신과 악마,/긍정과 부정이 내 마음속에서 하나가 될 수만 있다면!〉 제11편에서 그가 말한다. 〈신이 오른쪽에서 선의 거대한 날개를 펼치고/왼쪽에서 악의 날개를 펼친 다음 뛰쳐 솟아오른다./나도 신처럼 어긋나는 날개로 날게 된다면 얼마나 좋으랴!〉 그리고 제12편에서는 〈과거의 모든 법을 비웃고 파괴하며 거부하도록 나는/그 법들에 상반되는 비밀의 법을 하나씩 만들리라.〉

카잔차키스의 사상 가운데 그리스 사람들이 가장 잘못 파악해 온 두 가지 요소를 여기에서 올바르게 밝혀 둬야 하겠다. 첫 번째 요소는 절망에 대한 자세다. 결국은 모든 것을 집어삼키게 될 어두운 심연을 아무런 미망(迷妄)도 없이 눈을 부릅뜨고 인간이 직시해야만 한다는 그의 강력한 주장에 너무나 깊은 인상을 받고, 너무나 위압을 당한 나머지, 독자들은 흔히 그를 허무주의자나 권위를 부정하는 자라고 낙인찍었지만, 사실상 그의 모든 삶과 사상 전체는 그와 정반대인 요소를 강조했다. 바로 이 심연의 위에다 인간은 삶과 활동의 집을 지어야 하고, 삶에 대한 크나큰 긍정은 크나큰 부정을 받아들이고 극복하여 일어설 때여야만 의미와 가치를 지니며, 따라서 삶을 현실적으로 파악하기 위해서는 이중 시각이 필요하다고 그는 단순하게 주장한다. 카잔차키스를 철저히 절망하는 사람이라고 표현한 어느 비평가에게 보낸 편지에서 카잔차키스는 이렇게 응답했다. 〈절대적인 절망을 넘어서야만 절대적인 희망의 문을 찾아냅니다. 절대적인 절망의 위로 솟아오르는 최후의 무서운 한 계단을 올라가지 못하는 사람이야말로 불쌍한 사람이어서, 그런 사람은 필연적으로 절망을 극복하지 못합니다. 계단을 올라가는 다른 사람만이 건실한 기쁨과 불멸성이 뜻하는 바를 알게 됩니다.〉 인간의 세계에서는 영혼의 승리나 패배가 인간 자신에 따라 좌우되며, 상승하는 길은 끝이 없고 무자비한 피투성이 투쟁의 길이다. 심연의 위에다 집을 짓는 사람에게는 그런 도전이 절망이나 자살의 길로 이끌어 가지 않고, 필연성을 기쁨으로 받아들이는 자세로, 존재의 가장 높은 정상에서 웃는 웃음으로, 그리고 결국 카잔차키스의 문체에서 두드러진 특성이며 특히 제17편의 막간에서 잘 보여 주는 기쁨의 황홀경 속에 포함된 비극적인 요소들을 창조적으로 구성하는 〈놀이〉로 이끌어 가는 길이다. 따라서 그의 웃음은 현대 형이상학적 시인들이 벌이는 묘한 이성의 장난이나 냉소적인 재치를 담으려 하지 않고, 「겸손한 제안A Modest Proposal」[6]을 쓴 조너선 스위프트의 통렬함과 아리스토파네스나 라블레의 보다 넓은 신랄함에 훨씬 가깝다.

두 번째로 분명히 해둬야 할 점은 카잔차키스가 사용하는 〈신(神)〉이라는 어휘의 의미이다. 신이란 그에게 생의 비약, 즉 보다 순수하고 보다 고귀한 자유를 추구하느라고 투쟁하는 창조 과정 전체를 꿰뚫고 나아가는 강렬한 힘과 동일한 의미다. 그가 〈신〉이라는 명칭을 더 좋아하는 까닭은, 인간의 까마득한 기원 이후로 격세유전적이고

6 어린애를 잡아먹어 인구 증가와 굶주림을 한꺼번에 해소하자는 내용이 담긴 유명한 글.

동물적인 본성을 초월하려고 투쟁해 온 인간의 역사적인 노력으로 〈신〉의 개념이 점철되고 만신창이가 되었기 때문이다. 『오디세이아』의 전반부에서는 신이 신인동형동성적(神人同形同性的) 존재로 파악되면서도, 기독교 신학에서 다분히 그렇듯이 인간이 그를 향해 나아가는 어떤 구체적인 목적이나 사물이나 사람이나 목표로 제시되지 않으며, 지금까지는 인간을 가장 순수한 작업의 동반자라고 느꼈으며 이제는 심지어 어쩌면 불멸성을 얻으려는 자신의 모습까지도 인간에게서 더욱 순수한 형태의 화신(化身)으로서 찾으려 하고, 모든 자연 전체가 지닌 투쟁하는 영혼의 한 부분으로서 인간 자신과 동일하고도 상반되는 존재로 제시된다. 제16편에서 〈이상(理想)〉의 도시가 파괴된 다음에 오디세우스는 자신의 내면에서 투쟁하는 거룩한 정신을 해방시키기 위한 시도로부터 점점 더 멀어지고, 지상이거나 내세이거나 간에 엘리시온이나, 천국이나, 신의 정의에 대한 마지막 희망을 버리고, 무기물(無機物)로부터, 유기물의 등장과 가장 발전된 인간의 형태로부터, 생의 비약이 다른 표현 형태들을 발견하는 과정에서 모든 개체와 심지어는 종(種)까지도 계속해서 사라지는 단계로 한없이 나선형을 이루며 진화하는 우주의 상향(上向) 작용에, 그러니까 외적인 세계에 점점 더 관심을 쏟게 된다. 카잔차키스는 이렇게 썼다. 〈이렇게 위대한 인간은 그가 세운 도시를 지진이 완전히 무너뜨리는 순간까지도 창조를 향한 무서운 충동을 버리지 않았다. 〔……〕 그때부터 몰락이 시작되었지만, 그는 몰락을 막기 위해서 아무런 노력도 하지 않는다.〉 그렇지만 에덴동산에서의 아담과 이브의 수치스러운 타락에 자주 비유되는 이 몰락이야말로 완전한 능력을 발휘하기 위한 참된 상승을 향한 길로 오디세우스를 이끈다.

작품의 전반부에서는 신이 오디세우스의 육신 속에 갇혀 해방시켜 달라고 소리치며 항상 그와 함께 살아가는 동반자로 제시되고, 후반부에서는 죽음이 오디세우스 자신의 뼈와 육신 자체여서, 그림자나 충실한 개처럼 항상 그의 뒤를 따라다니며, 그의 주체가 거울에 비친 듯한 영상으로 그려진다. 오디세우스가 단순히 행동하는 인간으로 서술되는 전반부에서는 그의 투쟁이 신에 대한 그의 관념을 순수화하려는 고뇌에 찬 노력 속에서 다분히 정신적인 투쟁으로 그려지고, 후반부에서는 오디세우스가 통찰하는 명상에 빠진 다음 더 이상 신이나 영혼을 추구하지 않고, 그의 관심을 외부로, 감각으로, 대지로, 인간의 갖가지 대표적인 유형을 통한 영혼의 인간적인 발현으로 돌린다. 스탠퍼드 박사는 이렇게 썼다. 〈고난을 거친 다음에 그는 존재의 신앙을 위해서 행동의 신앙을 버린다. [……] 그는 이제 역시 존재와 비존재의 내적인 비밀을 추구하는 사람들과의 개인적인 관계에 대한 탐색과 고행 속에서 자아의 향상과 자아의 앎을 추구한다.〉 그는 이제 〈단독자(單獨者)〉가 된다. 오디세우스는 고행자가 되었을 때 가장 물질주의적이 된다.

인간 본성과 비도덕적인 법칙들을 완전히 받아들임으로써 모든 이원성이 동일한 사물이 지닌 똑같이 현실적인 양상으로서의 역본적(力本的) 일원론(一元論) 속으로 흡수되었다. 진화는 단순한 변화나 증가된 복합성이 아니라, 보다 차원이 높고 가치가 많은 형태들을 향해서 항상 상승하는 운동을 의미한다. 인간은 독특한 의식과, 목적과, 이성과, 의지와, 선택을 동원함으로써 처음으로, 비록 무한한 무관심을 통해서이기는 하지만 점점 더 높은 차원의 완전성을 향해 스스로 풀려 나가는 과정에 의도적으로 간섭할 능력을 지닌 자연 속의 동물이다. 인간의 이성과, 선택하는 그의 힘과 의지는 비록 인간이 처한 환경과 물려받은 여건에 의해서, 그것들이 스스로 존재를 드러내는 요소들에 의해 제한되고 유도되기는 하지만 겉으로 보기에는 목적이 없는 듯 여겨지는 완전성을 지향하는 창조적인 충동, 즉 〈맹목성〉의 한 부분을 이룬다. 비록 그런 가치의 판단이 자연에 대해서는 목적이 없을지 모르지만, 그래도 자연 〈속〉에 존재하며 자연의 한 부분인 인간 자신에게는 목적을 지닌다. 비록 인간과 그의 능력이 꼭 자연을 〈위한〉 자연이 가장 완전해지는 가능성은 아니라고 하더라도, 인간은 어쨌든 그를 창조했고 그를 앞으로 밀고 나아가는 바로 그 힘에 영향을 끼치고 방향을 새로 설정하기 위해 물려받은 여건과 환경의 한계성을 넘어 솟구치는 능력을 지녔다. 그는 한도 없고 뭍도 보이지 않는 바다를 항해하고, 그의 배가 곧 암흑과 격랑에 휩쓸리며, 다 죽어 가는 신을 동반자로 삼기는 하지만, 키의 손잡이에 얹은 그의 두 손에 힘입어 어느 정도까지는 자신의 운명을 지배하도록 허락을 받는다. 자연의 세계 안에 존재하는 자신의 세계 속에서 인간은 비록 눈에 보이지 않는 힘에 의해 나아갈 길이 설정되기는 하지만, 그래도 인간은 자신의 운명을 조종하는 자다. 그의 영광은 그의 두 손이 조종하고 선택하는 방향이나 목적의 미세한 범주 안에서 이루어진다. 줄리언 헉슬리 경의 생물학적인 관점에서 볼 때, 〈인간의 가장 거룩한 의무이며 동시에 가장 영광스러운 기회는 지구상에서 진화 과정을 최대한으로 충족시키도록 도모하는 것인데, 여기에는 자신이 지닌 내재하는 가능성들을 가장 충실하게 실현하는 것이 포함된다.〉 (1958년도 3월 15일자 『새터데이 리뷰』에 게재된 조셉 우드 크러치Joseph Wood Krutch의 글 〈진화*Business of Evolution*〉를 참조할 것.) 메넬라오스가 오디세우스에게 인간과 심지어는 신들까지도 〈둑으로 막힌 강물처럼 그들도 역시 가야 할 길을 따르니〉라고 말하자, 오디세우스가 소리친다. 〈나는 세상에서 인간이 치러야 할 가장 큰 의무는/주어진 운명을 지워 버리고 그 운명과 싸우는 것이라고 생각하오./그래야만 인간은 신까지도 능가할 수가 있소!〉

1954년 여름 앙티브에서 카잔차키스와 필자가 그리스어로 그의 시를 처음 함께 천천히 읽을 무렵에 그는 『이것을 나는 믿는다』의 제 3권이 될 『신경(信經)』을 집필해 달라는 청탁을 받아놓은 터였다. 그 저서에는 카잔차키스가 자신의 삶과 작품에 관해서 마지막으로 요약한 내용이 포함되었다.

내 마음속에서 육체와 영혼 사이에 벌어지던 무자비하고 끊임없는 투쟁은 아주 어렸을 때부터 내가 겪은 기본적인 투쟁 그리고 나의 모든 기쁨과 슬픔의 원천이 되었다. 나의 내면에는 가장 오래되었으며 인간 이전에 존재했던 어둠과 빛의 힘이 있으며, 내 영혼은 그 두 군대가 만나고 싸우는 전투장이었다. 만일 두 가지 힘 가운데 하나만이 다른 하나를 정복해서 말살시킨다면, 내가 육신을 사랑해서 그것이 사라지기를 원하지 않았기 때문에, 그러면서도 영혼을 사랑하며 그것이 몰락하기를 원하지 않았기 때문에, 나는 길을 잃으리라고 느꼈다. 따라서 나는 두 가지 보편적이고 반(反, *antithesis*)이 되는 힘이 서로 적이 아니라 협동하는 동반자임을 깨달을 때까지, 그들이 이룬 조화 속에서 나도 역시 기뻐할 수 있게끔 그들이 환희할 때까지, 그들을 친밀하게 하나로 결합시키기 위해서 투쟁했다.

이런 투쟁은 여러 해 동안 계속되었다. 사랑의 길, 학문적인 탐구의 길, 사상적인 연구의 길, 사회적인 새로운 탄생의 길, 그리고 마지막으로 힘들고도 외로운 시(詩)의 길 — 나는 구원에 도달하기 위해 여러 가지 다른 방법을 시도해 보았다. 그러나 모든 길이 심연의 구렁텅이로 이어졌다는 진실을 깨달았을 때 두려움이 나를 사로잡았고, 그래서 나는 되돌아서서 다른 길을 택하고는 했다. 이렇게 방황과 순교는 여러 해 동안 계속되었다. 절망 속에서 마침내 나는 어떤 여자도 전혀 발을 들여놓았던 적이 없으며, 1천 년 동안 수천 명의 수도자들이 기도와 순결의 삶에 일생을 바치는 곳인 그리스의 거룩한 산 아토스에서 안식처를 구하려고 했었다. 그곳 거룩한 산의 고적함 속에서, 바다 위로 튀어나온 어느 늙은 은둔자의 처소에서, 나는 새로운 투쟁을 시작했다. 우선 나는 내 육신이 영혼에 순종하도록 수련을 닦았다. 여러 달 동안 나는 추위와, 배고픔과, 목마름과, 수면 부족 등 온갖 고생스러운 생활을 참도록 내 육체를 훈련시켰다. 그런 다음에 나는 영혼으로 관심을 돌리고 고통스러운 정신 집중에 몰입하여 내 마음속에 존재하는 하찮은 욕정과, 값싼 미덕과, 쓸데없는 정신적인 기쁨과, 편리한 희망을 모두 정복하는 길을 추구했다. 마침내 어느 날 밤, 나는 어떤 〈투쟁자(鬪爭者)〉가 우리들의 내면과 모든 우주 안에서 상승하며 뒤에 남긴 붉은 흔적을 보았기 때문에, 무기물에서 생명으로 그리고 생명에서 영혼으로 올라가며 남긴 피의 발자취를 똑똑히 보았기 때문에, 나는 벅찬 환희를 느끼며 벌떡 일어섰다.

그러더니 갑자기 물질이 정신력으로 변하는 위대한 광채가 내 마음속에서 탄생했다. 〈투쟁자〉를 뒤따르는 시뻘건 자취, 이것이 위대한 비밀이었다. 비록 그가 무기물로부터 자신을 해방시키고 식물이라는 생명체로 도약하기는 했더라도, 그래도 그는 숨이 막히는 기분을 느꼈고 그래서 동물의 삶으로 도약했으며, 계속해서 점점 더 많은 물질을 정신력으로 변형시켰다. 하지만 그는 또다시 숨이 막혔고, 그래서 그는 우리들이 〈인간〉이라고 너무 일찍 이름을 붙여 준 현대의 〈유인원〉으로 비약했으며, 이제 그는 유인원의 차원을 벗어나 정말로 〈인간〉이 되기 위한 투쟁을 벌였다. 이제 나는 〈눈에 보이지 않는〉의 변화 과정을 똑똑히 보았고, 불현듯 나는 무엇이 되는 것이 내 의무인지를 알았으니 — 그것은 투쟁자와 힘을 모아 조화를 이루며 일하는 길이요, 비록 하찮은 내 나름대로의 능력이 미치는 한에서나마 물질에서 영혼으로 변천하는 길인데, 그래야만 내가 인간의 가장 숭고한 도전인, 우주와의 조화를 찾는 투쟁을 시도할 수 있기 때문이었다.

나는 깊이 느낀 바가 있었고, 그래서 자유를 찾았다. (그럴 만한 능력도 물론 없었으려니와) 나는 세계를 바꿔 놓지는 못했지만, 세계를 보는 나의 관점은 바뀌었다. 그리고 그때부터 나는 위대한 투쟁자의 숨결과 조화를 이루지 못한다고 밝혀질지도 모르는 어떤 요소와도 연관을 맺지 않기 위해서 (처음에는 고뇌하며 의식적으로, 그러고는 조금씩 무의식적으로 바뀌면서, 지치지 않으며) 투쟁했다. 그 이후로 나는 어떤 천박한 행위를 범하거나, 거짓말을 하거나, 두려움에 사로잡히면 부끄러움을 느꼈는데, 그것은 나 또한 세상의 발전에서 커다란 책임을 맡았음을 깨달았기 때문이다. 이제 나는 내가 하는 공헌이 우주의 심오하고 깊은 뜻을 따르기 때문에 헛되지 않으리라는 사실을 알았으므로 확신을 가지고 일하며 생각한다. 죽음의 운명을 타고난 인간인 나까지도 영원불멸한 존재와 더불어 함께 일할 수가 있으며, 내 영혼은 가능한 한 점점 더 불멸의 존재가 되기도 한다. 전혀 수동적이지 않고, 오히려 반(反)의 힘들과 끊임없이 새롭게 화해하고 협동하는 이런 조화가 나에게는 자유요 구원으로 남았다.

## 3. 인간 카잔차키스

니코스 카잔차키스는 1883년 2월 18일 크레타의 이라클리온에서 태어나 일흔다섯 번째의 생일을 넉 달 앞둔 1957년 10월 26일 독일의 프라이부르크에서 사망했다. 그는 고향 크레타와 낙소스에서 초기 교육을 받았으며, 아테네 대학교에서 법학과를 수료한 다음 유럽 각처를 여행하며 5년을 보냈고, 그동안 라틴어와 고대 및 현대 그리스어 이외에 다섯 가지 현대 외국어를 배웠다. 생애 여러 기간 동안에 그는 또한 팔레스타인, 이집트, 중국, 일본을 여행했으며, 러시아에서 2년을 지냈고, 아토스 산에서 몇 달 동안 명상 생활도 했다. 1919년에 그는 베니젤로스의 행정부에서 공공복지부의 장관으로 임명되었고, 이 직책으로 인해 15만 명의 그리스인을 마케도니아와 트라키아로 수송하고 이주시키기 위해 카프카스와 남부 러시아로 가는 임무를 맡았다. 독일과 이탈리아가 그리스를 점령한 시기에 그는 아이기나 섬에서 거의 굶어 죽을 지경으로 고생을 하며 살았다. 1945년 짤막한 기간 동안에 그는 소풀리스의 행정부에서 정무 장관으로 일했으며, 1947년에는 유네스코의 고전 번역국장으로 임명되었지만 문학 활동에만 전념하기 위해 1년 후에 사퇴하고 프랑스령 리비에라에 위치한 고대 그리스 도시 안티폴리스(앙티브)에 정착했다. 그는 처음에 갈라테아 알렉시우와, 그러고는 엘레니 사미우와, 이렇게 두 번 결혼했다. 그는 아이를 한 명도 낳지 않았다.

1957년 6월에 그는 앙티브의 집에서 필자에게 이런 내용의 편지를 보냈다. 〈또다시 나는 가장 높은 지혜로 이끌어 가는 길로 항상 나에게 남아 있던 광기(狂氣)의 길, 《즉 정신적인 모험과 디오니소스적인 열광의 길》을 따르려고 합니다.〉 그는 중국 정부의 초청을 받아 떠나려던 참이었다. 1935년에 그는 중국과 일본을 방문했고, 얼마 후에 그가 받은 인상들을 여행기에 담았으며, 비록 이제는 벌써 몇 년째 임파성 백혈병을 앓던 중이고 나이가 일흔넷이기는 했어도, 카잔차키스는 상반되는 이념이 유발시킨 변화들을 관찰해 보려는 열망을 버리지 않았다. 베이징에서 그는 꽃이 만발한 벚나무에 앉은 새를 그린 엽서에 이런 내용의 글을 적어 보냈다. 〈나는 내 육체로 하여금 영혼에 복종하도록 강요하며, 그래서 나는 절대로 지칠 줄 모릅니다. 나는 북극을 경유하여 유럽으로 돌아갈 계획입니다.〉 홍콩을 방문하기 위한 준비로 그는 타의에 의해 천연두 예방주사를 맞았으며, 그가 도쿄로 가서 북극 항로의 북극 지역들을 거치는 동안 접종을 맞아 생긴 오른팔의 상처가 감염되어 치명적인 상태가 되었다. 비록 눈앞에 닥친 위기를 코펜하겐의 어느 병원과 다음에는 프라이부르크 대학교의 병원에서 넘기기는 했지만, 그는 후유증으로 발병했던 심한 독감에 저항할 능력이 없었기 때문에 10월 26일 밤 10시 20분에 사망하고 말았다. 그의 생애에서 최후의 며칠 동안은 오래전부터 그에게 노벨 문학상을 수여해야 한다고 추천해 왔던 인물이며, 세계의 모든 살아 있는 인물들 가운데 그가 가장 존경했던 사람인 알베르트 슈바이처의 방문을 받아 행복하게 지냈다. 그의 유해는 출생지인 크레타의 이라클리온으로 옮겨졌으며, 도시를 에워싼 옛 베네치아 성의 마르티넨고 능보(稜堡)에 국민장으로 안치되었다. 이 지역은 그가 일하던 방의 가구와, 서재와, 육필 원고를 소장한 박물관과 더불어 공원으로 지정될 예정이다. 합리적인 사고를 뒤엎어 놓으면서도 어쩐지 잠재의식적인 의지에 의해 계획된 듯한 우연의 일치지만, 그의 자서전적인 『오디세이아』의 주인공이 남극 지역에서 죽음과 맞섰듯이 노년의 카잔차키스는 죽음을 만나기 위해 지구의 가장 북쪽 끝까지 날아갔던 셈이다. 이렇듯 두 사람은 양쪽 끝에서 온 세계를 포옹했으며, 이렇듯 얼어붙은 대척(對蹠)의 균형 안에서 조화는 보존되었다.

나는 긴밀한 합동 작업과 토론을 날마다 벌이며 영혼을 시험하고, 분석하고, 노출시키던 무렵처럼 그의 존재에 대해서 위대성을 실감나게 그리고 끊임없이 의식했던 적이 없었다. 용모에서도 그는 상대방을 사로잡아서, 키가 크고 호리호리한 몸매에, 수도자처럼 야위었으며, 황갈색이 감도는 허연 눈썹은 숱이 많았고, 〈꿰뚫어 보는 듯한〉이라든가 〈독수리의 눈 같은〉이라는 케케묵은 표현이 정말로 실감나게 만드는 그런 눈을 소유한 사람이라고는 나는 카잔차키스 한 사람밖에 본 적이 없다. 사람들은 그의 위대성을 참된 위대성이라고 항상 간주하지만 주변에서 발견하리라고는 별로 기대하지 못하는 단순성,

모든 대상을 받아들이고 사소함을 초월하여 보다 높은 신장(伸張) 속에서 살아가는 평온함으로 빛나는, 투명한 그런 위대함이었다. 지극히 소심했던 그는 옷차림도 소박했고, 별로 많이 먹지를 않았고, 수도자의 기질을 갖춘 사람이었다. 그렇기는 해도 예이츠나 마찬가지로 그는 (실제로 그의 친구였으며) 육신과 자유의 황홀경을 만끽하는 격렬한 행동의 인간인 조르바 같은 사람들을 열렬히 찬양했다. 또한 이것도 역시 예이츠나 마찬가지였지만 그는 자신의 삶과 사상이 상반되는 요소들 사이의 긴장으로 인한 이중 시각 속에서 이루어졌으며, 무(無)의 심연 위로 점점 더 높은 정신적인 영역을 향해 쉬지 않고 위로 상승하는 폭발적인 갈등 속에서 이루어졌기 때문에, 예이츠와 같이 아일랜드 시인이 얘기하는 달의 철학에서 18위상(位相), 즉 (단테와 더불어) 〈대조적인 인간〉의 범주에 속한다. 식사를 조금밖에 안 하면서도 그는 항상 식욕이 왕성한 사람들을 묘사했고, 자신은 여자들과의 관계에 대해서 민감하면서도 그가 그리는 주인공들은 흔히 대담하거나 뻔뻔스러운 방법으로 접근하며, 손자들을 잔뜩 거느린 할아버지들을 즐겨 묘사하면서도 그는 두 번의 결혼을 거치는 동안 아이가 없었고, 세계 각처를 돌아다녔으면서도 그는 자꾸만 은둔자의 처소에 마음이 끌렸고, 그리스와 특히 크레타를 사랑했으면서도 그는 삶의 많은 부분을 해외에서 살았고, 전체적인 인류에 대해서 무한한 연민을 느끼면서도 그는 개인적으로 누구에게 접근하거나 많은 사람을 좋아하는 데는 어려움을 느꼈고, 그리스도의 자기희생이나 붓다의 극기를 찬양하면서도 그는 잔인성과 불의와 야만성을 삶의 필수적인 부분으로 받아들였다.

그가 내세운 자서전적인 주인공 오디세우스는, 그의 행동과 작품과 인격에서 드러나는 이원적인 양상들을 종합하고, 자체로서는 악도 아니요 선도 아니며 도덕적이지도 않고 비도덕적이지도 않은 자연 속의 온갖 모순을 받아들이고, 자연을 동시에 소우주이기도 하고 대우주라고도 보는 현실적인 관점으로부터 비롯되었어도 신비주의적 관점의 불 속에서 하나로 융합시키려는, 카잔차키스가 지닌 양면성의 많은 부분을 반영하려는 노력에서 생성되었다고 나는 믿는다. 거의 3천 년에 걸쳐 추가된 해석과 발전을 통해 풍요해지고 확대된 전통적 양면성을 지닌 오디세우스의 성격 속에서 카잔차키스는 자기 자신의 성향뿐 아니라 오디세우스가 그들에게는 아직도 이상적인 인물이며 찬양받는 표본으로 간주되는 그리스 민족 전체의 기질을 묘사하는 데 충분할 만큼 복합적인 바탕을 발견한 것이다. 1929년에 집필한 그의 초기 소설 『토다 라바』에서 그는 이렇게 썼다. 〈너도 알다시피 이 아비가 인생의 길잡이로 삼은 사람은 인간 영혼을 안내한다는 위대한 세 길잡이 중 어느 누구도 아니란다. 파우스트도, 햄릿도, 돈키호테도 아니야. 바로 오디세우스다! 내가 소련에 온 것도 바로 오디세우스의 배를 타고 온 것이다. 나는 서구의 지성에 대해 채울 수 없는 갈증을 가진 것도 아니고, 그렇다고 완전한 무위의 상태를 끝내겠다는 목적 하나로, 예와 아니요 사이에서 망설이지도 않는다. 그리고 풍차를 공격하려는 귀족 창기병의 우스꽝스럽고 고상한 충동도 더 이상 가지고 있지 않다. 나는 오디세우스가 탄 배의 한 선원이며 불타는 가슴과 무자비하고 맑은 정신을 가지고 있다. 이타케에 돌아간 것은 오디세우스가 아니었다. 그것은 다른 사람이었고, 그 사람은 집에 돌아가 적들을 제거하지만 어느 날, 그곳에서는 숨이 막힌다는 이유로 고향에서 달아나 버렸다.〉

호메로스는 아마도 여행을 많이 한 사람이라는 뜻으로 그런 표현을 썼겠지만 오디세우스는 〈곡절이 많은 사람〉이어서, 적의 눈에는 불안정하고 주저할 줄 모르며 카멜레온 같은 표리부동한 남자이며, 친구들에게는 온갖 위기에 대처할 능력을 지니고 다재다능하며 수완

이 비상한 인물이다. 그는 잔인하면서도 자비롭고, 겸손하면서도 뽐내기를 좋아하고, 교활하면서도 솔직하고, 윽박지르면서도 다정하고, 상냥하면서도 엄격하고, 귀족적이면서도 대범하고, 관능적이면서도 금욕주의자이고, 윤리적으로 끊임없이 긴장된 갈등의 상태 속에서도 복합적인 동기를 상실하지 않는 사람이다. 고대에서부터 현재에 이르기까지 오직 그토록 복합적이고 상반되는 요소를 지닌 성격의 소유자만이 그리스인들에게 희망을 주고, 충분히 만족스러운 삶과 열망의 본보기를 제공하며, 그렇기 때문에 오디세우스 신화는 3천 년 전 못지않게 오늘날까지도 살아서 숨 쉰다. 올림포스의 열두 신 가운데 오직 하나만이 마찬가지로 복합적인 특성을 갖추었으니, 그 신은 호메로스의 서사시에서 항상 오디세우스를 보호하는 동반자이며, 혼란스러운 그들의 기질에 대한 경의를 나타내는 뜻으로 아테나이 사람들이 그들의 도시 이름을 따서 붙였던 신, 아테나였다. 카잔차키스와 오디세우스는, 한 사람은 합성(合成)을 향해서, 삶을 향해서, 불멸성을 향해서 한없이 상승하고 다른 한 사람은 붕괴를 향해서, 물질을 향해서, 죽음을 향해서 한없이 하강하는 두 가지 상반되는 흐름 사이에 얽매인 채로, 이상적인 종합을 어렴풋이 인식하면서 삶과 작품에서 저마다 그것을 구현시킨다는 거의 불가능한 갈망을 지닌 이중의 시각, 제3의 내적인 눈, 〈크레테의 시각〉이 낳은 산물이다.

## 4. 시형론(詩形論), 시어(詩語), 문체, 그리고 구성

왜 17음절로 된 문체를 사용했느냐는 비평가들의 질문에 대한 카잔차키스의 설명은 그의 개성을 잘 보여 준다. 〈17음절로 쓴 까닭은 내가 『오디세이아』를 경험하며 살았던 무렵 내 피의 흐름을 가장 참되게 표현한 맥동(脈動)이 바로 그것이었기 때문이다. 시는 노래를 지어 내기 위해서 인간의 감정에다 입히는 옷이 아니고, 육체와 영혼이 어울려 분리시킬 수 없는 하나의 존재로 순식간에 태어나듯이 시와 감정도 순식간에 하나로 태어난다.〉 이것도 역시 흥미 있는 일로 지적해야 되겠지만, 호메로스 자신이 쓴 서사시도 여섯 장단에 장단마다 세 음절의 장단단격(長短短格, *dactylic*) 운각(韻脚)으로 이루어졌고 여섯 번째 운각은 항상 2음절이어서 전체적으로 17음절쯤 되기 때문에 17음절에 8장단이라는 카잔차키스의 운율이 7장단에 15음절이라는 현재 그리스 운율보다 훨씬 정확하다고 하겠다. 카잔차키스가 번역한 호메로스의 『일리아스』와 『오디세이아』에서도 똑같은 운율을 사용했다는 사실은 어쩌면 우연한 일이 아닌지도 모른다.

로마와, 프랑크족과, 베네치아와, 터키 사람들에게 거의 1천 년 동안 정복되었다가 1829년경에 독립을 찾은 그리스 민족은 외국의 영향으로부터 그들의 언어를 순화시키는 작업을 당장 시작했다. 몇 명의 학자들은 고대 그리스어의 어휘와 구문에 일차적으로 바탕을 둔 〈순수어〉라는 가공된 언어를 만들어 냈다. 그러나 헬레니즘 시대 이래로 계속해서 여러 세기에 걸친 점령 기간을 이겨 내고, 그리스 전역의 외딴 섬들과 산악 지역에서는 나름대로 어느 정도의 순수성을 간직하며 문법과 구문이 변화를 거치고, 많은 외국어 어휘를 일단 동화시켰다가는 그들 대부분을 배척하고, 그러면서도 미국 테네시 주의 어느 산골 마을에 가면 셰익스피어의 어떤 어휘들이 아직도 발견되듯이 호메로스 시대의 많은 어휘와, 힘과, 맛을 그대로 간직한 대중의 언어, 보다 통속적인 언어가 형성되어 왔다. 3천 년이나 되는 세월 동안 변하는 전통 속에서도 무너지지 않고 그대로 살아남은 언어는, 분명히 서양에서는 어디에서도 다른 예를 찾아볼 수가 없다. 비록 고대 그리스어와 현대 그리스어의 간격이 넓다고는 하지만, 그래도 초서 시대의 중기 영어와 현재 미국어가 보이는 그런 엄청난 차이는 발견되지 않는다.

현대 그리스 민족이 탄생된 이후에는 순수어를 위에서부터 강제로 쓰게 하려고 애쓰던 학자들과 학술원 사람들이 한 편에 서고, 그들의 오랜 전통을 마찬가지로 자랑스럽게 여기기는 하지만 너무 이론적으로만 깊이 파고드는 바람에 생생하게 살아 있는 꽃을 피우지 못하는 인위적이고 피가 안 통하는 언어 가지고는 그들의 감정을 표현할 길이 없다고 느낀 시인, 소설가, 극작가 같은 대부분의 작가들이 그들과 맞서 격렬한 싸움을 벌였다. 50년 전에 어느 극단이 현대판 번역으로 「오레스테이아*Oresteia*」를 무대에 올리려고 했을 때 아테네 시민들은 길거리에서 폭동을 일으켰고, 신약 성서를 대중적인 언어로 번역하려는 계획을 막으려고 시도하다가 몇 명의 학생이 목숨을 잃기도 했다. 하지만 그런 문제가 야기되었던 모든 다른 나라에서나 마찬가지로 작가들은 어린 시절부터 그들이 살던 도시의 길거리와 집에서 사용했으며 그들이 성장하는 동안 눈물과 웃음으로 흠뻑 젖었던 일상적인 속된 언어를 항상 사용할 수밖에 없었다. 대중적인 언어는 모든 민족의 민요와 설화가 증언하듯이 일상적인 생활의 직접적이고, 열정적이고, 상징적이고, 서정적인 여러 감정을 표현하는 구체적인 명사와, 형용사와, 동사와, 숙어가 풍요하지만, 보다 형이상학적인 분석과 내관적(內觀的) 내용을 다루는 데 필요한 추상적인 어휘는 부족하다. 항상 그렇듯이 대중적인 언어가 물론 싸움에서 이기기는 했지만, (그리스어가 아주 오래되었으면서도 아주 젊은 언어였기 때문에) 그 후 여러 해 동안 많은 추상적이고 과학적인 용어들을 서서히 빌어 오고, 동화시키고, 지어 내야 했는데, 그런 작업을 위한 뿌리나 전례는 호메로스 시대에서부터 현재에 이르기까지 전혀 부족했던 적이 없었다. 사실상 여러 세기에 걸쳐 전 세계의 다양한 언어들은 학문과 철학의 갖가지 새로운 개념을 표현하기 위해 그리스어의 뿌리를 마구 빌어다 썼다.

따라서 카잔차키스가 그리스에서 순수어를 지지하는 사람들뿐 아니라, 대중 언어의 편에 서서 싸우던 많은 사람들로부터 더욱 심한 비난을 받았다는 사실은 묘하고도 이상한 일이다. 그가 맡은 공격의 내용은 그가 온갖 방법으로 대중적 특성과 구문, 문법, 발음, 특히 어휘의 선택에서 대중의 언어가 지닌 관용적 풍요함을 과장했다는 것이다. 그들은 그의 시가 훌륭한 교육을 받은 그리스인들조차 알지 못하는 많은 단어와 관용구를 포함한다고 지적했는데, (필자가 직접 검토한 바로는) 그런 지적을 받았던 대부분의 어휘가 어부나 농민들에게는 귀에 익은 일상용어임을 비판자들이 모르는 것 같았다. 카잔차키스는 그리스의 전국 각지를 돌아다녔고, 수많은 섬들을 찾아갔으며, 깊은 사랑과 정성을 가지고 모든 지역과 직업으로부터 공책에다 어휘들을 계속 수집하여 대중 언어를 담은 큼직한 사전을 만들었지만, 아직 어느 출판사에서도 그것을 펴내지는 않았다. 따라서 오늘날까지도 대중 언어를 담은 쓸 만한 그리스어 사전이 아직 없다.

언어의 발전과 변화를 다루는 어떤 역사가에게도 카잔차키스가 겪었던 역경은 흔히 듣게 되는 그런 얘기이다. 단테가 대담하게도 출생지인 피렌체의 평범한 어법으로 작품을 썼을 때와, 초서가 런던의 중기 영어로 작품[7]을 썼을 때와, 곤잘로 데 베르체오Gonzalo de Berceo가 성자들의 생애를 라틴어에서 새로 형성된 카스티야[8]의 언어로 번역했을 때도 역시 똑같이 심한 반발이 일어났었다. 카잔차키스는 이렇게 썼다. 〈우리들의 대중 언어가 거치는 결정적인 발전의 단계에서 단테와 라블레와 류터가 겪은 비슷한 시기에 그랬듯이 작가

7 『캔터베리 이야기』를 뜻한다.
8 스페인 중부의 옛 왕국.

는 언어학적인 풍요함을 가능한 한 많이 구제하고 소중히 다룬다는 자세를 당연하고 필수적으로 갖추어야 하며, 이는 지극히 유용하다. 《지성인》들의 나태함과 언어학상의 무지 때문에, 잘못된 교육과 신문의 용어로부터 영향을 받아 사람들의 언어가 손상되었기 때문에, 우리들의 언어는 훼손되고 쇠퇴할 위기에 처했다. 어느 누구보다도 작가가 이런 위기로 인해서 더 많은 고통을 겪으며, 그에게는 모든 단어가 저마다 영혼의 한 부분이기 때문에, 가장 큰 책임이 그에게 맡겨졌음을 알기 때문에 작가는 명사들과 형용사들에게 안식처를 제공하기 위하여 그의 작품들을 개방한다. 이것이 항상 현실이었으며, 이런 위기에 처한 시대에서는 비록 그의 어휘가 지나치게 방대해질지도 모른다는 사실을 알면서도 작가는 죽음의 위기에 처한 모든 길 잃은 언어의 피난민들을 그의 집으로 받아들이기 원한다. 그렇게 해야만 끊임없이 증가하는 언어의 풍요함이 구제된다.〉 에즈라 파운드와 멩켄[9]이었다면 카잔차키스를 열렬히 지지했으리라.

밀턴이나 카잔차키스가 저마다 그들의 모국어를 사용하는 습성에서는 흥미 있고 대조적인 면이 발견된다. 밀턴은 영어의 자연스러운 탄력성을 인위적인 구조 속으로 강제로 잡아넣고 그가 좋아하던 라틴어와 그리스어에서 어휘를 빌어다 쓰면서도, 그의 천재성을 발휘하여 그가 보는 환상에 완전히 몰입하고 자신이 사용하는 기법에 진심으로 공감하면서, 비록 특수하기는 해도 〈영어〉라는 언어권에서 어느 누구도 부인하지 못할 찬란한 시어를 창조했다. 그와 반대로 카잔차키스는 실제로 사용되는 현대 그리스어와 대중적인 언어의 뿌리에 깊이 파고 들어가 아테네 지성인들이 보기에는 거의 생소할 정도인 문체를 이루었다.

9 Henry Louis Mencken(1880~1956). 미국의 풍자가, 유명한 언론인, 문학 비평가로서 『시의 모험』 등 수많은 저서를 남겼다.

카잔차키스에게서는 형용사가 보다 변증법적인 의미를 지닌다. 그는 이렇게 썼다. 〈나는 형용사를 사랑하지만, 그것은 단순한 장식으로서가 아니다. 나는 내 감정을 모든 각도에서 입체적으로 표현해야 할 필요성을 느끼는데, 내 감정이 전혀 단순하지 않고, 완전히 긍정적이거나 부정적이기만 한 것도 아니며, 한꺼번에 두 가지 모두이고 심지어는 그 이상의 무엇이기 때문에 나로서는 하나의 형용사로 나 자신을 제한시키기가 불가능하다. 그것이 무엇이거나 간에 그런 형용사 하나는 내 감정을 불구로 만들 터이고, 내 감정을 배반하지 않고 그런 감정에 충실히 남아 있기 위해서 나는 명사(名詞)가 지닌 마찬가지로 옳고 실재하는 양상도 함께 볼 수 있도록 흔히 앞에 사용한 것에 반대되고 항상 다른 의미를 지니는 또 다른 형용사를 만들어 낼 수밖에 없다. 그렇게 해서 모든 양상으로부터 하나의 의미를 추출함으로써만 나는 그것을 정복하고, 표현할 수 있게 된다. 형용사와 그것이 지닌 원시성에 대한 나의 풍요하고도 다양한 사랑은 전혀 장식적이지 않고, 복합적인 나의 내면세계를 표현하기 위해 필수적인 것이다. 나에게는 형용사보다 더 실질적인 존재는 아무것도 없다. 정확한 형용사를 찾고, 거기에다 잃어서는 안 될 본질을 담으려는 시도란 거의 언제나 고통스러운 일이며, 모든 공존하는 다양한 속성들을 표현하며 어떤 한 가지 본질도 어느 명사에서 버리지 않으려는 갈망은 정말로 비극적이어서, 이것은 흔히 소홀하고 장난스럽고 재미있는 색칠하기 같은 장식적인 행위와는 전혀 관계가 없다.〉

카잔차키스의 수사학적인 다채로움의 효과를 더욱 촉진시키는 것은 은유와 직유를 창조해 내는 놀라운 능력으로서, 특히 두 가지 구성 부분이 아름다운 자연의 관찰에 뿌리를 박은 형용 어구에서 특히 그러하다. 복합적인 내면의 시상과 〈명사(名詞)의 상반되는 풍요함〉을 표현하기 위해 단순히 또 다른 하나의 형용사가 아니라 반대되는 형용사까지도 서슴지 않고 썼듯이, 카잔차키스는 은유와 직유를 정(正)과 반(反)이라는 부분이 저마다 주체성을 그대로 지니면서도 상상 속에서 합(合)을 이룩하도록 두 가지 상반되는 양상으로 하여금 오묘한 균형을 찾게 만드는 기술적인 표현 방법이라고 생각했다. 태양을 묘사하기 위해 그가 사용한 갖가지 형용 어구만 나열해 놓더라도 이런 면에서 그가 구사하는 놀라운 영역을 알 수 있으리라. 태양과, 불꽃과, 불과, 빛은 『오디세이아』의 중요한 시상(詩像)을 이루어서 눈부신 강물처럼 작품을 관통하며 흐르고, 그리스의 태양은 푸른 하늘에서 맑게 빛나고 끊임없이 맥동 치는가 하면, 햇살로 뒤덮인 시골의 섬들과 해안선과 바위와 산 위에서 이글거리며 불타오른다. (예를 들어, 사하라의 사막이거나 남극 빙원의 수평선 같은) 지리적인 배경과, 관찰자의 감정 또는 정신적인 상태, 그리고 상황이 바뀜에 따라서 태양 또한 자유자재로 형태를 바꾸며 『오디세이아』의 주위를 공전한다. 태양은 위대한 동양의 군주처럼 으쓱거리기도 하고, 나일 강의 건장한 청년처럼 활보하기도 하고, 술이 취해 얼굴이 시뻘건 영주처럼 비틀거리고 고꾸라지며 구름으로 기어 올라가기도 한다. 때로는 이집트의 화강암 신상(神像)들의 아이처럼, 돌로 깎아 만든 위대한 조상들의 손바닥으로 떨어지기도 하고, 때로는 수평선 밑으로 황금 뿔을 박아 구름들을 치켜 올려 천천히 그의 이마와 눈과 입에서 해방시켜 주는 신이 되기도 하고, 때로는 빛의 다섯 손가락으로 대지를 어루만져 죽은 자를 부활시키는 신이기도 하다. 태양은 창병(槍兵)이기도 하고, 산봉우리 위에 무릎을 꿇고 앉아 활을 팽팽하게 당겨 불의 화살을 쏘는 능숙한 궁수이기도 하고, 격렬하게 수평선을 칼로 내려치는 성장(盛裝)한 투사이기도 하고, 벌떡 일어나 적이 가까이 왔음을 알리는 불면의 파수꾼이기도 하고, 하늘 한가운데 매달려 녹아내리는 청동이요, 불타는 갑옷이요, 쏟아지는 꿀이기도 하다. 하지만 그것은 또한 어머니인 어두운 밤의 품 안에서 황금빛 모자와 담청색 연기의 강보에 싸여 킹킹거리는 아이이기도 하고, 불꽃의 젖꼭지를 빠는 아기이기도 하고, 작고 통통한 두 손으로 세계를 어루만지는 살진 소년이기도 하다. 그것은 사랑에 병들어 해바라기 위에 올라앉아 멍하니 대지를 쳐다보는 황금빛 연인이기도 하고, 황금빛 자루를 걸머지고 이 마을 저 마을로 돌아다니며 궁노루와, 털이 푸른 여우와, 생선과 달걀을 파는 보따리장수이기도 하고, 새하얀 백마가 끄는 전차를 탄 투사이기도 하고, 산봉우리와 눈과 물에다 장미꽃을 뿌리는 사람이기도 하다. 태양은 불이 타오르고 넘쳐흐르는 철산(鐵山)의 정상을 모루로 삼아 두들겨 대는 대장장이의 망치이기도 하고, 밭갈이를 하는 황소의 두 뿔 사이에 박힌 황금의 공이기도 하고, 심성의 수렁 속에 처박힌 황금 테를 두른 무거운 바퀴이기도 하고, 투원반 선수가 새벽의 언저리에서 집어 던진 주홍빛 쇠고리이기도 하고, 〈어제〉와 〈오늘〉이 하늘을 따라 굴리는 불의 굴렁쇠이기도 하고, 하늘에서 우렁차게 쏟아져 내려 북처럼 팽팽한 대지의 가죽을 두드리며 튀는 공이기도 하다. 그것은 진홍빛 가죽으로 만든 천국의 탬버린이요, 높이 치켜들어 되울리는 황금의 방패요, 사자의 날가죽을 팽팽하게 잡아 늘여 만들어서 무섭고도 요란하게 울리는 북이다. 그것은 이성의 황금빛 모자요, 재빠르고 애교가 담긴 눈이요, 노래를 부르는 새의 떨리는 목에 걸린 부적이요, 하늘의 빵가마에서 나오는 둥그런 빵 덩어리요, 나뭇가지들 사이에 매달려 새들이 쪼아 대는 과일이요, 열매와 꽃으로 묵직하게 늘어지고 그 위에서 도취한 종달새 한 마리가 깡충거리고 돌아다니며 노래를 부르는 석류나무요, 꽃가루받이를 한 수술만 남을 때까지 꽃잎을 모두 떨어뜨린 장미이다. 그것은 하데스에 걸려 부드럽고 자비로운 불꽃이 깜박거리는 등잔이요, 신부를 찾는 신랑의 황금 등불이요, 날카로운 창 같은 불길로 대지를 쑤셔 대며 활활 타오르는 아궁이요, 죽음의 여우 털 모자에 매달린 황금빛 손이다. 그것은 동양과 서양으로 열리는 이중문이 달렸으며 그 문으로 새와 유령과 생각과 상상력의 환상들이 쏟아져 들어오는 장원(莊園)이다.

보다 무시무시한 면을 살펴보자면 태양은 타오르는 모래밭을 천천히 굴러 내려오는 잘린 목이요, 이 봉우리에서 저 봉우리로 굴러다니는 하얀 유령의 머리요, 깊은 피의 웅덩이를 철벅거리며 건너가는 군주요, 도시에 피를 뿌리는 피투성이 시체요, 관을 어루만지며 임종의 자리에 앉아 있는 창백한 상주(喪主)요, 관의 촛불과 활활 타오르는 장례식의 화환을 만드는 사람이요, 물에 빠져 죽은 시체요, 〈죽음의 검은 태양〉이다. 동물들 중에서 찾아보자면, 그것은 진홍빛 집게발이 달린 바닷가재요, 적갈색 사냥개요, 밀밭과 올리브 숲을 마구 내닫는 야윈 표범이요, 도살장으로 끌려가며 비명을 지르는 어린 황소요, 통통하고 귀여운 암양들과 줄줄이 계속해서 방금 흘레를 하고 나서 불알이 축 늘어지고 기진맥진한 검은 숫양이요, 엄마가 얼굴을 핥아 주는 아기 곰이요, 하얀 북극곰이다. 새들 중에서 찾아본다면, 그것은 가느다란 황금 사슬을 매단 채 매잡이가 하늘로 던져 날아오르게 한 얌전히 순종하는 매요, 황금빛 볏이 달린 알록달록하고 힘찬 수꿩이요, 지붕 위에서 울어 대는 수탉이요, 이른 아침에 나래를 치는 하늘닭이요, 털이 뽑히고 날개가 녹아 하늘의 언저리에서 절름거리는 파리한 수탉이요, 앞마당에서 목쉰 소리로 우는 늙고 볏이 돋아나는 암탉이다. 그것은 진홍빛 볏이 달린 수탉처럼 펄쩍 뛰어오르라고 어둠 속에서 밤이 품어 부화시킨 황금빛 달걀이요, 그것은 낮이 태어나게 하는 황금빛 알이다.

프롤로그 전체가 〈돌과, 물과, 불과, 흙이 영혼으로 변하고/진흙 날개가 달린 무서운 영혼이 육신으로부터 해방되어,/온화한 불길처럼 타올라 태양 속으로〉 사라질 때의 궁극적인 상징적 목표로서의,

풍요의 원천으로서의 태양에 대한 기원이다. 에필로그는 너무나 슬픈 나머지 어머니 대지(大地)가 그를 위로하느라고 마련해 준 여자들과, 술과, 음식은 거절하고 오디세우스의 죽음을 애통해 하며, 서방에 있는 그의 궁전으로 내려가는 위대한 동방의 군주로 묘사된 태양에 대한 묘사다. 이렇듯 시는 전체 내용을 대변하는 영상이요, 상징으로서의 태양과 더불어 시작되고 끝난다. 제23편 전체를 통해 태양은 주역들 가운데 하나가 되어 기나긴 남극의 여름 동안 끊임없이 걱정하고 탄식하며 오디세우스의 머리 위에서 맴돌고, 카잔차키스의 변증법적인 은유 사용은 (열매를 맺게 하는 〈아버지〉와, 그녀의 눈부신 빛의 젖을 세상이 빨아먹게 해주고 자식을 낳는 〈어머니〉와, 세상의 풀밭과 강물에서 기뻐 뛰노는 〈아들〉, 이렇게) 〈거룩한 삼위일체〉로서 태양이 돈호(頓呼)되는 이 작품의 서두에서 극치에 이른다. 마지막으로, 오디세우스가 흙과, 물과, 불과, 공기와, 이성 이렇게 다섯 가지 요소에게 작별을 고하는 멋진 대목에서 그는 이렇게 외친다.

〈언젠가 틀림없이 불이 와서 대지를 깨끗이 하고
언젠가 틀림없이 불이 와서 이성을 재로 만들 터이니,
운명은 땅과 하늘을 집어삼키는 불의 혓바닥이다!〉
생명의 자궁이 불이요 불은 마지막 자궁이며
그 높다란 두 불길 사이에서 우리들은 울고 춤추었으니,
내 삶이 불타는 푸른 번갯불의 섬광 속에서는
모든 시간과 공간이 사라지고, 이성이 가라앉고,
마음과 새와 짐승과 두뇌와 흙이 모두 춤추기 시작하지만
그것은 춤이 아니어서, 활활 타오르고 빙글빙글 돌며 사라져
갑자기 자유가 되어 더 이상 존재하지 않는다!」

아마도 작품 전체에서 가장 아름다운 은유는 오디세우스의 의식이 살아 있는 마지막 순간을 카잔차키스가 심지에서 불끈 솟아올라 한 순간 동안 공중에서 육신으로부터 분리된 상태로 떠 있다가 영원히 사라지는 불꽃에다 비유한 장면이리라.

나지막한 등잔의 불길이 마지막 불꽃을 펄럭이고는
오그라든 심지 위로 뛰어올라 광채가 넘치며
눈부신 기쁨과 더불어 죽음을 향해 솟아오르듯,
그의 맹렬한 영혼이 뛰어오르더니 허공 속으로 사라졌다.

오직 사랑과 추억만 남기고 불꽃이 정체된 영원한 순간이야말로 스물네 번째인 이 책의 마지막 편에서 모든 사건이 벌어지는 순간이다.

작품 전체가 3만 3333행으로 이루어졌다는 독특한 숫자에 대해서도 많은 사람이 호기심을 나타냈다. 어떤 사람들은 카잔차키스가 그렇게 눈에 드러나는 신기한 숫자를 채우기 위해서 일부러 뜯어 맞췄다고 생각하지만, 카잔차키스 자신이 언젠가 불쾌한 표정으로 나에게 한 얘기로는 마지막에서 두 번째, 즉 여섯 번째 추고를 끝냈을 때는 이 시가 4만 2천5백 행이었으며, 규모를 줄이느라고 다듬는 작업을 하려니까 생살을 깎아 내는 기분이었다고 고백한다. 3이라는 숫자가 카잔차키스에게 상징적이고 (신기한 것이 아니라) 신비한 의미를 지녔을지도 모른다고 생각한 사람들은 나중에야 제대로 이해하게 되었지만, 카잔차키스 자신의 설명을 들으면 형이상학적인 의미가 나타난다. 〈3이란 숫자는 정에서 반으로, 그리고 결국 모든 노력의 정상인 합으로 이성이 변증법적인 발전을 하는 과정을 수학적으로 표현하기 때문에, A-를 생각하거나 받아들이지 않고는 절대로 A를 생각하거나 받아들일 수가 없으며, 이 이율배반*antinomy*으로부터 나

자신을 해방시키고 두 가지를 모두 A+라는 종합으로 결합시키기를 절대적으로 원하게 된다. A는 실질적으로 아무리 쓸모가 많다고 해도 나에게는 하찮은 것으로만 여겨지고, A-는 빈약하고 삭막하게 여겨지며, 오직 A+만이 내 사고를 견실하고 비옥하게 하여 부담을 덜어 주는 데 성공한다. 변증법적인 개념에서 형이상학적이고 신비주의적인 환상으로 전환되는 3박자의 리듬은 많은 종교에서 모든 성스러운 삼위일체를 탄생시켰다. 그토록 뚜렷한 완전함으로부터 생겨난 아버지, 어머니, 아들의 개념은 인간의 사상이 처음 깨우친 순간부터 《삼위일체》가 성스러워지게끔 했다. 그렇기 때문에 어떤 면에서 보나 3이란 숫자는 성스럽다고 생각되며, 『오디세이아』의 경우에는 굳이 신비주의나 동양 사상으로 환원할 필요가 없었고, 3이란 숫자는 『오디세이아』가 사상과 어휘에 따르는 변증법적인 발전 과정을 상징하기 때문에 거룩하다.〉 그가 알지 못했던 사실이지만, 그리스의 모든 농민들 사이에서는 3이라는 숫자가 무수한 우스갯소리와 얘기에서 남자의 성기를 상징한다는 점을 내가 얘기했을 때 카잔차키스는 재미있어 했다.

비록 『오디세이아』의 규모와 리듬이 서사시적이고, 심리적인 통찰력과 전개가 극적이고, 구성이 신비주의적이고 상징적이기는 해도, 서술 기법은 흔히 서정적이어서 본질적으로 그리스의 민요와 전설의 기법과 일맥상통한다. 어휘는 직선적이고, 소박하고, 힘차고, 완전히 대중적이며, (비록 카잔차키스가 지어낸 완전히 새로운 단어는 대여섯 개밖에 안 되지만) 복합어와 형용 어구의 생성에서 끊임없는 기쁨을 맛볼 수 있으며, 과장과 유어(類語) 반복의 기법도 마찬가지이고, 단순한 문장의 구조와 종속절의 결여도 마찬가지이고, 서정적인 시구의 반복과 서술에서의 본질적인 음영시적(吟詠詩的)인 기법도 마찬가지이다. 사실상 그의 시 전체에 카잔차키스는 그리스의 민속시에서 직접 채취한 많은 시구를 삽입시켰다. 자료와 기법에 대한 그의 태도는 항상 너무나 직선적이고 단순하고 정열적이어서, 그가 발표한 어떤 작품도 〈문학〉의 형태로 꾸며진 것이 전혀 없고, 오히려 불가에 앉아 오랜 방랑 생활에서 얻은 수많은 내면의 통찰력과 자연스럽게 펼쳐지는 철학과 기교를 곁들여 순간순간 머리에 떠오르는 대로 얘기하는 음유 시인의 환상적인 영감에 더 가깝다. 그는 이렇게 썼다. 〈아프리카의 어느 마술 의사가 페인트와 나무와 깃털과 조가비 그리고 흔히 아버지의 해골로 그의 부족을 위해 결혼식이나 장례식에서 성스러운 춤을 출 때 쓸 가면을 만든다고 해서 그가 의도적으로 《예술품》을 만든다고는 할 수 없다. 기교는 악귀를 몰아내기 위한 생각을 의도적으로 표현하는 방법이다.〉

삶과 문학에 대한 그의 자세는 비록 아폴론적인 요소가 가미되기는 했어도 본질적으로 디오니소스적이다. 그는 〈그대 마음의 피로 글을 쓰면 그 피가 곧 영혼임을 알게 되리라〉고 한 차라투스트라의 말에 공감했으리라. 『오디세이아』를 집필하기 위해 아침마다 책상에 앉을 때면 그는 계획도 없었고, 그의 시와 주인공들이 어떤 방향으로 흘러 갈지도 알지 못했다. 가끔 작품에 나타나는 상황이나 어느 주인공의 행동 또는 사상에 대해서 내가 반박을 하면 그는 한숨을 지으며 문제의 주인공이 마치 작가의 통제를 벗어난 의지를 따로 지닌 채로 살아가는 사람인 듯 자꾸만 그렇게 행동하기 때문에 자기로서는 어쩔 수가 없었노라고 말했다. 그는 내면에서 어떤 〈음악적인 상태〉를 느꼈으며, 그의 영혼이 이끄는 음악의 상태에 따라 그의 시가 전개되었다. 바로 이런 식으로 오디세우스는 스파르테와, 크레테와, 이집트로 갔으며, 바로 이런 식으로 그는 온갖 모험에 뛰어들었다. 본질적으로 카잔차키스에게는 예술적인 창조가 우월하고 보다 충실한 형태의 고백이었으며, 자신이 처한 상태를 이해하고 거기에 의미를 부여하려는 투쟁을 세상 사람들에게 전달하는 인간의 증언이었다. 그는 〈만일 미래의 세대들에게 무엇인가 쓸 만한 유산을 남기고 싶다면 그것은 바로 고백을 통해서 이루어질 것〉이라고 말한 괴테의 가르침을 믿었으며, 그가 죽은 다음에 출판한 정신적인 회고록이라고 할 그의 마지막 저서, 그의 가장 내면적인 삶을 기록한 저서에는 〈그리스인에게 이 말을〉[10]라는 제목을 붙였다.

1958년 4월
칠레의 안토파가스타에서

10 『영혼의 자서전』의 본디 제목이다.

# 옮긴이의 말

안정효

옮긴이가 카잔차키스의 세계를 처음 접한 것은 『영혼의 자서전』이었고, 그래서 처음 번역한 그의 작품도 바로 『영혼의 자서전』이었다. 죽음을 앞두고 집필한 자서전에서 그는 자신의 삶을 입체적으로 조명했고, 『오디세이아』에 대한 언급도 했다. 그는 『오디세이아』를 필생의 과업으로 생각했으며, 자서전에서 그의 삶 자체를 정리했듯이 이 서사시에는 그의 작품 세계를 총정리했다. 그리고 그 두 작품은 여러 면에서 공통된 요소가 많이 드러난다. 카잔차키스는 자신의 삶을 끊임없는 추구와 투쟁으로 보았으며, 그런 관점이 여기에서도 뚜렷하게 나타난다.

이 서사시는 호메로스의 『오디세이아』가 끝나는 마지막 상황인 오디세우스의 이타케 귀향에서부터 이어진다. 페넬로페를 노리는 구혼자들을 처치한 오디세우스는 방랑과 모험의 생활을 끝내고는 평화롭고 권태로운 일상생활을 되찾아 안주하게 되자, 가사 상태 *suspended animation*의 안이한 삶을 견디기가 힘들어지고, 그래서 다시 이타케를 떠나 미지의 바닷가를 찾아 나선다.

물론 처음에는, (그러니까 제13편까지는) 호메로스의 『오디세이아』와 연결되어 방랑하는 인간으로서의 주인공을 그린다. 그러나

제14편에서 그는 신과의 영적인 교류를 갖게 되는데, 이것은 『영혼의 자서전』에서 카잔차키스가 아토스 산을 찾아가 고행하는 은둔자로서 성지를 순례하는 과정, 또는 『최후의 유혹』에서 예수 그리스도가 황야에서 악마의 유혹을 받아 가며 영혼의 고뇌를 통한 높은 세계로의 추구를 행하는 장면과 일맥상통한다. (때로는 카잔차키스가 자신을 그리스도나 신과 동일시하고 있다는 인상을 받게 만드는) 이 경지가 그의 작품 세계에서는 하나의 정점을 이룬다.

이어서 오디세우스는 이상적인 도시를 건설하고 고행자가 되는 과정을 거치며 행동의 인간으로부터 영혼의 인간으로 진화한다. 그리고 제17편에서부터 제21편까지는 인생의 여러 알레고리를 보여 주면서 카잔차키스가 즐겨 대두시키는 주제들이 차례로 제시된다.

제22편에서 남극으로 떠나는 오디세우스는 죽음을 준비하기 시작하고, 이 서사시의 집필을 마무리하던 무렵의 카잔차키스나 마찬가지로 죽음의 의식에 깊이 빠져들어 간다. 따라서 오디세우스의 죽음과, 카잔차키스 자신의 죽음과, 이 작품의 종결이 거의 비슷한 시기에 대미(大尾)를 맞는다.

작품이 워낙 방대하여 전체적인 흐름과 세부적인 구성 요소들을 거두어 정리하기도 간단한 일이 아니었고, 더구나 행(行)까지 맞춰 가며 의미의 전달이나, 다분히 원시적으로 거칠면서도 비약이 심한 묘사를 가능한 한 그대로 살려 보려는 시도가 고되고 때로는 힘겹기도 했지만, 부족한 대로 어쨌든 대미를 맺고 보니 혼자 나름대로의 보람이 느껴지기는 한다.

# 니코스 카잔차키스 연보

**1883년** 2월 18일(구력)* 크레테 이라클리온에서 태어남. 당시 크레테는 오스만 제국의 영토였음. 아버지 미할리스는 바르바리(현재 카잔차키스 박물관이 있음) 출신으로, 곡물과 포도주 중개상을 함. 뒷날 미할리스는 소설 『미할리스 대장*O Kapetán Mihális*』의 여러 모델 가운데 하나가 됨.

**1889년(6세)** 크레테에서 터키의 지배에 대항하는 반란이 일어났으나 실패함. 카잔차키스 일가는 그리스 본토로 피하여 6개월간 머무름.

**1897~1898년(14~15세)** 크레테에서 두 번째 반란이 일어남. 자치권을 얻는 데 성공함. 니코스는 안전을 위해 낙소스 섬으로 감. 프랑스 수도사들이 운영하는 학교에 등록. 여기서 프랑스어에 대한 그의 사랑이 시작됨.

**1902년(19세)** 이라클리온에서 중등 교육을 마치고 법학을 공부하기 위해 아테네 대학교에 진학함.

**1906년(23세)** 대학을 졸업하기도 전에 에세이 「병든 시대I arrósteia tu aiónos」와 소설 「뱀과 백합Ofis ke kríno」 출간함. 희곡 「동이 트면Ksimerónei」을 집필함.

**1907년(24세)** 「동이 트면」이 희곡 상을 수상하며 아테네에서 공연됨. 커다

* 그리스는 구력인 율리우스력을 사용하다가, 1923년 대다수의 국가가 현재 사용하고 있는 그레고리우스력을 받아들이면서 그해 2월 16일을 3월 1일로 조정하였다. 구력의 날짜를 그레고리우스력으로 환산하려면 19세기일 때는 12일을, 20세기일 때는 13일을 더하면 된다.

란 논란을 일으킴. 약관의 카잔차키스는 단번에 유명 인사가 됨. 언론계에 발을 들여놓음. 프리메이슨에 입회함. 10월 파리로 유학함. 이곳에서 작품 집필과 저널리즘 활동을 병행함.

**1908년(25세)** 앙리 베르그송의 강의를 듣고, 니체를 읽음. 소설 『부서진 영혼*Spasménes psihés*』을 완성함.

**1909년(26세)** 니체에 관한 학위 논문을 완성하고 희곡 「도편수O protomástoras」를 집필함. 이탈리아를 경유하여 크레테로 돌아감. 학위 논문과 단막극 「희극: 단막 비극Komodía」과 에세이 「과학은 파산하였는가I epistími ehreokópise?」를 출간함. 순수어*katharévusa*를 폐기하고 학교에서 민중어*demotiki*를 채용할 것을 주장하는 솔로모스 협회의 이라클리온 지부장이 됨. 언어 개혁을 촉구하는 선언문을 집필함. 이 글이 아테네의 한 정기 간행물에 실림.

**1910년(27세)** 민중어의 옹호자 이온 드라구미스를 찬양하는 에세이 「우리 젊음을 위하여Ya tus néus mas」를 발표함. 고전 그리스 문화에 대한 추종을 극복해야만 한다고 역설하는 드라구미스가 그리스를 새로운 영광의 시기로 인도할 예언자라고 주장함. 이라클리온 출신의 작가이며 지식인인 갈라테아 알렉시우와 결혼식을 올리지 않은 채 아테네에서 동거에 들어감. 프랑스어, 독일어, 영어와 고전 그리스어를 번역하는 것으로 생계를 유지함. 민중어 사용 주창 단체들 중 가장 중요한 〈교육 협회〉의 창립 회원이 됨.

**1911년(28세)** 갈라테아 알렉시우와 결혼함.

**1912년(29세)** 교육 협회 회원을 대상으로 한 긴 강연에서 베르그송의 철학을 그리스 지식인들에게 소개함. 이 강연 내용이 협회보에 실림. 제1차 발칸 전쟁이 발발하자 육군에 자원하여 베니젤로스 총리 직속 사무실에 배속됨.

**1914년(31세)** 시인 앙겔로스 시켈리아노스와 함께 아토스 산을 여행함. 여러 수도원을 돌며 40일간 머무름. 이때 단테, 복음서, 불경을 읽음. 시켈리아노스와 함께 새로운 종교를 창시할 것을 몽상함. 생계를 위해 갈라테아와 함께 어린이 책을 집필함.

**1915년(32세)** 시켈리아노스와 함께 다시 그리스를 여행함. 〈나의 위대한 스승 세 명은 호메로스, 단테, 베르그송〉이라고 일기에 적음. 수도원에 은거하며 책을 한 권 썼으나 현재 전해지지 않음. 아마도 아토스 산에 대한 책인 듯함. 「오디세우스Odisséas」, 「그리스도Hristós」, 「니키포로스 포카스Nikifóros Fokás」의 초고를 씀. 10월 아토스 산의 벌목 계약을 위해 테살로니키로 여행함. 이곳에서 카잔차키스는 제1차 세계 대전 중 영국군과 프랑스군이 살로니카 전선에서 싸우기 위해 상륙하는 것을 목격함. 같은 달, 톨스토이를 읽고 문학보다 종교가 중요하다고 결심하며, 톨스토이가 멈춘 곳에서 시작하리라고 맹세함.

**1917년(34세)** 전쟁으로 석탄 연료가 부족해지자 기오르고스 조르바라는 일꾼을 고용하여 펠로폰네소스에서 갈탄을 캐려고 시도함. 이 경험은 1915년의 벌목 계획과 결합하여 뒷날 소설 『그리스인 조르바*Víos ke politía tu Aléksi Zorbá*』로 발전됨. 9월 스위스 여행. 취리히의 그리스 영사 이안니스 스타브리다키스의 거처에 손님으로 머무름.

**1918년(35세)** 스위스에서 니체의 발자취를 순례함. 그리스의 지식인 여성 엘리 람브리디를 사랑하게 됨.

**1919년(36세)** 베니젤로스 총리가 카잔차키스를 공공복지부 장관에 임명하고, 카프카스에서 볼셰비키에 의해 처형될 위기에 처한 15만 명의 그리스인들을 송환하라는 임무를 맡김. 7월 카잔차키스는 자신의 팀을 이끌고 출발. 여기에는 스타브리다키스와 조르바도 끼여 있었음. 8월 베니젤로스에게 보고하기 위해 베르사유로 감. 여기서 평화 조약 협상에 참여함. 피난민 정착을 감독하기 위해 마케도니아와 트라케로 감. 이때 겪은 일들은 뒷날 『수난*O Hristós ksanastavrónetai*』에 사용됨.

**1920년(37세)** 8월 13일 드라구미스가 암살됨. 카잔차키스는 큰 충격에 휩싸임. 11월 베니젤로스가 이끄는 자유당이 선거에서 패배함. 카잔차키스는 공공복지부 장관을 사임하고 파리로 떠남.

**1921년(38세)** 독일을 여행함. 2월 그리스로 돌아옴.

**1922년(39세)** 아테네의 한 출판인과 일련의 교과서 집필을 계약하며 선불금을 받음. 이로써 해외여행이 가능해짐. 5월 19일부터 8월 말까지 빈에 체재함. 여기서 이단적 정신분석가 빌헬름 슈테켈이 〈성자의 병〉이라고 부른 안면 습진에 걸림. 전후 빈의 퇴폐적 분위기 속에서 카잔차키스는 불경을 연구하고 붓다의 생애를 다룬 희곡을 집필하기 시작함. 또한 프로이트를 연구하고 「신을 구하는 자Askitikí」를 구상함. 9월 베를린에서 그리스가 터키에 참패했다는 소식을 들음. 이전의 민족주의를 버리고 공산주의 혁명가들에 동조함. 카잔차키스는 특히 라헬 리프슈타인이 이끄는 급진적 젊은 여성들의 세포 조직에서 영향을 받음. 미완의 희곡 『붓다*Vúdas*』를 찢어 버리고 새로운 형태로 쓰기 시작함. 「신을 구하는 자」에 착수하면서 공산주의적인 행동주의와 불교적인 체념을 조화시키려 시도함. 소비에트 연방으로 이주할 것을 꿈꾸며 러시아어 수업을 들음.

**1923년(40세)** 빈과 베를린에서 보낸 시기에는 아테네에 남아 있던 갈라테아에게 보낸 편지를 통해 많은 자료를 남겼음. 4월 「신을 구하는 자」를 완성함. 다시 『붓다』 집필을 계속함. 6월 니체가 자란 나움부르크로 순례를 떠남.

**1924년(41세)** 이탈리아에서 3개월을 보냄. 이때 방문한 폼페이는 그가 떨쳐 버릴 수 없는 상징의 하나가 됨. 아시시에 도착함. 여기서 『붓다』를 완성하고, 성자 프란체스코에 대한 평생의 흠앙을 시작함. 아테네로 가서 엘레니 사미우를 만남. 이라클리온으로 돌아와, 망명자들과 소아시아 전투 참전자들로 이루어진 공산주의 세포의 정신적 지도자가 됨. 서사시 『오디세이아*Odíssia*』를 구상하기 시작함. 아마 이때 「향연Simposion」도 썼을 것으로 추정됨.

**1925년(42세)** 정치 활동으로 체포되었으나 24시간 뒤에 풀려남. 『오디세이아』 1～6편을 씀. 엘레니 사미우와의 관계가 깊어짐. 10월 아테네 일간지의 특파원 자격으로 소련으로 떠남. 그곳에서의 감상을 연재함.

**1926년(43세)** 갈라테아와 이혼. 갈라테아는 뒷날 재혼한 뒤에도 갈라테아 카잔차키라는 이름으로 활동함. 카잔차키스는 다시금 신문사 특파원 자격으로 팔레스타인과 키프로스로 여행함. 8월 스페인으로 여행함. 독재자 프리모 데 리베라와 인터뷰함. 10월 이탈리아 로마에서 무솔리니와 인터뷰함. 11월 뒷날 카잔차키스의 제자로서 문학 에이전트이자 친구이며 전기 작가가 되는 판델리스 프레벨라키스를 만남.

**1927년(44세)** 특파원 자격으로 이집트와 시나이를 방문함. 5월 『오디세이아』의 완성을 위해 아이기나에 홀로 머무름. 작업이 끝나자마자 생계를 위해 백과사전에 실릴 기사들을 서둘러 집필하고 『여행기*Taksidévondas*』 첫 번째 권에 실릴 글을 모음. 디미트리오스 글리노스의 잡지 『아나예니시』에 「신을 구하는 자」가 발표됨. 10월 말 혁명 10주년을 맞이한 소련 정부의 초청으로 다시 러시아를 방문함. 앙리 바르뷔스와 조우함. 평화 심포지엄에서 호전적인 연설을 함. 11월 당시 프랑스에서 큰 인기를 얻고 있던 그리스계 루마니아 작가 파나이트 이스트라티를 만남. 이스트라티를 비롯한 몇몇 사람들과 함께 카프카스를 여행함. 친구가 된 이스트라티와 카잔차키스는 소련에서 정치적, 지적 활동을 함께하기로 맹세함. 12월 이스트라티를 아테네로 데리고 옴. 신문 논설을 통해 그를 그리스 대중에게 소개함.

**1928년(45세)** 1월 11일 카잔차키스와 이스트라티는 알람브라 극장에 모인 군중 앞에서 소련을 찬양하는 연설을 함. 이는 곧바로 가두시위로 이어짐. 당국은 연설회를 조직한 디미트리오스 글리노스와 카잔차키스를 사법 처리하고 이스트라티를 추방하겠다고 위협함. 4월 이스트라티와 카잔차키스는 러시아로 돌아옴. 키예프에서 카잔차키스는 러시아 혁명에 관한 영화 시나리오를 집필함. 6월 모스크바에서 이스트라티와 동행하여 고리키를 만남. 카잔차키스는 「신을 구하는 자」의 마지막 부분을 수정하고 〈침묵〉 장을 추가함. 「프라우다」에 그리스의 사회 상황에 대한 논설들을 기고함. 레닌의 생애를 다룬 또 다른 시나리오에 착수함. 이스트라티와 무르만스크로 여행함. 레닌그라드를 경유하면서 빅토르 세르주와 만남. 7월 바르뷔스의 잡지 『몽드』에 이스트라티가 쓴 카잔차키스 소개 기사가 실림. 이로써 유럽 독서계에 카잔차키스가 처음으로 알려짐. 8월 말 카잔차키스와 이스트라티는 엘레니 사미우와 이스트라티의 동반자 빌릴리 보드보비와 함께 남부 러시아로 긴 여행을 떠남. 여행의 목적은 〈붉은 별을 따라서〉라는 일련의 기사를 공동 집필하기 위해서였음. 두 친구의 사이가 점차 멀어짐. 12월 빅토르 세르주와 그의 장인 루사코프가 트로츠키주의자로 몰려 처벌된 〈루사코프 사건〉이 일어나 그들의 견해차는 마침내 극에 달함. 이스트라티가 소련 당국에 대한 분노와 완전한 환멸을 느낀 반면, 카잔차키스는 사건 하나로 체제의 정당성을 판단하기는 어렵다는 입장이었음. 아테네에서 카잔차키스의 러시아 여행기가 두 권으로 출간됨.

**1929년(46세)** 카잔차키스는 홀로 러시아의 구석구석을 여행함. 4월 베를린으로 가서 소련에 관한 강연을 함. 논설집을 출간하려 함. 5월 체코슬로바키아의 한적한 농촌으로 들어가 첫 번째 프랑스어 소설을 씀. 원래 〈모스크바는 외쳤다*Moscou a crié*〉라는 제목이었으나 〈토다 라바*Toda-Raba*〉로 바뀜. 이 소설은 작가의 변화한 러시아관을 별로 숨기지 않고 드러내고 있음. 역시 프랑스어로 〈엘리아스 대장*Kapetán Élias*〉이라는 소설을 완성함. 이는 『미할리스 대장』의 선구가 되는 여러 작품 중 하나임. 프랑스어로 쓴 소설들은 서유럽에 자신의 존재를 드러내려는 최초의 시도였음. 동시에 소련에 대한 자신의 달라진 관점을 반영하기 위해 『오디세이아』의 근본적인 수정에 착수함.

**1930년(47세)** 돈을 벌기 위해 두 권짜리 『러시아 문학사*Istoria tis rosikis logotehnias*』를 아테네에서 출간함. 그리스 당국은 「신을 구하는 자」에 나타난 무신론을 이유로 그를 재판에 회부하겠다고 위협함. 계속 외국에 머무름. 처음에는 파리에서 지내다가 니스로 옮긴 뒤, 아테네 출판사들의 의

뢰로 프랑스 어린이 책을 번역함.

**1931년(48세)** 그리스로 돌아와 아이기나에 머무름. 순수어와 민중어를 포괄하는 프랑스-그리스어 사전 편찬 작업에 착수함. 6월 파리에서 식민지 미술 전시회를 관람함. 여기서 『오디세이아』에 나오는 아프리카 장면의 아이디어를 얻음. 『오디세이아』의 제3고를 체코슬로바키아에서 은거하며 완성함.

**1932년(49세)** 재정적 어려움을 타개하기 위해 프레벨라키스와 공동 작업을 구상함. 여러 편의 영화 시나리오와 번역을 구상했으나 대체로 실패함. 카잔차키스는 단테의 『신곡』 전편을, 3운구법을 살려 45일 만에 번역함. 스페인으로 이주하여 그곳에서 작가로 살기로 하고 그 출발로서 선집에 수록될 스페인 시의 번역에 착수함.

**1933년(50세)** 스페인 인상기를 씀. 엘 그레코에 관한 3운구 시를 지음. 훗날 『영혼의 자서전*Anaforá ston Gréko*』의 전신이 됨. 스페인에서 생계를 해결하지 못하고 아이기나로 돌아옴. 『오디세이아』 제4고에 착수함. 단테 번역을 수정하면서 몇 편의 3운구 시를 지음.

**1934년(51세)** 돈을 벌기 위해 2, 3학년을 위한 세 권의 교과서를 집필함. 이 중 한 권이 교육부에서 채택되어 재정 상태가 잠시 나아짐.

**1935년(52세)** 『오디세이아』 제5고를 완성한 뒤 여행기 집필을 위해 일본과 중국을 방문함. 돌아오는 길에 아이기나에서 약간의 땅을 매입함.

**1936년(53세)** 그리스 바깥에서 문명(文名)을 확립하려는 시도로서, 프랑스어로 소설 『돌의 정원*Le Jardin des rochers*』을 집필함. 이 소설은 그가 동아시아에서 겪은 일들을 바탕으로 함. 또한 미할리스 대장 이야기의 새로운 원고를 완성함. 이를 〈나의 아버지*Mon père*〉라고 부름. 돈을 벌기 위해 왕립 극장에서 공연 예정인 피란델로의 「오늘 밤은 즉흥극Questa sera si recita a soggetto」을 번역함. 직후 피란델로풍의 희곡 「돌아온 오셀로O Othéllos ksanayirízei」를 썼는데 생전에는 이 작품의 존재가 알려지지 않았음. 괴테의 『파우스트』 제1부를 번역함. 10~11월 내전 중인 스페인에 특파원으로 감. 프랑코와 우나무노를 회견함. 아이기나에 집이 완성됨. 그가 장기 거주한 첫 번째 집임.

**1937년(54세)** 아이기나에서 『오디세이아』 제6고를 완성함. 『스페인 기행*Taksidévondas: Ispanía*』이 출간됨. 9월 펠로폰네소스를 여행함. 여기서 얻은 감상을 신문 연재 기사 형식으로 발표함. 이 글들은 뒷날 『모레아 기행*Taksidévondas: O Morias*』으로 묶어 펴냄. 왕립 극장의 의뢰로 비극

「멜리사Mélissa」를 씀.

**1938년(55세)** 『오디세이아』 제7고와 최종고를 완성한 뒤 인쇄 과정을 점검함. 호화판으로 제작된 이 서사시의 발행일은 12월 말일임. 1922년 빈에서 걸렸던 것과 같은 안면 습진에 걸림.

**1939년(56세)** 〈아크리타스*Akritas*〉라는 제목으로 3만 3,333행의 새로운 서사시를 쓸 계획을 세움. 7~11월 영국 문화원의 초청으로 영국을 방문함. 스트랫퍼드어폰에이번에 기거하며 비극 「배교자 율리아누스Iulianós o paravátis」를 집필함.

**1940년(57세)** 『영국 기행*Taksidévondas: Anglia*』을 쓰고 「아크리타스」의 구상과 「나의 아버지」의 수정 작업을 계속함. 청소년들을 위한 일련의 전기 소설을 씀(『알렉산드로스 대왕*Megas Aleksandros*』, 『크노소스 궁전 *Sta palatia tis Knosu*』). 10월 하순 무솔리니가 그리스를 침공함. 카잔차키스는 그리스 민족주의에 대한 새로운 애증에 빠짐.

**1941년(58세)** 독일이 그리스를 점령함. 카잔차키스는 집필에 몰두하여 슬픔을 달램. 『붓다』의 초고를 완성함. 단테의 번역을 수정함. 〈조르바의 성스러운 삶〉이라는 제목의 새로운 소설을 시작함.

**1942년(59세)** 전쟁 기간 동안 아이기나를 벗어나지 못함. 다시 정치에 뛰어들기 위해 가능한 한 빨리 작품 집필을 포기하기로 결심함. 독일군 당국은 카잔차키스에게 며칠간의 아테네 체재를 허락함. 여기서 이안니스 카크리디스 교수를 만나 호메로스의 『일리아스』를 공동 번역하기로 합의함. 카잔차키스는 8월과 10월 사이에 초고를 끝냄. 〈그리스도의 회상〉이라는 제목으로 예수에 대한 소설을 쓸 계획을 세움. 이것은 뒷날 『최후의 유혹 *O teleftaíos pirasmós*』의 전신이 됨.

**1943년(60세)** 독일 점령 기간의 곤궁함에도 불구하고 정력적으로 작업을 계속함. 『그리스인 조르바』와 『붓다』의 두 번째 원고 및 『일리아스』의 번역을 완성함. 아이스킬로스의 〈프로메테우스〉 3부작을 모티프로 한 희곡 신판을 씀.

**1944년(61세)** 봄과 여름에 희곡 「카포디스트리아스O Kapodístrias」와 「콘스탄티누스 팔라이올로구스Konstandínos o Palaiológos」를 집필함. 〈프로메테우스〉 3부작과 함께 이들 희곡은 각각 고대, 비잔틴 시대, 현대 그리스를 다룸. 독일군이 철수함. 카잔차키스는 곧바로 아테네로 가서 테아 아네모이안니의 환대를 받고 그 집에서 머무름. 〈12월 사태〉로 알려진 내전을 목격함.

**1945년(62세)** 다시 정치에 뛰어들겠다는 결심에 따라, 흩어진 비공산주의 좌파의 통합을 목표로 하는 소수 세력인 사회당의 지도자가 됨. 단 두 표 차로 아테네 학술원의 입회가 거부됨. 정부는 독일군의 잔학 행위 입증 조사를 위해 그를 크레테로 파견함. 11월 오랜 동반자 엘레니 사미우와 결혼. 소풀리스의 연립 정부에서 정무 장관으로 입각함.

**1946년(63세)** 사회 민주주의 정당들의 통합이 실현되자 카잔차키스는 장관 직에서 물러남. 3월 25일 그리스 독립 기념일에 왕립 극장에서 그의 희곡 「카포디스트리아스」가 공연됨. 공연은 커다란 파문을 일으켰고, 우익 민족주의자들은 극장을 불태우겠다고 위협함. 그리스 작가 협회는 카잔차키스를 시켈리아노스와 함께 노벨 문학상 후보로 추천함. 6월 40일간의 예정으로 해외여행을 떠남. 실제로는 남은 생을 해외에서 체류하게 되었음. 영국에서 지식인들에게 〈정신의 인터내셔널〉을 조직할 것을 호소하였으나 별 관심을 끌지 못함. 영국 문화원이 케임브리지에 방 하나를 제공하여, 이곳에서 여름을 보내며 〈오름길〉이라는 제목의 소설을 씀. 이 역시 『미할리스 대장』의 선구적 작품이 됨. 9월 프랑스 정부의 초청으로 파리에 감. 그리스의 정치 상황 때문에 해외 체재가 불가피해짐. 『그리스인 조르바』가 프랑스어로 번역되도록 준비함.

**1947년(64세)** 스웨덴의 지식인이자 정부 관리인 뵈리에 크뇌스가 『그리스인 조르바』를 번역함. 몇 차례의 줄다리기 끝에 카잔차키스는 유네스코에서 일하게 됨. 그의 일은 세계 고전의 번역을 촉진하여 서로 다른 문화, 특히 동양과 서양의 문화 사이에 다리를 놓는 것이었음. 스스로 자신의 희곡 「배교자 율리아누스」를 번역함. 『그리스인 조르바』가 파리에서 출간됨.

**1948년(65세)** 자신의 희곡들을 계속 번역함. 3월 창작에 전념하기 위해 유네스코에서 사임함. 「배교자 율리아누스」가 파리에서 공연됨(1회 공연으로 끝남). 카잔차키스와 엘레니는 앙티브로 이주함. 그곳에서 희곡 「소돔과 고모라Sódoma ke Gómora」를 씀. 영국, 미국, 스웨덴, 체코슬로바키아의 출판사에서 『그리스인 조르바』 출간을 결정함. 카잔차키스는 『수난』의 초고를 3개월 만에 완성하고 2개월간 수정함.

**1949년(66세)** 격렬한 그리스 내전을 소재로 한 새로운 소설 『전쟁과 신부*I aderfofádes*』에 착수함. 희곡 「쿠로스Kúros」와 「크리스토퍼 콜럼버스Hristóforos Kolómvos」를 씀. 안면 습진이 다시 찾아옴. 치료차 프랑스 비시의 온천에 감. 12월 『미할리스 대장』 집필에 착수함.

**1950년(67세)** 7월 말까지 『미할리스 대장』에만 몰두함. 11월 『최후의 유혹』에 착수함. 『그리스인 조르바』와 『수난』이 스웨덴에서 출간됨.

**1951년(68세)** 『최후의 유혹』 초고를 완성함. 「콘스탄티누스 팔라이올로구스」의 개정을 마치고 이 초고를 수정하기 시작함. 『수난』이 노르웨이와 독일에서 출간됨.

**1952년(69세)** 성공이 곤란을 야기함. 각국의 번역자들과 출판인들이 카잔차키스의 시간을 점점 더 많이 빼앗게 됨. 안면 습진 또한 그를 더 심하게 괴롭힘. 엘레니와 함께 이탈리아에서 여름을 보냄. 아시시의 성자 프란체스코에 대한 사랑이 더욱 깊어짐. 눈에 심한 감염이 일어나 네덜란드의 병원으로 감. 요양하면서 성자 프란체스코의 생애를 연구함. 영국, 노르웨이, 스웨덴, 네덜란드, 핀란드, 독일에서 그의 소설들이 계속적으로 출간됨. 그러나 그리스에서는 출간되지 않음.

**1953년(70세)** 눈의 세균 감염이 낫지 않아 파리의 병원에 입원함(결국 오른쪽 눈의 시력을 잃음). 검사 결과 수년 동안 그를 괴롭힌 안면 습진은 림프샘 이상이 원인인 것으로 나타남. 앙티브로 돌아가 수개월간 카크리디스 교수와 함께 『일리아스』의 공역을 마무리함. 소설 『성자 프란체스코 *O ftohúlis tu Theú*』를 씀. 『미할리스 대장』이 출간됨. 『미할리스 대장』 일부와 『최후의 유혹』 전체에서 신성을 모독했다는 이유로 그리스 정교회가 카잔차키스를 맹렬히 비난함. 당시 『최후의 유혹』은 그리스에서 출간되지도 않았음. 『그리스인 조르바』가 뉴욕에서 출간됨.

**1954년(71세)** 교황이 『최후의 유혹』을 가톨릭교회의 금서 목록에 올림. 카잔차키스는 교부 테르툴리아누스의 말을 인용하여 바티칸에 이런 전문을 보냄. 〈주여 당신에게 호소합니다.〉 같은 전문을 아테네의 정교회 본부에도 보내면서 이렇게 덧붙임. 〈성스러운 사제들이여, 여러분은 나를 저주하나 나는 여러분을 축복합니다. 여러분께서도 나만큼 양심이 깨끗하시기를, 그리고 나만큼 도덕적이고 종교적이시기를 기원합니다.〉 여름 『오디세이아』를 영어로 번역하는 키먼 프라이어와 매일 공동 작업함. 12월 「소돔과 고모라」의 초연에 참석하기 위해 독일 만하임으로 감. 공연 후 치료를 위해 병원에 입원함. 가벼운 림프성 백혈병으로 진단됨. 젊은 출판인 이안니스 구델리스가 아테네에서 카잔차키스 전집 출간에 착수함.

**1955년(72세)** 엘레니와 함께 스위스 루가노의 별장에서 한 달을 보냄. 여기서 그의 정신적 자서전인 『영혼의 자서전』을 쓰기 시작함. 8월 카잔차키스와 엘레니는 군스바흐의 알베르트 슈바이처 박사를 방문함. 앙티브로 돌아온 뒤, 『수난』의 영화 시나리오를 구상 중이던 줄스 다신의 조언

요청에 응함. 카잔차키스와 카크리디스가 공역한 『일리아스』가 그리스에서 출간됨. 어떤 출판인도 나서지 않았기 때문에 비용은 모두 번역자들이 부담함. 『오디세이아』의 수정 재판이 아테네에서 엠마누엘 카스다글리스의 감수로 준비됨. 카스다글리스는 또한 카잔차키스의 희곡 전집 제1권을 편집함. 〈왕실 인사〉가 개입한 끝에 『최후의 유혹』이 마침내 그리스에서 출간됨.

**1956년(73세)** 6월 빈에서 평화상을 받음. 키먼 프라이어와 공동 작업을 계속함. 최종심에서 후안 라몬 히메네스에게 노벨 문학상을 빼앗김. 줄스 다신이 『수난』을 바탕으로 한 영화를 완성. 제목을 〈죽어야 하는 자*Celui qui doit mourir*〉로 붙임. 전집 출간이 진행됨. 두 권의 희곡집과 여러 권의 여행기, 프랑스어에서 그리스어로 옮긴 『토다 라바』와 『성자 프란체스코』가 추가됨.

**1957년(74세)** 키먼 프라이어와 작업을 계속함. 피에르 시프리오와의 긴 대담이 6회로 나뉘어 파리에서 라디오로 방송됨. 칸 영화제에 참석하여 「죽어야 하는 자」를 관람함. 파리의 플롱 출판사가 그의 전집을 프랑스어로 펴내는 데 동의함. 중국 정부의 초청으로 카잔차키스 부부는 중국을 방문함. 돌아오는 비행 편이 일본을 경유하므로, 광저우에서 예방 접종을 함. 그런데 북극 상공에서 접종 부위가 부풀어 오르고 팔이 회저 증상을 보이기 시작함. 백혈병을 진단받았던 독일의 병원에 다시 입원함. 고비를 넘김. 알베르트 슈바이처가 문병 와서 쾌유를 축하함. 그러나 아시아 독감이 쇠약한 그의 몸을 순식간에 습격함. 10월 26일 사망. 시신이 아테네로 운구됨. 그리스 정교회는 카잔차키스의 시신을 공중(公衆)에 안치하기를 거부함. 시신은 크레테로 운구되어 안치됨. 엄청난 인파가 몰려 그의 죽음을 애도함. 뒷날, 묘비에는 카잔차키스가 생전에 준비해 두었던 비명이 새겨짐. *Den elpízo típota. Den fovúmai típota. Eímai eléftheros*(나는 아무것도 바라지 않는다. 나는 아무것도 두려워하지 않는다. 나는 자유다).

옮긴이 **안정효** 1941년 서울에서 태어났다. 서강대학교 영문학과를 졸업한 뒤 「코리아 헤럴드」 기자, 한국 브리태니커 편집부장 등을 역임했다. 지은 책으로 『하얀 전쟁』, 『은마는 오지 않는다』, 『헐리우드 키드의 생애』 외 다수의 소설 작품과 『걸어가는 그림자』, 『인생 4계』, 『글쓰기 만보』, 『신화와 역사의 건널목』 등이 있다. 니코스 카잔차키스의 『최후의 유혹』, 『전쟁과 신부』, 『영혼의 자서전』, 가브리엘 가르시아 마르케스의 『백년 동안의 고독』, 버트런드 러셀의 『권력』, 알렉스 헤일리의 『뿌리』, 조르지 아마두의 『가브리엘라, 정향과 계피』, 저지 코진스크의 『잃어버린 나』 등 150권가량의 작품을 번역했으며, 제1회 한국번역문화상을 수상했다.

오디세이아 ③

발행일 2008년 3월 30일 초판 1쇄
2025년 4월 30일 초판 3쇄

지은이 니코스 카잔차키스
옮긴이 안정효
발행인 홍예빈
발행처 주식회사 열린책들

경기도 파주시 문발로 253 파주출판도시
전화 031-955-4000 팩스 031-955-4004
홈페이지 www.openbooks.co.kr 이메일 literature@openbooks.co.kr



ISBN 978-89-329-0802-1 04890
ISBN 978-89-329-0792-5 (세트)

이 도서의 국립중앙도서관 출판시도서목록(CIP)은 e-CIP 홈페이지(http://www.seoji.nl.go.kr)와 국가자료공동목록시스템(http://www.nl.go.kr/kolisnet)에서 이용하실 수 있습니다.(CIP제어번호 : CIP2008000698)